BERND PERPLIES

Magierdämmerung

Für die Krone

BERND PERPLIES

MAGIER DÄMMERUNG

FÜR DIE KRONE

Roman

LYX EGMONT

Originalausgabe September 2010 bei LYX
verlegt durch EGMONT Verlagsgesellschaften mbH,
Gertrudenstraße 30–36, 50667 Köln

2. Auflage
Redaktion: Dr. Lutz Steinhoff, Scripta Literatur-Studio
Karten: Jan Reiser, www.janreiser.de
Satz: Greiner & Reichel, Köln
Druck: Bercker Graphischer Betrieb, Kevelaer
ISBN 978-3-8025-8264-6

www.egmont-lyx.de

Für die Mitglieder der »diskreten Gesellschaft« des MPS

Es ist mir immer wieder ein Vergnügen, mit euch zu trinken, zu rauchen und über Götter und Welten zu philosophieren.

Im Frühling des Jahres 1897 kam es in Großbritannien und in anderen Ländern der Welt zu einer Reihe von mysteriösen Zwischenfällen, deren Ursache niemals ganz geklärt werden konnte.

Gerüchten nach war es einer Gruppe von Angehörigen einer Londoner Geheimgesellschaft gelungen, das sagenumwobene Reich Atlantis aus dem Meer auftauchen zu lassen und mit ihm die Magie in die Welt zurückzubringen.

Wiederholten Erklärungen des britischen Königshauses sowie der vatikanischen Kongregation der römischen und allgemeinen Inquisition zufolge entbehren diese Gerüchte jedweder Grundlage.

Laut dieser Stellen haben sich die auf den folgenden Seiten beschriebenen Ereignisse …

… niemals zugetragen.

PROLOG:
DIE WAHRE QUELLE DER MAGIE

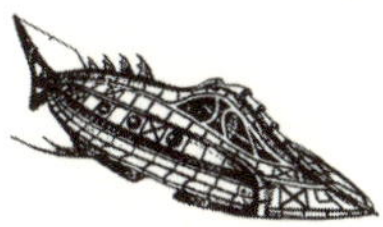

»Auf dieser Insel Atlantis nun bestand ein großes und prächtiges Königreich, welches über die ganze Insel herrschte und dazu über viele andere Inseln und über Teile des Festlands. Späterhin aber kamen gewaltige Erdbeben und Überschwemmungen, und an einem einzigen schlimmen Tag und in einer einzigen schlimmen Nacht versank die Insel Atlantis in den Tiefen des Meeres.«

– Platon TIMAIOS
(frei nach Benjamin Jovett, 1892)

18. April 1897, 18:34 Uhr GMT (15:34 Uhr Ortszeit)
Mittelatlantischer Rücken, etwa 1600 Seemeilen vor der afrikanischen Küste

Die Welt war dunkelblau und hatte einen Durchmesser von nicht einmal zehn Zoll.

Zumindest kam es Duncan Hyde-White so vor, während er durch das kreisrunde vordere Sichtfenster des klobigen Halbkugelhelms starrte und dabei angestrengt versuchte, sich im

Schein des robusten Handstrahlers zu orientieren, den man ihm vor die Brust geschnallt hatte. Winzige Schwebstoffe reflektierten das Licht und funkelten im trüben Wasser wie Myriaden neu geborener Sterne in der dunklen Ursuppe des Universums. Mit einem behäbigen Schritt drehte Duncan sich ein wenig nach rechts. Der diffuse gelbliche Lichtfinger wanderte weiter und erfasste eine kleine Schule silbrig schillernder Fische, die reglos über einem zerfaserten Algengewächs ausgeharrt hatte. Von der ungewohnten Helligkeit aufgeschreckt, huschten die Fische pfeilschnell davon, wobei sie dem herrschenden Wasserdruck und auch Duncans eigener Trägheit regelrecht zu spotten schienen.

Duncan schnaufte unwillig und konzentrierte sich darauf, sein linkes Bein zu heben, um einen weiteren mühsamen Schritt über den sandigen Meeresgrund in Richtung der dunklen und noch weitgehend formlosen Schatten zu machen, zwischen denen er sein Ziel vermutete. Er steckte in einem ebenso unbequemen wie unförmigen silberfarbenen Ungetüm von einem Taucheranzug, und ein schaler Geruch nach Schweiß und feuchtem Metall stieg ihm aus den Tiefen des stählernen Kleidungsstücks in die Nase. Aus dem annähernd tonnenförmigen Torso ragten zwei Arme und zwei Beine hervor, die aus mehreren halbrunden Gelenkstücken gefertigt worden waren und in groben Greifwerkzeugen sowie schweren Eisenschuhen endeten. Um den linken Arm hatte er einen breiten Lederriemen geschlungen, an dem ein schmuckloser Metallzylinder von etwa drei Fuß Länge befestigt war, den Duncan unter Wasser einen halben Schritt hinter sich herzog.

An der Oberseite des Helms, die sich zum Ausstieg aus dem Anzug aufklappen ließ, gegenwärtig allerdings durch vier stabile Bolzen gesichert war, begann ein dicker Schlauch, der Duncan mit dem etwa drei Dutzend Schritt entfernt schwebenden Tauchboot, der *Nautilus*, verband, das ihn hierher gebracht hatte. Der wulstige braune Schlauch erinnerte an eine Art Nabelschnur – die vom stählernen Unterleib des Mutterschiffs zum metallenen Körper des soeben in einer Sturzgeburt zur Welt gebrachten Sprösslings führte –, und tatsächlich war der Vergleich keineswegs abwegig, denn der Schlauch versorgte Duncan mit lebensnotwendiger Atemluft, die aus dem Inneren des Tauchboots zu ihm herübergepumpt wurde und ein leichtes Aroma von Salzwasser und Rost mit sich führte.

Duncan machte einen weiteren schwerfälligen Schritt, kämpfte sich gegen das eigene Gewicht und gegen die Wassermassen um ihn herum voran. Er hasste diesen Anzug. Zwar wurde ihr Gastgeber, der Industrielle und Multimillionär Charles Gordon Bennett, nicht müde, die ausgeklügelte Konstruktion, in die Hunderte von Arbeitsstunden findiger Ingenieure und Abertausende britische Pfund geflossen waren, begeistert zu preisen, aber Duncan kam sich darin vor wie ein ungelenker Automatenmensch, so als hätte ein verrückter Uhrmacher eine Fantasie von H.G. Wells zum Leben erweckt.

Es knackte neben seinem linken Ohr, dann vernahm Duncan die Stimme von Victor Wellington, die blechern aus dem Lautsprecher in der Innenseite des wuchtigen Helms drang. »Duncan?«

Wie in Zeitlupe drehte er sich um hundertachtzig Grad, und der aus dicken, vernieteten Stahlplatten bestehende Rumpf der *Nautilus* kam in sein Blickfeld. Düster und bedrohlich wie ein urtümliches Seeungeheuer hing das in seiner Bauart an einen riesigen Fisch erinnernde Tauchboot als schwarzer Schatten vor dem kaum helleren Hintergrund des Meeres schräg über ihm, ein Koloss von geradezu enormen Ausmaßen, ein Gefährt, dessen schiere Existenzmöglichkeit führende Wissenschaftler dieser Tage als Hirngespinst abgetan hätten. Das Boot war nicht nur ein einzigartiges Zeugnis von Bennetts immensem Reichtum, sondern auch von seiner nachgerade krankhaften Obsession für diesen französischen Jugendliteraten namens Jules Verne, der vor ungefähr einem Vierteljahrhundert mit allerlei Zukunftsgeschichten Reichtum und Ansehen erlangt hatte – darunter auch eine fantastische Tiefsee-Odyssee namens *20 000 Meilen unter dem Meer*, in der der Autor ein Tauchfahrzeug ersonnen hatte, das diesem hier als Vorbild gedient hatte. *Vermutlich würde Verne vor Ergriffenheit seine französischen Schriftstellerhosen einnässen, wenn er wüsste, dass seine Spinnerei von einem kaum weniger großen Spinner in stählerne Wirklichkeit umgesetzt worden ist*, ging es Duncan durch den Kopf.

Duncan betrachtete sich selbst als einen Mann der Straße und einen Mann der Tat. Abenteuer, die in Magazinen oder Büchern abgedruckt waren, hatten ihn noch nie sonderlich interessiert. Daran hatte sich auch nichts geändert, als Meister Wellington und er an Bord der *Nautilus* gegangen waren, Bennetts in zwanzig Jahre währenden Bemühungen und unter strengster Geheimhaltung verwirklichtem Lebenstraum. Und während der knapp zehntägigen Seereise von der Südküste Englands bis hierher zum Mittelatlantischen Rücken war ihm dann genug Garn über Ballonreisende, Mondfahrer und einen ominösen Kapitän Nemo, als dessen legitimen Erben sich Bennett offenbar gerne sah, aufgetischt worden, dass es ihm für den Rest seines Lebens reichte.

»Duncan, hören Sie mich?« Der etwas schärfere Tonfall Wellingtons holte Duncan ins Hier und Jetzt zurück.

»Ich höre Sie, Professor«, bestätigte er.

»Wie geht es mit der Suche voran?«

Sein Meister – auch wenn Wellington diesen Titel einstweilen gegen den eines Gelehrten eingetauscht hatte – befand sich an Bord des Tauchboots und beobachtete ihn, vermutlich in der Gesellschaft von Bennett, durch das dickwandige Aussichtsfenster im Rumpf des Unterwassergefährts. Es war also eher unwahrscheinlich, dass er *nicht* über den Fortgang von Duncans Bemühungen im Bilde war. Doch Wellington hatte ein untrügliches Gespür dafür zu erkennen, wenn Duncan sich durch seine Gefühle von einer Aufgabe ablenken ließ, und die an sich überflüssige Frage mochte ein subtiler Fingerzeig an seinen Untergebenen sein, dass innerliches Abschweifen im Augenblick fehl am Platze war.

»Nur sehr langsam«, erwiderte Duncan, der nicht daran dachte, sich einschüchtern zu lassen, unwillig. »Wie Sie wissen, habe ich Bennetts Stolz auf sein technisches Wunderwerk nie geteilt, und ich teile ihn auch jetzt noch nicht. Der Anzug ist schwerer zu bewegen als ein störrischer Esel, und man sieht ungefähr so viel wie im dicksten Londoner Nebel.«

Er erwartete schon eine Zurechtweisung, doch unvermittelt vernahm er Wellingtons Lachen am anderen Ende der Telefonleitung, die zur besseren Verständigung zwischen Taucher und Schiff von seinem Helm durch den Verbindungsschlauch und die Eingeweide der *Nautilus* bis in den roten Salon mit dem irisverblendeten Aussichtsfenster gelegt worden war. »Ich werde ihm Ihre Beschwerde ausrichten, Duncan. Doch zumindest was die Sicht betrifft, kann ich für Abhilfe sorgen. Es ist Mister Furlong endlich gelungen, das elektrische Netz zwischen dem Antrieb und den Scheinwerfern zu reparieren. Wir haben wieder Licht, und zwar – jetzt.«

Mit dem theatralischen Instinkt für den richtigen Zeitpunkt hatte Wellington kaum das letzte Wort gesprochen, als die starken Bogenlampen am Bug und am Heck des Tauchboots aufflammten und den unterseeischen Bergrücken, über den Duncan sich bewegte, in gelbes Licht tauchten.

Der Anblick ließ ihm den Atem stocken.

Eine versunkene Welt war mit einem Mal der Finsternis der Tiefsee entrissen worden. Überall um ihn herum ragten die Überreste von steinernen Gebäuden aus dem Grund des Ozeans hervor, umgestürzte und halb im Sand verborgene Säulen, Mauern und Triumphbögen, stumme Mahnmale einer vor undenklichen Zeiten untergegangenen Zivilisation. Tausende von Jahren hatte die Stadt, die sich vor seinen staunenden Augen ausbreitete, fast achtzig Faden tief unter den Wellen in der Dunkelheit des Meeres geschlafen, und die See hatte längst in Besitz genommen, was einst trockenes Land gewesen war. Algen und Seegras wuchsen zwischen den Ruinen, und Korallen hatten viele der Bauwerke so stark überwuchert, dass man beim besten Willen nicht mehr zu sagen vermochte, welchem Zweck sie einst wohl gedient hatten.

Duncan spürte, dass sich sein Herzschlag vor Aufregung beschleunigte. Er fuhr sich mit der Zungenspitze über die spröden Lippen, und dann breitete sich ein wölfisches Lächeln auf seinem Gesicht aus. Sie hatten es gefunden; sie hatten es wirklich gefunden.

Atlantis …

17. April 1897, 15:46 Uhr GMT (13:46 Uhr Ortszeit)
Atlantik, etwa 1900 Seemeilen südwestlich von England

»Atlantis existiert nicht, mein lieber Bennett.« Victor Mordred Wellington tupfte sich mit einer weißen Leinenserviette den Mund ab, faltete diese dann sorgfältig zusammen und legte sie neben den leeren Teller auf den Tisch. »Zumindest nicht in der Art, in der die Welt gemeinhin darüber spricht.«

»Wie meinen Sie das, Herr Professor?« Charles Gordon Bennett hob fragend die Augenbrauen, während er sich vom Steward sein Glas mit Rotwein nachfüllen ließ.

Sie saßen zu fünft im Speiseraum der *Nautilus* um den Kapitänstisch herum. Bennett selbst hatte sich am Kopfende der Tafel niedergelassen. Den Platz zu seiner Rechten nahm sein Erster Offizier William Cardiff ein, ein ehemaliger Commander der Royal Navy, den der Industrielle vor zehn Jahren, noch in der Bauphase des Tauchboots, zu einem geradezu fürstlichen Gehalt eingestellt hatte. Seitdem hatten die technische Expertise, die Führungsqualitäten sowie die Fähigkeit des früheren Militärs zu absoluter Verschwiegenheit ihn mehr als einmal für diese Entscheidung belohnt.

Drei der vier übrigen Plätze wurden von ihren Gästen belegt:

Professor Wellington, einem Gelehrten aus London, seinem Adlatus Hyde-White und seiner Sekretärin Miss Esperson. Bennett hatte Wellington, einen Mann von hagerer Gestalt mit aristokratischem Gesicht und tadellosen Umgangsformen, vor einem Jahr auf einer vom Niederländischen Institut für Meeresforschung ausgerichteten Konferenz in Amsterdam kennengelernt. Beeindruckt von dessen Fachwissen, vor allem auf dem Gebiet der Unterwasserarchäologie, war er mit ihm in Kontakt geblieben, auch nachdem die beiden Männer nach England zurückgekehrt waren.

Vor zwei Monaten dann war Wellington während eines ihrer Treffen mit einem ungewöhnlichen Angebot an ihn herangetreten. Er hatte die Absicht bekundet, eine Expedition zum Mittelatlantischen Rücken zu unternehmen, benötigte dafür allerdings ein Schiff und eine Möglichkeit zu Grabungsarbeiten unter Wasser. Bis zu diesem Tag hatte Bennett sein sorgsam gehütetes, weil technologisch höchst brisantes Privatvergnügen, die *Nautilus*, noch nie für Gäste, die nicht zu seinem engsten Freundeskreis gehörten, geöffnet. Doch die Aussicht auf ein Abenteuer von nachgerade epochalen Ausmaßen, wie es ihm von Wellington mit seltsamer Eindringlichkeit versprochen worden war, hatte ihn diesbezüglich wanken lassen. Den Ausschlag bei seiner Entscheidung, dem Gelehrten von der *Nautilus* zu erzählen und ihn anschließend zu dieser Reise einzuladen, dürfte hingegen nicht Bennetts wissenschaftliche Neugierde, sondern eine ganz andere menschliche Regung gegeben haben. Denn als Wellington dem Industriellen eine Woche später seine beiden Begleiter vorgestellt hatte, den stets düster dreinblickenden Hyde-White und die bezaubernde Miss Esperson, war in Bennett beim Anblick der hinreißend schönen jungen Dame, deren faszinierende, fast violett anmutende Augen ihn so wohlwollend angeblickt hatten, sofort das Verlangen erwacht, deren Gesellschaft – und dann eben auch die der beiden Männer – ein wenig länger genießen zu dürfen.

Nun war der letzte Abend, bevor ihre Expedition ihr Ziel, einen nur aus ein paar Längen- und Breitengradangaben bestehenden Punkt mitten im Ozean, erreichen würde, und Bennett hatte, sicherlich beeinflusst durch die Heimlichtuerei seiner drei Gäste, eine Debatte über die verborgenen Orte des Meeres angeregt – und wo man sie wohl suchen müsse, wenn man beispielsweise über ein Tauchfahrzeug verfüge. Natürlich hatte sich das Gespräch irgendwann auch dem sagenumwobenen Atlantis zugewandt.

»Nun, Atlantis als solches ist ein Mythos«, fuhr Wellington fort, nachdem Bennett den Steward mit einem Kopfnicken entlassen hatte, »eine Geschichte, erfunden, wie Sie sicher wissen, von dem griechischen Philosophen Platon, der damit seine Theorie eines idealen Staats zu veranschaulichen versuchte. Es existieren zahlreiche derartige Mythen in Platons Werk, und sie alle dienen ausschließlich als praktische Beispiele eines zuvor entwickelten Gedankens. Jeder Altphilologe, dessen Studium nicht völlig verfehlt war, würde Ihnen bestätigen, Mister Bennett, dass die Suche nach Atlantis, *Platons* Atlantis, der Jagd nach einem Hirngespinst gleichkommt.«

Bennett schürzte die Lippen. Er wirkte keineswegs überzeugt. »Und dennoch sind wir hier, an Bord der *Nautilus*, und bewegen uns auf eine ganz bestimmte Stelle des Mittelatlantischen Rückens zu. Ich hatte beinahe zehn Tage Zeit, mir die Frage zu stellen, was Sie dort zu finden hoffen. Ein gesunkenes Schiff? Das müsste dann wohl mindestens Sir Henry Morgans *Merchant Jamaica* sein, um den Aufwand dieser Reise zu rechtfertigen. Deren letzte Ruhestätte befindet sich allerdings meines Wissens irgendwo vor Haiti. Auch von ähnlich berühmten Wracks will mir keines in den Sinn kommen. Also, was könnte auf den hohen Gipfeln dieses unterseeischen Gebirges verborgen liegen? Viel tiefer vermag die *Nautilus*, wie Ihnen wohl bewusst ist, nicht zu sinken …« Er ließ die Bemerkung absichtsvoll im Raum schweben.

Ein anerkennendes Lächeln huschte über das strenge Gesicht des Mannes auf der anderen Seite des Tischs, und in seinen stechend rauchgrauen Augen funkelte es vielsagend. »An dieser Stelle wird es interessant, nicht wahr?« Wellington warf seinen Begleitern einen kurzen Blick zu, nicht, um sich deren Einverständnis zu versichern, sondern um ihre Aufmerksamkeit auf sich zu ziehen. Dann nickte er Bennett zu. »Na schön! Da wir uns dem Ziel unserer Reise nähern und Sie sich als intelligenter Mann ohnehin bereits das ein oder andere zusammengereimt haben, will ich Ihnen ein wenig mehr über die Hintergründe dieser Expedition verraten.« Er machte eine wohlüberlegte Kunstpause, indem er sein Glas hob und daran nippte. »Platons Geschichte ist nicht ganz und gar seiner zweifellos regen Fantasie entsprungen. Er selbst lässt seinen Redner, den Politiker Kritias, durchaus nachdrücklich die Quellen des Mythos darlegen. Dessen Großvater will von Atlantis durch seinen Vater erfahren haben, der wiederum zeitweilig ein Weggefährte Solons gewesen war. Jenem schließlich soll die Kunde von dieser gewaltigen uralten Zivilisation jenseits der Säulen des Herakles im ägyptischen Sais von einem greisen Priester der Göttin Neith zugetragen worden sein. Es mag Sie erstaunen, mein lieber Bennett, aber diesen Teil der Erzählung bin ich geneigt zu glauben.«

Wellington deutete ein Schulterzucken an. »Natürlich verhält es sich mit dieser Geschichte wie mit allen mündlichen Überlieferungen: Sie verändern sich, werden lebendig und wachsen mit jeder neuen Erzählergeneration. So wird es schon einiges an Verzerrung der Tatsachen gegeben haben, als die Kunde von dem untergegangenen Reich, das Platon dann Atlantis nennen sollte, an die Ohren unseres altgriechischen Philosophen gelangte. Man darf wohl annehmen, dass er das Skelett des ursprünglichen Mythos durchaus fantasievoll und seinen Absichten entsprechend mit Fleisch zu füllen wusste, um einen neuen, einen zweiten Mythos zu schaffen. Was, nebenbei bemerkt, uns heute nur lieb sein kann, denn wäre statt des Gedankenspiels die Wahrheit kolportiert worden, hätte sich die Welt möglicherweise vollkommen anders entwickelt.«

Bennett merkte, dass er sich unwillkürlich vorgebeugt hatte, und er zwang sich, zurück in die Polster des Lehnstuhls zu sinken. Dennoch gelang es ihm nicht ganz, die innere Erregung aus seiner Stimme zu verbannen, die ihn bei Wellingtons Worten ergriffen hatte. »Also, wie darf ich das verstehen? Gibt es Atlantis, oder gibt es Atlantis nicht?«

»Sie sind zu neugierig, Mister Bennett«, warf Hyde-White zu seiner Linken unwirsch ein. Während der Rest der Gesellschaft das Mahl bereits beendet hatte, hatte er sich soeben eine dritte Portion auf den Teller geladen und schaufelte diese in sich hinein. Der Mann war unglaublich hungrig. »Das ist eine ungesunde Eigenschaft.«

Jedem anderen Mann hätte Bennett dieses ungehobelte Betragen mit einer scharfen Zurechtweisung vergolten, aber Hyde-White wurde von einer ständigen Aura des mühsam unterdrückten Zorns umgeben, die Bennett nahelegte, in diesem Fall lieber Vorsicht walten zu lassen.

Stattdessen gebot Wellington seinem Schüler mit erhobener Hand Einhalt. »Mäßigung, Duncan. Ich sagte doch, dass ich ihn einweihen will. Es ist daher sein gutes Recht, Fragen zu stellen.« Er schenkte Bennett ein dünnes Lächeln. »Und um Ihnen selbige zu beantworten: Ja und nein. Platons Atlantis existiert nicht. Ein gewaltiges Reich, groß wie ein halber Kontinent, existiert nicht. Es gibt jedoch – oder vielmehr gab es vor Tausenden von Jahren – ein kleines Eiland inmitten des Atlantiks, dessen Einfluss von enormer Bedeutung war, wenngleich auch nicht in politisch-militärischem Sinne. Und wie Platons von den Göttern verfluchtes Inselreich versank auch dieser Stadtstaat binnen eines Tages und einer Nacht in den Fluten der aufgewühlten See. Nach den Ruinen dieser Zivilisation sind wir auf der Suche.«

»Das klingt nach ausgemachtem Seemannsgarn«, warf Cardiff ein. »Eine versunkene Stadt mitten im Atlantik … Ich habe mir ja schon einiges erzählen lassen, aber das übertrifft alle Seeungeheuer und Geisterschiffe.«

Hyde-White ließ ein abfälliges Schnaufen hören, doch bevor er kundtun konnte, welchen Stellenwert er dem Wissen des ehemaligen Militärs über Seeungeheuer und Geisterschiffe beimaß, legte die zwischen Bennett und Wellingtons Adlatus sitzende Miss Esperson ihm beschwichtigend die Hand auf den Unterarm. Dann lächelte sie ihren Gastgeber und dessen Ersten Offizier an und erklärte liebenswürdig: »Und doch ist es wahr. Wie Sie bereits festgestellt haben, Gentlemen, hätten wir diese Reise, so angenehm Sie sie uns auch gestalten mögen, sicher nicht auf uns genommen, wenn nicht Jahre aufmerksamen Studiums und dazu eine gehörige Portion Glück uns auf die sichere Spur dieser untergegangenen Insel gebracht hätten.«

»Ich wüsste gerne, welche Quellen Ihnen hierbei behilflich waren, die alle anderen Forscher übersehen haben«, sinnierte Bennett.

»Sie dürfen zweifellos alles fragen, Mister Bennett«, erwiderte Wellington, »doch auf alles werde ich Ihnen heute keine Antwort geben. Allerdings besteht kein Anlass zum Unmut. Schon morgen wird das Warten ein Ende haben, und Sie alle werden Zeugen eines wahrhaft historischen Augenblicks.« Er hob sein Glas und prostete der Runde zu.

18. April 1897, 18:45 Uhr GMT (15:45 Uhr Ortszeit)
Mittelatlantischer Rücken, etwa 1600 Seemeilen vor der afrikanischen Küste

»Mein Gott, was für ein Anblick …« Gordon Bennett neben ihm schwankte, als spüre er unvermittelt das Gewicht des Ozeans auf seinen Schultern lasten. Er hob die Hand, um sich an dem mit Ornamenten verzierten Messinggeländer festzuhalten, das vor ihnen in den Boden eingelassen war.

Victor Wellington hob mit einem Gefühl des Triumphs das Kinn. »Habe ich zu viel versprochen, Mister Bennett?«

Sie befanden sich im Roten Salon der *Nautilus* – Bennett, Melissa Esperson und er – und verfolgten durch das geöffnete Aussichtsfenster das Vordringen des in dem silbernen Panzertauchanzug steckenden Hyde-White. Hinter ihnen teilte eine halbkreisförmige, mit rotem Brokat bezogene Sitzgelegenheit den Raum, während die rückwärtige Wand von der erlesenen Bibliothek ihres Gastgebers eingenommen wurde. Elektrische Kerzen in verzierten Messinghaltern, die in die Holzvertäfelung eingelassen waren, sorgten für gedämpftes Licht.

»Ich gestehe, ich hatte meine Zweifel, doch angesichts dessen …« Mit einer weiten Geste schloss der Industrielle die zu ihren Füßen liegende Ruinenstadt ein wie ein Feldherr, dessen Blick wohlgefällig auf einem fruchtbaren Landstrich ruht, den er zu erobern gedenkt. Seine Stirn und seine Wangen waren vor Aufregung leicht gerötet. »Wir schreiben in diesem Augenblick Geschichte, sind Sie sich dessen bewusst, Professor Wellington?«

»Ja, *Herr Professor*, sind Sie sich dessen bewusst?«, echote Melissa an seiner Seite und hakte sich mit einem Blitzen in den violetten Augen bei ihm unter. Sie mochte Bennetts Worte wiederholen, doch Wellington wusste, dass sie von etwas ganz anderem sprach.

Er schenkte ihr ein dünnes Lächeln. *Ach, mein Kind, du hast ja keine Ahnung …* Den Gedanken sprach er natürlich nicht laut aus. Noch war Melissa nützlich für ihn. Stattdessen sagte er: »Sie können mir glauben, meine lieben Freunde, dass es in unserer Reisegesellschaft vermutlich niemanden gibt, der die Bedeutung unseres Fundes besser einzuschätzen vermag als ich.« Er richtete sich auf, und ein entschlossener Ausdruck trat auf seine Züge. »Daher wollen wir auch nicht noch mehr Zeit durch Zögern und Staunen vergeuden, sondern mutig voranschreiten, denn die größte Entdeckung liegt noch vor uns.« Mit diesen Worten hob er das Sprechteil der Verbindung nach draußen vor den Mund. »Duncan?!«

»Ja, Meister …« Hyde-White klang wie eine Hyäne, der man

ein waidwundes Tier vorgeworfen hat. Seine Gier hatte ihn sogar das Verbot vergessen lassen, an Bord der *Nautilus* Wellington auf diese Weise anzusprechen. Wellington sah es ihm nach, vor allem, da Bennett ohnehin zu abgelenkt war, um etwas zu merken.

»Halten Sie sich links von den größeren Bauwerken, und folgen Sie weiter dem ansteigenden Gelände. Unser Ziel sollte auf dem Gipfel vor uns liegen.«

»Ich habe verstanden.« Schwerfällig setzte sich sein Schüler in Bewegung, eine im Licht der Bogenlampen silbern glänzende Gestalt inmitten der Dunkelheit. Luftblasen stiegen in regelmäßigem Abstand neben dem Helmstück empor.

Wellington wandte sich ihrem Gastgeber zu, der noch immer wie gebannt auf das sich ihm bietende Panorama starrte. »Bennett, bitte sagen Sie Ihrem Ersten Offizier, dass die *Nautilus* meinem Mitarbeiter langsam folgen soll.«

Der Industrielle schien wie aus einem Traum zu erwachen, nickte dann aber und trat an das aus Edelholz gefertigte Sprachrohr der bootsinternen Sprechanlage heran. »Mister Cardiff, setzen Sie die *Nautilus* hinter den Taucher, fünfundvierzig Grad achteraus, langsame Fahrt.«

Der ehemalige Militär bestätigte von der Brücke aus, und Wellington sah, wie sich das Bild vor dem Aussichtsfenster sanft verschob, während das Tauchboot eine Flankenposition im Rücken des einsamen menschlichen Eindringlings einnahm, der dort draußen am Grund des Meeres mit jedem Schritt das Sediment von Jahrtausenden aufwirbelte.

Es ist beinahe so weit, dachte Wellington, und er spürte eine freudige Erregung in sich aufsteigen, wie sie selbst Melissa, die äußerlich so brav und wohlerzogen erscheinende Melissa, in ihren gemeinsamen Nächten nicht hatte erwecken können. *Das Ziel all meiner Bestrebungen ist zum Greifen nahe.* Ein altes Sprichwort kam ihm in den Sinn: *Das Meer ist eine raue Geliebte – man muss bereit sein, Gefahren auf sich zu nehmen und Opfer zu bringen, wenn man ihre Wunder schauen oder ihr ihre Geheimnisse entlocken will.* Ein Lächeln breitete sich auf seinem Gesicht aus. Diesen Satz mochte wohl jeder Seemann verinnerlicht haben, der schon einmal aus einem schützenden Hafen ausgelaufen war, um an Bord einer Bark oder eines Schoners die weiten Ozeane der Erde zu bereisen, der sich, von Eiswinden umheult, durch die Beringstraße gekämpft oder der vor dem sturmumtosten Kap der Guten Hoffnung gekreuzt hatte. Wer wusste besser als diese Männer, wie viele Seelen die hungrige See bereits gefordert hatte, Matrosen, in Unwettern von haushohen Wellen von Deck gespült und in die schäumenden Fluten geworfen oder in Flauten durch Hunger, Durst und Krankheiten zuerst in den Wahnsinn und schließlich in den Tod getrieben? Wer wusste besser als sie, wie viele Schiffe vom Toben der Elemente auf Klippen geworfen und zerschmettert worden oder auf unheimliche Art und Weise irgendwo mitten auf dem Meer verschwunden waren, dort, wo sich das Blau des Wassers in jeder Richtung bis zum Horizont erstreckt, bevor es in das Blau des Himmels übergeht? Und dennoch wagten sie sich immer wieder aufs Neue hinaus.

Wellington hätte sie für ihren Mut und ihre Sturheit, den Elementen zu trotzen, bewundert, wenn er sie nicht so sehr bemitleiden würde. Was wussten diese Einfaltspinsel, die auf ihren Passagierlinern von Liverpool nach New York reisten oder an Bord von Teefrachtern die Gewässer zwischen Rotterdam und der Welt befuhren, von der wahren Natur des Meeres? Sie glitten doch nur über die Oberfläche des großen Mysteriums hinweg und waren blind für die Dinge, die unter dem zauberisch glitzernden Spiel der Wellen, in den Tiefen der Ozeane, verborgen lagen. Hier unten, in der Finsternis, lauerten die wirklichen Gefahren, blasphemisch aufgedunsene Monstrositäten, die in licht- und bodenlosen Abgründen auf arglose Beute warteten, und ein Wasserdruck, der selbst den stählernen Leib der *Nautilus* wie die Faust eines Riesen zerquetschen konnte, wenn ihr Kapitän nicht aufpasste. Doch gleichzeitig harrten hier auch einige der gewaltigsten Schätze der Menschheitsgeschichte ihrer Entdeckung, und der Ort, dem sie sich soeben näherten, war der größte unter ihnen. Es lief auf eine einfache Wahrheit hinaus: Man musste bereit sein, alles zu opfern, dann konnte man auch alles gewinnen – und Victor Mordred Wellington *war* bereit, alles zu opfern!

»Wellington, hören Sie mich?«, meldete sich Hyde-White über die Sprechverbindung. »Da vorne ist ein Gebäude, das zu den Beschreibungen passt.«

Der Angesprochene kniff die Augen zusammen und suchte das vom trüben Wasser verschleierte Ruinenfeld ab. In der Tat erhoben sich vor ihnen, am Rand des Lichtkreises der Bogenlampen mächtige pyramidenartige Umrisse aus dem Sand. Er spürte, wie sich Melissas Finger in seinen Oberarm gruben. Auch sie hatte das Bauwerk erkannt. »Wir sehen es«, bestätigte er. »Gibt es eine Möglichkeit, nach oben zu gelangen?«

»Ich glaube, ich sehe eine Treppe etwas weiter links«, erwiderte sein ehrgeiziger Schüler.

»Mister Bennett, wären Sie so freundlich, uns näher heranzubringen?«

Der Industrielle zögerte. »Wenn wir dieser Ruine zu nahe kommen, dann besteht die Gefahr, dass uns eine Strömung gegen das Fundament drückt und es zu Schäden an der *Nautilus* kommt.«

»Dann sollte ihr Steuermann besondere Vorsicht walten lassen«, gab Wellington mit leichter Schärfe in der Stimme zurück. Zum ersten Mal seit zehn Tagen fühlte er sich versucht, ein paar Fäden zu ziehen, doch er zügelte sich. Noch war es zu früh, ihrem Gastgeber ihre wahre Identität preiszugeben. Noch bestand die Gefahr, dass jedwede Art von Widerstand, und mochte er auch noch so gering ausfallen, ihre – seine – Pläne zunichtemachte. »Ich bin sicher, Sie haben nur Männer von außergewöhnlichen Fähigkeiten in Ihrer Mannschaft«, fügte er daher besänftigend hinzu. »Außerdem habe ich Ihnen doch versprochen, dass Sie Zeuge eines wahrhaft historischen Augenblicks sein würden. Dies alles hier«, er deutete nach draußen, »ist nur das Vorspiel.«

»Das Vorspiel?«, echote Bennett. »Was erwarten Sie denn noch zu finden, Herr Professor?«

»Vertrauen Sie mir einfach«, sagte Wellington. »Dort oben, auf dem Dach der Pyramide, befindet sich unser eigentliches Ziel.«

»Also gut.« Bennett gab die entsprechenden Befehle an die Brücke weiter, und mit kaum noch spürbarer Geschwindigkeit begann das Tauchboot, dem Fuß der Pyramide entgegenzudriften.

Hyde-White hatte sich unterdessen zu dem halb verfallenen Treppenaufgang vorgearbeitet, und im Schein der Bogenlampen machte er sich an den mühseligen Aufstieg. Auf allen vieren arbeitete er sich an dem von Algen und Muschelkolonien überwucherten Bauwerk empor, und Wellington konnte sich lebhaft ausmalen, wie sein Schüler angesichts des sperrigen Taucheranzugs lautlos alle Teufel der sieben Höllenkreise herbeifluchte.

Mehr als einmal blieb der Metallzylinder, den Hyde-White hinter sich herzog, an einem steinernen Vorsprung hängen, und auf halber Strecke rutschte sein Metallfuß auf einer abgebrochenen Stufe ab, sodass der Panzeranzug in die Tiefe zu stürzen drohte, was ohne Zweifel ein Reißen des Versorgungsschlauchs und damit den Tod seines Schülers zur Folge gehabt hätte. Doch im letzten Moment konnte Hyde-White sein Gewicht nach vorne verlagern und die Katastrophe verhindern. Wellington glaubte, ein leichtes Zupfen an der Wirklichkeit zu spüren, und sein Blick huschte zu Bennett, doch ihr Gastgeber schien nichts bemerkt zu haben. *Und selbst wenn er es gespürt hätte, wüsste er wohl nichts mit dem Gefühl anzufangen …*

Beinahe zeitgleich erreichten die silberne Gestalt und ihr riesiger stählerner Begleiter die Oberkante der Pyramide. Ein Ring aus Säulen, die einstmals opulent verziert und von imposanter Größe gewesen sein mussten, heute aber abgeschliffen und verfallen waren, säumte ein weites kreisrundes Areal von genau fünfzig Schritt Durchmesser. Weite Flächen waren von Sand bedeckt, und heruntergestürzte Trümmerteile lagen dazwischen verstreut, doch als die *Nautilus* lautlos neben dem Rund zum Stehen kam und ihren Rumpf drehte, sodass die Scheinwerfer das Zentrum des Pyramidendachs erfassten, war zu erkennen, dass sich unter den Spuren des Verfalls noch ein weiterer Gegenstand befand. Eine gewaltige Scheibe aus einem nicht genau zu bestimmendem Material schien in das Dach der Pyramide eingelassen worden zu sein, und tiefe, geschwungene Rillen, die man hier und da erkennen konnte, erweckten den Eindruck, als ziere ein fremdartiges Muster ihre gesamte Oberfläche.

»Grundgütiger!«, murmelte Bennett beinahe ehrfürchtig und beugte sich vor, um die Scheibe besser sehen zu können. »Was ist das?«

Wellington atmete tief ein. Er hatte das Gefühl, als vibriere jede Faser seines Körpers in Erwartung dessen, was unter der Scheibe verborgen lag, auch wenn er wusste, dass dies nichts anderes sein konnte als eine Überreizung seiner Nerven. Nichts drang durch das Siegel hindurch! Dafür hatten die Hüter vor langer Zeit Sorge getragen. »Das, Bennett, ist der Grund für unsere Reise zum Mittelpunkt des Atlantiks. Das ist es, wonach ich die ganzen Jahre gesucht habe …«

Der Industrielle warf ihm einen sonderbaren Blick zu. »Ich verstehe das nicht, Herr Professor. Wir haben soeben wahrscheinlich die Ruinen des antiken Atlantis entdeckt, und Sie interessieren sich allein für diese Pyramide. Was ist hier los? Sie verschweigen mir doch irgendetwas. Habe ich nicht, nach all dem Vertrauen, das ich Ihnen entgegengebracht habe, ein Anrecht darauf, von Ihnen die ganze Wahrheit zu erfahren? Wir sitzen doch alle im selben Boot.«

Wellington hob mit tadelnder Miene eine Augenbraue. »Aber Mister Bennett, wir wollen doch nichts überstürzen. Geduld. Nur noch ein kleines bisschen Geduld.« Er wandte sich seiner Begleiterin zu. »Melissa, wären Sie so freundlich, unserem geschätzten Mister Cardiff ein wenig Gesellschaft zu leisten?«

Er sah das Blitzen in ihren Augen und wie sich ihre Nasenflügel vor Erregung leicht weiteten. *Ja, meine Liebe, jetzt geht es los …* »Gerne, Herr Professor«, hauchte sie und schob sich an ihm vorbei, wobei ihre schlanke Hand wie zufällig die seine streifte. Er verspürte ein Prickeln, als sie für den Bruchteil einer Sekunde ihrer beider Fäden miteinander verband und ihm auf diese Weise Glück wünschte.

Mit Glück hat das hier nichts mehr zu tun … »Duncan, sind Sie bereit?«

»Jederzeit.«

»Dann beginnen Sie.«

»Ja, Meister«, bestätigte Duncan. Er gebrauchte den Titel seines Mentors diesmal mit voller Absicht, nachdem er ihm zuvor nur versehentlich über die Lippen gekommen war. Endlich war es so weit. Endlich würden sie für all die Mühen der letzten Jahre belohnt werden. Wenn dieser Tag vorüber war, würden Melissa, Wellington und er mächtiger sein als jedes andere lebende Geschöpf auf Erden. Die Vorstellung versetzte ihn geradezu in einen Rauschzustand.

So schnell, wie es ihm seine ungelenke Metallhülle erlaubte, bewegte er sich in die Mitte des Säulenrunds. Seine Eisenschuhe schlugen auf die harte, metallartige Oberfläche der in den Boden eingelassenen Scheibe, und er bildete sich ein, dass sie mit jedem Schritt ein dumpfes, hallendes Dröhnen erzeugten, als befände sich ein Hohlraum von immensen Ausmaßen unter seinen Füßen. In Wirklichkeit jedoch war der Raum, der sich jenseits des gewaltigen Siegels befand, das vor Tausenden von Jahren hier angebracht worden war und das sie heute zu brechen gedachten, von so unermesslichen Dimensionen, dass sich jedweder Hall darin verlieren musste – sofern alles, was sie zu wissen glaubten, tatsächlich der Wahrheit entsprach.

Duncan erreichte das Zentrum des Kreises und begann den Boden abzusuchen. Er hatte sich die Lage und die Form des »Bruchpunkts«, wie sie ihn immer genannt hatten, mithilfe der uralten Zeichnung, die sein Meister im Laufe ihrer Studien aus nur ihm bekannten Quellen bezogen hatte, genau eingeprägt. Und obwohl sich die Energie seines Handstrahlers allmählich zu erschöpfen schien und weite Teile des Siegels vom Meeresboden erobert worden waren, gelang es ihm mit beinahe unheimlicher Leichtigkeit, sich zu orientieren. Er folgte einigen floral anmutenden Linien, bis er auf eine tiefere Rille stieß, die ihn wiederum zu einem Doppelring mit auswärts gerichteten Strahlen führte. »Ich habe die Stelle gefunden, Meister«, meldete er aufgeregt.

»Exzellent, Duncan. Fahren Sie fort. Wir sind an Ihrer Seite«, antwortete Wellington von Bord der *Nautilus* aus.

Unbeholfen schob er mit seinem rechten Fuß den Sand zur Seite, der den Doppelring halb bedeckte. Er wagte es nicht, sich hinzuknien und den Bruchpunkt mit einer der Greifklauen zu säubern, denn er hatte Angst, dass er möglicherweise mit dem schweren Anzug nicht mehr aufzustehen vermochte. *Zumindest nicht, ohne nachzuhelfen*, ergänzte seine innere Stimme sarkastisch. Er zog den Metallzylinder, den er die ganze Zeit hinter sich hergezogen hatte, zu sich heran und fixierte ihn mit einer der beiden Greifklauen, während er mit der anderen an dem Deckel an der Oberseite des Behälters zog. Ruckartig flog der Deckel auf und trieb, sich langsam überschlagend, im dunklen Wasser davon. Duncan kümmerte sich nicht darum. Er würde ihn nicht mehr brauchen.

Stattdessen schob er die Klaue der rechten Hand in den Zylinder und holte einen länglichen Gegenstand hervor, der vage an einen mittelalterlichen Streitkolben erinnerte, nur dass die Spitze aus einem goldgefassten grünen Kristall von der Größe einer kräftigen Männerfaust bestand. Ein matter Schimmer drang aus dem Inneren des Kristalls, und Duncan spürte bereits, wie sich die Fäden des Siegelbrechers mit den seinen zu verbinden versuchten. Einen Augenblick lang ließ er zu, dass die Wahrsicht sein Blickfeld überlagerte, und lenkte die tastenden Fühler behutsam auf sich selbst zurück. Der Siegelbrecher war ein ebenso machtvolles wie fragiles Werkzeug, und es hatte eine Weile gedauert, bis Duncan, der einen eher handfesten Umgang mit den ihn umgebenden Dingen pflegte, seine Verwendung gemeistert hatte.

»Tu es, Duncan!« Die fordernde Stimme seines Meisters füllte seinen Helm und seinen Geist aus. »Tu es jetzt!«

»Ja, Meister.« Mit erwartungsvollem Glänzen in den Augen hob Duncan den Siegelbrecher mit der rechten Greifklaue in die Höhe, drehte ihn um, sodass der nun stärker schimmernde Kristall auf das Ringrelief im Boden deutete, und im nächsten Moment ließ er ihn mit aller Kraft auf das Siegel niederfahren.

Es gab einen dumpfen Schlag, und der Kristall an der Spitze des Streitkolbens explodierte. Myriaden winziger, wie Sternenstaub glitzernder Fragmente drifteten mit einer Trägheit auseinander, dass der Eindruck entstand, die Zeit selbst habe sich verlangsamt. Sie sanken zu Boden, verglühten auf der Oberfläche des Siegels – und einen schrecklichen Augenblick lang geschah nichts weiter.

Duncans Herz setzte aus, und sein Magen verkrampfte sich zu einem harten Knoten, während er sich fragte, ob er irgendetwas falsch gemacht hatte.

Doch dann kam das Licht.

»Professor Wellington, was geht da vor?« Die Stimme des Industriellen zitterte leicht, während er mit einer Mischung aus Erstaunen und Entsetzen durch das Aussichtsfenster in die Tiefe blickte. War das säulenumgebene Rund zuvor noch dunkel und – abgesehen von der silbernen Gestalt Hyde-Whites – ohne jedes Leben gewesen, fing die gewaltige Scheibe plötzlich auf geheimnisvolle Art und Weise zu glühen an.

Fasziniert verfolgte Wellington, wie sich das komplizierte Reliefmuster von der Mitte aus, dort, wo sein Schüler den Siegelbrecher zertrümmert hatte, mit Licht füllte. Es sah aus, als steige flüssige Lava aus der Tiefe empor und ergieße sich in die mal schnurgeraden, mal weit geschwungenen Rillen. Doch das Licht war kein rotorangenes Glosen kochenden Gesteins, vielmehr glitzerte und schillerte es vielfarben wie ein hundertfach geschliffener Kristall, in dem sich das Sonnenlicht eines hellen Sommernachmittags bricht. Fein verästelte blaugrüne Blitze wanderten verspielt zwischen den einzelnen Lichtflüssen hin und her, schlugen immer wieder mit überraschender Kraft in die umliegenden Säulen ein und umtanzten die Metallbeine von Hyde-White, der sich abmühte, dem Lichtgewitter zu entfliehen, das um ihn herum losbrach. Wellington wusste, dass dies erst der Anfang war, doch schon jetzt spürte er die titanischen Energien, die sich tief unter der Oberfläche anschickten hervorzubrechen. »Ist es nicht wunderschön?«, flüsterte er, ohne auf die Frage seines Begleiters einzugehen.

»Was reden Sie da?«, entfuhr es Bennett entgeistert. Das außergewöhnliche Schauspiel schien an Intensität immer weiter zuzunehmen, und mittlerweile hatte offenbar die Angst die Oberhand in ihrem Gastgeber gewonnen. »Das sieht aus, als würde hier gleich ein unterseeischer Vulkan ausbrechen. Wir müssen Abstand gewinnen, sonst wird die *Nautilus* noch beschädigt. Drängen Sie Ihren Mitarbeiter, an Bord zurückzukehren, ich rufe Mister Card…«

Er war gerade im Begriff, die Sprechverbindung zu aktivieren, als Wellington mit der Rechten eine blitzschnelle Wurfbewegung machte. Das Fadenbündel, das peitschengleich aus seinem Handgelenk schoss und sich um Bennetts Unterarm wickelte, war für einen Normalsterblichen nicht viel mehr als ein kaum wahrnehmbares Flirren in der Luft, doch dafür spürte der Industrielle dessen Wirkung umso stärker, als Wellington das Bündel ergriff und kraftvoll zu sich zurückzog.

Es schien auf einmal, als werde der überrascht aufschreiende Bennett, wie von Geisterhand gepackt, durch den Raum und in die Arme seines Gegenübers gewirbelt. In Wirklichkeit waren die beiden Männer durch eine meisterhafte Fadenmanipulation verbunden, die Wellington auch nicht löste, als er seine Linke bereits mit eisernem Griff um die Kehle seines Gastgebers gelegt hatte.

»Wir werden bleiben«, presste er zwischen den Zähnen hervor. Seine Züge hatten von einer Sekunde zur anderen einen Ausdruck erbarmungsloser Härte angenommen, das Profil scharf und die Mundwinkel heruntergezogen, und der Blick seiner rauchgrauen Augen bohrte sich wie die Klinge eines Eisschwerts in Bennetts Schädel.

Das Gesicht des Industriellen begann rot anzulaufen, und Schweiß trat ihm auf die Stirn. Er wollte sich wehren, doch Wellington vollführte eine kompliziert aussehende Geste mit der rechten Hand und beraubte Bennett mithilfe mehrerer Fäden seiner Bewegungsfreiheit.

Panik keimte in Bennetts Augen auf. »Wer … sind … Sie?«, keuchte er mühsam. »Sie sind doch … kein … Meeresforscher.«

Wellington richtete sich kerzengerade auf und zog sein Opfer in die Höhe. »Wer ich bin, fragen Sie? Nun, ich will es Ihnen sagen. Ich bin Victor Mordred Wellington, Lordmagier des Ordens des …«

Weiter kam er nicht.

Eine Schockwelle roher, ungezügelter Magie traf ihn und ließ ihn wie vom Blitz getroffen zusammenzucken. Gleichzeitig fiel ein Strahl gleißenden Lichts durch das Aussichtsfenster, so als sei direkt neben dem Tauchboot, tief unter der Meeresoberfläche, ein Stern aufgegangen. Geblendet kniff Wellington die Augen zusammen.

Der Lautsprecher der Außenverbindung erwachte zum Leben. »Wir haben es geschafft, Meister. Wir haben es wirklich geschafft«, brüllte Hyde-White mit unüberhörbarer Begeisterung in der Stimme.

Wellington ließ von Bennett ab, sodass dieser zu Boden fiel, dann eilte er mit zwei raschen Schritten zum Aussichtsfenster. Ein Gefühl unbändiger Freude überkam ihn. Sein Körper war wie elektrisiert, fühlte sich an, als werde er mit jedem Herzschlag neu geboren. Einen Moment lang überließ sich Wellington der Wahrsicht und keuchte lustvoll auf, als er das anmutige Wirbeln und Tanzen der Fäden im Strom des Lichts gewahrte. »Schauen Sie nur, Bennett!« Seine Stimme bebte vor Ergriffenheit. »Das hier ... Das hier ist wirkliche Magie ...« Er senkte den Kopf, um in die Tiefe, in die Quelle selbst, zu blicken, und ein Schauder lief ihm den Rücken hinunter. Dort unten brodelte es noch so viel stärker ... Die Lichtsäule war nur der Herold der zweiten Schöpfung, die sich in Kürze mit unvorstellbarer Kraft Bahn brechen würde.

Er drehte sich um und sah Bennett aus glänzenden Augen an. Dieser hatte sich, auf das Rückenpolster der Sitzgelegenheit gestützt, mühsam wieder erhoben, rieb sich den schmerzenden Hals und sah Wellington mit mattem Blick an. Sein Widerstand war gebrochen. »Was wird nun geschehen?«

»Wir steuern die *Nautilus* in die Lichtsäule hinein. Es wird eine ... erhebende Erfahrung werden.«

Der Industrielle schluckte und schüttelte kaum merklich den Kopf. »Das können Sie nicht von mir verlangen. Das dürfen Sie nicht. Es wird unser aller Tod sein.«

»Mister Bennett, Sie reden über Dinge, von denen Sie nichts verstehen«, erwiderte Wellington mit der milden Strenge eines Lehrers gegenüber dem unwissenden Schüler. »Der heutige Tag wird niemandes Tod sein, sofern Sie mich nicht dazu zwingen, Miss Esperson auf der Brücke Ihre Männer umbringen zu lassen und dann das Tauchboot eigenhändig zu steuern.«

»Das würden Sie wirklich tun, nicht wahr?«

Wellington ersparte ihnen beiden die Antwort.

»Und Sie versprechen mir, dass der *Nautilus* und meiner Mannschaft nichts geschehen wird?«, hakte Bennett nach.

Wie ein Priester faltete der Magier die Hände vor der Brust. »Mister Bennett, die ungezügelte Magie erschafft Leben, verleiht ihm neue Form. Sie zerstört nicht«, dozierte er.

Sein Gastgeber schien mit sich selbst zu ringen, dann nickte er. »Also gut. Was bleibt mir auch anderes übrig?« Er trat an das Sprechgerät. »Mister Cardiff.«

»Cardiff hier«, ertönte die aufgeregte Stimme des Ersten Offiziers. »Sehen Sie das, Sir? Dort draußen geschieht etwas Unfassbares.«

»Wir sehen es.« Bennett räusperte sich, und sein Blick huschte zu Wellington, der stumm am Aussichtsfenster wartete. »Mister Cardiff … ich möchte, dass Sie die *Nautilus* näher an das Licht heranbringen.«

»Näher, Sir?« Der Erste Offizier klang ungläubig.

»Steuern Sie das Boot *in* die Lichtsäule.«

Einen Augenblick lang herrschte Schweigen am anderen Ende der Leitung. »Das … das kann nicht Ihr Ernst sein, Sir.«

»Tun Sie es, Mister Cardiff. Langsame Fahrt voraus, bis …«

»Nein«, unterbrach Wellington ihn. Er spürte, wie sich tief unter ihren Füßen die Magie regte. Der Ausbruch stand unmittelbar bevor. Plötzlich lief ihm die Zeit davon. »Schneller.«

»*Was?*«

»Schneller!«

Bennett wandte sich wieder an seinen Ersten Offizier. »Halbe Fahrt voraus, Mister …«

»Schneller!«

»Aber das ist Wahnsinn, Wellington!«

Der Magier warf ihm einen glühenden Blick zu. »Alles andere ist Ihr Tod, Bennett«, zischte er zornig.

Im Gesicht des Industriellen zuckte es. »Mister Cardiff. Volle Fahrt voraus!«

»Sir, ich …«

»Keine Diskussion!«, schnitt Bennett ihm herrisch das Wort ab.

Der ehemalige Militär zögerte kurz, danach bestätigte er: »Aye, aye, Sir. Volle Fahrt voraus.«

Ein Zittern durchlief den stählernen Leib des Tauchboots, als die Motoren der *Nautilus* kraftvoll zum Leben erwachten. Das Gefährt neigte sich zur Seite und schwenkte nach Backbord auf die Lichtsäule zu.

Angespannt beobachtete Wellington, wie sie sich näherten. Erste mannsdicke Überschlagentladungen roher Magie zuckten aus der Quelle hervor, krallten sich wie die Finger eines Giganten über den Rand und wanderten träge über den Ring aus Säulen, der das Rund einfasste. Einen Augenblick lang dachte der Magier an Hyde-White, der dort unten, eingesperrt in seine metallische zweite Haut, vermutlich glaubte, er müsse um sein Leben bangen. *Ach, du armer Tor!*

Aus den Augenwinkeln sah er, wie zu seiner Rechten der Rammsporn der *Nautilus* in die Lichtsäule eintauchte. Feines, vielfarbiges Blitzgewitter umspielte die stählerne Spitze des Tauchboots, und ein leises Knistern war zu hören, so als lasse jemand trockene Reiskörner auf den Rumpf regnen.

Eine machtvolle Schwankung im Strom der Magie veranlasste Wellington, wieder in die Wahrsicht hinüberzugleiten. Sofort erkannte er, dass der letzte Ausbruch begonnen hatte. Eine magische Druckwelle wahnwitzigen Ausmaßes rollte ihnen aus der chaotischen Sphäre jenseits des Quellsiegels entgegen. Jeden Moment würde sie das Nadelöhr in die Wirklichkeit durchbrechen. »Fast am Ziel …«, flüsterte er leise. »Nur noch ein kleiner Schritt …«

In diesem Augenblick schlug ihnen ein magischer Blitz entgegen, traf die *Nautilus* am Heck, und von einer Sekunde zur anderen fielen alle Lichter aus, das Geräusch der Motoren erstarb und eine unnatürliche Stille breitete sich im Inneren des Tauchboots aus. *Maschinenversagen*, durchfuhr es Wellington, während die *Nautilus* sich leicht nach Backbord zu neigen begann. Durch das Fenster sah er, wie das Heck träge nach Steuerbord ausscherte und das Gefährt sich ganz langsam auf der Spitze wieder aus dem Lichtstrahl herausdrehte.

»*Nein!*«

Die Druckwelle war nun auf wenige Meilen heran und näherte sich mit rasender Geschwindigkeit. Wie nebenbei registrierte Wellington, dass die Fäden überall auf dem Meeresboden zu zittern begannen. Ein Erdbeben kündigte sich an.

Ihn schwindelte. Sie würde es nicht schaffen. *Er* würde es nicht schaffen. Nicht, wenn er an Bord der *Nautilus* blieb. Sein Blick zuckte zum Aussichtsfenster hinaus. Die Lichtsäule war zum Greifen nahe. Er konnte sie beinahe berühren. Er musste nur noch …

Mit einem Satz war der Magier an Bennett vorbei, der sich mit bleichem Gesicht nach wie vor an der Rückenlehne der roten Sitzgelegenheit festklammerte, und packte einen der Messingstühle, die im hinteren Bereich des Salons um einen kleinen Tisch herum standen. Er riss ihn aus den Schlaufen, die ihn am Boden festhielten, und rannte zurück zum Fenster. Mit voller Wucht schlug er ihn gegen die Scheibe, doch der Stuhl prallte ab und hinterließ nicht mehr als einen unschönen Kratzer auf dem Kristall.

Ein Zittern durchlief den Leib des Tauchboots. Die Druckwelle hatte sie jetzt fast erreicht.

»Was tun Sie da?« Bennett sprang vor und griff Wellington in die Arme. »Sind Sie nun völlig dem Wahnsinn verfallen? Wir befinden uns achtzig Faden unter dem Meeresspiegel!«

Wellington stieß den Industriellen grob von sich und zu Boden. »Ich habe keine Zeit für so etwas«, fauchte er. Als Bennett sich wieder aufrappelte, um ihn erneut anzugreifen, verband er mit einer raschen Geste die Fäden einer schweren Kristallkaraffe mit denen Bennetts und zog sie ruckartig zusammen. Die Karaffe schoss durch die Luft und traf den Industriellen am Hinterkopf. Er ächzte und fiel um wie ein gefällter Baum.

Eine zweite, stärkere Vorwelle brachte die *Nautilus* zum Erbeben.

»Victor!«

Wellington drehte sich gehetzt um. Melissa stand im Türrahmen, Kleid und Haar in sichtlicher Unordnung. *Nicht auch noch du*, fluchte er lautlos. »Keine Zeit, Melissa.«

»Was tust du?« Schwankend kam sie auf dem mittlerweile deutlich geneigten Deck näher. »Du hast versprochen, dass wir die Quelltaufe gemeinsam erleben würden.«

»Ich weiß.« Wieder ließ er den Stuhl gegen die Scheibe des Aussichtsfensters donnern. Ohne Erfolg. Was für Glas hatte Bennett in dieses Boot eingebaut?

Das dritte Beben war so stark, dass es sie beide von den Füßen warf und das Tauchboot in ein nun vollends unkontrolliertes Driften versetzte.

Wellington ließ den Stuhl los, rappelte sich auf und trat drei Schritte zurück. Jetzt oder nie. Es war seine letzte Chance. Er warf seiner Begleiterin einen letzten, kurzen Blick zu. »Manchmal ändern sich die Dinge. Leb wohl, Melissa ...«

Ihre Augen weiteten sich, als sie erkannte, was er vorhatte. »Nein, Victor!«

Doch es war zu spät. Die magische Druckwelle unter ihnen hatte das Quellsiegel erreicht. Wellington nahm Anlauf, sprang auf das Fenster zu und zwang all seine Fäden, sich mit denen der Scheibe zu verbinden, jene brutal zu zerreißen und in alle Richtungen zu zerstreuen. Das Unterfangen war nicht ohne Risiko. Versagte er, würde er sich wahrscheinlich selbst bewusstlos schlagen. Aber ihm blieb keine andere Wahl.

Mit einem Bersten brach das zwei Finger dicke Glas, und die Wucht des Aufpralls trieb Wellington durch die unterarmbreite Wasserwand hindurch, die das Tauchboot von der Lichtsäule trennte. Im selben Augenblick wiederholte sich sein Befreiungsschlag unter seinen Füßen, als die magische Druckwelle mit der Kraft einer explodierenden Sonne das Quellsiegel erreichte und daraus hervorbrach. Für den scheinbar endlosen Bruchteil einer Sekunde schwebte Wellington in der Leere des Lichts, dann erfasste ihn die Gewalt der Magieeruption und schleuderte ihn in die Höhe, als sei er ein einsames Blatt inmitten eines Orkans.

Aus den Augenwinkeln sah er noch, wie der stählerne Leib des Tauchboots im aufgewühlten Wasser davonwirbelte. Danach spürte er nichts mehr.

Unter ihm begann sich der Meeresboden zu wölben. Das vorzeitliche Atlantis erhob sich aus seinem jahrtausendelangen Schlummer unter den Wellen, und mit ihm kehrte die Wahre Quelle der Magie an die Oberfläche zurück.

KAPITEL I:

DER VORHANG ÖFFNET SICH

»Neues Unterhaltungsprogramm ab Mai: Erleben Sie die außergewöhnlichen Darbietungen der Messrs Maskelyne & Cooke. Staunenswerte Kunststücke wie die schwebende Jungfrau, den verschwundenen Mann und erstmals auf der Bühne: das Wunder der Transportation!
Stehplätze 3s / Sitzplätze 12s / Loge 1£ 10s«

– Annonce der Egyptian Hall, 17. April 1897

18. April 1897, 19:02 Uhr GMT
England, London, ein Zaubertheater in der Gloucester Street

An dem Tag, an dem die magische Welt in ihren Grundfesten erschüttert werden sollte, wurde Richard zehn Jahre alt. Es war der 18. April 1897, ein Sonntag, und zur Feier des Tages hatte ihn sein Onkel, der Prokurist Alvin Thomas Clearwater, zum Besuch einer Zaubervorstellung eingeladen, die an diesem Abend im White House, einem kleinen Zaubertheater im südlichen Islington, gegeben wurde.

Auf der einen Seite hatte Richard die Aussicht, der weitgehend ungeteilten Aufmerksamkeit des schwergewichtigen Verwandten ohne Möglichkeit zur Flucht ausgeliefert zu sein, nicht besonders behagt. Der Onkel hatte diese spezielle Art, sich über Dinge, die Menschen taten oder sagten, mit dröhnendem Lachen zu amüsieren – vor allem über die eigenen, zumeist nicht im Geringsten komischen Witze. Darüber hinaus verfolgte er mit geradezu missionarischem Eifer das Ziel, seine unablässig gute Laune auch auf seine Mitmenschen zu übertragen, wobei er wie viele Erwachsene dem Irrglauben anzuhängen schien, es sei Richards Gemütszustand zuträglich, wenn er ihm mit seiner grobschlächtigen Rechten kräftig auf den schmalen Kinderrücken schlug oder ihm das sorgsam gekämmte aschblonde Haar zerzauste.

Auf der anderen Seite hatte Richard diesem Abend dennoch mit kindlicher Vorfreude entgegengefiebert. Wie oft war er bereits im Vorbeilaufen vor den reißerischen Plakaten stehen geblieben, die im monatlichen Wechsel den Eingangsbereich des White House schmückten, geradezu magisch angezogen von den ausladend geschwungenen Lettern und den fantastischen Illustrationen! Von »atemberaubenden Darbietungen« und »Mirakeln, die das menschliche Fassungsvermögen übersteigen« hatten diese Werbetafeln vollmundig gekündet, und ein ums andere Mal hatte er sich gefragt, ob es ihm wohl gelingen könne, die Illusionen, die dort auf der Bühne gezeigt wurden, zu durchschauen.

Denn im Gegensatz zu vielen seiner Altersgenossen glaubte Richard nicht an Magie. Das lag zum Teil sicher daran, dass er für einen Knaben seines Alters außergewöhnlich intelligent war. Schon früh hatten seine Eltern, liberale Angehörige der gehobenen Londoner Mittelschicht, diese Begabung ihres Kindes entdeckt und durch Privatunterricht zu fördern gewusst. Dabei hatten gerade die naturwissenschaftlichen Unterweisungen seines Vaters, eines Mitglieds der Royal Society, einen bleibenden Eindruck hinterlassen. »Es existiert nichts Unerklärliches zwischen Himmel und Erde«, pflegte sein Vater zu sagen. »Es gibt nur Fragen, deren Antworten sich einem nicht ohne Weiteres erschließen, sondern nach denen man forschen muss. Ein scharfer Verstand, ein genaues Auge und ein unermüdlicher Lerneifer – das sind unsere besten Verbündeten in unserem Bestreben, zu verstehen, was die Natur im Innersten zusammenhält.«

Ganz so hehre Ziele hegte Richard mit seinen zehn Jahren noch nicht, auch wenn seine genaue Beobachtungsgabe und sein unermüdlicher Drang, Wissen anzusammeln, ihn zweifellos auf eine eindrucksvolle Karriere in den Fußstapfen seines Vaters vorbereiteten. Stattdessen – und hierin lag der andere Grund für seine Ablehnung gegenüber dem Übernatürlichen – hatte er es sich zur Aufgabe gemacht, alle Rätsel des Alltags zu lösen, mit denen er konfrontiert wurde, also etwa das Geheimnis zu lüften, wo sich sein vier Jahre älterer Bruder James, das »Sorgenkind«, wie ihn die Tanten hinter vorgehaltener Hand bezeichneten, an Samstagabenden herumtrieb. Dabei kam er sich vor wie dieser berühmte Londoner Detektiv, dessen Abenteuer von seiner Mutter in Fortsetzungen im *Strand Magazine* verfolgt wurden. Der Name war ihm entfallen.

»He, mein Junge, träumst du?«

Die dröhnende Stimme seines Onkels holte Richard in die Wirklichkeit zurück. Sie saßen im überfüllten Zuschauerraum des Zaubertheaters, auf Holzstühlen mit abgegriffenen Lehnen, und warteten gemeinsam mit knapp hundert anderen Gästen auf den Beginn der Vorstellung. Die gut gefüllte Geldbörse oder aber die vielfältigen Verbindungen seines Onkels hatten ihnen Sitzplätze in der ersten Reihe beschert, was Richard eine ausgezeichnete Sicht auf die leicht erhöhte Bühne ermöglichte, die im Augenblick noch durch einen schweren karmesinroten Vorhang vom Zuschauerraum abgetrennt war. »Nein, Onkel Thomas. Ich schaue mir die Bühne an.«

»Wozu das denn?«

Richard warf ihm einen ernsten Blick zu. »Ich versuche herauszufinden, ob es verborgene Falltüren oder Spiegel gibt, die während der Vorstellung zum Einsatz kommen könnten, um die Illusion von Magie hervorzurufen.«

Einen Augenblick lang starrte sein Onkel ihn verwundert an, dann brach er unvermittelt in Gelächter aus. »Du bist ein kleiner Teufelsbraten!« Mit seiner kräftigen Rechten zerzauste er Richards Haar und wandte sich kopfschüttelnd ab.

Der Junge schnitt heimlich eine Grimasse und versuchte, seine Frisur wieder in Ordnung zu bringen.

In diesem Moment ertönte eine Fanfare. Der leicht blecherne Ton verriet Richards scharfem Verstand, dass es sich um eine nicht mehr ganz neue Grammofonaufnahme handelte, die irgendwo hinter dem Vorhang abgespielt wurde. Ein Scheinwerfer ging an, und ein Mann mittleren Alters in einem schwarzen Smoking trat ins Rampenlicht. »Ladies and Gentlemen!«, rief er mit lauter Stimme. »Ich heiße Sie herzlich willkommen zu unserer heutigen Vorstellung im White House. Sind Sie bereit, zu staunen? Sind Sie bereit sich verzaubern zu lassen? Dann begrüßen Sie einen Mann, der die Kunst der Illusion auf seinen weiten Reisen um den ganzen Erdball zur Meisterschaft gebracht hat. Und heute ist er hier, um Ihnen seine Magie vorzuführen. Einen herzlichen Applaus für den unglaublichen … den außergewöhnlichen … den großen Magister Hieronymus Brazenwood!«

Bei den letzten Worten hob sich der Vorhang und das Publikum fing an zu klatschen, doch gleich darauf setzte Gemurmel ein, denn außer einer einfachen Holztür, die mitten auf der Bühne stand, war nichts zu sehen.

»Du meine Güte!«, rief der Theaterbesitzer scheinbar überrascht. »Wo ist er denn?« Er öffnete mit übertriebener Geste die Tür und zeigte, dass sich dahinter nur ein schmaler Streifen leere Bühne und die getünchte und bemalte Backsteinrückwand befanden. Er ging hindurch und drum herum, dann schloss er die Tür schulterzuckend wieder. Kaum war dies allerdings geschehen, gab es dahinter einen lauten Knall, und Qualm stieg zur Decke hoch. Wieder öffnete sich die Tür, und ein Mann um die fünfzig in einem langen schwarzen Frack erschien, mit einem Zylinder auf dem Kopf und einem verwegenen Bärtchen im Gesicht, das ihm das Aussehen eines Gentlemanschurken verlieh. »Verzeihung. Ich hoffe, ich komme nicht zu spät zur Vorstellung«, verkündete er. In seinen Augen blitzte es schelmisch, und seine Mundwinkel zogen sich leicht nach oben.

»Da ist er ja: der Magister Hieronymus Brazenwood!«, rief der Theaterbesitzer begeistert. Unter dem Lachen und dem Applaus der Zuschauer lüftete der Zauberkünstler seinen Hut und verbeugte sich.

»Köstlich!«, dröhnte Onkel Thomas lautstark. »Wunderbar!«

Richard fand den Auftritt etwas übertrieben. Andererseits, so ermahnte er sich, war er auch nicht hier, um sich zu amüsieren, sondern um genau zu beobachten und um ein paar besonders knifflige Rätsel zu lösen. Trotzdem nickte er pflichtschuldig, denn er bezweifelte, dass sein Onkel seine tatsächlichen Absichten verstanden hätte.

Gleich darauf fing die Vorstellung an. Zunächst führte der Magister ein paar einfache Tricks vor, Taschenspielereien, die Richard als eine Kombination aus weiten Ärmeln und flinken Fingern zu erkennen glaubte. So ließ der Zauberkünstler Rosen scheinbar aus der Luft auftauchen, die er dann den Damen im Publikum zuwarf, und den Sixpence, den er sich bei einem Zuschauer lieh und anschließend verschwinden ließ, zog er einem anderen hinter dem Ohr wieder hervor.

Anschließend holte er ein halbes Dutzend großer silberner Ringe herbei, die er durch Aufeinanderschlagen als solide und undurchdringlich präsentierte. Und doch gelang es ihm mit theatralischen Gesten, die Ringe so ineinander zu verflechten, dass sich am Ende eine Kette daraus ergab. Während des gesamten nachfolgenden Kartentricks grübelte Richard über das Geheimnis der Ringe, bis er schließlich zu dem Schluss kam, dass eine Art verborgenes Federscharnier des Rätsels Lösung sein musste.

Als er seine Aufmerksamkeit wieder dem Geschehen auf der Bühne zuwandte, trug ein schmächtiger grauhaariger Gehilfe des Zauberkünstlers gerade einen hüfthohen runden Holztisch auf die Bühne, der auf einer verzierten Säule mit vier Löwenpfoten nachempfundenen Füßen stand. Aus einem Zylinder zauberte Brazenwood einen kleinen gelben Vogel herbei.

Doppelter Boden, dachte Richard und lächelte müde.

Der Zauberer setzte den Vogel in einen goldenen Käfig und stellte ihn in die Mitte des runden Tischs. Danach zog er umständlich ein unmöglich großes rot-gold gemustertes Seidentuch aus der Brusttasche seines Fracks und bedeckte damit den Käfig. Mit ausholenden Armbewegungen murmelte er einige Beschwörungen, dann schlug er unvermittelt das Tuch flach auf den Tisch und zog es zur Seite. Die Tischplatte war leer.

»Bravo!«, rief Onkel Thomas, lachte und klatschte.

Richard kniff die Augen zusammen. Wie hatte der Trickser das gemacht? Es konnte keinen Hohlraum unter dem Tisch geben, in den ein ganzer Käfig gepasst hätte, denn der Tisch stand nur auf einem Bein. Und eine Spiegelkonstruktion wäre ihm bestimmt aufgefallen, als das Möbelstück auf die Bühne gebracht worden war. Allerdings ... Die Tischplatte wirkte relativ dick, wie diese Tische, in die noch eine Besteckschublade eingelassen war. War es möglich, dass sich der Käfig zusammendrücken und so in der Tischplatte verbergen ließ? Aber was mochte dann mit dem Vogel geschehen sein?

Der Magister beantwortete diese Frage, indem er das Tier einmal mehr aus seinem Hut zauberte und unter dem Beifall des Publikums in einen zweiten Käfig setzte. Doch Richard war sich sicher, dass dieser Vogel ein Doppelgänger sein musste, denn der Zauberkünstler hatte seinen ersten Schützling unmöglich aus dem Käfig befreien und in den Hut bugsieren können, bevor er die erste Hälfte des Tricks beendet hatte. Das wiederum bedeutete, dass sich der erste Vogel immer noch in dem Käfig befand. Und angesichts der Kraft, mit welcher der alte Mann auf den Tisch geschlagen hatte ... Plötzlich wurde Richard übel. Er senkte den Kopf und versuchte verzweifelt, das Bild eines zerquetschten winzigen Vogelleibes aus seinem Geist zu verbannen. *Hätte ich doch einfach nur gestaunt und geklatscht wie Onkel Thomas und nicht länger darüber nachgedacht ...*

Er war so sehr mit sich selbst beschäftigt, dass er erst verspätet bemerkte, wie unruhig es im Publikum geworden war.

»Grundgütiger!«, entfuhr es Onkel Thomas neben ihm.

Der Junge blickte auf und sah, dass Brazenwood auf der Bühne in sich zusammengesunken war. Vornübergebeugt stand er da, die linke Hand schwer auf den Tisch gestützt, die Finger der Rechten an die Stirn gepresst, als plage ihn entweder ein furchtbarer Schwindel oder ein grässlicher Kopfschmerz. Er hatte die Augen geschlossen, und das Gesicht war zur Grimasse verzerrt.

»Einen Arzt! Wir brauchen einen Arzt!«, drang ein Ruf aus dem Publikum.

Der Gehilfe des Zauberkünstlers kam mit besorgter Miene auf die Bühne geeilt, stützte seinen Meister und führte ihn zu einem Stuhl, den der nicht minder aufgeregte Theaterbesitzer herbeigetragen hatte. Während der große Magister Hieronymus Brazenwood, der in diesem Augenblick gar nicht mehr so groß wirkte, sondern einfach nur wie ein gebrechlicher alter Mann, auf den Stuhl niedersank und den Kopf in den Händen barg, trat der Theaterbesitzer mit hängenden Schultern an den Bühnenrand und sprach: »Ladies and Gentlemen! Ich bitte vielmals um Entschuldigung für diesen Zwischenfall, aber wie Sie selbst sehen können, hat der Magister Hieronymus Brazenwood einen Schwächeanfall erlitten. So etwas geschieht, wie Sie wissen, nicht häufig, aber auch ein Künstler kann einmal von seinem Körper im Stich gelassen werden. Ich bedaure dies außerordentlich, aber ich fürchte, unter diesen Umständen werden wir die Vorstellung ...« Er wandte sich mit fragender Miene zu dem Zauberkünstler um. »... nicht fortsetzen können ...«

Da jedoch hob Brazenwood eine Hand. Er atmete tief ein und

wieder aus und erhob sich von dem Stuhl. Er wechselte noch leise ein paar Worte mit seinem Gehilfen, nickte anschließend knapp, wandte sich wieder dem Publikum zu und schenkte ihm ein Lächeln.

»Oder vielleicht doch!«, rief der Theaterbesitzer erleichtert, der sich offenkundig schon Sorgen um seine Einnahmen und das Gerede gemacht hatte. »Da sind wir wieder! Applaus für den Magister Hieronymus Brazenwood!«

Das Publikum kam der Aufforderung stürmisch nach, und nach einer dankbaren angedeuteten Verbeugung setzte der Zauberkünstler seine Darbietung fort.

Die Vorstellung dauerte bis kurz vor neun. Der Höhepunkt war schließlich eine Nummer, bei der sich ein zufällig aus dem Publikum ausgewählter junger Mann in einen Kasten stellte und dort in Luft auflöste. Kaum hatten die Zuschauer allerdings zu einem beifälligen Gemurmel angesetzt, da stolperte der junge Mann plötzlich sichtlich verwirrt durch die Eingangstür am anderen Ende des Saals wieder herein.

Während hinter ihm die Menschen in begeisterte Hochrufe ausbrachen, runzelte Richard die Stirn. Dieser Trick war wirklich gut gewesen, auch wenn … Er drehte sich um und musterte den Mann, der soeben seinen Platz wieder einnahm. Er wirkte weder verschwitzt noch abgehetzt. Abgesehen davon war die Zeitspanne auch viel zu kurz gewesen, um den Weg von der Bühne zur Tür zurückzulegen, selbst wenn es unter dem Zuschauerraum einen Gang gegeben hätte. In diesem Moment kam ihm der Vogeltrick wieder in den Kopf – dort hatte es eindeutig ein zweites Tier gegeben. Wenn es hier also auch einen zweiten Mann gab, einen Zwilling oder einen Doppelgänger? Dann würde das bedeuten, dass auch der zufällig aus dem Publikum gewählte Freiwillige Teil der Nummer gewesen war. Allmählich dämmerte Richard das Ausmaß der Täuschung, das an diesem Ort Abend für Abend geboten wurde.

»He, Junge!« Onkel Thomas boxte ihm gegen den Arm.

»Amüsierst du dich auch, oder starrst du nur verdrießlich in der Gegend herum?«

Richard rieb sich den schmerzenden Arm und grinste gequält. »Nein, Onkel Thomas. Es ist faszinierend.«

»Faszinierend?!« Sein Onkel grunzte belustigt. »Du bist mir einer …«

Doch dem Jungen war nicht zum Lachen zumute. Brazenwoods Schlussnummer hatte ihn erneut an den Vogeltrick erinnert, und einmal mehr schweifte sein Blick zu dem runden Holztisch, der neben ein paar Utensilien, die der Zauberkünstler benutzt hatte, am Rand der Bühne stand. Der verschwundene Mann war zweifellos durch eine Falltür im Boden aus der Kiste entkommen, in die man ihn gesteckt hatte. Doch der kleine gelbe Vogel …? Richard musste es einfach wissen.

Daher stand er, kaum dass der Magister mit ein paar geschliffenen Schlussworten seine Darbietung beendet hatte, der Beifall verklungen war und die Gäste Stühle rückend dem Ausgang entgegenstrebten, von seinem Platz auf und ging zielstrebig auf die Bühne zu. »Entschuldigen Sie, Sir«, rief er dem Zauberkünstler zu, der gerade seinen Zylinder und ein paar Spielkarten einsammelte.

Der Angesprochene blickte überrascht auf und kam dann, als er den Jungen bemerkte, näher. Richard erkannte, dass er deutlich älter war, als das schwarze Haar und der Schnurrbart hatten vermuten lassen – offenbar gehörte beides zu seinem Kostüm. »Was kann der Magister Hieronymus Brazenwood für dich tun?«, fragte er freundlich, während er die fünf Stufen zum Zuschauerraum hinunterstieg.

»Ich wüsste gerne, was mit dem Vogel geschehen ist, den Sie in Ihrem Trick haben verschwinden lassen«, sagte Richard mit ernstem Gesicht. Aus den Augenwinkeln sah er, dass Onkel Thomas aufmerksam geworden war und zu ihnen trat, um zu sehen, ob sein Schutzbefohlener irgendwelche Dummheiten machte.

Brazenwood hob überrascht die buschigen Augenbrauen.

»Aber dort drüben sitzt er doch.« Er zeigte auf den Käfig neben dem Holztisch.

Richard schüttelte den Kopf. »Nein, Sir, das ist nicht der Vogel, den Sie haben verschwinden lassen. Dieser hier hat weiße Spitzen an den Flügeln. Die Flügel des anderen waren dagegen ganz gelb.«

Der Zauberkünstler machte ein verblüfftes Gesicht, bevor er anerkennend nickte. »Du bist ein sehr aufmerksamer kleiner Mann. Das hat noch niemand außer dir bemerkt.«

»Also, wo ist der andere Vogel?«, wollte Richard wissen. »Ist er tot?«

»Richard!«, rief Onkel Thomas und schnaufte entrüstet. »Wie kannst du nur solche Dummheiten von dir geben?« Er wandte sich mit um Verzeihung bittender Miene an den Magister. »Legen Sie nicht jedes Wort von ihm auf die Goldwaage. Der Junge hat allerlei Flausen im Kopf. Entschuldigen Sie!«

Der Zauberkünstler hingegen hob abwehrend die Hand. »Gott bewahre, mein Herr. Es gibt nichts, wofür Sie sich rechtfertigen müssten. Wenn unter meinen Zuschauern auch nur einer ist, der befürchtet, meine Zauberkunst nähme das Opfer unschuldiger Lebewesen in Kauf, so sehe ich es als meine Pflicht an, ihn vom Gegenteil zu überzeugen.« Er blickte Richard tief in die Augen und beugte sich mit einem Schmunzeln vor. »Dürfte ich kurz in deine Rocktasche greifen?«

Der Junge nickte unsicher.

Brazenwood schüttelte theatralisch die Ärmelsäume seines Fracks und schob sie zurück, schien in einer kompliziert aussehenden Geste seine Finger zu lockern, und schon im nächsten Augenblick hatte er Richard in die rechte Tasche seiner Jacke gegriffen. Er hantierte kurz darin herum, als versuche er etwas zu greifen, anschließend zog er vorsichtig seine zur hohlen Hand geballte Faust daraus hervor. Er öffnete die Finger, und der kleine gelbe Vogel hockte auf der Handfläche. Der gefiederte Winzling piepste leise und legte den Kopf schief, als erwarte er voller Spannung die Reaktion des Jungen.

Richard riss Augen und Mund auf. Das *war* der Vogel, den Brazenwood aus dem Käfig auf der Bühne hatte verschwinden lassen. Da gab es keinen Zweifel. Und er hatte ihn aus der Tasche *seiner* Jacke gezogen. Das war schier unmöglich. Richard hatte mit eigenen Augen gesehen, wie der Zauberkünstler die weiten Ärmel ausgeschüttelt hatte. Wenn er darin einen Vogel verborgen gehabt hätte, um ihn im Schutz von Richards Tasche heimlich in die offene Hand gleiten zu lassen, wäre dieser mit Sicherheit herausgefallen. Es war ... Zauberei! »Wie haben Sie das gemacht?«

Der Magister nahm das Staunen des Jungen mit einem weiteren Schmunzeln zur Kenntnis, während er den Vogel an seinen Gehilfen weitergab, der diesen kopfschüttelnd in den Käfig zu seinem gefiederten Bruder setzte. Nach dieser Kunstpause verbeugte er sich leicht, als fühle er sich geehrt, dass seine kleine Privatvorstellung ein so dankbares Publikum gefunden hatte. »Ich bin ein Zauberer, mein Junge«, verriet er mit schelmisch blitzenden Augen. »Magie ist mein Geschäft.«

Onkel Thomas brach in schallendes Gelächter aus und klatschte in die Hände. »Wunderbar. Einfach wunderbar. Sie sind der Größte.« Er japste und rieb sich die Tränen aus den Augenwinkeln.

Der Zauberkünstler richtete sich würdevoll auf, blickte die beiden an und lüftete mit einer eleganten Bewegung den Hut. »Meine Herren, ich empfehle mich. Bitte empfehlen derweil auch *Sie* mich – und zwar weiter. Es geht nichts über eine gute Mundpropaganda.« Damit drehte er sich um, stieg zurück auf die Bühne und verschwand.

Als der Magister Hieronymus Brazenwood durch den Vorhang hinter die Bühne trat, sah er, wie sein Gehilfe, der den Käfig mit den beiden Vögeln auf eine niedrige Holzkommode neben dem kleinen Fenster zum Hinterhof stellte, müde den Kopf schüttelte. »Wieso tust du das bloß immer wieder, Albert?«

»Was meinst du?« Brazenwood ging durch den Raum und

setzte sich vor seinen Schminktisch, um sich die Perücke und den falschen Bart abzunehmen und wieder zu Albert Dunholm zu werden, einem britischen Staatsbürger fortgeschrittenen Alters, der den Eindruck erweckte, seinen Enkeln ein guter Großvater zu sein – wenn er denn Enkel gehabt hätte.

»Du lässt dich immer wieder dazu hinreißen, echte Magie vor Zuschauern zu wirken. Das ist gefährlich. Du weißt besser als jeder andere, dass auch Nichtsehende manchmal spüren können, wenn wir die Wirklichkeit beeinflussen.«

»Ach komm schon, Cutler«, sagte Dunholm abwehrend. »Es war nur ein einfaches Auflösen eines Fadenkokons. Dazu braucht es fast weniger Manipulation, als wenn man ein Teeservice durch die Luft schweben lässt.«

»Aber es gehört zur Bühnenzauberei, dass man dem Publikum die Möglichkeit gibt, die Täuschung zu durchschauen, damit es sicher sein kann, nur einer harmlosen Darbietung beizuwohnen«, wandte sein Gehilfe ein. »Dieser Junge wird sich sein Leben lang fragen, wie du diesen letzten Trick zustande gebracht hast.«

Dunholm lachte leise. »Genau das war meine Absicht, Cutler. Jungen in seinem Alter sollten den Glauben an das Wunderbare in der Welt noch nicht so ganz verloren haben, wie es bei diesem hier der Fall gewesen zu sein schien. Ihm einmal mehr das Staunen geschenkt zu haben, war, denke ich, das kleine Risiko wert.«

Cutler zuckte ergeben mit den Schultern und seufzte. »Ich weiß nicht, Albert. Was machen wir hier überhaupt?«

»Wir verdienen unsere Miete«, erwiderte Dunholm mit einem Lächeln.

»Als hättest du das nötig«, bemerkte sein Gehilfe mit leichtem Sarkasmus, während er einige weitere Zauberutensilien in Regalfächer sortierte. »Du bist der Erste Lordmagier von London, Albert. Das scheinst du immer häufiger zu vergessen, je älter du wirst.«

»Ich bin gerne unter gewöhnlichen Menschen«, verteidigte sich der Magier. »Es macht mir Spaß, sie mit meinen Kunststücken zu unterhalten.« Er klopfte zur Bekräftigung mit dem Zeigefinger auf den Schminktisch. »Diese hundert lachenden Gesichter nach einer Vorstellung sind mir jedenfalls um ein Vielfaches lieber als die hundert grimmigen Mienen unserer Ordensbrüder und -schwestern nach einer Ratssitzung.«

In diesem Moment kam der Theaterbesitzer, der hinter den letzten Gästen die Pforte verschlossen hatte, herein und unterbrach ihren Disput.

»Mister Milton«, begrüßte ihn Dunholm.

Milton rieb sich die Hände, und seine Halbglatze, die er durch einige quer gekämmte Strähnen zu kaschieren versuchte, glänzte im Schein der zwei Gaslampen, die den Raum erhellten. »Meine Herren, ich würde sagen, das war wieder einmal ein Abend so ganz nach meinem Geschmack. Ein ausverkauftes Haus, ein dankbares Publikum – was wünscht man sich mehr? Nur …« Er warf dem Lordmagier, der in seinen Augen nicht mehr als ein leidlich begabter alternder Schausteller war, einen besorgten Blick zu. »… was war das vorhin auf der Bühne? Sie leiden doch nicht an irgendeinem Gebrechen, das Sie vor mir verbergen, oder?«

»Wir Zauberer mögen unsere Geheimnisse haben«, erwiderte Dunholm doppeldeutig, »aber, nein, ich habe Ihnen kein Gebrechen verheimlicht. Es war nur …« Er zögerte. »… ein Moment des Unwohlseins. Aber er ging rasch vorüber. Es gibt keinen Grund zur Sorge.«

Der Theaterbesitzer nickte zufrieden. »Das höre ich gerne. Wir sehen uns also morgen in alter Frische wieder.«

Dunholm nickte. »In alter Frische.«

Milton nahm seinen Mantel und seinen Bowler von dem Kleiderständer, der am Eingang des Hinterzimmers stand. »Dann wünsche ich den Herren einen schönen Abend. Ich werde noch rasch die Brüder Borden auszahlen, danach muss ich schleunigst nach Hause. Das treue Eheweib wartet sicher schon.« Er grüßte und trat zur Hintertür hinaus in die für diese Jahreszeit überraschend milde Londoner Abendluft.

Sowie er verschwunden war, ließ Cutler die Zauberutensilien in seiner Hand sinken, trat neben den Lordmagier und beugte sich mit ernster Miene zu ihm hinunter. »Was ist da vorhin wirklich passiert, Albert?«

Dunholm starrte schweigend sein Spiegelbild an, das Bild eines faltigen, grauhaarigen Mannes, das einem Uneingeweihten nicht den geringsten Hinweis darauf gegeben hätte, über welche gewaltigen Kräfte er in Wahrheit gebot und welch immenses geheimes Wissen er in seinem Inneren hütete. »Ich kann es dir nicht sagen, mein Freund.«

»Irgendetwas *ist* jedenfalls geschehen. Es fühlte sich an wie ein plötzlicher Druck hinter der Stirn. So als ob …« Cutler zuckte hilflos mit den Schultern. »Ich vermag es nicht zu erklären. Außerdem war es schon nach wenigen Augenblicken wieder vorbei.«

»Ich weiß, was du meinst«, sagte der Lordmagier mit einem Nicken. »Ich habe es auch gespürt, nur ungleich stärker als du. Einen Augenblick lang fürchtete ich, es würde mir den Schädel sprengen. Eine Erfahrung dieser Art habe ich noch nie gemacht.« Er wandte sich seinem Gehilfen zu und hob fragend eine Augenbraue. »Im Publikum schien aber niemand betroffen gewesen zu sein, oder?«

Cutler legte die Stirn in Falten und dachte nach. Er schüttelte den Kopf. »Ich glaube, nicht.«

»Auch Mister Milton hat nichts bemerkt …« Dunholm presste nachdenklich die Lippen zusammen, und seine Miene verdüsterte sich. »Das gefällt mir nicht, Cutler. Das gefällt mir überhaupt nicht. Irgendetwas Gewaltiges ist vorgefallen. Und es hat die Sphäre der Magie auf der ganzen Erde erschüttert.« Abrupt stand er auf und trat auf den Kleiderständer zu, um seinen braunen Mantel und seinen Hut zu holen.

»Wohin gehst du?«

»Ich will in der Bibliothek des Ordens nach ein paar Antworten suchen.«

»Soll ich dich begleiten?«

Dunholm hielt kurz inne. »Das ist nicht nötig. Räum du hier die Sachen auf und geh anschließend nach Hause. Wir sprechen uns morgen.«

»Soll ich nicht wenigstens Randolph Bescheid geben, damit er dich mit der Kutsche abholt?«, hakte sein Gehilfe nach.

Der Lordmagier winkte ab. »Heute ist sein freier Abend. Er nimmt ihn selten genug wahr. Ich komme schon zurecht. Ein strammer Fußmarsch wird mir guttun.« Er warf den Mantel über, setzte den Hut auf, ging zur Hintertür und öffnete sie. Noch im Türrahmen stehend, nickte Dunholm seinem Freund zu. »Wir werden diesem Geheimnis auf die Spur kommen, Cutler. Das verspreche ich.«

»Daran zweifle ich nicht«, antwortete Cutler. »Viel Erfolg, Albert.« Dann schloss sein Gehilfe die Tür, und Dunholm schritt die vier Stufen hinab zur Straße.

Der milde Abend lud geradezu zum Flanieren ein. Doch den Lordmagier drängte es zur Eile. Er hatte es Cutler gegenüber nicht erwähnt, um diesen nicht zu beunruhigen, aber die Veränderungen in der Magie gingen weit über ein einzelnes Erdbeben der magischen Sphäre hinaus. Was immer geschehen war, hatte sich nicht nur mit einem Paukenschlag angekündigt, es sorgte auch dafür, dass die Kraft der magischen Energien stetig größer wurde. Cutler mangelte es an Erfahrung und an Begabung, um derlei sofort zu bemerken. Dunholm hingegen spürte die Unruhe im Fadenwerk. Es war wie ein beständiges Wispern in seinem Hinterkopf, und wenn er sich der Wahrsicht überließ, bemerkte er, dass die Fäden in einer Art und Weise in Bewegung geraten waren, wie er es noch nie erlebt hatte. Fast erweckte es den Anschein, als erwachten die Dinge um ihn herum zu einem Leben, das ihnen zuvor nicht inne gewesen war.

Schnellen Schrittes ging er die Gloucester Street hinunter und bog dann gen Süden in die St. John Street ein, die zu den Markthallen am Smithfield führte. Zu dieser fortgeschrittenen Stunde waren nicht mehr viele Menschen unterwegs. Ein paarmal begegnete ihm eine Kutsche, die Zecher oder Theaterbesucher nach Hause brachte, und auf dem gegenüberliegenden Gehweg begleitete ihn eine Weile eine lärmende Gruppe junger Männer, die sich offensichtlich auf dem Heimweg von ihrem Club befand. In einiger Entfernung vor ihm wanderte ein Nachtwächter die Straße hinab, um die Gaslaternen zu entzünden.

Ungefähr auf Höhe des Charterhouse, eines ehemaligen Kartäuserklosters, dessen Räumlichkeiten heute die seltsame Mischung aus einer Schule und einem Altenheim für verarmte Gentlemen beherbergten, spürte Dunholm, das irgendetwas nicht stimmte. Irgendetwas zupfte unmerklich an ihm, so als versuchten haarfeine Spürfäden, seine Position zu ermitteln. Er verlangsamte seine Schritte ein wenig, glitt in die Wahrsicht hinüber und blickte sich suchend um. Ihm fiel nichts Verräterisches auf. Wer oder was auch immer nach ihm getastet hatte, war bereits wieder in Deckung gegangen. Oder aber hatten ihm seine Sinne einen Streich gespielt?

Die ganze Umgebung war an diesem Abend wie von einem magischen Drang erfüllt. Aus den Fenstern der mehrstöckigen Häuser, die links und rechts von ihm aufragten, züngelten Fäden wie helle gelbe Flämmchen, und auch aus den Gullydeckeln, die in regelmäßigem Abstand in die Straße eingelassen waren, stieg mehr als nur der warme Gestank der Kanalisation auf. Dabei gehörten die Fäden keineswegs nur Tauben, die, mit dem Kopf unter dem Flügel, schlafend auf den Fenstersimsen hockten, oder Ratten, die durch die Gosse trippelten. Das Gestein und die Erde selbst begannen sich zu verändern. Noch erschienen die neuen Fäden nur vereinzelt und rudimentär, wie die Knospe einer noch nicht zum Leben erwachten Blumenblüte. Ein geübter Sehender wie Albert Dunholm erkannte allerdings, dass die Welt im Begriff war, sich zu wandeln. Und wohin dieser Wandel führen mochte, wagte er sich kaum auszumalen.

Aber einerlei, ob er sich die Spürfäden nun eingebildet hatte oder nicht, der Erste Lordmagier wäre nicht so alt geworden, wenn er nicht ein vorsichtiger Mann gewesen wäre. Und so hielt er die Wahrsicht aufrecht, während er weiterging. Viele Magier empfanden es als irritierend, die Wirklichkeit um sich herum für länger als nur für ein paar Lidschläge als ein gewaltiges glitzerndes Netzwerk aus Fäden wahrzunehmen, das alles, was irgendwie einander bewusst oder auch nur sinnlich erfassbar war, miteinander verband. Dunholm hatte im Laufe der Jahre gelernt, damit umzugehen.

Er bog gerade in die Charterhouse Street ein, da spürte er das Tasten erneut. Blitzschnell drehte er sich um und gewahrte das Spürfadenbündel, das sich hauchzart wie ein Gespinst zwischen den kräftigen Fadensträngen der Häuser und der Gaslaternen hindurchgeschlängelt hatte.

Seine Finger vollzogen die magischen Gesten beinahe wie von selbst, während er seine eigenen Sinne ausgreifen ließ, um herauszufinden, wer ihn zu so später Stunde verfolgte.

Es waren zwei Männer, die sich hinter ihm in einer Seitengasse verbargen. Ihre Fadenaura strahlte hell und bewegte sich derart präzise und zielgerichtet, wie es nur ein fähiger Magier zustande brachte.

Dunholm runzelte die Stirn. Wer waren die beiden Männer – wenn es sich denn tatsächlich um Männer handelte, denn nun, da er genauer hinschaute, fiel ihm auf, dass die Aura seiner Verfolger einem komplizierten Bewegungsmuster folgte, das es praktisch unmöglich machte, die Identität der beiden anhand charakteristischer Eigenheiten ihrer Aura im Fadenwerk festzustellen.

Das war nicht gut. Für gewöhnlich sah ein Magiekundiger davon ab, die eigene Aura zu tarnen, allein schon deshalb, weil es auf die Dauer sehr anstrengend war, die eigenen Fäden ununterbrochen nebenher zu manipulieren. Wer so viel Mühe auf sich nahm, um die eigene Identität zu verschleiern, führte zweifellos Übles im Schilde.

Was wiederum nur noch mehr Anlass zur Sorge gab, denn die Gemeinde praktizierender Magieanwender in London und dem direkten Umland war überschaubar – wenn man nach wirklich fähigen Magiern suchte, wurde sie sogar noch kleiner –, und sah man von einem weltanschaulichen Disput zwischen zwei Fraktionen des Ordens ab, gab es Dunholms Wissen nach gegenwärtig keinerlei nennenswerte Spannungen. Folglich existierte eigentlich auch kein Grund für Intrige und Heimlichkeit. Was die Identität seiner Verfolger anging, ließ dies zwei Schlüsse zu: Entweder waren ausländische Magierspione in London eingetroffen – so etwas hatte es in der Vergangenheit durchaus gegeben –, oder die Anhänger von Meister Wellington, Dunholms *politischem Gegner*, wenn man so wollte, waren im Begriff, eine unfassbare Schandtat und zugleich große Dummheit zu begehen, während ihr Anführer auf Geschäftsreise in Übersee war. Unfassbar deshalb, weil es trotz all der Debatten, die in den letzten Jahren geführt worden waren, niemals tätliche Übergriffe gegeben hatte, und dumm, weil die Verschwörer vielleicht imstande sein mochten, Dunholm geschickt zu beschatten, aber deswegen noch lange nicht stark genug waren, um es mit ihm aufzunehmen, sollte dies ihr Plan sein.

Einen Augenblick lang erwog Dunholm zu versuchen, seine Verfolger in dem Gassengewirr westlich der St. John Street abzuschütteln. Jetzt, da er sich ihrer Anwesenheit bewusst war, vermochte er durchaus das eine oder andere Ass aus dem Ärmel zu zaubern, um ihre finsteren Absichten zu durchkreuzen. Andererseits würde er sich damit um die Möglichkeit bringen herauszufinden, was hinter dieser ganzen Sache steckte.

Vor ihm, am Ende der Straße, kam der Fleischmarkt am Smithfield in Sicht, und der Anblick des lang gestreckten Bauwerks mit seiner zentralen Grand Avenue und den beiden sich nach Osten und Westen erstreckenden Markthallen brachte den Lordmagier auf eine Idee. Ohne sich noch einmal umzudrehen, ging er schneller. Er baute darauf, dass seine Schatten ihm folgen würden. Und wenn sie das taten, würden sie eine unangenehme Überraschung erleben.

Der Fleischmarkt gehörte zweifellos zu den größten Warenumschlagplätzen der Stadt. Er war vor ziemlich genau dreißig Jahren errichtet worden, nachdem ein Parlamentsentscheid dem jahrhundertelangen und zuletzt gefährlich ausufernden Handel mit lebenden Tieren auf dem Smithfield mitten in London aus hygienischen Gründen einen Riegel vorgeschoben hatte. Entworfen hatte den Bau der Architekt Horace Jones, ein alter Bekannter Dunholms. Die beiden hatten sich zur etwa gleichen Zeit im Rahmen von Restaurierungsarbeiten an der Guildhall, in deren geheimen Kellern der Orden residierte, kennengelernt. Jones war ein guter Freund gewesen, und Dunholm bedauerte sehr, dass er bereits vor neun Jahren, nur ein knappes Jahr nach seinem wohlverdienten Ritterschlag durch Queen Victoria, verstorben war.

In den letzten zwei Jahrzehnten waren um das Hauptgebäude, das im italienischen Stil gehalten war und von vier achteckigen Türmen geziert wurde, mehrere Anbauten entstanden, darunter ein Geflügel-, ein Fisch- und ein Gemüsemarkt. Morgen für Morgen boten Scharen von Händlern hier ihre Waren feil, die mit Kutschen, aber auch über einen unterhalb der Markthalle verlaufenden Schienenstrang per Bahn angeliefert wurden, und aus der ganzen Stadt kamen die Menschen, um hier einzukaufen. Jetzt allerdings, in den späten Abendstunden vor Mitternacht, lag die ganze Anlage dunkel und verlassen da, wie Dunholm sich mit einem Wechsel in die Normalsicht überzeugte. Es würde keine unliebsamen Zeugen geben. Genau so, wie er es wollte.

Als er sich der riesigen tunnelartigen Halle der Grand Avenue näherte, deren gewölbtes Dach von weit geschwungenen gusseisernen Trägern gestützt wurde und deren Stirnseite mit ihrem Dreiecksgiebel und den Steinfiguren an einen antiken Tempel erinnerte, bemerkte Dunholm aus den Augenwinkeln eine Bewegung auf dem Dach der östlichen Markthalle. Irritiert hielt er inne und kniff die Augen zusammen. Doch er konnte nichts entdecken. Wieder öffnete er seinen Geist und ließ die Wahrsicht sein normales – und bei Nacht alles andere als perfektes – Sehvermögen überlagern. Was er dort sah, ließ ihn überrascht die Augenbrauen heben.

Jeder der vier Ecktürme des Fleischmarkts wurde von jeweils vier steinernen Greifen bewacht, die unterhalb des grün angelaufenen kuppelförmigen Daches hockten. Sie waren auf persönliches Betreiben von Jones dort angebracht worden. Ein befreundeter Bildhauer hatte sie angefertigt, und der Architekt hatte sie stets die Bewacher seines Werks genannt.

Für gewöhnlich umgab diese Statuen eine so schwache Fadenaura, wie sie auch jedem anderen Steinbrocken innewohnte, sofern er nicht von dichtem Moos bewachsen oder von irgendwelchem Kleingetier bevölkert wurde. Doch genau wie die Häuserfassaden hatte auch die Statuen an diesem ungewöhnlichen Abend ein unheimliches Eigenleben erfasst. Dunholm sah, dass sich Fäden von einer Stärke, die beinahe an ein aus dem Tiefschlaf erwachendes Bewusstsein gemahnten, von den Körpern der Greifen tastend in die milde Nachtluft ausbreiteten. *Das ist nicht gut, gar nicht gut*, durchfuhr es ihn. Er musste seine Verfolger loswerden und danach schnellstmöglich in die Bibliothek, um ein paar Nachforschungen anzustellen, die Licht auf dieses seltsame Geschehen werfen mochten.

Er passierte die beiden Gaslaternen am Eingang der Grand Avenue und tauchte in die Dunkelheit des etwa zweihundertfünfzig Fuß messenden Durchgangs ein, der auf der Südseite auf eine kleine parkartige Rotunde hinausführte. Sein Ziel war einer der beiden auf der Hälfte des Weges liegenden Eingänge zu den weitläufigen Flügeln des Marktes. Über den Umstand, dass die beiden Markthallen um diese Uhrzeit zweifellos verriegelt waren, machte er sich keine Gedanken. Türschlösser zu manipulieren gehörte zu den leichteren Übungen des Fadenwebens. Dort, zwischen den Dutzenden kleinen Ständen der Londoner Fleischhändler würde er sich verbergen und seinen Verfolgern auflauern.

Der Angriff kam ohne Vorwarnung. Unvermittelt fühlte er

sich gewaltsam in die Höhe gerissen und zur gewölbten Decke der Grand Avenue hinaufgeschleudert. Der Hut flog ihm vom Kopf, und Dunholm schrie überrascht auf. Instinktiv streckte er die Hände nach beiden Seiten aus und ließ zwei dicke, schimmernde Fadenbündel daraus hervorschießen. Peitschenartig wickelten sie sich um die brünierten Metallarme der Laternen, und mit einer raschen Geste straffte Dunholm die Fäden wie ein Bergwanderer seine Sicherheitsleinen. Der Erste Lordmagier ächzte, als er mitten in der Luft zum Stehen kam.

Er blickte an sich hinunter und sah, dass sich ein Bündel starker Fäden um seinen Leib gewickelt hatte. Schlängelnd wie Otterngezücht versuchte es, ihn zu binden. Mit jahrzehntelang eingeübten Bewegungen verknüpfte er die beiden Haltestränge mit einem Arm. Dann löste er den anderen und durchtrennte mit flinken Fingern seine Fesseln. Es gab einen Ruck, und er stürzte dem Boden entgegen. Die Haltestränge gaben nach und entglitten seiner Linken. Geistesgegenwärtig packte Dunholm einen von der gusseisernen Bogenstrebe über ihm herabhängenden Faden, der ihn vor einem ohne Zweifel fatalen Sturz auf das Kopfsteinpflaster der Straße bewahrte. Es gelang ihm allerdings nicht ganz, die Wucht abzufangen, und er verzog vor Schmerz das Gesicht, als er mit seinem linken Fuß unglücklich aufkam und umknickte. Dunholm mochte ein Meister der Magie sein, aber er war auch ein alter Mann, dessen Körper Strapazen gleich welcher Art nicht mehr so gut wegsteckte wie noch vor fünfzig Jahren.

Er ging in die Hocke und zog die Fäden, die seinen braunen Wollsocken mit dem Knöchel verbanden, etwas fester, um diesen zu stützen. Gleichzeitig huschte sein Blick zu den Deckenträgern der Halle, denn da der Angriff von oben gekommen war, musste sich sein Gegner irgendwo dort aufhalten. Tatsächlich bemerkte er die charakteristische Fadenaura eines Mannes von mittlerer Größe, die sich, auf einem der Eisenträger liegend, im Schatten der gewölbten Decke verborgen hatte. Die Art, wie er die Fäden, die von Dunholms Blicken ausgingen, kokonartig um sich herumleitete, ließ darauf schließen, dass er sich in der Normalsicht in einen Schattenmantel oder gar einen Unsichtbarkeitszauber gehüllt hatte.

Eine Bewegung zur Linken erregte die Aufmerksamkeit des Ersten Lordmagiers, und er entdeckte eine zweite Silhouette direkt unter dem Dach. Er fluchte innerlich. Der Fallensteller hatte sich selbst in eine Falle gelockt. Offensichtlich war es alles andere als ein Zufall gewesen, dass er sich nur wenige Schritte vom Smithfield entfernt seiner Verfolger bewusst geworden war. Das gedämpfte Trappeln von Ledersohlen auf dem Kopfsteinpflaster in seinem Rücken kündete davon, dass auch sie jetzt jede Heimlichkeit aufgegeben hatten. Sie suchten die Konfrontation – hier und jetzt. *Doch so leicht sollt ihr mich nicht haben.*

All diese Gedanken waren ihm binnen eines Lidschlags durch den Kopf geschossen, und bevor auch nur einer der Unbekannten zu einem erneuten Angriff ansetzen konnte, klatschte Dunholm einmal kräftig in die Hände. Der helle Schlag, der durch die tunnelartige Grand Avenue hallte, erzeugte eine grelle Fadenexplosion in der Wahrsicht, die von dem Ersten Lordmagier durch einige rasche Gesten noch verstärkt wurde. Im Grunde handelte es sich um einen lächerlich einfachen Störzauber gegen Magieanwender, aber manchmal waren die einfachen Dinge die wirksamsten.

Im Schutz der entstandenen Unruhe hechtete Dunholm auf die vergitterte Tür zum Ostmarkt zu. Kurz wünschte er sich, er hätte die Zeit, um das Schloss zu knacken. Dann hätte er die Möglichkeit gehabt, die Tür anschließend wieder zu verriegeln und sich dadurch einen kleinen Vorsprung zu verschaffen. Doch die Angreifer waren keine Novizen mehr, und der Störzauber würde sie höchstens für Sekunden aufhalten. Daher entschied sich der Erste Lordmagier für die schnellere Lösung und riss die Tür mit magischer Gewalt einfach aus den Angeln. Geistesgegenwärtig nutzte er sie als Geschoss gegen seine unter der

Decke kauernden Feinde. Es schepperte und krachte hinter ihm, während er durch den Eingang hastete, aber er hörte keine schmerzerfüllten Schreie, also ging er davon aus, dass er seine Ziele verfehlt hatte – sei es, weil sie die Tür abgelenkt hatten oder ihr ausgewichen waren oder weil sein blinder Wurf schlichtweg ungenau gewesen war. Er nahm sich nicht die Zeit, das herauszufinden.

Dunholm eilte ins Innere des Ostmarkts hinein. Kühle, vom süßlichen Geruch geschlachteten Fleisches geschwängerte Luft umfing ihn. Leere hölzerne Tische und Schubkarren standen herum, und um die schlanken metallenen Stützsäulen, die zur Decke hinaufführten, klirrten die Ketten und Haken, an denen die Händler in den frühen Morgenstunden ihre neue Ware, ausgeweidete Rinder- und Schweineleiber, aufhängten.

Dunholm blickte sich hektisch um. Bislang war er immer nur tagsüber hier gewesen, wenn der Fleischmarkt vor Leben pulsierte, und trotz der dreißig Fuß hohen Decke hatte der Bau stets ein Gefühl der unübersichtlichen Enge in ihm hervorgerufen. Jetzt musste er feststellen, dass es in der Halle sehr viel weniger Möglichkeiten gab, sich zu verbergen – oder aber eine gute Verteidigungsposition zu finden –, als er angenommen hatte. Der dreihundert Fuß lange Mittelgang bot überhaupt keine Deckung, und sich hinter einem der Verkaufstresen zu verstecken schien nicht ratsam, denn es gab keinerlei Fluchtweg, falls seine schattenhaften Verfolger ihn aufspürten – und irgendwie befürchtete Dunholm, dass sie trotz seiner Gabe, sich zu tarnen, dazu imstande sein würden.

Sein Blick fiel auf eine der engen Wendeltreppen zur Rechten, die zu einem schmalen metallenen Steg mit verziertem Eisengeländer führte. *Besser als nichts*, entschied er.

Während er auf die Treppe zurannte, wechselte er für einen kurzen Moment in die Normalsicht, um nicht über irgendein Hindernis zu stolpern, das sich in der Wahrsicht vor ihm verbarg, weil es zu klein oder weil seine Aura zu unscheinbar war. Dabei bemerkte er zum ersten Mal, wie finster es hier drinnen eigentlich war. Keine der zahlreichen Lampen, die an ihren Gasleitungen von der Decke hingen oder aus den Säulen herausragten, brannte, und das fahle, von draußen durch die schrägen Dachfenster einfallende Mondlicht reichte kaum bis zum Boden.

Als wolle ihn die Magie dafür strafen, dass er nicht der Wahrsicht vertraute, stolperte er just in diesem Augenblick über eine Unebenheit am Boden. Er schaffte es mit knapper Not, sich am Treppengeländer festzuhalten und so einen Sturz zu vermeiden.

»Dunholm!«, hallte eine Stimme vom Eingang her durch die Halle.

Noch während er herumwirbelte, wechselte er zurück in die Wahrsicht. Ihm blieb gerade genug Zeit, sich mit einem fadenverstärkten Ruck seines Arms um das verzierte Geländer herumzuziehen, bevor ein halbes Dutzend Fleischerhaken gegen seine Deckung prasselte. *Dummköpfe!*, fuhr es ihm durch den Sinn. *Man warnt seinen Gegner nicht.*

Er streckte die Arme aus und erfasste mit einer weit ausholenden Bewegung die drei nächstgelegenen Verkaufstresen. Sie waren aus schweren dunklen Brettern zusammengenagelt worden, und es bedurfte für gewöhnlich sicher mindestens zweier kräftiger Männer, um sie überhaupt vom Fleck zu bewegen. Aber die Magie war ihren Anwendern ein machtvoller Verbündeter, insbesondere dann, wenn diese so erfahren und von den chaotischen Energien erfüllt waren wie Albert Dunholm.

Mit einem ohrenbetäubenden Krachen zersplitterten die gewichtigen Geschosse an der Wand neben der Eingangstür zur Halle. Dunholm hörte einen Aufschrei und sah eine schimmernde Silhouette zu Boden gehen, eine zweite warf sich zur Seite. Von den beiden anderen Verfolgern war im Augenblick nichts zu sehen. Aber sie waren sicher nicht weit entfernt.

Hastig erklomm Dunholm die Stufen der Wendeltreppe bis zu dem metallenen Laufsteg. Das Gitter schepperte unter seinen Schuhsohlen, während er in gut fünfzehn Fuß Höhe zum anderen

Ende der Halle eilte. Sein Herz stampfte wie der Kolben einer Dampflok in seiner Brust, und sein Atem ging kurz und flach. All sein Geschick als Magier, seine Gaben, die verschiedenen Sphären der Magie zu erfassen und zu manipulieren, vermochten ihm hier nicht zu helfen. *Ich bin einfach zu alt für nächtliche Leibesertüchtigungen wie diese.*

Hinter ihm hallten Schritte auf dem Laufsteg. Einer seiner Verfolger hatte sich erneut an seine Fersen geheftet. »Geben Sie auf, Dunholm!«

Dunholm erkannte die Stimme des Mannes nicht. Wer auch immer seine Angreifer waren, er nahm an, dass es sich um jüngere Ordensmitglieder handelte, von denen Wellington mehr als nur ein paar in ihrer Unzufriedenheit mit dem gegenwärtigen Stand der Dinge um sich geschart hatte. Vielleicht Whitby, möglicherweise der junge Earl of Greyford. Beide waren rastlos, machtversessen – und bedauerlicherweise durchaus talentiert.

»Sie können nicht entkommen, Dunholm.«

Der Erste Lordmagier entschied, dass er diesem redseligen Gecken lange genug zugehört hatte. Es wurde Zeit für drastischere Maßnahmen. Im Vorbeigehen riss er eine der Gasleitungen, die an den Innenseiten der den Mittelgang säumenden Säulen zu den Lampen emporliefen, aus ihrer Verankerung. Im Weiterrennen griff er in seine Westentasche, zog eines seiner Schwefelhölzer hervor, mit denen er normalerweise seine Pfeife anzustecken pflegte, und riss dieses an dem rauen Handlauf des Geländers an.

Im nächsten Moment drehte er sich halb um und schnippte das brennende Zündholz seinem Verfolger entgegen. An einem Zielfaden entlangwirbelnd, schoss es auf den Mann zu und erreichte die herausgerissene Gasleitung, einen Lidschlag bevor dieser sie passiert hatte.

Mit einem Knall fing das aus der offenen Leitung ausströmende Gas Feuer und hüllte Dunholms unbekannten Häscher in eine Flammenwolke ein. Schreiend brach er die Verfolgung ab.

Doch Dunholm kam keine zehn Schritte weiter, da flog aus

dem Mittelgang zu seiner Linken ein Schatten an ihm vorbei, und jemand schwang sich direkt vor ihn auf den Metallsteg. Da die Männer ihre Auren noch immer getarnt hielten, riskierte er einen kurzen Blick in die Normalsicht, in der Hoffnung, einen seiner Gegner zu identifizieren. Alles, was er sah, war ein mittelgroßer Mann in einem dunklen Mantel, dessen untere Gesichtshälfte von einem Tuch verdeckt wurde. Außerdem trug dieser einen Bowler auf dem Kopf, den er tief in die Stirn gezogen hatte. Allem Anschein nach waren die vier wirklich in Sorge, dass Dunholm sie erkennen könne, so als fürchteten sie, ihr Verrat würde noch schwerer wiegen, wenn sie sich offen zu ihm bekannten. Der Erste Lordmagier wollte lieber gar nicht darüber nachdenken, was das über die Tiefe des Risses aussagte, der zwischen den Fraktionen des Ordens in den letzten Wochen und Monaten aufgeklafft war.

Sein schattenhafter Angreifer hob einen Stock, und mit einem Schnappen fuhr eine kurze, im Mondlicht silbrig glänzende Klinge aus dem Schaft hervor.

Ein jüngerer – und dümmerer – Mann hätte sich vielleicht auf ein wildes Fechtduell eingelassen. Aber Dunholm hatte für solche Spielereien weder die Zeit noch das Verständnis. Stattdessen hob er die Hände und ließ zwei der schräg über ihnen liegenden Dachfenster zerbersten. Von dem Regen aus Glassplittern einen Moment abgelenkt, reagierte der Angreifer nicht schnell genug, als der Erste Lordmagier mit Wucht die Arme ausstreckte und ihm ein Fadenbündel entgegenschleuderte, das ihn an der Brust traf und nach hinten warf.

Der Stock mit der Klinge wurde dem Mann aus der Hand geprellt und verschwand klappernd in der Dunkelheit zu ihren Füßen. Der Unbekannte rang noch immer nach Atem, als Dunholm über ihn hinwegstieg und seine Flucht fortsetzte.

Am Ende der Halle mündete der Metallsteg in eine Querverbindung, die an der Wand entlangführte. Zur Linken konnte man über eine Wendeltreppe wieder nach unten steigen, rechts befand sich nach wenigen Schritten eine Tür. Ein rascher Blick über das Geländer ließ Dunholm erkennen, dass sich dort unter ihm noch immer mindestens eine Person bewegte. Auch die Männer, die er auf dem Steg für kurze Zeit außer Gefecht gesetzt hatte, waren schon wieder auf den Beinen. Er wandte sich daher nach rechts und stürzte auf die Tür zu, von der er hoffte, dass sie nicht verriegelt war – wenngleich auch das keinen großen Unterschied gemacht hätte.

Das Glück war ihm hold. Die Tür erwies sich als unverschlossen. Er huschte hindurch und verknotete mit ein paar hastigen Bewegungen die Fäden der Tür mit dem Rahmen, um es seinen Verfolgern ein wenig schwerer zu machen, ihm nachzukommen. Anschließend eilte er einen kurzen Gang hinunter, von dem rechter Hand zwei Türen abgingen, die vermutlich zu Kontoren der Marktbetreiber führten. Am Ende des Korridors öffnete sich ein Treppenhaus, von dem Dunholm annahm, dass es nach oben in einen der Ecktürme des Fleischmarkts führte. Doch da er eine abenteuerliche Flucht über das Dach des weitläufigen Gebäudes unbedingt vermeiden wollte, wandte er seine Schritte abwärts, in der Hoffnung auf eine Tür, die ihn zurück auf die nächtliche Straße führen würde. Vielleicht gelang es ihm, in der Long Lane oder etwas weiter östlich, in der Aldersgate Street, eine Droschke aufzutreiben und damit zu entkommen, bevor die Verschwörer begriffen, wohin er entschwunden war. *Und wenn ich erst in der Guildhall bin, werde ich ein paar Leuten ein paar unangenehme Fragen stellen*, schwor er sich grimmig.

Und in der Tat fand Dunholm im Erdgeschoss eine Tür. Sie war abgeschlossen, wie es um diese Uhrzeit nicht anders zu erwarten gewesen war, aber das stellte für ihn kein großes Problem dar. Taschenspielereien waren sein Geschäft – nun, zumindest sein Nebenerwerb –, und selbst wenn er nicht die Magie auf seiner Seite gehabt hätte, wäre er vermutlich imstande gewesen, ein derart einfaches Schloss aufzubrechen. Dass er solche Tricks beherrschte, hielt er selbstverständlich vor seinen Ordensmitstreitern geheim. Es galt schließlich, eine distinguierte Fassade zu wahren.

In die Normalsicht zurückwechselnd, trat er auf die Straße hinaus und sah sich rasch um. Sie war menschenleer. Als sein Blick über den knapp zweihundertfünfzig Fuß entfernten Nordostturm des Fleischmarkts glitt, runzelte er kurz die Stirn. Irgendetwas störte ihn an dem Anblick, aber er vermochte nicht zu sagen, was. Das Gepolter, das aus dem Obergeschoss des Turms drang, aus dem er soeben hervorgetreten war, erinnerte ihn derweil daran, dass er noch nicht in Sicherheit war und daher besser in Bewegung blieb, statt herumzustehen und zu grübeln.

Rasch überquerte er die Long Lane, die den kleinen Park des West Smithfield mit der Aldersgate Street verband und hastete im Schatten der Gebäude die Straße hinunter. Trotz der kühler werdenden Nachtluft schwitzte er, und in der Herzgegend machte sich ein Stechen bemerkbar, das ihm überhaupt nicht gefiel.

Der Schuss war nicht mehr als ein Zischen in seinem Rücken.

Plötzlich spürte er einen heißen Schmerz zwischen den Schulterblättern und wurde nach vorne getrieben. Er ächzte und stolperte gegen die Mauer des nächsten Gebäudes. *Sie haben auf mich geschossen*, dachte er fassungslos. *Diese Unholde schießen mich einfach nieder.* Das widersprach allen ungeschriebenen Gesetzen, die unter Magieanwendern herrschten.

Direkt vor ihm, nur zwei Schritte entfernt, lag ein Durchgang, der in ein Gewirr von Gassen südlich der Long Street führte. Unter Aufbietung aller Willenskraft taumelte er darauf zu. Er wollte sich gerade um die Ecke schieben, als wieder ein Zischen zu hören war. Auch diese Kugel traf.

Mit einem dumpfen Keuchen brach er zusammen und fiel vornüber auf das Kopfsteinpflaster. Obwohl es ihm höllische Schmerzen bereitete, rollte er sich halb auf den Rücken, um seinem Attentäter in die Augen sehen zu können. »Zeig dich, wer immer du bist, Mörder!«, presste er zwischen zusammengebissenen Zähnen hervor.

Aus dem Schatten des Fleischmarktbaus trat ein Mann hervor und überquerte gemächlich die Straße, um sich Dunholm zu nähern. In der Linken trug er ein seltsam schlankes Gewehr mit einem kolbenförmigen Metallschaft und einem verkürzten Lauf. Wie der Mann auf dem Metallsteg war auch er in einen dunklen Mantel gekleidet und hatte einen Schal über Mund und Nase geschlungen. Doch im Gegensatz zu dem anderen trug er keinen Bowler, sondern einen dunklen Lederhut mit breiter Krempe, und dort, wo sich seine Augen befinden sollten, war nichts als eine dunkle Fläche. Es dauerte ein wenig, bis Dunholm begriff, dass der Mann trotz der Dunkelheit eine Brille mit runden getönten Gläsern trug. Irgendwie kam ihm der Fremde seltsam bekannt vor.

Im Rücken des Mannes öffnete sich die Tür, durch die der Erste Lordmagier den Fleischmarkt verlassen hatte, und zwei weitere Gegner traten auf die Straße. Einer humpelte, als habe er sich am Bein verletzt. Einen winzigen Augenblick lang flackerte die Wahrsicht vor Dunholms Augen auf, und er erkannte in dem Kameraden des Verwundeten den Mann wieder, der, unter dem Dach der Grand Avenue wartend, den ersten Schlag gegen ihn geführt hatte. Er richtete seinen Blick auf den Bewaffneten und sog bestürzt die Luft ein, als die Fadenaura des Mannes seine Identität preisgab. »Ihr?«, keuchte er.

»Ganz recht, Lordmagier«, erwiderte der Angesprochene, während er vor ihm stehen blieb und den Schal vom Gesicht zog. »Ich. Das hättet Ihr nicht erwartet, oder? Nun ja, so sieht man sich wieder.« Er hob das schlanke, lautlose Gewehr. »Ich soll Euch Grüße von Wellington ausrichten. In dem neuen Morgen, der heraufdämmert, ist leider kein Platz mehr für Euch. Lebt wohl, Albert Dunholm.« Er spannte den Hahn an seiner Waffe.

In diesem Augenblick fiel ein bleicher Körper vom Himmel, dann ein zweiter, ein dritter, ein vierter. Zu klein geratene Schwingen flatterten hektisch, und grollende Laute, die wie eine Mischung aus einer fauchenden Raubkatze und gegeneinander reibenden Mühlsteinen klangen, drangen aus der Dunkelheit.

»Was sind denn das für Bestien?«, rief einer der Männer entsetzt.

Der Bewaffnete wirbelte herum, feuerte, ohne zu zögern und aus nächster Nähe, einen Schuss auf eines der Wesen ab und schlug dann mit dem Schaft seiner Waffe nach einem zweiten. »Ich weiß es nicht …«, ächzte er, während er mit seinem geflügelten Gegner rang.

Immer mehr der seltsamen grauen Geschöpfe sprangen und flatterten um sie herum. Es schien ein ganzer Schwarm zu sein.

Endlich gelang es dem Bewaffneten, den Plagegeist mit magischen Kräften von sich zu stoßen und sich ein wenig Raum zu verschaffen.

»Wir ziehen uns zurück!«, rief er. Er warf dem am Boden liegenden Dunholm einen kurzen Blick zu. »Der Alte ist ohnehin schon so gut wie tot. Oder sagen wir: Jetzt ist er es.« Noch einmal hob er sein Gewehr und drückte ab. Doch der Schuss war hastig ausgeführt, denn seine Männer befanden sich bereits auf der Flucht. So schlug die Kugel in den linken Oberschenkel des Ersten Lordmagiers ein statt, wie vermutlich beabsichtigt, in seine Brust oder den Unterleib. Trotzdem reichte der Schmerz beinahe aus, um ihm das Bewusstsein zu rauben.

Greifen, dachte er, während seine Mörder das Weite suchten und ihm selbst die Sinne schwanden. *Horace' Greifen …*

18. April 1897, 22:01 Uhr GMT
England, London, geheime Hallen des Ordens des Silbernen Kreises

»Wohin denn so eilig, Sedgewick?«

Der schmächtige Magispector zuckte so heftig zusammen, als habe der Tod selbst ihm die kalte Knochenhand auf die Schulter gelegt. Diese Reaktion bestätigte Randolphs dumpfes Gefühl, dass an diesem Abend irgendetwas ganz und gar nicht stimmte.

Randolph Brown, Kutscher, Freund und selbst ernannter Bewacher des Ersten Lordmagiers von London, besaß die spezielle

Gabe, stets zur rechten Zeit am rechten Ort zu sein. Diese Fähigkeit war so ausgeprägt, dass er sie beinahe magisch genannt hätte, wäre ihm nicht klar gewesen, dass die Magie so nicht funktionierte. An diesem Abend hatte ihm seine innere Stimme geraten, entgegen dem ausdrücklichen Wunsch seines Mentors und zugleich Schützlings Albert Dunholm seine freien Stunden nicht in einer der Hafenkneipen in Limehouse zu verbringen, aus deren Umfeld er ursprünglich stammte, sondern sich stattdessen, von einer eigentümlichen Unruhe erfüllt, in der Guildhall herumzutreiben und darauf zu warten, dass endlich das geschah, was in seinen Augen an diesem Abend einfach geschehen musste – auch wenn er nicht zu sagen vermocht hätte, worum es sich dabei genau handelte.

Die an der Basinghall Street gelegene Guildhall diente offiziell dem Bürgermeister der City of London, eines eigenständigen Verwaltungsbezirks innerhalb von Groß-London, als Amtssitz. Das ehrwürdige Bauwerk mit seiner einzigartigen mittelalterlichen Gildenhalle stand uralten Aufzeichnungen zufolge auf historischem Boden. Es hieß, dass an genau dieser Stelle in vorchristlicher Zeit Brutus von Troja, ein Nachkomme des trojanischen Helden Äneas und Gründerkönig von Großbritannien, seinen Palast gehabt habe, vor dessen Toren er die durch seine Hand bezwungenen albionischen Riesen Gog und Magog in Ketten hatte legen lassen. In Erinnerung an diesen Sieg der Zivilisation über die Wildnis der Inseln bewachten noch immer zwei hünenhafte hölzerne Abbilder der Giganten das heutige Portal der Guildhall, auch wenn Dunholm Randolph mal erklärt hatte, dass nichts davon der Wahrheit entsprach. Vielmehr war die Legende der Fantasie mittelalterlicher Gelehrter entsprungen, in der Absicht, Großbritannien eine aufregende Frühgeschichte zu bescheren.

Weit aufsehenerregender als der Boden, auf dem Lieutenant Colonel Horatio Davies, der gegenwärtige Bürgermeister, residierte, war allerdings das, was sich unter der Erde abspielte, und es gab nur eine Handvoll britischer Bürger – und der aufgrund eines unsinnig strengen Wahlzeremoniells beinahe jährlich wechselnde Vorsteher der City gehörte nicht dazu –, die überhaupt davon wussten. Hier in den weitläufigen und durch aufwendige Schutzmaßnahmen vor zufälliger Entdeckung gesicherten Gewölben hatte schon seit Jahrhunderten der Orden des Silbernen Kreises, die größte und direkt dem Monarchen unterstellte Magiervereinigung Großbritanniens, ihren Sitz.

Randolph hatte keine Ahnung, wann genau der Orden gegründet worden war und ob er wirklich auf den legendären Merlin zurückging, wie manch einer behauptete. Er wusste auch nicht, wann und warum sich die vereinigten Magieanwender Großbritanniens ausgerechnet unter einem derart öffentlichen Ort wie der Guildhall eingerichtet hatten oder wie es kam, dass bislang noch nie ein neugieriger oder in den Gängen herumirrender Angestellter der Stadtverwaltung auf das Treiben in den Kellergewölben aufmerksam geworden war. Allerdings interessierte ihn das alles auch nicht sonderlich.

Er selbst war vor fast drei Jahrzehnten durch Albert Dunholm persönlich in die Kreise der Magie eingeführt worden, und seitdem ging er in der Unteren Guildhall – wie viele der Ordensmitglieder die Gewölbe zu nennen pflegten – beinahe selbstverständlicher ein und aus als in dem kleinen, schäbigen Mietshaus am Rand der Docklands, das zumindest auf dem Papier sein Wohnsitz war.

»Kommen Sie schon, Sedgewick«, sagte der stämmige Mann, der stets einen fast bodenlangen Mantel trug, um seine *Kriegsverletzung*, wie er es nannte, zu verbergen, die er sich im Sommer 1868 während eines Unwetters bei einem Sturz in eine spontan aufreißende Magiespalte zugezogen hatte – damals noch als jugendlicher Arbeiter an den Docks. »Ich bin es, Randolph. Sie können mir sagen, was Sie bedrückt, das wissen Sie doch.« Väterlich zwingend legte er dem wieselgesichtigen Magispector mit den unruhigen Augen und dem unvergleichlichen Talent, die Ströme der Magie zu lesen, einen kräftigen Arm um die Schultern.

»Ich … ähm … ich weiß nicht«, stotterte Sedgewick und blinzelte nervös. »Ich muss erst einmal Lord Cheltenham Meldung machen. Es ist etwas vorgefallen. Etwas sehr Beunruhigendes.«

Wenn Sedgewick so eilig auf dem Weg zu Cheltenham war, musste es sich wirklich um etwas Beunruhigendes handeln. Lord Frederick Purefoy Cheltenham gehörte nicht nur dem Inneren Zirkel des Ordens an, er war zudem Vorsitzender des Magierrats und Dunholms Stellvertreter. »Hat es etwas damit zu tun, warum ich den ganzen Abend schon Kopfschmerzen habe?«, fragte Randolph.

»Ja. Nein. Möglicherweise«, erwiderte Sedgewick ausweichend. »Die Kopfschmerzen könnten von dem ungewöhnlichen Anstieg des Magieniveaus in den letzten Stunden herrühren. Auch darüber sollte meiner Meinung nach dringend gesprochen werden. Aber das meine ich nicht. Es gab einen ungewöhnlichen Ausbruch oben beim …« Er brach ab. »Ich muss zu Cheltenham.«

Eine unheilvolle Ahnung überkam Randolph, und er verstärkte seinen Griff um die Schultern des Magispectors. »Oben beim *was*? Spucken Sie's schon aus, Mann!«

Sedgewick schluckte. »Bei den Markthallen am Smithfield«, presste er hervor. »Irgendjemand hat dort starke Magie gewirkt. Den Strömen nach würde ich sagen, dass dort ein Kampf stattgefunden hat.«

Randolph spürte, wie sich sein Magen zu einem harten Klumpen verkrampfte. Er ließ den Mann los und zog ein verknittertes Flugblatt aus der rechten Manteltasche, auf dem das White House in Islington die im April stattfindenden Abendvorstellungen eines gewissen Magister Hieronymus Brazenwood verkündete. Seit Dunholm dort das erste Mal auf der Bühne gestanden hatte, trug Randolph immer ein aktuelles Programm bei sich, weil er sich die ständig wechselnden Spielzeiten einfach nicht merken konnte. Mit der Linken griff er, ohne zu fragen, nach der in Sedgewicks Westentasche steckenden Taschenuhr und blickte auf das Ziffernblatt. »Wann?«, fragte er.

»Gerade eben«, antwortete Sedgewick.

Randolph fluchte. *Dunholm!* Er war sich ganz sicher. Es passte zeitlich perfekt. Er ließ die Uhr und das Flugblatt fallen und humpelte los, so schnell er konnte. »Sagen Sie Cheltenham, der Erste Lordmagier ist in Gefahr. Er soll sofort Hilfe schicken.«

Während er um die Ecke hastete, fragte er sich, was nur los war. Warum saß er hier in der Guildhall, während sich über Dunholms Haupt ein Unwetter entlud? Das hätte nicht passieren dürfen. Seine Gabe hätte es verhindern müssen.

Doch offensichtlich hatte sie Randolph diesmal im Stich gelassen …

KAPITEL 2:

EIN ABEND VOLLER ZAUBER

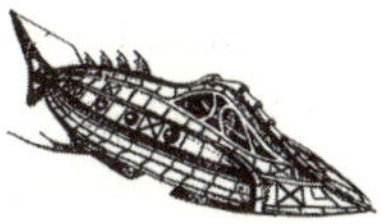

»London. Der Prince of Wales ist von der Riviera zurückgekehrt und hat den Donnerstagmorgen damit verbracht, die Vorbereitungen für die Feierlichkeiten des diamantenen Kronjubiläums der Queen zu überwachen. Am Nachmittag fuhr er nach Sandringham, und es wird berichtet, dass er empört war, die gesamte Route der Parade in der Hand von Spekulanten und das Jubiläum der Queen praktisch zur Auktion freigegeben vorzufinden!«

– New York Times, 17. April 1897

18. April 1897, 21:12 Uhr GMT (knapp eine Stunde früher)
England, London, Theater an der Drury Lane

Der Abend war kühl geworden, als sie zu viert unter den Kolonnaden des Theaters an der Drury Lane auf die Straße hinaustraten. Sarah hatte sich bei Robert untergehakt, Elisabeth bei Jonathan. Um sie herum schwärmten die vielen Hundert anderen Gäste der Abendvorstellung hinaus in die Londoner Nacht, lachend und schwatzend und noch sichtlich eingenommen von dem großartigen Spektakel, das ihnen geboten worden war.

»Das war eine wundervolle Idee von Ihnen, Jonathan, heute Abend hier hinzugehen«, schwärmte Elisabeth gut gelaunt und drückte seinen Arm.

»Finden Sie?« Jonathan räusperte sich verlegen. »Nun, äh, danke.«

»Also, *ich* frage mich wirklich, wohin das noch führen soll«, warf Robert mit gespielter Entrüstung ein. »Das ist doch kein Theater mehr, was man dem Publikum in diesem Haus darbietet. Das ist eine Jahrmarktsattraktion – wenn auch eine recht kostspielige. Aber was kommt als Nächstes? Veranstalten sie Pferderennen auf der Bühne, oder lassen sie eine Dampflokomotive einmal quer durch den Saal fahren?« Er schüttelte den Kopf. »Oh nein, mein Herr. Das kann ich nicht gutheißen. Wo bleiben das menschliche Drama, die hohe Schauspielkunst? *Sein oder Nichtsein?* Große Effekte sind nicht alles, meine Lieben.«

»Seltsam, aber ich glaube mich zu erinnern, dass du am lautesten geklatscht hast, als das Feuerwerk am Ende einsetzte«, bemerkte Jonathan trocken.

Der schlanke junge Mann mit dem kastanienbraunen Haar, den blitzenden blauen Augen und dem feschen Schnurrbart hob scheinbar gerührt die Hand ans Herz. »Na so etwas! Wer hätte gedacht, dass dein Aug auf meiner knabenhaft schönen Gestalt ruht, während auf der Bühne der Weltuntergang inszeniert wird.«

»Robert!«, empörte sich Sarah, während ihm Jonathan einen bösen Blick zuwarf.

Sein Freund tat so, als sei er beschämt, doch gleich darauf brach er in Gelächter aus. »Keine Sorge, ich sage es nicht weiter.«

Jonathan Kentham seufzte innerlich. Wenn Robert Pennington in dieser ganz besonderen Stimmung war, aufgedreht und großmäulig, dann benahm er sich manchmal schlichtweg unmöglich. Trotzdem gelang es ihm immer wieder, dafür zu sorgen, dass niemand ihm sein ungehobeltes Gehabe wirklich übel nehmen konnte.

Sie kannten einander schon seit Jahren, hatten gemeinsam in Cambridge studiert und anschließend beide eine Stelle als Reporter beim *Strand Magazine* in London angetreten – Robert im Ressort Technik, Jonathan in der Redaktion, die über Berühmtheiten und Kuriositäten berichtete. Daher war der heutige Abend für Jonathan auch nicht nur Vergnügen, sondern zugleich Pflicht gewesen, denn er würde für die nächste Ausgabe des Magazins eine Kolumne über die neue Gigantomanie im Drury Lane verfassen. Robert hingegen, der sich eigentlich lieber auf Technikausstellungen oder auf Automobilteststrecken herumtrieb, hatte sich vor allem deshalb zu einem Theaterbesuch hinreißen lassen, weil es ihm die Möglichkeit geboten hatte, die adrette Miss Sarah Harker auszuführen. Sie war die Cousine des Chefredakteurs Norman Greenhough und stattete mit ihrer Freundin Elisabeth Holbrook dem *Strand* gelegentlich einen Besuch ab, um beim Korrekturlesen von Artikeln zu helfen und dabei heimlich schon vorab die neusten Episoden der Fortsetzungsgeschichten aus den Federn von Edith Nesbit und Grant Allen zu verschlingen. Und so wie es Jonathan schien, konnte sich der Freund über die bisherige Entwicklung dieses Abends eigentlich nicht beschweren.

»Wusstet ihr übrigens«, warf Jonathan ein und versuchte damit, das Gespräch in andere Bahnen zu lenken, »dass es kaum ein Theater auf der Welt gibt, in dem mehr Geister umgehen als im Drury Lane?«

»Oho, jetzt kommen die Spukgeschichten, damit sich die Damen auf dem Heimweg auch recht eng an uns schmiegen«, rief Robert begeistert.

»Aber es ist trotzdem wahr!«, bekräftigte Jonathan. »Der berühmteste Geist ist der Graue Mann, der im Gewand eines Adligen aus dem späten 18. Jahrhundert in Erscheinung tritt. Er trägt einen Dreispitz, einen Umhang, Reiterstiefel und ein Schwert an seiner Seite. Es heißt, der Graue Mann sei der Geist eines Unglücklichen, der einst erstochen wurde und dessen Skelett man 1848 in einem zugemauerten Nebenkorridor gefunden hat.«

»Wie furchtbar!« Elisabeth schlug schockiert eine schlanke Hand vor den Mund.

»Und was treibt dieser Graue Mann so?«, erkundigte sich sein Freund mit verschwörerischem Funkeln in den Augen. »Streift er des Nachts durch die Gänge, um nach einer armen, blutjungen Schauspielerin zu suchen, die sich nach ihrer ersten Vorstellung in den Gängen unter dem Theater verirrt hat, auf dass sie seine Totenbraut werde?«

Jonathan blinzelte angesichts der makabren Fantasie seines Freundes irritiert. »Nein, keineswegs«, erwiderte er. »Im Gegenteil. Sein Erscheinen bringt einem Schauspieler oder einer Produktion angeblich sogar besonderes Glück. Wie auch das Auftauchen des Clowns Joseph Grimaldi, eines guten Geistes, der, so heißt es, schon mehr als einmal nervösen Schauspielern auf der Bühne beigestanden hat.«

»Das klingt doch ganz reizend«, stellte Sarah an Roberts Seite fest, und ihr mädchenhaft rundes Gesicht mit den bezaubernd geröteten Wangen und der kecken Andeutung von Sommersprossen rund um die kleine, hübsche Nase wurde von einem Lächeln erhellt.

Robert seufzte theatralisch. »Jon, mein Junge, du musst noch viel darüber lernen, wie man eine Spukgeschichte in der Gegenwart von Damen richtig erzählt.«

Jonathan beschloss, nichts darauf zu antworten. Stattdessen räusperte er sich und blickte sich um. »Soll ich uns eine Kutsche rufen, die erst die Damen und dann uns nach Hause bringt?«

»Ach, wollen wir nicht noch ein paar Schritte gehen?«, schlug Sarah vor. »Nur den Strand hinunter bis zum Trafalgar Square. Dort nehmen wir eine Kutsche. Was meinst du, Elisabeth? Bitte!«

»Ist den Damen auch wirklich nicht zu kalt?«, fragte Jonathan mit besorgtem Blick auf die Garderobe seiner Begleiterin. Sowohl Sarah als auch Elisabeth trugen ein bodenlanges, hochgeschlossenes Kleid mit schmaler Taille und ausgestellten Ärmeln, wie es im Augenblick in Mode war – und beide sahen darin im Übrigen ganz reizend aus –, aber obschon im Gegensatz zu anderen Nächten kaum mehr als ein feiner Nebeldunst in den Straßen hing, wäre es übertrieben gewesen, von einem warmen Frühlingsabend zu sprechen.

Elisabeth schien von dem Wunsch ihrer blond gelockten Freundin nicht recht erbaut zu sein, doch ihr Zögern dauerte nur einen Herzschlag lang. Dann schenkte sie Jonathan ein charmantes Lächeln und sagte: »Bis zum Trafalgar Square werden wir sicher nicht erfroren sein.«

»Prachtvoll!«, rief Robert und drückte Sarahs Arm. »Meine Damen, mein Herr, mir nach!«

Die zwei Paare spazierten die Straße hinunter zum Strand und bogen dann nach links ab in Richtung Trafalgar Square. Auf der beliebten Theatermeile herrschte noch reges Treiben, wenngleich es vor allem Kutscher und Chauffeure waren, die, bei ihren Fuhrwerken und Motorwagen stehend, darauf warteten, dass die gehobene Schicht Londons aus den Vorstellungen im Adelphi, dem Lyceum oder einem der vielen anderen Häuser zurückkehrte, um nach Hause oder vielleicht noch zu einer mitternächtlichen Tanzveranstaltung gebracht zu werden.

Obwohl er für einen alleinstehenden jungen Mann kein schlechtes Leben führte, verspürte Jonathan manchmal einen Anflug von Neid, wenn er das vergnügliche, sorglose Leben sah, das gewisse Kreise in der Metropole führten und über das zu berichten ihm gelegentlich gestattet war. Am heutigen Abend allerdings hatte er keinen Blick für die edlen Vierspänner und ihre Lenker, die mitunter mit unverhohlener Arroganz vom Kutschbock auf das gemeine Volk herunterschauten. Stattdessen lag sein Auge, so oft es sich, ohne aufdringlich zu wirken, geziemte, auf Elisabeth, und er bewunderte ihre anmutigen, beinahe aristokratisch wirkenden Züge und ihr langes kastanienbraunes Haar, das kunstvoll hochgesteckt war und im Schein der Straßenbeleuchtung glänzte.

Es war das erste Mal, dass er mehr als nur einen Augenblick Zeit hatte, ihre Gesellschaft zu genießen. Wenn sie sich in der Redaktion des *Strand Magazine* begegneten, war Jonathan meist in Eile. Es gab immer einen Termin wahrzunehmen oder einen Artikel zu schreiben. Außerdem achtete Norman Greenhough streng darauf, dass die beiden jungen Damen seine Untergebenen nicht von ihrer Arbeit ablenkten. So waren ihm die beiden reizenden Besucherinnen zwar immer wieder aufgefallen, aber erst dieser Theaterbesuch, der, wie Jonathan argwöhnte, irgendwie auf Betreiben der jungen Miss Harker zustande gekommen war, und das zweifellos in der Absicht, Jonathans Freund Robert näher kennenzulernen, hatte ihm die Augen dafür geöffnet, dass Elisabeth Holbrook durchaus eine ganz reizende Partie abgeben mochte.

Der Gedanke setzte sich in seinem Hinterkopf fest, während die vier, über dies und jenes plaudernd, auf dem breiten Gehweg an den hohen Fassaden der dicht an dicht stehenden Stadthäuser vorbeischlenderten. Robert verblüffte die Damen mit unglaublichen Geschichten über eine neue Art von Fotografie, mit der man vermittels sogenannter Röntgenstrahlen ins Innere des menschlichen Körpers hineinzublicken vermochte. Jonathan dagegen wusste über außergewöhnliche Grabungsarbeiten im ägyptischen Oxyrhynchos zu berichten, die im letzten Jahr begonnen worden waren.

»Man stelle sich das vor«, erzählte er mit glänzenden Augen. »Oxyrhynchos war seinerzeit eine völlig unbedeutende altägyptische Stadt. Deswegen hat sich auch bis vor Kurzem niemand darum gekümmert. Außerdem steht auf der eigentlichen Stätte heute eine moderne Stadt, sodass ohnehin nur in den Randgebieten, auf den Müllabladeplätzen der alten Ägypter, wenn man so will, hätte gegraben werden können.«

»Oh Jonathan, alter Knabe, du führst uns wahrlich an die

schönsten Orte dieser Welt. Ich spüre schon, wie der betörende Geruch antiker Abfälle meine Nase umweht.«

»Mir scheint, mein lieber Robert, dass Sie wohl eher die nahe Themse riechen«, warf Sarah ein und kicherte.

»Nun wartet erst mal ab. Das Beste kommt noch«, beteuerte Jonathan. »Die Gentlemen Grenfell und Hunt hatten genau solche Vorurteile wie ihr. Sie hatten nur geringe Erwartungen, als sie mit ihren Untersuchungen anfingen. Doch dann geschah das Unglaubliche. Sie stellten fest, dass sich unter dem ganzen Abfall, der von dem trockenen Klima konserviert worden war, Unmengen an Schriftstücken fanden: Steuerunterlagen, Lizenzen, Schreibübungen von Schulkindern, aber auch Literatur und religiöse Texte, darunter Teile einiger verlorener Stücke von Sophokles sowie eines bislang unbekannten christlichen Evangeliums. Es ist ein unvergleichliches Archiv, das dort im Sand begraben liegt.«

Sarah seufzte mit verträumtem Gesicht. »Was muss das wohl für ein Abenteuer sein, wenn man bei derlei Ausgrabungen eine uns fremde Welt entdeckt, Tausende von Jahren alt. Wie viele Orte auf dem weiten Erdball mag es wohl geben, wo wir Menschen arglos durchs Leben wandeln, während nur wenige Schritte unter der Oberfläche die größten Wunder verborgen liegen. Ich wünschte, ich könnte auch solche Entdeckungen machen.«

»Nun wirst du wieder romantisch«, sagte Elisabeth mit leichtem Tadel in der Stimme.

»Oh, lassen Sie sie, Miss Elisabeth«, rief Robert heiter. »Ich mag es, wenn meine Damen abenteuerlustig und romantisch sind.«

»Ihre *Damen* …?« Elisabeth hob eine fein geschwungene Augenbraue.

Robert hüstelte und errötete leicht. »Hier muss man ja höchst bedacht sein, was man sagt. Bitte, legen Sie nicht jedes meiner Worte auf die Goldwaage.«

»Das tue ich nicht, keine Sorge. Nur die, die es wert sind.« Ihre Mundwinkel zuckten leicht in die Höhe.

Jonathan grinste innerlich, dass es ihr gelungen war, seinen sonst so selbstsicheren Freund aus der Fassung zu bringen.

Kurz darauf erreichten sie den Trafalgar Square und stiegen in eine Kutsche, die sie zunächst die Regency Street hinauf und dann in westlicher Richtung die Oxford Street hinunter zum Hyde Park brachte, in dessen Nähe sowohl Sarah Harkers Familie lebte als auch – keine vier Häuser weiter – die von Elisabeth Holbrook. Während Robert Sarah zur Tür der elterlichen Villa geleitete, brachte Jonathan Elisabeth die letzten Schritte nach Hause. Am Fuß der steinernen Treppe, die zur Eingangstür führte, verabschiedeten sie sich.

»Es war ein sehr schöner Abend«, sagte Elisabeth. »Ich danke Ihnen dafür, Jonathan.«

Er deutete eine Verbeugung an. »Ich bin es, der zu danken hat. Mir scheint, dass es der Fürsprache Ihrer Freundin zu verdanken ist, dass dieser Theaterbesuch stattfinden konnte.«

Elisabeth neigte leicht den Kopf. »Möglich«, erwiderte sie in vielsagendem Tonfall.

Schweigend blickten sie sich an. Eigentlich hätte es sich gehört, dass Jonathan ihr nun eine gute Nacht wünschte, aber ein anderer Satz drängte sich vor. »Wenn Sie gestatten, Elisabeth, würde ich Sie gerne wiedersehen.«

Seine Begleiterin schlug die Augen nieder, und er meinte, im Schein der Straßenlaternen eine leichte Röte auf ihre Wangen treten zu sehen. Gleichzeitig spürte er, dass auch ihm das Blut ins Gesicht schoss, daher fuhr er rasch fort, bevor ihn der Mut verlassen konnte. »Vielleicht am nächsten Wochenende? Wir könnten einen Fahrradausflug unternehmen oder ein Picknick machen. Möglicherweise möchten sich Sarah und Robert uns anschließen. Was meinen Sie?«

»Ich werde darüber nachdenken«, sagte Elisabeth leise. »Auf Wiedersehen, Jonathan!« Sie schenkte ihm einen kurzen Abschiedsblick, dann wandte sie sich ab und eilte die Stufen hinauf. Die Tür öffnete sich, noch bevor sie geläutet hatte. Ein livrierter Diener der Familie stand im Türrahmen. »Guten Abend, Miss Elisabeth!« Er nickte Jonathan zu. »Guten Abend, Sir!« Es war gleichzeitig eine Begrüßung und eine Aufforderung, zu gehen.

Jonathan lüftete seinen Hut. »Guten Abend!«

Gemeinsam nahmen Robert und Jonathan die Kutsche zurück nach Osten, in Richtung Clerkenwell, wo Robert in einem kleinen, meist ziemlich unaufgeräumten Apartment lebte. Jonathan wohnte noch etwas weiter östlich, in Finsbury, keinen Steinwurf von Bunhill Fields entfernt, des seit einigen Jahren geschlossenen und mittlerweile als Grünanlage genutzten Nonkonformisten-Friedhofs. Während Robert in redseliger Stimmung war und die ganze Oxford Street hinunter nicht müde wurde, die Anmut und den eigenwilligen Charakter der jungen Miss Harker zu preisen, blieb Jonathan einsilbig. Der letzte Blick von Elisabeth wollte ihm einfach nicht aus dem Kopf gehen. Es hatte ein Hauch von stiller Trauer darin gelegen, und er fürchtete, dass sie am nächsten Wochenende nicht mit ihm ins Grüne fahren würde. *Es ist bestimmt ihr Vater*, dachte er von dumpfem Unmut erfüllt. *Er hält nichts von einem einfachen Journalisten, und mag er auch dreimal in Cambridge studiert haben.*

»Robert, wo sind wir?«, fragte er den Freund schließlich leicht verdrossen.

Dieser hielt in seiner Rede inne und warf einen Blick aus dem Fenster. »Fast am Holborn Circus, glaube ich.«

»Nimm es mir nicht übel, aber ich brauche noch ein bisschen Bewegung. Ich steige vorne am Markt aus. Lass du dich derweil von dem Kutscher nach Hause bringen. Hier ist mein Anteil am Fahrpreis.« Er wollte in seine Tasche greifen, doch Robert hielt ihn zurück.

»Ich zahle, Jonathan, und keine Widerrede.« Er runzelte die Stirn. »Aber was ist denn los mit dir? Hat dir der Abend nicht gefallen? Ich hatte den Eindruck, als hätten unsere stille Miss Holbrook und du euch prächtig verstanden.«

Jonathan verzog das Gesicht. »Vielleicht zu prächtig für mein eigenes Glück – von dem ihren ganz zu schweigen.«

»Wie meinst du das?«

Jonathan zuckte mit den Schultern. »Nun, ich glaube, es wird nichts mit uns.«

»Himmel, Jonathan, es war nur ein Theaterbesuch! Ihr seid deswegen nicht verlobt.«

»Das sagt ausgerechnet der Mann, der nur mitgekommen ist, um den ganzen Abend an den Lippen unserer jungen Miss Harker zu hängen.«

»Oh, das sind aber auch Lippen, in die man sich verlieben muss«, betonte Robert und grinste. »Und wenn mich nicht alles täuscht, hat Sarah auch an mir Gefallen gefunden.«

»Da widerspreche ich dir nicht ...«

»Und trotzdem ist mir klar, dass noch einiges an Wasser die Themse hinunterfließen wird, bevor irgendwelche Hochzeitsglocken läuten.«

»Nun, ich wünsche dir auf jeden Fall viel Glück.« Jonathan seufzte. »Mir dagegen scheint, dass alles Wasser der Themse nicht ausreichen wird, um Elisabeth und mich zusammenzubringen.«

»Wie kommst du darauf?«

»Es ist nur so ein Gefühl«, antwortete Jonathan vage.

Sein Freund setzte eine tadelnde Miene auf und schüttelte den Kopf. »Mein Junge, Gefühle sind etwas für Frauen! Wir Männer benutzen unseren Verstand. Und wenn wir ihn klug nutzen, vermag er Berge zu versetzen. Und auch das Herz des verknöcherten Patriarchen Holbrook zu bewegen, falls es das ist, was dir Sorgen bereitet. Du wirst schon sehen.«

Jonathan nickte. »Ja, vielleicht hast du recht. Also, dann gehe ich jetzt strammen Schrittes nach Hause und lasse mir von der frischen Luft den Kopf frei blasen.« Er öffnete das Schiebefenster zum Kutschbock und bat den Kutscher, an der nächsten Ecke anzuhalten.

Als die Kutsche stoppte, ergriff er seinen Hut, stand auf und klopfte Robert zum Abschied auf den Arm. »Gute Nacht, und bis morgen!«

»Schlaf gut, alter Knabe!«

Gebückt stieg Jonathan aus, schloss die Tür hinter sich und gab ihrem Fahrer ein Zeichen. Während die Kutsche wieder anfuhr, setzte er seinen Hut auf und blickte sich um. Die nächtliche Straße war menschenleer, und hinter den Fenstern der Häuser brannte nirgendwo mehr Licht. Der Nebel wurde langsam dichter. Lautlos und schleichend kam er von der Themse her und dampfte durch Gullydeckel aus der Kanalisation, und seine dunstigen Arme umschmeichelten die in Reih und Glied stehenden Gaslaternen am Straßenrand. Jonathan rieb sich fröstelnd die Hände, bevor er sie tief in die Taschen seiner dunklen Hose schob, die Schultern hochzog und die Straße überquerte.

Die Marktgebäude am Smithfield zu seiner Rechten, eilte er mit langen Schritten die Charterhouse Street hinunter. Irgendwo in der Ferne schlug eine Kirchturmuhr ein Mal zur Viertelstunde, und unter seinen Füßen vernahm Jonathan auf einmal ein dumpfes Rumpeln und Quietschen, das nur von einem der Güterzüge herrühren konnte, die unter dem untertunnelten Markt hindurch in Richtung der Depots im Norden oder der Docks im Süden fuhren. Sonst war alles ruhig.

Auf Höhe der Passage, die zwischen dem Geflügel- und dem Fleischmarkt verlief, verspürte er zum ersten Mal ein leichtes Zupfen, so als versuche ein nicht sonderlich geschickter Langfinger, unter Jonathans Rockschöße zu greifen, um heimlich seine Geldbörse herauszuziehen. Alarmiert drehte Jonathan sich um, aber da war niemand. Stirnrunzelnd zog er die Hände aus den Taschen und prüfte sein Hab und Gut. Alles war an seinem Platz. *Vielleicht habe ich irgendeinen Mauervorsprung gestreift*, dachte er sich, auch wenn sein Verstand ihn sogleich darauf hinwies, dass das schwerlich möglich sei, da er einen Abstand von gut drei Schritt von der Hausmauer hielt. *Also hat mir wohl meine Fantasie einen Streich gespielt*, schloss er, zuckte mit den Schultern und setzte seinen Weg fort.

Als er das östliche Ende des Fleischmarkts erreichte, spürte er wieder dieses Zupfen, diesmal so eindeutig, dass er es sich unmöglich eingebildet haben konnte. »Was in Gottes Namen …?« Er blieb erneut stehen und blickte sich um. Niemand war zu sehen. Gegen seinen Willen drängte sich ihm plötzlich eine Fortsetzungsgeschichte von H. G. Wells in den Sinn, die er erst kürzlich im *Pearson's Magazine* gelesen hatte, einem der vielen Unterhaltungsblätter, die aufgrund des Erfolges seines eigenen Brötchengebers in letzter Zeit an der Fleet Street in Mode gekommen waren: *Der Unsichtbare …*

Jonathan schüttelte entschieden den Kopf. *Was für ein Hirngespinst. Ich selbst prüfe manchmal die fantastischen Geschichten unserer Autoren auf Orthografie und Inhalt, und ich weiß, dass sie sich vielleicht hier und da einige Fakten aus unserer Welt ausborgen, aber im Grunde nichts als blühende Fabulierkunst betreiben. Es gibt keinen Unsichtbaren!* Er war müde und überreizt, das war alles.

Inzwischen hatte er den Charterhouse Square erreicht, eine kleine Grünfläche am linken Ende der gleichnamigen Straße. Zwischen den Häusern zu seiner Rechten öffnete sich eine schmale Gasse. In dem Augenblick, als er daran vorbeiging, wurde er plötzlich nach rechts gerissen. Er stolperte und stützte sich in letzter Sekunde mit einer Hand an der Hauswand ab, bevor seine guten Hosen Bekanntschaft mit dem schmutzigen und feuchten Kopfsteinpflaster machten. Ein Laut des Erschreckens entfuhr ihm. *Das kann nicht wahr sein!*, schoss es ihm durch den Kopf. *Was ist das?*

»Hallo?«, fragte er leise. Er wagte es nicht, laut zu rufen, einerseits weil es mitten in der Nacht war und in den umliegenden Häusern zweifellos die Menschen schliefen, andererseits weil ihn eine eigentümliche Furcht erfasst hatte und er im Grunde gar nicht wollte, dass was immer ihn nach Süden zu ziehen versuchte, seinen Ruf hörte.

Eben dieser Teil von ihm, der mit beklommenem Blick in die Dunkelheit der Gasse schaute, drängte ihn dazu, die Beine in die Hand zu nehmen und nach Hause zu rennen, um dort die Tür hinter sich zu verriegeln, sich ins Bett zu verkriechen und die Decke über den Kopf zu ziehen. Doch Jonathan war auch Journalist – und das aus Leidenschaft –, und als solcher war er mit einer natürlichen Neugierde gesegnet, die sich nicht einfach verdrängen ließ.

Unsicher fuhr er sich mit der Hand über den Mund. Dann holte er tief Luft und begab sich vorsichtig in die Gasse hinein. Es war, als würde ihn ein Faden leiten, wie einst Theseus aus dem Labyrinth des Minotaurus. Ein kaum wahrnehmbarer, aber beständiger Zug trieb ihn vorwärts, durch die Gasse bis in die quer verlaufende Long Lane. Er schaute nicht nach rechts und links, denn er spürte, wohin er seine Schritte lenken musste. Sie führten ihn auf die andere Seite der Straße und in einen schmalen Durchgang zwischen zwei Häusern hinein, ein dunkles Loch in der ansonsten lückenlosen Fassade.

Und dort, vom Schein einer auf der gegenüberliegenden Straßenseite stehenden Laterne schwach beleuchtet, entdeckte Jonathan den Mann.

Zunächst erblickte er nur eine dunkle Masse am Boden des Durchgangs, die von einer matt glänzenden Pfütze umgeben war. Dann gewöhnten sich seine Augen an das schwache Licht, und er erkannte, dass es sich um einen grauhaarigen Mann in einem braunen Gehrock handelte, der in einer Lache aus Blut lag!

»Gütiger Himmel!«, entfuhr es Jonathan.

Rasch eilte er an die Seite des Mannes und beugte sich zu ihm hinunter. »Sir, können Sie mich hören?« Er fühlte den Puls des Fremden. Die Hand des Alten war schrecklich kalt, und einen Augenblick lang fürchtete Jonathan, eine Leiche vor sich zu haben. Unwillkürlich fühlte er sich an die Geistergeschichten erinnert, die er noch vor einer Stunde zum Besten gegeben hatte. Hatte ihn etwa der Geist des Toten hierher geführt?

Ein Stöhnen riss ihn aus diesen lachhaften Gedanken. Der Mann regte sich und hob bittend die linke Hand.

»Gott sei Dank, Sie leben noch!«, rief Jonathan erleichtert. Er ergriff die Hand des Mannes und drückte sie kurz. »Halten Sie durch, ich hole Hilfe.«

Wieder gab der Mann ein Stöhnen von sich. Diesmal lag ein Hauch von Protest darin. »Nein«, kam es über seine spröden Lippen.

»Was haben Sie gesagt?«, fragte Jonathan verwundert.

»Nein«, flüsterte der Schwerverwundete schwach. Er winkte ihn mit der erhobenen Hand näher. »Komm her. Ich … ich … muss dir etwas sagen.«

Gehorsam kniete sich Jonathan neben dem Fremden auf den Boden. Zu spät bemerkte er, dass er dadurch seine ganze Hose mit Blut besudelte. Aber darüber würde er sich später Gedanken machen. »Was?«, fragte er. »Was wollen Sie mir sagen?«

Der Alte winkte ihn noch etwas näher. Offensichtlich war er zu schwach, um mehr als ein kaum hörbares Flüstern über die Lippen zu bringen.

Jonathan beugte sich vor, um ihn besser verstehen zu können.

In diesem Augenblick packte ihn der Mann mit beiden Händen am Kopf und zog ihn mit erstaunlicher Kraft zu sich herab. Seine Augen waren auf einmal weit geöffnet, und ein seltsames Funkeln lag in ihnen, als spiegele sich die gelbliche Flamme der Laterne draußen auf der Straße in ihren Tiefen.

Erschrocken wollte Jonathan zurückweichen, doch der Mann hielt ihn mit eisernem Griff fest. Sein stechender, funkelnder Blick schien sich in Jonathans Geist zu bohren, und auf einmal fühlte Jonathan sich so erstarrt und kraftlos wie das Opfer eines Hypnotiseurs in einem Varieté.

»Gut …«, krächzte der Mann leise. »Gut …«

»Sir, ich …«, brachte Jonathan heiser hervor, aber der Alte schüttelte den Kopf.

»Hör mir zu!«, flüsterte sein Gegenüber, und die Stimme des

Mannes fand ihren unheimlichen Widerhall in Jonathans Geist. »Ich weiß jetzt, was geschehen ist. Weiß jetzt …« Sein Blick trübte sich kurz, und es schien ihn Mühe zu kosten, sich zu konzentrieren. »Meinen Ring …«, fuhr er fort. »Nimm ihn! Er ist der Schlüssel …« Der Mann holte keuchend Luft. Seine Kräfte schienen ihn ebenso rasch wieder zu verlassen, wie sie urplötzlich gekommen waren. »Sie werden ihn suchen …« Die Hände um Jonathans Kopf begannen zu zittern, und das unirdische Licht in den Tiefen seiner Augen flackerte. »Vertraue niemandem … niemandem … nur Randolph … Cutler … Holmes …« Seine Hände ließen von Jonathan ab und sackten schlaff zu Boden.

»Holmes?«, fragte Jonathan erschüttert und verwirrt zugleich. »Wie Sherlock Holmes?«

Doch der Mann antwortete nicht mehr. Er hatte die Augen geschlossen.

Jonathan blinzelte zweimal, und dann kam Leben in seinen gelähmten Körper. »Halten Sie durch, Mann! Ich hole die Polizei. Und einen Arzt. Ich bin gleich wieder bei Ihnen.« Er wollte aufstehen, doch da fiel sein Blick auf die ausgestreckte Linke des Mannes. Ein breiter silberner Siegelring steckte am Ringfinger. *Meinen Ring … nimm ihn!*, echote die Stimme des Mannes in Jonathans Geist. Es hatte eine Dringlichkeit in ihr gelegen, als sei ihm das wirklich wichtig gewesen. Rasch beugte sich Jonathan vor, zog den Ring vom faltigen Finger des Fremden und steckte ihn kurzerhand an den eigenen Ringfinger, um ihn nicht zu verlieren. Das Kleinod war so kalt wie die Hand des Mannes, und kurz wallte ein abstoßendes Gefühl von Leichenfledderei in Jonathan auf. Er unterdrückte es. *Noch ist er nicht tot*, dachte er, drehte sich um und rannte los.

Jonathan wusste, dass sich vielleicht eine halbe Meile entfernt, an der Forest Street, Ecke Milton Street, eine Polizeiwache befand. Wenn er sich beeilte, war er im Nu dort. Mit hämmerndem Herzen hastete er durch die Nacht, aufgepeitscht von dem Gedanken, dass hinter ihm, in einer dunklen, schäbigen Gasse im Schatten des Fleischmarkts, ein Mann im Sterben lag. *Bitte, halten Sie durch, wer immer Sie auch sein mögen …*

Der Anfall überkam ihn so plötzlich, als hätten die Namenlosen, vor denen der Sterbende gewarnt hatte, Jonathan bereits gefunden und mit einem heimtückisch verschossenen Giftpfeil erwischt. Von einem Augenblick zum anderen spürte er, wie ihn eine furchtbare Schwäche übermannte. Ächzend kam er aus dem Tritt und taumelte gegen eine der Hauswände. Vor seinen Augen begann die Welt zu schwanken wie das Deck eines Segelschiffes bei rauer See. Er blinzelte und schüttelte den Kopf, um den Schwindel abzuschütteln, doch das machte es eher schlimmer als besser. *Was zur Hölle …*

In einigen Schritt Entfernung glaubte er eine Bank auszumachen, die am Rand eines kleinen Grünstreifens vor einem einzelnen Gebäude – einer Kirche? – stand. Kraftlos und unsicher, wie ein Mann, der in den letzten Zügen liegt, zog er sich an der Hauswand entlang darauf zu. Von den Rändern seines Sichtfeldes kroch eine unerklärliche Finsternis in seinen Blick, und Jonathan fragte sich, ob eine der Gaslaternen erloschen war. Doch dann wurde ihm klar, dass es sich um die Schwärze seines schwindenden Bewusstseins handelte. *Darf nicht aufgeben … muss doch …*

Was genau er eigentlich musste, blieb ihm sein Verstand schuldig, denn er war nicht mehr imstande, einen klaren Gedanken zu fassen. Er stieß gegen ein Hindernis, das gerade eben irgendwie noch nicht da gewesen war, seine Hände umfassten kaltes Metall, die Welt drehte sich kurz, und taumelnd verlor er den Boden unter den Füßen.

Mit einem dumpfen Geräusch fiel er zu Boden, und etwas, das sich wie Treppenstufen anfühlte, prellte gegen seine Rippen. Ein heller, schmerzhafter Blitz zuckte durch seinen Schädel, dann wurde es dunkel.

18. April 1897, 22:25 Uhr GMT (beinahe zeitgleich)
England, London, unweit der Marktgebäude am Smithfield

»Dunholm!«

Mit einem Satz sprang Randolph vom Kutschbock des offenen Einspänners, mit dem er von der Guildhall zum Smithfield gejagt war. Sein Weg hatte ihn zunächst zum Fleischmarkt selbst geführt, doch er hatte rasch festgestellt, dass der Kampf, der hier geführt worden war, bereits sein Ende gefunden hatte. Beim Umfahren des lang gestreckten Gebäudes war ihm die offene Tür im Südostturm aufgefallen, und einer Eingebung folgend, war er die Long Lane hinuntergefahren. Er war in die Wahrsicht übergewechselt, um nach der Aura des Ersten Lordmagiers zu suchen, die er zweifellos rascher finden würde als einen womöglich verletzten Mann, der in den Schatten einer Gasse oder eines Hinterhofs lag. Seine Intuition hatte ihn nicht getrogen. Schon nach wenigen Schritten hatte er seinen alten Mentor in der Finsternis eines Durchgangs liegend entdeckt.

Mit einem hastigen Humpeln eilte er an dessen Seite und ging neben ihm in die Hocke. Die Rockschöße seines langen Mantels legten sich über die Blutlache am Boden, so als könnten sie ungeschehen machen, was unsichtbar wurde. »Dunholm«, wiederholte Randolph erschüttert, »Sie dürfen nicht tot sein! Tun Sie mir das nicht an!«

Er packte den schmächtigen Oberkörper des Ersten Lordmagiers mit beiden Armen und zog ihn schützend an seine breite Brust. Auf der Suche nach einem Lebenszeichen wechselte er in die Normalsicht und wieder zurück, doch er wurde nicht fündig. Er versuchte, seine Fäden mit der kaum noch bewegten Aura Dunholms zu verbinden, aber er war kein Heiler, und seine Bemühungen schienen umsonst zu sein.

Unbeholfen fuhr seine rechte Hand über das Gesicht des alten Mannes, der wie ein Vater für ihn gewesen war, während er mit zusammengepressten Lippen gegen die aufsteigenden Tränen des

Zorns und der Verzweiflung ankämpfte. Warum war er nicht zur Stelle gewesen? Warum hatte ihn die Magie im Stich gelassen? Dunholm war tot, und Randolph konnte nicht anders, als sich selbst die Schuld dafür zu geben.

In diesem Augenblick ging ein kaum wahrnehmbares Zittern durch Dunholms Körper.

Randolph keuchte auf. »Dunholm! Dunholm, können Sie mich hören? Ich bin es, Randolph. Ich werde Sie retten. Alles wird gut.«

Die Lider des Ersten Lordmagiers hoben sich langsam, und er blickte Randolph mit brechenden Augen an. Seine Worte waren kaum mehr als ein Hauch. »Es ist zu spät für mich … Randolph …«

»Nein, Sir, das dürfen Sie nicht sagen«, widersprach der Kutscher und schüttelte heftig den Kopf. Irgendetwas verschleierte seine Sicht, und er zwinkerte, um besser sehen zu können. »Das dürfen Sie nicht …«

Dunholm gebot ihm mit schwacher Geste zu schweigen. »Finde Jonathan …«

»Jonathan?«, fragte Randolph verwirrt. »Wer ist dieser Jonathan? Hat er Ihnen das angetan?«

Sein Mentor schnaufte und schüttelte den Kopf. »Er … wird uns retten … Finde ihn … Dort entlang …« Quälend langsam, als bereite es ihm große Mühe, deutete Dunholm auf das entgegengesetzte Ende der Gasse. Dann legte er zitternd den Kopf schief und schien auf etwas zu lauschen, das nur er zu hören vermochte. »Sie kommen mich holen … Eile dich … Randolph. Finde … und schütze …« Schläfrig, als würde er von einer unendlichen Müdigkeit übermannt, senkte Dunholm seine Lider. »… Jonathan …«, seufzte er leise, und der Name klang wie der letzte Gruß einer ihrer sterblichen Hülle entweichenden Seele.

Der Erste Lordmagier von London, ein Mann, der noch vor wenigen Stunden einem kleinen Jungen das Wunder des Staunens geschenkt hatte, bevor die Welt aus den Fugen geraten war, schloss die Augen und starb.

Randolph schob sich mit einer fahrigen Geste seine Schiebermütze in den Nacken, rieb sich über das tränenfeuchte Gesicht und schluchzte unterdrückt auf. Sein Mentor, sein Freund, sein Vater war tot, in seinen Armen gestorben, von hinterhältiger Hand ermordet. Er schwor sich, dass er nicht ruhen würde, bis er den Täter zur Strecke gebracht hatte.

Ein Flattern holte ihn aus seiner inneren Erstarrung in die Wirklichkeit zurück. Er hob den Kopf und bemerkte einen großen Raben mit schwarz glänzendem Gefieder am Eingang der Gasse. Hüpfend kam der Vogel näher, musterte den Kutscher aus klugen Augen und begrüßte ihn mit einem leisen Krächzen.

»Nevermore«, brachte Randolph heiser hervor und räusperte sich. »Was machst du denn hier?«

Der Rabe, der dem Kutscher vor fünfzehn Jahren während eines Rituals zugeflogen war und der ihm seitdem als magischer Vertrauter diente – kommend und gehend, wie es ihm beliebte, aber immer zur Stelle, wenn er gebraucht wurde –, hüpfte zwei Schritte in Richtung Straße zurück, krächzte noch einmal und deutete mit seinem Kopf die Long Lane hinunter.

In der Ferne glaubte Randolph eine Kutsche zu hören. Das musste die Verstärkung sein, um die er Sedgewick ersucht hatte. *Nun, sie kommt zu spät*, dachte er verbittert.

Behutsam ließ er Dunholms Körper zu Boden gleiten und stand auf. Er wollte die Magier des Ordens jetzt nicht sehen. Am liebsten hätte er sich mit einer Flasche Whiskey in irgendeinem Loch verkrochen und in die Bewusstlosigkeit getrunken. Aber das ging nicht. Sein Mentor hatte ihm eine letzte Aufgabe gestellt, und er beabsichtigte, diese genauso gewissenhaft zu erfüllen wie all jene, die er zu dessen Lebzeiten für ihn ausgeführt hatte.

»Nevermore, ich brauche deine Hilfe«, sagte Randolph mit rauer Stimme zu dem Raben. »Es gilt, einen Mann zu finden, der irgendwo dort draußen ist und von dem Dunholm glaubte, dass wir ihn beschützen müssen.«

Der Vogel krächzte bestätigend, breitete die Flügel aus und schwang sich in die kalte Abendluft hinauf. Lautlos tauchte er in das schmale Gassengewirr südlich der Long Lane ein.

Unterdessen ging Randolph auf die Straße hinaus zu seiner Kutsche. »Lauf nach Hause! Bei dieser Suche würdest du mich nur behindern«, flüsterte er dem Pferd ins Ohr und schlug ihm mit der flachen Hand auf die Flanke. Das Geräusch der klappernden Hufe und der ratternden Räder wurde hallend von den Fassaden der hohen Häuser zurückgeworfen, als das Tier mit der Kutsche die Straße hinunter verschwand.

Randolph blickte ihm zwei Herzschläge lang nach. Dann folgte er Nevermore.

18. April 1897, 23:30 Uhr GMT
Schottland, A'Charnaich, am Ufer des Loch Leven

Als die Uhr des einsamen kleinen Kirchturms von A'Charnaich zur halben Stunde vor Mitternacht schlug, schob Kendra die Decke zur Seite und stieg leise aus ihrem Bett. Verstohlen zog sie einen langen braunen Rock und eine Jacke über ihr Nachthemd und schlüpfte in Strümpfe und Schuhe. Anschließend holte sie einen Stoffbeutel unter dem Kleiderschrank hervor, hängte ihn sich über die Schulter und öffnete vorsichtig das Fenster ihrer Kammer. Es wäre nicht nötig gewesen, sich dermaßen zu bemühen, kein Geräusch zu machen, denn wenn sie richtig aufgepasst hatte, war Onkel Callum noch nicht aus dem Pub nach Hause zurückgekommen. Und selbst wenn das der Fall gewesen wäre, hätte es sie überrascht, ihn in einem Zustand anzutreffen, in dem er überhaupt noch bemerkt hätte, dass sich sein siebzehnjähriges Mündel heimlich des Nachts davonstahl. Onkel Callum trank meist mehr, als gut für ihn war.

Trotzdem blieb Kendra wachsam und darauf bedacht, keinen

Lärm zu machen, während sie behände aus dem Fenster kletterte, das nach hinten, in den kleinen Kräutergarten des Dorfarztes John Callum McInnes, hinausführte. Dieses Verhalten – zur nahenden Geisterstunde durch Fenster zu klettern und geduckt durch dunkle Gärten zu schleichen – mochte alles andere als damenhaft anmuten, aber Kendra hatte sich nie sonderlich darum bemüht, wie eine Dame zu wirken. Natürlich wäre es hier oben in den Highlands, weitab von jeder *Zivilisation* – und selbst das sechzehn Meilen nördlich gelegene Fort Williams verdiente in Kendras Augen diese Bezeichnung kaum –, ohnehin unangebracht gewesen, Attitüden wie ein englisches Adelsfräulein an den Tag zu legen. Das Leben hier war rau und forderte von einem nicht nur, dass man anzupacken wusste, sondern auch, dass man imstande war, ohne einen galanten Ritter auszukommen, der auf einen aufpasste. Nichtsdestoweniger war sich Kendra im Klaren darüber, dass ihr Onkel – der eigentlich gar nicht ihr Onkel war, sondern nur ein Vormund – es lieber gesehen hätte, wenn ihre Umgangsformen ein bisschen gesitteter und ihre Interessen etwas weniger ausgefallen gewesen wären. Dann hätte sich vielleicht auch ein Mann aus dem Dorf oder von einem der umliegenden Höfe gefunden, der sie aus dem Haus geholt und ihn damit von dieser Bürde befreit hätte.

Kendra hätte ihren Onkel liebend gerne selbst von dieser Bürde befreit. Der »Pferdedoktor«, wie sie ihn angesichts seiner wenig zartfühlenden Art, mit seinen Patienten umzugehen, insgeheim nannte, war ihr alles andere als ein guter Ersatzvater. Er war es niemals wirklich gewesen, und warum er sie nach dem Tod ihrer Eltern, James und Ellie McKellen, bei einem Hausbrand vor zehn Jahren, überhaupt zu sich genommen hatte, war Kendra bis heute schleierhaft.

Im Grunde genommen mochte Callum Menschen gar nicht, und er schien sie nur deshalb von ihren Leiden zu kurieren, damit sie länger lebten, um sich sein Gejammer über die Ungerechtigkeit der Welt – und sein eigenes Schicksal im Besonderen – anzuhören. Er selbst hätte sich wohl gerne an der Universitätsklinik einer großen Stadt gesehen. Seine mangelnde Begabung oder vielleicht auch schlicht seine rauen Umgangsformen hatten es ihn allerdings nur zu einem Dorfarzt bringen lassen. Das war auch der Grund dafür, dass er sein Leid nun schon seit Jahren in schöner Regelmäßigkeit zur Abendstunde im Clachaig Inn zwei Meilen westlich des Dorfes im Alkohol ertränkte – so wie auch am heutigen Abend.

Leise bewegte sich Kendra durch die Wiesen hinter den niedrigen weiß getünchten Häusern, die an der einzigen Straße des Dorfes aufgereiht standen. Eine leichte Brise wehte von Westen her über das Land und brachte vom nahen Meer den Geruch von Salzwasser mit sich. A'Charnaich lag am nordwestlichen Ende des Glen Coe, eines von schroffen Bergen umgebenen Tals, das seinen Namen dem kleinen Fluss Coe verdankte, der in seiner Mitte gemächlich dahinfloss. Am nördlichen Rand des Dorfs ergoss sich der Coe in den schmalen, sich aber immerhin etwa acht Meilen lang von Westen nach Osten erstreckenden Loch Leven, einen Nebenarm des riesigen Loch Linnhe, an dessen Nordspitze Fort Williams lag. Dem Dorf vorgelagert, erhoben sich einige kleine Inseln aus dem See, und als Kind war Kendra im Sommer mit ihren Eltern ab und zu dort hinübergerudert, um ein Picknick zu machen. Es waren einige der wenigen und zugleich die schönsten Erinnerungen, die Kendra an ihren Vater und ihre Mutter hatte.

Seit sie mit Onkel Callum zusammenlebte, waren schöne Erinnerungen ein rares Gut geworden. Er behandelte Kendra wie eine Art notwendiges Übel in seinem Leben. Als sie noch jünger gewesen war, hatte er zumeist über ihren Ungehorsam und ihren Mangel an Respekt ihm gegenüber geschimpft. Mittlerweile war er dazu übergegangen, ihre Tauglichkeit als Hausfrau und zukünftiges Eheweib infrage zu stellen, ohne sich allerdings zu schade zu sein, im trunkenen Zustand ihrem schlanken Mädchenkörper verstohlen lüsterne Blicke zuzuwerfen. Immerhin hatte er Anstand genug, ihr sich nicht unsittlich zu nähern. In diesem Fall wäre Kendra wahrscheinlich von einem Tag auf den anderen fortgelaufen, auch wenn sie nicht gewusst hätte, wohin sie sich hätte wenden sollen.

Denn als junge Frau allein in eine der südlichen Städte zu ziehen – nach Glasgow oder Edinburgh – stand außer Frage, auf Freunde hatte sie nie sonderlichen Wert gelegt, und folglich besaß sie keine im Dorf, und außer dem kauzigen Giles McKellen, ihrem Großvater mütterlicherseits, der in einer Hütte am Waldrand außerhalb des Dorfs lebte und mit den Menschen im Allgemeinen und allem Anschein nach Kendra im Besonderen nichts zu tun haben wollte, hatte sie auch keine lebenden Verwandten. Zumindest keine, von denen sie gewusst hätte.

Und so blieb ihr nichts anderes übrig, als ihr Los bis zu dem Tag zu ertragen, an dem sich alles ändern würde, einen Tag, von dem sie wusste, dass er irgendwann kommen würde. Er musste einfach irgendwann kommen … Bis dahin hieß es warten und heimlich der einen Sache nachgehen, die ihr etwas gab, wofür es sich zu leben lohnte.

Im Schatten zweier Häuser hielt Kendra inne und lugte auf die Straße hinaus, die am oberen Dorfende eine Kurve beschrieb und dann am Ufer des Coe das Tal hinaufstrebte, wo sich einzelne Gehöfte, Großvater Giles' Hütte und das Clachaig Inn befanden. Sie wollte nicht von irgendeinem heimkehrenden Zecher – am wenigsten von Callum – gesehen werden. Niemand sollte mitbekommen, wie sie sich um Mitternacht in den Wald hinaufstahl, denn es gab in der kleinen Gemeinde schon genug Gerede über das eigenwillige Mündel des Arztes. »Hexe« nannten die Kinder sie, wegen ihres langen roten Haars und wegen ihrer Vorliebe, alleine durch den Wald zu streifen. Natürlich meinten sie es als Beleidigung. *Wenn die wüssten*, dachte Kendra. Aber sie wussten es nicht. Niemand wusste *es*. Darauf achtete Kendra nicht nur, weil sie zusätzliche Vorhaltungen und weiteren Nachbarschaftstratsch nicht brauchen konnte, sondern auch, weil sie ihr kleines

Geheimnis und die Wunder, die es ihr bescherte, mit niemandem teilen wollte.

Die Straße war leer, und rasch huschte sie hinüber. Sie wagte es nicht, die kleine Steinbrücke zu nehmen, die über den Coe führte, denn am anderen Ufer, direkt oberhalb der Brücke, lag das Haus der alten Witwe Moncreiffe, die dem Anschein nach nichts Besseres zu tun hatte, als tagaus, tagein vom Fenster ihres Hauses das Treiben auf der Hauptstraße von A'Charnaich zu beobachten, um dann all jenen, die möglicherweise noch nichts davon wussten, brandheiß davon zu erzählen. Es ging allgemein das Wort um: Wenn man sichergehen wollte, dass sich irgendeine Neuigkeit den Loch Leven rauf und runter verbreitete, vertraute man sie am besten – und natürlich unter dem Siegel der Verschwiegenheit – der Witwe Moncreiffe an. Jetzt, kurz vor Mitternacht, sollte auch die Alte den Schlaf der Gerechten schlafen. Aber Kendra ging lieber kein Risiko ein, und so rutschte sie stattdessen die Böschung hinab, um sich am unteren Ende rasch ihrer Schuhe und Strümpfe zu entledigen und dann barfuß und mit gerafftem Rock durch den eiskalten, aber glücklicherweise kaum mehr als knöcheltiefen Fluss zu waten.

Querfeldein erklomm Kendra die bewaldete Hügelflanke, einen sanften Ausläufer der Berge, die sich zu ihrer Rechten erhoben. Obwohl es tiefste Nacht war, benötigte sie kein Licht, denn der Himmel über ihr war sternenklar, und ein fast noch voller Mond schien hell durch die Wipfel der licht stehenden Tannen. Abgesehen davon kannte Kendra hier jeden Weg und Steg, und mit geradezu traumwandlerischer Sicherheit fand sie nach einer guten halben Meile den Waldsee, der in den heißen Sommermonaten für die Kinder des Dorfes ein beliebter Platz zum Baden war, die meiste Zeit des Jahres allerdings einsam und verlassen dalag, von niemandem besucht außer von Kendra, die diesen Ort als ihr ganz eigenes Refugium betrachtete.

Vor zwei Jahren war sie während der Frühlingsmonate oft mit Cameron McKenzie hierhergekommen, dem einzigen Jungen des Dorfes, der imstande gewesen war, ihre Aufmerksamkeit zu erregen. Ebenso unbeholfen wie unbeirrbar hatten sie unter den Bäumen am Seeufer die Liebe für sich entdeckt. Als der Sommer kam, war Cameron dann nach Edinburgh gegangen, um dort ein Leben zu beginnen, das in seinen Augen besser sein würde als das, was ihnen hier am Loch Leven beschieden war. In einer tränenreichen letzten Nacht – wobei die Tränen vor allem über Kendras gerötete Wangen geflossen waren – hatte er ihr versprochen, sie zu sich zu holen, sobald er genug Geld beisammen hatte, um für sie beide sorgen zu können. Sie hatte nie wieder von ihm gehört.

In ihrer Enttäuschung, und auch weil es mit Onkel Callum in jenen Wochen häufig Streit gegeben hatte, war Kendra zu ihrem Großvater gegangen und hatte ihn gebeten, bei ihm bleiben zu dürfen. Für gewöhnlich sah sie Giles höchstens einmal im Monat, wenn er ins Haus des Arztes kam, um Medikamente abzuholen. Es waren immer höchst seltsame Momente, denn auch wenn der Einsiedler seine Enkelin auf seine ganz eigene Art zu lieben schien, hatte es gleichzeitig den Anschein, als wolle er sie von sich und seinem Leben fernhalten. So war auch ihr damaliger Aufenthalt letztlich nur von kurzer Dauer gewesen. Schon nach einer Woche hatte ihr Großvater sie gedrängt, zurück ins Dorf zu gehen und ihn in Ruhe zu lassen. Wütend hatte sie ihm den Gefallen getan.

Zuvor war sie jedoch auf eine kleine Kiste mit Habseligkeiten ihrer Eltern gestoßen, in der neben einigen Briefen und Erinnerungsstücken aus ihrem abgebrannten Elternhaus auch ein in Leder gebundenes Buch gelegen hatte, dessen Einband seltsame Symbole zierten. Mit Kendras Fähigkeit zu lesen war es zu jenem Zeitpunkt noch nicht weit her gewesen, denn Schulbildung gehörte, genau wie damenhaftes Verhalten, ebenfalls zu den Dingen, um die sie sich nie sonderlich bemüht hatte. Doch die Illustrationen von Kräutern und Steinen und seltsamen Zeichen – und damit war nicht der handschriftliche Text gemeint – weckten ihre Neugierde so sehr, dass sie das Buch heimlich mitgenommen hatte, als sie nach A'Charnaich zurückgekehrt war. Ohne Onkel Callum irgendetwas davon zu erzählen, hatte sie das Buch in langen Nächten bei Kerzenlicht mühevoll durchgearbeitet und war dabei auf eine ihr unbekannte, rätselhafte Welt gestoßen, die ihr wie blühende Fantasterei vorgekommen wäre, wenn sie sie nicht in der fein geschwungenen Handschrift ihrer Mutter und in dem nüchternen Tonfall einer Anleitung vorgefunden hätte.

Es war die Welt der Magie gewesen, und als Kendra sie hier draußen am Waldsee, den Weisungen des Buches folgend, für sich entdeckt hatte, zögernd erst, doch bald schon mit zunehmendem Wissenshunger, hatte sie festgestellt, dass es etwas gab, das noch viel besser war als alle Camerons dieser Erde.

Der Waldsee lag still und verlassen im Mondlicht da. Die helle Scheibe am dunklen Nachthimmel spiegelte sich glitzernd im vom Wind leicht gekräuselten Wasser, und ihr fahles Silberlicht verlieh dem Ort einen Hauch von Unwirklichkeit. Hohe, schlanke Föhren standen in einem dichten Kreis um den See herum, in dessen Mitte sich zwei kleine Inseln – nicht viel mehr als moosige Felsen – erhoben, und es war, als bildeten die Bäume eine Art Schutzwall vor der Welt, die jenseits von ihnen lag. Die Schatten unter ihnen wirkten aus einigen Schritten Entfernung betrachtet vollkommen undurchdringlich, wie eine Wand aus Finsternis. Doch Kendra hatte keine Angst. Im Wald fühlte sie sich geborgen.

An einer von Gras bewachsenen Stelle unweit des Seeufers, die durch dichtes Buschwerk geschützt war, aber eine wundervolle Sicht über das Wasser erlaubte, befand sich ein niedriger, annähernd quaderförmiger Stein, dessen Kanten von Wind und Wetter rund geschliffen worden waren und in dessen Ritzen sich feines Moos festgesetzt hatte. Neben diesen Stein legte Kendra ihre Umhängetasche, danach ging sie zum Gebüsch zurück, um Schuhe, Strümpfe, Rock und Jacke auszuziehen, sodass sie nur noch ihr schlichtes Nachthemd trug. Einen Moment lang spielte sie mit dem Gedanken, auch dieses abzulegen, entschied sich dann aber dagegen. Die Nächte waren einfach noch zu kalt, um das Ritual nackt durchzuführen, auch wenn sie es liebte, die Ströme der Magie auf ihrer Haut zu spüren.

Mit fast schon religiösem Ernst begann sie mit dem Ritual, das eine Mischung aus den Anleitungen des Buches ihrer Mutter und ihren eigenen Erfahrungen darstellte. Als Erstes holte sie die Utensilien aus der Tasche hervor, die sie brauchte, um ihre Magie zu wirken. Auf eine mit den alchemistischen Symbolen der vier Elemente Luft, Feuer, Wasser und Erde bestickte kleine Decke stellte sie eine flache Messingschale, in die sie Räucherwerk füllte. Dazu gesellten sich eine rote Kerze, ein Kelch, den sie mit dem klaren Wasser des Bergsees füllte, eine Holzscheibe mit einem eingeritzten Pentakel und ein Quarzkristall. Anschließend zog sie vier kurze, dicke Kerzen hervor, die ebenfalls mit Runen verziert waren, und stellte sie auf vier Steine, die im Abstand von zwei Schritten um den Mittelblock angeordnet waren. Die Luftkerze platzierte sie auf dem Stein, der gen Osten wies, die Feuerkerze auf dem südlichen, die Wasserkerze kam auf den Stein im Westen und die Erdkerze auf den im Norden. Eine fünfte Kerze, auf der das Symbol für das heilige Element Geist prangte, stellte sie auf den Steinaltar in der Mitte.

In dem Buch ihrer Mutter hatte Kendra gelesen, dass es mitunter notwendig sei, einen Raum rituell zu reinigen, um die Ströme der Magie, die angeregt werden sollten, nicht durch ein übles Umfeld zu beeinflussen. In Kendras Augen galt das allerdings nur in den Häusern der Menschen. Mit Sicherheit wäre Onkel Callums Haus ein solcher Ort gewesen, der zuvor der Reinigung bedurft hätte. Ihr geheimer Platz im Wald dagegen konnte gar nicht vom Bösen befallen werden, da war sie sich sicher. Der Wald selbst schützte ihn davor.

Daher ging sie gleich dazu über, den Kreis zu ziehen, in dessen Mitte sie ihre Magie zu wirken gedachte. Leise eine gälische Beschwörung murmelnd, die sie dem Buch entnommen hatte, schritt sie, der Sonne folgend, von Osten ausgehend und im Uhrzeigersinn, kreisförmig die vier Kerzen ab. Das kühle Gras strich über ihre bloßen Füße, während sie sich mehrmals niederbeugte, um einen der blank polierten Steine, die sie von einem kleinen Haufen neben dem Altar genommen hatte und in einer Mulde ihres gerafften Nachthemds trug, auf die Erde zu legen. Zwölf Steine legte sie aus, jeweils drei zwischen zwei Kerzen.

Danach entnahm sie dem Beutel ein Kästchen mit langen Zündhölzern, riss eines an und entzündete zuerst die vier Elementarkerzen und dann die fünfte auf dem Altar. »Ich grüße die fünf Elemente«, sagte sie auf Gälisch, das noch immer ihre Muttersprache war, auch wenn das Englische mittlerweile bis ins letzte Dorf in den Highlands vorgedrungen war. »Luft, Feuer, Wasser, Erde und Geist. Helft mir, die Kraft zu beschwören, die in mir ruht!«

Mit einem zweiten Zündholz steckte sie das Räucherwerk und die rote Kerze auf dem Altar an. Dann hob sie beschwörend die Hände und wiederholte den Gruß gegenüber den Gegenständen, die sie fein säuberlich auf dem Steinquader angeordnet hatte.

Der letzte Akt von Kendras Vorbereitung schien nicht zu den übrigen rituellen Verrichtungen zu passen, und genau genommen gab es in dem Buch ihrer Mutter auch nirgendwo eine Passage, die etwas Derartiges vorgeschrieben hätte. Aber Kendra hatte festgestellt, dass es ihr leichter fiel, sich den Strömen der Magie zu öffnen, wenn sie ihren Geist zuvor ein wenig beruhigt hatte. Aus diesem Grund war der letzte Gegenstand, den sie zum Vorschein brachte, eine kleine, dunkelgrüne, verkorkte Flasche ohne Etikett, in die sie etwas Laudanum aus Onkel Callums Hausapotheke abgefüllt hatte. Die normale Dosis für Patienten an der Schwelle zum Erwachsenenalter lag, wie sie wusste, bei fünfundzwanzig Tropfen. Sie nahm dreißig. Dann kniete sie sich vor den Altar, schloss die Augen und ließ ihren Geist treiben.

»Ich bin umgeben von Magie. Ich bin erfüllt von Magie. Ich bin eins mit der Magie«, intonierte sie leise, während sie die Arme ausbreitete und ihre Finger, Fühlern gleich, tastend in die kühle

Nachtluft streckte. »Ich bin umgeben von Magie. Ich bin erfüllt von Magie. Ich bin eins mit der Magie.«

Das harzig riechende Räucherwerk stieg ihr in die Nase, die feinen Grashalme strichen über ihre nackten Beine, die leichte, salzige Brise umschmeichelte ihren Leib wie ein geisterhafter Liebhaber.

»Ich bin umgeben von Magie …«

Die Berührung der Grashalme erzeugte ein leichtes Kitzeln in ihren Unterschenkeln, und ein Schauer rann durch ihren Körper.

»Ich bin erfüllt von Magie …«

Das Gefühl des Erschauerns hielt an, und es wurde zu einem Prickeln, das sie von Kopf bis Fuß erfüllte. All ihre Sinne schienen mit einem Mal übernatürlich geschärft. Das Gras, der Windhauch, das Schlagen winziger Wellen des Waldsees an sein flaches Ufer, das Flüstern der Baumkronen, ja selbst das kühle Licht des Mondes, das vom sternenklaren Himmel auf sie herabschien – all dessen war sie sich bewusst. Sie spürte es, sie hörte es …

»Ich bin eins mit der Magie …«

Sie öffnete die Augen, und dann sah sie es auch.

Die Welt, wie Kendra sie für gewöhnlich wahrnahm, war verschwunden. An ihre Stelle war eine höhere Wirklichkeit getreten, ein wundersames, wundervolles Chaos aus gleißenden Strömen und funkelnden Strängen, die sich, tausendfach verästelt und in ständiger Bewegung begriffen, vom Himmel zur Erde, vom Wind zur Wasseroberfläche, von Baumstamm zu Baumstamm zogen. Zu ihren Füßen glitzerte ein Teppich aus Gespinst, das, hauchzart wie Spinnweben in der Morgendämmerung, Grashalm mit Grashalm verband. Und Kendra selbst befand sich im Zentrum dieses atemberaubenden Schauspiels, ein von zuckenden Lichtfäden umspielter Körper, der von einem Kranz weit ausgreifender leuchtender Arme umgeben war, deren entstofflichte Finger beiläufig über die Landschaft glitten, die hinter diesem Schleier aus pulsierenden magischen Energien mehr zu erahnen denn zu sehen war.

»Ich bin eins mit der Magie«, flüsterte sie, während sie ihre Arme und Hände langsam durch die Luft bewegte. Für einen Außenstehenden mochte der Eindruck erweckt werden, sie dirigiere ein unsichtbares und unhörbares Orchester, doch in Kendras Ohren rauschten, brummten und flirrten die magischen Energien in einer Ode an das Leben selbst. Sie fühlte ein Jauchzen der Begeisterung in ihrer Kehle aufsteigen, und als es ihr über die Lippen kam, sandte es zitternde Wellen in die magische Sphäre, die sie umgab.

Kendra fiel auf, dass die Magie in dieser Nacht außergewöhnlich stark war. An den Stämmen der Bäume züngelten glitzernde Flammen empor, und ihr schien es, als sei das sanfte Rauschen im Geäst nicht dem Wind geschuldet, sondern einer eigentümlichen Belebung der Bäume selbst. Auch das Gras schimmerte vor magischen Energien. Von den Spitzen der dünnen Halme tasteten winzige, helle Fühler zitternd in die Luft hinaus, als versuchten sie zu begreifen, welch größere Welt um sie herum existierte. Beinahe zögernd berührten sie dabei Kendras nackte Haut und verursachten ein kaum wahrnehmbares Kitzeln.

Am auffälligsten aber zeigte sich die Unruhe der magischen Energien an der Oberfläche des Waldsees. Was zuvor nicht mehr als ein leichtes Kräuseln des Wassers gewesen war, bot sich ihr unter dem Eindruck ihrer erweiterten Sinne als ein wütendes Brodeln dar, das irgendwo tief unten, am Grund des Sees, seinen Ursprung zu haben schien.

Es zog sie in dieses Brodeln hinein, ohne dass sie sich dessen wirklich bewusst gewesen wäre. Das Funkeln der Energien spiegelte sich in ihren weit geöffneten Augen wider, und das Summen der Magie drang sirenengleich an ihre Ohren. Sie wusste, dass in diesem Wasser, in dem sie unzählige Male gebadet hatte, ohne mehr als das kühle Nass auf ihrer Haut zu spüren, etwas Machtvolles auf sie wartete, eine tiefe Kraft, um deren Quelle sie bislang stets nur herumgestrichen war, wie eine neugierige Katze um eine Schale mit süßem Rahm.

Beinahe ohne ihr Zutun kam sie auf die Beine und trat langsam aus dem Kreis hinaus, den sie zuvor errichtet hatte. Dem Buch ihrer Mutter zufolge machte dieser Akt jedes zuvor begonnene Ritual zunichte. Kendra allerdings kümmerte das nicht, denn das, was dort im See brodelte, war größer als jeder von Menschengeist ersonnene Zauber. Schritt für Schritt näherte sie sich dem Seeufer, glitt die flache Böschung hinunter und ins Wasser hinein, das ungeachtet der Jahreszeit überhaupt nicht kalt war, sondern angenehm warm, wie nach einem langen Sonnentag im Hochsommer.

Rasch reichte ihr das Wasser von den Knien über die Hüfte bis zur Brust. Direkt vor Kendras staunenden Augen gurgelte und gluckerte das Wasser, und dicke Stränge ungezügelter Magie brachen durch die Seeoberfläche. *Dort unten*, flüsterte es in ihrem betäubten Geist. *Dort unten liegt die Quelle der Magie.* Sie holte noch einmal tief Luft, schloss die Augen und versank.

KAPITEL 3:

VIER BEGEGNUNGEN NACH MITTERNACHT

»Wien. In wenigen Wochen ist es so weit. Dann wird zur Feier des 50. Thronjubiläums Sr. Majestät Kaiser Franz Josephs I. im Prater das Riesenrad feierlich eingeweiht. Das von den englischen Ingenieuren Walter B. Basset und Harry Hitchins geplante und in diesen Tagen durch Hubert Cecil Booth errichtete Rad wird mit seinen dreißig Gondeln und zweihundert Fuß Gesamtdurchmesser das größte der ganzen Welt sein.«

– Wiener Zeitung, 18. April 1897

19. April 1897, 00:01 Uhr GMT
England, London, unweit der Marktgebäude am Smithfield

Jonathan fühlte sich, als tauche er vom Grund eines tiefen Sees auf. Zuerst war da nur ein dumpfes Schlagen, ein Hallen, das jede Faser seines Körpers in Schwingung versetzte und das sich schier endlos fortzusetzen schien. Dann verspürte er plötzlich Kälte, Feuchtigkeit und einen unangenehmen Schmerz, der in all seinen Gliedern pochte. Etwas Hartes bohrte sich in seinen Rücken, und er hatte den Eindruck, als befände er sich in einer unnatürlichen Lage, kopfüber und irgendwie verdreht. Er versuchte, seinem Körper den Befehl zu geben, sich zu bewegen, aber es gelang ihm nicht.

Ein neues Geräusch löste das erste ab. Dunkel, drängend, nicht so machtvoll, aber zwingender. … *ache* … *ie* … *au* … Jonathan spürte, dass sich sein Oberkörper bewegte, allerdings geschah dies ohne sein Zutun, und einen Augenblick lang fragte er sich, wo um alles in der Welt er sich gerade befand.

… *wache* … *ie* … *auf* …

Langsam und seltsam mühevoll öffnete er die Augen.

Im ersten Moment sah er gar nichts, nur verschwommene Felder aus wenig Helligkeit und viel Dunkelheit. Jonathan glaubte, einen hünenhaften Schatten vor sich auszumachen, der drohend über ihm aufragte – eine schwarze Masse, die seltsamerweise von einer helleren Aura umgeben war. *Straßenlaterne* …, zuckte es durch seinen Geist, doch das Wort löste keine Bilder in Jonathans Kopf aus, es blieb merkwürdig zusammenhanglos.

Der Schatten hatte einen Arm ausgestreckt und schien ihn zu berühren. Jetzt bemerkte Jonathan auch den Druck auf seiner rechten Schulter. Endlich ergab die seltsame Bewegung seines Oberkörpers einen Sinn. Ein Mensch – ein Mann vermutlich – hatte ihn mit kräftiger Hand gepackt und schüttelte ihn sanft, aber hartnäckig.

… *Wachen Sie auf* …

»Lassen Sie mich! Ich bin wach«, wollte Jonathan sagen, aber es kamen nicht mehr als ein paar unartikulierte Laute über seine Lippen. Er versuchte, sich aufzurichten. Dabei sackte die Welt unter seinem Körper weg, und gleichzeitig verrutschten alle Konturen, die sein sich klärender Blick ausgemacht hatte. Ein Übelkeit erregendes Doppelbild entstand vor seinen Augen. Risse brachen auf, und glitzernde Flecken tanzten vor seinen Augen, so als habe er zu lange in eine helle Lichtquelle geblickt. Jonathan rollte sich zur Seite, sein Magen verkrampfte sich, und er erbrach die Reste seines Abendessens auf den steinernen Untergrund, auf dem er lag.

Über sich hörte er einen gedämpften Fluch.

Der Mann – Jonathan war sich mittlerweile sicher, dass es sich um einen Mann handelte, denn ein Geruch von Tabak und feuchtem Leder ging von ihm aus – trat an ihm vorbei und wurde dabei etwas kleiner. *Treppe …*, erkannte Jonathan. Er war im Dunkeln über irgendein Hindernis gestolpert und dabei gestürzt. Es musste eine Treppe gewesen sein, die nach unten zu dem Kellerraum eines Hauses führte. Noch einmal versuchte er, sich zu orientieren, doch wieder wurde die Welt aus den Angeln gehoben, und ihn schwindelte. *Gehirnerschütterung*, dachte Jonathan. *Gott im Himmel, was ist nur …?*

Im nächsten Augenblick keuchte er halb erschrocken, halb schmerzerfüllt auf, als sich kräftige Arme unter seine Achseln schoben und ihn hochzogen.

»Ganz ruhig, mein Herr«, vernahm er eine heisere Männerstimme, in der ein schwacher Cockney-Akzent mitschwang. »Ich will Ihnen nur helfen.«

Die Bemühungen des Fremden machten Jonathans Lage jedoch nur schlimmer. Kaum hatte der Mann, der einen langen, speckigen Kutschermantel zu tragen schien, ihn in die Senkrechte gebracht, brach die Welt einmal mehr auseinander. Ein Zittern ergriff das Kopfsteinpflaster zu Jonathans Füßen sowie die Häuserfassaden zur Linken und zur Rechten, als habe jemand eine Handvoll Steine in den großen Teich der Wirklichkeit geworfen, dessen Oberfläche nun von zahllosen sich überlappenden und brechenden Wellen durchzogen wurde. An den Bruchpunkten bildeten sich erneut vielfach verästelte Risse, durch die hell glitzernde Lichtstrahlen hervorzüngelten.

Jonathan spürte, wie seine Beine ihren Dienst versagten, und hätte ihn sein unbekannter Begleiter nicht fest im Griff gehabt, wäre er wieder zu Boden gefallen. Hilfe suchend klammerte er sich an den Fremden. Er schloss die Augen und holte tief Luft. In seinem Mund schmeckte es säuerlich nach Erbrochenem.

Der Mann murmelte irgendetwas, das wie *Ganz schön erwischt!* klang. Dann hob er die Stimme und sagte: »Schon gut, mein Herr. Alles wird gut. Sagen Sie: Heißen Sie Jonathan?«

»Mhm …«, machte Jonathan und wunderte sich einen kurzen Augenblick lang, woher der Fremde seinen Namen kannte, bevor er die Frage gleich wieder vergaß.

»Können Sie mir sagen, wo Sie wohnen?«, fuhr der Mann fort. »Dann begleite ich Sie dorthin.«

»Wasser«, murmelte Jonathan.

Sein Begleiter fluchte abermals. Er schlang Jonathan den einen Arm um die Brust und löste den anderen, um damit in seinem Mantel zu kramen. »Ich habe nur das hier«, sagte er, und Jonathan spürte, wie ihm ein flacher metallener Gegenstand in die Hand gedrückt wurde. »Gut festhalten«, warnte ihn der Fremde. »Und nur einen kleinen Schluck. Sie hatten heute wirklich schon genug.«

Ich habe nichts getrunken!, protestierte Jonathan, während er den Flachmann hob und gehorsam nur einen kleinen Schluck des scharf riechenden Alkohols zu sich nahm, der darin aufbewahrt wurde – aber er war sich nicht sicher, ob er die Worte auch laut aussprach. Er war sich in diesem Augenblick, in dem er sich den Mund ausspülte und ausspuckte, nicht einmal sicher, ob das der Wahrheit entsprach oder nicht. Sein ganzes Denken schien wie in dicke Watte gehüllt.

Wieder setzte er die Flasche an, diesmal, um zu trinken.

Alles, woran er sich erinnern konnte, waren das Theater, Elisabeth und … *Nimm meinen Ring!* Ein Mann in einer Gasse … *Er ist der Schlüssel* … Jonathan blinzelte und runzelte die Stirn. Er hatte irgendetwas Wichtiges zu erledigen. Er musste …

Eine Welle heißen Schmerzes fuhr durch seinen Körper, und Jonathan krümmte sich zusammen. Er ließ den Flachmann fallen, der mit blechernem Klappern auf das Kopfsteinpflaster fiel und seinen Inhalt gluckernd auf die nassen Steine ergoss. Der Fremde stieß einen weiteren, diesmal besonders deftigen Fluch aus, doch Jonathan beachtete ihn gar nicht. Mit aufgerissenen Augen und trotzdem blind starrte er auf eine Welt, die mit einem Mal von gleißender Helligkeit erfüllt war. Ströme, Wirbel, Strahlen aus Licht erfüllten das, was zuvor eine einsame Londoner Straße um Mitternacht gewesen war. Sie flackerten aus dem Boden, züngelten aus den Fenstern der Häuser, umspielten die Straßenlaternen und Jonathans eigene Hände, die er, krampfhaft zu Fäusten geballt, vor sich in die Luft hielt, während er keuchend versuchte, das Brennen in all seinen Gliedern zu ertragen, ohne noch einmal das Bewusstsein zu verlieren.

Sein Helfer legte ihm eine schwielige Pranke auf die heiße Stirn. »Verdammt!«, hörte ihn Jonathan murmeln, und dann etwas wie »... alles viel zu schnell ...«. Danach wandte er sich mit lauterer Stimme direkt an Jonathan. »Sie müssen ins Bett. Wo wohnen Sie? Ich bringe Sie nach Hause.«

Jonathan presste die Augenlider zusammen und versuchte, das Chaos, das ihn einhüllte, auszusperren. *Nach Hause* ... Das war genau der Ort, wo Jonathan jetzt hinwollte. Er wollte ins Bett fallen und einschlafen, um am nächsten Morgen erfrischt aufzuwachen und diesen ganzen unseligen Abend – oder zumindest alles, was nach der Kutschfahrt zum Hyde Park geschehen war – bloß vergessen zu haben. »Finsbury Square«, brachte er mühsam hervor. Ein Zittern, einem heftigen Schüttelfrost gleich, ergriff seinen Körper, und – ganz gleich, wie seltsam das anmuten mochte – er war froh, dass der andere ihn mit seinen starken Armen festhielt, auch wenn er nicht einmal das Gesicht des Mannes kannte, geschweige denn seinen Namen oder seine Herkunft.

»In Ordnung, gehen wir«, sagte sein barmherziger Samariter, und dann folgte etwas sehr Befremdliches: »Du fliegst vor und sorgst dafür, dass wir möglichst niemandem begegnen.« Ein leises Krächzen und ein Flattern waren die Antwort, aber Jonathan war sich nicht sicher, ob er das wirklich gehört hatte, denn eine neue Welle des Schmerzes brandete in ihm auf und betäubte seine Sinne.

Er hätte im Nachhinein nicht zu sagen vermocht, wie sie es durch die nächtlichen Straßen bis zu seiner Wohnung geschafft hatten. Die meiste Zeit hatte sein unbekannter Helfer ihn mit erstaunlicher Kraft mehr getragen als gestützt, während er selbst in einen fiebrigen Zustand irgendwo zwischen Wachen und Träumen verfallen war, in dem sich die Welt immer wieder verdrehte und verzerrte und seine Sinne bisweilen regelrecht auszusetzen schienen.

Es dauerte ein wenig, aber schließlich gelang es Jonathan auch, sich an das Haus zu erinnern, in dem er lebte. Und nachdem sie die Hauswirtin Misses Fincher aus dem Schlaf geläutet hatten, die aufgeregt wie eine Glucke ihren heimkehrenden Untermieter in Empfang nahm, vermochte Jonathan sich so weit zu sammeln, dass er seinem Retter zum ersten Mal richtig in die Augen blicken konnte.

Es handelte sich um einen mittelgroßen, untersetzt wirkenden Mann, der tatsächlich einen fast bodenlangen, speckigen Kutschermantel trug und dessen braunes Kraushaar unter einer zerknautschten Schiebermütze hervorlugte. Sein glatt rasiertes Gesicht wirkte, genau wie seine Mütze, etwas mitgenommen, so als wäre er im Laufe der Jahre in mehr als nur eine Handgreiflichkeit hineingeraten. Doch die Lachfalten um seine Mundwinkel und die wach glitzernden Augen milderten den grimmigen Eindruck, den er auf den ersten Blick erweckte, und verliehen ihm irgendwie eine vertrauenerweckende Ausstrahlung.

»Danke!«, sagte Jonathan schwach. »Danke für alles!«

Der Mann tippte sich kurz an den Rand seiner Schiebermütze und nickte. »Keine Ursache. Ich helfe gerne. Sie werden sich sicher irgendwann erkenntlich zeigen.«

»Das werde ich«, versprach Jonathan. Er blinzelte und schwankte, als ihn zum wiederholten Mal der Schwindel überkam.

»Kommen Sie, Sie müssen dringend ins Bett«, meldete sich Misses Fincher entschieden zu Wort.

»Ja, sofort … Ich …« Jonathan schluckte und rieb sich mit der Hand über das Gesicht. Überrascht stellte er fest, dass es schweißnass war, als hätte er hohes Fieber. »Wie werde ich … ich Sie finden?«, fragte er den Mann.

»Machen Sie sich darüber keine Gedanken. Wir finden uns schon«, sagte dieser leichthin.

Matt schüttelte Jonathan den Kopf. Sofort bereute er die Bewegung, denn sie brachte die Welt um ihn herum ins Schwanken wie das Deck eines Schiffes bei rauer See. »Aber wie … Ich kenne doch nicht mal … Ihren Namen …«

»Der Name ist Randolph, mein Herr. Ich heiße Randolph. Und jetzt gute Nacht.« Er tippte abermals an seine Mütze und wandte sich ab. Jonathan bemerkte, dass er humpelte, so als habe er irgendwann eine schwere Beinverletzung erlitten.

Widerstandslos ließ sich Jonathan von seiner Hauswirtin ins Innere des Hauses ziehen. Bevor sie die Tür schloss, warf er einen letzten Blick nach draußen, und ihm war, als geselle sich ein großer schwarzer Vogel flatternd zu der im Schatten verschwindenden Silhouette des Mannes.

Randolph …, dachte er, während die Tür ins Schloss fiel. Irgendwie hatte er das Gefühl, der Name müsse ihm etwas sagen. Aber es wollte ihm nicht einfallen, was.

19. April 1897, 00:10 Uhr GMT
Schottland, A'Charnaich, am Ufer des Loch Leven

Kendra schwamm in der Magie. Überall um sie herum funkelte und brodelte es, während sie mit weit geöffneten Augen und kräftigen Schwimmbewegungen durch eine Welt aus summendem Licht tauchte. Ein wundervolles Prickeln erfüllte sie von den Haarspitzen bis zu den Fußsohlen, stärker und reiner, als sie es jemals durch eines ihrer Rituale am Seeufer hatte heraufbeschwören können. Neugierig wandte sie den Kopf von links nach rechts, um die armdicken Strahlen aus zauberischem Glitzern zu bewundern, die das angenehm warme Wasser durchzogen und die Tiefe des Waldsees taghell erleuchteten. Ihr langes Haar umschwebte sie wie eine kupferfarbene Wolke, winzige Magieentladungen knisterten darin.

Unmittelbar vor Kendra lag die Quelle dieses magischen Ausbruchs, der Ort ihrer höchsten Dichte. Die Magie strahlte dort so hell, dass Kendra sie nicht länger als einen Lidschlag anzuschauen vermochte. Geblendet musste sie die Augen schließen, genau so, als wenn sie an einem klaren Sommermorgen in die am wolkenlos blauen Himmel aufgehende Sonne zu blicken versuchte, weil sie herausfinden wollte, was sich tief darin verbarg. Schon als kleines Kind hatte sie sich immer gewünscht, die Sonne berühren zu können, und auch wenn sie später erkannt hatte, dass dieser Traum unerfüllt bleiben musste, hatte in einem kleinen, verborgenen Flecken ihres Herzens der Wunsch überdauert, dieses wundersame Licht, das alles Leben zum Erblühen brachte, unter den Fingern zu spüren. Und jetzt endlich, nach all der Zeit, würde er ihr, wenn auch auf andere Weise als gedacht, letztendlich doch erfüllt werden, denn wenn es eine Kraft gab, deren Schöpfungsmacht noch größer war als die der Sonne, dann – so wurde ihr in diesen Augenblicken klar – war es die Magie.

Kendra schwamm noch näher und streckte die Arme aus. *Fast da …*, dachte sie. Nur ganz kurz öffnete sie die Augen, um sich zu orientieren, und sah nur noch funkelndes Weiß vor sich. Das Prickeln in ihrem Körper wurde immer stärker, und es fühlte sich beinahe schon unangenehm an, als würden Tausende von Ameisen unter ihrer Haut umherkrabbeln. Ein weiterer Schwimmzug brachte sie ins Licht hinein, ließ ihre ausgestreckten Finger die Grenze zwischen dem Wasser des Waldsees und dem Magiestrom überqueren, der aus unbekannten Tiefen emporstieg.

Die chaotischen Energien trafen sie wie ein Blitzschlag.

Ihre Augenlider flogen auf, und ihr Mund öffnete sich zu

einem gellenden Schrei. Doch sie sah nichts, hörte nichts und gab keinen Laut von sich. All ihre Sinne wurden von der überwältigenden Macht der Magie überlastet, alle Sinneseindrücke davongespült. In rasender Abfolge wurde ihr Geist mit Bildern bestürmt, als habe er sich von ihrem Körper gelöst und um den ganzen Erdball ausgedehnt und als wäre sie nun imstande, alles Geschehen überall auf der Welt gleichzeitig wahrzunehmen. *Aufbrechende Straßen, einstürzende Häuser, schreiende Menschen, züngelnde, glitzernde Flammen, ein Sturm der Magie, der orkanartig über die Lande brauste und alles, was er erfasste, veränderte, verwandelte, wunderschön und schrecklich zugleich.*

Kendra spürte, dass ihr kaltes Wasser in den Mund strömte und die Kehle hinunterrann. Voller Entsetzen gurgelte sie, und ihre Lungen verkrampften sich.

Wuchernde Bäume, tastende Ranken, die über Straßen wucherten und sich um Brückenpfeiler schlangen, sie erstickten und niederrissen, dampfende Ungetüme, die sich von ihren eisernen Wegen erhoben, brummende, kreisende Starrvögel am Himmel, die Tod und Vernichtung herabregnen ließen, schnaufende Monstren, die aus den Meeren der Welt auftauchten.

Sie würgte und rang nach Luft, aber es gab keine mehr. Wild begann sie, mit Armen und Beinen zu rudern, um an die Oberfläche zu gelangen. Doch sie fand nicht mehr zurück.

... feingliedrige Elfen und Menschen fressende Trolle ...

Das Licht um sie herum fing an zu flackern.

... Geschöpfe, halb Mensch, halb Tier, geisterhafte Wetterleuchten am Horizont, ein Aufbäumen all dessen, was einst Natur gewesen war ...

Die Wärme wich unvermittelt eisiger Kälte, die sich mit tausend Nadeln in ihren Leib bohrte. Die Verbindung zur Magie brach ab, und es wurde dunkel. *Das ist das Ende*, durchfuhr es Kendra. Überall war nur noch Wasser – Wasser, das ihr die Kraft aus den Gliedern sog, Wasser, das ihre Lungen füllte, Wasser, das ihr das Bewusstsein zu rauben drohte.

Hilfe suchend streckte sie die Arme in die Richtung, von der sie hoffte, dass es oben war. Einen winzigen Augenblick lang glaubte sie, mit ihren Fingerspitzen die Wasseroberfläche zu durchbrechen und kühle, trockene Nachtluft zu spüren, aber bevor dieser irrwitzigen Hoffnung irgendein Handeln hätte folgen können, wurde sie an den Händen gepackt und kraftvoll emporgerissen. Für einen kurzen Moment schien sie zu fliegen, im nächsten schon fiel sie hinunter auf das weiche Ufergras am Rand des Waldsees. Sie krümmte sich zusammen und würgte einen Schwall Wasser hervor. Keuchend holte sie Luft und erlitt dabei einen Hustenanfall.

»Dummes Kind!«, vernahm sie eine wütende Stimme an ihrer Seite. »Was schwimmst du hier oben mitten in der Nacht im See?«

Kendra drehte den Kopf zur Seite, wischte sich die nassen Haare aus dem Gesicht und blickte verstört auf. Ihre Augen wurden groß, als sie das von Falten durchzogene Gesicht mit den stechend blauen Augen erkannte, das, von einer kleinen Laterne erhellt, über ihr schwebte. »Großvater?«

Giles McKellen zog unter der Krempe seines grauen Filzhutes die Augenbrauen zusammen. »Ja, ich bin es«, knurrte er in seinen weißen Bart hinein. »Kannst du aufstehen?« Seine Stimme klang barsch und irgendwie anklagend. Sie hatte erwartet, dass er ein wenig erleichtert wäre über ihre Rettung. Doch diese Erwartung wurde enttäuscht.

Kendra hustete noch einmal und nickte. Anschließend stützte sie sich auf die Arme und kam auf die Beine. Wassertropfen rannen ihr über die Stirn in die Augen, und ihr nasses Nachthemd klebte ihr plötzlich unangenehm wie eine kalte zweite Haut am Leib. Fröstelnd verschränkte sie die Arme vor der Brust, während sie ihren Großvater in Erwartung einer Standpauke mit leicht erhobenem Kinn trotzig anblickte.

Er musterte sie nur von oben bis unten, schnaubte und schüttelte den Kopf. »Geh erst mal dort drüben in die Büsche und zieh dich um! Wenn du in diesem Aufzug durch die Nacht läufst, holst du dir den Tod. Und ich habe dich bestimmt nicht aus dem See gezogen, damit das geschieht.«

Kendra presste die Lippen zusammen und nickte gehorsam. Rasch lief sie zu ihrem Steinkreis hinüber und nahm den Rock, die Jacke und ihre Schuhe. Während sie sich hinter den Sträuchern umkleidete, sah sie, wie ihr Großvater mit prüfendem Blick um ihren kleinen Ritualplatz herumschritt.

»Was treibst du hier eigentlich?«, fragte er sie, als sie sich in trockenen Kleidern wieder zu ihm gesellte. Achtlos trat er mit der Spitze seines halbhohen Stiefels einen Stein zur Seite und durchbrach so ihren magischen Kreis.

Unter gewöhnlichen Umständen hätte das Kendras Zorn erweckt. Im Moment hingegen war sie vor allem verwirrt, und je länger sie über das nachdachte, was ihr soeben im See widerfahren war, desto stärker regten sich auch Furcht und Sorge. Wie gerne hätte sie jetzt mit ihrer Mutter gesprochen, dem einzigen Menschen, der ihr vielleicht hätte erklären können, was sie gerade erlebt hatte. Aber ihre Mutter war schon lange tot, und im Augenblick blieb ihr niemand anders als Großvater Giles.

Dieser hatte unterdessen fragend die Augenbrauen gehoben. »Nun?«

Sie öffnete den Mund, um ihm von dem Erlebten zu berichten, doch dann fiel ihr ein, dass sie dadurch würde zugeben müssen, dass sie das Buch ihrer Mutter aus seinem Haus gestohlen hatte. *Ganz zu schweigen davon, dass es verrückt klingt, wenn du sagst, du warst hier, um zu zaubern*, merkte eine innere Stimme an, und es fiel Kendra schwer, ihr zu widersprechen. »Das ist meine Angelegenheit«, sagte sie daher nur.

Eine steile Falte entstand zwischen den buschigen Brauen ihres Großvaters. »Ein bisschen mehr Respekt, junge Dame«, brummte er mit leichtem Tadel. »Ich habe dir wahrscheinlich gerade das Leben gerettet.« *Das hoffe ich zumindest.*

Kendra legte den Kopf schräg. Irgendetwas an den letzten

Worten ihres Großvaters war seltsam gewesen. »Wie meinst du das?«, wollte sie wissen.

»Machst du dich über mich lustig? Du wärst beinahe ertrunken. Hätte ich dich nicht aus dem Wasser gezogen, wäre es womöglich um dich geschehen gewesen.«

Kendra schüttelte den Kopf. »Nein, ich meine das andere?«

Ihr Großvater machte ein verwirrtes Gesicht. »Ich habe nichts weiter gesagt …«

»Doch, du sagtest: *Das hoffe ich zumindest.*«

Kendra sah, wie Giles leicht zusammenzuckte.

Zwei Herzschläge lang starrte er sie stumm an. *Das ist unmöglich.* »Das musst du dir eingebildet haben«, brummte er, hob die Linke und fuhr damit in einer seltsam unwilligen Geste vor seinem Gesicht durch die Luft, als wolle er ihre Worte verscheuchen wie ein lästiges Insekt.

»Wenn du meinst, Großvater.« Sie senkte kurz den Blick und fühlte sich verwirrter denn je. *Habe ich seine Gedanken gelesen? Ist das möglich? Oder verliere ich womöglich den Verstand?* Sie war sich nicht sicher, ob sie die Antworten auf diese Fragen überhaupt wissen wollte, und beschloss, später weiter darüber nachzugrübeln, zumal sich ihr plötzlich eine ganz andere Frage aufdrängte. »Was führt dich eigentlich zur Geisterstunde zum See?«

Giles McKellen versteifte sich ein wenig. »Ich habe einen Nachtspaziergang gemacht. In hellen Mondnächten komme ich ab und zu hier herauf.«

Kendra sah ihn misstrauisch an. »Einen Nachtspaziergang?«, wiederholte sie in der Hoffnung, erneut seine Gedanken aufschnappen zu können.

Diesmal allerdings schwieg das Bewusstsein ihres Großvaters – wenn sie sich die Worte zuvor nicht ohnehin nur eingebildet hatte. Stattdessen gab er ein unwilliges Grunzen von sich. »Dein Tonfall ist unangemessen, junge Dame. Immerhin bist du diejenige von uns beiden, die versucht hat, bis zum Grund des Waldsees zu tauchen. Kannst du mir das erklären?«

Kendra schüttelte den Kopf. »Nein, das kann ich nicht.« Das war nicht einmal gelogen. Mittlerweile konnte sie sich selbst nicht mehr erklären, was sie bewogen hatte, aus dem Steinkreis zu treten und in die eisigen Fluten zu steigen. Jeder Funke gesunden Menschenverstandes hätte sie davor warnen sollen, dass sie sich damit in Gefahr bringen würde. *Der Lockruf der Magie …*, hallte es geisterhaft durch ihr Inneres.

Ihr Großvater räusperte sich. »Nun ja. Also sind wir einfach froh, dass ich vorbeigekommen bin und dass dir nichts geschehen ist. Das soll uns beiden genügen.« Er blickte sie an, und für einen kurzen Moment schienen seine Züge etwas weicher zu werden.

»Ja, das soll uns genügen«, lenkte Kendra ein. Sie blickte ihren Großvater an, und aus einem Aufwallen von Dankbarkeit heraus und einem plötzlichen Bedürfnis nach Nähe trat sie einen Schritt vor und umarmte ihn.

Ein holzgetäfeltes Zimmer, Gestalten in dunklen Roben, ein alter Mann mit gütigem Gesichtsausdruck … Dunholm … London … bald … NEIN!

Ruckartig löste sich Giles von ihr. Für den Bruchteil eines Augenblicks stand in seinen Augen blankes Erschrecken. »Mach das nie wieder!«, warnte er sie heiser und streckte ihr halb abwehrend, halb drohend die rechte Hand entgegen.

»Was?«, fragte Kendra, kaum weniger erschrocken als ihr Großvater.

»Das … eben.« Er gestikulierte fahrig in der Luft herum.

Mehr und mehr hatte Kendra das Gefühl, dass irgendetwas überhaupt nicht stimmte. »Was geschieht hier, Großvater?«

Giles McKellen warf einen raschen Blick auf den trügerisch still daliegenden Waldsee und sah sie dann wieder an. »Nicht jetzt. Nicht hier. Wir reden morgen«, entschied er knapp.

»Aber …«

»Kein Aber!«, herrschte er sie mit unvermittelter Heftigkeit an, und in seinen blauen Augen blitzte es. »Mach endlich, dass du nach Hause kommst!« Er deutete auf Kendras Steinkreis und ihre magischen Utensilien. »Aber räum diesen Unfug auf, bevor du gehst! Ich möchte nicht, dass irgendjemand sieht, dass du hier … Hexerei betreibst … oder das, was du dafür hältst.« Die letzten Worte hatte er in seinen Bart gemurmelt, so als spräche er zu sich selbst.

Kendra presste die Lippen aufeinander. Tränen des Zorns traten ihr in die Augen, aber sie wischte sie mit dem Unterarm weg. Sie weigerte sich, vor diesem launischen alten Mann die Fassung zu verlieren. »Ja, Großvater«, brachte sie mit leicht erstickter Stimme hervor.

Giles McKellen brummte zufrieden. »Gut … Gute Nacht. Und lass dich auf dem Heimweg von niemandem erwischen. Du hast schon genug Ärger.«

»Ja, Großvater.«

Der alte Mann wandte sich um und stapfte in den Wald zurück. Kendra machte sich unterdessen daran, ihre Habe einzusammeln und in den Stoffbeutel zurückzustecken. Nach dem unfreiwilligen Bad im Waldsee war ihr nun kalt, und als wäre das noch nicht genug, kündigte sich hinter ihrer Stirn ein heftiger Kopfschmerz an, als hätte sie, Onkel Callums Vorbild folgend, kräftig einen über den Durst getrunken. Sie wollte nur noch nach Hause und sich die Bettdecke über den Kopf ziehen.

Ganz vermochte ihr Unwohlsein allerdings nicht das Staunen über das zu verdrängen, was ihr in der letzten Stunde widerfahren war. Beinahe wie von selbst kehrten ihre Gedanken zu dem Erlebten zurück, während sie eiligen Schrittes dem schmalen Pfad hinunter zum Dorf folgte. Was war bei dem Ritual bloß passiert? Soweit sie sich erinnerte, hatte sie bei den Vorbereitungen alles so gemacht wie immer, hatten sich ihre Beschwörungsworte in keiner Weise von denen unterschieden, die sie schon in vielen Nächten zuvor ausgesprochen hatte. Die außergewöhnliche Stärke, mit der die Magie diesmal über sie gekommen war, konnte also nicht in ihrem eigenen Handeln begründet sein. Das wiederum ließ nur den Schluss zu, dass die Magie selbst in dieser

Nacht … *anders* gewesen war. *In Aufruhr*, schoss es Kendra durch den Kopf. Dieses Wort traf es ziemlich genau. Sie hatte noch nie erlebt, dass sich die Magie so unruhig gezeigt hatte, so berstend vor Energien, dass sie beinahe zu explodieren drohte, wie ein Topf mit brodelndem Wasser über dem Feuer, wenn man den Deckel fest darauf drückte.

Kendra war so sehr in Gedanken versunken, dass sie gar nicht daran dachte, vor dem Haus der Witwe Moncreiffe abzubiegen und durch den Coe zu waten. Stattdessen ging sie über die Steinbrücke, und erst als sie die andere Seite schon erreicht hatte, erschrak sie, weil sie erkannte, wie leichtsinnig sie gewesen war.

Rasch sah sie sich um. Die Straße war menschenleer. Niemand hatte sie gesehen. Erleichtert huschte sie auf die Schatten der Gärten hinter der Häuserreihe zu – und lief direkt in den Mann hinein, der hinter der Hausecke vor einem Strauch stand.

»He! Verdammt noch eins!«, fluchte dieser mit schwerer Zunge, als er zur Seite gerempelt wurde.

Statt eilig weiterzulaufen und vielleicht im Schutz der Dunkelheit verschwinden zu können, bevor man sie erkannte, beging Kendra den Fehler, stehen zu bleiben und sich umzuschauen. Der Mann, so erkannte sie, war offensichtlich gerade damit beschäftigt gewesen, Wasser zu lassen, und sie schlug schnell die Augen nieder, während er mit unsicheren Bewegungen an seiner Hose herumnestelte, um seinen unschicklichen Aufzug zu beheben. Es war Onkel Callum.

»Kendra?« Ihr Vormund schwankte und stierte sie aus vor Müdigkeit und Trunkenheit rot verquollenen Augen an. »Was machst du denn hier? Wieso bist du nicht im Bett?«

»Ich habe dich gesucht«, log Kendra rasch, weil ihr nichts Besseres einfiel. »Es war schon so spät, und du bist nicht nach Hause gekommen. Ich wollte nachsehen, ob dir auf dem Heimweg etwas zugestoßen ist.«

Callum fuhr sich mit der linken Hand durch das fettige Haar und blinzelte ein paarmal, als versuche er, einen klaren Kopf zu bekommen. »Unsinn!«, sagte er dann. »Du hast noch nie nach mir gesucht.« Er bekam einen Schluckauf und zog geräuschvoll die Nase hoch. Dabei musterte er seine Ziehtochter so aufmerksam, wie es ihm in seinem gegenwärtigen Zustand möglich war. Schwer atmend wankte er einen Schritt auf sie zu. »Sag mal, sind deine Haare nass? Und was hast du da im Arm? Ein Laken?« Er streckte die Hand nach ihr aus, und sofort wich sie zurück. Sie wollte nicht von ihm berührt werden. Nicht, wenn er so betrunken war.

»Na?«, knurrte er. »Hat es dir die Sprache verschlagen, oder was?«

Kendra wusste nicht, was sie ihm darauf antworten sollte.

»Nun zeig mal her, was du da hast? Einen Beutel hast du auch noch dabei? Wolltest du ausbüchsen? Hm?« Seine vom vielen Alkohol gezeichnete Stimme wurde immer lauter. Um die Nachtruhe seiner Mitmenschen schien er sich nicht zu scheren. Wieder machte er einen Schritt nach vorne und griff nach Kendra. Diesmal erwischte er ihren rechten Arm und zog sie grob zu sich heran.

»Nein!«, presste Kendra hervor und versuchte, seine Hand abzuschütteln. »Lass mich!«

»Undankbares Weibsstück. Hör auf, so ein Theater zu machen! Willst du das ganze Dorf wecken?«, dröhnte Callum und trug durch sein Lärmen wesentlich mehr dazu bei, seine Befürchtungen Wirklichkeit werden zu lassen, als Kendra zuvor.

Er packte sie mit der zweiten Hand und grub seine Finger schmerzhaft in ihren linken Oberarm. Seine Jacke stank nach Tabak, und sein Atem roch nach Alkohol.

Auf einmal war alles um Kendra herum in ein gelbes Licht getaucht. Die Magie war wieder da. Es war, als habe jemand einen Vorhang zur Seite gezogen und dadurch die Energien enthüllt, die unter der Fassade der Wirklichkeit pulsierten wie Blut durch die Adern eines menschlichen Körpers. »Lass mich los!«, fauchte Kendra zornig. Sie streckte ihre Arme aus, und glitzernde Energiebündel schossen aus ihren Händen hervor, donnerten gegen die breite Brust des Dorfarztes und schleuderten ihn mit übermenschlicher Kraft davon. Onkel Callum flog hoch durch die Luft und prallte auf der anderen Seite der Straße gegen das Steingeländer der Brücke über den Coe. Sein Kopf ruckte zurück und knallte gegen die grauen Wackersteine. Schlaff sackte er in sich zusammen, während es gleichzeitig um Kendra wieder dunkel wurde und die Nacht ihren Mantel über die Magie deckte.

Auf einmal war es totenstill auf der Straße. Sogar die Grillen, die bis eben noch leise zirpend im Gras und in den Sträuchern gesessen hatten, schwiegen.

Kendra schluckte und nahm langsam die ausgestreckten Arme herunter. Im nächsten Moment kam Bewegung in sie. Bei allen Schwierigkeiten, die ihre Vater-Tochter-Beziehung immer wieder haben mochte, bei allem Zorn, den sie bisweilen auf ihn verspürte, wäre es niemals ihre Absicht gewesen, ihm etwas anzutun. Doch nun lag Onkel Callum dort im Straßenstaub und regte sich nicht mehr, und Kendra wurde auf einmal von der grauenvollen Furcht übermannt, sie könne ihren Vormund getötet haben.

Sie rannte zu ihm hinüber und kniete sich neben ihn. Er war ohnmächtig geworden und hatte eine Platzwunde am Hinterkopf. Aber er lebte. Zum ersten Mal in ihrem Leben war Kendra dankbar dafür, dass Onkel Callum so einen Dickschädel hatte. Sie nahm ihr feuchtes Nachthemd, das sie um den Riemen ihrer Umhängetasche geschlungen hatte, und bettete seinen Kopf darauf.

In diesem Augenblick vernahm sie auf der anderen Seite und oberhalb der Brücke das Quietschen eines Fensterladens. Panisch hob sie den Kopf und sah, dass die Witwe Moncreiffe, eine Laterne in der erhobenen Linken, den Kopf zum Fenster herausstreckte, wohl um nachzusehen, was dort draußen für eine Unruhe herrschte, und das mitten in der Nacht.

Sie darf mich nicht sehen, durchzuckte es Kendra. Ohne lange darüber nachzudenken, sprang sie auf und floh wie ein aufgescheuchtes Reh die Straße hinunter in die Dunkelheit, in Richtung des Clachaig Inn, aus der Onkel Callum vorhin gekommen war.

»He! Wer da? Strauchdiebe und Mordbuben!«, hörte sie die alte Witwe Moncreiffe mit durchdringender Stimme keifen. Kendra war sich im Klaren darüber, dass in einem kleinen Ort wie A'Charnaich binnen Minuten das halbe Dorf auf den Beinen und im Nu die ganze Nachbarschaft in Aufruhr sein würde. Und dann ... ja, dann ...

Heiliger Andreas!, durchfuhr es Kendra, als ihr klar wurde, was sie, ohne es zu wollen, angerichtet hatte. Onkel Callum würde sich fürchterlich aufregen, wenn er aufwachte. Vielleicht würde er sein »gemeingefährliches und offenkundig geistig gestörtes Mündel« gar nicht mehr ins Haus lassen. Und die Dorfgemeinschaft würde mit Fingern auf sie zeigen. Dass Kendra an dem ganzen Zwischenfall im Grunde unschuldig war, würde dabei niemanden interessieren.

Was mache ich jetzt nur?, fragte sie sich, während sie ihre Schritte in der Finsternis allmählich verlangsamte und schließlich eine halbe Meile außerhalb des Dorfes atemlos und mit klopfendem Herzen stehen blieb. Sie schlang die Arme um den Leib und blickte beklommen zurück. Vom Dorf her glaubte sie Stimmen zu vernehmen, vermutlich waren es die Menschen, die von Onkel Callum oder von der Witwe Moncreiffe aus dem Schlaf gerissen worden waren. Von welcher Seite sie es auch betrachtete, sie sah keine Möglichkeit, dieser Geschichte noch ein gutes Ende zu geben. Und je länger sie darüber nachgrübelte, desto klarer wurde ihr, dass endlich der Tag gekommen war, vor dem sie sich stets gefürchtet und den sie zugleich immer herbeigesehnt hatte. Sie würde A'Charnaich verlassen müssen und niemals zurückkehren können.

Am besten ging sie auf der Stelle. Gut, dass sie nicht viel besaß. Sie würde nichts Wichtiges zurücklassen, wenn sie jetzt weiterging und dem Dorf für immer den Rücken kehrte. Ein paar Kleider würden in ihrem Schrank hängen bleiben, eine alte Puppe aus Kindheitstagen würde alleine auf ihrem Wandbord sitzen, ein paar Bücher … *Das Buch meiner Mutter*, durchfuhr es sie siedend heiß. Es lag noch unter dem Schrank, dort, wo es immer lag, denn sie nahm es schon seit einiger Zeit nicht mehr mit, wenn sie hoch zum See ging.

Kendra schalt sich für ihre Nachlässigkeit, die im Grunde gar keine war, sondern eher eine Verkettung unglücklicher Umstände. Sie wäre bereit gewesen, ihr ganzes Leben in diesem Zimmer in Onkel Callums Haus zurückzulassen, aber das Buch ihrer Mutter würde sie ihm nicht überlassen. *Ich muss noch einmal zurück*, entschied sie.

Geduckt schlich sie auf dem Weg zurück, nur um sich, kaum dass A'Charnaich in Sicht kam, in die Wiesen zu schlagen und sich dem Gebäude, das jahrelang ihr Zuhause gewesen war, in einem weiten Bogen von hinten zu nähern. Zu ihrem Glück richtete sich die Aufmerksamkeit der Hälfte der Dorfbevölkerung, die sich von dem Krach dazu hatte verleiten lassen, neugierig auf die Straße zu treten, ganz auf Onkel Callum am Ostende der Siedlung. Und der Rest lag tief und fest schlafend in seinen Betten – unbeeindruckt von dem nächtlichen Aufruhr.

Ungesehen gelangte sie zu dem angelehnten Fenster an der rückwärtigen Wand des Hauses, durch das sie vor etwa einer Stunde hinausgeklettert war. Vorsichtig öffnete sie es und kletterte ins Innere. Sie wollte auf keinen Fall länger als nötig bleiben, denn es stand zu erwarten, dass die Dörfler ihren Arzt bald nach Hause bringen würden. Daher holte sie nur rasch das Buch ihrer Mutter aus seinem Versteck hervor und steckte es in ihre Tasche. Danach zog sie sich frische Kleider an und warf sich zudem ihr Kapuzencape über, das sie vor dem Regen schützen würde, der im Frühjahr – und eigentlich auch während aller anderen Jahreszeiten – in schöner Regelmäßigkeit vom wolkenverhangenen schottischen Himmel fiel.

Sie hatte sich schon beinahe wieder aus dem Fenster geschwungen, als sie noch einmal den Kopf umwandte und die scheinbar vorwurfsvollen Augen ihrer Puppe auf dem Wandbord bemerkte. Kendra zögerte. Sollte sie die alte Vertraute zurücklassen und damit einen endgültigen Strich unter die Zeit in A'Charnaich ziehen? Dann kam ihr in den Sinn, was Onkel Callum wohl mit ihrem verbliebenen Hab und Gut anstellen würde. Wenn er nicht den Ofen damit befeuerte, würden ihre Sachen auf den Müll wandern, nachdem er sie zuvor zerrissen hatte, um daran seinen Zorn auf Kendra auszulassen. Also zog Kendra das Bein noch einmal zurück, ging zu dem Regalbrett und nahm die Puppe herunter. »Niemand verdient es, so behandelt zu werden wie von Callum«, flüsterte sie und steckte sie zu ihren anderen Habseligkeiten in die mittlerweile volle Tasche. Anschließend floh sie in die Dunkelheit und blickte nicht mehr zurück.

19. April 1897, 00:45 Uhr GMT
England, London, geheime Hallen des Ordens des Silbernen Kreises

Randolph Brown war nicht gerade in versöhnlicher Stimmung, als er nach Mitternacht in die Guildhall zurückkehrte, nachdem er den jungen Mann namens Jonathan – um den er sich bei Tage eingehender kümmern würde – einstweilen sicher zu Hause abgeliefert hatte. »Sind sie da drin, Cutler?«, fragte er den grauhaarigen Sekretär Dunholms, der mit aschfahler Miene zusammengesunken auf einer Holzbank vor der Tür der Kleinen Ratskammer saß.

»Ja. Sie besprechen gerade, was nun zu tun ist«, sagte dieser.

»Da bin ich aber gespannt«, knurrte der Kutscher.

Cutler stand auf und trat mit flehend erhobenen Händen auf Randolph zu. »Bitte, machen Sie jetzt keinen Ärger! Die Lage ist schon schlimm genug.«

»Ich habe nicht vor, Ärger zu machen«, erwiderte Randolph. »Ich will nur nicht warten und zusehen, wie sich die hohen Damen und Herren ein weiteres Mal darin versuchen, ein Problem zu lösen, indem sie es zerreden.«

Er wollte den alternden Magiergehilfen zur Seite schieben, doch dieser legte ihm eine Hand auf den Arm und blickte ihn ernst an. »Randolph«, sagte er eindringlich. »Albert war mir genauso wichtig wie Ihnen. Er war mein ältester Freund, und ich kannte ihn vielleicht besser als er sich selbst. Er war ein gütiger, friedliebender Mann. Er würde keinen Krieg wollen. Bitte vergessen Sie das nie, ganz gleich, was Sie vorhaben.«

»Dunholms Mörder sahen das leider anders.« Der Kutscher schnaubte, aber dann sackten seine Schultern ein wenig nach unten. »Sorgen Sie sich nicht, Cutler! Was kann ich als Einzelner denn schon ausrichten, wenn das, was ich vermute, der Wahrheit entspricht.« Er sah Dunholms Sekretär düster an, bevor er sich an ihm vorbeischob, die Türklinke hinunterdrückte und das Portal öffnete.

Die sogenannte Kleine Ratskammer war eines von mehreren Zimmern der Unteren Guildhall, in die sich Ordensmitglieder zurückziehen konnten, wenn sie etwas zu besprechen hatten, das nicht den ganzen Orden betraf. Mit ihren Teppichen auf dem steinernen Fußboden und den holzgetäfelten Wänden, an denen die Porträts verdienter Magier und geschwungene Messingleuchten hingen, erinnerte die Kammer eher an ein gemütliches Esszimmer als an einen Versammlungsraum, ein Eindruck, der durch den großen, runden Tisch noch verstärkt wurde, an dem zwölf Gäste auf Stühlen mit hohen Lehnen Platz fanden.

Neun der Stühle waren im Augenblick besetzt. Zu den Anwesenden – sechs Männern und drei Frauen –, die in ein Gespräch vertieft gewesen waren, aber bei Randolphs Eintreten geschlossen zur Tür blickten, zählten unter anderem Dunholms Stellvertreter, der distinguierte Lord Cheltenham, sowie der ganz in Schwarz gekleidete Oberste Archivar und Geheimnisträger des Ordens, Thomas Crowley, außerdem der hünenhafte rothaarige Angus Drummond, seines Zeichens Leiter der Magieabwehr, sowie der

Leiter für äußere Angelegenheiten, John Grayson Carlyle, ein nach Randolphs Dafürhalten unangenehmer Bursche mit durchdringendem Blick.

»Mister Brown, was soll diese Störung?«, verlangte Cheltenham mit strenger Miene zu wissen.

»Mit Verlaub, Lord Cheltenham, ich möchte wissen, was der Orden zu unternehmen gedenkt, um die Ermordung des Ersten Lordmagiers aufzuklären«, knurrte der Kutscher. Er wusste, dass sein Vorgehen ungebührlich war, denn er hatte nur eine untergeordnete Position innerhalb des Silbernen Kreises. Ihm war ebenso bewusst, dass er es an magischer Finesse mit keinem der Anwesenden aufnehmen konnte, auch wenn es wegen seines Unfalls vor neunundzwanzig Jahren in diesem Raum keinen gab, dessen Körper so sehr mit Magie gesättigt war wie seiner – vielleicht abgesehen von dem verrückten Schotten Drummond, von dem es hieß, dass er regelmäßig in reinen Magiequellen badete. Das alles störte Randolph nicht. Trauer und Wut erfüllten sein Inneres und ließen ihn die notwendige Etikette in dieser Nacht vergessen.

»Das ist unerhört«, brauste Carlyle auf. Er beugte sich vor und starrte den Kutscher aus funkelnden schwarzen Augen an. »Drummond, bringen Sie ihn nach draußen.«

Crowley, der neben Carlyle saß, legte ihm die Hand auf den Arm. »Lassen Sie ihn!«, sagte er milde und warf einen Blick in die Runde. »Randolph war einer der treuesten Bediensteten und Gefolgsleute von Dunholm. Ich bin mir sicher, der Alte Mann hätte gewollt, dass wir ihn in diesen Fragen nicht ausschließen.«

Carlyle schnaufte, lehnte sich aber wieder zurück.

»Drummond?« Cheltenham wandte sich an den Leiter der Abwehr.

Der hünenhafte Schotte brummte in seinen Bart. »Keine Bedenken von meiner Seite. Brown ist ein Ehrenmann.«

»Hat sonst jemand Einwände?«

Niemand meldete sich zu Wort.

Der stellvertretende Erste Lordmagier, der wohl in absehbarer Zeit zum wahren Ersten Lordmagier aufsteigen würde, räusperte sich und schlug mit der flachen Hand leicht auf den Tisch. »Nun gut, fahren wir fort, Ladies and Gentlemen!« Er machte eine Geste in Richtung des Leiters für äußere Angelegenheiten. »Sie hatten das Wort, Mister Carlyle.«

Während sich der Kutscher auf einen freien Stuhl setzte, nickte der dunkelhaarige Magier in dem steifen Anzug würdevoll. »Wie ich bereits sagte, müssen wir davon ausgehen, dass wir es hier mit dem Anschlag einer fremden Macht zu tun haben. Es gibt Spannungen in den Beziehungen zum Deutschen Kaiserreich, und ich muss wohl niemanden darauf hinweisen, dass zwischen uns und dem *Conseil des Magiciens* in Paris eine lange Feindschaft besteht.«

»Außerdem haben wir Ende letzten Jahres zwei Magierspione des Zaren abgefangen, die versucht haben, sich Zugriff auf das Archiv des Ordens zu verschaffen«, mischte sich Drummond ein.

»Oh Grundgütiger, ja, ich erinnere mich«, entfuhr es Crowley. »Was für ein unschöner Zwischenfall.« Der Mann mit den scharfen Gesichtszügen verzog die Miene und hob die Linke, um sich mit zwei Fingern die Nasenwurzel zu massieren, so als würde ihm das Ganze noch heute Kopfschmerzen bereiten.

»Fehden und angespannte Beziehungen sind eine Sache. Aber das alles ist kein Grund, Dunholm zu töten«, meldete sich ein ernst dreinblickender Mann von vielleicht Mitte dreißig zu Wort, dessen dunkles Haar eine auffällige weiße Strähne aufwies – Randolph vermutete einen schwachen Magieunfall.

»Der Kampf um die Vorherrschaft in der Magie mag zwischen den Staaten nicht so offen geführt werden wie der Wettstreit um Rohstoffe oder Land, aber es gibt ihn. Das wissen wir alle«, brummte Drummond. »Vielleicht hat irgendjemand entschieden, dass es an der Zeit ist, dem magischen Britischen Empire den entscheidenden Schlag zu versetzen. Vielleicht ist all das hier nur der Anfang.«

Cheltenham machte ein verdrießliches Gesicht. »Es könnte somit jeder gewesen sein«, fasste er niedergeschlagen zusammen. »Wie gehen wir also vor?«

Schweigend blickten sich die Magier an.

Drummond kratzte sich am Bart. »Ich schlage vor, dass wir zuerst einmal unsere üblichen Quellen befragen – an den Docks und auf der Straße –, ob irgendjemand davon gehört hat, dass fremde Magieanwender in der Stadt aufgetaucht sind.«

»Wir sollten auch nicht vergessen, unsere Spione in Berlin, Paris, Rom und Moskau darauf anzusetzen«, fügte Carlyle hinzu. »Möglicherweise gelingt es ihnen, Hinweise auf eine ausländische Verschwörung zu finden.«

Randolph räusperte sich vernehmlich.

»Ja, Mister Brown, Sie möchten etwas beitragen?«, fragte Cheltenham höflich.

Der Kutscher beugte sich vor und warf einen grimmigen Blick in die Runde. »Ich will Ihnen ja nicht vorschreiben, was Sie tun sollen, meine Herren, aber warum sucht eigentlich niemand das Problem vor unserer eigenen Haustür ... oder sollte ich genauer sagen: in unserem eigenen Haus?« Er warf Carlyle einen vielsagenden Blick zu.

»Was wollen Sie damit andeuten?«, empörte sich der Magier.

»Ich sage nur das, was Sie doch alle wissen. Dieser weltanschauliche Streit innerhalb des Ordens um die Frage, wie stark wir Magieanwender uns in die Geschicke unseres Landes einmischen sollten, ist schon längst mehr als nur der Stoff für eine gepflegte Debatte im Kaminzimmer. Es geht ein Riss quer durch den Silbernen Kreis. Auf der einen Seite stehen die Bewahrer der bestehenden Ordnung, auf der anderen die Anhänger dieses sogenannten Neuen Morgens der Magie, wie Lordmagier Wellington ihn am liebsten sähe. Im Moment halten die Bewahrer die Zügel in der Hand. Aber ich höre schon seit Langem die Jünger Wellingtons mit den Hufen scharren. Vielleicht ist ihrer Meinung nach jetzt die Zeit für einen Machtwechsel gekommen ...«

Eine der drei anwesenden Frauen, Mary-Ann McGowan, deren jugendliches Aussehen keineswegs ihrem wahren Alter entsprach – noch so ein Magiezwischenfall, wie Randolph in diesem Fall sehr genau wusste –, lachte hell auf und schüttelte ungläubig den Kopf mit den rotbraunen Locken. »Mister Brown, was für eine absurde Vorstellung. Lordmagier Wellington ist nicht mal im Land. Er befindet sich auf Geschäftsreise in den Vereinigten Staaten. Sie glauben doch nicht ernsthaft, dass es irgendwelche Umsturzversuche gäbe, solange er außer Landes ist – womit ich nicht gesagt haben will, dass überhaupt irgendwelche Umsturzpläne bestehen.«

»Mir sind keine derartigen Absichten bekannt«, stellte Carlyle entschieden fest. »Ganz gleich, welche Haltung wir hinsichtlich gewisser Dinge einnehmen, letzten Endes sind wir alle Mitglieder des Silbernen Kreises, und jedem von uns ist klar, dass nur ein starker, ein geeinter Orden bestehen kann. Alles andere wäre pure Anarchie und außerdem eine Einladung an ausländische Mächte, uns anzugreifen. Und vor beidem bewahre uns Gott!«

»Tatsache ist auch, dass es in den Reihen derer, die offen mit Wellingtons Ideen sympathisieren, niemanden gibt, der mächtig genug wäre, um Dunholm umzubringen«, fügte Drummond hinzu.

»Er wurde auch nicht durch Magie getötet«, gab Crowley zu bedenken. »Er wurde von hinten erschossen.«

»Jetzt wollen Sie uns auch noch einen feigen Meuchelmord unterstellen?«, rief McGowan. »Das ist unerhört!«

»Ich unterstelle gar nichts«, gab der Archivar scharf zurück. »Ich weise nur auf Fakten hin.«

»Bitte, bitte! Mäßigen Sie sich, Ladies and Gentlemen«, ging Lord Cheltenham dazwischen und klopfte mit der Hand auf die Tischplatte, als sei er ein Richter, der mit seinem Hammer im Gerichtssaal für Ruhe und Ordnung zu sorgen versuchte.

Als die anderen schwiegen, wandte er sich wieder an Randolph. »Mister Brown«, sagte er steif. »Ich weiß, dass Sie Albert

Dunholm sehr nahegestanden haben, daher kann ich verstehen, dass Sie im Augenblick aufgebracht und vielleicht ein wenig verwirrt sind. Allerdings sind die Anschuldigungen, die Sie in dieser Runde vorgebracht haben, nicht nur vollkommen haltlos, sie bergen zudem die Gefahr schwerwiegender Folgen für den Frieden innerhalb des Ordens in sich. Ich verbitte mir daher, dass Sie Ihre Meinung in dieser Frage weiterhin offen kundtun. Was hier gesagt wurde, bleibt in diesen vier Wänden, und es soll Ihnen auch kein Schaden daraus entstehen. Aber sollten Sie für Unruhe in den Reihen des Ordens sorgen, werde ich Konsequenzen ziehen müssen. Haben Sie mich verstanden?«

Randolphs Gesicht wurde zu einer steinernen Maske. Nur in seinen Augen glühte trotziger Zorn. »Ja, Lord Cheltenham.« Es kostete ihn gewaltige Überwindung, aber er wusste, dass er sich den Inneren Zirkel des Ordens nicht zum Feind machen durfte, daher erhob er sich, blickte in die Runde und deutete eine Verbeugung an. »Ladies and Gentlemen, ich entschuldige mich für mein Fehlverhalten.«

Carlyle und McGowan machten nicht den Eindruck, als würden sie auf seine Worte viel geben, doch Cheltenham nickte zufrieden. »Es ist gut, Mister Brown. Sie dürfen jetzt gehen.«

»Jawohl, Lord Cheltenham. Guten Abend!«

Randolph verbeugte sich noch einmal und ging erhobenen Hauptes nach draußen.

Vor der Tür erwartete ihn Cutler mit neugieriger Miene. »Wie ist es gelaufen?«, fragte er.

»Nicht gut«, presste der Kutscher zwischen schmalen Lippen hervor. »Ich erzähle es Ihnen morgen. Gute Nacht, Cutler!«

Randolph hielt seine unbeteiligte Miene aufrecht, bis er die Guildhall verlassen hatte. Erst draußen, auf der menschenleeren nächtlichen Basinghall Street, erlaubte er seiner Wut, sich Bahn zu brechen. Er stampfte mit einem Fuß auf und stieß einen saftigen Fluch aus. *Verdammte Narren, die den Blick vor der Wahrheit verschließen*, dachte er aufgebracht. *Von denen habe ich nichts mehr zu erwarten. Ich brauche andere Hilfe.* Grübelnd legte er die Stirn in Falten. Diese Falten vertieften sich noch, als ihm schließlich der Name des einzigen Mannes in den Sinn kam, der ihm in dieser Lage würde helfen können. *Holmes …*

19. April 1897, 04:25 Uhr GMT (01:25 Uhr Ortszeit)
Mittelatlantischer Rücken, etwa 1600 Seemeilen vor der afrikanischen Küste

Victor Mordred Wellington lachte.

Er stand an der felsigen Küste der Insel, die lange nach ihrem Untergang vor Tausenden von Jahren Atlantis genannt worden war, und obwohl niemand, der ihn kannte, ihn als einen humorvollen Menschen beschrieben hätte, lachte er. Denn die wilde, ungezügelte Magie, die durch seine Adern pulsierte, die jede Faser seines hageren Körpers bis zum Bersten sättigte, erfüllte ihn mit einem solch berauschenden Gefühl von gottgleicher Macht, dass er gar nicht anders konnte, als seiner Begeisterung freien Lauf zu lassen. Breitbeinig und mit weit ausgestreckten Armen, von denen die Reste seiner zerfetzten Jacke herabhingen, ragte der Magier über den dunklen Wellen auf. Rauschend und gischtschäumend leckten sie zu seinen Füßen an den schwarzen Felsen empor, die sich vor wenigen Stunden einem Geschwür gleich durch die Oberfläche des Meeres gedrückt hatten, nur um aufzubrechen und einen gewaltigen, unablässigen Strom chaotischer Energien in die Wirklichkeit zu pumpen.

Wellington wandte seinen Blick vom Ozean ab, den er in seinem neuen, erleuchteten Zustand als eine einzige brodelnde Masse magischer Fäden wahrnahm, und drehte sich der tosenden Säule aus Licht zu, die ein Stück von ihm entfernt aus der Tempelpyramide im Zentrum der Insel in den sternenklaren Nachthimmel aufstieg, der Fontäne eines titanischen Springbrunnens gleich. Doch statt zurück zur Erde zu fallen, teilten sich die magischen Energien hoch oben am Firmament und breiteten sich in zunehmend an Leuchtkraft verlierenden, aber dessen ungeachtet kraftvollen Strömen sternförmig und vielfach verästelt in alle Richtungen aus. Wellington wünschte sich, er könnte den Erdball vom Äther aus betrachten und mit eigenen Augen sehen, wie der Planet nach und nach von einem Netz magischer Linien eingehüllt wurde.

Er erinnerte sich nicht mehr daran, was direkt nach seinem Sprung aus dem Roten Salon der *Nautilus* in das Licht geschehen war. Ein gewaltiger Schlag hatte ihn getroffen und ihn ohnmächtig werden lassen. Sein Leib musste in die Höhe geschleudert worden sein, während sich überall um ihn herum die Insel aus dem Meer erhoben hatte. Er nahm an, dass es ihn in die aufgewühlten Fluten geworfen hatte, und diese hatten ihn, als sie zurückwichen und die Insel in die kühle Nachtluft hinaufstieg, zu den Ruinen unweit der felsigen Küste gespült, zwischen denen er schließlich vollkommen durchnässt, aber zitternd vor magischer Kraft erwacht war.

Bis jetzt hatte Wellington noch keinen Gedanken daran verschwendet, was aus seinen Begleitern geworden war. Vielleicht waren sie tot, vielleicht lebten sie – wobei er sich kaum vorstellen konnte, dass ein zerbrechliches Gefährt wie Bennetts Tauchboot imstande war, den Gewalten zu widerstehen, die bei dem Ausbruch der Magie durch das geöffnete Siegel gewirkt hatten. *Vielleicht sollte ich sie suchen*, ging es dem Magier durch den Kopf. Es war nicht so, dass er sie dringend gebraucht hätte, um sein nächstes Ziel zu erreichen – er bezweifelte, dass er überhaupt jemals wieder irgendjemandes Hilfe benötigen würde, um eines seiner Ziele zu erreichen –, aber der winzige Teil in ihm, der sich an die jahrelange Zusammenarbeit und die gelegentlichen ausschweifenden Vergnügungen erinnerte, die er mit Duncan und insbesondere Melissa genossen hatte, veranlasste ihn schließlich doch dazu, seine Spürfäden auszusenden und nach dem Verbleib der Gefährten zu fahnden.

Zu seinem Unwillen musste Wellington feststellen, dass die

extreme Konzentration an Magie, die auf der Insel herrschte, es sogar ihm schwer machte, irgendwelche einzelnen Lebewesen in der Wahrsicht aufzuspüren. Er glaubte, einige Dutzend Schritte weit zu seiner Linken, zwischen den Überresten einiger Gebäude, die charakteristischen Fadenballungen von Lebewesen auszumachen, und ging los, um nachzuschauen, ob es sich dabei um Überlebende der *Nautilus*-Besatzung handelte.

Der Weg über die Felsen war beschwerlich, aber erst als er das erste Mal mit seinen ruinierten Lederschuhen auf dem nassen, von Sand und Algen bedeckten Felsboden ausrutschte und beinahe stürzte, bemerkte er, dass er noch immer viel zu sehr in seinem alten Leben und Verhalten verhaftet war. Mit einem nachsichtig milden Lächeln über seine eigene innere Beschränktheit schüttelte er den Kopf und streckte leicht die Arme aus, um dicke Fadenbündel daraus hervorschießen zu lassen. Elektrischen Entladungen gleich verbanden sie sich vielarmig mit den über den Boden tastenden Magieströmen und hoben ihn mühelos in die Luft. Schwebend näherte er sich den Gebäuden, wobei er überrascht feststellte, dass sie beinahe vollständig erhalten waren. Das Meer und die Zeit hatten die Reliefverzierung der aus schweren Steinblöcken bestehenden Wände zwar bis zur Unkenntlichkeit verwaschen, ansonsten wirkten die kantigen und in ihrer fensterlosen Bauweise irgendwie an Mausoleen erinnernden Behausungen im Gegensatz zu weiten Teilen der übrigen Architektur aber erstaunlich gut erhalten.

Wellington ließ sich mitten zwischen die Gebäude schweben, und seine Spürfäden glitten wie von selbst durch das Dickicht der magischen Ströme, um nach ihren Zielen zu suchen. In einem der Bauwerke glaubte er eine Bewegung wahrzunehmen. Der Magier konzentrierte sich und ließ die Wahrsicht hinter der Wirklichkeit verblassen. Er war davon überzeugt, dass er auch blind imstande sein würde, die ihn umgebenden Energien zu manipulieren, und er wollte mit eigenen Augen sehen, wer – oder was – sich dort in der Finsternis verbarg. Daran, dass es sich um ein Mitglied von Bennetts Mannschaft handeln könnte, zweifelte er mittlerweile.

Seine Zweifel sollten berechtigt sein.

Das Wesen, das leicht benommen wirkend aus der finster gähnenden Türöffnung des Hauses herausschlurfte, erinnerte Wellington an eine bizarre Kreuzung aus Mensch und Fisch. Es hatte einen fischartigen Kopf mit kreisrunden bleichen Augen und einem viel zu großen Mund. Seine Haut schien von feinen silbrig schwarzen Schuppen bedeckt zu sein, und Schwimmhäute an seinen breiten, in Krallen auslaufenden Händen und Füßen wiesen darauf hin, dass das Wasser sein natürliches Element war. Algen und Korallen hatten sich auf dem Kopf und den Schultern des Geschöpfs abgesetzt, und ein Gestank nach altem Fisch umwehte es wie eine üble Aura.

Die Kreatur war so hässlich und eine derartige Beleidigung für die Sinne jedweden zivilisierten Wesens, dass Wellington schon angewidert das Gesicht verziehen wollte, als ein Detail, das nicht zu dem Aussehen der Bestie passen wollte, den Magier innehalten ließ: Das Wesen trug eine zerschlissene, aber unverkennbar einst edle Tunika nach antikem Schnitt. Der Magier runzelte die Stirn. Konnte es sich bei dem Geschöpf um einen der ehemaligen Bewohner der Insel handeln, um einen der vorzeitlichen Hüter der Quelle der Magie?

Ein Geräusch in seinem Rücken lenkte ihn von dem Gedankengang ab. Wellington wandte den Kopf und sah, dass aus einem anderen Gebäude ein zweites Fischwesen getreten war. Wie schon das erste schien es noch nicht ganz bei Sinnen. Seine Bewegungen waren träge, und der Blick der riesigen Glotzaugen wirkte verschleiert, als sei die Kreatur eben erst aus einem langen Schlaf erwacht. *Einem womöglich jahrtausendelangen Schlaf?*, fragte sich Wellington.

Zu den beiden stumpfsinnig dreinschauenden Geschöpfen gesellte sich ein drittes, dann ein viertes und ein fünftes. Bald war der Magier von einem knappen Dutzend der Wesen umstellt.

Er machte sich deswegen keine Gedanken, denn eine Rückkehr in die Wahrsicht verriet ihm, dass die Fischmenschen, wenn überhaupt, nur eine rudimentäre Kontrolle über die magischen Ströme hatten, die sie auf allen Seiten umflossen. Was immer für Mutationen er hier vor sich hatte – und Wellington ging stark davon aus, dass es sich um ehemalige Menschen handelte, deren Äußeres durch den dauerhaften Einfluss der Magie verändert worden war –, sie stellten keine nennenswerte Gefahr für ihn dar.

Wer bist du?

Die Frage, die ihm eines der Wesen lautlos stellte, kam so unerwartet, dass Wellington überrascht zusammenzuckte. Telepathie gehörte keineswegs zu den leichten Anwendungen der Magie. Entweder war den Fischwesen diese Gabe angeboren, oder ihre ungerichtete Fadenaura täuschte über ihre wahren Fähigkeiten hinweg. In diesem Fall musste er sich vorsehen.

»Mein Name ist Victor Mordred Wellington, und ich erhebe Anspruch auf diese Insel«, verkündete er mit lauter Stimme.

Welcher Art ist dein Anspruch?

Der Magier drehte sich in der Luft langsam um die eigene Achse und fixierte mit seinen eiskalten grauen Augen ein Fischwesen nach dem anderen. »Ich war es, der das Siegel gebrochen hat, das den Zugang zur Wahren Quelle der Magie in den vergangenen fünftausend Jahren verschloss. Ich beabsichtige, das Reich von Atlantis wiederauferstehen zu lassen – und es dem Britischen Empire zu überantworten. Niemand wird uns aufhalten können, wenn wir über die Macht der Quelle gebieten. Niemand wird *mich* aufhalten können.«

Eine leichte Unruhe entstand unter den Fischmenschen. *Diese Insel gehört uns. Wir sind die Hüter der Wahren Quelle. Keine Macht der Erde hat einen Anspruch darauf.*

»Jetzt schon«, sagte Wellington. »Doch ihr habt die Wahl. Verbündet euch mit mir, und ihr werdet unter meiner Herrschaft eure alte Aufgabe aufs Neue erfüllen dürfen. Stellt ihr euch mir allerdings in den Weg, werdet ihr herausfinden, was es heißt, meinen Zorn heraufzubeschwören.« Er ließ sich etwas höher steigen und seine Fadenaura in der Wahrsicht erstrahlen. Er wusste nicht, ob die Wesen diese Zurschaustellung von Macht sehen konnten, aber mit Sicherheit spürten sie sie.

Er ist ein Eindringling, drang es von irgendwo in Wellingtons Rücken feindselig in seine Gedanken. *Er muss sterben. So wie alle, die ihren Fuß auf die heilige Erde setzen.*

Der Kopf des Magiers schoss herum, und er sah, dass ein paar der Kreaturen lange, gezackte Messer gezückt hatten, die aus dem Gebein irgendeines großen Tieres gefertigt worden waren. Offenbar nahmen sie seine Drohung nicht ernst. Er holte tief Luft und wollte sich gerade noch tiefer in die Magie versenken, um die Sphäre zu erreichen, die es ihm erlauben würde, diesen blasphemischen Ausgeburten des Meeres das ganze Ausmaß seiner Kräfte zu demonstrieren, als er von einer metallisch dröhnenden Stimme unterbrochen wurde.

»Meister.«

Wellington hob den Kopf, und was er sah, war so bizarr, dass er die Wahrsicht aufhob und in die Normalsicht zurückkehrte, nur um festzustellen, dass dadurch nichts gewonnen war. »Duncan …«, stammelte er und ärgerte sich im nächsten Augenblick über diese Zurschaustellung von Schwäche. Ganz unbegründet war diese Unsicherheit hingegen nicht. Sein Adlatus hatte sich auf grauenvolle Weise verändert.

Er hatte in dem silbrigen Panzertauchanzug gesteckt, als die magischen Energien zugeschlagen hatten, und was diese möglicherweise in Jahrhunderten den Wächtern der Quelle angetan hatten, musste ihm binnen weniger Minuten widerfahren sein: Duncan Hyde-White hatte sich verwandelt, schlimmer noch, der zornige junge Mann war zu einer Furcht einflößenden Obszönität geworden, zu einer Verschmelzung aus Mensch und Maschine, aus Fleisch und Metall. Es war, als wäre sein Leib unter dem Einfluss der Magie riesenhaft aufgedunsen, bis er sich durch die seltsam nachgiebige Haut aus schweren Stahlplatten gepresst hatte, die zuvor sein Schutz vor dem mörderischen Druck der Tiefsee gewesen war. Immense grau marmorierte Muskelstränge, bedeckt von verwachsenen, matt glänzenden Metallschuppen zogen sich an seinen Armen und Beinen entlang, die in stählernen Klauen und klobigen Füßen endeten. Der Torso bot sich dagegen nach wie vor als tonnenförmiges Ungetüm dar, das seine Form nur andeutungsweise dem darunter liegenden Körper angepasst hatte. Die Scheibe des Kugelhelmes schließlich war geborsten und zeigte ein fahles Gesicht, das an den Rändern in genietete Metallverschalungen überging. Das Schlimmste waren jedoch die Augen. Sie glitzerten wie facettiertes Glas, und es lag ein Hass in ihnen, von dem Wellington sich wünschte, dass er nicht gegen ihn gerichtet sei. Duncan war schon gefährlich gewesen, als er noch seine menschliche Gestalt gehabt hatte, und die vor magischen Energien berstende Kampfmaschine, zu der er geworden war, machte ihn noch viel bedrohlicher. Wellington war sich im Klaren darüber, dass er sich nicht noch einmal eine Blöße geben durfte, sonst mochte sein Schüler auf den Gedanken kommen, er selbst könne nun der Meister werden.

Er räusperte sich und setzte ein süffisantes Lächeln auf. »Tadellos abgepasst, Duncan. Sie hätten in keinem besseren Augenblick auftauchen können. Wir waren soeben dabei, die Umstände zu besprechen, unter denen diese Herren hier unserer Sache dienen können.«

Sein Schüler schaute ihn noch einen Augenblick lang aus unangenehm funkelnden Augen an, dann schwand ein Teil des Zorns aus seinem Blick, und er deutete mit dem schweren Schädel ein Nicken an. »Ich verstehe, Meister. Ich nehme an, ihre Bereitschaft war nicht an Bedingungen geknüpft.« Er warf einen düsteren Blick in die Runde, und die Panzerung an seinen Armen und Beinen gab ein metallisch schabendes Geräusch von sich, als er zwei drohende Schritte näher stapfte.

Die Fischwesen waren in der Tat erschrocken zurückgezuckt, als die hünenhafte Monstrosität aufgetaucht war, und duckten sich nun furchtsam. Jeder Widerstand wurde unter den schweren Füßen dieses Golems zu Staub zerrieben.

Wie lauten deine Befehle?, vernahm Wellington ihre eingeschüchtert klingenden Stimmen in seinem Geist.

Das Lächeln auf seinem Gesicht wurde breiter. So gefiel ihm das alles schon viel besser. »Ihr werdet meine Wünsche in Kürze erfahren«, versprach er den Wesen. »Und dann«, fuhr er mit Blick auf Duncan fort, »reisen wir zurück nach England. Es gilt, dort ein paar Veränderungen in die Wege zu leiten, ein paar Weichen zu stellen … für die Zukunft.« Der Magier hob fragend eine Augenbraue. »Ihr wisst nicht zufällig, was unserem Transportmittel widerfahren ist?«

Hyde-White gab ein Geräusch von sich, das an den schnaufenden Kessel einer Dampfmaschine erinnerte. »Wie es der Zufall will, weiß ich das tatsächlich«, grollte Wellingtons Schüler. Er deutete mit einer Klauenhand auf die nahe Felsenküste. »Seht her!«

Wie auf einen unhörbaren Befehl hin tauchte urplötzlich der gewaltige stählerne Leib der *Nautilus* aus den Fluten auf. Und auch das Tauchboot hatte sich verändert! Im ersten Moment verschlug der Anblick Wellington die Sprache. Dann allerdings breitete sich ein diabolisches Lächeln auf seinen Zügen aus.

KAPITEL 4:
DER MORGEN DANACH

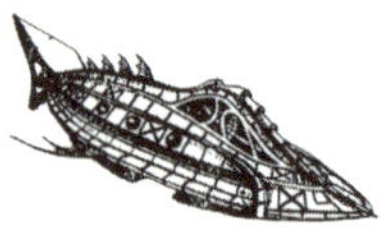

»Die Gesellschaft der Mayflower-Nachfahren aus Massachusetts hat ein Dankschreiben und eine Gratulation an Senator Hoar und Mister Bayard gesandt, denen es gelungen ist, eine Rückführung des Logbuchs der Mayflower nach Amerika zu erwirken. Gleichzeitig schickte sie einen Brief an den Erzbischof von Canterbury und den Bischof von London, um ihre Dankbarkeit für die großzügige Handhabung der im Auftrag der Vereinigten Staaten gestellten Anfrage auszudrücken.«

– London Times, 19. April 1897

19. April 1897, 06:14 Uhr GMT
Schottland, Glen Coe, zwei Meilen östlich von A'Charnaich

Ein trüber Morgen graute über den Highlands, als Kendra den Weg zur Hütte ihres Großvaters hinauf erklomm. Sie hatte sich in der letzten Nacht kaum zwei Meilen von A'Charnaich entfernt, bevor sie sich unweit des Weges im Schutz einer kleinen Baumgruppe erst einmal hingesetzt hatte, um Ordnung in das aufgeregte Wirbeln ihrer Gedanken zu bringen. Über die Frage, was sie nun, da sie entschieden hatte, ein neues Leben zu beginnen, mit diesem Leben anfangen sollte, war sie in einen kurzen, unruhigen Schlaf gefallen, aus dem sie noch vor dem ersten Licht des neuen Tages wieder erwacht war – zwar mittlerweile frei von Kopfschmerzen, aber dafür steif und durchgefroren. Kurz darauf hatte sich auch noch Hunger dazugesellt, und weil es ihr in der Eile der letzten Nacht nicht in den Sinn gekommen war, sich mit Proviant zu versorgen oder zumindest etwas Geld einzustecken, hatte sie sich entschieden, den einzigen Mann aufzusuchen, an den sie sich in dieser Lage wenden konnte. Giles würde nicht begeistert sein, aber er würde sie auch nicht von der Schwelle weisen. Außerdem hatte er ohnehin vor wenigen Stunden am See gesagt, sie würden morgen – also heute – weiter über das reden, was dort oben geschehen war.

Kendra wusste, dass ihr Großvater früh aufzustehen pflegte. Doch sie hatte nicht erwartet, ihn mit Hut, Jacke und gepacktem Koffer dabei anzutreffen, wie er gerade die Tür zu seinem Haus abschloss, das unweit der Talstraße einsam auf einer kleinen felsigen Wildwiese stand. »Großvater!«, rief sie. »Wo willst du hin?«

Giles McKellen wandte sich ihr zu, und auf seine wettergegerbten Züge trat ein Ausdruck der Überraschung. »Kendra. Wo kommst du denn her?«

»Aus dem Dorf«, erwiderte sie.

Ihr Großvater grunzte. »Schön, das habe ich mir beinahe gedacht. Vielleicht sollte ich meine Frage anders stellen: Was treibt dich zu dieser frühen Morgenstunde zu mir?«

»Können wir nicht hineingehen?«, bat Kendra und deutete auf das Haus, in dem sie sich bis eben ein Feuer zum Aufwärmen und etwas zu essen erhofft hatte. »Dann erzähle ich dir alles.«

Im Gesicht ihres Großvaters arbeitete es. Unwillen über ihr ungebetenes Auftauchen und die Neugierde, den Grund dafür zu erfahren, stritten unübersehbar um die Vorherrschaft in seinem Inneren. »Ich muss fort«, brummte er schließlich. »Verreisen.«

»Hat es nicht noch eine Stunde Zeit?«, fragte Kendra.

Giles blickte auf den Schlüssel, der in seiner Hand ruhte. »Ich weiß es nicht. Möglicherweise nicht«, gestand er, und es lagen eine Unruhe und eine Sorge in seiner Stimme, die Kendra aufhorchen ließen.

»Hat es mit dem Vorfall von gestern zu tun?«, fragte sie.

»Welchem Vorfall? Deinem Versuch, dich im See zu ertränken?«

»Nein. Dem Grund, weswegen du wirklich zum Waldsee gekommen bist. Dem Ausbruch der Magie.«

Es war ein Schuss ins Blaue, aber keiner, über den Kendra nicht während der letzten Nacht bereits ausführlich nachgedacht hätte. Am Ufer des Sees war ihr Geist noch zu sehr von den Ereignissen abgelenkt gewesen, um die feinen Zeichen zu erkennen. Aber als sie das Erlebte vor ihrem geistigen Auge noch einmal hatte Revue passieren lassen, waren ihr einige Kleinigkeiten aufgefallen, die den Schluss zuließen, dass sie nicht die Einzige war, die etwas über das Wirken der Magie im Glen Coe wusste.

Nicht nur hatte ihr Großvater sehr rasch erkannt, was es mit ihren magischen Utensilien auf sich hatte, er hatte sie auch aus dem Wasser gezogen, obwohl sie, wenn sie sich recht erinnerte, mehr als ein Dutzend Schritte vom Ufer des Sees entfernt gewesen sein musste! Darüber hinaus erinnerten einige der Gesten, die er in der Nacht ihr gegenüber ausgeführt hatte, an ihre eigenen Manipulationen magischer Ströme. Und zu guter Letzt war Giles McKellen der Vater von Kendras Mutter gewesen, und von irgendwoher musste diese schließlich den Anreiz bekommen haben, das Buch zu schreiben, das sich jetzt in Kendras Besitz befand. All das zusammengenommen besaß sie zwar noch immer keine hieb- und stichfesten Beweise für ihre Vermutung, aber sie war sich ziemlich sicher, dass ihr Großvater mehr wusste, als er zugab.

Giles schien hinsichtlich seiner Enkelin ähnlicher Ansicht zu sein, denn er musterte sie eindringlich. »Was weißt du darüber?«, fragte er.

»Wohin musst du verreisen?«, antwortete sie ihm mit einer Gegenfrage.

»Ich glaube, das weißt du«, sagte er mit leichtem Missmut.

Kendra runzelte die Stirn, doch dann nickte sie verstehend. »Dunholm … London.«

Ihr Großvater neigte den Kopf, sagte aber nichts.

»Nimm mich mit«, bat Kendra.

»Nein.«

»Warum nicht?«

»Es ist zu gefährlich. Das alles hier … ist zu gefährlich für dich. Hör auf damit. Geh zum alten Callum zurück und vergiss, was gestern geschehen ist. Besser noch: Such dir irgendeinen jungen Mann in einer der umliegenden Siedlungen und hör auf …« Er brach ab.

»Womit soll ich aufhören?«, hakte Kendra in herausforderndem Ton nach.

»Nichts«, brummte er. *Deiner Mutter nachzueifern*, dachte er.

Kendra zuckte ganz leicht zusammen, als sie den Gedanken empfing, aber sie versuchte, es zu überspielen, indem sie von einem Bein auf das andere trat und eine trotzige Miene aufsetzte. Sie wollte nicht, dass ihr Großvater merkte, dass sie wieder seine innere Stimme in ihrem Kopf gehört hatte. »Ich gehe nicht nach A'Charnaich zurück, und ich suche mir auch keinen Mann!«, widersprach sie mit blitzenden Augen. »Mein Leben hier ist vorbei. Ich gehe fort, und du kannst mich nicht umstimmen. Ich würde lieber mit dir nach London reisen, aber ich gehe auch alleine nach Glasgow oder Edinburgh, wenn du mich abweist.«

Das Gesicht ihres Großvaters verdüsterte sich, und es sah aus, als würde er am liebsten wütend lospoltern. Sie musste die Worte nicht in ihrem Kopf hören, um zu wissen, was er in diesem Augenblick dachte: *Leichtfertiges, dummes, eigensinniges Mädchen!*

Eine Weile blickten sie sich stumm an. Schließlich knurrte Giles: »Du magst Callum auf der Nase herumgetanzt haben und diesen Dörflern unten am Loch Leven. Aber wenn du dich mir anschließt, wirst du tun, was ich dir sage, hast du mich verstanden?«

Kendras Miene hellte sich auf, und sie musste an sich halten, um nicht vor Erleichterung und Freude laut zu jauchzen. »Ja, Großvater«, sagte sie, und ein breites Grinsen trat auf ihre Züge.

»Das meine ich ernst«, warnte Giles mit erhobenem Zeigefinger. »Du bist da in eine Sache hineingeraten, die viel größer und gefährlicher ist, als du es dir auszumalen vermagst. Ich muss mich auf dich verlassen können, sonst mag es mit uns beiden ein böses Ende nehmen … und nicht nur mit uns beiden.«

»Ich werde tun, was du sagst«, versprach Kendra.

Ihr Großvater brummte zufrieden. Anschließend hielt er ihr den Schlüssel zu seiner Hütte hin. »Dann geh als Erstes mal hinein und hol dir aus der Speisekammer etwas zu essen. Aber gegessen wird unterwegs. Wir haben keine Zeit zu verlieren. Und der Weg nach London ist weit.«

19. April 1897, 09:47 Uhr GMT
England, London, Finsbury Square

»Gütiger Himmel!«

Mit einem erschrockenen Luftholen fuhr Jonathan in seinen Bettlaken hoch. Sein Nachthemd war nass geschwitzt, und jeder Muskel in seinem Leib schmerzte, als hätte er stundenlange Krämpfe durchlitten. Genau genommen war das nicht vollkommen ausgeschlossen, denn er hatte nur noch sehr verschwommene Erinnerungen an die letzte Nacht. Diese allerdings waren alles andere als angenehm. Nachdem er von dem Fremden, dessen Name ihm entfallen war, nach Hause gebracht und von der guten Misses Fincher auf mütterlich energische Art ins Bett gesteckt worden war, hatte er lange keinen Schlaf gefunden. Schwindel und Übelkeit hatten ihn gepeinigt, dazu Anfälle von Schüttelfrost, und seine Stirn war so heiß gewesen, als litte er unter hohem Fieber. Er glaubte sich daran zu erinnern, dass er versucht hatte aufzustehen, um Misses Fincher noch einmal zu wecken und sie zu bitten, einen Arzt kommen zu lassen. Doch er hatte feststellen müssen, dass er sich sogar zu schwach fühlte, um sein Bett zu verlassen. Ihm war nichts anderes übrig geblieben, als sich zurück in die Laken sinken zu lassen, die Augen zu schließen und auf die von funkelnden Flecken durchsetzte Finsternis hinter seinen Augenlidern zu starren, während er gleichzeitig gebetet hatte, dass er den nächsten Morgen noch erleben möge. Er nahm an, dass er gebetet hatte. Wirklich sicher war er sich da nicht mehr.

Zu guter Letzt war er dann aber doch eingeschlafen, wenngleich der Schlaf ihm alles andere als Linderung verschafft hatte. Bizarre Albträume hatten ihn geplagt, Bilder von lebendig werdenden Statuen, von Schatten, die ihm nachjagten, und Monstren, die aus dunklen Winkeln und Löchern krochen. Zum Schluss hatte er einen leichenblassen Greis gesehen, der in einer riesigen Lache sich ausbreitenden Blutes gelegen hatte. Als Jonathan sich im Traum über ihn gebeugt hatte, um herauszufinden, ob ihm noch zu helfen sei – obwohl er natürlich wusste, dass dieser längst tot war –, hatten sich dessen Augenlider auf einmal ruckartig geöffnet, und er hatte ihn aus milchig verschleierten Pupillen angeblickt. Sein Mund hatte sich geöffnet, und ein schwacher Luftzug war ihm über die Lippen geglitten, der vier Worte mit sich getragen hatte. »Du bist mein Erbe …«, hatte der Alte gehaucht. In diesem Augenblick war Jonathan vor Grausen aus dem Schlaf gerissen worden.

Er fuhr sich mit der Linken durch das wirre Haar und atmete ein paarmal tief ein und aus. »Ganz ruhig, alter Junge, es war nur ein Traum«, versuchte er sich einzureden, aber dieses Unterfangen misslang gründlich. Er fühlte sich wie gerädert, aber zumindest waren der Schwindel, die Übelkeit und das Fieber vorbei.

Als er die Hand senkte, fiel ihm der Ring ins Auge. Unwillkürlich zuckte er zusammen, denn mit einem Mal stürzten die Erinnerungen an die vergangenen zwölf Stunden unvermittelt auf ihn ein: der Theaterbesuch, der Abschied von Elisabeth, die

Kutschfahrt zurück, der Fußweg, der alte Mann in der Gasse … *Ich wollte Hilfe holen*, durchfuhr es Jonathan siedend heiß. *Mein Gott, ich habe den Alten sterbend zurückgelassen! Wie konnte das nur passieren?*

Mit einem Ruck warf er die Decke zur Seite und sprang aus dem Bett. Sein Blick fiel auf den alten Wecker, der auf seinem Nachttisch stand, und seine Augen weiteten sich. »Fast zehn Uhr?!« Es war Montagmorgen, und er würde zu spät zur Arbeit kommen – und zwar viel zu spät. Er musste im Schlaf das Klingeln des Weckers überhört haben, was angesichts des unchristlichen Schrillens, mit dem der Zeitmesser zur eingestellten Stunde Laut gab, nachgerade unmöglich schien.

Er hob ihn hoch und entdeckte recht schnell die Antwort auf seine Frage. Irgendjemand hatte ihn abgestellt. Im Grunde konnte dafür nur eine Person infrage kommen. »Misses Fincher?!«

Er schlüpfte in seine Schuhe, warf sich den Morgenrock über und riss die Tür zu seinem Zimmer auf. »Misses Fincher!« Hastig stürmte er durch den Korridor und die Treppe hinunter ins Erdgeschoss. Aus der Küche vernahm er Schritte, und seine Hauswirtin tauchte in der Diele auf.

»Mister Kentham, was ist denn los? Was schreien Sie denn das ganze Haus zusammen?«

»Haben Sie meinen Wecker abgestellt?«, verlangte Jonathan zu wissen und hob anklagend das Corpus Delicti hoch.

Die grauhaarige Dame stemmte die Fäuste in die Hüften. »Ja, Mister Kentham, das habe ich getan.«

»Aber warum? Wollen Sie, dass ich meine Arbeit verliere?«

Misses Fincher schüttelte den Kopf. »Ach, papperlapapp. Arbeit verlieren. Ich habe längst einen Boten zum *Strand* geschickt, um Ihren Vorgesetzten, Mister Greenhough, davon zu unterrichten, dass Sie unpässlich sind und heute nicht zur Arbeit kommen können.«

»Unpässlich?«, wiederholte Jonathan ungläubig. »Aber ich fühle mich nicht …« Genau in diesem Augenblick überkam ihn der

Schwindel. Jonathan wankte, blinzelte irritiert und musste sich am Endpfosten des Treppengeländers festhalten, um sich nicht auf höchst unelegante Weise auf den Hosenboden zu setzen.

»Unpässlich?«, fragte Misses Fincher mit hochgezogenen Augenbrauen und musterte ihn über den Rand ihrer Nickelbrille hinweg.

Jonathan biss die Zähne zusammen und richtete sich wieder auf. Er löste seine Hand vom Geländer und zog seinen Morgenmantel gerade. »Ganz recht«, verkündete er steif. »Und deshalb werde ich jetzt nach oben gehen und mich ankleiden, während Sie mir bitte das Frühstück bereiten. Anschließend werde ich zur Arbeit gehen und hoffen, dass ich Mister Greenhoughs Wohlwollen durch Ihre zweifellos wohlgemeinte, aber dennoch übereilte Tat nicht gänzlich verspielt habe.«

Misses Fincher seufzte. »Natürlich, Mister Kentham. Ihr Tee wird in fünf Minuten für Sie bereitstehen.« Sie warf ihm noch einen skeptischen Blick zu und verschwand danach kopfschüttelnd wieder in der Küche.

Kurz darauf saß Jonathan im Speiseraum des Hauses und schlang mit einer Hast, die eines Gentlemans unwürdig war, seinen Marmeladentoast hinunter, während er gleichzeitig so ungeduldig an seinem frisch aufgesetzten Earl Grey nippte, dass er sich beinahe den Mund verbrüht hätte. Unterdessen blätterte er rasch durch die Morgenausgabe der *Times*, halb in der Hoffnung, halb befürchtend, er könne irgendwo im Lokalteil eine Notiz über den Tod eines alten Mannes in einer schäbigen Seitengasse unweit des Fleischmarkts am Smithfield lesen.

Doch er fand nichts. Stattdessen erweckte ein anderer Artikel seine Aufmerksamkeit. »Vandalen verwüsten Fleischmarkt«, las Jonathan laut und runzelte die Stirn. Der Meldung zufolge waren irgendwann in der vergangenen Nacht mehrere Übeltäter in den Ostflügel des Fleischmarkts eingebrochen und hatten mit roher Gewalt mehrere Stände zertrümmert. Außerdem war eine Tür aus den Angeln gerissen und eine Gasleitung beschädigt worden.

Schieres Glück – und die gute Durchlüftung der Halle – hatten verhindert, dass es zu einer fatalen Gasansammlung und Explosion gekommen war. Die Vandalen hatten jedoch nicht nur die Markthalle verwüstet. Kurioserweise hatten sie obendrein auch sechs der acht Greifenskulpturen gestohlen, die auf den beiden Ecktürmen der Osthalle gesessen hatten und die vom Erbauer des Marktes, Sir Horace Jones, als stumme Wächter aufgestellt worden waren. Die Ermittlungsbehörden standen vor einem Rätsel, wie es den Tätern gelungen sein mochte, die schweren Steinstatuen aus luftiger Höhe zu entwenden.

Jonathan schüttelte fassungslos den Kopf. Was war in der letzten Nacht dort nur geschehen? Irgendwie hatte er das dumpfe Gefühl, dass es zwischen den beiden Vorfällen einen Zusammenhang gab. Aber welchen? Gedankenverloren hob Jonathan erneut die linke Hand und betrachtete den Ring, der an seinem Finger steckte. Das allem Anschein nach aus Silber gefertigte Kleinod wies eine Inschrift auf, die, wenn Jonathan sich nicht täuschte, in altenglischen Runen abgefasst worden war. Er hatte keine Ahnung, was die Schriftzeichen bedeuteten. Dazu würde er wohl einen Historiker befragen müssen. An der Oberseite verbreiterte sich der Ring zu einem onyxfarbenen Oval, in das wiederum ein silberner Kreis eingelassen war, von dem mehrere unterschiedlich lange Linien, ähnlich wie Sonnenstrahlen, abgingen.

Ein Schauer lief Jonathan über den Rücken, und er versuchte den Ring abzustreifen. Er hatte kein Recht, das Schmuckstück zu tragen. Es fühlte sich an, als sei er ein Räuber, der sich gierig eine Trophäe aus einem frisch entdeckten Pharaonengrab angesteckt hatte, während die Mumie des einstigen Besitzers noch irgendwo hinter ihm in der Dunkelheit aufgebahrt lag.

Zu seiner Überraschung und einem nicht gelinden Schrecken musste er feststellen, dass er sich außerstande sah, den Ring abzustreifen. Er saß wie angegossen auf seinem Finger. Entweder war der Ring über Nacht geschrumpft – was nicht sein konnte –, oder die seltsame Krankheit, von der Jonathan am gestrigen

Abend übermannt worden war, hatte seine Finger anschwellen lassen. Nach einigem Ziehen und Zerren gab er es auf. Er würde es heute Abend noch einmal mit etwas Seifenwasser versuchen. Jetzt hatte er weiß Gott andere Sorgen, wie ihm ein rascher Blick auf die in der einen Ecke des Raumes vernehmlich tickende Standuhr bestätigte. Es war mittlerweile fast halb elf. Er hoffte inständig, dass Mister Greenhough heute einen guten Tag hatte.

Rasch machte Jonathan sich fertig und rief eine Kutsche, um hinüber zum *Strand* zu fahren. Er wies den Kutscher an, eine Route zu wählen, die sie am Smithfield vorbeibringen würde. Es war kein großer Umweg, und auch wenn er nicht davon ausging, den seltsamen Alten dort vorzufinden, wollte er sich vor Ort noch einmal umsehen. Während der Einspänner durch die belebten Straßen ratterte, kam ihm in den Sinn, dass er die Ereignisse eigentlich der Polizei melden sollte. Vielleicht konnte er auf dem Revier auch in Erfahrung bringen, ob der Fremde überlebt hatte und, wenn ja, in welches Spital er gebracht worden war. *Später,* dachte er. *Als Erstes verschaffe ich mir selbst ein Bild.* Schleichend, ohne dass er es bemerkt hätte, war die berufliche Neugierde in ihm geweckt worden, und nach dem eigentümlichen Bericht in der *Times* fragte Jonathan sich mehr denn je, wer der alte Mann gewesen war, den er tödlich verletzt in der Gasse vorgefunden hatte. Dass sich seine Ankunft in der Redaktion dadurch noch etwas mehr hinauszögern würde, betrachtete er als notwendiges Übel, und vielleicht hatte es ja sogar sein Gutes, wenn er angeben konnte, dass er einer *Sache* auf der Spur gewesen war.

Als Jonathan die schmale Gasse unweit des Fleischmarkts erreichte, sah er seine Erwartung bestätigt. Der Alte war nicht mehr da. Es überraschte ihn allerdings, dass dieser buchstäblich spurlos verschwunden war. Jonathan hätte schwören können, dass der Mann in einer Blutlache von grausigen Ausmaßen gelegen hatte, und selbst wenn eine reinliche Nachbarin nach Abschluss der Ermittlungsarbeiten von Scotland Yard dem Blut mit einem Schrubber und einem großen Eimer Putzwasser zu Leibe gerückt wäre, hätte sie mit Sicherheit den einen oder anderen Spritzer übersehen. Doch so gründlich Jonathan sich auch umschaute, er vermochte keinen einzigen Tropfen getrockneten Blutes zu finden.

Stirnrunzelnd schürzte er die Lippen und warf einen Blick die kurze Gasse hinauf und hinunter. Hohe, eng aneinandergereihte Backsteingebäude säumten die angrenzenden Straßen, und es gab mehr als genug Fenster, die auf den Schauplatz des Geschehens hinausblickten. Vielleicht hatte einer der Anwohner etwas gesehen.

Jonathans Blick fiel auf ein kleines Pub, das am Südausgang der Gasse im Erdgeschoss eines Eckhauses lag. Ein untersetzt wirkender Mann in Schürze und mit hochgekrempelten Hemdsärmeln hängte gerade ein Holzschild mit den Gerichten des heutigen Tages neben der Tür auf. Kurz entschlossen ging Jonathan auf ihn zu. »Verzeihung, Sir. Hätten Sie einen Augenblick Zeit für mich?«

Der Mann – Jonathan nahm an, dass es sich um den Wirt handelte – drehte sich zu ihm um und machte ein fragendes Gesicht. »Natürlich, Sir. Was kann ich für Sie tun?«

»Mein Name ist Jonathan Kentham. Ich komme von der Zeitung«, stellte Jonathan sich vor. »Dürfte ich Ihnen ein paar Fragen zu dem Polizeieinsatz stellen, der heute Morgen hier stattgefunden hat?«

Der Wirt deutete mit einem Daumen in Richtung Smithfield. »Meinen Sie die Geschichte mit den Vandalen im Fleischmarkt? Meine Frau hat beim Einkaufen davon gehört.«

Jonathan schüttelte den Kopf. »Nein, ich meine den hier direkt vor Ihrer Haustür.«

»Vor unserer Haustür?«, wiederholte sein Gegenüber, und seine Augenbrauen gingen in die Höhe. »Aber es gab keinen Polizeieinsatz direkt vor unserer Haustür.«

»Sind Sie sicher?«, hakte Jonathan nach.

»Absolut, Sir«, sagte der Wirt und nickte zur Bekräftigung.

»Ich wohne direkt über dem Pub, und mir wäre bestimmt aufgefallen, wenn sich hier Leute vom Yard herumgetrieben hätten.«

Mit dieser Antwort hatte Jonathan nicht gerechnet. »Ist denn in den letzten Stunden gar nichts Ungewöhnliches geschehen?«

»Nein, Sir, eigentlich nicht.« Der Wirt rieb sich die von roten Äderchen übersäte Nase und erweckte den Eindruck, als frage er sich, was für ein schräger Vogel der junge Mann vor ihm wohl sein mochte.

Jonathan räusperte sich. »Hm ... Nun, dann bin ich wohl falsch informiert worden. Bitte entschuldigen Sie, dass ich Ihre Zeit unnötig in Anspruch genommen habe.«

»Keine Ursache. Guten Tag, Sir!«

Jonathan nickte grüßend, schob die Hände in die Hosentaschen und ging nachdenklich ein paar Schritte die Gasse hinunter. Was hatte das alles zu bedeuten? Der Alte war spurlos verschwunden. Die Polizei schien von nichts zu wissen. Und wer immer sich um den Schwerverletzten und um die Blutlache gekümmert hatte, war dabei so heimlich vorgegangen, dass man ihn vom Pub gegenüber nicht bemerkt hatte. *Vermutlich war noch gestern Nacht jemand hier, kurz nach mir ...*

Ein leises Rufen in seinem Rücken unterbrach Jonathan in seinem Gedankengang. »Psst, Sie da! Warten Sie!«

Neugierig wandte sich Jonathan um und sah einen Jungen von vielleicht zwölf Jahren, der, in eine abgetragene Knickerbocker und ein fleckiges Hemd gekleidet, auf ihn zukam. Strubbeliges braunes Haar lugte unter einer braunen Schiebermütze hervor, die der Junge in den Nacken schob, als er Jonathan erreicht hatte.

»Was gibt es?«

»Ich habe mitgehört, worüber Sie mit Mister Graham gesprochen haben. Wegen ungewöhnlicher Ereignisse und so«, begann der Junge. »Also, ich habe etwas gesehen. Und es könnte wichtig sein.«

Ein Augenblick des Schweigens folgte. Als er andauerte, neigte

Jonathan mit fragender Miene den Kopf. »Und würdest du mir auch erzählen, was?«

Statt einer Antwort sah ihn der Junge erwartungsvoll an und streckte eine Hand aus.

Jonathan nickte verstehend, zog einen Schilling hervor und hielt ihn hoch. »Wenn es sich lohnt, gehört er dir.«

Der Junge sah die Münze mit leuchtenden Augen an. »Ich bin mir sicher, Sir. Kommen Sie!« Er ergriff Jonathans Hand und zog ihn durch die Gasse und auf die Long Lane hinaus. Mit der Rechten deutete er auf ein Haus ein paar Schritt die Straße hinunter. »Da wohne ich, und gestern Nacht ist mir zufällig was ganz Seltsames aufgefallen. Es muss gegen halb elf gewesen sein. Ich wurde wach, weil ich ein dringendes Bedürfnis hatte … Sie verstehen, was ich meine, Sir. Also bin ich runter in den Hof. Als ich wieder rauf in mein Zimmer wollte, habe ich eine Kutsche gehört. Das hat mich neugierig gemacht, denn normalerweise fahren hier nachts keine Kutschen rum. Deshalb bin ich zum Hofeingang geschlichen, und da habe ich heimlich gesehen, dass ein Zweispänner direkt vor dem Eingang zur Gasse stand. Ich habe nicht gesehen, was los war, denn er hat mir die Sicht versperrt, aber ich bin mir sicher, dass da mindestens vier Männer waren, die irgendwas in der Gasse zu schaffen hatten. Ein fünfter saß auf dem Kutschbock, und es sah so aus, als würde er Wache halten. Der war mir irgendwie unheimlich. So ein riesiger Kerl. Ich habe mich nicht getraut, auch nur einen Mucks von mir zu geben. Die Männer haben irgendwas in die Kutsche geladen, glaube ich. Mir ist es kalt den Rücken runtergelaufen, und ich bin kein Angsthase, Sir. Aber ich war froh, als sie wieder weggefahren sind.«

Jonathan spürte, wie sich sein Puls beschleunigte. Der Junge bestätigte genau das, was er sich selbst schon gedacht hatte. Aber wer waren diese Männer? Und wie hatten sie den vor zufälligen Blicken so gut verborgenen Alten so schnell gefunden? »Warum hast du das nicht der Polizei gemeldet?«, fragte Jonathan schließlich nach kurzem Nachdenken.

Der Junge machte eine abwehrende Geste. »Ich und Polizei? Oh nein, Sir, das ist nichts für mich. Und was hätte ich denen denn sagen sollen? Fünf Männer mit einer Kutsche waren hier, aber sie haben keine Spuren hinterlassen? Die hätten doch nur gedacht, ich will mich aufspielen.«

»Na schön! Vielleicht hast du recht«, sagte Jonathan mit einem Nicken. »Kannst du dich sonst noch an etwas erinnern? An die Kleidung der Männer? Oder an irgendeine Einzelheit an der Kutsche?«

»Hm …« Der Junge legte die Stirn in Falten und kratzte sich am Kopf. »Ja, da war noch was. Als die Kutsche wegfuhr und an meinem Versteck vorbeikam, habe ich gesehen, dass auf der Seitentür eine Art Wappen angebracht war. Es sah aus wie eine silberne Sonne oder so, ein Kreis mit Strahlen.«

Unwillkürlich zuckte Jonathan zusammen. *Der Ring*, fuhr es ihm durch den Sinn. Genau das gleiche Symbol befand sich auf dem Ring. Wie beiläufig steckte er die linke Hand in die Hosentasche. Es war nicht nötig, dass der Junge das Schmuckstück sah und dadurch womöglich falsche Schlüsse zog. Gleichzeitig – und nicht zuletzt, um die Aufmerksamkeit seines jungen Gesprächspartners abzulenken – warf er ihm mit der anderen Hand den Schilling zu. »Sehr gut. Danke, mein Junge! Du hast mir wirklich weitergeholfen.«

Sein Gegenüber tippte sich mit dem Zeigefinger an die Schirmmütze. »Danke schön, Sir! Stehe jederzeit wieder zu Diensten.«

Jonathan lächelte. »Vielleicht komme ich auf das Angebot zurück. Wie heißt du?«

»Oliver, Sir.«

»In Ordnung, Oliver. Dann halt mal die Augen offen. Und wenn du irgendetwas Spannendes aufschnappst, schick mir eine Nachricht in das Büro vom *Strand Magazine*.«

Oliver grüßte ein weiteres Mal. »Ja, Sir. Das mache ich, Sir. Schönen Tag noch!« Damit flitzte er davon. Den Schilling hielt er fest in seiner rechten Faust.

Im Fleischmarkt am Smithfield schien noch mehr Betrieb zu herrschen als an einem gewöhnlichen Montagmorgen. Diesen Eindruck hatte Jonathan jedenfalls, als er in die Grand Avenue des weitläufigen Hauptgebäudes einbog und die Menschenmenge sah, die sich vor dem Eingang zur Osthalle drängte. Vielleicht hatte die Meldung über den Übergriff durch Unbekannte in der *Times* einige Leute neugierig gemacht und hergelockt, um sich den Tatort mit eigenen Augen anzusehen. Jonathan fand das ein wenig seltsam, denn Fälle von Vandalismus gab es in London immer mal wieder. Außergewöhnlicher war da schon das Verschwinden der steinernen Greifenfiguren, die zuvor die beiden Ecktürme der Osthalle geziert hatten. Jonathan hatte sich mit eigenen Augen von dem Fehlen der geflügelten Statuen überzeugen können, als er sich dem Markt genähert hatte, um hier seine Nachforschungen fortzusetzen. Soweit er das hatte erkennen können, waren die Statuen nicht etwa von den Randalierern von ihren Sockeln gestoßen und auf die Straße hinabgeworfen worden, nein, sie waren einfach fort, als wären sie nie da gewesen – zumindest sechs der acht Greifen. Jonathan war entschlossen, auf einen der Türme zu steigen und sich das Ganze aus der Nähe anzusehen.

Vorher jedoch wollte er sich unter die Händler und Käufer mischen. Vielleicht konnte er etwas Interessantes in Erfahrung bringen, wenn er Augen und Ohren offenhielt.

Das Erste, was ihm auffiel, war die schmiedeeiserne Gittertür, die die Osthalle versperrte, wenn der Betrieb ruhte. Sie stand neben dem eigentlichen Eingang, und ihre Scharniere waren völlig verbogen. Im Artikel in der *Times* hatte es geheißen, sie sei aus den Angeln gerissen worden, und genau so sah es tatsächlich aus. Jonathan fragte sich, welche Kräfte hier am Werke gewesen waren. Der Dicke der Stangen nach zu urteilen hätte es mindestens einer dieser neuartigen Motorkutschen bedurft, die von *innen* gegen die Tür raste, um selbige aus den Angeln zu sprengen.

»Phänomenal, nicht wahr, Sir?«, meldete sich eine Stimme neben ihm zu Wort.

Jonathan wandte den Kopf zur Seite und sah einen dicklichen Gentleman in dunkelgrauer Hose, Hemd und Weste, der, mit Bleistift und Schreibbrett in der Hand, neben ihn getreten war.

»Ähm, ja, in der Tat«, bestätigte Jonathan. »Ich frage mich, wie das möglich war.«

»Das fragen nicht nur Sie sich. Vor allem, weil die Tür auf der anderen Seite der Grand Avenue gefunden wurde. Was immer sie aus den Angeln gerissen hat, hatte ordentlich Schwung.«

Jonathan hob die Augenbrauen. »Sie wollen damit sagen, die Tür ist noch ein ganzes Stück durch die Luft geflogen?«

»Na, wenn der Übeltäter sie nicht eigenhändig über die Straße getragen hat …«, entgegnete sein Gesprächspartner. »Sind Sie von der Presse?«

»Wie kommen Sie darauf?«

Der Mann deutete auf Jonathans Hände. »Ich kenne diese Notizbücher. Nicht das erste, das ich heute sehe. Ich bin der Marktverwalter, müssen Sie wissen.«

Beinahe schuldbewusst blickte Jonathan auf das Büchlein, das er in der Linken hielt. »Sie haben mich ertappt«, gestand er, dann streckte er dem Mann die Hand hin. »Jonathan Kentham vom *Strand Magazine*.«

»Richard Winthorpe«, sagte der andere und schüttelte die dargebotene Hand. »Sie sind spät dran.«

»Ich bin nicht im Auftrag des *Strand* hier, sondern aus persönlicher Neugierde. Ich hoffe, es stört Sie nicht, dass ich mich hier ein wenig umsehe.«

»Keineswegs.« Winthorpe machte eine wegwerfende Handbewegung. »Tun Sie, was Ihnen beliebt, solange Sie die Kundschaft nicht belästigen.«

»Mit Sicherheit nicht«, versprach Jonathan. Er zögerte kurz und fragte dann: »Gibt es eigentlich neue Erkenntnisse, seit der Artikel in der *Times* erschienen ist?«

Winthorpe schüttelte den Kopf. »Eigentlich nicht, Sir. Herausgerissene Tür, verwüstete Marktstände, eine lecke Gasleitung und ein halbes Dutzend verschwundene Steinstatuen. Scotland Yard kann sich noch keinen Reim darauf machen, aber für mich ist eines klar: Wer immer hier gewütet hat, muss Titanenkräfte gehabt haben, denn diese Holzauslagen sind verflucht schwer, und irgendjemand hat drei davon gegen die Stirnseite der Markthalle geschmissen wie meine Frau das Geschirr an die Küchenwand, wenn sie schlechte Laune hat. Sie ist Italienerin, müssen Sie wissen. Was für ein Temperament!« Er warf Jonathan einen vielsagenden Blick zu.

Dieser schenkte ihm ein mitfühlendes Lächeln, während er über das Gehörte nachdachte. Dass Marktstände durch die Halle geworfen worden waren, hatte nicht in der *Times* gestanden. Vermutlich hatte es der Verfasser des Artikels als allzu weit hergeholt abgetan. Doch irgendetwas ließ Jonathan den Worten des Mannes Glauben schenken. So sonderbar das alles klang, es passte zu all den anderen Sonderbarkeiten, die in den letzten Stunden geschehen waren. Er räusperte sich. »Sagen Sie, Mister Winthorpe, könnte ich wohl einen Blick auf die Sockel der verschwundenen Greifenstatuen werfen.«

Winthorpe zuckte mit den Schultern. »Sicher. Warum nicht? Lassen Sie mich nur gerade meine Notizen für die Versicherung beenden, dann bringe ich Sie zu einem der Türme.«

»Ich würde gerne den Turm sehen, der noch von einem verbliebenen Greifen geziert wird«, sagte Jonathan einer plötzlichen Eingebung folgend.

»Wie Sie wünschen. Auf dem Nordostturm sitzen nach wie vor zwei der Biester.«

Winthorpe kritzelte noch einige Zeilen auf den Papierbogen, den er an seinem Schreibbrett befestigt hatte, dann brummte er zufrieden und bedeutete Jonathan, ihm zu folgen. Sie gingen die Mittelgasse des Ostmarkts hinunter, vorbei an den links und rechts aufgereihten Ständen der Fleischhändler. Überall hingen ausgeweidete Schweineleiber und Rinderhälften an Fleischerhaken von den eingezogenen Querbalken, und in den Auslagen wurden Schinken, Wurstwaren und Innereien feilgeboten. Ein süßlicher Geruch, vermischt mit den Ausdünstungen der dicht gedrängt stehenden Menschen, hing in der Luft, und wäre es im Inneren des Marktes nicht vergleichsweise kühl gewesen, hätte Jonathans Magen auf diese Mischung möglicherweise mit Unwillen reagiert. Er erinnerte sich noch an einige heiße Sommertage, an denen es hier drinnen kaum auszuhalten gewesen war.

Der Gebäudeverwalter führte Jonathan zu einer Treppe links am Ende der Markthalle, und sie stiegen in den ersten Stock. Über einen Laufsteg und durch einen schmalen Korridor mit mehreren Türen gelangten sie zu einem Treppenhaus. »Hier entlang, Sir«, sagte sein Führer und erklomm schnaufend die kurze, enge Wendeltreppe, die sie hinauf zum Turmzimmer des Nordostturms brachte.

Das achteckige Zimmer hatte eine hohe Decke, und es war trotz des trüben Tages überraschend hell, denn in jeder der acht Wände befand sich nicht nur ein breites, rechteckiges Fenster, sondern darüber ein zweites, kleineres, das kreisrund in die Mauer eingelassen worden war. Zusammen sorgten sie dafür, dass von allen Seiten Tageslicht ins Innere fiel.

Jonathan sah sich in dem Raum um, der ungeachtet seiner wundervollen Aussicht nur als Abstellkammer herzuhalten schien, denn außer ein paar achtlos in der Mitte des Raumes gestapelten Kisten und Stühlen befand sich nichts darin. Bedächtig ging er einmal im Uhrzeigersinn an der Innenwand des Turms entlang und begutachtete dabei die zwei leeren Steinsockel, auf denen die Greifen ursprünglich gestanden hatten. Die Sockel schienen vollkommen glatt zu sein, nur eine hellere, vom schmutzigen Londoner Regen verschonte Fläche zeugte davon, dass hier zuvor etwas gesessen hatte. »Darf ich?«, fragte Jonathan und deutete auf den Fenstergriff.

»Bitte«, sagte Winthorpe.

Während Jonathan das Fenster öffnete und hinter der niedrigen Eisenbalustrade, die davor angebracht war, in die Hocke ging, um mit der Hand über den Stein zu streichen, trat der Gebäudeverwalter neben ihn. »Wonach suchen Sie eigentlich?«

»Ich weiß es nicht«, gestand Jonathan. »Nach Antworten.«

Doch der Stein blieb ihm diese schuldig.

Er erhob sich wieder und strich seine Jacke glatt. »Hm …«, murmelte er. »Seltsam.«

»Oh ja, in der Tat«, bekräftigte Winthorpe. »Als hätten sie sich in Luft aufgelöst. So etwas habe ich noch nie gesehen.«

Jonathan drehte sich um. »Dort drüben sitzt noch ein Greif, nicht wahr?« Er deutete auf das Südostfenster.

Sein Begleiter nickte.

Gemessenen Schrittes näherte sich Jonathan dem Fenster und blickte hindurch. Die Greifenskulptur sah genau so aus wie immer: ein sitzender Löwenkörper mit vier mächtigen Pranken, einer geschwungenen Halspartie, die von einer hängenden Mähne geziert wurde, und zwei verkümmert wirkenden lederartigen Drachenschwingen, in deren Mitte jeweils ein Kruzifix gemeißelt worden war.

Er öffnete auch dieses Fenster, und ignorierte dabei das etwas unruhige Räuspern von Winthorpe in seinem Rücken. Der Marktverwalter wollte wahrscheinlich an die Arbeit zurück und nicht minutenlang einem Journalisten dabei zusehen, wie der versuchte, Spuren zu finden, die Scotland Yard und all die anderen Zeitungsleute zuvor übersehen hatten. »Ich bin gleich fertig«, versprach ihm Jonathan, ohne sich umzublicken, während er den Greifen in Augenschein nahm, so als gebe ihm die Statue einen Hinweis darauf, wo ihre Artgenossen abgeblieben waren.

Auf einmal stutzte er und runzelte die Stirn. »Mister Winthorpe?«

»Was gibt es, Sir?«

»Diese Greifenskulpturen sind doch fest mit dem Sockel, auf dem sie ruhen, verbunden, nicht wahr?«

»Sie sitzen auf einer zwei Zoll dicken Steinplatte, der Unterseite des Quaders, aus dem sie herausgemeißelt wurden, wenn es das ist, was Sie meinen«, erwiderte der Mann und schaute wie zur Versicherung aus dem Südwestfenster, wo der zweite Greif saß.

»Genau das meine ich«, murmelte Jonathan abwesend, während er die Hand ausstreckte, um mit den Fingerspitzen über einen schmalen Spalt zu streichen, der zwischen der Steinplatte und dem Unterteil des Greifen zu erkennen war. Er schob den Finger zwischen die Bodenplatte und den kalten, harten Leib der Skulptur. Das war unmöglich! Der Bildhauer hatte den Greifen keine Bauchpartie gegeben. Oder doch?

Unvermittelt lief ein leichtes Prickeln durch seine Finger. Jonathan zuckte zusammen.

»Alles in Ordnung?«, fragte Winthorpe und trat neugierig näher, um zu sehen, was sein Gast an dieser Figur so faszinierend fand.

»Ich bin mir nicht sicher«, sagte Jonathan. »Sehen Sie das?« Er näherte seine Hand ein zweites Mal der Stelle und schob sie unter den im Grunde gar nicht vorhandenen Bauch des Greifen. Erneut fuhr ihm ein Prickeln durch die Fingerspitzen, als wäre der Stein an dieser Stelle von Elektrizität erfüllt. Jonathan wusste nicht viel über dieses physikalische Phänomen, aber ihm war bekannt, dass Stein für gewöhnlich keinen Strom leitete.

»Potzblitz!«, sagte Winthorpe staunend. »Was ist denn das? Ich dachte immer, alle Greifen wären exakt gleich geschaffen worden. Aber dieser hier sieht aus, als wolle er gerade aufstehen. Da muss sich der Bildhauer einen Scherz erlaubt haben.«

»Ja«, murmelte Jonathan. »Das muss es sein.«

Unvermittelt lief ihm ein Schauer über den Rücken, und rasch zog er die Hand zurück. Erst in diesem Augenblick wurde ihm bewusst, dass es seine Linke war, an der er den Ring des verschwundenen Alten trug. Blinzelnd betrachtete er das Kleinod, dann warf er dem Greifen einen letzten Blick zu. War es möglich, oder hatte er es sich nur eingebildet? *Es muss Einbildung gewesen sein*, meldete sich seine innere Stimme streng zu Wort. Und dennoch vermochte er sich, als er aufstand und bedächtig das Fenster schloss, nicht ganz des beunruhigenden Gefühls zu erwehren, dass sich die Steinstatue unter seinen tastenden Fingern ein winziges, kaum wahrnehmbares Stück bewegt hatte.

19. April 1897, 11:27 Uhr GMT
England, London, geheime Hallen des Ordens des Silbernen Kreises

Irgendwie sieht er aus, als würde er nur schlafen, dachte Randolph, als er auf die Leiche Albert Dunholms hinunterblickte, die auf dem Untersuchungstisch von Doktor Westinghouse im Krankenzimmer der Unteren Guildhall lag. Der Tote war bereits gewaschen und in einen neuen dunklen Anzug gesteckt worden. In Kürze würde er in einem mit Blumen geschmückten Raum aufgebahrt werden, damit die Mitglieder des Ordens die Möglichkeit hatten, dem Ersten Lordmagier die letzte Ehre zu erweisen, bevor dieser in aller Stille verbrannt und seine Asche an einen geheimen Ort außerhalb Londons gebracht wurde – ganz so, wie es, Drummond zufolge, Dunholms Wunsch gewesen war.

Randolph konnte Dunholms Vorsicht gut verstehen. Es ließ sich viel Schändliches mit dem Körper eines toten Magiers anstellen, vor allem, wenn er derart von den Energien der Magie gesättigt war, wie es beim Ersten Lordmagier von London der Fall war. Vom Aufbewahren kleiner Knochenreste zu hellseherischen Zwecken über das Beimischen der Asche in irgendwelche obskuren Krafttränke bis hin zum Verspeisen einzelner Leichenteile, um die Kraft des Toten in den eigenen Körper aufzunehmen, hatte Randolph schon von genügend abartigen Ritualen aus aller Welt gehört, dass auch er hoffte, unter Umständen ums Leben zu kommen, die seine sterblichen Überreste für Leichenräuber gänzlich unbrauchbar machten. Er glaubte zwar nicht, dass es hier im Orden kranke Seelen gab, die solch widerwärtige Praktiken betrieben, aber ganz sicher war er sich nicht mehr seit dem Aufkommen von Wellingtons Neuer-Morgen-Bewegung, der es vor allem darum ging, so viel magische Macht wie nur möglich anzuhäufen.

Ich werde mit Drummond dafür sorgen, dass Ihnen nicht noch mehr Unrecht angetan wird, als es schon geschehen ist, schwor sich Randolph und blickte zur Seite, weil er es einfach nicht länger ertrug, in Dunholms unbewegtes, lebloses Gesicht zu schauen.

Dennoch war er dankbar dafür, dass er diese Gelegenheit bekam, wertvolle letzte Augenblicke ungestört mit seinem Mentor und Ziehvater verbringen zu können. Am Morgen hatte er als Erstes Nevermore angewiesen, ein Auge auf den jungen Mann namens Jonathan zu haben, von dem er mittlerweile wusste, dass sein Nachname Kentham lautete. Er selbst hatte danach die Wohnung von Holmes aufgesucht, nur um von dessen Butler zu erfahren, dass der exzentrische Magier bis zum Abend außer Haus sei. Also hatte er sich wieder in der Guildhall eingefunden, wo er seltsam ruhelos durch die Gänge gewandert war, bis er schließlich erkannt hatte, woher dieses Gefühl rührte. Es wurde nicht nur dadurch genährt, dass er bis zu Holmes' Rückkehr zur Tatenlosigkeit verdammt war, sondern kam auch daher, dass er sich in der Nacht zuvor nicht wirklich von Dunholm hatte verabschieden können. Das holte er nun nach.

In diesem Augenblick öffnete sich die Tür und Doktor Westinghouse, der nicht zugegen gewesen war, als Randolph eingetroffen war, kam herein. »Mein Beileid, mein Freund«, sagte der grauhaarige Mann leise, als er neben Randolph trat.

Der Arzt wusste, wie nah der Lordmagier und sein Bediensteter sich gestanden hatten, und so klopfte er Randolph mitfühlend auf die Schulter und schüttelte dann den Kopf. »Eine Schande ist das, eine wirkliche Schande. Beten wir, dass der oder die Übeltäter gefunden und der gerechten Strafe zugeführt werden.«

»Haben Sie noch irgendetwas herausgefunden, Doktor?«, fragte Randolph dumpf, ohne den Arzt anzublicken.

»Nun ja«, Westinghouse räusperte sich, »dass er vor seinem Tod in einen Kampf verwickelt war und am Ende mit zwei Schüssen hinterrücks niedergestreckt wurde, wissen Sie ja schon. Es ist übrigens gut möglich, dass er seinen Mörder noch gesehen hat, denn in seinem Oberschenkel steckte eine dritte Kugel, die von vorne eingedrungen war. Alle Anzeichen weisen darauf hin, dass dieser Schuss aus nächster Nähe abgefeuert wurde. Leider vermag ich nicht zu sagen, in welcher Reihenfolge die Schüsse fielen. Hat der Erste Lordmagier mit seinem Mörder gesprochen, wurde unvermittelt von diesem angeschossen und danach auf der Flucht erledigt? Oder wurde er zuerst in den Rücken getroffen, wandte sich um und erhielt dann noch eine dritte Kugel ins Bein?«

»Einerlei«, brummte Randolph, »so oder so handelt es sich bei dem Täter um einen skrupellosen Mistkerl.«

»Zweifellos«, stimmte ihm der Doktor zu. »Eines hat mich noch stutzig gemacht. Sehen Sie her, Randolph.« Er bedeutete dem Kutscher, ihm zu einem Tisch zu folgen, auf dem eine silberne Petrischale mit den Kugeln stand, die er aus Dunholms Körper hervorgeholt hatte. Mit einer Pinzette hob er eines der blutverschmierten Geschosse in die Höhe und hielt es Randolph vor die Nase.

»Was ist damit?«, fragte dieser.

»Diese Kugeln sind seltsam«, erklärte Westinghouse und drehte das metallene Objekt im Licht der Gaslampe, die über dem Tisch aus der Wand ragte. »Ihnen fehlt die charakteristische Form – vorne spitz und hinten abgeplattet –, die ein Projektil aufweist, wenn es zuvor zusammen mit einer Treibladung in einer Patronenhülse steckte. Stattdessen sind sie vollkommen rund.«

»Und das bedeutet?«

Der Doktor zuckte mit den Schultern. »Entweder hat unser Täter ein ziemlich altmodisches Vorderladergewehr benutzt oder aber eine Waffe, wie sie mir noch nie untergekommen ist.«

Nachdenklich kniff Randolph die Augen zusammen. Hier eröffnete sich möglicherweise eine Spur. »Kann ich eine der Kugeln haben?«, fragte er.

Westinghouse lächelte, während er dem Kutscher eines der winzigen Projektile gab. »Ich dachte mir schon, dass Sie das interessieren würde.« Er nickte ihm aufmunternd zu. »Viel Glück bei der Suche!«

Der Kutscher schenkte ihm ein schiefes Grinsen. »Danke, Doktor!« *Und auf Wiedersehen, Albert …*

19. April 1897, 11:45 Uhr GMT
England, London, Polizeiwache am Snow Hill

»Wenn ich das mal wiederholen darf«, sagte der Wachhabende am Schreibtisch im ersten Stockwerk der Polizeistation am Snow Hill, einem schmalen, vierstöckigen Gebäude unweit des Holborn Viadukts, das zwischen zwei anderen Häusern wie eingeklemmt wirkte. Er machte eine dramatische Pause, während er mit einer Hand den Klemmbügel seiner Schreibmaschine hochklappte und mit der anderen gemächlich das Papier herauszog, auf dem er soeben Jonathans Aussage zu Protokoll genommen hatte. »Gestern Abend so gegen halb elf Uhr haben Sie in einem Durchgang von der Long Lane zur Middle Street unweit des Smithfields einen Mann von vielleicht siebzig Jahren gefunden, der in einer großen Blutlache lag und allem Anschein nach schwer verwundet war. Sie haben zuerst überprüft, ob er noch am Leben war, und sind danach losgeeilt, um den Vorfall bei der nächsten Polizeiwache zu melden. – Das wären wohl wir gewesen oder die Männer an der Fore Street. – Auf dem Weg dorthin wurden Sie von heftiger Übelkeit befallen, obwohl Sie nichts getrunken hatten, und verloren das Bewusstsein. Ein Ihnen unbekannter Mann brachte Sie nach Hause, und als Sie heute Morgen zum Tatort zurückkehrten, war der Verletzte spurlos verschwunden. Hat es sich so abgespielt?« Der stämmige Mann in der dunkelblauen Uniform, dessen feistes Gesicht ein mächtiger Schnurrbart zierte, hob den Kopf und gleichzeitig die buschigen Augenbrauen.

»Ja, genau so war es«, sagte Jonathan mit einem Nicken.

Nachdem er den Fleischmarkt verlassen hatte, war er endlich zur nächstbesten Polizeiwache gegangen, um seine nächtliche Begegnung zu melden und vielleicht herauszufinden, ob die Beamten etwas von dem Vorfall wussten – auch wenn er nach dem Bericht des Jungen Oliver argwöhnte, dass dem nicht so war.

»Gibt es sonst noch etwas, das Sie hinzufügen möchten?«

Jonathan dachte kurz nach. Natürlich kam ihm der Ring in den Sinn, den er dem Alten abgenommen hatte und der nun an seinem Finger steckte. Er war der Beweis dafür, dass die Erlebnisse der letzten Nacht nicht nur ein böser Traum gewesen waren. Aber Jonathan sträubte sich dagegen, das Kleinod zu erwähnen. Er wollte in den Augen des Polizisten nicht wie ein Dieb aussehen, und außerdem befürchtete er, dass der Uniformierte den Ring an sich nehmen würde, weil er mit einem Verbrechen in Verbindung stand. Und eine innere Stimme sagte Jonathan, dass er auf keinen Fall riskieren durfte, den Ring zu verlieren. Daher schüttelte er den Kopf. »Nein, nichts.«

Der Uniformierte legte das Blatt Papier zur Seite, schob seinen quietschenden Schreibtischstuhl zurück und faltete mit der Miene eines Mannes, der den Fall im Geiste schon abgeschlossen hat, die Hände vor dem Bauch. »Ich wünschte, Sie wären gestern Nacht zu uns gekommen, Sir. Dann hätten wir etwas tun können. Natürlich werde ich einen Constable zum Tatort schicken und diesen untersuchen lassen. Vielleicht können auch die Anwohner etwas Erhellendes zum Sachverhalt beitragen. Ich werde außerdem unsere Streifenbeamten anweisen, die Augen nach einem alten Mann in einem braunen Gehrock offen zu halten, und wir werden auch das St. Bartholomew's Hospital zwei Straßen weiter überprüfen lassen. Es ist ja schließlich möglich, dass ein anderer Passant den Mann dorthin gebracht hat. Allerdings liegt mir bislang weder eine Meldung über die Aufnahme eines möglichen Verbrechensopfers vor noch eine Vermisstenanzeige. Und die Personenbeschreibung, die Sie mir zu geben vermochten, ist alles andere als genau.«

»Es war dunkel, und ich war furchtbar aufgeregt«, verteidigte sich Jonathan.

Der Mann winkte ab. »Schon gut, schon gut. Was ich damit sagen will, ist, dass Sie nicht zu große Hoffnungen hegen sollten. Eine Tat ohne Opfer lässt sich nur schwer zurückverfolgen. Sie müssen nämlich wissen, dass die Sache mit der Verbrechensaufklärung kein so leichtes Spiel ist, wie es uns diese illustrierten Magazine mit ihren Wunderdetektiven immer wieder weiszumachen versuchen. Es gehört mehr dazu, als …«

Die Stimme des Wachhabenden trat in den Hintergrund, als Jonathans Aufmerksamkeit plötzlich von dem großen schwarzen Vogel abgelenkt wurde, der vor dem Fenster aufgetaucht war und neugierig ins Innere der Wache schaute. Es handelte sich um einen Kolkraben, und er hatte sich auf einer der beiden Laternen mit der Aufschrift »Polizei« niedergelassen, die an verzierten gusseisernen Haltern links und rechts vom Eingang der Wache am Mauerwerk befestigt worden waren. Als sein Blick auf Jonathan fiel, legte er den Kopf schief.

Eine Erinnerung stieg in Jonathans Gedächtnis auf: ein humpelnder Mann in einem langen Mantel, der eine nächtliche Straße hinunterlief und zu dem sich ein großer schwarzer Vogel gesellte. War es möglich, dass …?

»Sie haben sicher recht mit all dem, was Sie sagen«, unterbrach Jonathan den Monolog des Wachhabenden. »Und ich habe vollstes Verständnis dafür, sollten Ihre Bemühungen letztendlich im Sande verlaufen. Ich wünschte, ich hätte Ihnen mehr zu Diensten sein können, aber ich hielt es zumindest für meine Bürgerpflicht, Ihnen auch nur das wenige, das ich weiß, mitzuteilen.« Er erhob sich, wobei sein Blick immer wieder zum Fenster huschte. »Wenn Sie mich nun entschuldigen würden. Ich muss jetzt zur Arbeit. Sollten Sie den Mann finden, wäre ich sehr dankbar, wenn Sie mich benachrichtigen würden. Meine Adresse haben Sie ja.«

»Nun … äh … selbstverständlich«, sagte der Wachhabende leicht konsterniert. Auch er stand auf und zog mit einem Räuspern seine dunkelblaue Uniformjacke straff. »Sie können dann gehen. Sollten wir noch Fragen haben, werden wir uns bei Ihnen melden, Mister Kentham.«

Jonathan nickte, nahm seinen Hut, grüßte zum Abschied und verließ die Wachstube. So schnell wie möglich – ohne den unvorteilhaften Eindruck zu erwecken, er befände sich auf der Flucht – eilte er die Holztreppe zum Ausgang hinunter und trat vor die Tür. Sein Blick huschte hinauf zu der Laterne. Der Rabe war verschwunden. Jonathan suchte die Fassaden und Dachfirste der umliegenden Häuser ab, aber auch dort fand sich keine Spur von dem Vogel. Und auch der Mann namens Randolph, der ihm gestern so selbstlos zu Hilfe geeilt war und den er in Begleitung des Tieres anzutreffen gehofft hatte, ließ sich nirgendwo blicken.

Seufzend setzte Jonathan seinen Hut auf und schob die Hände in die Hosentaschen. Vielleicht hatte ihm seine überreizte Fantasie ja auch einen Streich gespielt, und er hatte zu viel in das Auftauchen eines gewöhnlichen Vogels hineingelesen.

Jenseits des Holborn Viadukts schlug die Kirchturmglocke von St. Andrews zur Mittagsstunde. Es wurde wirklich höchste Zeit, dass er sich zum *Strand* begab.

KAPITEL 5:
MAGISCHE UND ANDERE PROBLEME

»Berlin. Es kann nicht bezweifelt werden, dass der Besuch von Sr. Majestät Kaiser Wilhelm II. bei Sr. Majestät Kaiser Franz Joseph I. direkt mit der bevorstehenden Reise des österreichischen Monarchen nach St. Petersburg zusammenhängt. Ist die Zeit reif für einen neuen Dreikaiserbund? Werden der Dreibund zwischen dem Deutschen Reich, Österreich-Ungarn und dem Königreich Italien sowie die französisch-russische Entente bald Geschichte sein?«

– *Frankfurter Zeitung, 19. April 1897*

19. April 1897, 12:10 Uhr GMT
England, London, Fleet Street

Weil die Stadtbahn praktisch direkt vor seiner Nase hielt, fuhr Jonathan eine Haltestelle gen Süden in Richtung Themse, stieg am Ludgate Hill wieder aus und spazierte dann die geschäftige Fleet Street hinunter, die hier ihren Anfang nahm und weiter westlich in den Strand überging. Der Himmel, der, als Jonathan am Morgen das Haus verlassen hatte, noch von schweren grauen

Wolken verhangen gewesen war, hatte sich ein wenig aufgeklart, und eine wärmende Sonne lugte freundlich durch die Wolkenlücken. Für einen Apriltag in London war das Wetter durchaus gut zu nennen, und entsprechend gut gelaunt wirkten die meisten Passanten – in der Fleet Street überwiegend Botenjungen, Austräger und Reporter –, denen Jonathan begegnete.

Ihm selbst wollte es nicht gelingen, so arglos und vergnügt pfeifend durch die Straßen zu wandern. Die dunklen und zugleich überaus mysteriösen Ereignisse der letzten Stunden lasteten nach wie vor auf ihm, und auch körperlich fühlte er sich trotz des Frühstücks und der Bewegung an der frischen Luft alles andere als wohl. Nicht zum ersten Mal seit seinem verspäteten Erwachen wünschte sich der Teil in ihm, der nicht mit journalistischer Neugierde darauf brannte, Licht in diese seltsamen Vorfälle zu bringen, dass er einfach mit Robert in der Kutsche nach Hause gefahren wäre und den sterbenden Alten gar nicht gefunden hätte.

Aber ich habe ihn gefunden, und er hat mir diesen Ring gegeben. Daran ist jetzt nichts mehr zu rütteln, also sollte ich das Beste daraus machen, dachte Jonathan. *Sagte der Alte nicht, der Ring sei ein Schlüssel? Aber ein Schlüssel wofür? Jedenfalls muss er wohl irgendeinen Wert haben, sonst hätte er mich nicht davor gewarnt, dass jemand danach suchen könnte. Ob diese Burschen, die ihn mit der Kutsche abgeholt und alle Spuren verwischt haben, wohl zu den Guten oder eher zu den Bösen in diesem Spiel gehören? Und was werden sie unternehmen, wenn sie feststellen, dass der Ring fort ist? Sie schienen ja – dem Emblem auf der Kutschentür zufolge – zum gleichen … ja, was? Geheimbund? Verbrecherring? … zu gehören wie der Alte auch. Andererseits muss dort einiges im Argen liegen, ansonsten hätte er mir sicher nicht eingebläut, niemandem zu vertrauen außer diesem Randolph und … den anderen Männern.*

Jonathan fluchte innerlich. Ihn ärgerte, dass ihm ausgerechnet die Namen der Männer entfallen waren, von denen er Hilfe und vielleicht ein paar Antworten erwarten konnte – wenn es sich denn überhaupt um Männer handelte. Auch das wusste er genau genommen nicht. Dieser Randolph war im Augenblick seine heißeste Spur. Leider konnte man auch diese Fährte höchstens lauwarm nennen. Außer einem Namen und einer ungefähren Beschreibung wusste er nichts über den Invaliden mit dem bodenlangen Mantel. Jonathan kannte ein paar Leute in unterschiedlichen Vierteln von London, die einen ziemlich guten Überblick über ihre Nachbarschaft hatten. Sollte sein Retter sich nicht vorher von selbst zeigen, würde er sie nach der Arbeit aufsuchen, in der Hoffnung, dass einer von ihnen etwas über Randolph wusste. Aber vielleicht tauchte ja auch der geheimnisvolle Rabe wieder auf. Und in diesem Fall …

Ein knatterndes Motorengeräusch und ein quäkendes Hupen rissen Jonathan aus seinen Gedanken. »Vorsicht!«, schrie eine Männerstimme in seinem Rücken. »Aus dem Weg! Herrgott, gehen Sie aus dem Weg!«

Jonathan fuhr herum, und wie die anderen Passanten auch gewahrte er eine vierrädrige Motorkutsche mit auffälligen roten Ledersitzen und zwei großen Lampen, die den Eindruck erweckten, glühende Riesenaugen eines lärmenden Ungetüms zu sein. Ein ergrauter Gentleman im schwarzen Anzug und mit Zylinder auf dem Kopf hockte seltsam verkrampft auf der Sitzbank und zog und kurbelte hektisch an der Lenksäule, während sein Fahrzeug in rasanter Geschwindigkeit die Fleet Street hinabpflügte. Pferde brachen erschrocken zur Seite aus, Fußgänger brachten sich schreiend in Sicherheit, und Kutscher schüttelten fluchend ihre Fäuste.

»Aus dem Weg! Ich kann nicht mehr steuern!«, schrie der Fahrer der Motorkutsche und hupte verzweifelt. Erst jetzt erkannte Jonathan, wen der Mann eigentlich meinte. Keine zehn Schritt entfernt humpelte eine alte Frau über die Straße. Sie trug zerschlissene braune Kleider, hatte einen großen Einkaufskorb mit Gemüse und einen Schirm unter dem Arm und schien die Welt um sich herum überhaupt nicht wahrzunehmen, denn ihr

Blick war auf den staubigen Boden direkt vor ihren Füßen gerichtet, so als müsse sie bei jedem Schritt achtgeben, wohin sie trat.

Die Motorkutsche raste derweil in unverminderter Geschwindigkeit näher, und wenn kein Wunder geschah, würde sie genau über die Alte hinwegrollen.

Ohne nachzudenken, rannte Jonathan los. Jedes Zögern wäre fatal gewesen.

Und dann ging alles blitzschnell.

Mit einem Stoß beförderte er die alte Frau aus dem Weg und in die Arme eines von der anderen Seite herbeieilenden Hünen, dessen Schürze und schwarze Hände ihn als Druckereiarbeiter auswiesen. Im nächsten Augenblick wollte Jonathan sich selbst in Sicherheit bringen, doch es war zu spät.

Ein letztes Hupen und Schreien ließ seinen Kopf herumfahren. Unnatürlich hell stachen die beiden Lampen der Motorkutsche ihm in die Augen, und das Knattern des Motors klang dunkel und bedrohlich wie das Grollen eines großen, hungrigen Raubtiers. Geblendet kniff Jonathan die Augen zu, krümmte sich unwillkürlich zusammen und riss abwehrend die Arme hoch.

Halt an!, fuhr es ihm durch den Sinn.

Ein Schauer durchlief ihn, begleitet von einem leichten Schwindel.

Dann prallte das schwere Gefährt frontal gegen ihn.

Es gab ein Scheppern, begleitet von einem kurzen Krachen und dem protestierenden Quietschen der großen Blattfedern, auf denen die Kutsche ruhte. Der Motor knallte einmal laut, bevor er erstarb, während Jonathan mehrere Schritte nach hinten taumelte und unsanft auf den Hosenboden fiel.

Ungläubig blinzelnd öffnete Jonathan die Augen. Er hatte erwartet, dass die Motorkutsche ihn glattweg überfahren würde, doch stattdessen stand sie mit leicht verzogenen Vorderrädern keine drei Schritt von ihm entfernt, und aus dem Heck, wo der Motor angebracht war, quoll dunkler Rauch. Den Fahrer hatte es nach vorne geschleudert, und sein Zylinder war ihm ins Gesicht gerutscht.

Neben ihnen begann die alte Frau lautstark zu jammern und zu zetern, als sie ihren Korb am Boden liegen sah, aus dem ihre Einkäufe herausgerollt waren. Immer mehr Passanten kamen näher, um zu sehen, was geschehen war.

»Kommen Sie, ich helfe Ihnen auf«, sagte eine Stimme neben Jonathan.

Er blickte auf und sah den Hünen, der ihm eine schwielige Hand entgegenhielt.

»Danke«, erwiderte Jonathan, während er sich hochziehen ließ.

»Haben Sie sich verletzt?«

Behutsam tastete Jonathan seinen Körper ab. Schultern, Arme und Brustkorb fühlten sich vollkommen normal an. Er konnte es selbst kaum glauben, aber er schien nicht zu Schaden gekommen zu sein – sah man von seinem schmerzenden Hinterteil ab. Hatte ihn die Kutsche vielleicht gar nicht richtig getroffen, sondern war im letzten Moment doch noch stehen geblieben?

Um dem Mann seine Frage zu beantworten, schüttelte er den Kopf. »Nein, ich glaube nicht. Ich hatte noch mal Glück. Danke!« Er warf einen Blick zu der Alten hinüber. »Wie geht es der Dame? Ich hoffe, ich habe sie durch meinen rüden Stoß nicht verletzt.«

»Der geht's gut. Sie ist nur erschrocken. Und wütend.« Der Hüne grinste, als er sah, dass die Alte mit erhobenem Schirm schimpfend auf den Besitzer der Motorkutsche losging, der daraufhin den Kopf mit dem Zylinder zwischen die Schultern zog und abwehrend die Hände hob. »Der Wagen wollte auf einmal nicht mehr gehorchen. Es tut mir leid, es tut mir wirklich sehr leid.«

Während sich die Aufmerksamkeit der Zuschauer auf das streitende Paar verlagerte, hob Jonathan seinen Hut auf, der ihm bei dem Sturz vom Kopf geflogen war, klopfte ihn ab und warf dann einen letzten Blick auf die Motorkutsche. Ein senkrechter dünner Riss zog sich durch die Verkleidung der vorderen Sitzbank, als wäre das Holz durch rohe Krafteinwirkung zersplittert. Der Wagen *hatte* Jonathan getroffen. Aber auf irgendeine wundersame Weise hatte Jonathan dem zentnerschweren Vehikel widerstanden und dabei nicht mehr als einen blauen Fleck am Hinterteil davongetragen.

Ein Schauer lief ihm über den Rücken, als er sich abwandte und unauffällig das Weite suchte, bevor einer der Anwesenden auf die Idee kam, ihm Fragen zu stellen, auf die er im Augenblick keine Antworten hatte.

19. April 1897, 12:26 Uhr GMT
Schottland, etwa zehn Meilen südöstlich von Loch Leven

Mit einem Seufzen ließ Kendra sich auf dem Findling nieder und zog ihren Rocksaum hoch, um sich die schmerzenden Waden zu massieren. Sie befanden sich mitten in der Wildnis der Highlands, auf der Kutschenstraße, die Loch Linnhe im Nordwesten mit Loch Lomond im Südosten verband, irgendwo zwischen dem Gehöft Altnafeadh und Loch Ba, und es war mehr als eine Stunde her, dass sie eine Menschenseele getroffen hatten.

»Du bist nicht in Form«, stellte ihr Großvater fest und setzte sich bedächtig auf einen Felsbrocken zu ihrer Linken.

»Mag sein«, gab Kendra zu. »Ich bin solche Wanderungen nicht gewöhnt.« Eigentlich war es um Kendras Ausdauer gar nicht so schlecht bestellt, denn sie trieb sich häufig in den Wäldern und Hügeln um A'Charnaich herum. Doch mit einem Gewaltmarsch wie diesem war das nicht zu vergleichen. Es erstaunte sie, welch stramme Marschgeschwindigkeit ihr Großvater an den Tag legte, und dies, obwohl er noch einen Koffer mit Kleidung – oder was immer er mit sich führte – zu tragen hatte. »Müssen wir uns so beeilen?«, fragte sie. »Geht die Welt unter, wenn wir eine Stunde später in … wohin wir auch immer wollen … eintreffen?«

Giles warf ihr einen nachdenklichen Blick zu. Seine Augenbrauen zogen sich zusammen, und auf seiner Stirn entstand eine steile Falte. »Um ehrlich zu sein: Ich weiß es nicht«, sagte er ernst. »Ich möchte jedenfalls so schnell wie möglich in London sein, und wir beeilen uns deshalb so sehr, damit wir vor vier in Bridge of Orchy sind, von wo aus um diese Uhrzeit ein Zug nach Glasgow abfährt. Dort können wir dann in einen Express nach Süden umsteigen.«

»Ist das denn der einzige Zug, der heute fährt?«, wollte Kendra wissen.

»Nein. Es fahren zwei Züge pro Tag. Einer morgens um zehn und einer nachmittags um vier«, erwiderte ihr Großvater. »Das heißt, wenn wir den Zug heute verpassen, müssen wir bis morgen bleiben und verlieren einen halben Tag.«

»Ich verstehe«, sagte Kendra. »Trotzdem brauche ich ein paar Minuten Rast.«

Giles grunzte. »Ein paar Minuten haben wir.« Er zog ein kleines, in braunes Leinen gebundenes Buch aus seiner Jacke, schlug es auf und begann ohne ein weiteres Wort zu lesen.

Kendra rutschte von dem Findling hinunter ins Gras, lehnte sich mit dem Rücken dagegen und schloss die Augen.

Viel gab es ohnehin nicht zu sehen. Sie hatten es sich wenige Schritte abseits der Straße, bei einer Steingruppe, bequem gemacht. Zur Linken und zur Rechten erhoben sich die niedrigen Bergketten der Highlands, deren zerfurchte Kuppen von zahllosen kleinen Schneefeldern bedeckt waren, wie ein nachlässig mit Puderzucker bestreuter Napfkuchen. Ein dichter Teppich aus Heidekraut, saftigem Gras und niedrigen Büschen bedeckte ihre Flanken und das zu ihren Füßen liegende Hochland, sodass die Berge von ferne aussahen wie große moosbedeckte Steine. Schmale Rinnsale ergossen sich von den Bergflanken ins Tal hinab, wo sie sich zu gurgelnden Bächen vereinten, die sich zwischen Findlingen und Sträuchern ihren Weg durch das dichte Grün suchten. Bäume gab es hier keine, nichts, worunter man bei einem Unwetter oder vor der prallen Mittagssonne hätte Schutz suchen können. Glücklicherweise war der Himmel im Augenblick von einer flockigen Wolkendecke bedeckt, und eine frische Brise wehte von Westen herüber.

Schweigend saßen sie eine Weile nebeneinander. Ab und zu vernahm Kendra das Rascheln von Papier, wenn ihr Großvater eine Seite umblätterte. Von irgendwoher talabwärts drang der klagende Ruf eines Moorhuhns zu ihnen herüber. Und sowohl in ihrem Rücken als auch vor ihnen, auf der anderen Seite der Straße, strömte leise plätschernd ein Bach dahin. Eine friedvolle Ruhe ging von der Landschaft aus, und Kendra genoss jeden Augenblick. Mit dem Frieden und der Ruhe würde es noch früh genug vorbei sein.

Nach ein paar Minuten öffnete sie blinzelnd die Augen und stand auf. »Ich laufe noch rasch zum Bach hinüber, um meine Füße zu kühlen. Danach können wir weiterziehen«, verkündete sie.

Ihr Großvater nickte, ohne von seinem Buch aufzublicken. »Lass dir nicht zu viel Zeit!«

»Keine Sorge.« Kendra umrundete die Steinbrocken, auf denen sie sich niedergelassen hatten, und lief zwischen niedrigen Büschen hindurch auf das Geräusch fließenden Wassers zu, das sie in ihrem Rücken vernommen hatte.

Der Bach war so schmal, dass man ihn mit einem kräftigen Sprung leicht überwinden konnte, und er war kaum mehr als zwei Handbreit tief. Er floss in einem flachen Steinbett, das von dichtem Gras und Heidekraut gesäumt wurde. Blühende Disteln bildeten violette Tupfen in dem satten Grün.

Kendra schlüpfte aus Schuhen und Strümpfen, setzte sich an die Böschung und ließ ihre Füße ins kühlende Nass gleiten. Obwohl das Wasser wirklich eiskalt war, kam es ihr wie eine wahre Wohltat vor, und sie beugte sich vornüber, um ihre Waden zu benetzen und die Schwere aus ihren Beinen zu vertreiben.

In diesem Augenblick hörte sie das Geräusch. Es klang wie ein feines, leises Lachen, als würden eine halbe Meile flussabwärts Kinder spielen. Verwirrt stand Kendra auf, um sich umzuschauen. Außer ihrem Großvater, der noch immer in sein Buch vertieft war und das Geräusch offenbar nicht gehört hatte, war niemand zu sehen.

Kendra zuckte mit den Schultern. Ihre Sinne mussten ihr einen Streich gespielt haben. Sie wollte gerade ihre Schuhe und Strümpfe aufheben und zu Giles zurückgehen, da hörte sie wieder das Geräusch. Sie hielt inne und lauschte konzentriert. Es klang tatsächlich wie ein Lachen, und es schien von jenseits der Sträucher zu kommen, die ein paar Schritt entfernt wuchsen.

Geduckt und verstohlen wie eine Katze, die jagend durchs hohe Gras schleicht, näherte sich Kendra den Sträuchern. Sie wollte nicht verschrecken, was immer sich dahinter verbarg. Auf allen vieren kroch sie vorsichtig zwischen den dicht belaubten Zweigen hindurch.

Zuerst sah sie nicht mehr als eine kleine Gruppe dicht beieinanderstehender Disteln. Im nächsten Augenblick allerdings weiteten sich ihre Augen, denn die vier Pflanzen bewegten sich und entpuppten sich als winzige elfenhafte Geschöpfe mit dürren Körpern, blattartigen Armen und übergroßen Köpfen, die von einer ausladenden violetten Haarpracht gekrönt wurden. Ihre Herkunft war unverkennbar. Es handelte sich um ehemalige Disteln. Doch irgendetwas hatte die Stechpflanzen dazu bewogen, ihre Wurzeln aus dem Boden zu ziehen, Augen, die zuvor nicht da gewesen waren, zu öffnen, und jetzt staksten sie mit den ungelenken Bewegungen von Geschöpfen, die soeben erst das Laufen gelernt hatten, durch das für sie gut hüfthohe Gras und schienen sich dabei über ihre Unbeholfenheit prächtig zu amüsieren. *Die zügellose Magie*, fuhr es Kendra durch den Kopf. Gestern Nacht am Waldsee hatte sie ihr Wirken am eigenen Leib verspürt. Allem Anschein nach handelte es sich nicht um ein örtlich begrenztes Phänomen.

Behutsam zog sie sich zurück, sprang auf der anderen Seite

der Sträucher auf und eilte zu ihrem Großvater. »Großvater«, rief sie leise.

Er hob den Kopf und wandte sich zu ihr um. »Was gibt es denn?«

»Ich muss dir etwas zeigen. Dort drüben hinter den Sträuchern sind Wiesengeister.«

Giles McKellen hob beide buschigen Augenbrauen. »Wiesengeister?«, wiederholte er ungläubig.

Kendra nickte. »Ja, komm mit. Aber sei leise, sonst hören sie uns.«

»Keine Sorge, das weiß ich zu verhindern«, sagte Giles. Sein Blick verschleierte sich, und mit den Fingern seiner rechten Hand vollführte er eine kompliziert aussehende Geste.

Er wirkt Magie, erkannte Kendra, und in einem Anflug von Neid wünschte sie sich, auch sie könnte so beiläufig auf die Energien zugreifen, die sie, verborgen hinter dem Schleier der Wirklichkeit, unablässig umflossen.

»So«, sagte ihr Großvater zufrieden. »Ich glaube nicht, dass sie uns jetzt noch hören können. Aber wir sollten trotzdem aufpassen.«

Kendra nickte, dann drehte sie sich um und führte ihren Großvater zu der Stelle, wo sie die lebenden Disteln entdeckt hatte. Um dem alten Mann die Kriecherei zu ersparen, wandte sie sich diesmal jedoch nach rechts und umrundete in geduckter Haltung die Sträucher.

Die lebenden Disteln waren immer noch da. Arglos spielten sie im Gras, schnatterten lebhaft durcheinander und wedelten mit den stacheligen Blätterarmen, wenn eine von ihnen über ihre eigenen Wurzelbeine stolperte.

Die junge Frau spürte, wie ein Kichern in ihrer Kehle hochstieg, und sie schlug die Hand vor den Mund, um es zu unterdrücken. Mit leuchtenden Augen blickte sie ihren Großvater an – und schlagartig verschwand ihre Heiterkeit.

Giles McKellens Miene hatte sich verdüstert, wie der Himmel, wenn ein schweres Unwetter droht.

»Was hast du?«, flüsterte Kendra ängstlich.

»Das ist nicht gut«, sagte Giles. »Gar nicht gut.«

»Aber es sind doch nur winzige Wiesengeister.«

Ihr Großvater schüttelte den Kopf. »Oh nein, mein Kind! Sie sind leider viel mehr als das. Sie sind die Vorboten des kommenden Chaos – und dieses Chaos naht noch schneller, als ich befürchtet habe.«

19. April 1897, 12:31 Uhr GMT
England, London, Redaktion des Strand Magazine
in der Southampton Street

»Guten Tag, Mister Kentham!«, begrüßte der Portier Jonathan, als dieser das schmale Gebäude betrat, in dem die Redaktion des *Strand Magazine* untergebracht war.

»Guten Tag, Mister Higgins!«, erwiderte Jonathan. »Wie geht es Ihnen?«

»Prächtig, vielen Dank, Sir! Und Ihnen geht es auch wieder besser? Ich hörte, Sie seien unpässlich gewesen.«

Jonathan schenkte ihm ein schiefes Lächeln. »Das war ich auch. Eine unangenehme Sache. Aber jetzt fühle ich mich schon wieder fast vollständig hergestellt. Und da die Arbeit nicht wartet, dachte ich, schaue ich doch einfach noch einmal in der Redaktion vorbei.«

»Sehr gut, Sir.« Der grauhaarige Mann mit dem penibel gestutzten Bart, dessen Umgangsformen so steif waren wie sein Hemdkragen, nickte ihm zu und widmete sich dann wieder seiner Arbeit hinter dem hohen Holztresen, der im Eingang des Gebäudes stand.

Mit gewohntem Elan wollte Jonathan die Holztreppe in den ersten Stock hochstürmen, wo die Redaktionsräume lagen, aber sein Hinterteil und sein Gleichgewichtssinn machten ihm einen Strich durch die Rechnung. Schmerzerfüllt verzog er das Gesicht und hielt sich gleichzeitig am breiten Treppengeländer fest, als ihn ein Schwindelanfall übermannte. Deutlich gemächlicher brachte er den Rest der Stufen hinter sich.

Oben angekommen, wandte er sich nach rechts. Er nickte dem Archivar Mister Shaw zu, der ihm mit einem Stapel alter Zeitungsausgaben entgegenkam, und warf einen Blick durch die offen stehende Tür in den Raum der Lektoren, die dafür sorgten, dass die Geschichten und Artikel der Gastautoren, deren Beiträge einen Großteil der hundertzwanzig Seiten starken Ausgaben füllten, frei von peinlichen Rechtschreibfehlern waren.

Verblüfft hielt er inne, als er sah, dass an einem der sechs kleinen Holztische, die im Raum verteilt standen, Elisabeth Holbrook saß. Sie trug eine weiße Bluse und darüber eine hellgraue Knopfweste, hatte ihr kastanienbraunes Haar hochgesteckt, und auf ihrer blassen Stirn zeichnete sich die Andeutung eines Stirnrunzelns ab, während sie aufmerksam das Manuskript studierte, das vor ihrer Nase lag.

Jonathan war versucht, sie anzusprechen, und wollte schon einen Schritt in den Raum hinein machen, als sie aufblickte und ihn sah. Überraschung, Freude und ein Ausdruck wehmütiger Trauer huschten binnen eines Herzschlags über ihre hübschen Züge. Seine Absichten erahnend, schüttelte sie jedoch ganz leicht den Kopf und senkte den Blick wieder. Jonathan presste die Lippen zusammen, strich mit der Linken unschlüssig über das glatte Holz des Türrahmens und zog sich in den Korridor zurück. *Was ist nur los, Elisabeth?*, fragte er sich. *Habe ich gestern etwas falsch gemacht?*

Er verschob die Grübelei auf später, zwang sich zu einem Lächeln und ging in das große Redaktionsbüro am Ende des Korridors. Zwischen holzgetäfelten Wänden, auf Perserteppichen und unter Messinglampen mit blütenartig geformten Glasschirmen stand ein gutes Dutzend dunkelbrauner Schreibtische. Auf der linken Seite, vor den Fenstern mit ihren hohen, vom *Strand-Magazine*-Schriftzug gezierten Milchglasfenstern, saßen die Buchhalter und Sekretärinnen, rechterhand die wenigen fest angestellten Redakteure der illustrierten Monatszeitschrift. Die linke Seite des Raums war mit dem frisch von der Universität London gekommenen Charles Reed, dem Zeitungsveteranen Alan Perkins und den drei jungen Damen Penny Newman, Clarissa Younger und Josephine Atkinson – Greenhough hatte ein Faible für junge Mitarbeiter, die, wie er es nannte, frischen Wind mit sich brachten – wie fast immer voll besetzt. An den Schreibtischen zur Rechten arbeitete im Augenblick nur Herbert Schooling jr., der Redakteur für politische Themen, der schon seit Tagen mit einer Artikelserie über das im Juni anstehende diamantene Kronjubiläum Queen Victorias beschäftigt war und diese Aufgabe so ernst nahm, dass ihn wohl nur eine Audienz bei Hofe selbst davon hätte ablenken können.

Jonathan grüßte mit einem Nicken in die Runde und ging zu seinem Schreibtisch gleich vorne am Eingang. Er hatte kaum seine Jacke aufgehängt und den Block mit den Notizen seiner morgendlichen Recherche auf die Tischplatte gelegt, als er einen kräftigen Schlag auf den Rücken bekam. »Jonathan, alter Knabe, hat dich das schlechte Gewissen doch zur Arbeit getrieben?«, begrüßte der soeben hereingekommene Robert ihn und grinste breit. Bevor Jonathan darauf antworten konnte, verdüsterte sich die Miene des Freundes schlagartig. »Himmel, du siehst furchtbar aus! Hast du letzte Nacht noch irgendwo ohne mich weitergefeiert?«

»Robert, bitte …« Jonathan versuchte den Freund mit einer Geste dazu zu bewegen, etwas diskreter zu sein. Schließlich waren sie hier nicht alleine im Raum, und Schooling blickte schon vorwurfsvoll über den Rand seiner runden Nickelbrille zu ihnen herüber.

Doch Robert kniff nur die Augen zusammen, trat an Jonathan vorbei und hob dessen hellgraue Jacke an, auf deren Schößen sich zwei große Flecken abzeichneten. »Und was hast du damit angestellt?«, fragte sein Freund. »Hast du dich auf einen Ringkampf mit einem Arbeiter aus den Docks eingelassen?«

»Eher mit einer Motorkutsche«, erwiderte Jonathan unwillig, dem die Flecken in all der Aufregung gar nicht aufgefallen waren.

Robert hob die Augenbrauen.

»Können wir das nicht besprechen, wenn wir etwas ungestörter sind?«, bat Jonathan.

»Natürlich, kein Problem«, sagte sein Freund, nur um im nächsten Moment die Stimme zu heben. »He, was schauen Sie denn alle hier herüber? Haben Sie nichts zu arbeiten? Mister Kentham und ich führen ein privates Gespräch.«

Jonathan stöhnte innerlich auf und warf einen um Nachsicht bittenden Blick in die Runde, doch die sechs Augenpaare, die sich bei der Erwähnung der Motordroschke wie von selbst auf ihn gerichtet hatten, waren nach Roberts Ausbruch eilig zu ihren Zahlenreihen und Manuskriptseiten zurückgekehrt.

»Also schön«, fuhr Robert deutlich leiser fort und setzte sich auf die Kante von Jonathans Schreibtisch. »Dann erzähl mal! Wie war das eben? Du bist von einem Automobil angefahren worden?«

»Naja, so ungefähr …«

In knappen Worten schilderte Jonathan den Zwischenfall auf der Fleet Street. Als er geendet hatte, schüttelte Robert ungläubig den Kopf. »Unfassbar«, flüsterte er. »Da hast du ganz schön viel Glück gehabt, wenn ich das so sagen darf, alter Knabe. Deiner Beschreibung nach dürfte es sich um einen 95er Benz Patent-Motorwagen, wahrscheinlich Typ Victoria, gehandelt haben. Weißt du eigentlich, dass diese Gefährte fast eine Dreivierteltonne wiegen und bis zu fünfzehn Meilen pro Stunde erreichen? Hätte der Fahrer den Wagen nicht in letzter Sekunde gestoppt, würden wir uns jetzt nicht unterhalten, so viel ist sicher.«

Jonathan lief ein Schauer über den Rücken. Auch wenn es verrückt klang, geradezu unmöglich, war er sich ziemlich sicher, dass nicht der Fahrer die Motorkutsche gestoppt hatte, sondern vielmehr er selbst. Der Himmel mochte wissen, wie ihm das gelungen war. »Ja«, murmelte er, nur um irgendetwas zu sagen. »Da habe ich wirklich Glück gehabt.« Er räusperte sich. »Aber sag, Robert: Ich habe Elisabeth im Nebenzimmer gesehen.«

Robert nickte. »Sarah ist auch hier. Ich … äh … habe ihr gerade geholfen, ein paar alte *Strand*-Ausgaben aus dem Archiv zu holen, als du kamst.«

Nun war es an Jonathan, die Augenbrauen zu heben.

»Nun ja, vielleicht haben wir uns dabei auch ein wenig über den gestrigen Abend unterhalten …«, gestand Robert mit einem spitzbübischen Grinsen.

Jonathan beugte sich vor und flüsterte in kaum noch hörbarer Lautstärke: »Kannst du mir dann vielleicht sagen, was mit Elisabeth los ist? Sie wirkt so abweisend, und ich …«

»Mister Kentham! Wie schön, dass Sie es noch einrichten konnten!«, unterbrach sie eine Stimme hinter ihnen.

Jonathan wandte den Kopf und erblickte Norman Greenhough, den Chefredakteur, der am anderen Ende des Raums aus der Tür zu seinem Büro herausschaute. Der knapp fünfzig Jahre alte Mann mit dem fesch gescheitelten weißblonden Haar und dem langen Gesicht, das von einem regelrechten Balken von einem Schnurrbart geteilt wurde, schenkte ihm ein gewinnendes Lächeln. »Wären Sie so freundlich, mir kurz ihre Aufmerksamkeit zu schenken?« Er öffnete die Tür, auf der in geschwungenen Goldlettern sein Name geschrieben stand, etwas weiter und machte eine einladende Geste.

Wie immer hatte der penibel auf sein Äußeres bedachte Greenhough einen modischen Anzug an – heute einen hellgrauen –, dem er mit einer kecken weinroten Fliege, einer gelben Nelke im Knopfloch und einem bunten Einstecktuch eine heitere Note verlieh, die in einem konservativeren Haus, wie dem der *London Times,* nicht denkbar gewesen wäre. Doch man durfte sich durch seinen im Allgemeinen sanften Tonfall und sein aufgeräumtes Auftreten keinesfalls dazu verleiten lassen, ihn für einen nachgiebigen Menschen zu halten. Wie jeder Kapitän, der ein Schiff befehligte, das durch raue See steuerte – und die Presselandschaft in der Hauptstadt war nichts anderes –, konnte er mit eiserner Hand durchgreifen, wenn es nötig wurde.

»Wir reden später weiter«, raunte Jonathan Robert zu und leistete dann der Einladung seines Vorgesetzten Folge.

Greenhoughs Büro atmete die würdevolle Strenge und Eleganz, die dem Chefredakteur einer höchst erfolgreichen Monatszeitschrift angemessen war. Ein mächtiger dunkelbrauner Schreibtisch beherrschte den Raum. Dahinter stand ein Polsterstuhl mit hoher Lehne, davor waren zwei bequeme Sessel aus rotbraunem Leder angeordnet. An den Wänden reihten sich Regale voller dicker gebundener Bücher, und neben den zwei hohen Milchglasfenstern standen in bauchigen Steintöpfen zwei ausladende Farne, die dem Raum ein wenig Grün verliehen. Direkt neben der Tür befand sich noch ein zweiter, kleinerer Schreibtisch für Greenhoughs Sekretärin Misses Atkinson, die allerdings nur dann in seinem Büro arbeitete, wenn er ihr irgendwelche Korrespondenz diktierte oder die anstehenden beruflichen und gesellschaftlichen Verpflichtungen der nächsten Tage mit ihr durchging. Für gewöhnlich saß sie mit den anderen Mitarbeitern im Redaktionszimmer.

Jonathan trat in den Raum und schloss die Tür hinter sich.

Greenhough setzte sich auf die Kante seines Schreibtischs und lächelte Jonathan väterlich an. »Wie geht es Ihnen?«, fragte er. Und noch bevor Jonathan, der etwas unsicher an der Tür stehen geblieben war, etwas erwidern konnte, deutete er auf die ledernen Sitzgelegenheiten. »Oh bitte, setzten Sie sich doch.«

Jonathan räusperte sich. »Danke!« Er nahm Platz und rutschte ein wenig in dem breiten, aber niedrigen Sessel umher. Es war etwas unangenehm, zu Greenhough aufschauen zu müssen. Er fühlte sich instinktiv zur Verteidigung gedrängt. Aber vermutlich hatte selbiger genau diese Wirkung im Sinn gehabt, als er die Sessel hatte aufstellen lassen. Jonathan schlug ein Bein über das andere und versuchte sich in einem nonchalanten Lächeln. »Und danke der Nachfrage«, nahm er das kaum begonnene Gespräch wieder auf. »Es geht mir gut. Oder vielmehr deutlich besser als noch vor ein paar Stunden und somit gut genug, um zur Arbeit zu kommen.« Er hob entschuldigend die Hände. »Ich weiß, dass ich zu spät bin und dass der Artikel über das Drury Lane heute Abend fertig sein muss, aber ich verspreche, ich werde nicht eher von meinem Schreibtisch aufstehen, bis er …«

»Ach kommen Sie, Jonathan«, unterbrach Greenhough ihn und winkte ab. »Ich habe Sie doch nicht zu mir gebeten, weil Sie zu spät gekommen sind. Das kann doch jedem mal passieren. Und da ich ja heute Morgen schon von Ihrer *Unpässlichkeit* unterrichtet wurde, konnte ich ein paar Korrekturen im Zeitablauf vornehmen, sodass es voll und ganz genügt, wenn Sie mir den Artikel morgen Abend abliefern.« Er nahm eine kleine Holzschatulle vom Schreibtisch, klappte sie auf und hielt sie Jonathan hin. »Minzplätzchen?«

»Äh … danke, Sir!« Pflichtschuldig nahm Jonathan eines und schob es sich in den Mund. »Darf ich fragen, weshalb Sie mich dann zu sich gerufen haben?«

Greenhough faltete die Hände. »Jonathan, ich mag Sie. Sie sind pünktlich – zumindest gemeinhin –, zuverlässig, talentiert, anständig … vielleicht ein wenig humorlos, aber das gilt bei uns Briten ja durchaus ebenfalls als Tugend. Kurz gesagt: Sie sind ein Mitarbeiter nach meinem Geschmack und ein Mann, für dessen vorbildlichen Charakter ich bereit bin, mit meinem guten Namen zu bürgen. Was ich im Übrigen heute Morgen getan habe und beabsichtige, morgen Abend wieder zu tun.«

Verlegen rutschte Jonathan in seinem Sessel hin und her. Ein solches Gespräch hatte er weiß Gott nicht erwartet. »Nun, ich danke Ihnen vielmals. Das ist sehr freundlich von Ihnen. Ich fürchte nur, dass ich Ihnen nicht ganz folgen kann. Wovon sprechen Sie?«

Sein Chefredakteur beugte sich vor, und in seinen Augen funkelte es verschwörerisch. »Miss Holbrook«, sagte er nur.

»Elisabeth?«, fragte Jonathan, und sein Herz schlug plötzlich schneller.

»Ganz richtig.« Greenhough stand auf, ging um seinen Schreibtisch herum und öffnete ein kleines Schränkchen an der rückwärtigen Wand. Darin befand sich eine gut sortierte Auswahl an alkoholischen Getränken. Mit Kennerblick holte er eine Flasche irischen Whiskey hervor, dazu ein Glas und goss sich ein wenig von der bernsteinfarbenen Flüssigkeit ein. Derweil fuhr er fort: »Miss Holbrook suchte mich heute Morgen in meinem Büro auf und stellte unter dem Vorwand, ein wenig plaudern zu wollen, mit weiblichem Geschick die eine oder andere Frage zu Ihrem Leben und Ihren Meriten, mein Bester. Ich erkannte natürlich sogleich die dahinter liegende Absicht, und weil Sie mir, wie schon gesagt, ein teurer Mitarbeiter sind, sprach ich nur in den höchsten Tönen von Ihnen. Zugegeben, ich konnte nicht verschweigen, dass Sie noch am Anfang Ihrer Laufbahn stehen und finanziell zweifellos nicht die beste Partie unter Londons jungen Männern sind. Hingegen ließ ich keinen Zweifel daran, dass ich eine große Zukunft vor Ihnen liegen sehe. Sie werden noch etwas bewegen in der Welt, dessen bin ich mir ganz sicher.« Er hob das Glas und prostete Jonathan zu, ohne ihm allerdings ebenfalls eines angeboten zu haben. »Cheers.«

Jonathan lächelte ein wenig linkisch und nickte. »Warum, denken Sie, hat sie Ihnen all diese Fragen gestellt?«

»Nun, das ist doch offensichtlich«, antwortete Greenhough fröhlich. »Sie versucht, sich ein Bild von Ihnen zu machen, und zwar von dem Mann hinter der charmanten Fassade. Denn gutes Benehmen ist zwar unabdingbar, um das Herz einer Frau zu gewinnen, aber wenn sie auch nur halbwegs vernünftig denkt, weiß sie, dass das nicht alles sein kann. Insbesondere dann nicht, wenn es sich um die Tochter des Abgeordneten James Thomas Holbrook handelt.«

»Wie meinen Sie das?«, wollte Jonathan wissen.

Sein Chefredakteur hob tadelnd einen Zeigefinger. »Mein

Bester, für einen Journalisten sind Sie erstaunlich schlecht informiert, und das in einer so wichtigen Angelegenheit wie der Liebe.« Er ging durch den Raum und ließ sich auf dem Jonathan gegenüberstehenden Sessel nieder. »James Thomas Holbrook ist ein Mann von nicht geringer Bedeutung im Unterhaus des Parlaments. Und doch ist ihm seine Bedeutung zu gering. Er möchte gerne in Adelskreise aufsteigen. Nicht aus politischen Gründen, sondern aus gesellschaftlichen, versteht sich. Zu diesem Zweck ist ihm daran gelegen, seine einzige Tochter mit einem Mann von Stand zu verloben. Kandidaten gibt es viele, Interessenten jedoch nur wenige, denn Sie wissen ja, wie das ist: In Adelskreisen verbindet man sich nicht gern mit Bürgerlichen. Das hält den Abgeordneten Holbrook allerdings nicht davon ab, sein Ziel weiter beharrlich zu verfolgen und auf jedem gesellschaftlichen Ereignis von Bedeutung mit seiner Tochter aufzutreten. Das nächste wird wohl der Empfang des französischen Botschafters sein. Er findet am morgigen Abend im Savoy Hotel statt. Während der Abgeordnete Holbrook diesem Ereignis wohl mit einigem Optimismus entgegensieht, scheint seine Tochter das Ganze als eine gewisse Belastung zu empfinden. Ihre gute Kinderstube verhindert allerdings, dass sie sich gegen den väterlichen Willen auflehnt. Stattdessen handelt sie schon jetzt, wie man es später von vielen guten Ehefrauen kennt: Sie schweigt und leidet stumm.«

»Woher wissen Sie das alles?«, fragte Jonathan verblüfft.

Greenhough schenkte ihm ein liebenswürdiges Lächeln. »Nun, ich habe meine Quellen. Deshalb bin ich der Chefredakteur.« Er schüttelte den Kopf. »Nein, um ehrlich zu sein, hat mich Miss Holbrook in das Dilemma ihres Herzens eingeweiht. Ich empfehle Ihnen daher, Stillschweigen über das zu wahren, was ich Ihnen soeben verraten habe. Ich habe es getan, weil ich Ihnen helfen will, besser zu verstehen, was um Sie herum geschieht. Doch es wäre wohl für uns beide besser, wenn Miss Holbrook nichts davon erfährt.«

Sie hat ihm das Versprechen abgenommen, es geheim zu halten, kam es Jonathan in den Sinn. »Ich verstehe«, sagte er mit einem Nicken, dann blickte er sich um und sah auf die Uhr an der Wand neben der Tür. »Ich denke, ich sollte jetzt wieder an die Arbeit gehen.« Er erhob sich aus dem Sessel.

»Einen Augenblick noch«, sagte Greenhough, der ebenfalls aufstand. Er stellte sein Glas auf die polierte Schreibtischoberfläche, ging um das Möbelstück herum und holte einen Umschlag aus der obersten Schublade. Mit einem vielsagenden Blick hielt er ihn Jonathan hin.

Dieser nahm ihn entgegen und blickte das mit einem Goldrahmen verzierte Kuvert fragend an.

»Bitte, öffnen Sie ihn!«, forderte Greenhough ihn auf.

Jonathan gehorchte, und seine Augenbrauen schnellten in die Höhe. »Eine Einladung zum Empfang des französischen Botschafters?«, fragte er überrascht.

»Ich denke, es wäre eine Notiz in der nächsten Ausgabe des *Strand Magazine* wert. Deshalb sollten Sie an meiner Stelle dort hingehen und sich ein bisschen unters Volk mischen. Schnappen Sie auf, was von gesellschaftlichem Belang ist, und schreiben Sie mir ein paar Zeilen darüber. Und grüßen Sie den Abgeordneten Holbrook und seine reizende Tochter von mir, wenn Sie ihnen begegnen.« Greenhoughs Mundwinkel zuckten verräterisch. »Und ansonsten machen Sie weiter so gute Arbeit wie bisher. Leisten Sie sich keine Ausrutscher, und Sie werden es noch weit bringen.«

»Vielen Dank, Sir! Ich danke Ihnen für all das sehr. Ich werde mir größte Mühe geben, Sie nicht zu enttäuschen«, sagte Jonathan.

Sein Vorgesetzter klopfte sich zufrieden auf den Bauch. »Ja. Wunderbar. Sehr schön. Ach, Mister Kentham, eine Sache noch.«

Jonathan, der schon den Türgriff in der Hand hatte, drehte sich noch einmal um. »Ja?«

Mit einem Räuspern trat Greenhough auf ihn zu, beugte sich vor und legte ihm vertraulich die rechte Hand auf die Schulter.

»Würden Sie mal mit Ihrem Freund Mister Pennington sprechen?«, bat er und klang dabei beinahe verlegen. »Ich beobachte mit leichter Sorge, dass meine Cousine Sarah sich außerordentlich für ihn zu interessieren beginnt. Nun kann ich ihr dieses Interesse nicht verwehren, ich bin schließlich nicht ihr Vater. Und ich möchte auch nicht, dass wir uns falsch verstehen. Ich schätze Mister Pennington sehr als Mitarbeiter in meiner Redaktion. Seine Tatkraft und seine jugendliche Frische sind bewundernswert.« Er legte eine kurze Pause ein, als suche er nach den rechten Worten, um sein Anliegen diplomatisch zu formulieren. »Dennoch«, fuhr er schließlich fort, »bin ich mir nicht ganz sicher, ob es die klügste Vorgehensweise wäre, dieser ... Sie wissen schon ... zu viel Raum zur Entfaltung zu gewähren. Sarah ist, wenn ich das so sagen darf, eine zutiefst romantische Natur, die zu allerlei Schwärmereien neigt. Sie braucht daher einen Mann, der ihr hilft, den Boden der Wirklichkeit nicht unter den Füßen zu verlieren, einen Mann mit Verstand und einem wachen Auge für das gesellschaftliche Renommee. Kurz gesagt: einen Mann wie Sie.«

Jonathan riss die Augen auf. »Wie mich?«, fragte er verblüfft und ein klein wenig erschrocken.

Greenhough hob beschwichtigend die Hände. »Ja, ich weiß, ich weiß. Miss Holbrook. Schade, schade, aber nicht zu ändern. Nun, jedenfalls dürfte Mister Pennington der falsche Mann für Sarah sein, und es wäre mir sehr lieb, wenn Sie ihm dies auf freundschaftliche Art und Weise zutragen könnten.«

Jonathan versteifte den Rücken. »Mister Greenhough, wenn Sie glauben, dass ich bereit bin, für mein eigenes Glück das Glück meines Freundes zu hintertreiben, dann irren Sie sich«, sagte er mit Entrüstung in der Stimme. »Würde ich es tun, wäre ich nicht der Mann, den Sie so schätzen, Sir.«

»Aber wer spricht denn davon, irgendjemandes Glück zu hintertreiben? Sie sollten sich vielmehr um sein Wohlergehen sorgen, denn aus einer Verbindung mit Miss Harker kann letztendlich nichts Gutes erwachsen, das sage ich Ihnen. Wir wollen doch beide nur, dass den jungen Leuten dieser Schmerz erspart bleibt.« Greenhough lächelte um Verständnis heischend, aber in Jonathans Augen wirkte diese Fürsorge so vorgeschoben, dass er sich unwillkürlich fragte, wie viel von Greenhoughs lobenden Worten über ihn auch nur Kalkül gewesen war.

Dennoch nickte er. Was sollte er auch sonst tun? »Natürlich. Ich werde Robert Ihre Bedenken mitteilen.« *Und zwar in allen Einzelheiten*, fügte er stumm hinzu.

Greenhough klopfte ihm kameradschaftlich auf die Schulter. »Danke, mein Bester! Mehr verlange ich nicht.« Er klatschte in die Hände. »Also, dann wieder frisch an die Arbeit. Und denken Sie daran: Wenn Sie morgen Abend Ihre Karten geschickt ausspielen, kann das Ihrer Beziehung zu der guten Miss Holbrook äußerst dienlich sein.«

Wieder neigte Jonathan den Kopf. »Danke, Mister Greenhough! Ich werde es nicht vergessen.«

19. April 1897, 15:32 Uhr GMT
Schottland, Bridge of Orchy, Bahnstation

»Was soll das heißen: Der Zug fährt nicht?« Das Gesicht von Kendras Großvater verfinsterte sich, und er blickte den Stationsvorsteher des kleinen Bahnhofs von Bridge of Orchy an, als mache er ihn persönlich für diesen Missstand verantwortlich.

Wie erwartet hatten Kendra und er Bridge of Orchy, ein kaum fünfzig Seelen zählendes Fleckchen inmitten der Highlands, das aus nicht viel mehr als dem Bahnhof, einem Hotel und einer Handvoll vereinzelt stehender Häuser bestand, so früh erreicht, dass sie ohne Hast die Dorfstraße hinunter und eine Anhöhe hinauf zu den Gleisen hatten spazieren können. Doch dann hatten sie den handschriftlichen Hinweis gelesen, der neben dem Büro des Stationsvorstehers an der Tür hing.

Der Angesprochene, ein schmächtiger Mann mit einem Schnurrbart, dessen lange Enden so schlaff links und rechts von den Mundwinkeln herabhingen, dass er irgendwie unablässig erschöpft und missmutig wirkte, zuckte mit den Schultern, die, wie der Rest seines dürren Leibes, in einer steifen dunkelblauen Bahnuniform steckten. »Nun, Sir, es heißt genau das, was es heißt«, antwortete er geduldig. »Der Vieruhrzug fällt heute aus.«

»Aber warum?«, ereiferte sich Giles. »Wir hatten tagelang keinen Sturm, der irgendetwas auf die Gleise hätte wehen können. Es liegt kein Schnee. In der Zeitung stand nichts von geplanten Streiks oder sonstigen Widrigkeiten …«

Ein Hauch von Unsicherheit huschte über die Züge des Stationsvorstehers. »Es … äh … gab wohl einen Unfall. Ich habe auch nur ein Telegramm von der Corrour Bahnstation erhalten, in dem es hieß … also …«

Kendras Großvater starrte ihn zugleich fragend und auffordernd an.

»Also, in der Nachricht stand, die Lok sei wohl auf halber Strecke zwischen Tulloch und Corrour auf einmal von den Schienen gesprungen, zweihundert Schritt weit durch die Landschaft gerast und dann, ohne zu verlangsamen, in den Loch Treig gerauscht.«

»Was sagen Sie da?«, mischte sich Kendra ein. Die letzten Worte des Mannes weckten eine beunruhigende Erinnerung in ihr. *Dampfende Ungetüme, die sich von ihren eisernen Wegen erhoben …* Hatte sie dergleichen nicht gestern Nacht in der Vision gesehen, die ihr während des mehr oder weniger unfreiwilligen Bades im Waldsee zuteilgeworden war?

»He. Erklären Sie nicht mich für verrückt. Ich gebe nur wieder, was hier geschrieben steht«, verteidigte sich der Stationsvorsteher und deutete auf den schmalen Papierstreifen, der neben dem Fernschreiber lag. »Ernstlich verletzt wurde wohl niemand, aber der Zug muss jetzt erst einmal geborgen werden, und das wird dauern.« Er schüttelte den Kopf. »Wüsste gerne, was da wirklich los war.«

Kendra warf ihrem Großvater einen vielsagenden Blick zu.

Dessen zusammengepressten Lippen nach zu urteilen, glaubte auch er nicht an einen gewöhnlichen Unfall.

»Schön«, brummte er. »Und wie kommen wir jetzt schnellstmöglich weg aus diesem gottverlassenen Nest? Meine Enkelin und ich müssen nach Glasgow, und es eilt.«

»Der nächste Zug fährt morgen früh um zehn Uhr«, informierte ihn der Stationswärter, und seine Stimme klang frostig. »Schneller geht es nicht. Ich kann schließlich nicht zaubern.«

Das würde auch nicht helfen, dachte sich Kendra, sagte aber nichts.

»Gibt es keine andere Möglichkeit?«

»Versuchen Sie es mal bei McPherson im Hotel. Wenn er gutgelaunt ist, vermietet er Ihnen vielleicht eine Kutsche. Aber viel schneller werden Sie damit auch nicht sein.«

»Jede Minute zählt«, erwiderte Giles. »Können Sie uns wenigstens sagen, bis wann wir morgen früh in Glasgow sein müssen, um einen günstigen Zug nach London zu bekommen?«

Der Stationsvorsteher nickte. »Ich kann Ihnen die Verbindungen heraussuchen.«

»Danke!« Giles blickte Kendra an. »Lauf schon mal zum Hotel und sprich mit diesem McPherson«, sagte er. »Ich muss noch ein Telegramm abschicken, um Dunholm von unserer Ankunft zu unterrichten – wann immer das sein wird. Wir treffen uns gleich im Hotel.« Er sprach den Namen Dunholm so beiläufig aus, als stünde für ihn außer Frage, dass Kendra ihn am gestrigen Abend in seinen Gedanken gelesen hatte.

»In Ordnung«, sagte Kendra und machte sich auf den Weg. Sie verließ das kleine Bahnhofsgebäude, sprang die drei Stufen hinunter und folgte dem Schotterweg, der an dem schlichten Vorplatz seinen Anfang nahm, hinab ins Dorf – wobei *ins Dorf* eigentlich einer Beschönigung gleichkam, denn etwa die Hälfte der Häuser, aus denen Bridge of Orchy überhaupt bestand, säumte bereits den schmalen Weg selbst. Es waren keine zehn.

Bei dem Hotel handelte es sich um ein weiß getünchtes zweigeschossiges Bauwerk mit einem steilen Dach aus schwarzen Schindeln und einem kleinen Eckturm, das an der einzigen Kreuzung des Ortes lag. Der Betreiber erwies sich als bärbeißiger Bursche mit hochgekrempelten Hemdsärmeln und einer Körperbehaarung, die ihm in den kalten Wintermonaten hier draußen zweifellos von großem Vorteil war. Auf Kendras Frage, ob man hier eine Kutsche mieten könne, antwortete er zunächst mit einem herzlichen Lachen, doch nachdem sie ihm die Dringlichkeit ihres Anliegens klargemacht hatte, führte er sie zu einem Schuppen hinter dem Haus und präsentierte ihr einen vollkommen verstaubten und mit Spinnweben überzogenen Zweisitzer, der dort, scheinbar schon vor längerer Zeit ausgemustert, in einer Ecke stand. »Den können Sie kaufen«, sagte er. »Und ein Pferd gebe ich Ihnen auch dazu, wenn der Preis stimmt.«

Kendra verzog innerlich das Gesicht, aber sie nickte dankbar. Ihr Großvater hatte mehr als deutlich gemacht, dass Eile geboten war, und so unbequem und heruntergekommen das Gefährt auch aussehen mochte, es würde sie zweifellos schneller nach Glasgow bringen als ihre eigenen Füße.

Also zahlten sie, kaum dass ihr Großvater seine Geschäfte an der Bahnstation beendet und sich zu ihr gesellt hatte, einen Preis, der mit Sicherheit deutlich über dem lag, was Pferd und Kutsche einem anständigen Besitzer noch wert gewesen wären, und während der Hotelbesitzer zufrieden seine Einnahmen in die Tasche steckte, spannten Giles und Kendra das Tier, ein nicht mehr ganz junges, aber nach wie vor kräftig wirkendes Pony mit ockerfarbenem Fell und struppiger Mähne, vor das Gefährt, stiegen ein und fuhren los.

»Er hat uns ganz schön übers Ohr gehauen«, stellte Kendra fest, kaum dass sie außer Hörweite waren und unter bedenklichem Schaukeln und Quietschen die Straße gen Süden entlangfuhren.

»Ja, aber das lässt sich nicht ändern«, brummte ihr Großvater. »Wir haben es eilig, und das wusste er genau. Dass wir uns auf einer Reise befinden, die auch sein kleines Leben und seine kleine Welt retten mag, wollte ich ihm angesichts unserer knapp bemessenen Zeit lieber nicht zu erklären versuchen.«

»Wo du es gerade erwähnst«, sagte Kendra, die Gunst des Augenblicks nutzend, »möchtest du mich nicht endlich in das einweihen, was hier geschieht? Seit wir Glen Coe verlassen haben, hast du kein Wort über den Grund dieser Reise fallen lassen.« Sie unterstrich ihre Worte mit einem vorwurfsvollen Blick. »Ich weiß, dass wir nach London müssen, um diesen Dunholm zu treffen – mehr aber auch nicht. Eigentlich dachte ich, du würdest irgendwann von selbst damit herausrücken, deshalb habe ich bislang geschwiegen und mich in Geduld geübt – und das, obwohl Geduld nicht meine Stärke ist, das kannst du mir glauben. Aber da du dich beharrlich in Schweigen hüllst, muss ich wohl etwas deutlicher werden. Fangen wir also doch damit an: Wer ist dieser Dunholm eigentlich? Und woher kennst du ihn?«

Im Gesicht ihres Großvaters arbeitete es, während er mit sich rang, wie viel er seine Enkelin wissen lassen durfte. »Er ist ein alter Freund«, brachte er schließlich hervor. »Ein sehr alter Freund. Und wenn es jemanden gibt, der herausfinden kann, was genau geschehen ist und was man dagegen tun kann, so ist er es. Ich habe zwar eine Ahnung, aber sicher bin ich mir nicht.«

Kendra blickte ihn mit erwartungsvollen Augen an. Als er nicht weitersprach, sondern nur auf die Zügel in seinen Händen starrte, schnaubte sie gereizt. »Soll das alles sein? Das ist nicht besonders viel.«

»Niemand hat gesagt, dass du alles wissen musst, Kendra«, gab Giles etwas schärfer als nötig zurück.

»Aber wie soll ich dir auf dieser Reise von Nutzen sein, wenn du mich im Dunkeln tappen lässt?«, brauste Kendra entsprechend auf, und in ihren Augen blitzte es zornig.

»Ich habe dich nicht gebeten, mich zu begleiten!« Ihr Großvater hatte keine Mühe, genauso laut zu werden wie sie. »Genau genommen wäre es mir sogar lieber gewesen, wenn du in

A'Charnaich geblieben wärst«, polterte er. *Zu deinem eigenen Schutz …*

»Was soll das heißen: zu meinem eigenen Schutz?«

»Und hör auf, in meinen Gedanken zu lesen!« Rasch vollführte er eine komplizierte Bewegung mit den Fingern seiner rechten Hand.

Kendra hätte diese Geste möglicherweise wiedererkannt und mit einer Art Abwehrzauber in Verbindung gebracht, doch sie war zu wütend, um auf solche Kleinigkeiten zu achten. »Halt die Kutsche an!«, sagte sie eisig.

»Was?«

»Halt die Kutsche an!«

Ihr Großvater kam dem geschrienen Befehl nach, und als die Kutsche zum Stehen gekommen war, sprang Kendra vom Kutschbock. Sie zog ihre Tasche unter dem Sitz hervor, hängte sie sich um und begann den Weg, den sie gekommen waren, zurückzustapfen.

»Kendra!«, rief Giles ihr nach. »Wo willst du hin?«

»Nach Hause«, gab sie wütend und ohne sich umzublicken zurück. »Wo immer das auch sein mag.« Ein kleiner Teil von ihr erwartete, dass ihr Großvater sie daraufhin bitten würde zurückzukommen, aber er wurde enttäuscht. Als sie stattdessen hörte, wie in ihrem Rücken Zügel geschlagen wurden und die Kutsche sich langsam zu entfernen begann, wirbelte sie herum. Wut und Unzufriedenheit trieben ihr die Tränen in die Augen. »Warum weist du mich ständig ab?! Was ist nur los mit dir?!«, schrie sie hinter ihm her.

Vielleicht zwanzig Schritt die Straße hinab blieb die Kutsche stehen, und es war Kendra, als sacke Giles McKellen ein wenig in sich zusammen. Schwerfällig stieg er vom Kutschbock herunter und blickte zu seiner Enkelin zurück. Einige bange Herzschläge lang sprach keiner der beiden ein Wort. »Es ist deine Mutter«, sagte er dann so leise, dass sie ihn beinahe nicht verstanden hätte.

»Was?« Verwirrt blinzelte Kendra die Tränen aus den Augen. Zögernd kehrte sie zu der Kutsche zurück. »Wie meinst du das?«

Mit einem Seufzen ließ sich ihr Großvater auf die schmale Ladefläche sinken, und Kendra setzte sich zu ihm. Behutsam ergriff er ihre Hand – das erste Mal seit Jahren – und drückte sie mit seinen schwieligen Fingern. Kendra spürte, wie ihr das Herz bis zum Hals klopfte. Was immer er im Begriff war, ihr zu beichten, es musste ihn schon seit geraumer Zeit beschäftigen.

»Kendra, ich …«, begann Giles McKellen, nur um gleich darauf wieder abzubrechen. »Ich weiß gar nicht, wo ich anfangen soll.«

»Am Anfang?«, schlug sie ihm zaghaft vor.

Er schnaufte leise. »Wenn du wüsstest, wie weit ich dafür zurückgehen müsste …« Er verstummte erneut und schien nachzudenken. Schließlich sagte er leise: »Erinnerst du dich an die Nacht, in der deine Eltern starben?«

Kendra nickte, auch wenn sie nur bruchstückhafte Bilder jener Nacht im Kopf hatte. Sie war damals noch ein Kind gewesen, kaum älter als sieben Jahre. Ein lauter Schlag hatte sie aus dem Schlaf gerissen. Regen hatte aufs Dach geprasselt und ein kräftiger Wind die hölzernen Fensterläden klappern lassen. Dann hatte sie plötzlich Rauch gerochen und einen Lichtschein unter dem Türrahmen bemerkt. Als sie die Tür zum Flur geöffnet hatte, um nach ihren Eltern zu rufen, war ihr ein Inferno entgegengeschlagen. Vor Schreck schreiend und weinend war sie zum Fenster hinausgeflohen, und im strömenden Regen auf der Wiese vor dem Haus stehend, hatte sie, barfuß und nur mit ihrem dünnen Nachthemd bekleidet, zugesehen, wie ihr Heim von den tosenden Flammen verschlungen worden war. Sie hatte nach ihrem Vater und ihrer Mutter gerufen, James und Ellie McKellen, doch keine Antwort erhalten. Irgendwann waren die Nachbarn gekommen, die, da das Haus eine halbe Meile außerhalb des Dorfs lag, das Feuer erst spät bemerkt hatten, und schließlich auch ihr Großvater. Blitzschlag, hatte es später geheißen. Von

James und Ellie McKellen hatte man nur verkohlte Überreste gefunden. Giles hatte sie vollends einäschern lassen und die Urnen mitgenommen. Und Kendra war zu Onkel Callum gekommen. Es hatte sich wie das Ende ihrer Kindheit angefühlt.

»Es war kein Blitz«, fuhr ihr Großvater mit rauer Stimme fort. »Es war eine magische Explosion.«

Kendras Mund öffnete sich, doch kein Laut kam über ihre Lippen. Obwohl sie über den Tod ihrer Eltern lange hinweg war, verspürte sie einen schmerzhaften Stich in der Magengrube.

Ein kummervolles Lächeln trat auf Giles' Gesicht. »Da wären wir also. Bei dem Gespräch über Magie, das du dir die ganze Zeit gewünscht hast.«

»Ich habe mich also nicht geirrt«, stellte Kendra fest. »Du kennst diese fremdartige Welt der glitzernden Energieströme auch.«

»Oh ja«, bestätigte ihr Großvater. »Und das schon seit sehr langer Zeit.« Er ließ den Blick in die Ferne schweifen. »Ich entdeckte sie nicht wissentlich, so wie du, sondern entfesselte meine magischen Gaben als ganz kleiner Junge eher unbewusst. Ein wandernder Magier wurde auf mich und meine Kräfte aufmerksam und nahm es auf sich, mich auszubilden. Viele Jahre habe ich gelernt und bin weit herumgereist, um andere kennenzulernen, die so wie ich waren. Und immer wieder wurde mir eines eingeschärft: Man darf die Magie nicht unterschätzen. Sie ist nicht unser Feind, aber sie ist auch nicht unser Freund. Sie ist eine Naturgewalt, und wir Menschen sind ihr so gleichgültig, wie wir einem Sturm, einer Flut oder einer Feuersbrunst gleichgültig sind. Man kann sie im Kleinen manipulieren, wie du es wohl am Waldsee getan hast, wenn ich das, was ich dort gesehen habe, nicht falsch deute. Aber man kann sie nicht beherrschen. Niemals.« Er seufzte. »Deine Eltern wollten das nicht wahrhaben.«

»Meine Eltern waren beide Magier?«, fragte Kendra ungläubig. Irgendwie war sie davon ausgegangen, dass nur ihre Mutter übernatürlich begabt gewesen war, schließlich stammte das Buch, das Kendra den Umgang mit den Strömen der Magie gelehrt hatte, aus ihrer Feder.

Giles blickte sie wieder an und nickte. »Ja. Dein Vater war sogar noch mächtiger als deine Mutter, was vermutlich daran lag, dass sie ihre Kräfte von mir geerbt hatte, während er selbst ein Magier der ersten Generation war, wenn man so will.«

»Der ersten Generation?«, fragte Kendra.

»Das erkläre ich dir ein anderes Mal«, sagte ihr Großvater. »Wichtig ist nur, dass deine Mutter das, was ihr an eigener Stärke fehlte, durch eine unstillbare Neugierde und eine beachtliche Begabung im Fadenweben wettmachte. Diese Neugierde war übrigens auch deinem Vater zu eigen. Sie beide, James und Ellie, verspürten diesen Drang, zu erforschen, was die Magie im Innersten zusammenhält. Ich habe sie mehr als einmal gewarnt, dass sie zu rasch zu weit gehen würden, dass sie mit Urgewalten spielten, die sie nicht würden beherrschen können, wenn sie erst einmal versehentlich entfesselt waren. Deine Mutter hielt das für die übertriebene Fürsorge ihres alten Vaters. Sie war ein Wildfang und ein Dickkopf, genau wie du.« Zum ersten Mal, seit Kendra ihn kannte, lächelte ihr Großvater, als er sie so nannte. Normalerweise hatte er diese Worte unwirsch gebrummt, so als wäre sie für ihn ein verzogenes Kind.

Kendra spürte, wie ein ungewohntes Gefühl der Zuneigung zu dem alten Mann in ihr aufstieg. »Du hast sie sehr geliebt, nicht wahr?«

Er lächelte. »Natürlich. Sie war meine Tochter. Umso schmerzlicher war es für mich, mit ansehen zu müssen, wie sie mir langsam entglitt. Wie sie mehr und mehr der Versuchung erlag, ihren eigenen Weg zu gehen, bestärkt durch James' frei denkenden Geist. Ich konnte nichts weiter tun, als zu hoffen, dass ich mich irrte. Das war leider nicht der Fall.« Er wandte erneut das Gesicht ab und starrte blicklos die Straße hinunter. »Es kam, wie es kommen musste. Die beiden trieben das Spiel zu weit. Sie versuchten die magischen Energien auf eine Weise zu manipulieren, die ihre

Begabung und ihr Verständnis übertraf. Die Folgen machten dich zur Waise …« Er ballte die Linke zur Faust und schlug schwach, wie ein Mann, den ein schweres Schicksal all seiner Lebenskraft beraubt hat, auf den hölzernen Boden der Ladefläche.

Und auf einmal verstand Kendra, warum Giles McKellen all die Jahre so verschlossen gewesen war. Er hatte sie schützen wollen. Er hatte verhindern wollen, dass sie seiner Welt zu nahe kam und dabei die Magie für sich entdeckte.

»Es fiel mir nicht leicht«, sagte ihr Großvater, als habe er ihre Gedanken gelesen. »Aber so gerne ich öfter für dich da gewesen wäre … Das Risiko war groß, dass diese Nähe zu einer Gefahr für dich geworden wäre. Du bist deiner Mutter sehr ähnlich, in vielerlei Hinsicht. Ich fürchtete, du könntest, genau wie sie, zu neugierig für dein eigenes Wohl sein und letztlich das gleiche Schicksal erleiden wie Ellie. Daher habe ich getan, was ich konnte, um dich von aller Magie fernzuhalten und in ein gewöhnliches Leben zu zwingen. Dass du deine Gaben von selbst entdecken könntest, dass du sie in deinen eigenen Ritualen – und mögen sie noch so mädchenhaft naiv sein – weiterentwickeln würdest … Damit hatte ich nicht gerechnet.«

»Ich … ich habe sie nicht von selbst entdeckt«, gestand Kendra zögernd. Auf die fragende Miene ihres Großvaters hin öffnete sie ihre Umhängetasche, zog das Buch ihrer Mutter hervor und zeigte es ihm.

Giles nahm es erstaunt entgegen. »Wo hast du das denn her?«

»Ich habe es in einer Truhe gefunden mit alten Sachen aus dem Haus meiner Eltern, als ich vor zwei Jahren bei dir zu Gast war – in dem Sommer nach der Trennung von Cameron.«

»Ich erinnere mich …«

»Als du mich nach einigen Tagen hinausgeworfen hast, habe ich es mitgenommen.« Kendra warf ihm einen schuldbewussten Blick zu. »Wenn ich jetzt sagen würde, es täte mir leid, dann wäre das gelogen, denn eigentlich war es das Beste, was mir in meinem Leben widerfahren ist, seit ich alleine bin.«

Mit resignierter Miene gab ihr Großvater Kendra das Buch zurück. »Es ist, wie es ist«, sagte er. »Ich kann die Zeit nicht zurückdrehen, um zu verhindern, dass du die Magie für dich entdeckst, und ich nehme an, dass ich dich auch nicht davon abhalten kann, den Weg weiterzugehen, den du eingeschlagen hast.« Er seufzte. »Nun, vielleicht ist es auch ganz gut, dass es so kam, wie es gekommen ist. Endlich haben all die Heimlichkeiten ein Ende. Endlich muss ich mir keine Gedanken mehr darüber machen, was du über mich und meine Gaben zufällig erfahren könntest. Und vielleicht wird es auch langsam Zeit, dass ich mein Wissen an jemanden weiterzugeben beginne, der mir nachfolgen kann. Ich werde schließlich nicht jünger.«

»Sag so etwas nicht«, rief Kendra, der sich bei dem Gedanken, sie könnte auch ihren Großvater verlieren, der Magen zusammenzog. »Du wirst noch viele Jahre leben!«

Giles lächelte milde. Es schien, als sei ihm mit diesem Gespräch eine große Last vom Herzen genommen, die er all die Jahre mit sich herumgetragen hatte. Er klopfte Kendra auf die Hand, bevor er sie losließ. »Ja, mit Sicherheit. Doch das, was ich dir beizubringen gedenke, wird uns auch länger als nur einen Sommer beschäftigen. Die erste und vielleicht wichtigste Lektion hast du heute hoffentlich schon gelernt: Unterschätze niemals die Gefahr, die von der Magie ausgeht!« Er stand auf und ging an der Kutsche vorbei nach vorne. »Und aus diesem Grund sollten wir jetzt unbedingt unsere Reise nach London fortsetzen.« Mit der Linken griff er an die Lehne des Kutschbocks und sah Kendra auffordernd an. »Bist du dabei?«

Kendra sprang von der Ladefläche, gesellte sich zu ihm und drückte mit einem tatendurstigen Grinsen den Arm ihres Großvaters. »Das bin ich.«

KAPITEL 6:
DIE DINGE KOMMEN INS ROLLEN

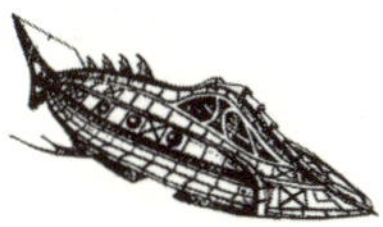

»Simla. Zu Ehren des diamantenen Jubiläums der Queen hat der Vizekönig den 21. und 22. Juni in ganz Indien zum öffentlichen Feiertag erklärt, aber Seine Exzellenz vertritt die Ansicht, dass aufgrund der gegenwärtigen Hungersnot und Seuchenbedrohung offizielle Zeremonien und Großversammlungen vonseiten der Regierung nicht erstrebenswert sind. Wie schon 1887 beabsichtigt Lord Elgin stattdessen, dem Volk selbst Raum für Feiern anlässlich der langen Regentschaft Ihrer Majestät zu lassen.«

– London Times, 19. April 1897

19. April 1897, 16:04 Uhr GMT
England, London, geheime Hallen des Ordens des Silbernen Kreises

»Miss Mary-Ann, gut, dass ich Sie sehe. Ich hätte da eine kleine Frage.«

Mary-Ann McGowan verzog innerlich die Miene, als sie die Stimme des jungen Mannes vernahm, der die Treppe vom Osteingang der Unteren Guildhall heruntergelaufen kam. Es gefiel ihr nicht, von so einem Jungspund mit dem Vornamen angesprochen zu werden, aber das war wohl eines der Übel, die ihr *Zustand* mit sich brachte – vor allem dann, wenn er einem Neuling in den Reihen des Ordens, wie Mister Porter, nicht bekannt war. Auf den uneingeweihten Betrachter wirkte die schlanke, hochgewachsene Frau mit den rotbraunen Locken, die sie zur offenen Freude der jüngeren Männer und zur heimlichen auch manches älteren als ungezähmte Haarpracht über die Schultern fallen ließ, kaum älter als der siebzehnjährige Charles Harold Porter, ein Waisenjunge von nur geringem magischem Talent, der allein durch die Güte des verstorbenen Ersten Lordmagiers seinen Weg in die Reihen des Ordens gefunden hatte.

Doch der Schein trog. Mary-Ann McGowan hatte schon vor einigen Jahren die fünfzig überschritten, und nur einem *Unfall*, wie es gemeinhin hieß, war es geschuldet, dass sie noch immer die jugendliche Frische ausstrahlte, die ihr mit Anfang zwanzig zu eigen gewesen war. Dass dieser Unfall in Wirklichkeit das höchst erfreuliche und auch nur von einigen kleinen, bedeutungslosen Nebenwirkungen begleitete Ergebnis eines durchaus geplanten Experiments gewesen war, wusste außer McGowan nur Lordmagier Wellington, ein Mann, dem sie schon seit Jahrzehnten eng verbunden war. *Ein Mann von Format und mit Visionen, ein Mann, der weiß, welchen Platz wir Auserwählten in der Weltordnung haben sollten …* Porter jedenfalls hatte keine Ahnung von ihrem kleinen Geheimnis, und sein Respekt ihr gegenüber beruhte allein auf der Tatsache, dass sie bereits ein Mitglied des Ordens gewesen war, als er vor zwei Jahren in die Welt der Magieanwender eingeführt worden war. *Genau so ein Protegé des Alten wie dieser unsägliche Randolph Brown*, dachte sie abfällig.

Dennoch ließ sie sich nichts anmerken, sondern zwang ein liebenswürdiges Lächeln auf ihre Züge und fragte: »Was kann ich für Sie tun, Mister Porter?«

Der Junge zog ein Kuvert aus der Jackentasche. »Ein Telegrammbote hat mir das hier eben im Büro übergeben.« Das *Büro* war eine kleine Wohnung unweit der Guildhall, gewissermaßen eine neutrale Fassade in Form einer unbedeutenden Anwaltskanzlei, in die sich der Orden seine Korrespondenz schicken ließ, damit er nicht seinen wahren Standort preisgeben musste. »Der Bote sagte, das Telegramm sei für Lordmagier Dunholm und von höchster Dringlichkeit. Aber Lord Dunholm ist ja tot. Wem soll ich das Telegramm nun bringen?«

McGowan spürte, wie sich ihr die Nackenhärchen aufstellten. Natürlich konnte es ein Zufall sein, dass gerade jetzt ein Telegramm für den ehemaligen Ersten Lordmagier eintraf. Aber McGowan glaubte nicht an Zufälle. Und noch viel weniger glaubte sie daran, dass es sinnvoll war, den Dingen einfach ihren Lauf zu lassen, wenn man eingreifen und die Zukunft mit eigener Hand und eigenem Geschick beeinflussen konnte. »Ich denke, Lord Cheltenham sollte die Botschaft erhalten. Er ist immerhin der amtierende Erste Lordmagier, bis es zu einer ordentlichen Ratsversammlung und einer Neuwahl durch den Inneren Zirkel kommt.« Sie streckte die Hand aus. »Sie haben Glück. Ich bin gerade auf dem Weg zu ihm. Geben Sie mir das Telegramm! Ich werde es überbringen.«

»Äh … ja gut.« Porter wirkte nicht ganz überzeugt, aber er konnte einem erfahreneren Ordensmitglied wohl kaum widersprechen. Er reichte ihr das Telegramm und blickte sie erwartungsvoll an.

»Was gibt es noch, Mister Porter?«, fragte McGowan und ließ einen leichten Unwillen in ihre Stimme einfließen. »Haben Sie nichts zu tun?«

Dem Jungen schoss das Blut ins Gesicht. »Doch … natürlich. Bis bald, Miss Mary-Ann.«

Himmel, steh mir bei!, dachte McGowan, während er sich eilig entfernte. *Ein weiterer junger Verehrer. Na, mein Bürschchen, lass dir erst mal einen Bart wachsen, der eindrucksvoller ist als dieser Flaum, bevor du dich mir wieder näherst. Oh, ich vergaß … Dazu wirst du wohl leider keine Zeit mehr haben.* Zufrieden lächelnd wandte sie sich um und öffnete das Kuvert. Die Nachricht, die sich darin befand, war ebenso unzweideutig wie kryptisch.

AN ALBERT DUNHOLM +++ DRINGEND +++ BIN MIT MEINER ENKELIN AUF DEM WEG NACH LONDON STOPP +++ TREFFEN MORGEN ABEND UM 10 UHR MIT DEM ZUG VON GLASGOW EIN STOPP +++ RUFEN SIE DIE WÄCHTER ZUSAMMEN STOPP +++ ICH GLAUBE, DIE QUELLE WURDE GEFUNDEN STOPP +++ MCKELLEN

McKellen, durchfuhr es McGowan. *Verflucht, wer ist das? Wieso weiß er von der Quelle? Und wer sind diese Wächter?* Sie spürte eine leichte Panik in sich aufwallen. Sie musste unbedingt Carlyle von dieser unerwarteten Wendung der Ereignisse in Kenntnis setzen. Möglicherweise war es notwendig, noch weitere Schritte einzuleiten, bevor Wellington nach London zurückkehrte.

Sie faltete das Telegramm, steckte es in das Kuvert zurück, hob den Blick – und erstarrte. Aus dem Türrahmen des nahen Schriftenarchivs blickte ihr Thomas Crowley entgegen.

»Sie wollten soeben zu Lord Cheltenham?« Es war halb eine Frage, halb eine spöttische Feststellung. »Das erfreut mich aber. Vielleicht sollte ich Sie begleiten. Ich wollte auch noch mit dem stellvertretenden Ersten Lordmagier sprechen.« Nachdenklich legte er den Zeigefinger an die Lippen. »Ach, warten Sie … Wohnt Lord Cheltenham heute Nachmittag nicht einer Sitzung im Palace of Westminster bei? Wie konnte ich das nur vergessen! Er hat es doch gestern Nacht am Ende unserer Besprechung ausdrücklich noch einmal erwähnt.« Mit gespielter Verwunderung hob er eine Augenbraue. »Waren Sie nicht auch zugegen?«

»Was wollen Sie?«, zischte McGowan, die es hasste, wenn man so mit ihr spielte.

Der schwarz gekleidete Oberste Archivar und Geheimnisträger des Ordens trat auf sie zu und hob eine Hand. »Geben

Sie mir das Telegramm, *Miss Mary-Ann.*« Seine Mundwinkel zuckten. Crowley wusste sehr wohl, dass sie diese Anrede nicht ausstehen konnte, insbesondere nicht aus dem Mund von Männern, die ihr wahres Alter kannten und die auf diese Weise ihrer Verachtung gegenüber McGowans *Eitelkeit und Jugendwahn*, wie sie es nannten, Ausdruck verliehen. Offensichtlich wollte er sie reizen und vielleicht sogar zu einer Dummheit verleiten.

Sie werden auch noch Ihre gerechte Strafe erhalten, dachte McGowan zornig. Laut sagte sie: »Warum sollte ich das tun?«

»Weil ich der Ansicht bin, dass es in meinen Händen besser aufgehoben ist als in Ihren. Und nachdem Sie es ohnehin schon gelesen haben, benötigen Sie es jetzt ja nicht mehr.« Er hielt ihr auffordernd die Hand entgegen.

McGowan knirschte mit den Zähnen. Ihr blieb keine andere Wahl, als der Aufforderung nachzukommen, denn als Geheimnisträger hatte Crowley das Recht, das Telegramm stellvertretend für Cheltenham einzufordern. Sie würde schon Gewalt anwenden müssen, um zu verhindern, dass er von dessen Inhalt erfuhr. Und er mochte sie so viel reizen, wie er wollte; sie war bestimmt nicht so dumm, ihn – oder irgendein anderes Ordensmitglied – innerhalb der Mauern der Unteren Guildhall anzugreifen. Selbst wenn sie Crowley mit einem Überraschungsangriff hätte treffen können – und sie bezweifelte stark, dass er nicht auf der Hut war –, wäre die Magieanwendung nicht unbemerkt geblieben, und nur Augenblicke später hätte sie sich mit Drummond und seinen Schergen auseinandersetzen müssen. Und den verrückten Schotten wollte sie weiß Gott nicht zum Feind haben – zumindest noch nicht.

Wortlos übergab sie dem Archivar das Kuvert.

Mit einem dünnen Lächeln deutete Crowley eine Verbeugung an, als er es entgegennahm. Ohne mit der Wimper zu zucken, holte er das Telegramm hervor und las es. Auf seiner Stirn bildete sich eine steile Falte, und seine Züge verfinsterten sich. Es schien, als wisse er im Gegensatz zu McGowan den Worten durchaus einen Sinn zuzuschreiben. Diese Erkenntnis beunruhigte sie beinahe noch mehr als die Botschaft dieses McKellen selbst. Rasch faltete er das Papier wieder zusammen und steckte es samt Umschlag in die Innentasche seiner Jacke. »Danke, Miss McGowan! Das war sehr aufschlussreich. Wenn Sie mich jetzt entschuldigen würden. Ich habe zu tun.«

»Natürlich«, erwiderte McGowan steif, während sie mit aller Macht versuchte, ihre Wut zu verbergen. »Wir sehen uns später, Mister Crowley.«

»Mit Sicherheit.« Er trat einen Schritt zurück, vollführte eine elegante Drehung auf der Stelle und verschwand dann den Gang hinunter in Richtung der Ordensbibliothek.

McGowan wünschte sich, sie wäre zu Hause in ihren eigenen vier Wänden und könnte irgendwelches Porzellan an ebendiese schleudern. Leider blieb ihr ein derartiges Ventil für ihren Zorn verwehrt. Ruckartig wandte sie sich um und rauschte in die andere Richtung davon.

Sie passierte eine der Marmorsäulen, die den breiten Korridor in regelmäßigem Abstand säumten. Daneben stand ein bauchiger Steintopf, aus dem ein dunkelgrüner Farn seine dichten, breiten Wedel in die Höhe streckte. Ohne einem von beidem sonderliche Aufmerksamkeit zu schenken, wollte McGowan weitereilen, als sie plötzlich wie aus dem Nichts gepackt und hinter die Zierpflanze gezogen wurde.

Sie wollte schreien, doch eine unsichtbare Hand presste sich auf ihren Mund. »Seien Sie still, ich gehöre zu Ihnen«, raunte jemand mit gedämpfter Stimme.

Sofort wechselte McGowan in die Wahrsicht. Verblüfft schnappte sie nach Luft, denn auch dort sah sie nichts als die zuckenden Fäden des Farngewächses und das allgemeine Strömen der magischen Energien, die in den Fluren und Hallen der Unteren Guildhall naturgemäß besonders stark und unruhig waren.

Bevor sie sich allerdings entscheiden konnte, ob sie um Hilfe rufen sollte oder nicht, begann die Luft vor ihren Augen zu zittern, und eine Aura bildete sich aus dem Fadenwerk heraus. Fäden bogen und verzogen sich, während sie zielstrebig die Form eines Menschen annahmen. Es war ein bizarrer Vorgang, so als würde ein Chamäleon, das zuvor perfekt verborgen in einem Gebüsch gesessen hatte, allmählich die Farbe wechseln und sich dadurch dem Beobachter zu erkennen geben. McGowan fiel wieder in die Normalsicht zurück und sah einen Mann in einem langen Mantel vor sich auftauchen, der sie mit dem linken Arm fest umfangen hielt und die behandschuhte Rechte auf ihren Mund gelegt hatte. Sein Gesicht war von einem Schal und einer Brille mit runden, dunkel getönten Gläsern verdeckt, und auf dem Kopf trug er einen Hut mit breiter Krempe.

Obgleich seine ganze Erscheinung einen kaum zu unterdrückenden Fluchtinstinkt in ihr auslöste, zwang sich McGowan, ihren Körper zu entspannen. Er war tatsächlich einer von ihnen. Genauer gesagt: Er war ihr mit harten britischen Pfund teuer bezahltes Werkzeug.

Er deutete ein Nicken an und nahm die Hand von ihrem Mund.

»Kann man in diesen Hallen keine fünf Schritte gehen, ohne dass einem irgendjemand auflauert«, beschwerte sich McGowan flüsternd. »Was tun Sie hier? Sie sollten nicht hier sein!«

»Ich wollte mich ein wenig umsehen«, gab der Fremde zurück. »Meine Freunde – und Feinde – besser kennenlernen.«

»Das ist Wahnsinn!«, zischte McGowan und blickte sich unruhig um. Im Augenblick war der Korridor leer, aber das konnte sich jeden Augenblick ändern. »Ihre Anwesenheit bringt uns alle in Gefahr.«

Der Schal bewegte sich leicht, so als würde sich sein Gesicht zu einem Grinsen verziehen. »Keine Sorge. Man wird mich nicht bemerken. Ich bin hereingekommen, ohne Aufmerksamkeit zu erregen, ich werde auch unbemerkt wieder hinausfinden.« Er beugte sich leicht vor und brachte sein Gesicht unangenehm nah an das ihre. »Ich frage mich allerdings, ob *Sie* imstande sind, sich die Gefahr vom Leibe zu halten, die Ihrer Sache droht.«

»Was meinen Sie damit?«, fragte McGowan indigniert.

»Den Archivar«, sagte der Mann. »Er hat etwas erfahren, das ihn zutiefst beunruhigt. Was war es?«

»Sie haben uns beobachtet?« Die Vorstellung, dass dieser Mann nicht nur in das Hauptquartier des mächtigsten Magierordens von Großbritannien eindringen, sondern auch das Gespräch zweier Mitglieder des Inneren Zirkels belauschen konnte, ohne dabei bemerkt zu werden, entsetzte McGowan. Sie befürchtete, dass sie kein Auge mehr zubekommen würde, solange sie den Fremden in der Stadt wusste. Sie musste unbedingt die magischen Schutzvorrichtungen in ihrer Wohnung verstärken. *Er ist auf unserer Seite. Wir bezahlen ihn*, versuchte sie sich zu beruhigen.

Der Mann schien von ihrem inneren Konflikt gänzlich unberührt. »Ja, ich habe Sie beobachtet«, sagte er und ließ sie endlich los. »Zu Ihrem Glück, wie mir scheint. Aber wenn ich Ihnen helfen soll, müssen Sie mir sagen, was in dem Telegramm stand.«

McGowan atmete tief durch. *Er ist auf unserer Seite. Du kannst ihm vertrauen, solange du ihn bezahlst*, wiederholte sie stumm. »Also schön.« Sie sagte es ihm.

Mit einem Stirnrunzeln nahm der Fremde ihre Worte zur Kenntnis. Er hob eine Hand, um sich nachdenklich über den Schal zu streichen. »Ich habe nicht genügend Informationen, um diese Nachricht ganz zu verstehen. Aber ich verstehe zumindest so viel: Dieser McKellen ist ein störendes, weil unerwartetes Sandkorn im fein abgestimmten Getriebe Ihrer Pläne.«

»Ja, das sehe ich auch so«, pflichtete ihm McGowan bei. »Können Sie etwas dagegen unternehmen?«

Schweigend starrte ihr Gegenüber sie aus dunklen, spiegelnden Augen an. »Das kostet extra.«

»Ich bin sicher, dass Lordmagier Wellington Sie für Ihre Mühen fürstlich entlohnen wird, sobald er zurück ist.«

»Das hoffe ich«, sagte der Mann. »Um Ihretwillen.«

Die Drohung war unüberhörbar, und McGowan spürte, wie Zorn in ihr aufwallte. Er mochte vielleicht imstande sein, jeden von ihnen genauso kaltblütig umzubringen, wie er es mit Albert Dunholm gemacht hatte, aber das änderte noch lange nichts daran, dass es ihm gut zu Gesicht stünde, wenn er ein wenig mehr Respekt seinem Auftraggeber gegenüber an den Tag legen würde. *Was für ein impertinentes Subjekt!* »Schön. Werden Sie uns nun helfen?«

Der Fremde nickte. Seine Stimme war kaum mehr als ein Flüstern, doch es lag eine grausame Entschlossenheit darin. »Ja. Ich kümmere mich um Ihr Problem. Crowley, McKellen und seine Enkelin werden Ihnen nicht in die Quere kommen, dafür werde ich sorgen. Todsicher.«

19. April 1897, 18:50 Uhr GMT
England, London, Redaktion des Strand Magazine
in der Southampton Street

»Todlangweilig«, verkündete Robert und ließ die Papierbögen sinken, die er soeben gelesen hatte. Er blickte zu Jonathan hinüber, der daraufhin missmutig das Gesicht verzog.

»Ist es wirklich so schlimm?«

Robert schürzte die Lippen und blickte noch einmal auf den Artikel, den Jonathan während der letzten Stunden verfasst hatte. »Formal ist alles in Ordnung, wie immer. Aber diesem Artikel fehlt jede persönliche Note, mein Freund. Er beschreibt die Situation im Drury Lane durchaus treffend, aber er erzählt nichts. Er unterhält mich nicht.« Er legte den Artikel neben die Schreibmaschine auf Jonathans Tisch. »Komm schon, alter Knabe, das kannst du besser – deutlich besser, wie du in der Vergangenheit mehr als einmal bewiesen hast.«

Jonathan nahm die Blätter auf und ließ seinen Blick über die Zeilen wandern. »Vielleicht hast du recht«, sagte er mit einem Seufzen. »Es ist einfach nur …«

In diesem Augenblick ging die Tür zu Norman Greenhoughs Büro auf, und ihr Chefredakteur kam in den Raum. Er hatte seinen Mantel übergeworfen und seine Tasche unter den Arm geklemmt. Offensichtlich war er im Begriff zu gehen. »Ah, die Gentlemen Kentham und Pennington«, begrüßte er sie mit einem Lächeln. »Noch immer bei der Arbeit?«

»Ja, ich schreibe noch den Artikel über das Drury Lane fertig, und Mister Pennington liefert mir ein paar seiner Eindrücke des gestrigen Abends«, erklärte Jonathan.

»Prachtvoll. So viel Arbeitseifer lob ich mir«, verkündete Greenhough mit einem Nicken. »Dann wünsche ich den Herren noch ein gutes Gelingen. Sagen Sie Mister Higgins, dass er alles abschließen soll, wenn Sie gehen.«

»Selbstverständlich. Guten Abend, Mister Greenhough!«

Ihr Chefredakteur erwiderte den Gruß und verschwand auf den Flur hinaus. Kurz darauf wurden seine Schritte auf der hölzernen Treppe, die nach unten zum Ausgang führte, immer leiser.

Mit einem vielsagenden Blick schloss Robert die Tür, dann nahm er sich einen Stuhl vom Nachbarschreibtisch, stellte ihn neben Jonathans Schreibtisch und setzte sich. Er beugte sich nach vorne, stützte die Arme auf die Knie und faltete die Hände. »Was ist los, Jonathan? Irgendetwas bedrückt dich doch. Ist es der Umstand, dass unsere gute Miss Holbrook heute kein Wort mit dir gewechselt hat, sondern vielmehr einfach so verschwunden ist, ohne sich auch nur zu verabschieden?«

Die Erinnerung an das Gespräch mit Greenhough stieg in Jonathan hoch, und er schüttelte halbherzig den Kopf. »Das vielleicht auch. Aber wir beide sprachen ja schon darüber, dass sie wahrscheinlich von ihrem Vater unter Druck gesetzt wird. Ich möchte Elisabeth daher keine Vorwürfe machen. Ich hoffe, sie morgen auf dem Empfang des französischen Botschafters sprechen zu können. Mister Greenhough hat mir eine Einladung gegeben.«

Robert stieß ein anerkennendes Pfeifen aus. »Wie großzügig vom Chef. Aber was liegt dir dann auf der Seele, mein Freund?«

Jonathan zögerte. Er war sich nicht sicher, ob er Robert in die seltsamen Ereignisse einweihen durfte, die seit der letzten Nacht in einem Maße in sein Leben Einzug gehalten hatten, dass es ihm regelrecht unheimlich war. Doch wem sollte er sich sonst anvertrauen, wenn nicht seinem besten Freund? Wortlos hielt er die Hand mit dem Ring hoch, der immer noch fest an seinem Finger steckte, eine stumme Erinnerung daran, dass es ihm nicht erlaubt war, in sein altes Leben zurückzukehren, solange dort draußen, in den Straßen von London, ungeklärte Rätsel auf ihn warteten. »Das hier«, sagte er nur.

»Dieser Ring?«, fragte Robert. »Er ist mir heute Nachmittag schon aufgefallen. Was hat es damit auf sich? Bist du neuerdings Mitglied einer Geheimloge?«

»Wenn es doch nur so einfach wäre«, sagte Jonathan. Und dann erzählte er seinem Freund von all den seltsamen Ereignissen, die sich zugetragen hatten, seit er vor nicht einmal vierundzwanzig Stunden am Holborn Circus aus der gemeinsamen Kutsche ausgestiegen war. Wie er den alten Mann in der Seitengasse unweit des Smithfields gefunden hatte und wie jener ihm den Ring gegeben hatte. Er berichtete über den heftigen Anfall von Übelkeit und Schwindel, die Begegnung mit diesem Randolph, die unruhige Nacht und dass sowohl der Alte als auch die Greifen an der Ostseite des Fleischmarkts auf geheimnisvolle Weise verschwunden waren. Sein Freund lauschte ihm mit zunehmend ungläubiger Miene.

Als Jonathan geendet hatte, sah er sich einem misstrauisch blinzelnden Freund gegenüber. »Du bindest mir hier doch keinen Bären auf, oder? Wenn du mir mit dieser Sache beweisen willst, dass du eine gute Gruselgeschichte zu erzählen vermagst, dann sei dir versichert, es ist dir gelungen.«

»Robert, ich erzähle keine Geschichten«, beteuerte Jonathan. »Das ist mein voller Ernst.«

»Also schön.« Sein Freund nickte langsam, nur um gleich darauf fassungslos den Kopf zu schütteln. »Eines steht damit zweifelsfrei fest: Dich kann man keine fünf Minuten lang alleine lassen.«

Jonathan räusperte sich. »Mal abgesehen von dieser Weisheit: Was hältst du von alldem?«

Robert richtete sich in seinem Stuhl auf und atmete tief durch. »Nun ja«, meinte er. »Die Frage lautet doch wohl eher: Was hältst *du* davon? Lass uns das Ganze einmal mit dem gebotenen Abstand betrachten.« Er stand auf und begann im Redaktionsraum auf und ab zu gehen, als würde ihm die Bewegung helfen, seine Gedanken zu ordnen. »Die *Times* meldet einen Einbruch in den Fleischmarkt am Smithfield in der gestrigen Nacht, eine Tat von ungewöhnlicher Zerstörungswut, der mindestens eine Tür, einige Marktstände und womöglich die Greifen an der Ostseite des Gebäudes zum Opfer gefallen sind. Bei so etwas würde ich an eine Gruppe betrunkener Arbeiter denken.«

»Betrunkene Arbeiter?«, echote Jonathan. »Robert, ich habe dir gerade gesagt, dass ein eisernes Gitter aus den Angeln gerissen wurde und dass irgendjemand zentnerschwere Stände zerschmettert hat. Wie stark sollen diese Männer denn gewesen sein?«

»Oh, unterschätze nicht die Muskelkraft eines Mannes, der tagaus, tagein schwere körperliche Arbeit verrichtet«, hielt Robert dagegen. »Natürlich dürfen wir unsere schmächtigen Literatenleiber hier nicht als Maßstab anlegen. Ich würde das nicht ganz von der Hand weisen. Aber weiter: Dein unbekannter Gentleman bekommt das Treiben zufällig mit, und weil er mutig, aber dumm ist, droht er den Trunkenbolden mit der Polizei. Als die Burschen im nächsten Moment auf ihn losgehen, bemerkt er seinen Irrtum und versucht zu fliehen. Die Täter verfolgen ihn bis in besagte Seitengasse, verletzen ihn schwer und flüchten unerkannt.«

Mit triumphierender Miene spießte er Jonathan mit einem ausgestreckten Zeigefinger auf. »Nun kommst du ins Spiel. Aufgrund deines Aufzugs und deines Benehmens sieht der Alte in dir einen Ehrenmann, und er vertraut dir, bevor du losrennst, um Hilfe zu holen, seinen Ring an. Vielleicht ist es ein Erbstück, etwas von großem Wert, und er hat Angst, dass irgendein weniger vertrauenswürdiger Charakter seine Notlage ausnutzen und ihn bestehlen könnte. Er könnte ein Adliger gewesen sein, was auch erklären würde, dass später eine Kutsche mit seinem Wappen aufgetaucht ist, um ihn zu holen. Seine Bediensteten haben ihn gesucht und sind dabei die Wege abgefahren, die er an diesem Abend am wahrscheinlichsten gegangen sein würde. Deine Übelkeit und Ohnmacht schließlich halte ich für eine nervliche Überreizung deines Körpers. Schon auf dem Heimweg vom Hyde Park warst du wegen Elisabeth irgendwie angespannt. Und dann triffst du auf einen Mann, der Opfer eines Verbrechens wurde und in seinem eigenen Blut schwimmt. Das kann einen Mann wahrlich aus dem Gleichgewicht bringen.«

Jonathan hob die Hände, um seinem Freund Einhalt zu gebieten. »Robert, es tut mir leid. Deine Theorie ist schön und gut, aber all die kleinen Details wollen nicht passen. Was ist mit dem seltsamen Ziehen, das ich verspürt habe?«

»Ein Windhauch, der durch die hohen, schmalen Gassen wehte«, behauptete Robert.

»Was mit den glühenden Augen, die der Mann hatte?«

»Eine Spiegelung des Gaslichts der nahen Straßenlaterne.«

»Und dieser Randolph?«

»Offensichtlich einer seiner Diener. Er gehörte zu den Männern in der Kutsche, und der Alte schickte ihn hinter dir her, nachdem sie ihn gefunden hatten.«

»Aber warum?«

»Weil er dich wissen lassen wollte, dass es ihm wieder gut geht?«

Jonathan schüttelte den Kopf. »Nein, das kann nicht sein. Dieser Randolph erwähnte den Alten mit keinem Wort. Er fragte auch nicht nach dem Ring. Und dann ist da noch dieser Vogel, dieser Rabe, der ihn begleitete und den ich heute vor der Polizeiwache wiedergesehen habe.«

Robert hob warnend einen Finger. »Bist du wirklich sicher, dass es genau jener Rabe gewesen ist? Es gibt viele Raben in London. Woran willst du ihn wiedererkannt haben?« Er trat näher an den Sitzenden heran. »Jonathan, ich weiß, dass du einiges durchgemacht hast, und einiges davon mag dir ungewöhnlich, ja geradezu übernatürlich erscheinen. Aber es war dunkel gestern, du warst müde und unglücklich. Bist du sicher, dass sich wirklich alles so zugetragen hat, wie du es in Erinnerung hast?«

Schweigend biss sich Jonathan auf die Lippen. Nein, genau genommen war er sich alles andere als sicher. »Aber was ist mit den Greifen geschehen? Wohin sind die Statuen so spurlos verschwunden?«

»Das kann ich dir auch nicht sagen«, gestand Robert mit einem Schulterzucken. »Ich tippe auf einen ganz gewöhnlichen Diebstahl, auch wenn ich mir nicht vorstellen kann, wie die Schurken vorgegangen sind. Dazu müssten wir vielleicht einen Kriminalisten befragen.« Er deutete auf Jonathans linke Hand. »Jon, mein Junge, was hältst du davon, wenn wir uns dem einzigen handfesten Beweis widmen, der uns im Augenblick vorliegt?«

»Einverstanden«, sagte dieser mit einem Nicken. »Es befindet sich eine Art Runeninschrift auf dem Ring, schau her.« Er hielt die Hand unter seine Schreibtischlampe und bewegte sie leicht im Licht hin und her, sodass man die hauchzarte Gravur erkennen konnte.

Robert beugte sich vor. »Kannst du den Ring nicht abnehmen?«

»Leider nein«, antwortete Jonathan. »Mit Ziehen und Zerren jedenfalls war es nicht zu bewerkstelligen.« Er versuchte es noch einmal, aber wieder ohne Erfolg. »Ich will diesem widerspenstigen Kleinod heute Abend mal mit Seifenlauge zu Leibe rücken. Aber bis dahin …« Er zuckte mit den Schultern.

»Na schön!«, sagte Robert. »Ich bin ohnehin kein Spezialist für alte Schriften. Doch vielleicht sollten wir den Ring Professor Billingsley im Club zeigen. Ich sprach jüngst mit ihm und erfuhr dabei, dass er zwar Naturkundler ist, aber ein Faible für Archäologie und Okkultes hat. Möglicherweise kann er uns weiterhelfen. Wenn du möchtest, werde ich ihn heute Abend darauf ansprechen. Was mich daran erinnert …« Er holte seine Taschenuhr hervor und warf einen Blick darauf. »Wenn ich vorher noch etwas essen will, muss ich mich auf den Weg machen. Kommst du mit?«

Der »White Friar's Club«, dem Jonathan und Robert seit einem guten Jahr angehörten und den sie ab und zu in den Abendstunden gemeinsam oder auch alleine besuchten, war eine Vereinigung von gebildeten Männern, die ein Interesse an Literatur, Wissenschaft und Kunst einte. Er lag in der Arundel Street, gar nicht weit vom *Strand* entfernt.

»Nicht sofort«, verneinte Jonathan mit einem Kopfschütteln. »Ich möchte noch einen Blick auf den Artikel werfen, denn nach deinem Verdikt *todlangweilig* will ich ihn eigentlich so nicht an Greenhough weiterreichen. Aber ich versuche, etwas später nachzukommen. Wenn ich es nicht mehr schaffe, verabrede doch bitte ein Treffen mit Professor Billingsley für morgen oder übermorgen.«

»In Ordnung.« Robert packte seine Sachen zusammen, nahm seine Jacke vom Haken und zog sie über. Er klopfte auf Jonathans Schreibtischplatte. »Also dann … Noch viel Erfolg. Wir sehen uns später, Jon.«

»Bis später, Robert.« Als sein Freund zur Tür hinausspazierte, hob Jonathan die Hand zum Abschied. Im nächsten Moment war er allein.

Einen Augenblick lang starrte er geistesabwesend auf den leeren Türrahmen. Seine Gedanken wanderten zurück zu dem, was Robert gesagt hatte, zu dessen Versuch, eine plausible Erklärung für die seltsamen Begebenheiten zu finden, die Jonathan erlebt hatte. Ein Teil von ihm wollte den Worten seines Freundes Glauben schenken, dass alles ganz natürliche Gründe hatte – die Übelkeit, die seltsamen Träume, der Rabe, die Greifen, der

Zwischenfall mit der Motorkutsche –, aber sein Gefühl sagte ihm, dass dem nicht so war. Es steckte mehr dahinter. Und früher oder später würde er auch herausfinden, was!

Mit einem tiefen Seufzen zwang er sich an seine Arbeit zurück. *Also noch mal von vorne*, dachte er, doch er fühlte sich lustlos und konnte sich nicht konzentrieren. Vielleicht sollte er die Überarbeitung auf den nächsten Tag verschieben.

In diesem Moment vernahm er ein Geräusch, als würde jemand auf Glas klopfen.

Verwirrt hob er den Kopf und sah sich um. Auf den ersten Blick konnte er keine Quelle für den Laut ausmachen. Als das Klopfen sich hingegen wiederholte, erkannte er, dass es von einem der Milchglasfenster kam. Es war, als würde jemand von außen mit einem harten Gegenstand vorsichtig, aber beharrlich gegen die Scheibe pochen.

Neugierig stand er auf und ging quer durch den Redaktionsraum zum Fenster. Wieder klopfte es an die Scheibe, und es schien Jonathan, als zeichne sich ein kleiner Körper vor dem Milchglas ab. Sein Herz schlug ihm auf einmal bis zum Hals, als eine Ahnung in ihm aufdämmerte, um wen es sich bei dem abendlichen Störenfried handeln mochte.

Beherzt griff er zu und schob den unteren Teil des Fensters nach oben.

Vor ihm auf dem schmalen weißen Fenstersims hockte ein Rabe. *Nein, es ist* der *Rabe*, fuhr es Jonathan durch den Kopf. Der Vogel blickte ihn furchtlos an, legte den schwarz gefiederten Kopf schief und gab ein Krächzen von sich. Im nächsten Augenblick drehte er sich hüpfend um die eigene Achse, breitete die Flügel aus und erhob sich mit einem kräftigen Schlag in die Luft.

»Warte!«, rief Jonathan und lehnte den Oberköper aus dem Fenster, um den Flug des Vogels zu verfolgen. Er sah, dass der Rabe einen Moment lang die Straße hinunter in Richtung Strand segelte und dann elegant auf einer der schwarzen Straßenlaternen landete, die im Abstand von vielleicht zwanzig Schritt die Gehwege säumten. Unter der Laterne stand ein Mann. Er trug eine Schiebermütze und einen bodenlangen Kutschermantel.

Jonathans Augen weiteten sich. *Randolph!* »Gehen Sie nicht weg! Ich bin gleich bei Ihnen«, rief er der einsamen Gestalt zu. Er zog den Oberkörper zurück, schloss das Fenster und hastete zu seinem Schreibtisch. Vergessen waren der Artikel und seine Überarbeitung. *Und ich hatte doch recht, Robert. Ich habe mir das alles nicht nur eingebildet!*, dachte er zufrieden. Mit fliegenden Fingern packte er seine Sachen zusammen, warf sich die Jacke über und rannte zur Tür hinaus.

Higgins hob verwundert den Kopf, als Jonathan die Treppe hinunterpolterte. »Sie können abschließen. Ich bin jetzt weg«, ließ er ihn im Vorbeieilen wissen.

»Einen schönen Abend, Sir!«, wünschte der Portier, während Jonathan schon halb zur Tür hinaus war.

»Ihnen auch!«, rief er, ohne sich umzudrehen.

Eine abendliche Kühle lag in der Luft. Der Himmel hatte sich im Laufe des späteren Nachmittags wieder mit dichten, tief hängenden Wolken zugezogen, und ein leichter Nieselregen schlug Jonathan entgegen, als er das Gebäude des *Strand Magazine* verließ. Graues Zwielicht herrschte zwischen den vierstöckigen, schmutzig roten Backsteinhäusern mit ihren weißen Fenstern, die links und rechts aufragten und der schmalen Southampton Street, einer Seitenstraße des Strand, eine beklemmende Enge verliehen. Eine Handvoll Passanten hastete mit hochgeklappten Mantelkrägen und gesenkten Köpfen an ihm vorbei, und am oberen Ende der Straße, wo selbige an die Südfront der Markthallen des Covent Garden stieß, verschwand ratternd ein Einspänner um die Ecke.

Der Mann namens Randolph erwartete Jonathan am Fuß der Straßenlaterne. Er hatte seine graue Schiebermütze tief ins Gesicht gezogen und die Hände in den weiten Taschen seines Mantels vergraben, nahm die nasskalte Witterung ansonsten allerdings mit völlig stoischer Miene hin. Der Rabe, offenbar sein ständiger Begleiter, hatte sich zwischenzeitlich auf der rechten Schulter von Jonathans geheimnisvollem Wohltäter niedergelassen. Es war ein seltsames Bild, das die drei – der Mann, der Rabe und die Laterne – inmitten des Londoner Straßentreibens abgaben, irgendwie der Wirklichkeit enthoben und nicht ganz von dieser Welt.

»Guten Abend, Mister Kentham!«, sagte der Mann, als Jonathan zu ihm trat.

»Guten Abend … Randolph, nicht wahr?«

Der Angesprochene nickte. »Richtig, Sir. Randolph Brown, aber Sie können mich ruhig Randolph nennen.«

»Dann sagen Sie bitte Jonathan zu mir.«

»Also Jonathan.« Randolph nickte, dann musterte er diesen einige Herzschläge lang aus aufmerksamen Augen, bevor er fortfuhr: »Sie haben sicher eine Menge Fragen.«

Jonathan verzog das Gesicht zu einem schiefen Grinsen. »Das kann man wohl sagen.«

»Ich auch. Gehen wir etwas trinken? Ich kenne ein gutes Pub unweit von St. Pauls, wo man sich ungestört unterhalten kann.«

»Einverstanden.«

»Wir nehmen meine Kutsche.« Randolph blickte den Raben auf seiner Schulter an. »Nevermore, wärst du so nett und holst Grigori?«

Der Vogel gab ein bestätigendes Krächzen von sich, schwang sich in die Luft und flatterte um die nächste Hausecke.

»Nevermore?«, wiederholte Jonathan. »Wie der Rabe bei Edgar Allan Poe?«

Randolph zuckte mit den Schultern. »Keine Ahnung. Dunholm schlug damals vor, ihm diesen Namen zu geben.« Ein Schatten zog über sein Gesicht, als er den Namen erwähnte.

»Müsste mir der Name dieses Herrn etwas sagen?«, fragte Jonathan.

Randolph sah ihn ausdruckslos an. »Geduld.«

Ein Klappern und Rattern wurde laut, und im nächsten Augenblick tauchte ein schwarzer Zweispänner mit geschlossener Kabine auf, der von zwei schönen Rappen gezogen wurde. An den Türen prangte das von floralen Verzierungen umrankte Symbol einer silbernen Sonne, und auf dem Kutschbock saß ein Riese von einem Mann. Im Gegensatz zu Randolph trug er einen leicht zerschlissenen zweireihigen Gehrock, und auf seinem massigen kahlen Schädel saß ein dunkler Zylinder. Unwillkürlich musste Jonathan an den Bericht des Jungen Oliver denken. Ob es sich wohl um dieselbe Kutsche handelte, die den alten Mann aus der Gasse abgeholt hatte?

Das Gespann machte neben den beiden halt, und der Hüne grinste Jonathan mit fleckigen Zähnen an. Nevermore saß nun auf dessen Schulter. Offenbar suchte er die Nähe zu Menschen.

»Das ist Grigori«, sagte Randolph. »Er kommt aus dem Zarenreich und ist zu Gast bei uns hier in England.«

»Guten Tag, Sir«, sagte Jonathan.

Grigori nickte und grinste.

»Er beherrscht unsere Sprache nicht besonders gut«, raunte Randolph ihm im Vorübergehen zu, dann öffnete er die Tür zur Kabine und machte eine einladende Geste. »Zum *Old Man's*«, befahl er Grigori und stieg hinter Jonathan ins Innere.

Die kurze Fahrt verbrachten sie schweigend, nachdem Randolph Jonathan klargemacht hatte, dass er ihm keine Fragen beantworten würde, bevor sie nicht ihr Ziel erreicht hätten. Jonathan nutzte die Zeit, um sein Gegenüber aus den Augenwinkeln zu mustern. Jetzt, da Randolph ihm gegenübersaß, hatte sich der Saum seines Mantels ein Stück gehoben, und auch wenn Jonathan im Dunkel der Kutsche nicht viel erkennen konnte, hatte er doch das Gefühl, dass mit den Schuhen des Mannes irgendetwas nicht stimmte. Sie wirkten seltsam klobig, so als habe er zwei Klumpfüße. Auch seine Beine machten, soweit sich das unter dem Mantel erkennen ließ, einen irgendwie deformierten Eindruck, als hätte er sie sich vor Jahren einmal gebrochen und als wäre der Bruch damals nicht ordentlich verheilt. Das alles mochte natürlich den seltsamen Gang erklären, mit dem der andere sich bewegte.

»Gibt es ein Problem?«, fragte Randolph ein wenig unwirsch, und Jonathan bemerkte, dass er ihn wohl etwas zu auffällig angestarrt hatte.

Rasch wandte er den Blick ab und sah seinem Begleiter in die Augen. »Äh, nein, kein Problem. Verzeihen Sie.«

Randolph grunzte nur und nickte.

Das *Old Man's* erwies sich als kleines Pub in einer der schmalen Gassen nördlich von St. Pauls. Die Fenster bestanden aus gelben Butzenscheiben, und über der hölzernen Eingangstür hing ein Schild, auf dem in verschnörkelten Lettern der Name des Pubs geschrieben stand. Nachdem Grigori sie mit der Kutsche am Rand der Gasse abgesetzt hatte und dann davongefahren war, um das Gespann auf dem Kirchhof südlich der Kathedrale zu parken, gingen Jonathan und Randolph gemeinsam die letzten Schritte zu Fuß. Der Mann in dem Kutschermantel öffnete die Tür und ließ Jonathan vorgehen.

Im Inneren erwartete ihn ein in die Tiefe reichender Raum mit niedriger Decke. Direkt neben dem Eingang befand sich ein hoher Tresen mit einigen Hockern, während im hinteren Teil mehrere Tische mit Stühlen in abgetrennten Nischen standen. Obwohl auf jedem der schweren Tische eine dicke Kerze brannte und hinter dem Tresen zwei Gasleuchten hingen, war der Schankraum recht düster, was nicht zuletzt an den zahlreichen Holzbalken im Fachwerkstil lag, die den Raum unterteilten und die mit allerlei kuriosem Krimskrams behängt und umstellt waren. Alte Musikinstrumente fanden sich dort neben schwarz-weißen Fotografien von Männern mit Tropenhüten und eindrucksvollen Gebirgspanoramen. Verstaubte bauchige Rumflaschen gesellten sich zu Steinschlossrevolvern und Buddelschiffen. In einer Ecke lag auf einem hohen Querbalken etwas, das wie ein vertrockneter Minialligator aussah, und am fernen Ende des Tresens stand ein glockenförmiger Messingvogelkäfig, in dem eine ausgestopfte und ziemlich zerrupft aussehende Krähe saß.

»Was ist das denn für ein seltsamer Laden?«, wollte Jonathan wissen, während er mit staunender Miene die Einrichtung begutachtete.

»Das ist das *Old Man's*«, erwiderte Randolph schmunzelnd. »Nur für ausgewählte Gäste. Es wird Ihnen gefallen. Da kommt unser Gastgeber, Old Man.«

Er deutete auf einen kleinen, rundlichen Mann mit Schürze und hochgekrempelten Hemdsärmeln, der sich ihnen mit zwei leeren Biergläsern näherte. Sein dunkelblondes Haar wurde schon schütter und war mit reichlich Pomade aus der fliehenden Stirn nach hinten gekämmt. Aber das verschmitzte Lächeln, das auf seinem von einem kurzen, struppigen Bart gezierten Gesicht lag, verlieh ihm ebenso wie seine im Licht der Kerzen funkelnden blauen Augen eher das Aussehen eines gutmütigen Kobolds als das eines alten Mannes.

»Guten Abend, Randolph! Schön, dass du mal wieder vorbeischaust. Es ist ein paar Tage her.«

»Geschäfte«, sagte Randolph nur. »Nichts, worüber du dir Gedanken machen müsstest.«

Der Wirt machte eine abwehrende Handbewegung, während er hinter den Tresen trat und die Gläser abstellte. »Käme mir nie in den Sinn zu fragen, was du getrieben hast. Wer ist dein Freund?« Er warf Jonathan einen neugierigen Blick zu.

»Mein Name ist Jonathan Kent…«, begann Jonathan, doch er wurde von seinem Begleiter unterbrochen. »Er gehört zu Dunholm und mir.«

»Verstehe«, sagte Old Man und tunkte die Gläser in ein Spülbecken mit nicht mehr ganz frischem Wasser. »Apropos Dunholm. Die Vögel pfeifen ein paar komische Sachen von den Dächern.«

»So?«, sagte Randolph. »Was pfeifen sie denn?«

»Dass der arme Knabe ein paar gesundheitliche Probleme hat – ein paar sehr ernste gesundheitliche Probleme.«

Jonathans Begleiter warf ihm einen düsteren Blick zu. »Es ist noch schlimmer, als du denkst. Aber ich will jetzt nicht darüber reden. Bring uns zwei Pints, in Ordnung? Wir sitzen hinten in meiner Ecke.«

»Mache ich, Randolph. Und, he …« Er griff über den Tresen hinweg und berührte ihn am Arm. Auf einmal wirkte er bekümmert. »Es tut mir leid, alter Junge. Dunholm war ein verdammt anständiger Kerl.«

Randolph presste die Lippen zusammen und nickte nur. Dann bedeutete er Jonathan mit einer Kopfbewegung, ihm zu folgen.

»War Dunholm der Mann in der Gasse?«, fragte Jonathan leise.

»Ja«, sagte Randolph.

»Und ist er …?«

»Ja. Er ist tot.«

Jonathan holte tief Luft und entließ sie dann geräuschvoll wieder aus seinen Lungen. Also hatte er den alten Mann wirklich auf dem Gewissen. Wäre er nicht ohnmächtig geworden, hätte er dem Alten vielleicht noch helfen können. Es war ein furchtbares Gefühl, für den Tod eines anderen Menschen verantwortlich zu sein – zumindest zu einem kleinen Teil. »Mein Beileid.«

»Danke!«, brummte Randolph, der offensichtlich wirklich nicht über Dunholm sprechen wollte.

Er führte Jonathan zu einem kleinen Tisch in der linken hinteren Ecke des Pubs. An der Wand hingen ein altes Akkordeon und etwas, das aussah wie die Ritualmaske eines afrikanischen Geistersehers.

»Eine außergewöhnliche Sammlung«, stellte Jonathan fest, während sie sich setzten. »Dieser Old Man scheint viel in der Welt herumgekommen zu sein.«

»Ich glaube, er hat London nie verlassen«, erwiderte Randolph. »Er ist allerdings ein begeisterter Sammler von exotischem

Krempel. Und ich wette, er kennt jeden Antiquitätenladen im Umkreis von hundert Meilen.«

Der Wirt brachte das bestellte Ale, und die beiden Männer tranken schweigend einen Schluck. Im Anschluss daran verschränkte Jonathan die Hände auf der Tischplatte und beugte sich vor. »Da wären wir also … Sie sagten, dass Sie Antworten auf meine Fragen hätten …«

»Das habe ich«, antwortete Randolph. »Aber zuerst wüsste ich gerne ein wenig mehr über Sie. Wer sind Sie, und was hatten Sie gestern Nacht mit Dunholm zu schaffen?«

Jonathan ließ sich Zeit mit der Antwort. Jetzt, da er genauer darüber nachdachte, fiel ihm plötzlich auf, dass er den Mann, der ihm gegenübersaß, im Grunde überhaupt nicht kannte. Zugegeben hatte Randolph ihn am gestrigen Abend nach Hause gebracht, und dieser Dunholm hatte ihn als einen der wenigen vertrauenswürdigen Menschen bezeichnet, an die Jonathan sich wenden dürfe. Für Randolph sprach auch, dass er zu keinem Zeitpunkt versucht hatte, Jonathan den Ring, diesen *Schlüssel* zu was auch immer, abzunehmen. Dennoch waren sie alle in irgendetwas Größeres verstrickt, und Jonathan hätte allzu gerne gewusst, in was, bevor er etwas über sich preisgab.

»Er hat Ihnen gesagt, dass Sie niemandem trauen sollen, nicht wahr?«, fragte Randolph leise, als er Jonathans Zögern bemerkte.

»Ja, das hat er tatsächlich«, gab dieser zu.

»Und er hat recht daran getan. Selbst ich, der seit vielen Jahren Teil dieses … Spiels … ist, bin mir in den letzten Tagen nicht mehr sicher, wer mein Freund ist und wer mein Feind. Das war auch der Grund, warum ich Sie unterbrochen habe, als Sie vorhin Ihren Namen nennen wollten. Es ist noch nicht nötig, dass die Kreise, in denen ich verkehre, erfahren, wer Sie sind.« Auch er beugte sich vor. »Im Übrigen habe ich, indem ich mich mit Ihnen treffe, viel mehr zu verlieren als Sie, denn ich werde Sie in Dinge einweihen müssen, die gerade Ihresgleichen nicht erfahren sollte.«

»Meinesgleichen?«, fragte Jonathan.

»Zeitungsleute«, sagte Randolph. »Sensationsreporter.«

»Verstehe. Aber ich bin eigentlich eher für den Kulturteil zuständig.«

Sein Gegenüber machte eine wegwerfende Handbewegung. »Wie auch immer. Jedenfalls gehe ich ein hohes Risiko ein. Sie dagegen berichten mir nur, was Sie schon der Polizei erzählt haben …«

»Dann war es Ihr Rabe, den ich auf der Wache gesehen habe?«, platzte es aus Jonathan heraus.

Randolph nickte. »Ich bat Nevermore, Sie zu beobachten, derweil ich mit anderen Dingen beschäftigt war.«

»Was ist das für ein Tier? Der Rabe scheint mir außerordentlich intelligent zu sein.«

»Das ist er auch. Nevermore ist kein gewöhnlicher Vogel. Ich erzähle Ihnen später gerne mehr von seinen besonderen Talenten. Aber zuerst muss ich mir Ihrer sicher sein.«

Jonathan trank noch einen Schluck Ale. »Na schön!«, sagte er dann mit einem Nicken. »Sie haben wohl recht. Abgesehen davon habe ich Ihnen bereits bis hierher vertraut. Nun kommt es auf die paar Dinge, die ich weiß, auch nicht mehr an.« Anschließend erzählte er seinem Begleiter von den Geschehnissen der letzten vierundzwanzig Stunden, und im Gegensatz zu dem Bericht, den er bei der Polizei zu Protokoll gegeben hatte, ließ er diesmal keines der ungewöhnlichen Phänomene aus, denn er hoffte, dass Randolph ihm das eine oder andere würde erklären können.

Nachdem er geendet hatte, blickte Randolph ihn ernst an. »Danke, Mister Kentham …«

»Jonathan.«

»… Jonathan. Jetzt sehe ich klarer. Und ob Sie es glauben oder nicht: Es beruhigt mich zu wissen, dass Sie es waren, der Dunholm zuerst gefunden hat. Es hätte weit schlimmer kommen können.«

Jonathan neigte leicht den Kopf. »Und nun sind Sie an der Reihe«, fügte er hinzu.

»Das bin ich«, bestätigte Randolph. »Einen Augenblick noch.« Sein Blick verlor ein wenig den Fokus, als würde er an Jonathan vorbei in weite Ferne blicken, und es war Jonathan, als würde ein schwaches gelbliches Glitzern in die Pupillen des anderen Mannes treten, ähnlich wie im Falle Dunholms, nur weitaus weniger ausgeprägt. Und hier wie dort schien es keine direkte Lichtquelle zu geben, deren Schein sich auf diese Weise in den Augen seines Gegenübers hätte widerspiegeln können. Randolph hob eine Hand und schien irgendetwas in die Luft zwischen ihnen zu malen. Ein kaum wahrnehmbares Schwindelgefühl erfasste Jonathan, doch es war so rasch wieder verschwunden, dass er nicht zu sagen vermochte, ob er es sich nur eingebildet hatte. »Was machen Sie da?«, fragte er.

»Ich sorge dafür, dass wir ungestört reden können«, antwortete Randolph.

»Wie das?«

»Ich erkläre es Ihnen später. Eins nach dem anderen. Als Erstes will ich mich richtig vorstellen. Mein Name ist, wie ich schon sagte, Randolph Brown. Ich war viele Jahre lang der Vertraute und Diener von Albert Dunholm, des Ersten Lordmagiers des Ordens des Silbernen Kreises. Dieser Orden …«

»Halt, einen Augenblick mal!«, unterbrach Jonathan ihn. »Habe ich das richtig verstanden? Sagten Sie Magier? Sind Sie etwa Schausteller? Zauberkünstler oder dergleichen?«

»Nein«, erwiderte Randolph ruhig. »Keine Schausteller. Magier. Das haben Sie schon richtig gehört. Aber ich meine echte, richtige Magier, wie Merlin beispielsweise.«

»Echte …« Jonathan starrte ihn mit ungläubiger Miene an.

»Ziehen Sie nicht so ein Gesicht«, knurrte Randolph warnend. »Ich mache mir nicht die Mühe, unsere Worte zu dämpfen, nur damit irgendjemand an ihrer Miene ablesen kann, was an diesem Tisch gesprochen wird.«

»Verzeihung«, sagte Jonathan und versuchte, möglichst unbeteiligt auszusehen. Doch das war leichter gesagt als getan, denn mit jedem Satz, den Randolph sprach, und mochte er noch so belanglos klingen, brannten ihm mehr Fragen auf der Zunge.

»Schon in Ordnung.« Randolph ließ seine im Schatten der Schiebermütze halb verborgenen Augen durch den Raum schweifen. »Aber vielleicht war es ohnehin ein Fehler hierherzukommen. Bis jetzt war das *Old Man's* immer eine gute Adresse, um zu reden, denn … nun ja … nur bestimmte Eingeweihte haben hier Zutritt. Aber seit man nicht einmal mehr seinem Nachbarn trauen darf …« Er schielte in Richtung der gegenüberliegenden Nische, in der ein älterer Herr saß, der fast vollständig hinter einer Ausgabe des *Daily Telegraph* verschwunden war. Dieser erweckte allerdings nicht den Eindruck, als stelle er eine unmittelbare Bedrohung für sie dar.

»Was schlagen Sie vor?«, fragte Jonathan, der das alles zwar noch nicht so recht zu fassen vermochte, aber entschlossen war, auf dem metaphorischen Pferderücken sitzen zu bleiben, ganz gleich, wohin der wilde Ritt ihn führte. *Magier* … Es klang zu fantastisch, um wahr zu sein.

Randolph brummte, als er sich ihm wieder zuwandte. »Ich wollte Sie eigentlich behutsam auf das Kommende vorbereiten. Aber ich fürchte, es ist sicherer, wenn wir dieses Gespräch an anderer Stelle fortsetzen. Ich möchte Ihnen einen Mann vorstellen, der Ihnen Ihre Fragen nicht nur besser beantworten kann als ich, sondern auf dessen Mithilfe ich zudem baue, um den Mord an Albert Dunholm aufzuklären.«

»Also gut. Wer ist dieser Mann?«

»Sein Name ist Holmes.«

Holmes! Das war einer der Namen gewesen, die Dunholm in der Gasse genannt hatte und an den er sich nicht mehr hatte erinnern können. Seine Miene hellte sich auf. »Großartig.« Grinsend hob er eine Augenbraue. »Er heißt nicht zufällig Sherlock mit Vornamen?«

Randolph blinzelte verwirrt. »Nein, wieso?«

»Vergessen Sie's«, sagte Jonathan kopfschüttelnd. »Eine Gedankenverknüpfung, die sich mir bei dem Namen immer wieder aufdrängt. Ich lese zu viele Magazine. Wann werden wir Mister Holmes aufsuchen? Heute noch? Oder morgen Abend?«

Randolph warf einen Blick auf eine Wanduhr, die gegenüber vom Tresen zwischen vergilbten Fotografien hing. »Er sollte eigentlich mittlerweile zu Abend gegessen haben und bereit sein, uns zu empfangen. Also würde ich sagen … jetzt.«

19. April 1897, 20:20 Uhr GMT (19:20 Uhr Ortszeit)
Atlantik, etwa 1300 Seemeilen westlich der Meerenge von Gibraltar (unweit der Azoren)

Kapitän Ernst Feddersen war rundum zufrieden. Pfeife schmauchend, stand der kräftige Mann mit dem dichten grauen Vollbart neben dem Steuermann und dem Ersten Offizier der *Pegasus* und sah den Matrosen zu, die unten auf dem Hauptdeck saßen und ausgelassen Seemannslieder sangen, während einer von ihnen sie mit seinem Akkordeon begleitete. Es freute ihn, dass die Männer ein bisschen Spaß hatten. Das sorgte für gute Stimmung an Bord. Andererseits gab es auch weiß Gott keinen Grund, Trübsal zu blasen. Seit die stählerne Bark, einer der sogenannten Flying P-Liner der Hamburger Reederei F. Laeisz, vor einer guten Woche aufgebrochen war, um, das Kap Hoorn umsegelnd, den chilenischen Salpeterhafen Valparaíso anzusteuern, hatten sie hervorragende Fahrt gemacht, und mittlerweile befanden sie sich schon südlich der Azoren. Feddersen glaubte zwar nicht, dass es ihm gelingen würde, den Rekord seines Kapitänskollegen Hilgendorf, des »Teufels von Hamburg«, zu brechen, der die Strecke, vom südenglischen Lizard aus gemessen, in achtundfünfzig Tagen bewältigt hatte, aber das war ihm auch gar nicht so wichtig. Er war gerne draußen auf See, und die *Pegasus* war ein ordentliches modernes Schiff, das sich gut führen ließ und das seinem Kapitän und seiner Mannschaft immerhin bescheidenen Luxus bot.

Feddersen wandte den Blick vom Hauptdeck ab, strich seine

dunkelblaue Kapitänsuniform glatt und trat backbord an die Reling, um aufs offene Meer hinauszuschauen, dieses endlose, unablässig bewegte Blau, auf dessen schaumgekrönten Wellenkämmen sich im Westen glitzernd die tief stehende Abendsonne widerspiegelte, die unter einer fast bis zum Horizont reichenden Wolkendecke hervorlugte und ihnen ein paar letzte Grüße des scheidenden Tages sandte. Feddersen nahm die Pfeife aus dem Mund, schloss die Augen und sog tief die frische, salzig riechende Meeresluft ein. Das ewige Rauschen der Wellen bildete einen steten dumpfen Kontrast zum fröhlichen Feiern der Männer, wie der ruhige Herzschlag eines gewaltigen Wesens, auf dessen Rücken die *Pegasus* mit vollen Segeln dahineilte. Alles war friedlich, und wäre Feddersen imstande gewesen, die Zeit anzuhalten, so hätte er es in diesem Augenblick getan.

»Treibgut an Steuerbord in Sicht!«, unterbrach der Ruf des Wachhabenden im Ausguck Feddersens Ruhe. »Treibgut an Steuerbord!« Sofort hörte das Singen auf, und viele Füße trappelten über das Deck.

Feddersen öffnete wieder die Augen. »Fernglas, bitte«, befahl er. Sein Erster Offizier Hans Nissen reichte es ihm und nahm selbst ein zweites zur Hand.

Während unten auf dem Hauptdeck aufgeregte Rufe laut wurden, begaben sich die beiden Männer zur Steuerbordreling und hoben ihre Ferngläser vor die Augen. Feddersen musste einen kurzen Moment suchen, doch dann sah er, was der Ausguck gemeint hatte: Ein massiger dunkler Körper, dessen größter Teil sich knapp unter der Wasseroberfläche verbarg, näherte sich von Südosten her. Im Augenblick mochte er noch gute zwei Seemeilen entfernt sein, aber er kam mit beängstigender Geschwindigkeit auf sie zu. Worum auch immer es sich handeln mochte: Treibgut war es jedenfalls nicht.

»Gütiger Himmel, was ist das?«, entfuhr es Nissen.

»Ich will verdammt sein, wenn ich es weiß«, brummte Feddersen. »Vielleicht ein Wal …«

Sein Erster Offizier schüttelte den Kopf. »Zu schnell für einen Wal. Und was sind das für seltsame Lichter vorne. Sind das Augen?«

Feddersen justierte sein Fernglas und erkannte nun auch, dass an der Spitze des Körpers zwei kreisrunde gelbe Flecken glühten, die vielleicht halbe Mannsgröße haben mochten, auch wenn das auf die Entfernung schlecht abzuschätzen war. Nun war es an ihm, den Kopf zu schütteln. »Ich kenne kein Tier, das so hell strahlende Augen hat. Sieht mir eher nach Lampen aus.«

»Aber Lampen ...« Nissen sog scharf die Luft ein. »Vielleicht eine Art Tauchboot.«

»Ein Tauchboot?«, echote Feddersen. »Kein Tauchboot der Welt könnte so weit draußen auf dem Meer fahren.«

»Mit Verlaub, Herr Kapitän, aber ich habe gehört, dass die Amerikaner und die Franzosen seit ein oder zwei Jahren einen heftigen Wettstreit um die modernsten Tauchschiffe austragen«, meldete sich der Steuermann, ein wettergegerbter Nordsee-Insulaner namens Jakob Quedens, zu Wort. »Wer weiß, was dort draußen alles an geheimen Regierungsfantasien herumschwimmt.«

»Bleibt die Frage, was das Ding von uns will. Wir haben keinen Streit mit den Amerikanern oder den Franzosen ...«, murmelte Nissen.

Feddersen kniff die Augen zusammen. Irrte er sich, oder wurde das Ding schneller?

»Das Ungeheuer will uns rammen!«, schrie einer der Männer auf dem Hauptdeck und löste damit ein wildes Durcheinander aus.

Er hat recht, durchfuhr es Feddersen. *Es befindet sich auf Kollisionskurs.* Er riss das Fernglas herunter. Die Frage, um wen oder was es sich bei dem Schatten handeln mochte, wurde hinfällig: Offensichtlich war er ein Feind. »Klar zum Wenden!«, brüllte er. »Ruder hart steuerbord!«

Während der Steuermann hektisch am Ruder zu kurbeln begann, rannten die Männer auf dem Hauptdeck voller Schrecken los, um das Manöver auszuführen und dem Angreifer den verstärkten Bug der *Pegasus* zuzuwenden. Ächzend fing das siebzig Meter lange Schiff an, sich im Wasser zu drehen.

»Nissen, übernehmen Sie!«, befahl Feddersen seinem Ersten Offizier, die Wende zu führen. Er selbst hob das Fernglas wieder an die Augen, um zu verfolgen, wie der Feind sich verhielt. *Verdammt, wir schaffen es nicht!*, dachte er, als er sah, dass der riesige Schatten noch einmal beschleunigt hatte.

»Festhalten! Aufprall!«, schrie er aus Leibeskräften.

Keine zwei Herzschläge später gab es einen gewaltig dröhnenden Schlag, als hämmere jemand mit einem tonnenschweren Klöppel gegen eine riesenhafte Glocke, und die *Pegasus* wurde regelrecht herumgerissen. Maste und Wanten ächzten unter der Belastung, als die Bark in gefährliche Schräglage geriet. Männer stürzten schreiend aus der Takelage und über Deck und verschwanden in der schäumenden See.

»Heilige Mutter Gottes!«, schrie Quedens, der sich neben dem Kapitän ans Ruder klammerte, und nahm Feddersen damit die Worte aus dem Mund.

Mit einem Stöhnen, das an ein großes waidwundes Tier erinnerte, rollte das Schiff zurück in seine normale Lage. Gischt spritzte über die Steuerbordreling und durchnässte die Matrosen, die sich verzweifelt an der Takelage festhielten.

»Wassereinbruch steuerbord mittschiffs!«, drang es von irgendwoher zu ihnen herauf.

Der Kapitän und sein Erster Offizier beugten sich über die Reling und warfen einen Blick über Bord. Sie mussten nicht lange suchen, bis sie den durch eingedrückte Stahlplatten und aufgeplatzte Schweißnähte entstandenen Riss entdeckten, der ziemlich genau in der Mitte der rechten Rumpfseite der Bark halb oberhalb, halb unterhalb der Wasserlinie klaffte.

»Kümmern Sie sich darum«, befahl Feddersen seinem Stellvertreter.

Nissen nickte und eilte sofort die Treppe hinab unter Deck. »Schotten schließen! Lenzpumpen anwerfen!«, schrie er. Feddersen blickte hinter ihm her und wischte sich mit der breiten Hand übers Gesicht. Verdammt, das alte Sprichwort galt immer wieder: *Man soll den Tag nicht vor dem Abend loben.*

»Es kommt zurück«, bemerkte Quedens dumpf und deutete mit einer Kopfbewegung nach Steuerbord.

Als Feddersen sich umdrehte und den Blick wieder aufs Meer richtete, erkannte er, dass sein Steuermann recht hatte. Der dunkle Schatten mit den zwei glühenden Augen hatte den Rammstoß offenbar unbeschadet überstanden und wendete gerade in einer weiten Kurve, um sich erneut auf Kurs zu bringen. Nass glänzende Zacken ragten aus der See hervor, wie Knochendorne auf dem Rücken eines urzeitlichen Ungetüms.

»Was für ein Dämon bist du?«, murmelte Feddersen leise. »Und warum tust du uns das an?«

Das Ungeheuer – mochte es nun eine Maschine sein oder nicht – blieb ihm die Antwort schuldig, als es mit einem zweiten, noch heftigeren Rammstoß ein Loch in den Rumpf der *Pegasus* riss, das keine Lenzpumpe mehr ausgleichen konnte. Während sein Schiff in den Fluten des Ozeans versank, starrte der blutende Kapitän Feddersen fassungslos aufs Meer, wo der unheimliche, grausame Schatten seine Fahrt nach Nordosten fortsetzte.

KAPITEL 7:

WUNDERSAME UNTERWEISUNGEN

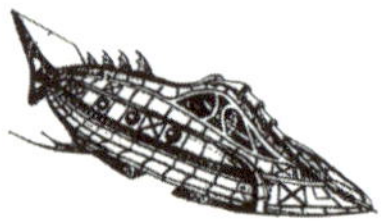

»Krieg zwischen Türkei und Griechenland. Am Samstagabend entschied der im Sultanspalast von Konstantinopel versammelte Ministerrat, dass angesichts des jüngsten Einfalls in Mazedonien durch griechische Streitkräfte ab sofort Krieg herrscht. Assin Bey, der türkische Gesandte in Athen, wurde zurückberufen, und Prinz Mavrokordatos, der griechische Gesandte in Konstantinopel, ausgewiesen. Im Anschluss an die Sitzung erließ der Sultan eine Irade, welche die Entscheidung des Rats bestätigt und alle griechischen Kaufleute anweist, binnen 15 Tagen das Land zu verlassen.«

– London Times, 19. April 1897

19. April 1897, 20:35 Uhr GMT
England, London, Park Square

Jonathan hatte keine Vorstellung davon, wie viel Geld Magier – egal ob echt oder nicht – verdienten. Holmes jedenfalls schien nicht ganz unvermögend zu sein, wenn man die Lage seines Domizils am südöstlichen Ende des weitläufigen Regent's Park bedachte. Es handelte sich um ein elegantes dreigeschossiges Reihenhaus mit hohen Fenstern, säulenverzierter weißer Fassade und einem über die ganze Breite des Gebäudes verlaufenden Balkon im ersten Stock.

»Da wären wir«, sagte Randolph, als sie ausstiegen. Während sie auf die leicht zurückgesetzte Eingangstür zugingen, ließ Grigori hinter ihnen die Zügel knallen, um das Gespann auf die andere Seite der Straße zu manövrieren und neben dem schwarzen Eisenzaun abzustellen, der den benachbarten Park Square Garden einfasste. Er machte keinerlei Anstalten, ihnen zu folgen.

»Kommt er nicht mit hinein?«, fragte Jonathan.

»Grigori?« Randolph lachte leise. »Den würden keine zehn Pferde in dieses Haus bringen. Er ist einmal mit Holmes aneinandergeraten, und der hat ihm auf ziemlich … nun ja … nachdrückliche Weise klargemacht, wer von ihnen beiden der bessere Magier ist. Ich will nicht zu viel sagen, aber es hatte etwas mit einem Balkon wie diesem dort oben zu tun, nur dass sich jener Balkon in etwa fünfzig Fuß Höhe befand. Der arme Grigori.« Er schüttelte grinsend den Kopf und hob dann die Hand, um den wie einen Löwenkopf geformten Türklopfer zu betätigen.

Kurz darauf wurden hinter der Tür Schritte laut, und ein schwarz livrierter Diener mit schlohweißem Haar und einem vortrefflich kultivierten Ausdruck gepflegter Überheblichkeit auf den Zügen öffnete ihnen. »Mister Brown, da sind Sie ja schon wieder«, stellte er fest, und ein Hauch von Abscheu schlich sich in seine Stimme. »Und diesmal in Begleitung.«

»Ganz recht, Joseph, wie schon heute Morgen angekündigt«, sagte Jonathans Begleiter. »Ist Holmes mittlerweile zurück? Wir müssen ihn dringend sprechen.«

Der Bedienstete zögerte. »Er ist zu Hause, aber … indisponiert.«

»Indisponiert?«, echote Randolph ungläubig. »Was soll das

denn heißen? Lassen Sie mich mal durch!« Er trat vor und schob den protestierenden Butler zur Seite. »Holmes!«, brüllte er in der Eingangshalle des Hauses. »Ich bin es, Randolph! Ich muss mit Ihnen sprechen. Es ist wichtig!«

Irgendwo im ersten Stock war ein Poltern zu hören, und eine Tür wurde zugeschlagen.

»Es scheint nicht so, als ob er uns empfangen wollte«, merkte Jonathan an, dann fiel sein Blick auf den Kleiderständer neben der Tür, und er hielt überrascht inne. »Das kann doch nicht wahr sein«, murmelte er, während er näher trat und den Invernessmantel und den Deerstalkerhut betrachtete.

»Das werden wir ja sehen«, gab Randolph unterdessen zurück und begann, die Treppe in den ersten Stock hinaufzusteigen.

»Sir, das kann ich Ihnen nicht erlauben«, ereiferte sich der Butler und eilte ihm nach.

»Zu Protokoll genommen«, knurrte Jonathans Begleiter, der sich von dem älteren Mann und dessen Versuchen, ihn am Ärmel zu greifen, mitnichten aufhalten ließ.

»Sir, das ist nicht recht. Mister Holmes kann Sie jetzt nicht empfangen«, jammerte der Butler.

»Joseph!« Randolph drehte sich zu dem Mann um und funkelte ihn zornig an. »Ersparen Sie uns allen diese unerfreuliche Szene, und gehen Sie lieber in die Küche, um einen starken Tee zu brühen. Mir scheint, dass wir den alle nötig haben.« Er wollte schon weitergehen, doch da schien ihm noch etwas einzufallen. »Oh, und einen Happen zu essen könnte ich auch vertragen. Also wenn Sie noch etwas kalten Braten vom Mittag haben oder ein paar kleine Pasteten …«

Joseph starrte ihn an, als sei Randolph soeben einem silbernen Projektil entstiegen, mit dem er sich vom Mond zur Erde geschossen hätte und in ihrem Vorgarten gelandet wäre. »Tee, Braten, Pastete.«

»Klingt prachtvoll«, erklärte der Kutscher mit einem Nicken, drehte sich brüsk um und ließ den Bediensteten mitten auf der Treppe stehen.

»Entschuldigen Sie«, murmelte Jonathan, als er sich an dem Butler vorbeidrängte. »Ich gehöre dazu.«

Am oberen Ende der Treppe wurde er jedoch von Dunholms ehemaligem Diener aufgehalten. »Warten Sie hier einen Moment, Jonathan. Ich möchte zunächst kurz mit Holmes alleine sprechen.« Er wedelte wie zur Erklärung mit einer Hand durch die Luft. »Ihn auf Ihre Anwesenheit vorbereiten, wenn Sie verstehen, was ich meine.«

Genau genommen verstand Jonathan es nicht, aber er nickte dennoch und ließ zu, dass Randolph zu der verschlossenen Tür hinüberging und anklopfte. »Ich komme jetzt rein, Holmes, und ich bin allein«, rief er. Dann öffnete er die Tür und verschwand nach drinnen. Irgendetwas knallte wie ein Schuss, anschließend polterte es, und Jonathan vernahm die gedämpfte Stimme Randolphs: »Herrgott, Holmes, haben Sie den Verstand verloren?«

Auch wenn es ihn in den Fingern juckte, zur Tür zu schleichen und das Ohr an das dunkelbraune Holz zu legen, widerstand Jonathan der Versuchung und widmete seine Aufmerksamkeit stattdessen Holmes' Domizil. Er musste feststellen, dass die hier oben im Korridor zur Schau gestellte Einrichtung – und auch die in der Eingangshalle, welche man von oben aus einsehen konnte – nicht nur geschmackvoll war, sondern auch penibel sauber. Der Boden war mit hellen Marmorfliesen ausgelegt, auf denen schmale Läufer lagen. An den Wänden hingen einige Gemälde in schmalen Goldrahmen, die wildromantische, sturmumtoste Klippenszenerien zeigten, und um einen niedrigen Tisch waren zwei weinrote Ledersessel angeordnet. Jonathan fühlte sich ein wenig an das Büro seines Chefredakteurs erinnert, und er fragte sich, ob dieser Mister Holmes ein ebenso einnehmendes Wesen wie Norman Greenhough besaß.

Hinter der Tür wurden Stimmen laut. »Nein!«, rief irgendein Mann. »Ich will nicht!«

»Uns läuft die Zeit davon, verdammt!«, erregte sich Randolph. »Und jetzt nehmen Sie sich zusammen.«

Die Tür wurde aufgerissen, und Jonathans Begleiter tauchte auf. »Kommen Sie herein, Jonathan.«

Zögernd trat Jonathan näher und schaute zur Tür hinein.

Der Raum dahinter bildete einen erschreckenden Gegensatz zu den gepflegt wirkenden Teilen des Hauses, die er bisher zu sehen bekommen hatte. Überall lagen Zeitschriften und Zeitungen herum. Über die Lehne eines hohen braunen Ohrensessels hatte jemand nachlässig einen rotgoldenen Morgenmantel geworfen. Benutzte Kristallgläser, farbige Fläschchen, Tiegel, Quarzsteine und Bücher standen und lagen auf einem Kaminsims und dem länglichen Tisch, der die Fensterseite des Raumes dominierte. In einem angelaufenen Messingkäfig in der hinteren Ecke des Raumes hockte ein gelb-grüner Wellensittich und wirkte irgendwie unzufrieden mit der Welt als Ganzes und seinem Schicksal im Besonderen. Der einzige Gegenstand, der in blank poliertem Glanz erstrahlte, war eine Geige, die auf einem Notenständer neben dem Kamin ruhte.

In der Mitte des Raumes stand ein Mann in leicht derangiert wirkendem Aufzug. Sein Haar war ungekämmt, sein Hemdkragen nicht ordentlich geknöpft, und auf seiner Weste zeichneten sich gelbliche Flecken ab. Er stützte sich mit einer Hand auf einen Beistelltisch, während er sich mit zwei Fingern der anderen die Schläfen massierte. »Ich habe doch gesagt, Brown, dass ich keine Lust habe …« In diesem Augenblick bemerkte er Jonathan. Von einer Sekunde zur anderen trat ein strahlendes Lächeln auf sein Gesicht, und er breitete in herzlicher Geste die Arme aus. »Mister Kentham! Wie schön, Sie kennenzulernen. Unser gemeinsamer Freund Mister Brown hat mir schon so viel von Ihnen erzählt – nein, das ist nicht wahr, aber seien Sie trotzdem willkommen in meinem Heim. Kann ich Ihnen etwas anbieten? Einen kleinen Whiskey vielleicht?«

Als Jonathan näher trat, wehte ihm ein Geruch entgegen, der

die Vermutung nahelegte, dass Holmes selbst schon zwei oder drei kleine Whiskeys zu sich genommen hatte. Und den Ringen unter seinen Augen nach zu schließen, hatte er in der letzten Nacht auch nicht sonderlich viel Schlaf gefunden. Er schüttelte den Kopf. »Danke! Im Augenblick nicht. Sie sind also Mister Holmes?«

»In der Tat.« Sein Gegenüber fuhr sich mit der Hand durchs Haar, schloss den offenen Kragenknopf und machte anschließend eine formvollendete Verbeugung. »Mein Name ist Holmes, Jupiter Holmes. Stehe zu Ihren Diensten.« Er räusperte sich. »Und Sie sind … Nein! Sagen Sie es nicht. Sagen Sie mir nicht, welchen Beruf Sie ausüben … Sagen Sie mir nicht, wo Sie wohnen. Werden Sie Zeuge meines überlegenen Intellekts.« Er legte die Hände hinter dem Rücken zusammen, setzte eine ernste Miene auf und ging gemessenen Schrittes einmal um Jonathan herum. Dabei musterte er ihn eingehend.

Jonathan warf Randolph einen fragenden Blick zu, doch der war gerade damit beschäftigt, einen Revolver zu entladen, den er aus seiner Manteltasche gezogen hatte. Erst jetzt fiel Jonathan das Einschussloch auf, das neben der Tür in der Tapete klaffte. Allem Anschein nach hatte er sich gründlich getäuscht. Gegen Holmes war Norman Greenhough ein Waisenknabe.

»Sie sind Journalist«, sagte ihr Gastgeber unvermittelt. »Und zwar beim … warten Sie …« Er blickte ihn scharf an. »*Strand Magazine*, habe ich recht?«

»Das stimmt«, sagte Jonathan verblüfft.

»Ah, ich bin noch nicht fertig. Sie haben in Cambridge studiert, und …« Er ging kurz in die Hocke und begutachtete Jonathans Schuhwerk. »… Sie leben unweit des Finsbury Square.«

»Das ist erstaunlich!«, entfuhr er Jonathan, womit er Holmes ein zufriedenes Lächeln entlockte. »Wie haben Sie das herausbekommen? Halt, Augenblick. Randolph hat es Ihnen verraten.«

»Habe ich nicht«, brummte dieser.

»Nein, das hat er in der Tat nicht«, bestätigte Holmes. »Es ist alles eine Frage des genauen Beobachtens und des analytischen Denkens.«

Jonathan blinzelte verwirrt. »Verzeihen Sie die Frage … Aber versuchen Sie diesen Detektiv von Conan Doyle nachzuahmen? Ich habe den Mantel gesehen, den Hut, hier die Geige, und jetzt ihr Faible für wissenschaftliches Ermitteln.«

Ihr Gastgeber sog empört die Luft ein.

»Oje, auch das noch«, murmelte Randolph.

»Ob ich versuche …? Also hören Sie mal, mein Freund …« Holmes stapfte zu dem Sessel hinüber, zog den Morgenmantel an und verknotete den Gürtel vor dem Bauch. »Ich habe diesen Mantel schon getragen, als der gute Arthur noch Schreibübungen in seiner Arztpraxis in Southsea gemacht hat.« Sein Weg führte ihn zum Kaminsims weiter, wo er eine Holzschachtel aufklappte und eine Pfeife hervorholte. »Pfeife rauche ich seit dem siebzehnten Lebensjahr. Und Geige …« Er deutete auf das Instrument. »… spiele ich seit dem zwölften.« Er kehrte zu Jonathan zurück und baute sich vor ihm auf, die Hände in die Hüften gestützt. »Also wenn hier irgendjemand irgendjemanden nachgeahmt hat, dann mein sauberer Herrenclub-Bruder, mit dem ich zwischen '85 und '89 unten in Portsmouth verkehrte.« Seine Miene glättete sich, und ein Lächeln trat auf seine Züge. »Aber ich will nicht nachtragend sein. Er hat mich ganz gut getroffen.«

»Augenblick mal … Sie wollen damit sagen, dass *Sie* das Vorbild für Sherlock Holmes sind?«, fragte Jonathan mit ungläubiger Miene.

»Nun, das eine oder andere kriminalistische Detail hat Artie wohl auch der Person seines ehemaligen Universitätsprofessors entlehnt, eines Mister Bells oder so ähnlich.« Holmes wedelte den Gedanken mit einer Handbewegung weg. »Wie dem auch sei. Es könnte schlimmer sein. Immerhin hat die Popularität meines literarischen Alter Egos auch meinem Geschäft durchaus auf die Sprünge geholfen.«

»Ihrem Geschäft?«

»Ich bin …« Er machte eine rasche Handbewegung und hielt auf einmal eine Visitenkarte zwischen den Fingern. »… freischaffender Magier und Helfer in allen Lebenslagen.«

Jonathan, der die Visitenkarte instinktiv entgegengenommen hatte, deutete damit auf Holmes. »Wenn Sie Magier sagen, dann, so nehme ich an, meinen Sie damit natürlich *Magier* – genau wie Dunholm oder Randolph, nicht wahr?«

Holmes warf Dunholms ehemaligem Diener einen vielsagenden Blick zu und schnaubte mit abschätziger Belustigung. »Hm. Ja. Genau wie Mister Brown.«

»Jedenfalls mit Sicherheit nicht wie Dunholm«, entgegnete dieser knurrend.

Ein Räuspern an der Tür unterbrach die beiden Männer. »Gentlemen, der Tee. Und etwas Gebäck«, sagte Joseph, der Butler. An Randolph gewandt, fügte er hinzu: »Braten und Pastete sind leider aus.«

»Ah, prächtig. Bringen Sie alles herein, mein Bester«, rief Holmes, dann fasste er Jonathan am Arm. »Kommen Sie, Mister Kentham, setzen wir uns doch. Und was ist mit Ihnen?« Er blickte Randolph an.

»Ich stehe lieber, danke!«

Holmes zuckte mit den Schultern. »Wie Sie möchten.«

Während Joseph seelenruhig einen kleinen Wagen hereinrollte, auf dem ein Tablett mit einer bauchigen Teekanne, Tassen und einer Plätzchenschale stand, ließ sich der Magier in den braunen Ohrensessel sinken und bat Jonathan, auf einem der gepolsterten Stühle, die um den Tisch standen, Platz zu nehmen. Wie er so dasaß, ein Bein über das andere geschlagen und die Finger seiner Hände aneinandergelegt, hätte man ihn in der Tat beinahe für die Verkörperung des literarischen Detektivs halten können. Holmes wartete schweigend, bis der Butler den Raum verlassen und die Tür geschlossen hatte. Dann goss er Jonathan und sich eine Tasse Tee ein. »Milch und Zucker?«

»Nur Milch. Danke!«, sagte Jonathan.

»Schön.« Holmes kam der Bitte nach, nahm anschließend seine eigene Tasse dampfenden Tee hoch und rührte mit einem kleinen Silberlöffel gedankenvoll darin herum. »Wenn ich Mister Browns eindringliches Wüten vorhin richtig verstanden habe«, begann er, und überraschenderweise wirkte er auf einmal vollkommen klar im Kopf, obwohl ihn noch immer eine leichte Alkoholwolke umwehte, »sind Sie beide aus zwei Gründen zu mir gekommen. Zum einen gilt es, Mister Kentham in unsere … Welt … einzuführen. Zum anderen hegt Mister Brown ein nicht unbeträchtliches Interesse daran, den Mörder des Ersten Lordmagiers zu finden. Nun stellt sich mir indes eine Frage.« Er machte eine Kunstpause und hob eine Augenbraue. »Was sollte mich dazu bewegen, Ihnen zu helfen?«

Jonathan runzelte die Stirn. »Ich dachte, Sie wären ein Freund von Dunholm gewesen.«

»Oh, selbstverständlich«, bestätigte Holmes mit einem Nicken. »Wir waren so gute Freunde, dass er mich aus dem Orden geworfen hat.«

»Das ist nicht wahr«, meldete sich Randolph zu Wort. »Er hat Sie *ersucht*, dem Orden fernzubleiben, weil Sie uns alle wieder und wieder durch Ihre Exzesse in Gefahr gebracht haben. Und Sie haben eingesehen, dass es nötig ist.«

»Schön dumm, nicht wahr?«

»Hätte er es nicht getan, wären wahrscheinlich Wellington oder Carlyle auf den Plan getreten. Und so wie ich das sehe, hätten die beiden Sie als Grund vorgeschoben, um Dunholms Stellung zu untergraben. Wäre es Ihnen lieber, wenn Wellington jetzt an der Macht säße?« Der Kutscher funkelte ihn herausfordernd an.

»Jedenfalls ist die Welt nicht besser dadurch geworden, dass man mir den Zugang zur Guildhall verwehrt hat«, murrte Holmes. »Sie sehen doch, wohin es geführt hat? Dunholm ist tot, und über kurz oder lang wird Wellington den Weichling Cheltenham auf dem Sitz des Ersten Lordmagiers beerben. Mich dem lieben Frieden innerhalb des Ordens zu opfern, hat also letzten Endes rein gar nichts gebracht.«

»Glauben Sie, dass Sie dies alles hätten verhindern können?«

»Ja, vielleicht.«

»Dann tun Sie es. Es ist noch nicht alles verloren!«, rief Randolph.

Holmes schnaufte unwillig, schien darauf aber keine Erwiderung mehr zu haben.

»Wollen Sie denn diesem Wellington, wer immer das sein mag, kampflos das Feld überlassen?«, mischte Jonathan sich wieder ein. »Wenn man ihm den Mord nachweisen könnte, wäre seine Macht sicher gebrochen, oder nicht? Niemand würde einen Mörder als Ersten Lordmagier anerkennen.«

»Das sehe ich genauso«, fügte Randolph hinzu.

»Unterschätzen Sie niemals Wellingtons Macht. Er ist durchtrieben wie kein zweiter. Das habe ich auch zu Dunholm immer wieder gesagt, aber er wollte ja nicht auf mich hören. Hat immer daran geglaubt, dass jeder Disput mit guten Worten beigelegt werden kann, der alte Bursche, und wahre Konflikte auf diese Weise gar nicht erst entstehen können. Na, wie dem auch sei … Ich weiß überhaupt nicht, ob es klug wäre, wenn ich mich in diese ganze Sache einmische. Offensichtlich dachte Dunholm, ich sei eine Gefahr für die Ordnung des Ordens. Und vielleicht richte ich ja wirklich nur noch mehr Schaden an, wenn ich jetzt auf der Spielfläche erscheine und Partei ergreife.« Holmes verzog das Gesicht, aber Jonathan spürte, dass sein Protest nur noch halbherzig war, ein Versuch, sich selbst davon abzuhalten, das zu tun, was ihm sein Herz diktierte, nämlich den Mörder von Albert Dunholm zu finden und zur Rechenschaft zu ziehen.

»Mister Holmes«, sagte er daher. »Ich war an Mister Dunholms Seite, als er im Sterben lag. Ihr Name gehörte zu den letzten Worten, die ihm über die Lippen kamen. Was immer zwischen Ihnen beiden in der Vergangenheit vorgefallen sein mag, er hielt noch immer so große Stücke auf Sie, dass er mir, einem ihm völlig Fremden, ausdrücklich Ihren Namen nannte und nicht den irgendeines Ordensmitglieds. Er vertraute darauf, dass Sie die Dinge in Ordnung zu bringen vermögen.«

Es gelang Holmes nicht ganz, seine Überraschung zu verbergen. »Ist das wahr?«

»Das wissen Sie doch besser als jeder andere«, brummte Randolph mit rauer Stimme. »Sie waren vielleicht das schwarze Schaf – oder vielmehr der bunte Hund – der Ordensfamilie, aber für Dunholm waren Sie Familie.«

Der Magier presste die Lippen zusammen, und in seine Augen trat ein feuchter Schimmer. »Der sentimentale alte Bock«, murmelte er. Er stellte seine Teetasse ab, zog ein Taschentuch aus der Brusttasche seines Morgenmantels, tupfte sich damit die Augenwinkel ab und schnäuzte sich schließlich geräuschvoll die Nase. Als er sich wieder gefangen hatte, nickte er. »Also schön. Von mir aus. Was soll's? Das Kind scheint mir ohnehin in den Brunnen gefallen. Aber vielleicht gelingt es uns ja, es wieder herauszuholen, bevor es ertrinkt. Womit wollen wir beginnen?«

»Zuerst die Grundlagen, damit er weiß, wovon wir sprechen«, schlug Randolph mit Blick auf Jonathan vor.

»In Ordnung.« Holmes schniefte noch einmal, blinzelte und räusperte sich. Anschließend steckte er das Taschentuch weg und legte die Finger wieder zusammen. Gespanntes Schweigen senkte sich über den Raum, während Jonathans Gegenüber sich sammelte. »Magie …«, begann er schließlich. »Magie kennen Sie, Mister Kentham, vermutlich nur aus den Zaubertheatern auf Jahrmärkten und den drittklassigen Unterhaltungsetablissements von London. Aber die Darbietungen, die es dort zu sehen gibt, das Hervorzaubern von weißen Kaninchen aus Hüten und das Zersägen von Jungfrauen, sind nichts weiter als Taschenspielertricks, geschickte Illusionen, um ein leichtgläubiges Publikum in Erstaunen zu versetzen. Das ist keine echte Magie. Vielleicht haben Sie auch schon von Geheimgesellschaften gehört, von den Rosenkreuzern oder vom Orden der Goldenen Morgendämmerung, die von sich behaupten, mittels Tarot und jüdischer Kabbala, Alchemie, sogenannter Hermetik und noch fragwürdigeren Techniken rituelle Magie zu wirken. Alles Augenwischerei, ein bedauerlicher Irrglaube von entweder schlauen Manipulatoren oder verblendeten Narren, denen ihr eigenes kleines Leben nicht bedeutend genug ist und die daher in der trüben Dunkelheit des Okkultismus nach höheren Wahrheiten fischen. Auch das ist keine echte Magie.« Holmes neigte den Kopf. »Noch etwas Tee?«, fragte er höflich.

Jonathan brauchte eine geschlagene Sekunde um den Sinngehalt der Frage zu verstehen, sosehr hatte er sich von den Ausführungen ihres Gastgebers in Bann schlagen lassen. »Äh ... ja, gerne.«

Er wollte aufstehen, um Holmes seine halb leere Tasse hinzuhalten, doch dieser kam ihm zuvor. »Oh, bemühen Sie sich nicht. Halten Sie nur bitte die Tasse gut fest. Das ist teures chinesisches Porzellan.«

Geradezu beiläufig bewegte er zwei Finger, und auf einmal erhob sich die Teekanne wie von selbst von dem Tablett und schwebte zu Jonathan hinüber. Der hätte seine Tasse, trotz Holmes' Warnung, vor lauter Überraschung beinahe fallen lassen. Mit aufgerissenen Augen verfolgte er, wie die Kanne von unsichtbarer Hand nach vorne geneigt wurde und ihm Tee nachschenkte. »Das ...«, sagte Holmes mit triumphierendem Lächeln. »... ist echte Magie.«

In seinem Rücken hörte Jonathan Randolph leise lachen.

Er stellte seine Tasse ab und fuhr mit seinen Händen vorsichtig um die Kanne herum durch die Luft. Aber da war nichts, was sie hätte halten, geschweige denn bewegen können. Er spürte nur ein ganz leichtes Kribbeln in den Fingerspitzen, ein Kribbeln, wie er es schon einmal gespürt hatte, im Turm des Fleischmarkts am Smithfield.

Mit faszinierter Miene wandte er sich Holmes zu. »Ich möchte alles darüber wissen.«

19. April 1897, 20:52 GMT
Schottland, Herberge von Rowardennan, am Ufer des Loch Lomond

Giles McKellen lächelte und nickte. »Und du sollst alles erfahren, meine liebe Kendra, aber alles zu seiner Zeit. Ich möchte mit dem Wesen der Magie beginnen, wenn du gestattest.«

»Aber ich kenne das Wesen der Magie. Ich habe es bereits gesehen«, protestierte Kendra, die sich eine etwas praktischere erste Unterweisung erhofft hatte.

Ihr Großvater schüttelte den Kopf. »Nein, das hast du nicht. Du hast einen Teil des Ganzen erblickt, und es würde mich wundern, wenn du den schon vollends begriffen hättest. Außerdem bin ich der Lehrer, und du bist die Schülerin, also bestimme ich, was ich dir wann beibringe.«

Sie saßen auf einer Holzbank am Ufer des Loch Lomond. Tagsüber mochte die zum Gelände einer einzelnen Herberge am Ostufer des Sees gehörende Bank Anglern oder Wanderern als Rastplatz dienen, doch jetzt, nach Einbruch der Nacht, lag sie still und verlassen da. Es war kühl, und hauchzarte weiße Schwaden hingen flüchtig wie die Geister längst Verstorbener über der dunklen, spiegelglatten Wasseroberfläche. Im wenige Dutzend Schritt entfernten Haus brannten noch Lichter, und Gelächter drang durch eine angelehnte Tür leise nach draußen. Aber die Zecher blieben, wo sie waren, und störten Kendra und ihren Großvater nicht.

Bis zum Schwinden des letzten Lichts waren die beiden mit der altersschwachen Kutsche des Gastwirts von Bridge of Orchy in Richtung Süden gefahren. Gut die Hälfte der Wegstrecke nach Glasgow hatte schließlich hinter ihnen gelegen, als sie sich entschlossen hatten, über Nacht irgendwo einzukehren, um ihrem Pferd eine Pause und sich selbst ein paar Stunden Schlaf zu gönnen, bevor sie im Morgengrauen wieder aufbrechen mussten. Doch Kendra war ruhelos gewesen, und so hatte sie ihren Großvater überredet, ihr vor dem Zubettgehen unten am See noch eine erste Unterweisung in die Geheimnisse der Magie zu geben.

»Niemand weiß genau«, begann Giles, »woher die Magie kommt. Manche glauben, dass sie aus der Tiefe der Erde zu uns heraufdringt, wie flüssiges Gestein, das aus Vulkanspalten quillt. Andere halten sie für eine unirdische Energieform aus einem Universum, das neben dem unsrigen besteht und in dem alle Naturgesetze, wie wir sie kennen, aufgehoben sind. Das Chaos regiert dort, und durch feine Risse zwischen den beiden Universen sickert es immer wieder in unsere Wirklichkeit ein – was wir dann als Magie wahrnehmen. Und wieder andere sind der Ansicht, dass alles Leben auf der Erde, als Ganzes vereint, eine Art Aura der Magie hervorbringt, die zeitgleich mit dem Erwachen des Lebens entstand und seitdem unsichtbar immer und überall um uns herum existiert. Begründet wird dies mit der Beobachtung, dass die glitzernden Ströme, die du ja schon kennst, an jedem Ort der Erde fließen und in einem Wald oder in einer Stadt das Fadennetzwerk dichter ist als auf dem Gipfel eines kargen Berges.« Er schüttelte den Kopf.

»Du bist anderer Meinung?«, fragte Kendra.

»Ja, das bin ich«, bestätigte Giles. »Die Fäden und Ströme, die unsereins wahrzunehmen vermag, die Normalsterblichen aber verborgen bleiben, sind nicht magisch, zumindest nicht im normalen Wortsinne. Wären sie es, müssten wir jeden Baum, jeden Strauch, jede Straßenlaterne und jeden Spazierstock als magisch verstehen. Das sind sie nicht.« Er hob eine Hand und schmunzelte. »Oh, es gibt sicher den einen oder anderen magischen Baum und sogar Spazierstock, aber das zu erklären führt jetzt zu weit. Es genügt zu sagen, dass sie gemeinhin nicht magisch sind.« Seine Miene wurde wieder ernst. »Nein, die Fäden und Ströme sind nichts weiter als die Verbindungen, die zwischen allen Dingen bestehen, sichtbar und greifbar gemacht durch die besondere Gabe der Magieanwender.«

»Verbindungen?«, fragte Kendra stirnrunzelnd.

Statt einer Antwort richtete Giles McKellen seinen Blick auf den Mond, der hell und voll über dem Loch Lomond hing. »Was siehst du, wenn du den Mond anschaust?«

Kendra zuckte mit den Schultern. »Eine kleine weiße Scheibe mit einem Gesicht darauf?«

Ihr Großvater neigte den Kopf. »Und jetzt wechsele in die Wahrsicht.«

»In die *was*?«

»Beschwöre vor deinem inneren Auge die glitzernden Fäden und Ströme herauf.« Giles sah sie erwartungsvoll an.

Unbehaglich rutschte Kendra auf der Bank hin und her. »Das … das kann ich nicht so einfach.«

»Du hast es am Waldsee gekonnt, oder nicht?«

»Ja, aber ich brauche ein Ritual dafür und … noch andere Dinge.« Es widerstrebte ihr, ihrem Großvater zu verraten, dass sie Laudanum nahm. Er hätte es sicher nicht gutgeheißen.

»Unsinn!«, sagte dieser. »Entweder ist die Gabe, die Fäden der Dinge zu sehen und zu verändern, in dir, oder sie ist es nicht. Es braucht kein heidnisches Hexenwerk, keinen Hokuspokus gleich welcher Art, um sie zu beschwören. Es bedarf nur etwas …« Seine Gesichtszüge wurden weicher. »… etwas Übung. Aber dafür ist es heute zu spät. Nun gut, ich will dir sagen, was du sehen würdest: einen gewaltigen Faden, der vom Mond herab bis zu dir reicht.«

»Stimmt!« Kendras Miene, die nach der Zurechtweisung einen leicht missmutigen Ausdruck angenommen hatte, hellte sich wieder auf. »Das habe ich schon gesehen.«

»Sehr gut«, sagte Giles. »Und genauso verbinden uns Fäden mit all den anderen Dingen, die wir sehen, riechen, spüren, mit unseren Sinnen wahrnehmen. Auch Kräfte, derer wir uns vielleicht gar nicht bewusst sind, spielen hier herein. Und ein Magieanwender vermag nicht nur solche Fäden zu sehen, die ihn mit der Welt verbinden, sondern auch jene, die alles andere miteinander verknüpfen. Es ist ein überwältigender Anblick, der schwache Gemüter um den Verstand bringen kann. Nur ein konzentrierter Geist, der viel Übung darin hat, alles auszublenden, was nicht von Bedeutung ist, vermag es überhaupt, sich in dieser Sphäre zu bewegen.«

Kendra nickte wissend. Auch ihr war die Welt aus glitzernden Strängen und Strömen zunächst erschreckend chaotisch erschienen. Es hatte eine Zeit gebraucht, bis sie sich so weit darin zurechtgefunden hatte, dass sie sich der Schönheit, die in alldem lag, bewusst geworden war und der Rausch und die Sucht, immer wieder in jene Welt zurückzukehren, über sie gekommen waren.

Giles beugte sich vor, und in seinen Augen lag eine seltsame Eindringlichkeit. »Doch das alles, die Verknüpfung der Dinge untereinander, ist nur der Anfang, die grundlegendste Form der Magie. Die nächste Ebene ist die der Verknüpfung des eigenen Bewusstseins mit einem anderen Bewusstsein. Jeder Gedanke, jedes Bild, das in deinem Kopf entsteht, und jedes Wort erzeugen einen Widerhall in der Wahrsicht, ein Echo, das der kundige Magieanwender zu ergreifen und in seinen eigenen Geist zu ziehen vermag. Auf diese Weise ist es ihm möglich, Gedanken zu lesen. Doch diese Form der Magie ist kompliziert und erfordert einen hochbegabten Verstand.«

Unsicher kaute Kendra auf ihrer Unterlippe herum. »Aber wie ist es mir dann gelungen? Ich bin keine talentierte Magierin. Es gelingt mir ja kaum, einen Strauch dazu zu bringen, mit seinen Blättern zu rascheln.«

»Diese Frage habe ich mir während unserer Reise auch schon gestellt«, gestand ihr Großvater. Er lehnte sich wieder zurück und strich sich gedankenvoll durch den Bart. »Und bisher habe ich keine endgültige Antwort darauf gefunden. Offenbar kann sich diese Gabe auch spontan einstellen, ohne dass man sie wirklich beherrscht. Es würde weitere Untersuchungen erfordern, um hier Klarheit zu erlangen, folglich werden wir auf diese Frage heute keine Antwort finden. Kommen wir stattdessen zur dritten Sphäre der Magie, zur Verbindung aller Teilchen untereinander.«

»Was meinst du mit Teilchen?«, wollte Kendra wissen.

Ihr Großvater holte tief Luft. »Kendra, dir den genauen Aufbau der Welt an einem Abend zu erklären würde sowohl meine Gabe als Lehrer als auch dein Fassungsvermögen als Schülerin übersteigen. Lass uns einfach als gegeben hinnehmen, dass alle Dinge unseres Universums aus winzig kleinen Teilchen bestehen, die, unterschiedlich kombiniert, am Ende dich, mich, diese Bank, den See und sogar den Mond ergeben.«

Dass der Mond und sie irgendetwas gemeinsam haben könnten, konnte sich Kendra kaum vorstellen. Dennoch nickte sie stumm.

»All diese Teilchen«, fuhr Giles fort, »sind genauso mit Fäden verbunden wie die Dinge um uns herum, von denen ich vorhin sprach. Nur sind diese Fäden so unglaublich zart, dass wir sie unter normalen Umständen nicht zu sehen vermögen, nicht einmal in der Wahrsicht. Wären wir dazu imstande, bestünde alles um uns herum nur noch aus Fäden, denn es gibt Millionen und Abermillionen dieser Teilchen, die uns umgeben, uns durchdringen und aus denen wir bestehen. Es wäre das pure Chaos, unmöglich zu begreifen, ganz zu schweigen davon, es zu kontrollieren. Und doch gibt es immer wieder Magier von außergewöhnlicher Begabung, die es versuchen, denn die Kontrolle über diese Form der Magie würde einem praktisch Macht über die Schöpfung selbst verleihen. Es gäbe nichts mehr, das unmöglich wäre. Man könnte die Teilchen zwingen, ihre Anordnung zu verändern, und so die Gestalt der Dinge wandeln. Man könnte Gegenstände und sogar Lebewesen zu Staub zerfallen lassen. Und man könnte aus dem Nichts Feuer entstehen lassen, hervorgebracht aus überladenen Teilchen.« Er machte eine Pause. »Genau das, Kendra, haben im Übrigen deine Eltern versucht …«

19. April 1897, 21:15 GMT
England, London, Park Square

»Grundgütiger!«, rief Jonathan erschrocken aus. Etwas hatte sein Bein berührt, während er wie gebannt den Ausführungen von

Holmes gelauscht hatte, und sein Blick war auf eine Katze mit silberfarbenem Fell gefallen. Schwarze Streifen zierten Rücken, Schwanz und Pfoten; nur auf der Brust zeigte sich ein weißer Fleck, der, wie Farbe aus einem umgestoßenen Eimer, ihre linke Vorderpfote hinablief. Doch das war es nicht, was Jonathan erschreckt hatte. Der Grund lag vielmehr darin, dass der ganze kleine Leib der Katze auf befremdliche Weise durchscheinend war, sodass Jonathan durch ihren Bauch hindurch den Teppich erkennen konnte. Außerdem versank ein Teil ihres Körpers buchstäblich in seiner dunklen Stoffhose, während die Katze wie so viele Angehörige ihrer Art mit zum Buckel gewölbtem Rücken um sein Bein strich. Die Katze schien das nicht zu stören, denn sie schnurrte zufrieden, während die pelzige Spitze ihres hoch aufgerichteten Schwanzes durch die Luft pendelte, als sei sie ein eigenständiges Wesen, das die Umgebung auskundschaftete.

»Ah, Watson«, sagte Holmes unbeeindruckt. »Ich habe dich schon vermisst. Wo hast du dich herumgetrieben, altes Mädchen?«

Die Katze richtete ihren Blick betont langsam auf den Magier, sagte aber natürlich kein Wort. Trotzdem hob Holmes entschuldigend die Hände. »Oh, verzeih, natürlich bist du nicht alt.« Verschwörerisch schmunzelnd wandte er sich an Jonathan. »Sie ist ein wenig empfindlich in dieser Hinsicht, wie alle Frauen.« An die Katze gerichtet, fuhr er fort: »Komm her, meine Schöne.«

Watson, die ihren Namen ganz offensichtlich Holmes' spezieller Art von Humor verdankte, zögerte. Ihr Schwanz glitt zweimal durch Jonathans Wade, bevor sie sich doch von ihm abwandte und ebenso würdevoll wie gemächlich über den Teppich auf Holmes zuspazierte. Lautlos sprang sie auf seinen Schoß, wo sie sich zusammenrollte und zuließ, dass Holmes mit seinen Fingern an der Stelle durch die Luft strich, wo sich ihr Nacken befand.

»Was ist das?«, fragte Jonathan fassungslos.

»Das?« Holmes blickte auf das durchscheinende Tier, das wiederum Jonathan anschaute und ihn aus unergründlichen gelbgrünen Augen zu mustern schien. »Das ist Watson, meine Katze. Oder vielmehr eine Katze, die mir vor ein paar Jahren zugelaufen ist und seitdem diese Wohnung als ihr Heim und mich als ihren … wie soll ich es ausdrücken? … persönlichen Masseur betrachtet.«

»Aber … wieso ist sie … also …?«

Holmes lächelte milde. »Körperlos? Durchscheinend? Entstofflicht? Nun, ganz einfach, mein Bester. Watson ist ein Geist. Sie ist tot. Ich habe dieses Phänomen nie ganz klären können, aber ich gehe davon aus, dass die glücklose echte Katze seinerzeit an irgendeiner Stelle ihr bedauernswertes Leben aushauchte, an der eine außerordentlich hohe Magiekonzentration herrschte. Vielleicht ist sie in eine Magiespalte gefallen oder in einer Magiequelle ertrunken. So etwas kommt vor, und es führt meist zu den ungewöhnlichsten Veränderungen. Die Magie ist eine schöpferische Kraft, aber sie ist auch durch und durch chaotisch. Unser guter Freund Brown ist der lebende Beweis dafür – im Gegensatz zu Watson, die wohl eher ein toter Beweis ist.« Sein makabres Wortspiel veranlasste ihn zu einem Glucksen. Niemand sonst im Raum wusste es zu würdigen.

Verwirrt drehte Jonathan sich zu dem Mann in dem Kutschermantel um. »Randolph?«

»Das war nicht sehr taktvoll, Holmes«, brummte dieser und warf Holmes einen finsteren Blick zu.

»Ach, papperlapapp. Taktvolles Benehmen tut hier nichts zur Sache. Wir sind doch unter Männern von gleichem Schlage. Zeigen Sie ihm schon Ihre *Kriegsverletzung*. Man soll sich nicht dafür schämen, wer man ist. Würde ich das tun, käme ich aus der Verlegenheit gar nicht mehr heraus.«

Randolphs Kiefermuskeln mahlten sichtlich, und als er sich Jonathan zuwandte, zog er ein Gesicht, das diesem eine offene Warnung war, bloß nichts Falsches zu sagen. »Ich komme mir vor wie in einem Kuriositätenkabinett«, grummelte er. »Kommen und staunen Sie, Ladies and Gentlemen: der exotische Randolph

Brown.« Mit diesen Worten nahm er die Mütze ab und öffnete den bodenlangen Mantel. Anschließend zog er seine klobigen Lederschuhe aus und krempelte die Beine seiner braunen Stoffhose bis zu den Knien hoch. Schließlich trat er einen pochenden Schritt vor und verschränkte beinahe trotzig die Arme vor der breiten Brust.

Jonathan gab sich redlich Mühe, bei alldem einen neutralen Gesichtsausdruck zu wahren. Aber so ganz wollte ihm das nicht gelingen. Zugegeben, das, was sich seinen staunenden Blicken darbot, war nachgerade fantastisch. Er hatte von solchen Geschöpfen, die gemeinhin in der griechischen Mythologie, in Geschichten und Legenden, beheimatet waren, gehört, von Pan, dem Verführer, und seinen bocksbeinigen, zügellosen Waldgeistergefährten. Hingegen hätte er niemals erwartet, dass sich unter der Tarnung eines mürrischen Angehörigen der Londoner Arbeiterklasse ein solches Wesen verbergen könne. Doch die kleinen Hörner, die Randolph aus der Stirn wuchsen, und die haarigen Ziegenbeine, die aus seiner Hose hervorlugten und in zwei kräftigen Hufen endeten, ließen wenig Zweifel daran, dass er es mit einem Fabelwesen, einem sogenannten Satyr, zu tun hatte … Aber das konnte doch nicht sein! Fabelwesen waren schließlich nichts weiter als Hirngespinste von Menschen mit blühender Fantasie. *Ungefähr so wie Zauberer, meinst du?*, meldete sich eine süffisante Stimme in seinem Inneren zu Wort. Jonathan räusperte sich. »Sind Sie wirklich das, was ich glaube?«, fragte er.

»Ich weiß nicht, was Sie glauben«, erwiderte Randolph ein wenig barsch. Offensichtlich war ihm die Situation ziemlich unangenehm. »Jedenfalls bin ich kein Satyr oder Faun, falls es das ist, was Sie denken. Ich spiele auch keine Panflöte, trinke keinen Wein aus Füllhörnern, und ich habe noch nie eine Frau unschicklich berührt. Ich bin ein Mensch. Und was mein Aussehen angeht … Nun, das war ein …« Er zögerte. »… Unfall, der sich vor vielen Jahren ereignete. Ich geriet in eine Magiespalte – auch wenn ich damals natürlich noch nicht wusste, was das war – und wurde davon kräftig durchgeschüttelt. Ich starb nicht wie diese bedauernswerte Katze. Aber die Erfahrung hat mein Leben für immer verändert.«

»Und das in mehrfacher Hinsicht!«, warf Holmes ein. »Denn die Magie verwandelte Mister Brown nicht nur in die freundliche Ziege aus der Nachbarschaft, sie schenkte ihm auch bemerkenswerte Kräfte.«

»Ziege?«, echote Randolph.

»Kräfte?«, fragte Jonathan.

»Verzeihen Sie, Brown, manchmal kann ich einfach meine Zunge nicht im Zaum halten«, entschuldigte sich Holmes, ohne dabei allzu zerknirscht zu wirken. »Bitte erklären Sie es unserem jungen Journalistenfreund.«

»Nun ja, ich habe ziemlich viel Magie in meinem Körper. Soll heißen: Ich bin wohl das, was man einen starken Magier nennt«, erklärte Randolph, während er hinüber zu dem vollgestellten Tisch ging und sich an die Tischplatte lehnte. Nun wusste Jonathan endlich, wo der seltsame Gang von Dunholms Diener herrührte. Es war nicht das Humpeln eines Lahmen gewesen, sondern Randolphs Versuch, den staksenden Gang zu verbergen, zu dem ihn seine Hufe zwangen. »Allerdings hält sich mein Geschick in Grenzen«, schränkte dieser derweil ein.

»Es verhält sich nämlich wie folgt, mein junger Freund«, übernahm Holmes wieder den Gesprächsfaden. »Weder Geburtsrecht noch Ausbildung machen einen Menschen zum Magieanwender – dafür sorgt einzig die Magie selbst.« Er scheuchte Watson von seinem Schoß, die sich daraufhin beleidigt unter den Beistelltisch verzog und sich zu putzen anfing, und erhob sich, um durch das Zimmer zu gehen und eine Flasche schottischen Whiskey und ein Glas aufzuheben, die auf dem Boden lagen. Er pustete in das Glas hinein, zog sein Taschentuch aus der Brusttasche seines Morgenmantels, erinnerte sich daran, dass er sich damit vorhin die Nase geputzt hatte, und schob es zurück, um stattdessen mit dem Mantelstoff selbst das Trinkgefäß auszuwischen. Anschließend öffnete er die Flasche und goss sich einen ordentlichen Drink ein. Bedächtig schwenkte er die goldbraune Flüssigkeit. »Mit der Magie«, fuhr er fort, »verhält es sich wie mit Whiskey. Nimmt man ein Glas zu sich, fühlt man sich gut. Leert man zwei Gläser, fühlt man sich unbesiegbar. Doch fünf Gläser, in rascher Folge getrunken …« Er machte eine dramatische Pause. »… sind dazu imstande, einen Mann unglücklich zu machen.« Holmes prostete den beiden anderen zu, leerte das Glas in einem Zug und gab danach einen Laut von sich, der irgendwo zwischen Abscheu und Zufriedenheit lag. »Zumal die Magie im Körper deutlich langsamer an Wirkung verliert als Alkohol.«

»Sie verliert an Wirkung?«, echote Randolph sarkastisch und warf einen Blick auf seine Beine.

»Nun, in Ihrem Fall ist damit nicht zu rechnen, das wissen Sie so gut wie ich«, gab Holmes zurück, dann wandte er sich wieder Jonathan zu. »Außerdem: Was würde es nützen? Was die Magie angerichtet hat, kann man nicht rückgängig machen. Man verliert nur seine Gabe, die Magie anzuwenden, wenn man sich längere Zeit von allen Magiequellen entfernt hält – und damit meine ich auch magisch aktive Personen und Gegenstände, denn man kann nicht nur durch den direkten Kontakt mit der rohen Magie verändert werden, sondern auch durch die Nähe zu Personen und Gegenständen, die stark von Magie erfüllt sind.«

Jonathan nickte langsam. So unglaublich sich all die Dinge anhörten, die ihm hier eröffnet wurden – sie ergaben überraschenderweise einen Sinn, fügten sich Stück für Stück zu einem größeren Bild, das er, auch wenn er ein eher nüchtern denn romantisch veranlagter Mensch war, zu begreifen vermochte. Er dachte an den Ring, der ihm von Dunholm regelrecht aufgezwungen worden war. Der alte Mann hatte gesagt, der Ring sei der Schlüssel. Konnte er damit den Schlüssel gemeint haben, der das Tor zu der größeren Welt der Magie aufschließen würde?

»Wenn man zwei oder drei Gläser dieses besonderen Whiskeys

auf einmal trinken würde, wie schnell würden die Nebenwirkungen eintreten?«, fragte er.

»Schnell«, antwortete Holmes. »Noch schneller als bei echtem Whiskey. Es kommt einem Schock gleich, wenn man in kurzer Zeit zu viel Magie ausgesetzt ist. Brown und ich können ein Lied davon singen.«

»Aber Sie wissen doch auch, wie es sich anfühlt«, warf Randolph mit vielsagendem Blick ein. »Sie haben es am eigenen Leib erlebt, nicht wahr?«

»Ah, faszinierend!«, rief Holmes aus. »Wir haben noch gar nicht darüber gesprochen, wie unser junger Freund den Weg in unsere Reihen gefunden hat. Ich spüre, dass Ihr magisches Potenzial beachtlich ist, Mister Kentham, wenn auch noch gänzlich ungeschliffen. Vielleicht möchten Sie uns jetzt erleuchten ...«

»Ja, erzählen Sie es ihm, Jonathan«, ermunterte ihn auch Randolph.

Auch wenn er die Geschichte, immer in leichten Abwandlungen, am heutigen Tag schon mehrmals zum Besten gegeben hatte, kam Jonathan der Aufforderung nach, und zeigte Holmes dabei auch Dunholms Ring.

Der Magier wirkte überrascht. »Dunholm gab Ihnen seinen Ring? Nun, das ist ungewöhnlich. Entweder sah er etwas in Ihnen, das ich noch nicht sehe, oder er war tatsächlich verzweifelt darum bemüht, seine Mörder nicht in den Besitz des Kleinods kommen zu lassen.« In Holmes' Augen trat ein Leuchten, das Jonathan nun schon zweimal bemerkt hatte und das offenbar mit dem Wirken von Magie zu tun hatte. Der Magier runzelte die Stirn. »Eigenartig.«

»Was ist?«, wollte Randolph wissen.

»Würden Sie mir den Ring zeigen?«, bat Holmes statt einer Antwort.

»Gerne«, sagte Jonathan. Er stand auf, ging zu ihm und hielt ihm die Hand entgegen. »Ich kann ihn leider nicht herunternehmen. Er lässt sich irgendwie nicht lösen.«

»Oh, das wundert mich nicht«, murmelte Holmes, während er Jonathans Hand ergriff und den Ring von allen Seiten begutachtete. »Er hat seine Fäden mit den Ihren vollkommen verschlungen. Einfacher ausgedrückt: Er sitzt magisch fest. Nur ein Magieanwender, und zwar einer mit beachtlichem Fingerspitzengefühl, ist im Augenblick in der Lage, den Ring zu bewegen.« Holmes hob den Blick und grinste Jonathan an. »Offenbar hat der Ring Sie als Besitzer angenommen.« Er schwieg kurz und murmelte dann wie zu sich selbst: »Er ist noch stärker, als ich ihn in Erinnerung hatte.«

»Kein Wunder, dass Sie aus den Schuhen gekippt sind«, sagte Randolph und klopfte Jonathan mitfühlend auf die Schulter. »Einen Magieschock dieser Stärke muss man nicht alle Tage verkraften.«

»Wohl wahr«, pflichtete Jonathan ihm bei, und dabei dachte er an die unruhige Nacht und den Schwindel, der ihn den ganzen Tag über geplagt hatte. Jetzt wusste er, dass die Magie dafür verantwortlich war, die in seinem Körper gewütet hatte wie ein Tropenfieber. »Dunholm sagte, er sei ein Schlüssel. Haben Sie eine Ahnung, wofür?«

»Ein Schlüssel?«, echote Holmes, dachte kurz nach und schüttelte dann den Kopf. »Nein, tut mir leid. Meines Wissens bekam Dunholm ihn von seinem früheren Mentor, dem damaligen Ersten Lordmagier des Ordens des Silbernen Kreises, geschenkt, als er dessen Nachfolge antrat. Das war aber schon vor meiner Zeit im Orden. Seit ich Dunholm kenne, hat er ihn jedenfalls stets als eine Art Symbol der Verantwortung und Würde seines Amtes getragen. Viele dachten, er würde den Ring irgendwann seinem Nachfolger vermachen.« Die Mundwinkel des Magiers zuckten. »Wie Sie sehen, liegt noch Großes vor Ihnen.«

Als er Jonathans erschrockene Miene sah, mischte Randolph sich ein. »Keine Angst. Holmes erlaubt sich nur einen Scherz mit Ihnen. Der Erste Lordmagier wird nach wie vor gewählt, nicht durch ein Schmuckstück bestimmt.«

»Brown, Sie sind ein Spielverderber«, beschwerte sich Holmes, wurde dann aber wieder ernst. »Zugegeben, er hat recht. Doch auch wenn Sie durch den Ring nicht zum nächsten Lenker der Geschicke des Ordens berufen sind, ist er nicht ohne Bedeutung. Er stellt zweifellos ein machtvolles magisches Artefakt dar, wahrscheinlich das stärkste in den Reihen des Ordens. Viele verbinden ihn mit den Tugenden Dunholms, und als sein neuer Träger werden Sie unter den Anhängern Dunholms ebenso rasch Freunde finden wie unter seinen Rivalen Gegner. Ob der Ring hingegen darüber hinaus irgendein Geheimnis birgt, etwa irgendein Wissen um einen verborgenen Schatz des Ordens, auf den man nur mit seiner Hilfe Zugriff bekommt, vermag ich nicht zu sagen.«

»Können Sie mir zeigen, wie ich mir seine Kraft nutzbar machen kann?«, fragte Jonathan. »Unbewusst habe ich das wohl schon getan.« Er dachte an den Zwischenfall mit der Motorkutsche. »Aber werde ich auch bewusst dazu imstande sein …« Er zögerte, denn sein Verstand tat sich noch immer schwer damit, die Folgen und die Bedeutung all dessen, was er jetzt gehört hatte, zu akzeptieren.

»… Magie zu wirken?«, beendete Holmes den Satz für ihn. »Natürlich. Da Sie Dunholms Ring tragen, besitzen Sie ja schon die Kraft dazu, und die wird in den nächsten Tagen und Wochen sogar noch stärker werden. Den Umgang damit müssen Sie jedoch erlernen wie jede andere Fertigkeit auch. Ich hoffe, Sie haben flinke Finger.« Er warf einen Blick auf Jonathans Hände.

»Ich bin leidlich gut auf der Schreibmaschine«, sagte Jonathan.

Holmes' Lippen verzogen sich zu einem dünnen Lächeln. »Nicht ganz, was ich meinte, aber ein Anfang. Alles Weitere wird sich weisen. Aber nicht heute. Die Zeit verrinnt, und ich beginne Schlafmangel und Alkohol zu spüren. Wir sollten, bevor mein Geist so sehr in metaphorische Watte eingehüllt ist, dass ich zu keinem klaren Gedanken mehr fähig bin, die Theorie einstweilen ruhen lassen und uns dem zweiten Rätsel widmen, das Sie zu mir getrieben hat.«

Randolph ließ ein Knurren hören. »Dunholms Ermordung.«

»Was wissen wir eigentlich darüber?«, fragte Jonathan. »Wir kennen das Wann und das Wo. Und ich weiß, dass er in der Nacht von Ihrem Bekannten Grigori und ein paar anderen Magiern abgeholt wurde.«

»Woher haben Sie das denn?«, fragte Randolph verwundert.

»Ich habe den richtigen Leuten die richtigen Fragen gestellt. Das macht man so als Journalist«, erwiderte Jonathan.

»Nun, es ist wahr. Wir haben Dunholm geborgen, nachdem einem unserer Magispectoren …«

»Burschen, die ihre Augen nach ungewöhnlichen magischen Ereignissen offen halten«, warf Holmes erklärend ein.

» … nachdem einem unserer Magispectoren ein Kampf in der Nähe des Smithfields aufgefallen war«, beendete Randolph den Satz.

»Also haben Sie alle Spuren verwischt«, mutmaßte Jonathan.

Randolph nickte. »Es ist einer der Grundsätze des Ordens, dass wir unsere Probleme ohne Einmischung von außen lösen. Die Menschheit soll nicht mehr als unbedingt nötig über das Wirken der Magie in der Welt erfahren.«

»Aber warum?«

»Weil das ein reines Chaos wäre«, sagte Holmes. »Zumindest glauben das die konservativen Kräfte unter den Ordensmitgliedern, deren Kopf Dunholm war. Würde sich die Magie unkontrolliert ausbreiten und würden mehr und mehr Menschen die Fähigkeit erlangen, ihre Umwelt magisch zu verändern, hätte das ein Chaos zur Folge, wie es die Welt noch nicht gesehen hat. Die Machtgelüste, Begehrlichkeiten und wahnhaften Anfälle der Menschen wären dabei noch das geringste Übel.«

»Wo Sie gerade davon sprechen: Ist Ihnen auch schon aufgefallen, Holmes, dass das Fadenwerk seit Kurzem ungewöhnlich lebendig ist?«, fragte Randolph.

Holmes' Miene hellte sich auf. »Ah, dann waren es also doch nicht das Opium und der Alkohol. Na, das beruhigt mich. Nach den Kopfschmerzen der letzten Nacht fragte ich mich schon, was für ein billiges Zeug man mir gestern Abend in Limehouse angedreht hat.« Er nickte. »Insofern – um Ihre Frage zu beantworten –, ja, ich habe es in der Tat gespürt, aber ich habe mitnichten die richtigen Schlüsse gezogen. Das wiederum dürfte dem Opium und dem Alkohol geschuldet sein.«

»Was halten Sie davon?«, fragte Randolph.

Sein Gegenüber zuckte mit den Achseln. »Im Moment noch gar nichts, um ehrlich zu sein. Schwankungen gibt es immer mal wieder. Vielleicht ist es dem Einfluss der Sonne geschuldet. Vielleicht stehen die Sterne gerade richtig. Hätte ich nur nicht diese Kopfschmerzen, dann fände ich es eigentlich mal ganz erfrischend, dass ein wenig anarchische Magie durch die steinernen Adern unseres freudlosen Londons rauscht.«

In einer lautlosen Bewegung sprang Watson zwischen ihnen auf den Tisch und gab ein unzufriedenes Miauen von sich. Jonathan hatte auf das unauffällige Tier überhaupt nicht mehr geachtet, und er zuckte leicht zusammen.

»Was sagst du?«, fragte Holmes und wandte der Geisterkatze fragend das Gesicht zu. »Oh, in der Tat, du hast recht. Wir kommen vom Thema ab.« Er klatschte in die Hände. »Zurück zu Dunholm! Was haben wir noch?«

»Ich habe hier etwas Ungewöhnliches«, sagte Randolph und griff in seine linke Manteltasche. »Doktor Westinghouse gab mir diese Kugel und meinte, sie stamme aus keiner gewöhnlichen Schusswaffe.« Er hielt das Projektil in die Höhe.

Jonathan konnte an dem silberfarbenen Geschoss von der Größe einer dicken Erbse nichts Besonderes entdecken. Umso überraschter war er, als er hörte, dass Holmes neben ihm geräuschvoll Luft holte. Er blickte zu ihm und sah, dass dessen Augen schreckgeweitet waren, während er die Hand ausstreckte. »Geben Sie mir das!«, forderte er.

Randolph gehorchte. »Können Sie damit etwas anfangen?«

Andächtig hob Holmes die Kugel vor die Augen und starrte sie an. Unvermittelt senkte er sie wieder und blickte sich um. Er ging um den Tisch herum und wühlte in einem Papierstapel, bis er ein kreisrundes Vergrößerungsglas mit einem Holzgriff gefunden hatte, das auch in das Arbeitszimmer seines literarischen Namensvetters gepasst hätte. Mit gerunzelter Stirn trat er zu einer der Lampen, die das Zimmer erhellten, und musterte das Geschoss. »Das kann doch nicht wahr sein …«

»He, Holmes! Was ist los?«, verlangte Randolph zu erfahren.

»Einen Moment«, entgegnete der Magier und stürmte aus dem Raum. Die beiden anderen hörten, wie er den Flur hinuntereilte und eine Tür aufriss. Es polterte, und Holmes stieß einen Fluch aus, der eines Gentlemans nicht angemessen war.

»Mister Holmes?«, fragte Jonathan vorsichtig, trat zur offenen Tür und lugte um die Ecke.

Er sah, dass die Tür am Ende des Korridors offen stand und Holmes dahinter gerade vom Boden aufstand, nachdem er offensichtlich über einen achtlos abgestellten Reisekoffer gestolpert war. »Alles in Ordnung, alles bestens«, rief er mit verkniffenem Lächeln, während er eine ins Gesicht gefallene Haarsträhne zurückstrich. »Ich bin gleich wieder bei Ihnen.« Er verschwand tiefer in den Raum hinein und öffnete etwas, das sich wie eine Schreibtischschublade anhörte, und im nächsten Augenblick war das geräuschvolle Rascheln von Papier zu hören. »Aha!«, schrie Holmes triumphierend, bevor er wieder im Türrahmen auftauchte und zu seinen Gästen zurückeilte. »Sehen Sie hier!« Er hielt ihnen eine zweite Kugel entgegen. Sie war der ersten täuschend ähnlich.

Randolph blinzelte verwirrt. »Wo haben Sie die denn her?«

»Aus meiner linken Schulter«, erklärte Holmes.

Nun blinzelte auch Jonathan verwirrt. »Ihrer Schulter?«

»So ist es. Genau dorthin schoss ein Mann sie mir vor sechs Jahren, der in einschlägigen Kreisen – und damit meine ich all jene Kreise, denen daran gelegen ist, unsereins tot zu sehen – als *Der Franzose* bekannt ist. Er ist ein Söldner, ein hoch bezahlter, weil bedauerlicherweise nicht weniger hoch talentierter Attentäter, der sich auf die Jagd nach Magieanwendern spezialisiert hat. Der Teufel allein weiß, was der Mann für ein Problem hat. Dunholm und ich sind ihm damals während einer … Reise nach Frankreich begegnet. Das spielt hier jetzt keine Rolle. Jedenfalls ist sein Markenzeichen – neben einem ganz furchtbar hässlichen Hut und einer Brille mit getönten Gläsern – eine Girandoni-Windbüchse Modell 1780.«

»Eine *was*?« Randolph stemmte die Hände in die Hüften und trat näher, um sich die Kugeln genauer anzuschauen.

»Ein sogenanntes Luftgewehr«, erklärte Holmes. »Langer Lauf, kolbenförmiger Schaft, in dem sich komprimierte Luft befindet, die mithilfe des Abzugs durch ein Ventil geleitet wird und die Kugeln antreibt. Kein Mündungsfeuer, praktisch lautlos, an die hundertfünfzig Schritt Reichweite, zwanzig Schuss im Magazin, hohe Feuerrate. Eine Waffe, wie geschaffen für einen Attentäter.«

»Sie kennen sich aber gut aus«, stellte Jonathan fest.

»Oh ja, das kann man wohl sagen«, bestätigte der Magier. »Ich habe meine Hausaufgaben gemacht, nachdem ich das letzte Aufeinandertreffen mit diesem Mann mit knapper Not überlebt habe. Leider konnte ich nicht viel mehr über ihn herausfinden als das, was ich Ihnen gerade berichtet habe. Er ist ein Schatten in den Kreisen der Magieanwender, ein tödlicher Schatten.«

»Sollten wir Ihren Orden nicht warnen?«, fragte Jonathan. »Wenn dieser Verbrecher in der Stadt weilt, ist er vielleicht auf noch mehr Blut aus.«

»Davon würde ich abraten«, widersprach Holmes. »Der Franzose ist, wie gesagt, ein Söldner. Irgendjemand hat ihn also für den Mord an Dunholm bezahlt. Und ich würde mich sehr wundern, wenn wir diesen Judas Ischariot außerhalb der Reihen des Ordens suchen müssten.«

»Wellington …« Randolphs Gesicht verfinsterte sich.

»Möglicherweise. Oder ein anderer machtgieriger Anhänger dieser Neuer-Morgen-Bewegung. Solange wir nicht genau wissen, wer zum Kreis der Verdächtigen gehört, sollten wir für uns behalten, dass wir dem Franzosen und seinen Hintermännern auf der Spur sind.« Holmes presste die Lippen zu einem schmalen Strich zusammen, und in seinen Augen funkelte es voll Unheil verheißender Entschlossenheit. »Ich warte schon seit mehr als einem halben Jahrzehnt darauf, dem Franzosen ein weiteres Mal zu begegnen. Und sollte er wirklich hinter dem Tod von Albert Dunholm stecken, dann werde ich dafür sorgen, dass er diese Tat bitter bereut …«

KAPITEL 8:
DIE NACHT DER JÄGER

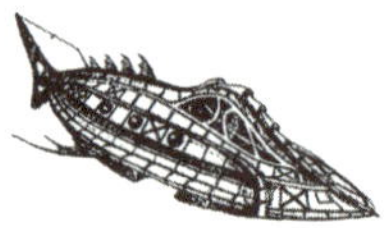

»Mord in der Holmscroft Street! In der gestrigen Nacht ermordete Helen Brighton, die Ehefrau eines Gemüsehändlers in der Holmscroft Street, ihre dreijährige Tochter durch Kehlenschnitt mit einem Tafelmesser. Anschließend versuchte sie in gleicher Weise ihren achtjährigen Sohn umzubringen, bevor sie sich selbst richtete. Die Verstorbene soll bereits seit Längerem schwermütig gewesen sein. Bei ihren Nachbarn war sie wohl angesehen.«

– The Daily Telegraph, 19. April 1897

19. April 1897, 22:25 Uhr GMT
England, London, geheime Hallen des Ordens des Silbernen Kreises

Unsichtbar hockte Arthur Sedgewick auf seinem Aussichtsposten auf dem höchsten Turm der Guildhall von London, hatte fröstelnd den Mantelkragen hochgeschlagen und machte sich so seine Gedanken. Eigentlich war es nicht gut, wenn er innerlich abschweifte, denn seine Aufgabe als Magispector des Ordens bestand darin, aufmerksam die Augen offen zu halten und in der Wahrsicht nach jedweder Art von magischer Abweichung im Raum von London Ausschau zu halten. Und für gewöhnlich erledigte er diese Arbeit auch zuverlässig und gewissenhaft, aber an diesem Abend fiel es ihm aus mehreren Gründen schwer, sich ernsthaft darauf zu konzentrieren.

Zum einen beschäftigte ihn der schreckliche Mord am Ersten Lordmagier, der den Orden in völlige Unordnung gestürzt hatte. In allen geheimen Hallen und Gängen unterhalb der Guildhall tauschten sich die Magieanwender mal lautstark, mal hinter vorgehaltener Hand über den Vorfall aus. Die unterschiedlichsten Theorien über den Tathergang machten die Runde, und auf der Suche nach dem oder den Schuldigen blickten die Magier sowohl in Richtung der europäischen Großmächte als auch auf ihren direkten Sitznachbarn in einem der Rauchersalons des Ordens.

Bislang hatte sich Sedgewick aus den Debatten herausgehalten, die von vielen seiner Mitmagier über die Frage des angemessenen Stellenwerts der Magie im Machtgefüge der Welt geführt wurden. Es interessierte ihn eigentlich nicht, ob sich Magier aus politischen Dingen heraushalten oder aber ihre Kräfte in die Dienste ihres Vaterlandes stellen sollten, um ihm im Kampf um die Kolonien oder gegen feindliche Mächte zu helfen. Für ihn zählte allein, dass die Magie ihn dazu befähigte, das Wunder des Lebens und die universelle Harmonie, die zwischen allen Dingen herrschte, zu schauen, und er konnte sich stundenlang darin verlieren, feinstem Fadenwerk nachzuspüren und die Muster zu ergründen, die darin verborgen lagen. Nichtsdestoweniger konnte auch Sedgewick sich dieser Tage nicht ganz aus dem ordenspolitischen Geschehen lösen. Der Tod Albert Dunholms, eines Mannes, dem er stets den größten Respekt entgegengebracht hatte, war für ihn wie ein Schock, und er fragte sich wieder und wieder, ob auch dessen Ableben das Resultat eines Musters war, das sich in den letzten Monaten in den Reihen des Silbernen Kreises gebildet hatte, ohne dass es ihm bewusst geworden wäre.

Hinzu kam, dass das Fadenwerk ungefähr seit dem Zeitpunkt,

an dem der Lordmagier gestorben war, aus dem Gleichgewicht geraten zu sein schien. Sedgewick beobachtete das wahre London seit seiner Ernennung zum Magispector vor sieben Jahren beinahe tagtäglich. Er kannte nicht nur die großen Ströme der Stadt, sondern auch die vielen kleinen Besonderheiten, das Anschwellen und das Abebben der Fadentätigkeit im Laufe eines Tages, die Ballungen im Fadenwerk an den großen Bahnstationen und auf den Marktplätzen und die vereinzelten magisch aufgeladenen Nischen, die, über ganz London verteilt, helle Fixpunkte im turbulent glitzernden Chaos der Wahrsicht darstellten.

Doch seit gestern Nacht war irgendwie alles anders. Das Fadenwerk befand sich in einer Bewegung, die Sedgewick zuvor noch nie gesehen hatte. Überall um ihn herum und so weit das Auge reichte, erwachten tote Gegenstände zu einem eigentümlichen Leben an der Schwelle zum eigenen Bewusstsein, und die Myriaden an zusätzlichen Fäden, die jene zitternd und vorsichtig tastend in die kalte Nachtluft streckten, machten es beinahe unmöglich, auf größere Entfernung überhaupt noch etwas zu erkennen. Seltsamerweise schienen diese Veränderungen nicht in dem Auftauchen neuer magischer Risse begründet. Vielmehr lag ein diffuses Flirren in der Luft, eine Art magischer Dunst, der sich, schleichend wie Nebelschwaden vom Themseufer, von irgendwoher kommend über die Stadt gelegt hatte. Einem weniger aufmerksamen Beobachter mochte dieses Phänomen in all dem Durcheinander des Fadenwerks überhaupt nicht auffallen, doch Sedgewick war die Fähigkeit, auch scheinbar Unbedeutendes zu bemerken, in den letzten sieben Jahren praktisch in Fleisch und Blut übergegangen.

Er hatte Cheltenham von dem seltsamen Flirren unterrichten wollen, aber der amtierende Erste Lordmagier war zu sehr mit der durch Dunholms Tod ausgelösten Ordenskrise beschäftigt gewesen, als dass er Zeit gehabt hätte, sich um Sedgewicks *kuriose Entdeckung*, wie er sie nannte, zu kümmern. Auch McGowan, die Sedgewick sonst immer ein offenes Ohr schenkte, hatte wenig

Interesse an seinen aufgeregt vorgetragenen Worten gezeigt, ein Umstand, den der schmächtige Magispector besonders bedauerte, denn er hegte insgeheim eine tiefe – natürlich rein platonische – Zuneigung zu der außerordentlich adretten Magierin. Gleich doppelt zurückgewiesen, war Sedgewick nichts anderes übrig geblieben, als sich seine eigenen Gedanken zu diesen eigenartigen und zweifellos besorgniserregenden Entwicklungen zu machen.

Er war soeben zu dem Schluss gekommen, dass eine dermaßen weiträumige und gleichförmige Verteilung roher Magie eigentlich nur durch einen Riss in sehr großer Höhe irgendwo am Himmel über London zustande gekommen sein konnte, als er von einem Räuspern unterbrochen wurde. »Immer wachsam bleiben, Sedgewick«, mahnte ihn eine von freundschaftlichem Spott gefärbte Stimme zu seiner Linken.

Sedgewick schreckte aus seinen Gedanken auf und hob den Kopf. Obwohl der Mann wie er selbst im Schutz eines Fadenkokons auf dem Dach stand und somit für die Augen gewöhnlicher Menschen unsichtbar war, erkannte Sedgewick ihn sofort an seiner Aura. »Timothy Crandon«, begrüßte er seinen Besucher, einen im normalen Leben in jeder Hinsicht durchschnittlichen und unauffälligen Mittvierziger, der in den Vormittagsstunden in einem Postamt unweit des Picadilly Circus arbeitete. »Was machen Sie denn hier? Sie haben doch heute Nacht gar keinen Dienst, sondern erst morgen wieder.«

»Das ist richtig«, erwiderte Crandon, während er sich neben Sedgewick auf das kühle Steinsims setzte. Zitternd zog er seinen braunen, mit einem Pelzkragen besetzten Mantel enger um den Leib und rieb sich die in schwarzen Lederhandschuhen steckenden Hände. »Verdammt kalt heute Nacht«, stellte er fest. »Nun ja, ich bin auch eigentlich nur heraufgekommen, weil McGowan mich gebeten hat, Ihnen das hier von ihr zu geben.« Crandon zog ein gefaltetes Blatt Papier aus der Tasche und hielt es Sedgewick hin.

»Eine Nachricht von McGowan?«, fragte dieser überrascht. Er

nahm den Zettel entgegen und faltete ihn auseinander. Auf dem hellen Papier standen nur zwei Sätze, geschrieben in McGowans unverkennbarer, elegant geschwungener Handschrift: *Treffen Sie mich im Roten Salon. Ich muss mit Ihnen über Ihre »Entdeckung« reden.*

Sedgewicks Herz schlug schneller. Seine Worte waren also doch nicht gänzlich ungehört geblieben. Möglicherweise hatte er sie heute Morgen nur zu einem ungünstigen Zeitpunkt angesprochen. Mittlerweile hatte sie offensichtlich die Muße gehabt, über sein Anliegen nachzudenken und das Außergewöhnliche der Situation, in der sie sich befanden, zu erkennen. Alles in ihm drängte danach, sofort aufzuspringen und loszustürmen, doch sein Pflichtgefühl hielt ihn zurück. Es sei denn … Er hüstelte. »Ähm … Crandon?«

»Was gibt es, Sedgewick? Ich hoffe, es ist keine unerfreuliche Nachricht.« Crandon blickte ihn mitfühlend an. Als selbst ernannte »Dame des Hauses« war McGowan bekannt dafür, dass sie jüngeren Ordensmitgliedern gern unangenehme Aufgaben aufbürdete. Auch Sedgewick hatte schon den einen oder anderen Botengang für sie erledigen dürfen – obwohl er mit seinen neununddreißig Jahren deutlich älter als die ewig jung wirkende Magierin aussah.

»Nein, im Gegenteil«, erwiderte dieser. »Sie möchte dringend mit mir über eine Angelegenheit sprechen, die ich ihr heute Morgen zur Kenntnis gebracht habe.«

»Jetzt?«, fragte Crandon.

»So steht es auf dem Zettel«, antwortete Sedgewick mit einem Nicken. Verlegen verlagerte er sein Gewicht von einer Seite auf die andere. »Wäre es unter Umständen möglich, dass Sie mich für eine Stunde oder so vertreten? Ich … ich würde Miss McGowan ungern warten lassen.«

Der andere Mann grinste verständnisvoll. »In Ordnung. Bekanntlich ist es schwer, McGowans Gunst zu erlangen. Man sollte sie nicht verspielen, wenn man sie erst einmal hat.«

Ohne es zu wollen, wurde Sedgewick rot. »Nun, von Gunst

möchte ich nicht sprechen«, murmelte er. »Es handelt sich eher um eine Art Anerkennung meiner Fähigkeiten …«

»Nun laufen Sie schon los!«, rief Crandon.

Arthur Sedgewick ließ sich das nicht zweimal sagen.

Als der schmächtige Magispector den Turm verlassen hatte, ließ Timothy Crandon seine Maske der Kameradschaftlichkeit fallen. Seine Züge verhärteten sich, und ein zufriedenes Lächeln umspielte seine Mundwinkel, während er den Blick in eine ganz bestimmte Richtung lenkte, in der es in Kürze zu einem Ausbruch magischer Aktivität kommen würde – einem Ausbruch, der, wie Mary-Ann McGowan ihm mehr als deutlich eingeschärft hatte, keine Zeugen erlaubte.

19. April 1897, 22:32 Uhr GMT
England, London, südlich des Regent's Park

»Wunderbar!«, rief Jupiter Holmes und klatschte in die Hände. »Dann wären wir uns ja einig und können zum gemütlichen Teil des Abends übergehen.« Ungeachtet des Ernsts ihrer Lage hatte sich seine Laune in der letzten Stunde dank einiger weiterer Gläser Whiskey zunehmend gebessert, gleichwohl seine Ansichten hinsichtlich der Maßnahmen, die ergriffen werden sollten, um den Mörder Dunholms dingfest zu machen, immer radikaler geworden waren. Jonathan war heilfroh, dass sie für den Augenblick alles Notwendige besprochen hatten, und er hatte nicht vor, den Abend noch *gemütlicher* werden zu lassen, als er es ohnehin schon war. »Vielen Dank für das Angebot, aber ich fürchte, dass ich für meinen Teil ablehnen muss. Ich werde morgen früh in der Redaktion erwartet, und ich habe schon in der letzten Nacht kaum Schlaf gefunden.«

»Ach, Unsinn! Schlafen können wir, wenn wir tot sind, meine Freunde!«, protestierte Holmes. Sein Hemdkragen stand mittlerweile wieder offen, und eine Alkoholfahne umwehte ihn wie einen Seemann, der um Mitternacht aus einer Hafenkneipe wankt. »Nicht wahr, Watson?« Der Magier drehte sich im Kreis, doch die Geisterkatze war nirgendwo zu sehen. »Wo ist sie hin?«, murmelte er.

»Sie hat den Raum verlassen«, erklärte Randolph ihm ruhig. »Schon vor einer guten halben Stunde.« Er ließ unerwähnt, dass die Katze dabei mitten durch die Wand spaziert war, was ihr zumindest von Jonathan einen verblüfften Blick eingehandelt hatte.

»Oh«, sagte Holmes enttäuscht. »Zu schade. Wir haben immer viel Spaß zusammen, wenn der gemütliche Teil des Abends beginnt.«

»Lassen Sie es gut sein, Holmes, und gehen Sie ins Bett«, sagte Randolph. »Wir könnten alle eine Mütze Schlaf brauchen. Das, was uns bevorsteht, wird anstrengend genug.«

Holmes winkte ab. »Ach, begeben Sie sich ruhig in die Federn, wenn Ihre alten Knochen darum betteln. Aber einer von uns muss auf dem Posten bleiben und den Schlaf der Gerechten bewachen.«

»Tun Sie, was Sie nicht lassen können«, brummte Randolph. »Kommen Sie, Jonathan. Wir gehen.«

Jonathan nickte, doch dann fiel ihm etwas ein. »Wir haben gar nicht darüber gesprochen, was mit der Magie wohl passiert sein mag.«

»Und das werden wir heute auch nicht mehr, wenn ich mir ihn so ansehe«, raunte Randolph ihm zu, während Holmes hinter ihnen mit unsicheren Schritten auf seinen Sessel zuwankte. »Watson!«, rief er mit schwerer Zunge. »Komm her, Watson. Mir ist nach ein wenig weiblicher Gesellschaft!«

»Wie kann ein Mann sich in solch einer Situation nur dermaßen gehen lassen?«, fragte Jonathan flüsternd.

Der Kutscher zuckte mit den Schultern. »Das ist seine Art. Er ist in jeder Hinsicht außergewöhnlich: tolldreist, eigensinnig, hoch talentiert und ein bisschen … exzentrisch.«

»Das habe ich gehört, Mister Brown«, beschwerte sich Holmes. »Aber ich nehme es Ihnen nicht übel. Kleine Geister brauchen ein geordnetes Leben. Ein Genie überblickt auch das Chaos!« Er ließ sich in seinen Sessel fallen. »Und nun entschuldigen Sie mich, meine Herren. Ich beabsichtige, mich in Trance zu begeben und einige dienstbare Seelen zu rufen, die uns bei der Suche nach Dunholms Mörder helfen sollen. Guten Abend!« Er schloss die Augen, und sein Kopf sackte zur Seite.

Leise verließen die beiden Männer den Raum.

»Kann er das wirklich?«, wollte Jonathan wissen, während sie die Treppe hinuntergingen, an deren Fuß sie von Joseph schon erwartet wurden.

»Es würde mich wundern«, brummte Randolph. »Er kann übrigens auch nicht wirklich die Lebensgeschichte einer Person aus ihrer Kleidung herauslesen, wie er es vorhin bei Ihnen gemacht hat.«

»Kann er nicht?«, fragte Jonathan erstaunt. »Seine Aussagen waren aber erstaunlich zutreffend.«

»Er hat sich in Ihre Gedanken geschlichen«, bemerkte sein Begleiter trocken.

Jonathan blieb stehen und öffnete den Mund. »Sie belieben zu scherzen«, brachte er mit merklicher Verzögerung hervor.

»Keineswegs. Also passen Sie auf, was Sie sich durch den Kopf gehen lassen, solange Sie nicht imstande sind, sich gegen Holmes oder andere Magier abzuschirmen.« Randolphs Mundwinkel verzogen sich zu einem schiefen Grinsen. »Ich bringe es Ihnen bei Gelegenheit bei. Es ist nicht besonders schwer, erfordert aber – wie alles andere – ein wenig Fingerspitzengefühl und natürlich Übung.«

Die Räder der Kutsche ratterten über das nass glänzende Kopfsteinpflaster, als Jonathan und Randolph durch die abendlichen Straßen von London fuhren. Ein selbst für hiesige Verhältnisse ungewöhnlich dichter Nebel war von der Themse her aufgezogen, und die Dunstschwaden hingen zwischen den Häusern wie in einer Waschküche am Waschtag. In regelmäßigen Abständen passierte die Kutsche die diffusen Lichtinseln brennender Gaslaternen, helle Flecken im schier undurchdringlichen Weiß, das die Gassen und Straßen der Stadt ausfüllte. Doch auch diese änderten nichts daran, dass man kaum die Hand vor Augen sehen konnte.

Nur hier und da riss an einer Hausecke, um die ein leichter Luftzug wehte, der Nebelvorhang auf und gewährte einen kurzen Blick auf eine menschenleere Straße oder einen verlassenen Gehsteig. Keine Kutsche kam ihnen entgegen, kein später Trunkenbold wankte nach einem durchzechten Abend lallend an den Häusern entlang, kein Schutzmann auf Streife grüßte ihr vorüberrollendes Gefährt. Nicht einmal eine streunende Katze war dort draußen zu sehen. Es schien, als wären sie die einzigen lebenden Seelen, die zu dieser Stunde unterwegs waren.

»Was für ein Wetter«, murmelte Jonathan, der mit gerunzelter Stirn zum Fenster hinausblickte. »Irgendwie unheimlich, wenn man sich das so anschaut.«

»Schauen Sie es sich nicht an!«, riet Randolph ihm von der anderen Sitzbank aus.

Jonathan wandte den Blick ab und richtete ihn auf seinen Begleiter. »Spüren Sie nicht auch dieses unterschwellige Gefühl der Bedrohung?«, fragte er leise.

Dunholms ehemaliger Bediensteter sah ihn einige Herzschläge lang nur an. »Ohne Unterlass, seit dem Tod des Alten Mannes«, gab er dann zu. »Aber wir dürfen uns nicht verrückt machen lassen.«

»Wie, denken Sie, stehen unsere Chancen, seinen Mörder, diesen Franzosen, zu finden?«

Randolph verzog das Gesicht. »Das hängt davon ab, wie er sich verhält. Wenn er nur den Auftrag hatte, Dunholm zu töten, und London längst wieder verlassen hat, dürfte es einerlei sein, ob wir all unsere Quellen anzapfen und Spione aussenden, wie Holmes es vorgeschlagen hat, oder nicht. In diesem Fall glaube ich kaum, dass wir ihn in die Finger bekommen. Holmes sagte, er sei ein Reisender ohne festen Wohnsitz, der überall in Europa seine Verstecke habe. Wir müssten einer Spur aus Toten nachjagen, um uns ihm zu nähern, und selbst dann würden wir ihn wahrscheinlich nicht fangen. Befindet er sich allerdings noch in der Stadt, weil seine Aufgabe noch nicht erfüllt ist, sieht es besser aus. Gemeinsam verfügen Holmes, Sie und ich über ein beachtliches Netz an Informanten und aufmerksamen Augen, das sich über die ganze Stadt verteilt. Und wir dürfen auch Nevermore und Watson nicht vergessen, die an Orte gelangen können, die uns Menschen nicht zugänglich sind.« Randolph nickte gedankenvoll. »Ja, wenn er noch hier ist, können wir ihn erwischen.«

»Es stellt sich nur die Frage, ob wir uns wirklich wünschen sollten, dass er noch hier ist. Denn das würde bedeuten, dass es noch mehr Tote geben wird, wenn wir nicht schnell genug sind«, gab Jonathan zu bedenken.

»Wie wahr …«, brummte Randolph düster. »Wie wahr …«

Einen Augenblick lang lauschten sie schweigend dem Rattern der Räder. Entgegen Randolphs Rat warf Jonathan doch einen weiteren Blick aus dem Fenster. Durch den dichten Nebel vermochte er kaum etwas zu erkennen, glaubte aber, dass sie mittlerweile in Bloomsbury waren.

»Was unternehmen wir nun wegen des Rings und der seltsamen Veränderung in der Magie?«, fragte er, als er sich wieder seinem Begleiter zuwandte.

»Ich werde morgen früh die Bibliothek des Ordens aufsuchen«, sagte Randolph. »Vielleicht kann uns Crowley helfen, der Bibliothekar. Er kennt sich gut aus in den Belangen der Magie. Und auch er war ein treuer Gefolgsmann Dunholms, wenn auch durch seine junge, schöne Frau leichter angreifbar als viele andere von uns, weswegen er niemals so deutliche Worte für die Zustände innerhalb des Ordens finden würde wie Holmes oder ich.«

»Wer würde eine Frau bedrohen, um einen politischen Rivalen mundtot zu machen?«, empörte sich Jonathan. »Ein Ehrenmann sicher nicht!«

»Das sehe ich auch so«, pflichtete ihm Randolph bei. »Aber leider gibt es nicht nur Ehrenmänner auf dieser Welt – auch nicht in den Reihen des Silbernen Kreises, so gerne Dunholm das gehabt hätte.«

Unwillkürlich musste Jonathan an Elisabeth denken. Er fragte sich, ob er sich jetzt, da binnen weniger Stunden sein ganzes Leben wie auf den Kopf gestellt war, eine Liebe wie die zu der Tochter des Abgeordneten James Thomas Holbrook überhaupt erlauben durfte. *Bringe ich sie dadurch nicht auch in Gefahr? Ein Mörder läuft dort draußen herum – und ich habe mich der kleinen Gruppe von Verrückten angeschlossen, die sich entschieden hat, ihn zur Strecke zu bringen. Warum zum Teufel mache ich das überhaupt? War mein Leben nicht gut so, wie es war?*

Bevor er sich weitere Gedanken machen konnte, wurde die Kutsche unvermittelt angehalten. »Ho!«, drang Grigoris dunkle Stimme vom Kutschbock. »Ho!«

Jonathan warf Randolph einen fragenden Blick zu, und dieser drehte sich auf seinem Platz um und öffnete die kleine Holzklappe zu ihrem Chauffeur. »Was ist los, Grigori?«, verlangte er zu wissen. »Warum halten wir?«

Grigori murmelte ein Wort auf Russisch und wiederholte dann in gebrochenem Englisch: »Gefahr.«

»Wo?«, fragte Randolph.

»Vor uns. In Nebel.« Der hünenhafte Kutscher deutete über die Köpfe seiner unruhigen Pferde hinweg in die dunstige Dunkelheit.

Jonathan richtete sich auf seinem Platz auf. »Kann das der Franzose sein? Ist es möglich, dass er schon Jagd auf uns macht?«

»Das werden wir ja sehen«, knurrte Randolph grimmig. »Aber beten Sie, dass Sie unrecht haben. Ich bin zwar einer zünftigen Schlägerei nie abgeneigt, aber diesem Mistkerl möchte ich doch lieber nicht ohne Holmes' Rückendeckung über den Weg laufen.« Er stand auf, öffnete die Tür der Kabine und machte Anstalten auszusteigen.

»Aber warum gehen Sie dann nach draußen?«

»Weil die Dinge, die ein Magieanwender als Gefahr ansieht, leider nicht dazu neigen zu verschwinden, wenn man die Augen schließt und sich die Ohren zuhält. Aber Sie können ruhig im Wagen bleiben. Ist vielleicht auch besser so.«

Jonathan schluckte und schüttelte den Kopf. »Auf keinen Fall. Ich bin an Ihrer Seite.«

»Auch gut«, sagte Randolph mit einem Nicken. »Versuchen Sie, wenn es hart auf hart kommt, keine magischen Tricks. Damit machen Sie sich nur unglücklich. Hauen Sie Ihrem Gegner ganz einfach kräftig mit der Faust ins Gesicht. Sie werden sehen: Das wirkt auch bei Magiern.«

»Ich werde mein Bestes geben.« Trotz seiner Schreibtischtätigkeit war Jonathan kein Schwächling. Er achtete stets darauf, seinen Körper durch regelmäßige Leibesertüchtigung in Form zu halten. Dennoch wünschte er sich in diesem Augenblick, er hätte, statt immer nur zu rudern und zu fechten, seinerzeit in Cambridge etwas häufiger den Boxclub besucht. Robert war ein guter Boxer, aber Jonathan hatte den Faustkampf Mann gegen Mann immer als barbarisches Freizeitvergnügen abgetan. Nun bereute er es.

Langsam stiegen die Männer aus der Kutsche aus und traten zu Grigori, der noch immer auf dem Kutschbock saß und für einen Mann seiner Statur auf einmal erstaunlich ängstlich wirkte.

»Lassen Sie mich raten«, flüsterte Jonathan Randolph zu. »Er ist auch kein besonders guter Zauberer.«

»Weiter so«, brummte dieser leise. »Bald können Sie Holmes Konkurrenz machen.«

Angestrengt starrten die beiden Männer in die von den Gaslaternen mehr schlecht als recht erleuchtete Dunkelheit. Zur Rechten erhob sich eine Reihe dreigeschossiger Wohnhäuser, und zur Linken erstreckte sich ein schmiedeeiserner Zaun, hinter dem sich große Bäume als dunkle Umrisse im Nebel abzeichneten. Wenn Jonathan sich nicht irrte, waren sie ganz in der Nähe des British Museum, und die kleine kreisrunde und laternengesäumte Grünanlage musste der Bedford Square sein.

Vor ihnen bewegte sich etwas in den dichten Dunstschwaden. Es schienen zwei Gestalten zu sein, die sich ihnen gemächlich aus dem allgegenwärtigen Weiß näherten. Als der Schein einer nahen Straßenlaterne auf die beiden Körper fiel, stockte Jonathan der Atem.

»Oh, das ist nicht gut«, knurrte Randolph. »Gar nicht gut.«

Grigori wimmerte irgendetwas Unverständliches. Vielleicht betete er. Jonathan hätte dafür vollstes Verständnis gehabt, denn aus dem Schutz der Dunkelheit und des Nebels tauchten zwei Löwen auf. Sie waren sicher halb so groß wie ein Mann, und unter ihrem schmutzig weißen Fell spielten eindrucksvolle Muskeln. Bernsteinfarbenes Feuer glomm in dunklen Augenhöhlen, und aus den bedrohlich zur Hälfte geöffneten Mäulern drang ein kehliges Grollen.

»Wo kommen die denn her?«, fragte Jonathan erschrocken. »Hier ist nirgendwo ein Zoo.«

»Ich habe keinen Schimmer«, raunte Randolph zurück. »Jetzt bloß keine falsche Bewegung, oder wir sind Raubtierfutter.« Bedächtig klopfte er einem der beiden nervös mit den Hufen schlagenden Pferde auf die Flanke. »Ruhig«, murmelte er. »Ganz ruhig.«

Mit geschmeidigen Bewegungen kamen die beiden Löwen näher. Ein leise klickendes Geräusch wie von langen Krallen auf hartem Stein begleitete ihre Schritte. Doch irgendetwas stimmte in Jonathans Augen nicht mit den Tieren. Im ersten Moment vermochte er diesen Eindruck nicht zu begründen, doch als sein Blick auf die prachtvolle weißgraue Mähne fiel, die in eigentümlich stilisierten Wellen um die Köpfe der Löwen lag, begriff er, was anders war an diesen Tieren, und ein Schauer lief ihm über den Rücken. »Randolph«, flüsterte er. »Sie sind aus Stein. Es handelt sich um Steinlöwen, die irgendwie zum Leben erwacht sind. Eine Laune der Magie?«

»Unmöglich.«

»Doch. Sehen Sie nur den seltsamen Schnitt ihrer Mähne, die Maserung ihres Fells. Das war mal Granit. Und sitzen nicht vor dem Eingang des British Museum solche Löwenstatuen?«

Sein Begleiter fluchte. »Sie könnten wirklich recht haben. Das macht das Ganze nicht besser.« Er starrte die beiden Raubtiere mit finsterer Miene an.

»Wieso nutzen Sie keine Magie, um die Bestien abzuwehren?«, fragte Jonathan.

»Was soll ich machen? Eine Straßenlaterne nach ihnen werfen? Einen Baum?«

»Beispielsweise.«

Randolph schüttelte den Kopf. »Ich fürchte, ich wäre zu langsam. Diese Untiere hingen uns an der Kehle, bevor ich auch nur eines von ihnen ausgeschaltet hätte.«

Jonathan schluckte. »Was machen wir dann? Wir können hier doch nicht nur herumstehen und warten.«

Der Kutscher schürzte die Lippen. »Lassen Sie mich etwas versuchen. Legen Sie eine Hand auf meine Schulter, und berühren Sie Grigori mit der anderen.«

»Was haben Sie vor?«, erkundigte sich dieser, als er tat, wie ihm geheißen.

»Wir bilden eine Fadenverbindung und verschmelzen unsere Auren zu einer einzigen. Das macht es leichter, Magie auf eine Gruppe zu wirken.« Er neigte den Kopf. »Grigori. Kümmern Sie sich um die Pferde.«

Dieser brummte eine Bestätigung, beugte sich vor und legte seine Hände auf die Rücken der beiden Tiere. Es sprach für ihre Ausbildung, dass sie in ihrem unruhigen Zustand bei der Berührung nicht auszubrechen versuchten. Aber Jonathan argwöhnte ohnehin, dass auch Pferde, die in den Diensten eines Magierordens standen, keine gewöhnlichen Tiere waren.

Randolph begann undeutlich vor sich hin zu murmeln, während er mit Augen, in die ein gelblicher Schimmer getreten war, ins Leere starrte und dabei verschnörkelte Bewegungen mit seiner rechten Hand vollführte.

Die Löwen waren mittlerweile bis auf wenige Schritte herangekommen. Ihre marmorierten Schwänze pendelten gemächlich durch die kühle Abendluft, während sie die Köpfe gesenkt hielten und ihre Opfer aus funkelnden Augen belauerten. Erschreckend lautlos berührten große Tatzen, denen ein unseliger Bildhauer Furcht einflößende Krallen gegeben hatte, das Kopfsteinpflaster. Nur gelegentlich gab es dieses leise klickende Geräusch, das, wie Jonathan jetzt aus der Nähe erkannte, nicht auf Krallen, sondern auf winzige Granitbröckchen zurückzuführen war, die sich aus dem dichten Fell der mitten in der Verwandlung von Stein zu Fleisch hängen gebliebenen Tierleiber lösten und zu Boden fielen.

»Randolph, was immer Sie tun, tun Sie es rasch«, flüsterte Jonathan, der kaum noch zu atmen wagte, um die Tiere nicht zu reizen.

»Still!«, raunte sein Begleiter leicht unwirsch zurück. »Ich bin dabei.« Er fuhr fort, komplizierte Fingerbewegungen in der Luft zu vollführen, während er die Löwen gleichzeitig nicht aus den Augen ließ.

Hilflos presste Jonathan die Lippen zu einem schmalen Strich zusammen. Er war ungeschützt, besaß keine Waffe, und an Flucht war nicht zu denken. Wenn die sicher über vierhundert Pfund schweren Bestien sie angriffen, gab es für ihn keine Rettung mehr. Er betete, dass Randolphs Bemühungen, welcher Art sie auch sein mochten, Erfolg hatten.

Irgendwo zu ihrer Linken schlug eine Kirchturmuhr zur Dreiviertelstunde. Einsam und unheilvoll hallte der Glockenton durch die nebelgeschwängerte Nacht. Einer der Löwen hob den Kopf, und seine Ohren zuckten. Ein dunkles, mahlendes Grollen drang aus seiner Kehle.

Dann waren sie heran, strichen an den beiden Pferden vorbei und kamen direkt auf Jonathan und Randolph zu. Das vordere der beiden Ungeheuer hob leicht das mächtige Haupt, und glühende Augen blickten Jonathan direkt an.

Dessen Herz pochte wild in seiner Brust. Angstschweiß bildete sich auf seiner Stirn, etwas, das er noch nie zuvor erlebt hatte. Sein Atem ging flach, und er versuchte, keinen Mucks von sich zu geben, während er wie erstarrt einfach nur dastand. *Stein wird zu Fleisch, und Fleisch wird zu Stein*, fuhr es ihm unpassend poetisch durch den Sinn.

Und das Wunder geschah. Der Löwe wandte den Kopf wieder ab und schritt so nah an Jonathan vorbei, dass dieser nur die Hand hätte auszustrecken brauchen, um ihm über das steingraue Fell zu streichen. Sein Gefährte folgte ihm.

Es dauerte keine Minute, und der dichte Nebel hatte die beiden unheimlichen Raubtiere wieder verschlungen. Dennoch blieben die Männer noch fast fünf weitere Minuten wie angewurzelt stehen, bis Randolph schließlich die Hand senkte und erleichtert aufatmete. »Sie sind fort«, verkündete er, und der Schein in seinen Augen verblasste.

Jonathans Schultern sackten herab. Sein Nacken hatte sich schmerzhaft verspannt, und er fühlte sich so erschöpft wie nach einem Langstreckenlauf. »Gott sei Dank!«, seufzte er. »Oder vielmehr: Ihnen sei Dank, Randolph. Was haben Sie gemacht?«

»Ich habe versucht, so viele ihrer Spürfäden wie möglich von uns abzulenken«, erwiderte der Kutscher. Auch er wirkte erschöpft. »Unglücklicherweise ist das nicht unbedingt mein Spezialgebiet. Als dieser eine Löwe Sie anstarrte, dachte ich schon, ich hätte versagt.«

»Was bedeutet das: Spürfäden ablenken?«

Randolph nahm seine Schiebermütze ab, wischte sich mit dem Ärmel seines Mantels über die gehörnte Stirn und setzte sie dann wieder auf. »Im besten Fall hätte es bedeutet, dass sie uns nicht mehr wahrgenommen hätten. Wir wären praktisch unsichtbar für sie gewesen. Aber ich bezweifle, dass mir das gelungen ist. Feinmagie ist nun mal nicht meine Sache.«

»Nun, immerhin ist es Ihnen gelungen, die Sinne der Löwen so weit zu beeinflussen, dass sie das Interesse an uns verloren, und das, obwohl wir direkt vor ihnen standen«, stellte Jonathan fest. »In meinen Augen ist das eine erstaunliche Leistung.«

Randolph schenkte ihm ein schwaches Grinsen. »Danke!« Dann nickte er in Richtung der Kutschkabine. »Fahren wir nach Hause. Ich für meinen Teil brauche jetzt einen Drink.«

Während die beiden Männer wieder einstiegen, klopfte Grigori den Pferden, die tapfer ausgeharrt hatten, lobend auf den Rücken und nahm anschließend die Zügel wieder auf.

Als die Kutsche anfuhr, warf Jonathan einen letzten Blick zurück auf die leere Straße, die hinter ihnen lag. Irgendwo dort draußen streiften noch immer die zwei Steinlöwen durch die Nacht. Er hoffte, dass ihre widernatürliche Jagd keine Menschenleben forderte. Und dann kam ihm plötzlich ein zweiter Gedanke: Möglicherweise hatte er soeben die Antwort auf die Frage nach dem Verschwinden der Greifen am Smithfield erhalten …

19. April 1897, 22:39 Uhr GMT
England, London, New Cavendish Street

»Liebste, ich bin zu Hause. Bitte verzeih, dass es so spät geworden ist. Ich musste noch einige Nachforschungen anstellen und habe darüber die Zeit vergessen.« Thomas Crowley schloss die verzierte Eingangstür zu seinem zweistöckigen Stadthaus, zog Hut und Mantel aus und hängte beides an die Garderobe. Als er keine Antwort von seiner Frau bekam, runzelte er die Stirn. »Emily?« War es möglich, dass sie schon schlief? Aber weshalb brannte dann überall im Haus Licht? *Vielleicht ist sie im Sessel über einem Buch eingenickt, während sie auf mich gewartet hat.*

Er stellte seinen Regenschirm in den filigran verzierten Messingständer und schritt mit einem vagen Gefühl von Sorge über den persischen Läufer, der in der Diele lag. Sein Blick huschte die steile, ebenfalls mit Teppich ausgelegte Holztreppe hinauf, doch auch im ersten Stock schien alles ruhig zu sein.

Die Küche war aufgeräumt und leer. Auf dem Tisch in der Mitte stand eine Schale mit kalt gewordenem Auflauf, sein Abendessen, wie er schuldbewusst erkannte. Er hatte ganz vergessen, einen Boten zu schicken, um Emily auszurichten, dass er später kommen würde. Glücklicherweise war sie eine Frau, in deren zierlichem Körper eine erstaunliche Menge christlicher Nächstenliebe und Güte Platz fanden. Sie hatte ihm schon so oft verziehen, wenn er – ganz in seine Arbeit versunken – zu spät nach Hause gekommen war oder einen Termin vergessen hatte. Sie würde ihm auch an diesem Abend mit einem milden Vorwurf in den veilchenblauen Augen vergeben.

»Emily? Wo bist du?«

Crowley betrat das Wohnzimmer, das ihnen zugleich als Speisezimmer diente, und blieb wie gelähmt im Türrahmen stehen.

Der Raum glich einem Schlachtfeld.

Geschirr, Besteck und Reste eines Abendessens, an dem er nicht teilgenommen hatte, lagen auf dem Teppich verstreut. Die Stühle um den Esstisch waren umgestoßen, ebenso ein dreibeiniges Beistelltischchen neben dem Sofa, auf dem Emily für gewöhnlich ihre Magazine aufbewahrte. Jemand hatte die mannshohe Zimmerpflanze, die sie letztes Jahr von den Nachbarn geschenkt bekommen hatten, von ihrem Steinpodest gestoßen, und ein Schwall Erde verteilte sich wie Erbrochenes über das Parkett. Einer der schweren Fenstervorhänge war halb heruntergerissen worden und bedeckte eine am Boden liegende Gestalt, von der nur die Beine zu sehen waren – schlanke Frauenbeine in weißen Strumpfhosen. Die Füße, die in hübschen taubengrauen Riemenschuhen steckten, wirkten seltsam verdreht.

Crowley wurde blass. »Emily!«, rief er erschrocken und eilte zu ihr. Er ließ sich auf die Knie fallen und zog den Vorhang von ihrem schlaff am Boden liegenden Körper. Als er sah, was man seiner geliebten Frau angetan hatte, entfuhr ihm ein entsetztes Keuchen. Sein Herz schien ihm aus der Brust springen zu wollen, und ihn schwindelte.

Emilys helles Kleid war zerrissen und von Essensresten, Erde und Blut besudelt. Auch ihr hellblondes gelocktes Haar, das sich in wirren Strähnen um ihren Kopf ausbreitete, und ihr kreidebleiches Gesicht waren blutverschmiert. Das Blut stammte aus einer furchtbaren Platzwunde an ihrer linken Schläfe, und es hätte nicht ihrer blicklos ihm entgegenstarrenden Augen bedurft, um Crowley erkennen zu lassen, dass alles Leben aus dem Körper seiner geliebten Frau gewichen war. *Nein! Nein, oh Gott, das darf nicht sein!* »Emily!«

Voller Grauen nahm Crowley sie in die Arme, strich ihr das verklebte Haar aus dem Gesicht und presste sie an sich. Sein Kopf sackte an ihre Brust, in der kein Herzschlag mehr zu spüren war. Nur ein kleiner Teil seines Bewusstseins nahm den Umstand wahr, dass Emily sich noch immer warm anfühlte und das Blut auf ihrem Gesicht noch nicht geronnen war. Was immer ihr widerfahren war, es musste gerade erst geschehen sein.

»Es tut mir leid«, sagte eine dunkle Stimme in seinem Rücken. »Ich töte normalerweise keine Unbeteiligten. Aber in diesem Fall blieb mir keine andere Wahl.«

Alarmiert hob Crowley den Kopf und fuhr herum. Neben der Tür wurde ein Mann sichtbar, der sich zuvor offensichtlich in einem Fadenkokon verborgen hatte. Langsam ließ der Archivar seine ermordete Frau zu Boden gleiten und stand auf. Gleichzeitig tauchten drei weitere Männer um ihn herum auf, die zuvor, in einen Mantel aus Unsichtbarkeit gehüllt, in den Ecken des Raumes ausgeharrt hatten. Sie alle hatten ihr Gesicht mit einem Tuch oder Schal vermummt, und der Anführer trug darüber hinaus eine dunkel getönte Brille und einen Hut mit ausladender Krempe. Sein langer Mantel und die gekürzte Girandoni-Windbüchse ließen keinen Zweifel zu. Crowley hatte von diesem Mann gehört – und ihm wurde eiskalt, als er ihn in seinem Wohnzimmer erblickte.

»Sie sind der Franzose«, flüsterte er mit rauer Stimme.

Der Fremde schnaubte belustigt. »Mein Ruf eilt mir also voraus«, stellte er fest.

»In der Tat – und es ist kein guter«, knurrte Crowley. Er drehte den Kopf und nahm die drei Helfer des Magierjägers in Augenschein. Obwohl sie alle gezeichnet aussahen, so als hätten sie bereits den ein oder anderen Kampf in den letzten Tagen ausgefochten, wirkten sie angespannt und zu allem entschlossen. Dieses Kräftemessen konnte er unmöglich gewinnen. Aber das hieß nicht, dass er sich ergeben würde.

»Das ist bedauerlich, aber nicht von Bedeutung«, sagte der Franzose. Als Crowley wieder den Blick auf ihn richtete, neigte er beinahe anerkennend den Kopf. »Ihr Ruf eilt Ihnen ebenfalls voraus, Mister Crowley. Sie sind ein Mann, der viel weiß. Manche sagen: zu viel. Bedauerlicherweise stehen Sie in diesem Krieg auf der falschen Seite.«

»Nein, Sie stehen auf der falschen Seite, Franzose«, sagte der Archivar. »Sie helfen einem Mann, der die Welt ins Chaos stürzen wird. Und Sie haben, wenn ich das richtig sehe, den vielleicht einzigen Mann umgebracht, der den Wahnsinnigen daran hätte hindern können. Sie waren es doch, der Albert Dunholm ermordet hat, nicht wahr?«

Auf einmal war er innerlich ganz ruhig. Er wechselte in die Wahrsicht.

Sein Gegenüber, eine von erschreckend kontrolliert züngelnden Fäden umgebene Gestalt, zuckte mit den Schultern. »Ich mache nur meine Arbeit.« Der Magierjäger trat einen Schritt näher und hob seine Waffe. »Leben Sie …«

In diesem Augenblick schlug Crowley zu. Er verkrampfte seinen ganzen Körper und zog dadurch die Fäden aller Gegenstände in seiner Nähe zu sich heran. Mit zwei raschen Gesten packte er zu und wirbelte dann in geduckter Haltung einmal um die eigene Achse, wobei er alle Kraft, die er aufzubringen imstande war, in diese Bewegung legte.

Eine gewaltige magische Druckwelle ging von ihm aus, die alles, was nicht niet- und nagelfest war, von ihm weg und gegen die Wände des Wohnzimmers schleuderte. Messer, Gabeln, Teller, Gläser, Stühle, die Lehnsessel und der heruntergerissene Vorhang flogen durch die Luft und auf die vier Männer zu, die ihn umstellten.

Diese schrien überrascht auf. Einer der Helfershelfer des Franzosen wurde von einem Sessel getroffen und ging lautlos zu Boden. Den anderen beiden gelang es, mit raschen Gesten die Geschosse abzulenken. Der Magierjäger senkte nur den Kopf und zog seinen Hut ins Gesicht, als würde er sich durch ein heftiges Unwetter kämpfen, und eine Schutzblase aus glitzernden Fadensträngen entstand um ihn herum, die alle Gegenstände um seinen Körper ableitete, wie ein Faradaykäfig einen Blitzeinschlag.

Crowley nahm sich nicht die Zeit, diesen ungewöhnlichen magischen Effekt zu bewundern, sondern nutzte den kurzen Augenblick, in dem der Franzose abgelenkt war, um sich nach vorne zu werfen, den Magierjäger mit der Schulter zur Seite zu rammen und in den Korridor des Hauses zu fliehen.

»Ergreift ihn!«, vernahm er den Befehl des Franzosen hinter sich.

Er prallte gegen die Eingangstür, packte den Knauf und wollte sie aufreißen, doch sie öffnete sich kaum einen Spaltbreit, bevor plötzlich von hinten zwei starke Energieströme links und rechts an Crowley vorbeischossen und die Tür wieder zuschlugen. Er wirbelte herum und erblickte einen der Helfer des Franzosen, der mit ausgestreckten Armen hinter ihm im Flur stand. Neue Fäden schossen aus seinen Fingern hervor und schlängelten sich Crowley entgegen in der Absicht, ihn zu fesseln.

Der Archivar wischte unwirsch mit der Hand durch die Luft und schlug die tastenden Fühler zur Seite.

Im Türrahmen tauchte der zweite der noch kampffähigen Schergen des Jägers auf und machte Anstalten, dem Archivar einen Energieschlag entgegenzuschicken.

Crowley warf sich zur Seite und hetzte die Treppe hinauf in den ersten Stock. Jeder Normalsterbliche hätte sich auf diese Weise in eine Falle manövriert, denn in den Obergeschossen des Hauses gab es keine Fluchtmöglichkeit, es sei denn, man wagte einen gefährlichen Sprung aus dem Fenster. Für einen halbwegs begabten Magieanwender bestanden solche Gefahren jedoch nicht.

Hinter ihm polterte es, als Emilys Mörder zur Verfolgung ansetzten. Klirrend ging etwas zu Bruch, das nach der Vase klang, die Emily von ihrer Großtante geerbt hatte. Wäre die Situation nicht so verzweifelt gewesen, hätte der Archivar wahrscheinlich sogar gelacht. Die Vase war von ausgewählter Scheußlichkeit gewesen.

Am oberen Treppenabsatz angekommen, fuhr Crowley herum und verband die Fäden seiner Hände mit denen des schmalen braunen Teppichs, der auf die Stufen genagelt war. Mit einem kraftvollen Ruck riss er den Teppich von den Stufen und in die Höhe und warf den hinteren seiner beiden Verfolger damit gegen die Hauswand.

Der vordere hatte den Angriff jedoch kommen sehen und sich mit einem magisch verstärkten Sprung in die Luft katapultiert. Mit einer Hand packte er das Holzgeländer des parallel zur Treppe verlaufenden Korridors im ersten Stock und schwang sich darüber hinweg. Er ging leicht in die Knie, und wie ein Revolvermann, der aus der Hüfte schießt, ließ er Crowley zwei schillernde Fadenbündel entgegenpeitschen.

Das Ganze ging so schnell, dass der Archivar keine Zeit mehr hatte auszuweichen. Den ersten Angriff konnte er noch abwehren, der zweite traf ihn allerdings mitten in die Brust.

Crowley wurde nach hinten geschleudert, direkt gegen einen übermannshohen Wäscheschrank mit einem großen, in die linke Tür eingelassenen Spiegel. Der Aufprall sandte einen stechenden Schmerz durch seinen Rücken und ließ den Spiegel zersplittern. Scherben regneten um ihn herum zu Boden.

Der Fremde setzte nach und warf sich Crowley mit geballten Fäusten entgegen, scheinbar tatsächlich in der Absicht, dem Benommenen mit zwei oder drei gezielten Hieben vollends das Bewusstsein zu rauben. Ein triumphierender Schrei kam über seine Lippen.

Ohne hinzuschauen, verband Crowley die Fäden seiner Finger mit denen der Scherben und machte eine ruckartige Bewegung nach oben. Der Schrei des Mannes verwandelte sich in ein schmerzerfülltes Heulen, als ihm Dutzende winziger scharfer Spiegelsplitter ins Gesicht flogen. Blindlings prallte er gegen Crowley, der ihn zur Seite stieß und an ihm vorbei die Flucht nach vorne antrat. Sein Kopf schmerzte, und ihm war, als würde ihm etwas Feuchtes und Warmes in den steif gebügelten Kragen seines Hemdes tropfen.

Ich muss aufs Dach, durchfuhr es ihn, während er den Flur hinab auf die Treppe zurannte, die in den zweiten Stock führte. *Von dort aus kann ich auf eines der Nachbarhäuser fliehen und mich dann zur rückwärtigen Straße hinunterlassen. Und dann zur Polizei. Oder gleich zur Guildhall. Muss Cheltenham warnen.*

Eine Fadenschlinge legte sich um seine Waden und brachte ihn zu Fall. Er rollte sich herum und entdeckte den Verfolger, von dem er dachte, er hätte ihn auf der Treppe ausgeschaltet. Offensichtlich hatte er sich geirrt. Der Mann zog einen schmalen Gegenstand hervor, und als Crowley in die Normalsicht wechselte, erkannte er, dass es sich um ein silbrig glänzendes Messer handelte. Mit mordgierigem Funkeln in den Augen kam der Mann näher. »Endstation«, knurrte er.

Crowleys Blick flog zur Decke und packte den dort hängenden Kristalllüster. »Noch nicht ganz!« Mit einem Kopfnicken riss er den Lüster aus seiner Verankerung und ließ ihn klirrend auf dem Schädel des anderen Magiers zerbersten. Im Wohnzimmer hatte er noch einen Bowler getragen, doch den hatte er auf der Treppe verloren, was sich jetzt als glücklicher Umstand erwies, denn der schwere Lichtspender schlug den Mann auf der Stelle bewusstlos.

Sofort fielen die Fesseln von Crowleys Beinen ab, und er rappelte sich auf, um weiterzustolpern. Keuchend und mit rasendem Herzschlag hastete er die zweite Treppenflucht hinauf. Schnelle Schritte in seinem Rücken zeugten davon, dass er noch nicht all seine Verfolger abgeschüttelt hatte. *Natürlich*, dachte er, *der Franzose fehlt noch. Nachdem er sein Fußvolk geschickt hat, um mich weichzuklopfen, pflückt er nun die reife Frucht vom Baum.*

In die Decke des zweiten Stocks war eine Klappe zum Speicher des Hauses eingelassen. Crowley verschwendete keine Zeit damit, sie mit dem dafür vorgesehenen Stockhaken zu öffnen und eine Leiter aufzustellen. Stattdessen riss er die Klappe einfach mithilfe der Magie auf, ließ ein Fadenbündel in den Dachstuhl schnellen und zog sich schwungvoll in die Höhe. Gleichzeitig packte er eine hüfthohe Kommode, die neben der Tür zu seinem Studierzimmer stand, und schickte sie ungezielt den Treppenaufgang hinab in der Hoffnung, seinen Verfolger dadurch auszubremsen.

Seine Landung auf dem Speicher war nicht ganz so elegant wie geplant, denn der Raum stand voller Gerümpel, und ein am Boden liegendes Regalbrett sorgte dafür, dass er mit seinem linken Fuß umknickte. Der Archivar strauchelte, fing sich aber gerade noch rechtzeitig, bevor er durch die offene Luke wieder ein Stockwerk tiefer stürzen konnte. Mit einem Fluch auf den Lippen humpelte er zu dem schmalen und beinahe blinden Dachfenster, entriegelte es und klappte es auf. Er wollte sich gerade hindurch- und aufs Dach zwängen, als er ein Poltern hinter sich vernahm.

Er fuhr herum, doch diesmal war er nicht schnell genug. Im Halbdunkel des Speichers sah er nur noch das von unzähligen Schnitten übersäte Gesicht des Mannes, der im ersten Stock mit den Überresten des Schrankspiegels unangenehme Bekanntschaft gemacht hatte. Das Tuch, das er vor dem Gesicht gehabt hatte, hing zerfetzt um seinen Hals, und Blut lief ihm von den Schläfen und über die Wangen. Dann schnellte eine Faust vor und traf Crowley direkt am Kinn. Der Kopf des Archivars wurde nach hinten geworfen und knallte gegen den Holzrahmen des Dachfensters. Ein greller Schmerz explodierte in seinem ohnehin schon malträtierten Schädel und ließ ihn zu Boden gehen.

Crowley stöhnte schmerzerfüllt auf und blinzelte, um die drohende Ohnmacht abzuwenden. Im Dunkeln tastete er nach irgendetwas, das er als Waffe verwenden konnte. Seine Finger fuhren über kalte steinerne Brüste und riefen die Erinnerung an eine zwei Fuß große Venusstatue wach, die seine Frau hierher verbannt hatte, nachdem sie ihrer im Wohnzimmer überdrüssig geworden war. Er umfasste ihren Oberkörper genau in dem Moment, als der andere ihn am Kragen packte und in die Höhe zog.

»Alors, ça te plait, bouquineur?«, grunzte der Mann zufrieden und spuckte Crowley blutigen Speichel ins Gesicht.

Es gefällt mir überhaupt nicht, du Dreckskerl, dachte der Archivar. »Und nenn mich nicht Bücherwurm!« Mit aller und zugleich letzter Kraft schwang er die Steinstatue und ließ sie seitlich gegen den Kopf seines Gegners prallen. Es gab ein dumpfes Klirren, als die Hohlskulptur am Schädel des Mannes zerbrach. Sein Hut flog ihm vom Kopf, und er taumelte.

Crowley ließ die Trümmer fallen, schlug die Hand an seinem Kragen beiseite und versetzte seinem Häscher einen magisch verstärkten Stoß vor die Brust. Dieser verlor daraufhin vollends das Gleichgewicht, und mit einem Schrei stürzte er durch die offene Speicherluke in die Tiefe. Es rumste kurz, dann herrschte Stille. Ein rascher Blick nach unten überzeugte den Archivar davon, dass der Bursche nicht so schnell wieder aufstehen würde.

Schnaufend und benommen wandte er sich wieder dem Dachfenster zu und kletterte auf das erschreckend steil abfallende Dach hinaus. Kalte Abendluft umfing ihn, und der Nebel, der ihn schon beim Verlassen der Guildhall auf der Straße begrüßt hatte, ließ die Welt um ihn herum nach wenigen Schritten in einer Wand aus weißem Dunst verschwinden.

Crowley hielt sich am Fensterrahmen fest und holte erst einmal tief Luft, um den Schwindel abzuschütteln. Er wollte nach der Wunde an seinem Hinterkopf fühlen, aber in diesem Moment traf ihn etwas Unsichtbares und wickelte sich um seinen Körper. Ein kurzer Wechsel in die Wahrsicht zeigte ihm, dass es sich um ein unglaublich starkes Fadengewirk handelte, ein glitzerndes Netz von einer Art, wie er es noch nie zuvor gesehen hatte. Er vermochte keinen Finger mehr zu rühren.

Eine Gestalt trat hinter einem nahen Schornstein hervor und hob eine Waffe, eine Girandoni-Windbüchse. Ihr Lauf richtete sich direkt auf die Brust des Archivars. »… wohl, Mister Crowley!«, beendete der Franzose seinen im Wohnzimmer angefangenen Satz. Dann drückte er ab, und die Welt sackte weg um den Obersten Archivar und Geheimnisträger des Ordens des Silbernen Kreises.

KAPITEL 9:
ZWEI UNSCHÖNE ENTDECKUNGEN

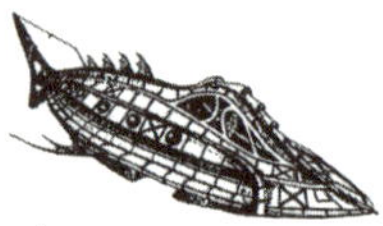

»Seltsame Erscheinung im Zürichsee. Mehrere Zeugen wollen in den Abendstunden des gestrigen Tages ein nach ihren Aussagen ›fischähnliches Tier von enormen Ausmaßen‹ keinen Steinwurf weit von der Promenade von Richterswil entfernt in den Fluten des Zürichsees bemerkt haben. ›Groß wie ein Wal‹, beschrieb der Gastwirt Konrad Straub das Ungetüm. Offizielle Stellen konnten die Existenz eines solchen Lebewesens bislang nicht bestätigen.«

– Neue Zürcher Zeitung, 20. April 1897

20. April 1897, 10:18 Uhr GMT
Schottland, Glasgow, Argyle Street

Glasgow war gewaltig. Die Ausmaße der Stadt übertrafen alles, was Kendra sich in ihren kühnsten Träumen vorgestellt hatte. Eine Million Menschen, so hatte ihr Großvater gesagt, lebten dort auf engstem Raum zusammen. Damit konnte Glasgow für sich in Anspruch nehmen, nach London die zweitgrößte Stadt des Empires zu sein. Eine Million – Kendra hatte sich zunächst nicht mehr darunter vorstellen können, als dass es ziemlich viel war. Doch nun, da sie sich an der Seite ihres Großvaters mit ihrer Kutsche durch die Menschenmengen drängte, die sich auf der Argyle Street im Zentrum der Stadt tummelten, begann sie einen ziemlich guten Eindruck davon zu gewinnen, *wie* viel eine Million tatsächlich war.

»Und, wie gefällt es dir in der großen Stadt?«, fragte Giles McKellen. »Wolltest du nicht immer das Dorf verlassen und in die weite Welt ziehen?«

»Ja, irgendwie schon«, sagte Kendra. »Aber jetzt …« Sie blickte an den bis zu sechs Etagen hohen Häusern mit ihren fensterreichen Fassaden, den Säulen, Rundbögen und Balkonen empor, die zu beiden Seiten die Straße säumten und die, mal aus schweren grauen Steinquadern, mal aus braunem Backstein errichtet, gleichzeitig eindrucksvoll und beklemmend massiv wirkten. Dann ließ sie den Blick über die Straße schweifen. Missmutig dreinschauende Männer in dunklen Anzügen und mit Zylindern eilten die Gehwege entlang, schmutzige Kinder boten Zeitungen und Kurzwaren feil oder hockten einfach nur mit trüben Gesichtern in Hauseingängen; schwitzende Burschen zogen Karren mit den unterschiedlichsten Gütern die Straße entlang, und verhärmt wirkende ältere Frauen trugen Körbe voller Wäsche oder Kohl. »Ich habe nicht das Gefühl, dass diese Menschen glücklicher sind als bei uns«, sagte Kendra schließlich.

»Oh, es gibt sicher einige sehr glückliche Menschen hier«, widersprach ihr Großvater. »Glasgow ist eine reiche Stadt. Der Schiffsbau und die Industrie haben riesige Summen in die Börsen so manches Bürgers gespült. Schau dir nur manche der Häuser an! Einige Gebäude gleichen griechischen Tempeln, andere römischen Palästen. Es gibt Bibliotheken, Museen und Theater, bei deren Pracht dir die Augen übergehen würden.« Er verzog das Gesicht. »Und doch hast du recht. Auf der Schattenseite steht die Armut, die einen Großteil der Bevölkerung fest im Griff hat. Hunger, Krankheiten, Verbrechen, Überbevölkerung, all das findest du in Glasgow genauso wie auch in anderen Metropolen – und zumeist viel leichter als das große Glück. Nein, nein …« Ein Kopfschütteln unterstrich seine Worte. »Ich würde das Leben in den Highlands niemals gegen das hier tauschen. Bei uns ist auch nicht alles gut, aber zumindest lebe ich dort als freier Mann und nicht als Sklave irgendeines Fabrikbesitzers.«

Vor ihnen, am Ende der Straße, versperrte eine Wand aus Stein und Glas die Sicht. Kendras Augen wurden größer, als sie die eindrucksvolle Fassade des Zentralbahnhofs von Glasgow erblickte, ein Bauwerk von der Pracht und den Ausmaßen einer Kathedrale. Dutzende von Kutschen standen vor dem Eingang, und Reisende jedweder Art – vom geschäftigen Handelsreisenden mit seinem Musterkoffer über die aufgeregte Mutter mit den zwei kleinen Kindern an der Hand bis hin zu der gut betuchten Bürgerin, der uniformierte Bahnbedienstete schwere Schrankkoffer hinterhertrugen – strömten ins Innere des Bahnhofs.

»Hier werden wir uns von diesem Folterinstrument für unsere Hinterteile trennen«, verkündete Giles, während er einige Fuhrunternehmer ansteuerte, die etwas seitlich des Haupteingangs Waren verluden.

»Sollten wir mit dem Verkauf der Kutsche nicht lieber warten?«, fragte Kendra. »Wer weiß, ob unser Zug diesmal wirklich fährt.«

Ihr Großvater schnaubte. »Wir sind nicht mehr in Bridge of Orchy, mein Kind. Wenn dieser Zug ausfällt, fährt ein anderer. Und falls nicht, nehmen wir ein Schiff nach Liverpool und reisen von dort aus weiter. Oder wir kaufen uns eine neue Kutsche mit bequemeren Polstern und einem jüngeren Pferd. Es gibt immer eine Möglichkeit.«

Es bedurfte einiger Überredungskunst, aber schließlich gelang es ihnen, Kutsche und Pferd für ein Drittel des Preises, den sie vor nicht einmal einem Tag in dem kleinen Dorf in den Highlands bezahlt hatten, an einen korpulenten Gemüsehändler zu verkaufen. Kendra hängte sich ihre prall gefüllte Tasche um, ihr

Großvater nahm seinen Koffer, und so folgten sie dem Strom der Reisenden ins Innere des Bahnhofs.

Zu ihrem Erstaunen musste Kendra feststellen, dass der Zentralbahnhof in Wirklichkeit aus zwei Bahnhöfen bestand. Durch den unteren zogen sich von Osten nach Westen verlaufende Schienenstränge, auf denen eine Art Stadtbahn zu verkehren schien. Darüber lag ein imposanter neungleisiger Kopfbahnhof, der direkt in eine breite Eisenbahnbrücke überging, die den keine fünfzig Schritt weiter südlich fließenden Fluss Clyde überspannte.

Im Inneren des Gebäudes herrschte ein noch größeres Durcheinander als auf den Straßen davor. Obwohl sich die aus weiten Stahlbögen und rußigen Glasfenstern bestehende Hallendecke schwindelerregend hoch über ihren Köpfen befand, überkam Kendra ein ungewohntes Gefühl der Beklemmung, als sie sich hinter ihrem Großvater an Gruppen herumstehender Menschen vorbeidrückte und hastig zu ihren Zügen eilenden Reisenden auswich. Ein Mann in einem grauen Anzug rempelte sie an und stieß sie beinahe zu Boden. »Verzeihung!«, rief er, seinen Hut lüftend, über die Schulter zurück. »Mein Zug fährt gleich ab!«

Während sie noch überlegte, ob sie dem Rüpel ein rüdes Schimpfwort hinterherschicken sollte, berührte ihr Großvater sie am Arm. »Du musst aufpassen«, sagte er leise. »Auch auf deine Sachen. Es gibt flinke Diebe, die sich das unübersichtliche Treiben an Orten wie diesem zunutze zu machen wissen. Warte, lass mich dir helfen!« Sein Blick verschwamm, und mit seinen Händen vollführte er knotende Bewegungen neben ihrer Umhängetasche. Das leicht befremdliche Ziehen, das Kendra dabei verspürte, zeugte davon, dass er Magie wirkte. Nachdem er wieder aus der Wahrsicht zurückgekehrt war, zwinkerte er ihr zu. »Das sollte es jedem Langfinger erschweren, dich zu bestehlen.«

»Du hast die Fäden der Tasche mit den meinen verbunden?«, fragte Kendra leise.

Giles nickte, und in seinen Augen blitzte es anerkennend. »Sehr gut«, sagte er. »Das hast du richtig erkannt.«

»Du musst mir beibringen, wie man das alles macht«, drängte sie.

Ihr Großvater schmunzelte. »Das werde ich. Sobald du den Wechsel in die Wahrsicht gemeistert hast, ohne dabei irgendwelche Rituale durchführen zu müssen.«

Beharrlich kämpften sie sich bis zu den Schaltern durch, wo sie zu ihrer Erleichterung erfuhren, dass der Expresszug von Glasgow nach London planmäßig um zwölf Uhr von Gleis sieben abfahren würde. Giles kaufte ihnen Fahrkarten für ein Einzelabteil, und weil sie anschließend noch eine gute Stunde Zeit hatten, nahmen sie außerhalb des Bahnhofs noch eine frühe Mittagsmahlzeit zu sich. Kendra war sehr dankbar dafür, denn ihr Magen knurrte schon wieder vernehmlich, und das, obwohl sie vor ihrer Abreise aus der Herberge von Rowardennan ausgiebig gefrühstückt hatten. Aber natürlich lag das Stunden zurück, und sie hatten bereits eine anstrengende Kutschfahrt hinter sich.

Gegen Viertel vor zwölf begaben sie sich zurück in den Bahnhof. Der Expresszug stand schon auf Gleis sieben bereit. Ein schwarzes Ungetüm von einer Dampflok mit dem Schriftzug der Caledonian Railway auf dem Kessel blies träge schnaufend weiße Dampfwolken in den Himmel vor der großen Halle. Neben den angehängten braun lackierten Passagierwaggons herrschte unterdessen buntes Treiben, während Reisende von Freunden und Familienmitgliedern Abschied nahmen oder unter Mithilfe von Bahnangestellten ihr Gepäck durch die schmalen Türen der einzelnen Abteile ins Innere verfrachteten.

Kendra und ihr Großvater suchten sich ein leeres Abteil und erklommen die drei Stiegen. Sie schlossen die Tür und ließen sich auf die geblümten Polsterbänke fallen. Giles McKellen gab einen Stoßseufzer von sich. »Das hätten wir geschafft. Jetzt dauert es nur noch ein paar Stunden, und wir haben London erreicht.«

»Und dann?«, fragte Kendra.

Ihr Großvater hob seinen Koffer neben sich auf den Sitz und knöpfte seine Jacke auf. »Dann«, erklärte er, »treffen wir uns mit Albert Dunholm und einigen anderen alten Mitstreitern von ihm und mir und beratschlagen, wie wir diesem magischen Spuk, der seit vorgestern Nacht herrscht, ein Ende bereiten können.«

Zwei Männer – der eine schlaksig und mit einem Raubvogelgesicht, der andere gedrungen und an eine Bulldogge erinnernd – standen, halb verborgen hinter einer Reisegruppe, am Kopfende des Bahnsteigs und beobachteten mit aufmerksamen Blicken das Treiben am Gleis im Allgemeinen und die Schritte eines alten Mannes und seiner jungen rothaarigen Begleiterin im Besonderen. Als der Greis und das Mädchen gemeinsam in den Expresszug einstiegen, warfen sich die beiden einen vielsagenden Blick zu.

»Ich schicke ein Telegramm nach London, du bleibst an ihnen dran«, sagte der Schlaksige.

»Wieso muss ich fahren?«, fragte sein gedrungener Partner unwillig.

»Weil ich es sage«, knurrte der andere.

Mit einem Brummen zog der Bullige die graue Schiebermütze ins Gesicht und nickte. »Ich besorge mir eine Fahrkarte. Sollten die beiden den Zug verlassen oder sollte etwas anderes Unvorhergesehenes geschehen, melde ich mich sofort. Hört ihr nichts von mir, treffen wir um zehn Uhr in London ein.«

»Wo die beiden schon erwartet werden.« Auf dem Gesicht des Schlaksigen zeigte sich ein dünnes, böses Lächeln, das sein Kamerad erwiderte, bevor er sich abwandte und in der Menge in Richtung Fahrkartenschalter verschwand.

Kurz darauf verließ der Zwölf-Uhr-Express schnaufend und stampfend den Zentralbahnhof von Glasgow, um sich auf die lange Reise gen Süden zu machen. Darin befanden sich drei Personen, deren Schicksale auf unheilvolle Art und Weise miteinander verknüpft waren.

20. April 1897, 10:45 Uhr GMT
England, London, geheime Hallen des Ordens des Silbernen Kreises

»Crowley?«

Andächtige Stille schlug Randolph entgegen, als er die Räumlichkeiten der ehrwürdigen Bibliothek des Ordens des Silbernen Kreises betrat. An den hohen Wänden reihten sich schwere dunkle Holzregale aneinander, die in den Raum hineinragten und auf halber Höhe eine Galerie trugen, die den Zugang zu noch mehr Regalen erlaubte. Hunderte und Aberhunderte von Werken standen darin dicht an dicht, von dünnen Fibeln mit kundigen Anleitungen zum Anlegen eines Kräuter- oder Gemüsegartens oder zur Bestimmung von Singvögeln, Bäumen und Blumen über gewichtige Folianten mit Sagen und Legenden aus aller Herren Länder bis hin zu mehrbändigen Enzyklopädien über Völkerkunde, Religion, Naturwissenschaft und Weltgeschichte. In einem gesonderten Bereich waren wichtige Magazine und Zeitungen archiviert, darunter zahlreiche Jahrgänge der *Times*, des *Daily Telegraph*, der *Nature*, des amerikanischen *National Geographic Magazine* und des *Athenaeum*, und natürlich gab es auch eine umfangreiche Sammlung bedeutender Literatur aus den letzten Jahrhunderten.

Randolph wusste, dass sich irgendwo im hinteren Teil der Bibliothek obendrein ein magisch gesicherter Raum befand, in dem Bücher mit okkultem Hintergrund aufbewahrt wurden, mochten sie nun tatsächlich oder nur scheinbar bedeutsames Wissen enthalten. Er hatte diesen Raum nie betreten, aber man munkelte, dass Crowley und seine Vorgänger dort unter anderem eine lateinische Übersetzung des um 730 n. Chr. von dem arabischen Dichter Abdul Alhazred verfassten *Kitab Al'Azif* unter Verschluss hielten, außerdem das Originalexemplar des Buchs *Von der wahren Natur der Welt* aus der Feder des Benediktinermönchs Wolfgang Eschenloh, das von dem Magister von Theben in der ersten Hälfte des 13. Jahrhunderts verfasste *Schwurbuch des*

Honorius, eine Kopie der *Magischen Unterweisungen* nach Paracelsus und noch einiges mehr.

Persönlich interessierte ihn das so gut wie gar nicht. Aber ihm war durchaus bekannt, dass es andere Magiervereinigungen gab, vor allem in Frankreich und Deutschland, deren Interesse an dem einen oder anderen der hier aufbewahrten Werke so groß war, dass sie auch vor Raubversuchen nicht zurückschreckten. In gewissen Kreisen war die Jagd nach Wissen zu einem regelrechten Wettstreit verkommen, und Randolph wusste von zwei Fällen, in denen sich auch Mitglieder des Silbernen Kreises heimlich in französische Zirkel eingeschleust hatten, um dort ein besonders wertvolles Schriftstück zu entwenden. Über solch ein Handeln schüttelte er nur verständnislos den Kopf. Wie konnte man Büchern nur solch einen Stellenwert beimessen?

»Crowley!«, rief er noch einmal, diesmal etwas lauter, da sich auf sein Eintreten hin niemand geregt hatte. »Wo zum Teufel stecken Sie?«

Er ging an den Lesetischen vorbei, die in der Mitte der Bibliothek aufgereiht standen und im Augenblick unbesetzt waren, und wollte gerade zwischen den Regalen hindurch dem Mittelgang bis zu dem kleinen Büro folgen, in dem Thomas Crowley für gewöhnlich seine Buchhaltung führte, als Cutler, der grauhaarige Sekretär Dunholms, mit einem kleinen Stapel Büchern auf den Armen aus einem Seitengang trat. »Entschuldigen Sie, Randolph. Ich hatte Sie nicht gehört. Rufen Sie schon länger?«

»Nicht der Rede wert«, brummte der Kutscher. »Ich suche Crowley. Haben Sie ihn gesehen?«

»Um ehrlich zu sein, nein. Ich glaube, er ist noch nicht zur Arbeit erschienen.« Cutler blinzelte und rückte seine schmale Lesebrille auf der Nase zurecht. »Wie geht es Ihnen heute, Randolph?«

»Schon ein wenig besser als gestern«, erwiderte dieser lakonisch.

Der Sekretär warf ihm einen misstrauischen Blick zu. »Sie machen keine Dummheiten, oder?«

Randolph schenkte ihm ein breites Grinsen. »He, Sie kennen mich doch.«

»Eben deshalb frage ich.«

»Keine Dummheiten, über die Sie sich Sorgen machen müssten, Cutler«, erklärte der Kutscher und klopfte dem älteren Mann beruhigend auf den Oberarm. Innerlich fühlte er sich allerdings längst nicht so unbeschwert, wie er sich gab. Dass Crowley nicht wie jeden Tag pünktlich um neun Uhr in der Guildhall aufgetaucht war, alarmierte ihn mehr, als er Cutler gegenüber zugeben wollte.

»Was wollen Sie denn von Crowley? Vielleicht kann ich Ihnen helfen?«, erbot sich dieser unterdessen.

Randolph dachte darüber nach und kam zu dem Schluss, dass es nicht schaden konnte, den Sekretär zumindest in die eine Angelegenheit einzuweihen, die ihn hergeführt hatte. »Ich wollte Crowley fragen, ob er weiß, was es mit der seltsamen Veränderung in der Magie auf sich hat, die wir seit vorgestern erleben«, sagte er.

Cutler hob die Augenbrauen. »Interessant, dass Sie sich danach erkundigen. Genau dieser Frage gehe auch ich gerade nach.« Er ging an Randolph vorbei zum nächsten Lesetisch, wo er den Bücherstapel abstellte.

Mit Erstaunen stellte Randolph fest, dass mindestens die Hälfte davon die rote Markierung trug, die auf den geschlossenen Bereich der Bibliothek hinwies. »Äh, tatsächlich?«, fragte der Kutscher verwirrt. »Und warum?«

»Alberts letzte Absicht, bevor er umgebracht wurde, war es herauszufinden, was an jenem Abend wirklich geschehen ist. Er hatte einen Anfall auf der Bühne des Zaubertheaters, in dem er gelegentlich auftrat, wie Sie ja wissen. Später in der Garderobe sagte er, dass irgendetwas die Sphäre der Magie auf der ganzen Erde erschüttert habe. Er wollte in die Bibliothek, um nach Antworten zu suchen. Diese Aufgabe fällt nun mir zu. Ich werde herausfinden, was es mit alldem auf sich hat.«

»Na, dann wünsche ich viel Erfolg«, sagte Randolph. »Darf ich Sie um einen Gefallen bitten, gewissermaßen unter Vertrauten Dunholms?«

»Welchen?«, fragte Cutler.

Randolph blickte sich um, ob Ihnen auch niemand zuhörte, und senkte die Stimme. »Wenn Sie irgendetwas herausfinden, informieren Sie mich als Ersten. Ich fürchte, dass mehr hinter alldem steckt als eine bloße – wenn auch außergewöhnliche – Naturerscheinung.«

Cutler blickte den Kutscher über den Rand seiner Lesebrille hinweg an. Seine Lippen wurden zu einem schmalen Strich. Dann nickte er. »In Ordnung. Ich werde natürlich auch Cheltenham und dem Rat meine Erkenntnisse melden, aber Sie erfahren sie zuerst. Kommen Sie heute Abend wieder vorbei. Vielleicht habe ich dann schon etwas herausgefunden.«

»Danke, Cutler!« Grüßend zog Randolph an der Krempe seiner Schiebermütze und wandte sich zum Gehen.

»Was haben Sie derweil vor?«, hörte er die fragende Stimme des Sekretärs in seinem Rücken.

Er blickte über die Schulter zurück. »Ich suche weiter nach Crowley.«

Was für eine elende Sauerei!, dachte Randolph, während er auf Thomas Crowleys leblosen Körper hinunterblickte. Der Leichnam lag im Hinterhof seines Hauses, halb verborgen hinter Mülltonnen, was wohl der Grund dafür war, dass ihn noch niemand bemerkt hatte. Randolph hätte ihn vermutlich auch nicht gefunden, hätte er sich nicht, einer unheilvollen Ahnung folgend, nach seinem Eintreffen in der New Cavendish Street durch die Vordertür gewaltsam Zugang zu Crowleys Heim verschafft. So allerdings hatte er das furchtbare Schlachtfeld entdeckt, das im Inneren herrschte, war über den erkalteten Leib von Crowleys bezaubernder junger Frau in der Wohnstube gestolpert und dann, der Spur der Verwüstung nachgehend, bis aufs Dach gestiegen, wo ihn einige lose Ziegel bis zu einer ganz bestimmten Stelle unterhalb des Dachfensters geführt hatten. Ein Blick über den Rand in die Tiefe hatte ihm schließlich die erschütternde Antwort auf seine Frage gegeben, warum der Archivar an diesem Morgen nicht zur Arbeit erschienen war.

Randolph verknüpfte ein starkes Fadenbündel mit der steinernen Dachkante und sprang in die Tiefe. Es führte kein Fenster auf den kleinen Hinterhof hinaus, sodass die Gefahr, dabei beobachtet zu werden, verschwindend gering war. Unten angekommen, löste er die Fäden und kniete sich neben den Toten. Allem Anschein nach war er in einen heftigen Kampf verwickelt gewesen, bevor jemand ihm letzten Endes einen Schuss direkt in die Brust verpasst hatte. Danach musste er vom Dach gefallen sein und hatte hier sein Ende gefunden.

Obwohl es ihn vor Abscheu grauste, zog Randolph Crowleys Weste und das Hemd zur Seite und schob Zeige- und Mittelfinger seiner rechten Hand in das Einschussloch in Crowleys Brust. Es gab ein ekelerregend schmatzendes Geräusch, als er in der Wunde nach der Kugel suchte. Aber er fand sie nicht. Stirnrunzelnd zog er die blutigen Finger wieder hervor und wischte sie an Crowleys Hemd ab. Anschließend rollte er den Leichnam zur Seite – und machte dabei zwei Entdeckungen.

Zum einen zeugte ein rotbrauner Fleck auf Crowleys Rücken davon, dass die Kugel durch den Körper hindurchgedrungen und im Rücken wieder ausgetreten war. Der Mörder musste also aus nächster Nähe gefeuert haben, was angesichts des wahrscheinlichen Tatorts oben auf dem Dach genau genommen nicht besonders verwunderte. Zum anderen fiel Randolphs Blick auf eine mit Blut geschriebene Schmiererei auf dem Steinboden, die zuvor von Crowleys Arm verdeckt worden war. Es hatte den Anschein, als habe der Archivar mit letzter Lebenskraft noch irgendeine Botschaft hinterlassen wollen.

»D L X …«, murmelte Randolph zu sich selbst. »Oder vielleicht ist das letzte Zeichen auch ein Kreuz … Was soll das denn heißen?« Hatte Crowley versucht, einen Hinweis auf denjenigen zu geben, der für all das verantwortlich war? Weder der Buchstabe D noch L noch X kamen in dem Wort Franzose vor, also war entweder auf einmal eine neue Figur auf der Bühne des Geschehens aufgetaucht, oder es war dem Archivar gelungen, einen Blick hinter die Maske des Attentäters zu werfen, und er hatte die wahre Identität des geheimnisvollen Fremden aufgedeckt.

So oder so schien es Randolph besser, wenn nicht mehr Leute als unbedingt nötig von Crowleys letzter Botschaft erfuhren. Daher verwischte er sie mit einer Hand, ließ den Körper des Toten darauf zurücksinken und stand auf.

Ein neues Fadenbündel brachte ihn zurück aufs Dach, und nach kurzem Suchen wurde er auch dort fündig. Im Mörtel des Schornsteins, der zu dem an Crowleys Heim angrenzenden Gebäude gehörte, steckte ein kugelrundes silbernes Geschoss von der Art, wie Doktor Westinghouse es auch aus Dunholms Körper geholt hatte.

Randolph nickte grimmig. Der Übeltäter war also nach wie vor in London und sein Mordauftrag noch nicht erledigt. Er musste Cutler unterrichten, Holmes ebenso. Außerdem galt es, irgendeinen Vorwand zu finden, um Grigori herzuschicken, damit der die Toten gewissermaßen offiziell fand und den Orden alarmierte. Hoffentlich war Lord Cheltenham klug genug, die Gefahr zu erkennen, bevor es zu weiteren Opfern kam.

»Es wird Zeit, dass wir diesem Franzosen mit aller Macht zu Leibe rücken«, grollte er mit finsterer Miene, während er zu seiner vor dem Haus geparkten Kutsche zurückstapfte. Kaum hatte er die Worte ausgesprochen, da kam ihm ein Bild in den Sinn – ein Detail, das er vorhin, während er durch Crowleys Haus geeilt war, nur aus den Augenwinkeln wahrgenommen hatte. Er drehte auf dem Absatz um und lief zurück ins Innere. Nicht einmal eine Minute später trat er wieder nach draußen und machte sich mit zufriedener Miene, seine Beute unter dem weiten Kutschermantel verborgen, auf den Weg zur Guildhall.

20. April 1897, 13:20 Uhr GMT
Schottland, unweit von Beattock, im Zug von Glasgow nach London

Kendra schloss die Augen und ließ ihren Geist treiben. Sie schob alle störenden Gedanken beiseite und konzentrierte sich nur auf ihr Mantra, auf die Worte, die ihr die Welt der Magie wieder und wieder eröffnet hatten. *Ich bin umgeben von Magie. Ich bin erfüllt von Magie. Ich bin eins mit der Magie.*

Ihr Großvater hatte gesagt, dass dies alles nicht notwendig sei. Es bedürfe keiner Rituale, keiner Kräutertinkturen, keiner Zaubersprüche, um in die Wahrsicht zu wechseln. Sie müsse sich nur auf die Magie einlassen. Nun gut, sie wollte es versuchen. Kein Ritual und nur ein winziges, heimlich eingenommenes Schlückchen Laudanum – um ruhig zu werden. Einzig auf ihr Mantra konnte und wollte Kendra nicht verzichten. Es half ihr, die Aufmerksamkeit ihres Bewusstseins auf die eine Sache zu konzentrieren. *Ich bin umgeben von Magie …*

Sie spürte, wie sich ihr Tastsinn schärfte, wie ihre Kleider ein Kitzeln auf ihrer Haut verursachten und die Berührung des Sitzpolsters ein sanftes Prickeln in ihren Fingerspitzen auslöste.

Ich bin erfüllt von Magie …

Ihr Bewusstsein erweiterte sich, griff hinaus und verband sich gezielt mit allen Dingen, von denen sie umgeben war. Sie zwang sich, die Augen zu öffnen. Glitzernde Flecken sprenkelten die Wirklichkeit, und Risse, die immer weiter aufbrachen, zogen sich entlang den Fensterrahmen, dem Gepäcknetz und den Kanten der Sitze. Ihr Großvater, der ihr schlafend gegenübersaß, war von einem Halo aus züngelnden Fäden umgeben.

Kendra hob die rechte Hand, schob sie in eine dieser aufklaffenden Spalten und wischte alle gewöhnlichen Sinneseindrücke beiseite. Sie befahl die Sphäre der Fäden und Energien herbei, statt zu warten, bis sie über sie kam, wie sie es am Waldsee stets getan hatte.

Ich bin eins mit der Magie …

Und ihr Experiment glückte. Im nächsten Moment stülpte sich das, was ihr Großvater die Wahrsicht nannte, über das Abteil, den schlafenden Mann, die Landschaft vor dem Fenster, einfach über alles. Kendra frohlockte innerlich. Irgendwie hatte sie insgeheim immer befürchtet, dass der Zauber der Magie auf ihren besonderen Platz am Ufer des Waldsees beschränkt sein könne. Doch das stimmte nicht. Ihr Großvater hatte ihr am Vorabend auf der Bank am Loch Lomond eröffnet, dass die Magie sie überall umgebe und ihr zu Gebote stünde, weil sie aus einem selbst kam. Er hatte recht gehabt, und diese Erkenntnis versetzte Kendra in einen regelrechten Freudentaumel. Am liebsten hätte sie laut aufgejauchzt und sich die Kleider vom Leib gerissen, um ganz in das Meer aus strömenden Energien und glitzernden Fäden einzutauchen, das sie einhüllte. Aber natürlich war ihr klar, dass sie nicht mehr allein auf einer Waldlichtung saß, sondern in einem Zug voller Reisender auf dem Weg nach London. Daher biss sie die Zähne zusammen und grub ihre Finger in das Sitzpolster, bis der erste Rausch der Begeisterung vorüber war.

Ihr Blick fiel auf ihren Großvater, und sie hielt unwillkürlich den Atem an. Sein Körper strahlte hell wie das jährliche Osterfeuer am Ortsrand von A'Charnaich. Die Fäden, die von ihm ausgingen, züngelten allerdings keineswegs unkontrolliert, sie schienen vielmehr von einem strengen Geist beherrscht zu sein. Um seinen Kopf, dort, wo sein Filzhut saß, den er zum Schlafen ins Gesicht geschoben hatte, lag eine Art Fadenkokon, und als Kendra neugierig die Hand hob, um danach zu greifen, glitten ihre eigenen Fäden daran ab. *Ein Abschirmzauber*, begriff sie. *Um sich davor zu schützen, dass ich seine Gedanken lese.* Sie staunte, dass es ihm gelang, diesen Schutz selbst im Schlaf aufrechtzuerhalten.

Kendra fragte sich, wie wohl die Auren der anderen Menschen im Zug aussahen. Bislang hatte sie immer nur Gras, Büsche, Bäume und kleine Tiere in der Wahrsicht gesehen. Wie mochten sich wohl einzelne Menschen – Männer und Frauen, Kinder und Erwachsene – in der Wahrsicht zeigen und unterscheiden? Schlug sich ihr Gemütszustand in ihrer Fadenaura nieder? Gab es besondere Verbindungen zwischen Verliebten oder zwischen einer Mutter und ihrem Kind? Ließen sich Krankheiten erkennen?

Vorsichtig erhob sich Kendra und versuchte, sich in dem Chaos um sie herum zu orientieren. Der Zug selbst brachte als unbelebtes Objekt natürlich weniger Fäden hervor als etwa der Wald, der sie bei ihren früheren Ausflügen in die Welt der Magie umgeben hatte. Aber das immer gleiche Rattern der Räder auf den Schienen und das rhythmische Schnaufen der Lokomotive zwei Wagen vor ihnen erzeugten wellenförmige Echos im Fadenwerk, die für eine furchtbare Unruhe in der Wahrsicht sorgten.

Sie machte zwei unsichere Schritte, prallte unsanft gegen die Tür ihres Abteils und kam zu dem Schluss, dass sie es auf andere Weise versuchen musste, als blindlings durch den Zug zu stolpern. Sie ließ sich neben ihrem Großvater nieder und schob die Tür einen Spaltbreit auf. Anschließend konzentrierte sie sich auf die Fäden, die von ihren Augen ausgingen. *Spürfäden* hatte ihr Großvater diese Gestalt gewordenen Sinneswahrnehmungen genannt. Beharrlich zog sie diese Fäden in die Länge, ließ sie wachsen und sich durch das Chaos kreuz und quer verlaufender Fadenverbindungen schieben. Dabei legte sie den Kopf schräg und schielte den Gang ihres Waggons hinunter, um ihre Sinne so weit wie auf unmagische Weise möglich auszudehnen.

Im ersten Augenblick merkte sie gar nicht, dass sie Dinge sah, die sie von ihrem Sitz aus eigentlich gar nicht hätte erkennen dürfen, denn das Durcheinander in der Wahrsicht machte es schwer, die dahinter liegende Wirklichkeit wahrzunehmen und einzuordnen. Doch plötzlich wurde ihr bewusst, dass ihr neugieriger Blick in das Nachbarabteil wies und dass sie zwei Personen gewahrte, die eigentlich durch eine Holzwand von ihr getrennt waren.

Kendra schnappte aufgeregt nach Luft und strengte sich an, weitere Einzelheiten zu erkennen. Der Größe nach zu urteilen, handelte es sich bei den Personen eindeutig um Erwachsene, und nachdem sie die beiden eine Weile lang angestarrt hatte, war sie sich ziemlich sicher, dass es sich um Männer handelte, die dunkle Anzüge trugen und Reisetaschen bei sich hatten. Sie hatten sich in ihren Sitzpolstern zurückgelehnt und schienen ein Nickerchen zu machen.

Vor Neugierde fiebernd, schob Kendra sich weiter den Gang hinunter. Mit jeder Minute, die verstrich, fiel es ihr leichter, die Spürfäden zu kontrollieren. So entdeckte sie, dass das übernächste Abteil leer war und dass im dritten eine Frau mit zwei kleinen Kindern saß. Im vierten, das am Ende des Waggons lag, erlebte sie eine Überraschung. Sie musste keine Sekunde lang durch das Fenster des Abteils blicken, um zu erkennen, dass die Gestalt, die dort saß, magisch begabt war. Im Gegensatz zu den anderen Reisenden ging ein Leuchten von ihr aus, das dem in der Aura ihres Großvaters ähnelte, wenngleich es deutlich schwächer ausgeprägt war.

Rasch ging sie in Deckung, denn auch wenn die Menschen, die sie bisher beobachtet hatte, keinerlei Notiz von ihr genommen hatten, so war sie sich alles andere als sicher, ob ein Magieanwender nicht über irgendwelche Abwehrmaßnahmen verfügte, um ungebetene Gäste zu bemerken. Verstohlen um die Ecke lugend, musterte sie den Fremden. Anschließend zog sie sich vollständig zu ihrem Abteil zurück, schloss kurz die Augen und gab die Wahrsicht auf.

Sie wandte sich ihrem Großvater zu und rüttelte ihn an der Schulter. »Wach auf, ich habe etwas entdeckt.«

Giles grunzte etwas Unverständliches, räusperte sich dann, schob den Hut nach oben und blinzelte sie verschlafen an. »Was gibt es denn, Kendra?«

»Es ist ein zweiter Magier im Zug!«, berichtete sie aufgeregt.

Sofort war ihr Großvater hellwach. »Woher weißt du das?«

»Ich habe ihn gesehen. Aus Langeweile übte ich, in die Wahrsicht zu wechseln und Spürfäden zu bilden. Dabei ist er mir aufgefallen.«

Ihr Großvater hob die buschigen Augenbrauen. »Moment mal. Du hast ihn buchstäblich gesehen?«

Kendra nickte. »Er sitzt drei Abteile weiter den Gang hinunter. Ein gedrungener Kerl, der wie ein Schläger aussieht. Er liest einen Schundroman, wenn ich mich nicht irre.«

»Das ist wirklich außergewöhnlich«, stellte Giles fest. »Normalerweise sind Spürfäden nicht direkt mit einer herkömmlichen Sinneswahrnehmung wie Sehen oder Hören verbunden. Sie tasten vielmehr das Fadenwerk ab, und es obliegt dem Geschick und der Erfahrung des Magieanwenders, zu deuten, was sie dort spüren.« Er musterte sie wie ein besonders seltenes Exemplar einer exotischen Blumenart. »Du entwickelst bemerkenswerte Fähigkeiten, Kendra. Die würde ich gerne näher untersuchen.«

»Großvater!«, rief Kendra. »Hast du mir überhaupt zugehört? Ein anderer Magier ist im Zug.«

»Ja, richtig. Entschuldige. Ich werde mir ihn mal ansehen.« Er lehnte sich wieder zurück und wechselte in die Wahrsicht. »Du bleibst aber, wo du bist, Kendra«, ermahnte er sie mit erhobenem Zeigefinger. »Die meisten Magier sind Spürfäden gegenüber sehr empfindlich. Er mag dich nur deshalb nicht bemerkt haben, weil er nicht damit rechnete, ohne Berührung von dir wahrgenommen zu werden.«

Einige bange Augenblicke verstrichen, während derer Kendra halb erwartete, dass der Fremde, der keine zwanzig Schritt von ihr entfernt saß, unvermittelt herbeigestürmt kam und sie in ihrem Abteil angriff. Aber nichts dergleichen geschah. Schließlich erlosch der Glanz in den Augen ihres Großvaters wieder, und er blickte sie an. »Du hattest recht. Wir haben tatsächlich einen magisch Begabten im Zug. Das kann kein Zufall sein.«

»Warum nicht?«

»Nun, weil es nur sehr wenige Magier auf der Welt gibt. Die Wahrscheinlichkeit, dass zwei von ihnen unabhängig voneinander denselben Überlandzug von Glasgow nach London nehmen, ist verschwindend gering.«

»Aber es ist nicht vollkommen ausgeschlossen.«

Giles schüttelte den Kopf. »Nicht vollkommen. Andererseits würde ein Magier, der einen anderen erkannt hat, diesen vermutlich aufsuchen, sich vorstellen und ein wenig Konversation betreiben. Unsere *Familie* ist nur sehr klein, und normalerweise freut man sich, seinesgleichen zu treffen. Stattdessen beobachtet uns dieser hier ebenso, wie wir ihn beobachten, und das verheißt nichts Gutes.«

Kendra fuhr hoch. »Wie meinst du das?«

»Er ist bei uns, in diesem Augenblick«, antwortete ihr Großvater. »Ich habe mich gerade noch rechtzeitig zurückgezogen, als er anfing, ebenfalls einen Spürfaden loszuschicken.«

»Heißt das, er kann uns sehen und hören, was wir hier sprechen?«, fragte Kendra unbehaglich.

»Nein. So funktioniert die Magie nicht«, beruhigte ihr Großvater sie. Nach einer kurzen Pause fügte er einschränkend hinzu: »Zumindest für gewöhnlich nicht. Er vermag nur unsere Fadenaura wahrzunehmen, das heißt, er weiß zwar, dass wir hier sitzen, viel mehr allerdings nicht. Wenn er gut ist, kann er möglicherweise noch erkennen, dass du ein bisschen aufgewühlt bist. Aber das würde mich wundern, denn einerseits scheint sein Talent nicht sehr ausgeprägt zu sein, andererseits habe ich deine Aura zusammen mit meiner abgeschirmt.« Er zwinkerte ihr verschwörerisch zu.

Auch wenn diese Worte nicht gänzlich dazu angetan waren, sie zu beruhigen, nickte Kendra, und sie versuchte, sich zu entspannen, was ihr leichter gefallen wäre, wenn sie vorhin etwas mehr Laudanum zu sich genommen hätte. »Was machen wir jetzt?«

»Eine gute Frage.« Giles zupfte nachdenklich an seinem Bart. »Er ist, wie gesagt, nicht sonderlich stark. Ich denke, ich könnte ihn überwältigen. Dann würden wir eventuell erfahren, was er von uns will oder wer ihn beauftragt hat, uns zu beschatten. Andererseits könnte er Komplizen im Zug haben, von denen wir nichts wissen. Und ein magischer Kampf birgt immer die Gefahr, dass er außer Kontrolle gerät, wenn man nicht …«

Er brach ab und hob verwundert den Kopf, als der Zug unvermittelt langsamer wurde und mit quietschenden Bremsen zum Stillstand kam. »Was ist denn nun los?«

Kendra war bereits auf den Beinen, schob das Fenster ihres Abteils herunter und schaute nach draußen. Links und rechts von ihr tauchten Köpfe von nicht minder verwirrten Reisenden auf. »Wir halten an einem kleinen Bahnhof«, sagte sie zu ihrem Großvater. »Auf dem Schild steht Beattock.«

Giles stellte sich neben sie und warf ebenfalls einen Blick hinaus. »Aber dieser Zug hält überhaupt nicht in Beattock, was auch immer das für ein Ort sein mag. Das hier ist ein Express, der nur in Carlisle, Manchester und Birmingham Station macht, bevor er in London ankommt.«

Noch gute zehn Minuten blieb das Rätsel ungelöst, bis schließlich ein Schaffner an ihre Abteiltür klopfte und sie aufschob. »Entschuldigen Sie die Störung!«, sagte der Mann und legte grüßend die Hand an seine Mütze. »Ich möchte Sie nur kurz darüber informieren, dass wir in Beattock einen längeren Halt einlegen müssen.«

Kendra wusste nicht, weshalb, aber irgendwie hatte sie es kommen sehen. Eine Reise ohne Zwischenfälle wäre ja auch zu schön gewesen. Ihr Großvater seufzte nur. Die alte Weisheit, dass man den Tag besser nicht vor dem Abend loben solle, bewahrheitete sich immer wieder. »Und wie lange dauert ein *längerer Halt*?«, fragte Giles.

»Mindestens ein bis zwei Stunden. Vielleicht können wir auch gar nicht weiterfahren, sondern müssen Kutschen für die Weiterreise organisieren«, erklärte der Schaffner.

»Was ist denn geschehen?«, hakte Kendra nach.

»Das wissen wir leider selbst noch nicht genau, meine Dame«, erwiderte der Schaffner. »Wir sind gerade erst vom Bahnhofsvorsteher unterrichtet worden. Es scheint, dass auf der Höhe von

Lockerbie ein Güterzug und ein Personenzug aus London verschwunden sind. Außerdem meldet sich die Stadt nicht mehr auf telegrafische Anfragen. Es soll daher zunächst ein Streckenprüfer vorgeschickt werden, um herauszufinden, was los ist.«

Kendra warf ihrem Großvater einen alarmierten Blick zu. Der nickte unmerklich. Genau wie sie schien er die Sorge zu hegen, dass es sich hier um ein weiteres Phänomen handelte, das der zunehmenden Unruhe in der Magie geschuldet war.

»Lassen Sie uns mit dem Mann mitfahren«, bat Giles.

Der Schaffner schüttelte den Kopf. »Tut mir leid, das geht nicht. Wir wissen nicht, was in Lockerbie vorgefallen ist. Und solange das nicht klar ist, bleiben wir alle hier. So hat der Lokführer entschieden.«

»Wir könnten dem Mann helfen. Es kann gut sein, dass …« Giles verstummte.

»Dass was?«, fragte der Schaffner.

»Nichts. Schon gut. Wir beugen uns der Entscheidung des Lokführers«, sagte Kendras Großvater leise.

»Und Sie tun gut daran. Wir wissen schon, was unternommen werden muss. Bitte entschuldigen Sie die Verzögerung. Sollten Sie später noch Wünsche haben, stehe ich Ihnen gerne zu Diensten.« Der Schaffner tippte ein weiteres Mal an den Schirm seiner Mütze und ging zum nächsten Abteil weiter, um dort erneut sein Sprüchlein aufzusagen.

»Wieso hast du nachgegeben?«, fragte Kendra.

Ihr Großvater zuckte matt mit den Schultern. »Hätte ich dem Mann sagen sollen, dass sich ihr Streckenprüfer höchstwahrscheinlich einem Problem gegenübersehen wird, das übernatürlichen Ursprungs ist, und dass nur wir etwas dagegen ausrichten können, weil wir zufällig Magier sind? Ich hätte genauso gut behaupten können, wir seien Agenten Ihrer Majestät, und Lockerbie sei der Geheimwaffe einer ausländischen Macht zum Opfer gefallen. Nein, das bringt nichts. Wir müssen uns selbst helfen.«

»Was hast du vor?«

In den Augen ihres Großvaters funkelte es. »Das wirst du gleich sehen.«

20. April 1897, 14:16 Uhr GMT
Schottland, Beattock, im Zug von Glasgow nach London

Jack MacNaghton war kein sonderlich geduldiger Mensch. Darüber hinaus reiste er auch nicht gerne. Er wurde immer unruhig, wenn er gezwungen war, sein Revier im East End von Glasgow zu verlassen. Leider hatte er Fergusson schlecht widersprechen können, als dieser ihm befahl, den Greis und seine blutjunge Begleiterin im Auge zu behalten, bis diese in London eintrafen. Fergusson war der Boss. Er schaffte die Aufträge ran, die sie beide über Wasser hielten. Daher stand es ihm auch zu, die Arbeit zu verteilen.

Jack war also bereits keineswegs bester Stimmung gewesen, als der Express plötzlich in Beattock einfach stehen geblieben war und ein uniformierter Geck, der sich Schaffner schimpfte, ihm mitgeteilt hatte, dass sich an diesem Zustand einstweilen auch nichts ändern würde. Zwar saßen sie jetzt erst seit einer guten halben Stunde fest, aber für den schottischen Magier fühlte es sich schon an wie eine halbe Ewigkeit.

Um sich abzulenken, wechselte Jack in die Wahrsicht und schickte einen Spürfaden zu dem Abteil den Gang hinunter, in dem dieser McKellen und dessen Enkelin saßen. Er wollte es nicht übertreiben, denn dass beide Magier waren, hatten Fergusson und er schon auf dem Bahnsteig bemerkt. Obendrein schienen sowohl der Alte als auch das Mädchen stärker zu sein als er selbst, ein Umstand, der Jack durchaus ärgerte. Dass ein siebzigjähriger Greis mit seiner lebenslangen Erfahrung versierter war als er, der mehr als dreißig Jahre jünger war, mochte ja noch angehen. Aber dieses Kind war kaum volljährig, und sosehr Jack die Reize einer erblühenden Wildblume aus den Highlands zu schätzen wusste – und er hatte schon einige von ihnen im East End von Glasgow stranden und unter seinen Händen verwelken sehen –, sosehr nagte die Vorstellung, dass er ihr magisch unterlegen war, an seiner männlichen Eitelkeit.

Aber ob es ihm nun gefiel oder nicht, entscheidend war, dass er behutsam vorgehen musste, um von den beiden nicht bemerkt und womöglich ausgeschaltet zu werden. Langsam tastete er sich voran, ließ seine haarfeinen Spürfäden durch die Wahrsicht gleiten und konzentrierte sich auf sein Ziel.

Er fand die beiden genau dort, wo er sie erwartet hatte. Sie saßen noch immer in ihrem Abteil und warteten gelangweilt, genauso wie er selbst. Genau genommen waren ihre Auren so ruhig, dass es den Anschein erweckte, als hätte sie zusammen mit der Langweile auch die Müdigkeit übermannt. *Ja, schlaft nur*, dachte er. *Wenn ihr schlaft, macht ihr mir keinen Ärger.*

Bei dem Gedanken an den hübschen Mädchenleib, der wie hingegossen schlaff auf den Sitzpolstern des Abteils lag, überkam ihn eine leichte Erregung, und gegen jede Vernunft ließ er seine Spürfäden ihren schlanken Körper umstreichen und stellte sich dabei mit klopfendem Herzen vor, es wären seine Finger, die ihre nackte Haut berührten. Ein seliges Grinsen breitete sich auf seinen sonst meist finster dreinblickenden Zügen aus. *Magie hin oder her … Dir würde ich auch noch zeigen, wer von uns beiden der Meister ist*, dachte er selbstzufrieden.

Plötzlich runzelte er die Stirn. Irgendetwas stimmte hier nicht. Seine Fantasien hätten es ihn beinahe übersehen lassen, aber diese Auren waren beinahe zu ruhig. Sie fühlten sich durchaus an, als würden sie zu dem Alten und seiner Begleiterin gehören. Aber sie wirkten unbeweglich, ja geradezu … leblos …

Jack fluchte, wechselte in die Normalsicht und sprang auf. Er stürzte auf den Gang hinaus, eilte an den drei Abteilen vorbei, die zwischen seinem und dem der beiden anderen lagen, und ihm schwante Böses, als er sah, dass die beiden Magier die Vorhänge zugezogen hatten. Er beging vielleicht einen riesigen Fehler, wenn er jetzt einfach in das Abteil stürmte, aber es mochte ein noch viel größerer Fehler sein, es nicht zu tun. Also schob er die Tür auf, zog den Vorhang beiseite … und schlug frustriert mit der Faust gegen den Türrahmen.

Auf den Sitzen in Fahrtrichtung lagen, ungefähr in Menschenform angeordnet, die herausgelösten Polster der gegenüberliegenden Sitze. Tote Sesselknöpfe starrten ihn hämisch an.

Von McKellen und seiner Enkelin fand sich derweil keine Spur mehr.

Sie waren fort.

20. April 1897, 14:31 Uhr GMT
Schottland, einige Meilen südlich von Beattock

»Meinst du, es hat geklappt?«, fragte Kendra ihren Großvater.

»Ich denke schon, denn sonst hätten wir unseren Verfolger längst wieder hinter uns bemerkt«, erwiderte dieser schmunzelnd.

Kendra gluckste, als sie sich das dumme Gesicht des anderen Magiers ausmalte, wenn dieser bemerkte, dass sie ihn getäuscht hatten. Und wie viel dümmer würde er erst schauen, wenn er feststellte, dass die beiden weder auf dem Bahnsteig noch irgendwo sonst in Beattock aufzufinden waren, sondern den Ort schon in einer Kutsche verlassen hatten?

Es hatte sie zwar einen Gutteil ihrer verbliebenen Barschaft gekostet, aber es war ihnen recht schnell gelungen, am Rande des Ortes einen Bauern ausfindig zu machen, der sich willig gezeigt hatte, sie für ein ordentliches Fahrtgeld ins vierzig Meilen entfernte Carlisle zu bringen. Nun saßen sie in einem kleinen Einspänner und blickten auf den breiten Rücken ihres Kutschers, der schweigsam und offenbar völlig mit seinen eigenen Gedanken beschäftigt vor ihnen auf dem Kutschbock saß und die Zügel in der Hand hielt.

»Wie geht es jetzt weiter?«, wandte sich Kendra wieder an ihren Großvater.

Giles McKellen warf einen langen Blick auf die vor ihnen liegende Straße, die sich, durch eine sanft hügelige Landschaft verlaufend, an Feldern und Wiesen vorbei und durch kleine Wäldchen hindurch nach Süden erstreckte. »Wenn nicht *noch* etwas dazwischenkommt, werden wir gegen Abend in Carlisle eintreffen. Dann können wir entweder noch in der Nacht oder spätestens morgen früh mit einem Zug nach London weiterfahren. Ich werde Dunholm ein Telegramm schicken müssen, um ihn von unserer Verzögerung in Kenntnis zu setzen. Sonst macht er sich womöglich Sorgen.«

»Vielleicht sollten wir das besser nicht machen?«, wandte Kendra ein.

»Und warum nicht?«

»Irgendwie muss dieser Mann ja von unseren Reiseplänen erfahren haben. Und da wir niemandem außer Dunholm und dem Bahnhofsvorsteher in Bridge of Orchy davon erzählt haben, frage ich mich, ob unser Telegramm nicht kurz vor seinem Ziel abgefangen wurde.«

Giles nickte bedächtig. »Ja, der Gedanke ist mir auch schon gekommen. Wenn jemand aus Dunholms Umfeld Telegramme abfängt und uns anschließend beobachten lässt, dann wirft das ein paar unangenehme Fragen auf. Und bis die beantwortet sind, sollten wir jedenfalls vorsichtig sein. Daher werde ich Dunholm auch nicht unsere tatsächliche Ankunftszeit mitteilen, sondern nur schreiben, dass wir im Laufe des morgigen Tages in London eintreffen werden. Das sollte es jedem Übeltäter, der unsere Nachrichten abzufangen versucht, schwer machen, unsere Spur zu verfolgen.«

»Was denkst du, wer diese Menschen sind?«, fragte Kendra, und auf ihrem Gesicht zeichneten sich Unsicherheit und auch eine leichte Furcht ab.

»Ich weiß es nicht«, antwortete ihr Großvater düster. »Ich hoffe nur, es geht Albert gut …«

20. April 1897, 14:45 Uhr GMT
England, London, geheime Hallen des Ordens des Silbernen Kreises

Sedgewick hatte Magenschmerzen. Das lag möglicherweise daran, dass er zum Mittagessen fettige Fish & Chips von einem Straßenverkäufer auf der Cheapside gegessen hatte. Viel wahrscheinlicher war es aber dem Umstand geschuldet, dass Thomas Crowley tot war.

Der Russe Grigori hatte ihn während eines Botengangs vor etwa einer halben Stunde ermordet hinter seinem Haus in der New Cavendish Street aufgefunden und sofort Angus Drummond und dessen Leute alarmiert. Nun lagen der Oberste Archivar und Geheimnisträger des Ordens des Silbernen Kreises und seine junge Frau leblos auf den Obduktionstischen von Doktor Westinghouse, und dieser hatte nach einer ersten raschen Untersuchung den Todeszeitpunkt auf irgendwann in der gestrigen Nacht – wahrscheinlich noch vor Mitternacht – festgelegt.

Seit er dies erfahren hatte, verspürte Sedgewick dieses unerfreuliche Magengrimmen, denn es drängte sich ihm ein Muster auf – ein Muster aus zusammenfallenden Ereignissen –, das ihm überhaupt nicht gefiel. Im Grunde war das noch untertrieben. Der Magispector war regelrecht verstört, und dieser Zustand hatte ihn ruhelos durch die Gänge der Unteren Guildhall getrieben und schließlich zur Tür von Mary-Ann McGowans Büro geführt.

»Was mache ich denn jetzt nur?«, murmelte er leise vor sich hin. »Irgendjemand hat Crowley getötet, und vorher wurde Dunholm getötet. In Dunholms Fall gab es einen Kampf, den ich bemerkt habe. Hat es auch bei Crowley einen Kampf gegeben, und wenn ja, wieso hat Crandon ihn nicht gemeldet? Wenn es also einen Kampf gab und Crandon ihn nicht gemeldet hat, bedeutete das dann, dass er wusste, dass es dazu kommen würde, und deshalb dafür gesorgt hat, dass ich vom Turm verschwinde? Aber es war ja nicht Crandon, der mich rufen ließ, sondern McGowan. Stecken die beiden also unter einer Decke? Und haben sie den Mord nur gedeckt, oder haben sie ihn sogar befohlen? Aber warum sollten sie Crowleys Tod wollen? Warum nur?«

Sein Blick glitt unsicher zu der verschlossenen Tür. Vielleicht war es besser, wenn er sich an Drummond wandte. Die heimliche Verehrung, die er für McGowan hegte, hatte ihn zunächst dazu bewogen, das Problem diskret anzugehen. Lag er mit seinen Gedanken falsch, mochte er ihre Gunst verspielen, wenn er mit Mordvorwürfen zum Leiter der Magieabwehr rannte. Hatte er hingegen recht, war es wahrscheinlich äußerst gefährlich, McGowan einen Hinweis darauf zu geben, dass er sich derlei Gedanken machte. In diesem Fall brachte er sich wahrscheinlich schnurstracks auf ihrer geheimen Todesliste an erste Stelle. *Todesliste …* Sedgewick spürte einen leichten Schwindel. Nie hätte er gedacht, jemals ein solches Wort in den Hallen des Ordens auszusprechen – und mochte es auch nur in Gedanken sein.

Hinter ihm im Gang wurden Schritte laut. Rasch wandte er sich von der Tür ab und huschte um die nächste Ecke. Als er vorsichtig einen Blick riskierte, sah er, wie der junge Porter mit einem Kuvert in der Hand auf die Tür von McGowans Büro zueilte. Er klopfte und trat nach einer Aufforderung, die Sedgewick nur als dumpfen, unverständlichen Laut vernahm, ins Innere. Keine halbe Minute später kam er wieder heraus und verschwand den Gang hinunter, durch den er gekommen war.

Nervös leckte sich Sedgewick über die trockenen Lippen, während er sich fragte, was er nun anstellen sollte. Seine Hände wurden schweißfeucht, und sein Herz klopfte mindestens so schnell wie am gestrigen Abend, als er noch voller Arglosigkeit und Freude McGowans Aufforderung zu reden nachgekommen war. Wehmütig erinnerte er sich an das freundliche Lächeln, mit dem sie ihn empfangen hatte, an den aromatisch duftenden Tee, der ihm serviert worden war, und an das lange, ernste Gespräch, in dessen Verlauf sich McGowan seine, Sedgewicks, Beobachtungen und Theorien zur Veränderung der Magiesphäre nicht nur angehört, sondern auch kundig hinterfragt hatte. All das war womöglich nur ein Ablenkungsmanöver gewesen, um ihn als Magispector von seinem Aussichtsposten wegzulocken. Das eiskalte Frauenzimmer hatte nur mit ihm gespielt, hatte seine Gefühle ausgenutzt, um ihn wie einen dummen Jungen an der Nase herumzuführen.

Ginge es nur um mich, könnte ich damit leben, dachte Sedgewick. *Dass die Leute mich nicht ernst nehmen, bin ich schließlich aus leidvoller Erfahrung gewohnt. Aber wenn Crowley wirklich wegen meiner Dummheit gestorben ist … und seine bezaubernde Frau auch …* Er presste die Lippen zusammen. *Ich darf McGowan mit dieser Schandtat nicht ungeschoren davonkommen lassen. Ich muss es Drummond sagen, und wenn ich mich damit unglücklich mache. Schlimmer können die Dinge schließlich kaum werden.*

Plötzlich wurde die Tür aufgerissen, und McGowan stürmte auf den Gang heraus. Mary-Ann sah selbst dann noch hinreißend aus, wenn sie wütend war. Ihre kornblumenblauen Augen blitzten, und ihr langes rotbraunes Haar umwallte ihren Kopf wie eine Gewitterwolke. »Stümper!«, fauchte sie, und eine Röte der Erregung zeichnete sich auf ihren Wangen ab, während sie sich, ein zerknittertes Schreiben in der Hand, Sedgewicks Standort näherte.

Hektisch blickte sich der schmächtige Magispector um und suchte nach einem Versteck, fand aber auf die Schnelle keines. In diesem Augenblick übernahm sein Bauch das Kommando über seine Handlungen. Es mochte an den Magenschmerzen liegen oder nicht, aber er tat etwas, das er normalerweise für puren Leichtsinn gehalten hätte: Er trat um die Ecke und lief direkt in McGowan hinein!

McGowan stieß einen spitzen Schrei aus und zuckte erschrocken zusammen, und auch Sedgewick zuckte zusammen, als die rechte Schulter der Magierin dabei sein Kinn traf. Er taumelte rückwärts, blinzelte und hob abwehrend die Hände. »Entschuldigen Sie, Miss McGowan! Ich habe Sie überhaupt nicht bemerkt«, brachte er vor Aufregung stotternd hervor – und er musste diese Aufregung nicht einmal spielen.

»Sie Tölpel!«, schimpfte die Frau, in deren betörend jungem Körper ein so erschreckend alter Geist steckte. »Passen Sie doch auf, wo Sie hinlaufen!«

»Ja … ich … Es tut mir leid. Ich wollte nicht …« Sedgewick blickte zu Boden, und er sah, dass McGowan das Papier hatte fallen lassen. Rasch sank er in die Knie und hob es auf. Es handelte sich tatsächlich um ein Telegramm.

MCKELLEN VERLOREN STOPP +++ SCHICKE NEUEN AUFKLÄRER UND WERDE DANN …

»Geben Sie das her!«, herrschte McGowan Sedgewick an und riss ihm die Botschaft aus der Hand. »Das geht Sie nichts an.«

»Nein, natürlich nicht. Bitte verzeihen Sie! Und verzeihen Sie auch nochmals meine Ungeschicklichkeit. Ich hoffe, ich habe Ihnen nicht wehgetan.« Normalerweise wäre es ein Gebot der Höflichkeit gewesen, so etwas zu sagen. Nun aber fühlte es sich an wie pure Heuchelei, und der Magispector war stolz auf sich, dass die Lüge ihm dermaßen überzeugend über die Lippen kam.

»Schon gut«, erwiderte die Magierin, die sich langsam wieder beruhigte. »Seien Sie nächstes Mal ein wenig vorsichtiger. Und nun entschuldigen Sie mich. Ich habe zu tun. Guten Tag, Mister Sedgewick!«

»Guten Tag, Miss McGowan!« Er deutete eine Verbeugung an und tat so, als würde er weitergehen. Doch kaum war die Magierin um die Ecke verschwunden, machte er auf dem Absatz kehrt und schlich ihr nach. Dabei wechselte er sicherheitshalber in die Wahrsicht, um nach Spürfäden von ihr Ausschau zu halten, aber McGowan war wohl so mit sich selbst beschäftigt, dass sie nicht auf die Idee kam nachzuprüfen, ob ihr der elende Magispector vielleicht folgte.

Sedgewick lächelte dünn. Manchmal hatte es seine Vorteile,

wenn man ein Niemand war. Er würde herausfinden, was in diesen Hallen gespielt wurde. Und anschließend würde er alles Drummond melden oder vielleicht besser noch Randolph Brown, der nicht ganz so im Zentrum der Aufmerksamkeit stand wie ein Mitglied des Inneren Zirkels. *Und dann werden all jene bezahlen, die für Dunholms und Crowleys Tod verantwortlich sind*, schwor er stumm und wunderte sich dabei ein wenig über sich selbst.

KAPITEL 10:

DEM FRANZOSEN AUF DER SPUR

»Falmouth. Die Hafenbehörden von Falmouth, Cornwall, staunten am gestrigen Nachmittag nicht schlecht, als wie aus dem Nichts der Dreimastschoner *Jinx* voll aufgetakelt vor der Küste auftauchte und geradewegs auf den Hafen zuhielt, ohne dass auch nur ein Mann an Bord zu sehen war. Nach Aufbringung des unter der amerikanischen Flagge fahrenden Seglers bestätigte sich der merkwürdige erste Eindruck. Es befand sich keine lebende Seele mehr an Bord. Der Verbleib der Mannschaft ist ungeklärt.«

– The Daily Telegraph, 20. April 1897

20. April 1897, 13:54 Uhr GMT (knapp eine Stunde früher)
England, London, Redaktion des Strand Magazine
in der Southampton Street

Ein Automobil hupte. Und noch einmal. Und ein drittes Mal. Als der penetrante Lärm unten auf der Straße gar nicht mehr aufhören wollte, hob Jonathan den Kopf und sah zu der blondgelockten Penny Newman hinüber, die an ihrem Schreibtisch direkt neben dem Fenster saß. »Miss Newman, könnten Sie nicht mal nachschauen, was für ein Aufruhr dort unten auf der Straße ist?«

»Natürlich, Mister Kentham«, erwiderte die junge Sekretärin. Sie stand auf und ging um ihren Schreibtisch herum, um das milchverglaste Fenster aufzuschieben und hinauszuschauen. Im nächsten Augenblick stieß sie einen überraschten Schrei aus. »Es ist Mister Pennington!«, rief sie. »Und er hat ein Automobil!«

»Was?« Diese Neuigkeit brachte nicht nur Jonathan, sondern das ganze Büro auf die Beine, und alle scharten sich um das Fenster, das auf die Southampton Street hinauswies.

Unten, vor dem Eingang des Gebäudes, saß Robert am Steuer eines schnittigen Fahrzeugs mit schwarzen Sitzpolstern und dunkelroter Lackierung und winkte begeistert zu ihnen herauf. »He, Leute, kommt mal runter und seht euch das an! Dieses Vehikel ist unglaublich!«

»Ob wir das wohl dürfen?«, fragte Clarissa Younger mit vor Aufregung geröteten Wangen. »Was würde Mister Greenhough dazu sagen?«

»Was würde Mister Greenhough wozu sagen?«, erklang hinter ihnen die Stimme des Chefredakteurs, der soeben die Tür zu seinem Büro geöffnet hatte und mit gerunzelter Stirn in den Raum blickte. »Was herrscht denn hier für eine Unordnung?«

»Sehen Sie selbst«, forderte Newman ihn auf. »Mister Pennington steht auf der Straße, und er hat ein Automobil.«

»Ist das so?«, erkundigte sich Greenhough und gesellte sich mit kritischem Blick zu seinen Mitarbeitern. Als er aus dem Fenster schaute, hoben sich indes seine Augenbrauen. »Potzblitz! Das nenne ich mal ein Geschoss.«

»Dürfen wir es uns kurz anschauen?«, bat Miss Newman, und auch die anderen Mitarbeiter – ausgenommen Herbert Schooling, der naserümpfend an seinen Platz zurückgekehrt war, nachdem er gesehen hatte, wer sich da vor dem Redaktionsgebäude so wichtig machte – sahen ihn fragend an.

»Also schön«, gab Greenhough nach. »Fünf Minuten.« Er zog seine Taschenuhr hervor und hielt sie warnend in die Höhe. »Und ich achte auf die Zeit! … Warten Sie, ich hole nur schnell meine Jacke.«

Annähernd geschlossen machte sich die Redaktion auf den Weg nach unten, vorbei an dem Portier Higgins, der bereits mit staunendem Gesichtsausdruck im Eingang stand und auf Roberts fahrbaren Untersatz starrte.

Robert betätigte noch einmal die Hupe des Wagens und sprang danach behände auf die Straße, um seine Bewunderer mit ausgebreiteten Armen zu empfangen. »Na, ist das nicht ein Prachtstück?«

»Wo hast du denn den her?«, fragte Jonathan, während Penny Newman und Clarissa Younger kichernd auf die Rückbank kletterten und die Polster testeten und Charles Reed mit anerkennendem Blick die Hand über die polierte Motorhaube gleiten ließ.

»Du wirst es nicht glauben, mein Junge. Vor sechs Tagen ist Émile Levassor, einer der beiden Gründer der französischen Automobilfirma Panhard & Levassor, gestorben. Der Motor Club London kam daraufhin auf mich zu und fragte mich, ob ich nicht einen Artikel über den Motorsport im Allgemeinen und Levassors Siege im Besonderen schreiben könnte. Um mir einen kleinen Anreiz zu geben, hat mir Mister Simms, der Präsident, für zwei Tage seinen brandneuen Panhard-Levassor geliehen: vier Zylinder, zwölf Pferdestärken, zwanzig Meilen pro Stunde Spitzengeschwindigkeit. Hätte der Wagen ein Dach, würde ich sofort einziehen.« Er grinste, bevor er beschwörend die Hände hob, als er sah, dass sich Newman und Younger allzu ausgelassen auf dem Rücksitz vergnügten. »Gehen Sie bitte vorsichtig damit um, meine Damen! Dieser Wagen ist … ähm … ziemlich teuer.«

Während die anderen noch aufgeregt schwatzend um das ungewöhnliche Gefährt seines Freundes herumstanden, wurde Jonathans Blick auf einmal von einer Kutsche abgelenkt, die am

Eingang der Southampton Street hielt. Auf dem Kutschbock des Zweisitzers saß eine ihm nicht unbekannte Gestalt in einem langen Kutschermantel.

»Entschuldigen Sie mich kurz«, murmelte Jonathan und lief die paar Schritte die Straße hinunter. »Guten Tag, Randolph! Was machen Sie denn hier?«, begrüßte er den Mann erstaunt. »Wollten wir uns nicht erst heute Abend bei Holmes treffen? Ich habe es noch nicht geschafft, meine Informanten zu befragen, ob sie einen Mann gesehen haben, auf den die Beschreibung des Franzosen passt.«

»Vergessen Sie Ihre Informanten«, brummte sein Gegenüber düster. »Wir sind dem Mistkerl schon viel näher. Holmes und ich brauchen Ihre Hilfe. Steigen Sie ein!«

»Jetzt?«, fragte Jonathan entgeistert. »Aber ich muss arbeiten.«

Als hätte er auf dieses Stichwort gewartet, meldete sich sein Chefredakteur hinter seinem Rücken zu Wort. »Mister Kentham! Die Pause ist vorüber.«

»Einen Augenblick bitte, Mister Greenhough!«, erwiderte Jonathan über die Schulter hinweg. »Das hier ist wichtig … Es ist doch wichtig, oder?«, fügte er leise an Randolph gerichtet hinzu.

»Jonathan, hier stehen Menschenleben auf dem Spiel!«, klärte dieser ihn auf. »Der Franzose hat gestern Nacht zwei weitere Morde begangen. Eines der Opfer war eine junge Frau. Jetzt kommen Sie schon, verdammt, sonst gibt es vielleicht noch mehr Tote.«

»In Ordnung«, sagte Jonathan mit einem Nicken. »Ich hole nur noch meinen Mantel. Ich bin gleich wieder bei Ihnen.«

»Das wird aber auch Zeit, Mister Kentham«, sagte Greenhough tadelnd, als Jonathan schnellen Schrittes zu den anderen zurücklief, die gerade im Inneren des Hauses verschwanden, während Robert den Panhard-Levassor mit knatterndem Motor davonfuhr, um ihn an einem sicheren Ort zu parken.

»Tut mir leid, aber ich muss heute Nachmittag freinehmen«,

gab Jonathan atemlos zurück, während er sich an seinen Kollegen vorbeidrängte, um die Treppe hinaufzueilen.

»Freinehmen?«, rief Greenhough ihm entrüstet nach. »Was soll das denn heißen?«

Jonathan stürzte ins Büro, schraubte rasch sein Tintenfässchen zu, deckte seine Schreibmaschine ab und wischte alle Unterlagen, die auf seinem Tisch ausgebreitet waren, in die oberste Schublade seines Schreibtischs. Er erntete einen verwirrten Blick von Schooling, den er jedoch nicht weiter beachtete. Ohne ein weiteres Wort griff er nach Mantel und Hut und eilte wieder nach draußen.

Auf dem Korridor stellte sich Greenhough ihm in den Weg. »Darf ich fragen, was das alles zu bedeuten hat?«, erkundigte sich sein Chefredakteur in scharfem Tonfall.

»Verzeihen Sie, Mister Greenhough, aber es … es gab einen Todesfall in meinem Bekanntenkreis«, improvisierte Jonathan, während er sich an dem Mann mit dem grauen Anzug und der Nelke im Knopfloch vorbeischob. »Ich muss dringend meine Freunde aufsuchen.«

»Einen Todesfall?«

»Ich erkläre Ihnen alles morgen. Bitte um Entschuldigung. Auf Wiedersehen!« Er lüftete seinen Hut zum Abschied und verschwand die Treppe hinunter. Auf der Straße wartete Randolph auf ihn, und kaum dass Jonathan auf den Kutschbock gestiegen war, ließ jener die Zügel schnalzen, und die Kutsche setzte sich in Bewegung.

»Wohin fahren wir?«, wollte Jonathan wissen.

»Zu Holmes«, erklärte sein Begleiter.

»Wollen Sie mir nicht verraten, was genau jetzt eigentlich geschehen ist?«

Randolph warf ihm einen kurzen Blick zu. »Das will ich gerne tun, aber es wird Ihnen nicht gefallen.« Dann berichtete er Jonathan vom Tod der Crowleys, von der Verwüstung ihres Heims und von dem seltsamen Hinweis, den der Archivar hinterlassen hatte.

Ein mulmiges Gefühl machte sich in Jonathans Magengegend breit. Der Tod Dunholms war bereits eine höchst beunruhigende Erfahrung für ihn gewesen, wenngleich der noch stärkere und unmittelbar körperliche Schock der Magie das Ereignis ein wenig überdeckt hatte. Dass sich diese Mordserie nun fortsetzte und scheinbar selbst erfahrene Magieanwender ihrem unsichtbaren Feind nicht gewachsen waren, ließ ein dumpfes Gefühl der Angst in ihm aufsteigen. Er fragte sich, ob er sich in seinem Übereifer, anderen zu helfen, nicht übernommen hatte. »Haben Sie einen Verdacht, warum Crowley von dem Franzosen getötet wurde?«, erkundigte er sich, um sich abzulenken.

»Crowley war ein Unterstützer Dunholms, daran besteht kein Zweifel«, antwortete Randolph. »Sie werden nicht viele innerhalb des Ordens finden, die diese Worte laut auszusprechen wagen, aber ich glaube, dass es sich hier um einen brutalen und sehr genau geplanten Versuch handelt, die wichtigsten Männer des konservativen Lagers des Silbernen Kreises auszuschalten, um die Bewegung des Neuen Morgens zu stärken.«

»Ein Umsturzversuch?«, fragte Jonathan.

Randolph nickte. »Darauf wette ich.«

»Aber zeichnen sich Umstürze denn nicht normalerweise dadurch aus, dass sie rasch und konzentriert über die Bühne gehen? Eine Mordserie wie diese hat doch nur zur Folge, dass die verbliebenen Mitglieder des Ordens näher zusammenrücken.«

»Vielleicht entwickelt sich nicht alles so, wie diese Verbrecher es sich vorgestellt haben«, brummte sein Begleiter. »Möglicherweise musste Crowley auch nur deshalb sterben, weil er ihrem Vorhaben unerwartet in die Quere gekommen ist.«

»Wo Sie gerade davon sprechen: Was haben *wir* eigentlich vor?«

Randolph lenkte die Kutsche durch den dichten Verkehr am Picadilly Circus und bog in die Regent Street ein, die sie zum Regent's Park und damit zu Holmes' Domizil bringen würde. »Wir werden ein Aufspürritual durchführen.«

»Um den Franzosen zu finden? Wieso haben wir das nicht schon gestern gemacht?«

Randolph sah ihn an, als hätte Jonathan keine dümmere Frage stellen können. »Weil wir gestern noch keinen Gegenstand der Täter besaßen. Und genau genommen versuchen wir auch nicht den Franzosen selbst aufzuspüren, sondern einen seiner Schergen – denjenigen nämlich, der in Crowleys Haus seinen Hut verloren hat.«

20. April 1897, 14:22 Uhr GMT
England, London, Park Square

»Das Prinzip ist ganz einfach, Mister Kentham«, dozierte Holmes mit hinter dem Rücken zusammengelegten Händen. Jonathan hatte sich mit ihm und Randolph im Arbeitszimmer um den großen Tisch versammelt, auf dessen Tischplatte fast genau in der Mitte ein unscheinbar wirkender schwarzer Bowler lag. »Wenn ein Gegenstand lange an einem Ort verbracht hat, also beispielsweise auf dem Kopf unseres Gesuchten, so prägt sich ihm das Fadenmuster dieses Ortes gewissermaßen ein, und er wird instinktiv versuchen, dieses Fadenmuster wiederzufinden, wenn er es verloren hat. Instinktiv meine ich dabei im absolut buchstäblichen Sinne, denn nur ein von Bewusstsein beseelter Körper ist imstande, Spürfäden auszubilden, die ausgeprägt genug sind, um von uns Magieanwendern erkannt und verfolgt zu werden.

»Dieser Hut wirkt nicht sonderlich von einem Bewusstsein beseelt«, stellte Jonathan trocken fest.

»Wohl wahr«, bestätigte Holmes. »Zumindest noch nicht. Hier kommt nun die Magie ins Spiel. Dass die Magie eine schöpferische, wenngleich chaotische Kraft ist, haben Sie bereits gestern gelernt. Dass sie deshalb imstande ist, tote Dinge wie Stein zu beleben, durften Sie – wenn ich dem, was Mister Brown mir während seines ersten Besuchs vorhin erzählt hat, Glauben schenken darf – ja schon am eigenen Leibe erfahren. Diese Eigenschaften der Magie vermag sich der kundige Anwender nutzbar zu machen, indem er unbelebte, gewöhnliche Gegenstände einer mehr oder minder starken Magiequelle aussetzt, um sie auf diese Weise zu erwecken.«

»Wieso haben wir dann nicht die Kugel verwendet, die Randolph mitgebracht hat? Sie entstammt doch offensichtlich dem Gewehr des Franzosen, sollte uns also dorthin zurückführen können.«

»Sie war nicht lange genug im Gewehrlauf, um dazu eine Verbindung aufzubauen. Und bevor Sie fragen: Die Munitionsschachtel hat der Franzose mittlerweile längst verbrannt. Er ist ja nicht dumm. Auch er weiß um das Konzept von Aufspürritualen. Ganz abgesehen davon ist es umso leichter, je größer ein Gegenstand ist. Eine Kugel ist zu klein, um ein nennenswertes Bewusstsein zu entwickeln.«

»Also schön«, lenkte Jonathan ein. »Wie komme ich ins Spiel? Ich bin kein kundiger Magieanwender.«

»Nein, Sie sind die Magiequelle«, eröffnete ihm Holmes und lächelte milde.

»Wie darf ich das denn verstehen?«

Randolph räusperte sich. »Wir haben schon versucht, das Aufspürritual zu zweit durchzuführen, aber es ist uns nicht gelungen«, brummte er. »Obwohl Holmes und ich keineswegs schwache Magier sind, konnten wir nicht genug magische Energie aufbieten, um den Hut zu … verändern. Das Ritual wird normalerweise in einer größeren Gruppe durchgeführt – oder über einen viel längeren Zeitraum. Wir haben weder die Leute dafür noch die Zeit. Wir haben nur Sie, Jonathan. Zu unserem Glück tragen Sie Dunholms Ring, das vielleicht stärkste magische Artefakt, das man in ganz London finden kann.«

»Also gut. Ich bin bereit«, sagte Jonathan. »Was muss ich tun?«

Holmes nahm die Hände vom Rücken und zog einen Stuhl heran. »Setzen Sie sich, Mister Kentham. Sie auch, Brown. Wer weiß, wie lange das Ritual dauert.«

Während die drei Männer Platz nahmen, hörte Jonathan ein Maunzen in seinem Rücken, und plötzlich sprang Watson, Holmes' Geisterkatze, zwischen ihnen hindurch auf den Tisch. Neugierig strich das durchscheinend schimmernde Tier um den Hut herum und ließ sich dann direkt daneben nieder, um sich zu putzen.

»Ach, Watson!«, rief Holmes verärgert aus. »Musst du wieder im Weg herumsitzen? Das macht sie gerne«, fügte er, an Jonathan gewandt, hinzu. »Wo immer ich mich hinsetze, um wichtige Arbeit zu erledigen, taucht sie garantiert wenige Minuten später auf, um sich mitten auf meinen Unterlagen breitzumachen. Ein furchtbar egozentrisches Geschöpf. Fort mit dir!« Er wedelte mit der Hand, um die Katze zur Seite zu scheuchen.

Watson fauchte und schlug mit einer durchscheinenden Pfote nach ihm. Aber sie erhob sich, lief missmutig über den Tisch und sprang direkt auf Jonathans Schoß.

»Hoppla!«, entfuhr es diesem. »Ich … äh …« Unsicher beobachtete er, wie die Katze sich einmal im Kreis drehte und dann auf seine Oberschenkel legte. Sie war federleicht. Langsam hob sie den Kopf und blickte Jonathan aus gelbgrünen Augen an, als wolle sie ihn herausfordern, es doch zu wagen, sich über sie zu beschweren. »Holmes?«

Der Magier schnaubte belustigt. »Lassen Sie ihr ihren Willen! Dort stört sie uns ja nicht.« Er setzte wieder eine ernste Miene auf. »Also fahren wir fort. Jonathan, legen Sie nun Ihre Hand mit dem Ring auf den Hut.«

Jonathan gehorchte. Auch Holmes und Randolph berührten den Bowler mit jeweils einer Hand.

»Jetzt wird es etwas schwieriger. Versuchen Sie, in die Wahrsicht überzuwechseln.« In Holmes' Augen trat der bekannte gelbliche Widerschein, der davon zeugte, dass der Magier selbiges soeben selbst getan hatte.

Jonathan blinzelte. Er horchte in sich hinein auf der Suche nach irgendeinem Hinweis, was er anstellen müsse, um auf die

Magie zuzugreifen, die unkontrolliert durch seine Adern rauschte. Er schüttelte den Kopf, als er keinen fand. »Ich weiß nicht, wie«, gestand er.

»Entspannen Sie Ihre Augen. Sie dürfen sich nicht verführen lassen, irgendetwas anzublicken. Weder mich noch die Wand hinter mir noch irgendetwas draußen vor dem Fenster. Sie müssen versuchen, an der Wirklichkeit vorbeizuschauen, ähnlich einem Mann, der tief in Gedanken versunken ist, nur dass Sie dabei nicht in Ihr Inneres blicken und alles um sich herum ausblenden. Wenn Sie diesen Zustand erreicht haben, werden Sie bemerken, dass an einzelnen Stellen vor ihren Augen glitzernde Risse oder Flecken auftauchen. Konzentrieren Sie sich auf diese, wehren Sie sich nicht gegen das im ersten Moment irritierende Gefühl, sondern lassen Sie zu, dass diese Risse aufbrechen, dass die Flecken größer werden und ihre gewöhnliche Wahrnehmung überlagern.«

Jonathan bemühte sich, den beinahe mit hypnotisierender Ruhe vorgetragenen Anweisungen des Magiers Folge zu leisten, aber sosehr er auch darum kämpfte – oder vielleicht gerade weil er sich so sehr bemühte –, wollte es ihm einfach nicht gelingen, den Wechsel herbeizuführen. Ein- oder zweimal gelang es ihm, Risse in der Wirklichkeit heraufzubeschwören, wie sie ihm auch in der Nacht, nachdem Dunholm ihm den Ring gegeben hatte, zu schaffen gemacht hatten. Doch im nächsten Augenblick zog es ihn immer wieder mit Macht in die Normalsicht zurück. »Ich schaffe es nicht«, bekannte er mit einem Seufzen.

»Sie müssen es schaffen«, drängte Randolph.

Holmes gab der Geisterkatze ein Zeichen. »Watson, hilf ihm!«

»Wie …?«, begann Jonathan und senkte den Blick.

Die Katze setzte sich auf und sah ihn an. Ihre Pupillen waren ungewöhnlich geweitet, so als wäre sie bereit zur Jagd. Sie duckte sich kurz – und sprang Jonathan direkt ins Gesicht.

Dieser stieß einen Schrei des Erschreckens aus, der sich im nächsten Moment in einen Laut der Verwunderung verwandelte.

Unvermittelt spürte er etwas Fremdes in seinem Geist, als die geisterhafte Katze mit seinem Körper und seinem Bewusstsein verschmolz.

Fürchte dich nicht!, vernahm er eine dunkle, samtene Frauenstimme in seinem Kopf.

»Du … du kannst sprechen?«, stotterte er.

Ein leises Lachen hallte durch die Windungen seines Verstandes, während Randolph und Holmes sich gleichzeitig vielsagend über den Tisch hinweg anblickten. *Natürlich, warum nicht? Und du brauchst nicht laut zu sprechen. Ich verstehe dich auch so.*

Aber wieso hast du bislang kein Wort gesagt?, fragte er stumm.

Das habe ich. Ich habe nur nicht mit dir gesprochen. Und nun still, Jonathan. Konzentriere dich auf deine Aufgabe. Ich werde dich dabei unterstützen.

Er nickte gehorsam und versuchte erneut, seine Augen zu entspannen und an der Wirklichkeit vorbeizuschauen, wie Holmes sich ausdrückte. Ein befremdliches Gefühl des Losgelöstseins erfasste ihn, so als sei er nicht mehr ganz Herr seiner Gedanken und Handlungen. Sein Herzschlag verlangsamte sich, und sein Geist fühlte sich an, als würde er schweben. Vor seinen Augen begannen sich glitzernde Risse zu öffnen, am Fensterrahmen, an der Tischkante, in Holmes' Gesicht.

Heiße die Magie willkommen, hauchte Watson in seinem Geist, *lass dich von deiner Neugierde leiten. Öffne die Risse und schau nach, was für eine fantastische Welt sich dahinter verbirgt.*

»Ja …«, murmelte Jonathan. Er hob eine Hand und versuchte, einen der Risse zu berühren. Gelbe Lichtfäden züngelten aus seinen Fingerspitzen hervor und verbanden sich mit dem Glitzern, das aus dem Inneren der wie eine Wunde ausgefransten Linie drang. Er zog die Hand zur Seite, und der Riss weitete sich, bildete verästelte Seitenrisse, und mit einem Mal schien sich die Welt umzustülpen, die Risse glitten, Vorhängen gleich, auseinander, und ein helles gelbes Gleißen brach daraus hervor.

Von einem Moment zum nächsten veränderte sich Jonathans

gesamte Wahrnehmung. Wo zuvor das Zimmer, die Möbel, seine zwei Gefährten gewesen waren, herrschte nun ein pulsierendes Durcheinander aus zuckenden Fäden und glitzernden Lichtsträngen, ein schier unüberschaubares und ständig im Wandel befindliches Netzwerk aus tastenden Energiefingern, die sich verbanden und wieder trennten, die Muster bildeten und diese wieder auflösten, und inmitten all dieses Chaos saßen die kraftvoll leuchtenden Gestalten von Randolph und Holmes.

Jonathan keuchte auf, fassungslos und begeistert zugleich.

Willkommen im Wunderland, kleine Alice!, begrüßte ihn Watson mit gutmütigem Spott.

Jonathan spürte, wie sich die Geisterkatze aus seinem Bewusstsein löste, wie ein Gespinst aus Spinnweben, das man sich aus dem Gesicht wischt, und schon sprang ihr ebenfalls leuchtender Körper in sein Blickfeld und wieder zurück in seinen Schoß. Jonathan versuchte, Watson zu berühren, und staunend beobachtete er, wie sich die Fäden aus seinen Fingerspitzen schlängelnd mit den winzigen Lichtzungen verbanden, die aus dem silbrigen Fell der Geisterkatze hervorzuckten. Ein Prickeln durchlief seine Hand, als er den kleinen warmen Leib seiner Lehrerin berührte. *Danke!*, dachte er.

»Wie ich sehe, Mister Kentham, haben Sie zu uns gefunden«, meldete sich Holmes zu Wort. »Sind Sie bereit, das Ritual fortzusetzen?«

Jonathan hob den Kopf. »Ja, ich bin bereit.«

»Sehr schön. Berühren Sie, wie gesagt, den Hut, so wie Mister Brown und ich.«

Jonathan hob die Hand und tat, wie ihm geheißen.

»Und nun konzentrieren Sie sich darauf, dem Hut etwas von Ihrer Magie zu geben. Stellen Sie sich vor, er sei eine geliebte Person, die in einer kühlen zweisamen Frühlingsnacht zu frieren beginnt, und Sie wollten ihr Wärme spenden.«

»Ihre poetischen Anfälle machen mir Angst«, brummte Randolph.

»Ich rede mit Mister Kentham«, wies Holmes ihn zurecht. »An einen Rosskutscher wie Sie wäre in der Tat jedes schöne Wort nutzlos verschwendet.«

Jonathan beachtete den Wortwechsel der beiden Männer gar nicht. Holmes' Worte ließen ihn unwillkürlich an Elisabeth denken und an den gemeinsamen Spaziergang nach dem Theaterbesuch. War das erst zwei Tage her? Es fühlte sich an, als wäre seitdem eine Ewigkeit vergangen. Gedankenverloren strich er über den Bowler und stellte sich vor, der Filz sei in Wirklichkeit der Stoff ihres Abendkleides.

Ein Pulsieren ging durch seinen Arm, und Dunholms Ring an seinem Finger leuchtete hell auf. Ein funkelnder Strom aus Fäden drang aus seinen Fingern und seiner Handfläche und wanderte zuckend über den Hut hinweg.

»Hervorragend! Weiter so!«, lobte Holmes ihn begeistert. »Los, Brown, jetzt auch Sie und ich.«

Mit beneidenswerter Selbstverständlichkeit ließen die beiden Magier Energieströme aus ihren Handflächen dringen, und im Nu wurde der Bowler von einem blitzartigen Netz aus Fäden überzogen, das ihn vollständig einhüllte.

»Gut«, befand Holmes. »Jetzt heißt es warten, bis der Bursche die nächste Stufe der Evolutionsleiter erklimmt.«

»Sie sind Anhänger der Theorien Darwins?«, fragte Jonathan.

»Welcher intelligente Mensch wäre das nicht?«, gab Holmes zurück.

Einige Minuten lang saßen sie schweigend beisammen, wie ein Zirkel abergläubischer Menschen, der eine Séance abhält in der Hoffnung, Kontakt mit den Seelen geliebter verstorbener Angehöriger aufzunehmen. Doch kein Geist ließ sich blicken – zumindest neben Watson kein weiterer –, und keine Stimme meldete sich aus dem Totenreich. Stattdessen fing der Bowler, den Randolph in Crowleys Haus entdeckt hatte, irgendwann auf einmal an, ein in der Wahrsicht erkennbares Eigenleben zu entwickeln. Winzige glitzernde Fäden reckten sich tastend in die Höhe und strichen hauchzart über die Hände der Männer. Einige von ihnen vereinten sich zu einem Fadenbündel und zogen hartnäckig in südöstliche Richtung.

»Es funktioniert!«, rief Jonathan aufgeregt. »Oder täusche ich mich?«

»Nein, Sie täuschen sich nicht«, sagte Holmes und sprang vor Begeisterung auf. »Ladies and Gentlemen, ich präsentiere den verräterischen Hut – sehr frei nach Edgar Allan Poe.« Er packte den Hut, zog ihn aus ihrer Mitte und hielt ihn wie einen Kompass vor sich in die Höhe. »Jetzt wollen wir doch mal sehen, zu welchem Unhold uns dieses Beweisstück führt. Erzittere, Schurke, dein Richter naht! Mir nach, meine Herren!«

Mit diesen Worten stürzte er zur Tür.

20. April 1897, 15:27 Uhr GMT
England, London, Ecke Eastcheap/Fish Street Hill

»Ich bin mir nicht sicher, ob wir diesen Herrn in den Kreis unserer Verdächtigen aufnehmen sollten«, bemerkte Jonathan trocken, als sie ihre Kutsche anhielten und ernüchtert auf den Hutladen blickten, der im Erdgeschoss eines Eckhauses am nördlichen Ende des Fish Street Hill lag, keinen Steinwurf entfernt vom Themseufer und der London Bridge.

»Nun ja …« Holmes räusperte sich verlegen. »Das ist zweifellos nicht ganz das Ergebnis, das ich mir erhofft hatte, aber es ist auch nicht vollkommen abwegig.«

»Und was machen wir jetzt?«, knurrte Randolph.

»Wie wäre es mit ein wenig klassischer investigativer Detektivarbeit?«, schlug Jonathan vor.

»Investiwas?« Der Kutscher blickte ihn finster an.

»Er meint: Wir gehen hinein und fragen, wem der gute Mann diesen Hut verkauft hat«, erklärte ihm Holmes in gutmütigem Tonfall. »Ein Vorschlag, nebenbei bemerkt, den ich für ganz ausgezeichnet halte. Lassen Sie mich nur machen. Mister Kentham, folgen Sie mir! Brown, Sie müssen leider draußen bleiben.«

»Warum?«

Der Magier zupfte seinen Invernessmantel gerade und setzte den Deerstalkerhut auf, der neben ihm auf dem Sitz gelegen hatte. »Weil mein kleiner Auftritt erfordert, dass mich nur der gute Doktor begleitet.«

»Also, genau genommen habe ich nie einen derartigen Titel erworben«, stellte Jonathan klar.

»Jetzt schon. Kommen Sie, *Doktor* Watson! Nicht trödeln. Und vergessen Sie unser Beweisstück nicht.« Beschwingt stieg Holmes aus der Kutsche, nahm seinen Schirm und spazierte diesen munter hin- und herschwingend auf den Hutladen zu.

»Watson?« Randolph hob die Augenbrauen.

Auf Jonathans Gesicht breitete sich ein Grinsen aus. »Lassen Sie ihn nur machen. Ich ahne, was er vorhat. Und es könnte die Befragung sehr viel einfacher machen. Wir sind in ein paar Minuten wieder da.« Mit diesen Worten ergriff er den Bowler und eilte hinter Holmes her, der das Geschäft schon erreicht hatte und am Eingang auf ihn wartete.

Ein kleines Glöckchen bimmelte, als sie die Tür öffneten und ins Innere traten. Durch die verzierten Schaufenster, in deren Auslage Hüte verschiedenster Größe und Form präsentiert wurden, fiel helles Tageslicht in den Raum, und zusätzlich hatte der Besitzer noch mehrere Lampen anbringen lassen, die neben Spiegeln an der Wand hingen. Auf Ständern und Tischen hingen und lagen Dutzende von Kopfbedeckungen – Bowler, Zylinder, Strohhüte und Schiebermützen –, und in Regalen an den Wänden stapelten sich Hutschachteln, auf denen mit Kohlestift Zahlen vermerkt waren, die dem Verkäufer vermutlich deren Inhalt verrieten.

Ein älterer Herr in dunkelgrauer Weste und Hose mit dazu passendem Hemd betrat den Raum durch einen offenen Vorhang, hinter dem eine kleine Werkstatt lag. Er setzte einen Zwicker auf die Nase, der zuvor an einer Kette in seiner Brusttasche gesteckt hatte, und lächelte die beiden Kunden freundlich an. »Guten Tag, die Herren! Kann ich Ihnen irgendwie zu Diensten sein?«

»In der Tat, das können Sie«, erwiderte Holmes. Er warf sich ein wenig in Pose. Als der Verkäufer ihn weiterhin einfach nur erwartungsvoll anblickte, räusperte er sich. »Erkennen Sie mich nicht?«

Der Alte blinzelte und beugte sich ein wenig vor, als sei er kurzsichtig. »Ich bitte um Vergebung, Sir, leider nein. Sollte ich?«

Holmes pochte mit der Spitze seines Schirms auf das Parkett und hob das Kinn. »Der Name ist Holmes. Ich denke, mehr muss ich nicht sagen.«

Wieder blinzelte ihr Gegenüber. Dann trat plötzlich ein Erkennen auf die Züge des Mannes, und er hob fassungslos die Hand an den Mund. »Sie ... Sie meinen ...«, stammelte er halb ungläubig, halb von hoffnungsfrohem Bangen erfüllt.

Jonathans Begleiter schenkte ihm ein aufmunterndes Nicken.

Staunend trat der Ladenbesitzer näher. »Herrgott, ja! Der Deerstalker! Ich hätte es gleich bemerken müssen. Ich ... ich dachte nur immer ...«

»... dass ich bloß eine erfundene Persönlichkeit wäre, dem Geist eines leidlich talentierten Autors entsprungen?«, soufflierte Holmes mit einem dünnen Lächeln. »Mitnichten, Sir, mitnichten!«

Kopfschüttelnd schlug der Alte die faltigen Hände zusammen. »Meine Güte, ich bin ganz außer mir. Was für eine Ehre, Mister Holmes, dass Sie meinen bescheidenen Laden besuchen. Und Sie wollten ganz sicher nicht zu Sharp & Davis? Deren Laden liegt ein paar Häuser weiter die Straße hinunter.«

Holmes war jetzt sichtlich in seinem Element. Zufrieden stolzierte er durch den Laden und strich mit spitzen Fingern über einen Zylinder, als wolle er prüfen, ob dieser Staub angesetzt habe. »Mein guter Mann«, dozierte er unterdessen. »Wenn ich zu Sharp & Davis gewollt hätte, wäre ich zu Sharp & Davis gegangen. Ich weiß stets sehr genau, was ich tue, das dürfen Sie mir glauben. Präzises Denken und Handeln sind mein Geschäft. Daher sage ich Ihnen: Nein, ich wollte durchaus zu Ihnen.«

»Sehr gut, Sir. Ich werde Ihnen sogleich eine Auswahl feinster Hüte vorlegen«, sagte der Verkäufer eilfertig. Er wollte schon loslaufen, doch Holmes hielt ihn mit ausgestrecktem Schirm auf.

»Ah, zu den Hüten kommen wir später, mein Bester. Zunächst führt mich die Arbeit zu Ihnen. Erkennen Sie diesen Hut?« Er deutete auf den Bowler in Jonathans Hand.

Der Ladeninhaber beugte den Kopf ein wenig vor, als Jonathan ihm pflichtschuldig die Kopfbedeckung hinhielt. »Aber natürlich, Sir«, bestätigte er mit einem Nicken. »Ein Bowler aus meiner Fertigung. Innen müsste auch der Name meines Geschäfts eingenäht sein.«

Bewundernd stellte Jonathan fest, dass Holmes' Miene vollkommen unbewegt blieb, obwohl er sich sicher war, dass der Magier sich darüber ärgerte, nicht daran gedacht zu haben, in den Hut hineinzuschauen – wie Randolph und er selbst übrigens auch nicht. »In der Tat«, sagte Holmes stattdessen nur. »Nun, mein Begleiter und ich wünschen zu wissen, wem Sie diesen Hut verkauft haben. Es handelt sich um ein Beweisstück in einer laufenden Ermittlung. Können Sie uns diesbezüglich weiterhelfen?«

»Ich will es gerne versuchen«, antwortete der Verkäufer und rückte seinen Zwicker zurecht, bevor er die Hand ausstreckte. »Geben Sie mir bitte den Hut. Ich sticke immer eine kleine Nummer ins Schweißband, um den Überblick über meine Verkäufe zu behalten. Einen Moment.« Er drehte den Hut um und studierte die Innenseite. »Ah ja, hier haben wir sie. Warten Sie, ich muss einen Blick in mein Geschäftsbuch werfen.« Mit dem Bowler in der Hand ging er zu einem braun eingebundenen Buch, das neben der Registrierkasse auf dem Tresen ruhte. Er legte den Hut ab, schlug es auf und fuhr mit seinem Finger durch die Einträge. Gleich darauf nickte er. »Hier haben wir es. Ich habe den Hut vor genau einer Woche verkauft, gemeinsam mit zwei anderen gleicher Art.«

Jonathan und Holmes wechselten einen vielsagenden Blick. Also war der Gesuchte entweder ein ausgemachter Hutliebhaber, oder der Franzose hatte mindestens drei Helfershelfer. »Ein schlauer Mistkerl, der Franzose«, raunte der Magier. »Er hat seine Leute von Kopf bis Fuß neu eingekleidet, um damit einem Aufspürzauber entgegenzuwirken, sollte einer von ihnen Spuren hinterlassen.« An den Alten gerichtet, fragte er: »Erinnern Sie sich noch an den Käufer? Könnten Sie uns eine Beschreibung geben? Es wäre von größter Wichtigkeit.«

Der Angesprochene legte die Stirn in Falten. »Ich will es versuchen. Der Mann war mittelgroß und etwa fünfunddreißig Jahre alt. Er trat sehr selbstbewusst auf, beinahe schon ein wenig rüpelhaft. Sein braunes Haar war kurz geschnitten, und auch die Koteletten waren auffällig kurz. Die Kleidung war sauber, aber einfach. Ich würde ihn für einen Handwerker halten, vielleicht für einen Schreiner.«

»Hatte er irgendwelche besonderen Merkmale?«, meldete sich Jonathan erstmals zu Wort.

»Mir sind keine aufgefallen. Es tut mir leid.« Der Mann sah unglücklich zu Holmes hinüber.

Dieser hob beruhigend die Hand. »Keine Sorge. Das genügt schon. Ich danke Ihnen vielmals. Sie waren uns eine große Hilfe.« Er lüftete seinen Hut. »Ich wünsche Ihnen einen guten Tag, mein Herr. Ich werde Sie sicher wieder beehren, wenn ich das nächste Mal auf der Suche nach einer neuen Kopfbedeckung bin. Wie ich sehe, führen Sie auch einige ausgesprochen geschmackvolle Deerstalker.«

»Ja«, sagte der Mann sichtlich erfreut über das Lob. »Ich habe zu danken, und ich wünsche den Herren ebenfalls einen guten Tag. Und, oh, Ihr Bowler!« Er eilte hinter dem Tresen hervor und hob den Hut hoch.

Holmes winkte ab. »Behalten Sie ihn. Wir brauchen ihn nicht

mehr. Aber passen Sie gut auf ihn auf! Er ist schließlich kein gewöhnlicher Hut mehr.« Er zwinkerte dem Alten verschwörerisch zu.

»Ich verstehe, Mister Holmes. Vielen Dank! Auf Wiedersehen!« Der Mann brachte sie noch zur Tür und hielt sie ihnen auf. Ein seliges Lächeln lag auf seinem Gesicht, während Jonathan und Holmes an ihm vorbei zurück auf die Straße traten.

»War das nicht ein bisschen dick aufgetragen?«, raunte Jonathan, nachdem der Ladenbesitzer die Tür wieder geschlossen hatte und sie langsam zu dem wartenden Randolph zurückgingen, der in der Zwischenzeit Gesellschaft von Nevermore bekommen hatte. Jonathan hatte sich schon gefragt, wo der Rabe abgeblieben war, aber offenbar kam und ging er, wann und wie es ihm beliebte.

Holmes grinste. »Keineswegs. Es hat doch funktioniert. Und ich habe mit keinem Satz die Unwahrheit gesagt. Ich habe nie behauptet, jemand anders als ich selbst zu sein.«

»Und das mit dem Hut? Ist das nicht gefährlich, einem einfachen Bürger einen mit Magie aufgeladenen Gegenstand zu überlassen.«

»Ach, papperlapapp«, erwiderte Holmes. »Sie klingen fast schon wie Cutler. Der macht sich auch immer zu viele Sorgen. So ein kleines bisschen Magie bringt Abwechslung ins Leben. Der Hut wird dem armen Kerl schon kein Leid zufügen. Im günstigsten Falle erlebt er einige Stunden glühender Inspiration, wenn er ihn aufsetzt – im ungünstigsten Fall bekommt er Kopfschmerzen, die auch nicht schlimmer sind als nach einem Abend im Pub.«

»Wenn Sie es sagen …«

»Und? Wie lief es?«, fragte Randolph, als sie die Kutsche wieder erreicht hatten.

»Prächtig«, sagte Holmes, während sie einstiegen. »Hallo, Nevermore!«

Der Rabe, der auf der Armlehne des Kutschbocks saß, legte den Kopf schief und krächzte.

»Nun, ich weiß nicht, ob es wirklich so prächtig lief«, widersprach Jonathan. »Die Beschreibung, die uns der Ladenbesitzer geben konnte, war nicht sonderlich genau. Mir scheint, dass sie auf Hunderte Londoner Bürger zutrifft.«

»Das macht nichts. Wir haben genug erfahren. Ich habe eine ziemlich genaue Vorstellung davon, wie der Kerl ausgesehen hat.«

»Wie das?«

Holmes tippte sich an die Stirn. »Analytisches Denken und genaue Beobachtungsgabe.«

»Sie haben seine Gedanken gelesen«, warf Randolph ein. »Geben Sie es zu!«

Der Magier hüstelte. »Der Zweck heiligt die Mittel.«

»Machen Sie das eigentlich öfter?«, wollte Jonathan wissen.

»Wie kommen Sie darauf?«

»Ich habe da so einen Verdacht, was unsere erste Begegnung angeht. Und ganz offen gesagt, verbitte ich mir, dass Sie noch einmal in meinen Gedanken herumspüren.«

Holmes warf Randolph einen anklagenden Blick zu, den dieser mit einem Schulterzucken beantwortete. Dann lächelte er Jonathan kleinlaut an. »Sie haben recht, und ich bitte um Entschuldigung. Aber um nicht abzuschweifen: Der alte Knabe hatte ein ziemlich genaues Bild von seinem Käufer vor seinem inneren Auge. Er war nur trotz all seiner Eloquenz nicht imstande, es angemessen in Worte zu kleiden. Und wenn mein Verdacht stimmt, weiß ich auch, wohin wir als Nächstes müssen.«

»Verdacht?«, fragte Randolph.

»Sehen Sie selbst!«, sagte Holmes nur. Er beugte sich vor, hob eine Hand und legte seine Fingerspitzen auf die Stirn des Kutschers.

Randolph schloss die Augen, und kurz darauf verwandelten sich seine Lippen in einen schmalen Strich. »Whitby«, grollte er, als er die Augen wieder öffnete.

Holmes nickte. »Dann lag ich mit meinem Verdacht also richtig.«

»Sie kennen den Mann?«, mischte sich Jonathan ein.

»Er ist ein Mitglied des Ordens«, erklärte ihm Randolph. »Jung, machthungrig, ein willfähriger Scherge für Männer wie Wellington und den Franzosen.«

Holmes klopfte mit der Spitze seines Schirms auf den Boden der Kutsche. »Meine Herren, ich schlage vor, wir statten diesem faulen Ei mal einen Besuch ab. Sie kennen den Weg, Randolph?«

»Ich kenne den Weg zu fast jedem Haus eines Londoner Magiers. Ein Vorteil, wenn man als Kutscher des Ordens arbeitet.« Sein Mund verzog sich zu einem freudlosen Grinsen, dann drehte er sich um und ließ die Zügel knallen.

20. April 1897, 16:14 Uhr GMT
England, London, Soho Street

»Dieser Whitby ist Sinnesfreuden nicht abgeneigt, kann das sein?«, fragte Jonathan, während sie sich an den geschlossenen Fassaden kleiner Theater, Musikhallen, Pubs und diskreterer Etablissements vorbei quer durch Soho ihrem Ziel näherten. Es war früher Nachmittag, und die Gegend zwischen Oxford Street, Charing Cross und Shaftesbury Avenue wirkte geradezu verschlafen. Mit Einbruch der Dunkelheit jedoch würde Soho sich, wie Jonathan wusste, in einen Hort des Vergnügens und der Sünde verwandeln. Nirgendwo anders in London konnte man so exotisch speisen, so ausgiebig feiern und so leicht Damenbekanntschaften machen wie in diesem bunten Viertel, das nach den Wünschen seiner Erbauer genauso elegant hätte werden sollen wie die Nachbarbezirke Bloomsbury, Marylebone und Mayfair, doch niemals den gleichen Status bei Londons Aristokratie hatte erringen können.

»Eigentlich ist er ein Rüpel, dem die Magie zu bescheidenem Reichtum verholfen hat, weswegen er nicht eingepfercht mit Dutzenden anderen in irgendeinem Loch in Whitechapel oder Spitalfields haust, sondern sich hier eingenistet hat«, erklärte Holmes.

»Früher war er ganz in Ordnung«, merkte Randolph an. »Man konnte mit ihm einen trinken gehen, und er hielt sich auch nicht für etwas Besseres, wie es so mancher feine Herr oder so manche feine Dame im Orden tut. Aber dann fiel er auf Wellingtons Einflüsterungen herein, vielleicht auch aus Trotz gegenüber unseren Ordensadligen. Seitdem glaubt er nur noch daran, dass Magie Macht bedeutet, und er ist wohl auch bereit, über Leichen zu gehen, um diese Macht zu mehren. Ich hätte das nicht von ihm erwartet, aber ich kannte ihn wohl doch nicht so gut, wie ich dachte.« Der Kutscher zog eine Grimasse, dann deutete er mit einer Hand nach vorne. »Wir sind da. In diesem Haus befindet sich seine Wohnung.«

Sie erreichten ein vierstöckiges Gebäude inmitten einer Häuserzeile, die mit ihrer rotbraunen Backsteinfassade und den weiß gestrichenen hohen Fenstern kaum etwas hergemacht hätte, wenn sich nicht im Parterre Etablissement an Etablissement gereiht hätte. Neben einem irischen Pub gab es ein asiatisches Restaurant, an das sich ein Tanzlokal anschloss, das wiederum neben einem Varieté für Gentlemen lag, die »zu genießen und zu schweigen wissen«. Im Erdgeschoss von Whitbys Domizil hatte sich dem Anschein nach der Betreiber einer Opiumbar eingemietet. »Zum magischen Drachen« stand in verschlungenen Lettern über dem Eingang, und darunter rekelte sich ein feuerroter chinesischer Drache mit schlangengleichem Körper und langen Schnurrhaaren, der eindrucksvolle Rauchwolken aus den Nüstern blies.

»Ich glaube, ich besuche Soho viel zu selten«, stellte Holmes mit freudig erstaunter Miene fest.

»Wir sind nicht zum Vergnügen hier«, ermahnte Randolph ihn.

Sie fuhren noch zwei Häuser weiter, parkten am Straßenrand und nahmen die Fenster im zweiten Obergeschoss in Augenschein, hinter denen sich, wie Randolph wusste, Whitbys Wohnung befand.

»Was genau haben wir eigentlich vor?«, fragte Jonathan. »Werden wir einfach nach oben stürmen und durch die Tür brechen wie eine Horde Polizisten von Scotland Yard, die beabsichtigt, ein Räubernest auszuheben? Oder klopfen wir an und fragen höflich, ob Whitby zufälligerweise Crowley umgebracht hat? Und was ist, wenn wir auf eine ganze Bande von Gegnern stoßen? Hätten wir nicht für Verstärkung sorgen sollen?«

»Eins nach dem anderen«, sagte Holmes. »Zunächst sollten wir ein wenig Aufklärungsarbeit betreiben. Randolph?«

Ihr Begleiter wandte sich an seinen Raben. »Nevermore?«

Der schwarze Vogel schwang sich in die Lüfte und flatterte schnurstracks zu einem der Fenster hoch. »Heimlichkeit ist nicht seine große Stärke«, brummte Randolph entschuldigend.

Der Rabe hüpfte von Fenstersims zu Fenstersims und lugte unverhohlen neugierig ins Innere der Wohnung. Kurz darauf kehrte er zu den Männern zurück, und nachdem Randolph stumme Zwiesprache mit ihm gehalten hatte, wandte er sich an Jonathan und Holmes und sagte: »Es ist niemand zu Hause.«

»Dann wollen wir die Gunst des Augenblicks nutzen, um uns ein wenig umzusehen«, schlug Holmes vor. »Oder nicht?«

»Ich bin dabei«, sagte Jonathan.

Sie kletterten aus der Kutsche, und Randolph flüsterte dem Rappen, der den Einspänner zog, ein paar Worte ins Ohr. Anschließend ging er zur Vorderachse, beugte sich ein wenig herunter und vollzog eine rasche Geste mit der linken Hand. »Diebstahlsicherung«, knurrte er, als er sich wieder aufrichtete und Jonathans fragenden Blick bemerkte. »Man weiß ja nie.«

Unter Randolphs Führung gingen sie zu dem Haus hinüber und erklommen eine schmale Treppe zum zweiten Obergeschoss. Dort angekommen, drängte sich Holmes nach vorne und baute sich vor der Tür auf, um diese zu untersuchen. »Irgendwie enttäuschend«, sagte er, als er mit einigen raschen Gesten das Schloss knackte. »Ich hätte von einem Gehilfen des Franzosen bessere Schutzmaßnahmen erwartet.«

»Was haben Sie erwartet?«, fragte Jonathan lernbegierig.

Holmes zuckte mit den Schultern. »Eine magisch mit dem Rahmen verknüpfte Tür, kreuz und quer gespannte Sperrfädenbündel, vielleicht eine Pistole hinter der Tür, die ausgelöst wird, wenn sich ein Fremder am Schloss zu schaffen macht. Aber von ein paar einfachen Fadenknoten abgesehen, die selbst Sie hätten entwirren können, habe ich nichts gefunden.«

Während Holmes behutsam die Tür aufstieß und sich vom Flur aus in dem dahinter liegenden Zimmer umsah, setzte sich in Jonathan allmählich die Erkenntnis, dass die Magie seinem Leben eine ganz neue Dimension der Wahrnehmung hinzugefügt hatte. Nie mehr würde er arglos eine Tür öffnen, nie mehr einfach nur eine Straße hinunterspazieren können, ohne sich dabei zu fragen, was sich gleichzeitig in der Wahrsicht um ihn herum abspielte. Er musste seine Fähigkeit, in diese hinüber zu wechseln, unbedingt verbessern.

»Grundgütiger!«, rief Holmes aus, der einen Schritt ins Innere der Wohnung gemacht hatte.

»Alles in Ordnung?«, fragte Jonathan.

Der Magier drehte sich zu ihnen um. »Oh, magisch gesehen, ist die Wohnung sauber. Aber schauen Sie sich nur an, was für eine Lasterhöhle sich Whitby hier eingerichtet hat.«

Die beiden Männer traten näher, und Jonathan musste Holmes recht geben. Whitbys Heim weckte in der Tat den Eindruck, ein Hort ausgelassener Lustbarkeiten zu sein. Vor den Fenstern hingen schwere rote Brokatgardinen, und an den Wänden reihten sich goldgerahmte unzüchtige Abbildungen empörend spärlich bekleideter Mädchen aneinander. Neben der Statue einer griechischen Venus gab es noch drei mit Samt bezogene Diwane, in deren Mitte ein niedriger Tisch mit einer Wasserpfeife stand. Die gesamte Einrichtung war ein dekadentes Sammelsurium europäischer, asiatischer und indischer Einflüsse, im Einzelstück durchaus delikat und zumeist mehr oder minder frivol, als Ganzes hingegen eine einzige Geschmacksentgleisung, wie Jonathan angewidert feststellte.

»Scheußlich!«, bemerkte Randolph. »Whitby hat sich vollkommen verändert, seit er ein Jünger Wellingtons ist.«

»Meine Herren, wir sollten keine Zeit verlieren«, erinnerte Holmes seine Begleiter. »Durchsuchen wir die Wohnung nach Hinweisen, die uns dem Franzosen und seinen schändlichen Plänen näher bringen.«

Sie mussten nicht lange suchen, bis sie die ersten Anhaltspunkte gefunden hatten, dass sie auf der richtigen Fährte waren. In der obersten Schublade von Whitbys Schreibtisch entdeckten sie neben einem Revolver und einer Zigarrenkiste voller anrüchiger Fotografien Rechnungen für drei Bowler und für neue Kleidung, ebenfalls für drei Männer. Auf dem Tisch im Wohnzimmer standen drei Gläser, in denen Reste von Gin zu erahnen waren, und ein überquellender Kristallaschenbecher. Es schien, als hätte Whitby noch vor Kurzem Gäste bewirtet.

Den entscheidenden Beweis fischte schließlich Holmes unter einem am Fenster stehenden Sessel mit Löwenfüßen hervor, nachdem er zu Jonathans Befremden eine ganze Weile auf allen vieren durch die Wohnung gekrochen war. »Aha!«, rief er triumphierend aus, während er sich aufrichtete, seine Hosenbeine abklopfte und das Objekt zwischen Daumen und Zeigefinger in die Höhe hielt. Es handelte sich um eine der silbrigen Kugeln, die, wie sie mittlerweile wussten, dem Franzosen als Munition für seine Windbüchse dienten.

»Wie nachlässig von ihm, solch eine Spur zu hinterlassen«, bemerkte Jonathan.

»Nun ja, ich nehme nicht an, dass er davon ausging, es könnte jemand Whitbys Wohnung durchsuchen«, meinte Holmes schulterzuckend. »Vielleicht ist ihm auch gar nicht aufgefallen, dass er sie verloren hat. Ich stelle mir die Szene ungefähr wie folgt vor.« Er trat in die Mitte des Wohnzimmers. »Während seine drei Gehilfen rauchend und trinkend auf den Diwanen hockten und sich dabei vermutlich lautstark unterhielten, saß der Franzose auf dem Sessel und reinigte seine Waffe. Danach hat er sie aufgepumpt – das ist bei einem Luftgewehr im Übrigen eine aufwendige Angelegenheit – und das Magazin nach dem Anschlag auf Dunholm aufgefüllt. In dem Durcheinander fiel eine Kugel zu Boden und rollte unter das Möbelstück. Und entweder entging dem Attentäter dieser Umstand, oder ihm fehlte die Zeit, um selbige zu suchen.« Mit zufriedener Miene sah der Magier Jonathan an. »Wie dem auch sei: Unsere Gesuchten waren hier, und nicht nur das. Sie scheinen in Whitbys Wohnung eine Art Hauptquartier eingerichtet zu haben.«

»Das würde ich nach einem Blick in die Vorratskammer auch so sehen«, bestätigte Randolph, der soeben aus der Küche kam.

»Wo immer sich die Schurken also im Augenblick auch herumtreiben, sie werden höchstwahrscheinlich hierher zurückkommen«, schloss Jonathan.

»Höchstwahrscheinlich«, pflichtete ihm Holmes mit einem Nicken bei. »Und wenn es so weit ist, werden sie eine unangenehme Überraschung erleben, denn wir werden sie hier erwarten!«

KAPITEL 11:
EIN WECHSELVOLLER ABEND

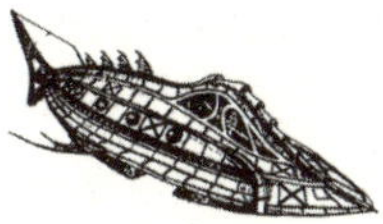

»Oxford. Ein seltsames Phänomen auf dem Gelände der Universität von Oxford hält im Augenblick die Gelehrten in Atem. In den gestrigen Morgenstunden entdeckte ein Hausmeister auf dem Speicher des Hertford College eine Kiste, die ungefähr einen Fuß hoch über der Erde schwebte. Aussagen der Angestellten zufolge handelt es sich bei dem Gegenstand um eine ganz gewöhnliche Kiste. Über die Ursachen dieser Levitation, die nach gut einer halben Stunde von selbst endete, wird nach wie vor gerätselt.«

– Morning Post, 20. April 1897

20. April 1897, 18:02 Uhr GMT
Schottland, einige Meilen außerhalb von Lockerbie

Die Dunkelheit setzte an diesem Abend früher ein, als es an einem Apriltag gewöhnlich der Fall war. Schwere dunkelgraue Wolken schoben sich, vom Atlantik kommend, wie eine finstere Wand auf das Festland zu, verdeckten die Sonne und brachten die dumpfe Drohung von Regen, ja vielleicht sogar von Unwetter mit sich. Ein frischer Wind wehte von Westen, der in den letzten Stunden spürbar zugenommen hatte.

Kendra fröstelte und zog ihr Kapuzencape fester um sich, während sie neben ihrem Großvater in der schaukelnden Kutsche ihres bäuerlichen Begleiters saß und darauf wartete, dass sie endlich Carlisle erreichten.

Über den breitschultrigen Mann aus Beattock, der sich für einen nicht geringen Obolus bereit erklärt hatte, sie zu fahren, wussten sie nun immerhin schon, dass er Malcolm Middleton hieß und dass ein streitlustiges Eheweib, zwei übereifrige Söhne und ein ungestümer irischer Wolfshundwelpe seinen Hof die meiste Zeit in ein Tollhaus verwandelten. Dieser Umstand mochte, mehr noch als das Geld, der eigentliche Grund dafür gewesen sein, weshalb er sich so bereitwillig erboten hatte, zwei Fremde in die mehrere Wegstunden entfernte Stadt zu bringen. Es versetzte ihn in die erfreuliche Lage, mal für einen Tag dem Lärm zu Hause zu entkommen und vielleicht am Abend ganz ohne schlechtes Gewissen ein paar Ale in einem Pub fern der Argusaugen seiner Angetrauten zu heben.

Über diesen kurzen Einblick in sein Leben hinaus schien Middleton nicht an einem Gespräch interessiert zu sein, sondern sich vor allem ein bisschen Ruhe zu wünschen, ein Wunsch, den Kendra und ihr Großvater ihm nicht verdenken konnten. Und so hatten sie die letzten zwei Stunden in einträchtigem Schweigen verbracht. Der Bauer hatte zusammengesunken auf seinem Kutschbock gehockt, Giles hatte sein Buch hervorgeholt und gelesen, und Kendra war dazu übergegangen, ihre Übungen fortzusetzen, den Wechsel in die Wahrsicht und das Manipulieren von Fäden zu meistern.

Dabei hatte sie freudig erregt festgestellt, dass es ihr immer leichter fiel, die Sphäre der Magie vor ihren Augen heraufzubeschwören. Sie konnte es sich nicht anders erklären, als dass das Bad im Waldsee, die Berührung der in dessen Tiefe sprudelnden Magiequelle, eine Verstärkung ihrer angeborenen Gaben zur Folge gehabt hatte, die nun mehr und mehr zutage trat. *Großvater hat ja auch schon bemerkt, dass ich ungewöhnliche Fähigkeiten entwickle*, dachte sie. Bereits früher hätte Kendra eher neugierig als ängstlich auf diese Veränderungen in ihrem Körper reagiert. Jetzt hingegen, da ihr Großvater bei ihr war und sie in die Geheimnisse der Magie einzuweihen gedachte, war sie geradezu euphorisch, und sie brannte darauf, all ihre möglicherweise noch verborgenen Talente zu entdecken und zu erforschen.

»Wir nähern uns jetzt Lockerbie«, meldete sich Middleton zu Wort. »Wenn wir den Hügelkamm erreicht haben, müsste man das Dorf eigentlich zur Linken sehen können.« Eine leichte Unruhe schwang in seinen Worten mit. Auch der Bauer hatte mitbekommen, dass der Expresszug deshalb in Beattock angehalten worden war, weil irgendetwas um Lockerbie herum nicht mit rechten Dingen zuging.

Kendra erhob sich ein Stück von ihrem Sitzplatz und reckte den Hals, um besser sehen zu können. Ihr Großvater legte sein Buch zur Seite.

Gemächlich ratterte die Kutsche den Feldweg entlang. Sie hatten sich dagegen entschieden, die besser ausgebaute Kutschenstraße direkt neben den Gleisen zu nehmen, denn was immer die beiden Züge hatte verschwinden lassen, befand sich zweifellos in unmittelbarer Nähe der Bahnlinie. Stattdessen hatte Middleton einen mehrere Meilen weiten Bogen in westlicher Richtung geschlagen. Dadurch würden sie zwar eine Stunde später in Carlisle ankommen. »Aber besser spät als nie«, hatte der Bauer treffend angemerkt.

Mit einem letzten Zügelschlag trieb Middleton sein Pferd an, damit es die Kutsche über die Hügelkuppe zog. Oben angekommen, ließ er ihr Gefährt anhalten. »Heilige Mutter Gottes!«, murmelte er und bekreuzigte sich.

Auch Kendra spürte, wie sich ihr Magen zusammenzog, und ihr Großvater fluchte leise in seinen dichten Bart hinein.

Tatsächlich war in ungefähr vier Meilen Entfernung zu ihrer

Linken etwas in Sicht gekommen. Doch es war nicht der Ort Lockerbie, den der Bauer ihnen als kleine Gemeinde von vielleicht tausend Seelen beschrieben hatte. Dort, wo normalerweise eine Kirche mit einem spitzen Turm und einige Straßenzüge kleiner Häuser entlang der Kutschstraße und der Bahntrasse zu finden waren, hing nun ein etwa zwei oder drei Meilen durchmessendes und bis zu den tief hängenden Wolken reichendes Feld aus dichtem Nebel. Solch ein eng umgrenztes Wetterphänomen mochte für sich genommen schon ungewöhnlich genug sein. Geradezu erschreckend wurde es jedoch dadurch, dass der Dunst von einer Schwärze war, die kein brennendes Haus und kein Fabrikschlot hätten hervorbringen können. Träge Nebelarme wuchsen aus der Mitte hervor und zogen sich noch einige Hundert Schritt weit über die abendlichen Felder.

Im Inneren der Dunkelheit herrschte vollkommene Stille, und das war beinahe noch unheimlicher, als wenn leise Schreie und Sturm läutende Kirchenglocken zu ihnen herübergeweht wären. Nichts schien in Lockerbie mehr zu leben ... vielleicht war sogar der Ort selbst von der Landkarte verschwunden.

»Was ist das?«, platzte es nach einigen Momenten des fassungslosen Schweigens schließlich aus Middleton heraus. Das Gesicht des Bauern war aschfahl. Auf einmal schien er zu bereuen, dass er den heimischen Herd verlassen hatte. Jede lärmende Familienschar war hundertmal erträglicher als diese grässliche Stille.

»Nichts, gegen das Sie oder wir in diesem Augenblick etwas unternehmen könnten«, erwiderte Kendras Großvater grimmig. »Lassen Sie uns schleunigst weiterfahren. Ich glaube, dass niemand von uns am eigenen Leib erfahren möchte, wie es sich anfühlt, von diesem Nebel verschluckt zu werden.«

Der Kutscher nickte knapp, bevor er sich zu seinem Pferd umwandte und ihm mit den Zügeln auf den Rücken schlug. Schwerfällig setzte sich die Kutsche wieder in Bewegung, und nach einer halben Stunde war Lockerbie hinter ihnen verschwunden. Doch das Bild des schwarzen Nebels sollte sie noch lange verfolgen.

20. April 1897, 19:10 Uhr GMT
England, London, geheime Hallen des Ordens des Silbernen Kreises

»Meine Güte, Sedgewick! Sie sehen aus, als wäre Ihnen ein Gespenst begegnet.« Cutler, der an seinem Schreibtisch im Vorzimmer zu den Gemächern des Ersten Lordmagiers saß, ließ die Liste sinken, auf der er soeben vermerkt hatte, wer aus dem Kreis der Londoner Magier noch darüber unterrichtet werden musste, dass es am morgigen Tag einen Krisenrat geben würde, um die Lage innerhalb des Ordens, die nach zwei Morden außer Kontrolle zu geraten drohte, wieder in den Griff zu bekommen.

Der schmächtige Magispector schloss sorgsam die Tür hinter sich, bevor er sich an den ehemaligen Sekretär Dunholms wandte. »Ist Cheltenham da?«, fragte er erregt.

Cutler schüttelte den Kopf. »Nein, er befindet sich gerade in einer Beratung mit Drummond und Carlyle, wenn ich mich recht entsinne. Abgesehen davon müssten Sie ihn in seinem Büro auf der anderen Seite des Gangs suchen. Da er noch nicht offiziell zum Ersten Lordmagier ernannt wurde, hat er Dunholms Gemächer noch nicht bezogen.«

»Oh ... ja ... richtig.« Sedgewick räusperte sich und fuhr sich unruhig durch das schüttere Haar. »Gut, denn eigentlich wollte ich ohnehin mit Ihnen sprechen. Also, sofern wir hier ungestört und geschützt vor neugierigen Mithörern sind.« Er schielte schreckhaft in alle Ecken des Raumes, als erwartete er, dass jeden Moment eine verborgene Gestalt ihren Fadenkokon auflöste und sichtbar wurde oder aber aus dem Aktenschrank hervorbrach wie ein Springteufel aus einer Jahrmarktsdose.

So langsam machte Sedgewick Cutler mit seinem Gebaren nervös. Aber er versuchte, sich nichts anmerken zu lassen, sondern hob stattdessen nur verwundert die Augenbrauen. »Nun, mein lieber Freund, ich kann Ihnen versichern, dass wir im Augenblick die einzigen Anwesenden in diesem Trakt sind. Und wie Sie wissen, sind die Schutzzauber, die um die Zimmer des Ersten

Lordmagiers errichtet wurden, äußerst wirksam. Sie können also frei sprechen.« Er machte eine einladende Geste zu einem der beiden Stühle vor dem Schreibtisch. »Aber bitte: Setzen Sie sich doch. Was führt Sie denn ausgerechnet zu mir?«

»Das will ich Ihnen umgehend erklären.« Leicht geduckt kam Sedgewick näher. Cutler sah, dass der Magispector dabei in die Wahrsicht wechselte und sich umschaute. Er schien den Zusicherungen des Sekretärs des Ersten Lordmagiers nicht zu trauen.

»Herrgott, Sedgewick!« Mit einem Ruck erhob sich Cutler und ging um den Schreibtisch herum auf seinen Besucher zu. Mit besorgtem Blick legte er ihm eine beruhigende Hand auf den Arm. »Was ist denn nur los mit Ihnen? Sie wirken wie ein Soldat, der sich durch ein feindliches Heerlager schleicht und betet, dass er dabei nicht entdeckt wird.«

»Vielleicht ist genau das der Fall«, flüsterte Sedgewick.

»Möchten Sie ein Glas Portwein oder einen Whiskey?«, fragte Cutler. »Ich glaube, in Dunholms Bar stehen noch einige halb volle Flaschen.«

Sedgewick schüttelte den Kopf. »Nein danke! Ich will einen klaren Kopf behalten.«

»Also gut«, sagte der grauhaarige Sekretär und setzte sich gemeinsam mit seinem Besucher auf die Stühle vor dem Schreibtisch. »Dann lassen Sie mal hören, was geschehen ist.«

»Eigentlich … eigentlich wollte ich mit Randolph sprechen, aber ich finde ihn nirgendwo in der Guildhall«, begann Sedgewick.

Cutler dachte daran, was der Kutscher ihm eingeschärft hatte, als er ihn im Anschluss an Cutlers weitgehend fruchtlose Recherchen kurz vor dem Mittagessen noch einmal in der Bibliothek aufgesucht hatte.

»Crowley wurde umgebracht, und ich bin mir ziemlich sicher, dass derselbe Mann dahintersteckt, der auch für Dunholms Tod verantwortlich ist«, hatte er gesagt.

»Woher wissen Sie das?«, hatte Cutler gefragt, nachdem er den ersten Schock über diese Nachricht überwunden hatte.

Randolph hatte ihn darüber informiert, dass er auf eigene Faust Nachforschungen anstelle, da der Orden selbst dazu offensichtlich nicht imstande sei. Seine Ergebnisse hatte er Cutler jedoch nicht verraten wollen. »Niemand darf wissen, was ich treibe, Cutler«, hatte er gesagt. »Denn ich weiß nicht, wer im Augenblick Freund ist und wer Feind. Nur bei Ihnen bin ich mir sicher, und darum warne ich Sie: Passen Sie auf, und halten Sie die Augen offen. Der Mörder könnte auch hinter Ihnen her sein.«

Dann war er wieder verschwunden und hatte einen höchst beunruhigten Cutler zurückgelassen. Dass Randolph noch immer nicht wieder in der Guildhall aufgetaucht war, hieß entweder, dass er eine heiße Spur verfolgte ... oder dass ihm womöglich etwas zugestoßen war. *Unsinn*, schob Cutler den Gedanken von sich. *Brown ist viel zu schlau, um sich in irgendwelche Schwierigkeiten zu bringen, aus denen er alleine nicht mehr herauskommt.*

Der Sekretär zuckte demonstrativ mit den Schultern. »Ich kann Ihnen auch nicht sagen, wo Randolph ist. Aber ich bin ja da.«

»Ganz richtig«, pflichtete Sedgewick ihm nickend bei. »Und da Sie vielleicht der Einzige sind, der, von Randolph abgesehen, Dunholm auf das Treueste ergeben war, wende ich mich nun nach zugegeben langem Zögern an Sie.«

Dass nun auch der Magispector durchblicken ließ, dass er sich nicht mehr sicher sei, wem er aus den Reihen des Silbernen Kreises noch vertrauen durfte, beunruhigte Cutler zutiefst. Die Lage geriet tatsächlich außer Kontrolle. Wo waren die Einigkeit und der gemeinsame Geist, die noch vor wenigen Tagen in diesen Hallen geherrscht hatten? Sie schienen gemeinsam mit dem Alten Mann dahingegangen zu sein. »Um Himmels willen, reden Sie endlich, Sedgewick!«

»Ja ... ja, ich will es tun.« Der schmächtige Magispector beugte sich ein wenig vor. »Vor einigen Stunden wurde ich Zeuge eines höchst beunruhigenden Zusammentreffens. Aus Gründen, die ich Ihnen später erläutern möchte, hegte ich den Verdacht, dass Mary-Ann McGowan etwas mit dem Tod von Thomas Crowley und dessen reizender Frau zu tun haben könnte.«

»McGowan?«, entfuhr es Cutler. »Das ist doch unmöglich!«

Sedgewick hob abwehrend die Hände. »Warten Sie ab, was ich noch zu berichten habe. Da ich diese Unsicherheit aus der Welt schaffen wollte, die schwer auf meiner Seele lastete, suchte ich ihr Büro auf, doch bevor ich den Mut finden konnte anzuklopfen, tauchte der junge Mister Porter auf, der ihr ein Telegramm brachte. Kurz nachdem dieser wieder gegangen war, stürmte sie wutentbrannt aus ihrem Zimmer, und obwohl ich derlei Heimlichtuerei verabscheue, folgte ich ihr ungesehen. Und jetzt kommt es.«

Er atmete tief durch und erschauerte. »Sie ging zu Carlyle!«

Cutler runzelte die Stirn. »Das ist ihr gutes Recht. Beide sind Mitglieder des Inneren Zirkels. Vermutlich hatte sie etwas mit ihm zu besprechen.«

Sedgewicks Lippen verzogen sich zu einem humorlosen Lächeln. »Oh, das hatten die beiden in der Tat, das können Sie mir glauben. Denn das, was ich mithören konnte, als ich näher schlich und an der Tür lauschte, ist wahrhaftig erschreckend und empörend zugleich.« Er hob einen Zeigefinger. »Zunächst regte sich Miss McGowan ganz furchtbar über einen Mann auf, den sie nur den Franzosen nannte.«

Cutler hielt sich an seinem Stuhl fest, weil ihn ein Schwindel übermannte. »Sagten Sie Franzose?«

»Ja«, antwortete Sedgewick und blinzelte. »Ist Ihnen der Name ein Begriff?«

»Das ist er in der Tat«, bestätigte Cutler, dann wedelte er ungeduldig mit der Hand. »Aber reden Sie erst mal weiter.«

»Sie echauffierte sich darüber, dass es doch wohl nicht so schwer sein könne, zwei Magier zu verfolgen, die in einem Zug von Glasgow nach London unterwegs sind. Es scheint sich wohl um einen älteren Herrn und eine junge Dame zu handeln. Der Mann heißt McKellen, und er scheint Dunholm gekannt zu haben. Offenbar hofft er, den Ersten Lordmagier hier zu treffen, zumindest äußerte Miss McGowan Sorgen darüber, was geschehen könnte, wenn dieser von Dunholms Tod erfahren würde. ›Wir können jetzt keine fremden Magier in der Stadt brauchen‹, waren ihre Worte. ›Ganz besonders keine, die so stark sind, wie es diese zwei zu sein scheinen.‹ Offenbar hat dieser Franzose sie darüber in Kenntnis gesetzt.«

Nachdenklich legte Cutler die rechte Hand ans Kinn und tippte sich mit dem Zeigefinger an die Lippen. »Albert hat nie von einem Mann namens McKellen gesprochen. Ich frage mich, woher er ihn kennt. Und ich frage mich, wieso dieser McKellen ausgerechnet jetzt hierherkommt. Ob es wohl mit diesem eigentümlichen Anwachsen magischer Energien in den letzten Tagen zusammenhängt?«

»Das habe ich mich auch gefragt«, sagte Sedgewick. »Jedenfalls wollte Carlyle dann wissen, was ihr Mann zu tun gedenke, und Miss McGowan wusste zu berichten, dass der Franzose einen Spion ausgesandt hat, einen, wenn ich es recht verstanden habe, der nach den zwei Reisenden aus der Luft Ausschau hält. Außerdem …«

Ein Klopfen an der Tür unterbrach sie. Rasch sprangen die beiden Männer auf, und Cutler eilte hinter seinen Schreibtisch. Er warf Sedgewick, der unwillkürlich eine Verteidigungspose eingenommen hatte, einen warnenden Blick zu. Dann rief er: »Herein.«

Die Tür öffnete sich, und eine etwas fülligere blonde Magierin, die ein hochgeschlossenes blaugraues Kleid trug, lugte herein. Auf den Wangen ihres blassen rundlichen Gesichts zeigten sich rötliche Flecken, und sie war außer Atem, als sei sie durch die Gänge bis hierher gelaufen. »Verzeihen Sie die Störung, Mister Cutler. Lord Cheltenham möchte Sie wegen der Ratsversammlung morgen Abend dringend sprechen.« Sie erblickte Sedgewick, errötete noch ein wenig stärker und machte einen Knicks.

»Oh, guten Abend, Mister Sedgewick! Ich habe Sie schon lange nicht mehr bei einer unserer Leserunden gesehen.«

Der schmächtige Magispector richtete sich auf und zupfte verlegen an seiner Weste. »Miss Spellman … Ich … ja … äh … war in der letzten Zeit sehr beschäftigt. Ich komme demnächst mal wieder vorbei, ganz bestimmt. Das verspreche ich Ihnen.«

Bei diesen Worten hellte sich das Gesicht der Magierin sichtlich auf.

»Es ist gut, Miss Spellman«, sagte Cutler. »Sagen Sie Lord Cheltenham, dass ich gleich komme. Ich muss nur noch meine Papiere zusammensuchen.«

»Jawohl, Mister Cutler.« Sie nickte artig und schenkte Sedgewick zum Abschied ein Lächeln. »Auf Wiedersehen, Mister Sedgewick!«

»Auf bald, Miss Spellman!«

Als sie die Tür wieder geschlossen hatte, nahm die Miene des Magispectors einen gequälten Ausdruck an. Er schien über die offensichtliche Zuneigung der Magierin nicht ganz glücklich zu sein.

Cutler dagegen blickte Sedgewick mit ernster Miene an. »Wir sprechen später weiter, wenn es Ihnen recht ist. Kommen Sie in zwei Stunden wieder.« Er fing an, seine Unterlagen vorzubereiten.

Händeringend trat Sedgewick zum Schreibtisch. »Nein, warten Sie! Eines muss ich Ihnen dringend noch sagen: Am Schluss beklagte Miss McGowan sich darüber, dass sie dieses ganze Täuschungsspiel nicht mehr lange ertragen könne. Daraufhin beruhigte Carlyle sie, dass es nicht mehr lange dauern würde. ›In ein paar Tagen kehrt Wellington zurück‹, sagte er, ›und dann wird alles anders!‹ Verstehen Sie? Lordmagier Wellington plant einen Umsturz. Wir müssen etwas unternehmen, damit es nicht dazu kommt.«

Cutler hielt mitten in der Bewegung inne und hob den Kopf. Erschüttert starrte er sein Gegenüber an. »Wenn das wirklich wahr ist, steht es schlimmer um den Orden, als ich es jemals gedacht hätte. Aber um einen derartigen Vorwurf im Rat vorzubringen, brauchen wir Beweise, nicht bloß ein mitgehörtes Gespräch. Das könnten die Beteiligten leicht abstreiten, zumal den Mitgliedern des Inneren Zirkels zweifellos mehr Glauben geschenkt wird als ein paar Männern, die den Tod von Albert Dunholm betrauern und verzweifelt nach einem Schuldigen suchen. Darüber hinaus brauchen wir magische Rückendeckung, denn alleine sind wir nicht stark genug, um Menschen wie McGowan oder Carlyle herauszufordern. Und wer weiß, wer noch zu dieser Intrige gehört.« Er blickte an Sedgewick vorbei ins Leere, während er fieberhaft nachdachte. »Wir müssen Randolph finden. Er wird wissen, was zu tun ist. Wo steckt er bloß?«

20. April 1897, 21:00 Uhr GMT
England, London, Soho Street

Gähnend trat Randolph ans Fenster, warf einen Blick an den Vorhängen vorbei auf die Straße hinunter und schüttelte den Kopf. »Wenn Sie mich fragen, verschwenden wir hier unsere Zeit, Holmes«, sagte er, nachdem er sich wieder zu Jonathan und Holmes umgewandt hatte. »Wir müssen uns etwas Neues einfallen lassen.«

Jonathan nickte. »Das sehe ich genauso. Wir sitzen jetzt schon seit Stunden hier, und niemand ist gekommen. Wie lange wollen wir noch warten?«

»Haben Sie etwas Besseres vor?«, erkundigte sich der Magier, der sich in dandyhafter Pose auf einem der Diwane niedergelassen hatte und seine Fingernägel begutachtete.

»Sie werden es nicht glauben, aber das habe ich tatsächlich«, erwiderte Jonathan. »Ich habe eine Einladung auf den Empfang des französischen Botschafters im Savoy Hotel.«

Holmes senkte seine Hand und warf ihm einen vorwurfsvollen Blick zu. »Mein lieber Mister Kentham, wir beschäftigen uns im

Augenblick mit einer Angelegenheit, die bedeutend wichtiger ist als der ebenso langweilige wie verlogene Austausch formelhafter Höflichkeiten zwischen Büfett, Tanzparkett und Rauchersalon.«

»Sie meinen, in einer leeren Wohnung herumsitzen und Löcher in die Luft starren?«

»Sie wissen, was ich meine.«

»Aber wie lange wollen wir noch warten und hoffen, dass Whitby und seine Gefährten hier auftauchen?«, fragte Jonathan. »Bis Mitternacht? Bis morgen früh? Abgesehen davon bin ich Ihnen doch ohnehin keine große Hilfe. Ich bin kein ausgebildeter Magier wie Sie.«

»Nehmen Sie sich den Revolver aus Whitbys Schreibtisch.« Holmes deutete mit dem Daumen hinter sich. »Sie wären überrascht, welchen Eindruck solch eine Waffe sogar auf die meisten Magieanwender macht.«

Jonathan seufzte. »Das mag sein. Aber ich würde diese Einladung dennoch gerne wahrnehmen – auch aus beruflichen Gründen. Ja, es mag Sie überraschen, aber es gibt Menschen, die tatsächlich für ihren Lebensunterhalt arbeiten müssen.«

Holmes schnaubte nur, bevor er Jonathan schweigend anblickte. »Wissen Sie, was ich glaube, Mister Kentham?«, sagte er schließlich. »Es geht Ihnen gar nicht um den Empfang und auch nicht um Ihre Arbeit. Sie erhoffen sich vielmehr, bei dieser Gelegenheit einer gewissen Dame zu begegnen, die Ihrem Herzen nicht ganz gleichgültig ist.« Ein triumphierendes Lächeln stahl sich auf die Züge des Magiers.

Jonathans Miene verfinsterte sich. »Holmes, ich habe Ihnen doch gesagt, Sie sollen aufhören, in meinen Gedanken zu lesen.«

»Oh, das war in diesem Fall überhaupt nicht nötig«, erwiderte Holmes leichthin. Er schwang seine langen Beine vom Diwan und setzte sich auf. »Ich habe einfach nur das getan, was mein literarischer Namensvetter aus der Baker Street auch getan hätte: Ich habe eins und eins zusammengezählt.« Er erhob sich und zupfte sich einige eingebildete Flusen von der Jacke. Dann nahm er seinen Schirm, hob den Kopf und warf Jonathan ein verschmitztes Grinsen zu. »Aber wissen Sie was? Für ein schwärmerisches Herz habe ich Verständnis. Ich war schließlich auch einmal jung. Und möglicherweise haben Brown und Sie tatsächlich recht, und wir sollten dieser erkaltenden Spur einstweilen den Rücken zukehren und unsere Vorgehensweise noch einmal überdenken. Kommen Sie, meine Herren!« Forschen Schrittes marschierte er in Richtung Wohnungstür.

Jonathan wechselte mit Randolph einen raschen Blick, dann beeilten sich die beiden, ihm zu folgen. »Einen Augenblick, Holmes. Was haben Sie denn jetzt vor?«

Der Magier drehte sich elegant zu ihnen herum und sagte: »Feiern.«

20. April 1897, 21:37 Uhr GMT
England, London, Strand, Savoy Hotel

Das auf den Ruinen des mittelalterlichen Fürstensitzes des Hauses Savoy errichtete Hotel war erst wenige Jahre alt, und es suchte an Opulenz und moderner Ausstattung seinesgleichen in ganz London – ja wahrscheinlich überhaupt in den Metropolen der westlichen Welt. Am Strand, direkt neben dem ein knappes Jahrzehnt zuvor erbauten Savoy Theater, gelegen, bot es einen wundervollen Blick auf das Treiben auf der Themse und der Uferpromenade. Jedem, der auf der Themse daran vorbeifuhr oder auf der Uferpromenade daran vorbeispazierte, präsentierte es sich derweil in seiner ganzen Pracht – neun Stockwerke hoch und groß wie ein Wohnblock, mit seiner hellen, prunkvoll verzierten Steinfassade, dem kupfergrünen Dach, den zahlreichen rot-weiß gestreiften Markisen und den auf den Ecktürmchen flatternden Fahnen des Empires.

»Wussten Sie, dass das Savoy das erste Hotel überhaupt ist, das vom Erdgeschoss bis zum Dach elektrifiziert ist?«, fragte Jonathan, während er und seine beiden Begleiter sich mit der

Kutsche dem eindrucksvollen Bauwerk näherten. »Es gibt eine elektrische Beleuchtung und elektrische Lifte. Außerdem verfügt fast jedes seiner zweihundertachtundsechzig Zimmer über ein eigenes, mit Marmor ausgelegtes Bad, in dem zu jeder Tages- und Nachtzeit nicht nur kaltes, sondern auch warmes Wasser aus den Hähnen fließt.«

»Sehr schön, sehr schön«, erwiderte Holmes nur. »Mich persönlich interessiert im Augenblick viel mehr die berühmte französische Küche, die hier geboten werden soll. Ich verspüre einen gewissen Appetit und wäre durchaus in der Stimmung, mich von einem fantasievollen Büfett verführen zu lassen.«

»Nun, diesbezüglich dürften Ihre Wünsche in Erfüllung gehen, nehme ich an«, sagte Jonathan. »Auguste Escoffier, der Chefkoch des Hauses, gilt als einer der ganz Großen seiner Zunft. Adlige und wohlhabende Bürger kommen extra zum Speisen von weit her. Sogar der Prince of Wales diniert hier gelegentlich.«

»Ich glaube, ich bleibe lieber draußen«, brummte Randolph vom Kutschbock aus. »Ich bin kein großer Freund der französischen Küche. Außerdem komme ich mir in diesem Aufzug ziemlich lächerlich vor.« Er zupfte am Kragen seiner schwarzen Soutane.

»Unsinn! Wir haben uns nicht extra so herausgeputzt und mein mühsam geerbtes Geld diesem jüdischen Schacherer von einem Kostümverleiher in Covent Garden in den Rachen geworfen, damit Sie vor der Tür beim einfachen Volk sitzen bleiben«, widersprach Holmes, der für Jonathan einen Frack und für sich selbst die mit Orden behängte Ausgehuniform eines Adligen besorgt hatte. »Wir gehen da jetzt hinein und helfen Jonathan, seine Angebetete zu erobern.«

Gott bewahre!, stöhnte Jonathan innerlich. »Ihnen ist schon bewusst, dass die Einladung mir und einer Begleitperson, womit vermutlich weibliche Begleitung gemeint war, gilt?«

»Keine Sorge, das regele ich schon«, versprach Holmes ihm mit selbstsicherem Lächeln.

Sie stellten ihre Kutsche außerhalb des Hotelgeländes am

Strand ab und spazierten dann zu dritt auf das reichverzierte Eingangsportal zu. Ein Portier in einer dunkelblauen Uniform erwartete dort die Gäste.

»Zum Empfang des französischen Botschafters?«, fragte Holmes mit gekonnt herablassendem Blick.

Der Portier nickte ihnen zu. »Bitte kommen Sie, meine Herren. Ein Page wird Sie dorthin geleiten.« Er übergab die drei einem ernst dreinblickenden Jungen, der sie schweigend durch die eleganten Marmorgänge des Hotels führte, bis sie einen Ballsaal erreichten, durch dessen geöffnete Türen Musik und Stimmengemurmel auf den Korridor hinausdrangen.

Ein befrackter Saaldiener trat ihnen entgegen. »Guten Abend, die Herren!«, begrüßte er sie steif, während seine Augen sie aufmerksam musterten. »Ihre Einladungskarten, wenn ich bitten dürfte.«

»Hier, bitte!« Jonathan reichte ihm die Karte, die er von seinem Chefredakteur bekommen hatte. »Diese beiden Herren begleiten mich.«

»Bischof Brown aus Chelmsford, und mein Name ist Sir John Zeus von Holmeness«, stellte Holmes sich und Randolph selbstbewusst vor.

Der Saaldiener blinzelte milde irritiert und warf einen Blick in eine flache Kladde, die neben ihm auf einem kleinen runden Stehtisch lag. »Ich bitte um Verzeihung, aber Ihre Namen stehen nicht auf der Einladungsliste.«

»Oh, das ist kein Wunder«, bekannte Holmes. »Wir sind nicht angemeldet, aber Mister Kentham hat uns im Club von diesem außerordentlichen Ereignis berichtet, das wir uns natürlich auf keinen Fall entgehen lassen wollen. Das ist doch sicher kein Problem. Denn wissen Sie …« Er beugte sich vor und flüsterte dem Saaldiener etwas ins Ohr.

Über die Miene des Mannes huschte ein Ausdruck des Erschreckens, direkt gefolgt von Empörung. »Was meinen Sie damit, mein Herr?«, verlangte er zu wissen.

Holmes sagte es ihm.

Der Saaldiener erstarrte und zwinkerte zwei-, dreimal heftig. Dann neigte er mit leicht gequält wirkendem Gesichtsausdruck den Kopf. »Selbstverständlich. Es ist kein Problem. Bitte treten Sie ein. Ich wünsche Ihnen einen schönen Abend.« Mit einer angedeuteten Verbeugung gab er den Weg frei.

»Was haben Sie ihm gesagt?«, fragte Jonathan leise, während sie einen großen Saal mit arkadenartig verzierten Wänden und prunkvollen Lüstern betraten.

»Dass ich sein kleines Geheimnis kenne und er doch sicher nicht möchte, dass die Hoteldirektion ebenfalls davon Kenntnis erhält«, erwiderte Holmes.

»Welches kleine Geheimnis?«

»Clarimonde.«

»Wer ist Clarimonde?«

Holmes zuckte mit den Schultern. »Ich habe nicht den blassesten Schimmer. Mehr als den Namen konnte ich auf die Schnelle nicht aus seinem schuldbewussten Geist herauslesen. Aber was macht das schon? Wir sind drin, und nur darauf kommt es an.« Er grinste Jonathan zufrieden an.

Der schüttelte ungläubig den Kopf, enthielt sich aber jedes weiteren Kommentars. Auch wenn man Holmes' Methoden nicht mochte – man musste ihm zugestehen, dass sie ihre Wirkung selten verfehlten.

Während Randolph sich in Richtung des reichhaltigen Büfetts verabschiedete und Holmes mit vor Begeisterung ausgebreiteten Armen auf einen grauhaarigen Gentleman zutrat, der, seiner verdutzten Miene nach zu urteilen, nicht die geringste Ahnung zu haben schien, wer ihn da so überschwänglich begrüßte, begab sich Jonathan auf die Suche nach Elisabeth und ihrem Vater.

Er fand sie nicht sofort. Stattdessen lief er César Ritz über den Weg, dem Hoteldirektor, dem Jonathan schon ein- oder zweimal auf einer Gesellschaft begegnet war und der sich im Augenblick persönlich davon überzeugte, dass alles nach den Wünschen der

Gäste angerichtet war. Er wechselte einige höfliche Worte mit dem vielbeschäftigten Hotelier, dann wurde dessen Aufmerksamkeit von einem französischen Diplomaten in Anspruch genommen, der eine Frage zu den Speisen am Büfett hatte.

Pflichtschuldig erinnerte sich Jonathan an die Aufgabe, die Greenhough ihm erteilt hatte, und er versuchte, während er sich zwischen den unzähligen elegant gekleideten Herren und prächtig ausstaffierten Damen bewegte, die eine oder andere Neuigkeit aufzuschnappen, die er später in seinem Artikel unterbringen konnte.

Natürlich war das anstehende diamantene Kronjubiläum der Queen eines der wichtigsten Gesprächsthemen an diesem Abend. Viele Gäste freuten sich bereits auf einen Sommer voller Festlichkeiten, und man tauschte sich schon jetzt eifrig darüber aus, wer wann und wo auftauchen würde. Ernstere Naturen sorgten sich um den seit Jahresbeginn schwelenden Konflikt zwischen Griechenland und dem Osmanischen Reich um die Vorherrschaft auf der Insel Kreta, der vor drei Tagen zu einer offiziellen Kriegserklärung geführt hatte und der Gefahr lief, sich zu einem Flächenbrand auf dem Balkan auszuweiten, wenn man ihm nicht ein rasches Ende bereitete. Und in einer Ecke stritt sich ein italienischer Diplomat mit einem französischen Militärattaché über die Rechtmäßigkeit der Vorgehensweise Frankreichs bei der Annektierung Madagaskars.

Jonathan seufzte. Es waren einfach zu viele Politiker und Militärs und zu wenig Mitglieder der Londoner Aristokratie anwesend, um ihm die Art von Gesprächsstoff zu bieten, den die Leser des *Strand Magazine* zu erfahren hofften. Er würde also wieder einmal aus winzigen Konversationsfetzen etwas Interessantes zusammenschreiben müssen. Es wäre nicht das erste Mal. Aber der Abend war ja noch nicht vorüber. Vielleicht änderten sich etwas später, wenn die Förmlichkeit einer von Champagner, Wein und Fruchtbowle beförderten Heiterkeit gewichen war, auch die Inhalte der Unterhaltungen.

»Und, mein Bester, wie geht es der Liebe?«, tönte Holmes,

der mit einem Glas Champagner in der Hand auf Jonathan zusteuerte. Die Wangen des Magiers waren leicht gerötet, und er schien sich vortrefflich zu amüsieren.

»Ich fürchte, es geht ihr noch nicht viel besser als vor einer Stunde«, gestand Jonathan. »Ich habe Elisabeth – die Tochter des Abgeordneten Holbrook – noch nicht gefunden. Vielleicht kommt sie erst etwas später.«

Holmes blickte an ihm vorbei zum Eingang. »Sagen Sie, Ihre Miss Holbrook ist nicht zufällig ein überaus anmutiges Geschöpf von schlankem und insgesamt höchst wohlgefälligem Wuchs, auf deren blassem Antlitz sich ein Adel widerspiegelt, der ihr, von Gott, wenn schon nicht ihrem Vater, in die Wiege gelegt wurde, und deren braunes Haar glänzt wie frische Rosskastanien im September?«

»Ähm …« Jonathan kratzte sich verlegen am Kinn. »Ich denke, so könnte man sie beschreiben, wenn man es mit blumigen Worten tun wollte.«

»Oh, gut«, sagte Holmes. »In diesem Fall ist sie soeben mit zwei Begleitern eingetroffen.« Er hob die Hand mit dem Glas und deutete an Jonathan vorbei.

Dieser drehte sich um, und sein Herz machte vor lauter Freude einen Sprung. Holmes hatte sich nicht getäuscht. Im Eingang stand Elisabeth und wartete darauf, dass ein älterer Herr, der zweifellos ihr Vater war, seine Einladungskarte dem Saaldiener vorzeigte. Wie schon vor ein paar Tagen bei ihrem Theaterbesuch trug Elisabeth ihr langes braunes Haar kunstvoll hochgesteckt. Dazu war sie heute in ein bezauberndes schulterfreies Kleid mit aufwendigem Rüschendekolleté und breiter Gürtelschärpe gekleidet und hatte dazu lange weiße Handschuhe an. Auf den hohen Wangen lag ein dezentes Rouge, und ein Lächeln brachte ihre Züge zum Strahlen. Sie schien eine völlig andere Person zu sein, als die stets zurückhaltend und ein wenig spröde auftretende junge Dame, die regelmäßig die Redaktionsräume des *Strand Magazine* besuchte.

Das Hochgefühl, das ihr Erscheinen in Jonathan ausgelöst hatte, bekam jedoch einen herben Dämpfer, als er den zweiten Mann in Elisabeths Begleitung entdeckte. Es handelte sich um einen kräftigen dunkelhaarigen Offizier, der vielleicht fünf oder sechs Jahre älter als Jonathan war und der dem Aussehen nach aus Südfrankreich stammte. Er hatte ein fesches Auftreten, und seine makellosen Zähne blitzten mit seinen polierten Uniformjackenknöpfen regelrecht um die Wette. Elisabeth hatte sich bei ihm untergehakt, und es erweckte den Eindruck, als sei ihr das durchaus nicht unangenehm.

Jonathan schluckte, und es gelang ihm nicht, sein Unbehagen zu verbergen, als er wieder zu Holmes blickte.

»Na, ich hoffe mal, das ist ihr Vetter aus Marseille«, murmelte Holmes mit abweisender Miene und nahm schlürfend einen Schluck Champagner zu sich.

»Ich wüsste nichts von einem Vetter aus Marseille«, sagte Jonathan.

»Wie viele ihrer Vettern kennen Sie denn?« Holmes hob fragend eine Augenbraue.

»Touché.« Nervös fuhr sich Jonathan mit der Hand über den Mund. »Was mache ich denn jetzt?«

»Wie wäre es, wenn Sie hinübergehen und sich vorstellen«, schlug der Magier vor.

Jonathan verzog das Gesicht. »Ich weiß nicht ... Ich möchte mich nicht aufdrängen.«

»Ich dachte, wir sind genau deswegen hier: damit Sie sich Miss Holbrook aufdrängen können.«

»Holmes!«

»Schon gut.« Der Magier hob abwehrend eine Hand. »Ich nehme den letzten Satz zurück und bitte um Verzeihung. Trotzdem bleibt es eine Tatsache, dass wir diesen Abend als verlorene Zeit verbuchen können, wenn Sie nicht mit Ihrer Herzensdame ins Gespräch kommen. Los! Gehen Sie hin! Oder besser noch: Nehmen Sie mich gleich mit und stellen mich ihr ebenfalls vor.

Dann werden wir diesem falschen Vetter mal auf den Zahn fühlen.« Er grinste vielsagend.

»Keine Magie«, schärfte Jonathan ihm ein. »Vor allem verbiete ich Ihnen, sich in Elisabeths Gedanken zu stehlen.«

»Keine Sorge. Ich bin schließlich ein Gentleman, oder nicht?« Mit süffisantem Lächeln prostete er Jonathan zu, dann wandte er den Blick wieder dem Trio zu. »Sehen Sie? Da kommen sie. Also, auf ins Gefecht!«

»Wir ziehen in den Krieg?«, fragte Randolph brummend, der wie aus dem Nichts neben ihnen auftauchte. Er hatte einen großen Teller mit einem vollkommen willkürlich zusammengeschaufelten Sortiment erlesener Speisen in der Hand und wirkte deutlich zufriedener als noch zu Beginn des Abends.

»Metaphorisch gesprochen«, sagte Holmes, nahm sich eine Olive und warf sie sich in den Mund.

»Ich kann auf Ihrer beider Hilfe wirklich verzichten«, raunte Jonathan. »Ich denke, es wird besser sein, wenn ich …«

Eine weibliche Stimme unterbrach ihn. »Jonathan?« Elisabeth war keine zehn Schritte mehr entfernt und hatte ihn endlich ebenfalls entdeckt. Während sich ihr Vater einem korpulenten Mann im Frack zuwandte, kam sie gemeinsam mit dem Offizier näher. »Was machen Sie denn hier?«

»Du kennst den Herrn?«, erkundigte sich ihr Begleiter mit deutlichem französischem Akzent. Er warf den drei Männern einen musternden Blick zu.

»Ja. Er arbeitet für den Cousin meiner besten Freundin Sarah Harker. Darf ich vorstellen: Jonathan Kentham. Lieutenant François Delacroix, ein Cousin zweiten Grades.«

»Ich kann tatsächlich hellsehen«, raunte Holmes selbstzufrieden.

Jonathan räusperte sich, um die Bemerkung zu überspielen. »Es freut mich, Sie kennenzulernen. Wenn ich Ihnen meine Begleiter vorstellen darf: Sir … äh …«

»John Zeus von Holmeness«, half Holmes liebenswürdig nach.

»Und Bischof Athanasius Brown aus Chelmsford.« Offensichtlich hatte ihn der Champagner mittlerweile auch zu einem eigenwilligen Vornamen für Randolph inspiriert.

»Sehr erfreut, meine Herren«, sagte der Franzose und deutete eine Verbeugung an. Der steifen Körperhaltung nach sowie der höflichen Kühle in seinem Tonfall war er das allerdings nicht wirklich. Jonathan konnte sich lebhaft vorstellen, dass er den Abend lieber ungestört mit Elisabeth verbracht hätte.

»Was führt Sie nach London, wenn ich fragen darf?«, fragte Jonathan, der zwar alles lieber getan hätte, als sich mit diesem Mann zu unterhalten, doch seine gute Kinderstube deswegen nicht gänzlich vergessen hatte.

»Geschäfte«, antwortete Delacroix mit einem dünnen Lächeln.

»Er ist vorgestern aus Paris eingetroffen und wird für ein paar Tage in unserem Haus zu Gast sein«, fügte Elisabeth hinzu.

Neben Jonathan verengte Holmes seine Augen leicht zu Schlitzen. »In welchem Metier sind Sie denn tätig, Monsieur Delacroix?«

»Ich arbeite für den französischen Botschafter. Ich berate ihn in Militärangelegenheiten.«

»In welcher Art von Militärangelegenheiten müsste der Botschafter hier in London wohl beraten werden?«

Delacroix nahm Haltung an, und sein Tonfall wurde noch kühler. »Ich bedaure, aber das ist geheim.«

»Selbstverständlich. Bitte entschuldigen Sie!« Holmes neigte den Kopf.

»Meine Herren, können wir nicht von etwas anderem sprechen?«, ging Elisabeth dazwischen. »Derlei ernste Themen langweilen mich.«

»So möchte ich auch bei Ihnen um Entschuldigung bitten«, sagte Holmes. »Nichts läge mir ferner, als eine reizende junge Dame wie Sie zu langweilen.«

Elisabeth legte ihrem Begleiter die Hand auf den Unterarm.

»François, wärst du so nett und würdest mir ein Glas Fruchtbowle holen? Würdest du das für mich tun?«

»Natürlich, Elisabeth.« Er nickte Jonathan, Holmes und Randolph zu. »Bitte entschuldigen Sie mich.«

»Oh, ich tue viel mehr als das. Ich werde Sie begleiten«, sagte Holmes. »Ich könnte auch noch ein Schlückchen vertragen.« Mit einem raschen Zug trank er seinen Champagner aus und wedelte dann mit dem leeren Glas in der Luft herum. »Wollen Sie uns nicht auch Gesellschaft leisten, Hochwürden?«

Randolph begutachtete seinen Teller. »Ach, eigentlich habe ich noch reichlich ...«

Jonathan sah aus den Augenwinkeln, dass Holmes dem verkleideten Kutscher einen bedeutsamen Blick zuwarf und in einer leidlich unauffälligen Geste mit dem Kopf auf Jonathan und Elisabeth wies.

»Sie haben recht«, sagte Randolph daraufhin betont leutselig. »Was der Herr uns schenken möchte, soll der Mensch nicht ablehnen. Steht schon in der Bibel so.«

Jonathan war alles andere als ein bibelfester Kirchgänger, aber er war sich ziemlich sicher, dass dieser Satz nirgendwo im Heiligen Buch geschrieben stand. Nichtsdestoweniger war er seinen Begleitern höchst dankbar dafür, dass sie ihm einen Augenblick mit Elisabeth allein gewährten.

Wortlos standen sie sich zwischen all den Gästen gegenüber.

»Holm... äh ... Holmeness hat nicht übertrieben. Sie sehen wirklich bezaubernd aus«, sagte Jonathan, während er sich fragte, was er mit seinen Händen anstellen sollte.

»Danke!« Elisabeth errötete leicht und senkte den Blick. »Wie kommt es, dass Sie auf diesem Empfang sind? Ich wusste gar nicht, dass Reporter anwesend sein würden.«

»So ungewöhnlich ist das nicht«, verbesserte er sie. »Oft werden ausgewählte Zeitungsleute auf gesellschaftliche Empfänge eingeladen, damit sie später davon berichten können. Sehen Sie?« Er deutete auf einen schlanken jungen Mann mit schütterem

Haar und einem Fotoapparat auf einem Dreibein, der vom Rand des Saals aus Bilder machte. »Dort hinten ist auch ein Fotograf – vermutlich von der *Times*.«

»Es steckt nicht zufällig Greenhough dahinter?« Elisabeth hob den Kopf und musterte ihn mit ihren grünbraunen Augen.

»Äh … wie kommen Sie darauf?«

»Ich habe ihm gestern Morgen erzählt, dass ich heute hier sein würde. Er hat es Ihnen verraten, oder? Leugnen Sie es nicht, Jonathan!«

Jonathan machte ein verlegenes Gesicht. »Sie haben uns ertappt«, gestand er. »Bitte nehmen Sie es Mister Greenhough nicht übel. Er … er wollte mir nur einen Gefallen tun.«

»Einen Gefallen?«

Unbehaglich blickte Jonathan sich um. »Können wir uns nicht irgendwo unterhalten, wo weniger Menschen sind? Vielleicht auf dem Balkon?«

»Was ist mit den anderen?« Elisabeth reckte den Hals, um nach ihren Begleitern Ausschau zu halten.

»Ich bin sicher, Holmeness wird Ihren Cousin eine Weile gut zu unterhalten wissen. Er hat ein sehr einnehmendes Wesen, das versichere ich Ihnen«, sagte Jonathan und schmunzelte.

»Ich verstehe. Dann lassen Sie uns doch nach draußen gehen.«

Gemeinsam bahnten sie sich einen Weg durch die Menge und traten durch hohe Glastüren auf einen überdachten, von römischen Säulen geschmückten Balkon hinaus, der an der südöstlichen Ecke des Hotels lag und der über die Uferpromenade hinweg einen Blick auf die nächtliche Themse bot. Die Sicht war erstaunlich klar und die Nacht längst nicht so kalt und unfreundlich wie der Abend zuvor.

Einen Moment lang standen sie schweigend nebeneinander und ließen den Blick über das stille Wasser gleiten, auf dem ein einzelner Lastkahn in Richtung Frachthafen fuhr. Unter den Bäumen der Promenade flanierten einige späte Spaziergänger vorbei. Aus den Augenwinkeln warf Jonathan immer wieder einen Blick auf Elisabeth, und er konnte nicht anders, als den eleganten Schwung ihres Nackens zu bewundern und sich zu wünschen, sie mit seinen Lippen genau dort berühren zu dürfen.

Sie wandte ihm anmutig den Kopf zu und sah ihn erwartungsvoll an. »Sie wollten mir von einem ganz besonderen Gefallen erzählen«, nahm sie das zuvor abgebrochene Gespräch wieder auf.

Jonathan nickte. »Ja, das wollte ich«, sagte er. »Wie ich bereits andeutete: Ihre Annahme war richtig. Mister Greenhough gab mir seine Einladungskarte, damit ich auf den Empfang gehen kann. Er wollte mir die Möglichkeit verschaffen, mit Ihnen und Ihrem Vater zusammenzutreffen, wofür ich ihm sehr dankbar bin. Sie sind mir am Tag nach unserem gemeinsamen Theaterbesuch so auffällig aus dem Weg gegangen, dass mich seitdem die Frage quält, ob ich mir etwas habe zuschulden kommen lassen. Ich wünschte mir, mich mit Ihnen aussprechen zu können, denn natürlich wäre es mir sehr unangenehm, wenn ich durch eine unbedachte Tat Ihren Unmut erregt hätte.« Er sah sie fragend an. »*Habe* ich etwas getan, um Ihren Unmut zu erregen?«

»Nein, es liegt nicht an Ihnen«, erwiderte Elisabeth mit einem traurigen Kopfschütteln. »Ich selbst bin es vielmehr, die schuldig ist.«

»Wie meinen Sie das?«

»Ich habe Ihnen an jenem Abend etwas verheimlicht, weil die Neuigkeit für mich selbst noch so frisch war, dass ich mit niemandem darüber sprechen wollte. Ich war nicht einmal bereit, mir selbst deren Tragweite einzugestehen.«

Jonathan spürte, wie sein Magen sich zusammenzog. »Und können Sie mir dieses Geheimnis jetzt offenbaren?«

Elisabeth nickte. »Ja, das kann ich – schweren Herzens.« Sie blickte zu Boden. »Jonathan … François Delacroix ist nicht nur mein Cousin. Nach dem Willen meines Vaters ist er auch mein zukünftiger Verlobter und Ehemann. Ich habe erst am Nachmittag vor unserem Theaterbesuch erfahren, dass er nach London kommt. Hätte ich es früher gewusst, hätte ich unser Treffen abgesagt. Aber ich wollte Sarah nicht den Abend verderben. Also ging ich mit. Dass Sie sich …« Sie stockte, und als sie wieder zu ihm aufschaute, schimmerte in ihren Augen das aus dem Ballsaal fallende Licht der elektrischen Kerzen. »… dass Sie sich Hoffnungen machen könnten, habe ich nicht erwartet.«

Jonathan fühlte sich wie vor den Kopf gestoßen. Er hatte sich zwar durchaus ausgemalt, dass es ihn einige Mühe kosten würde, das Wohlwollen des alten Holbrook zu gewinnen, aber dass dieser seine Tochter bereits einem anderen versprochen haben könnte, war ihm nicht in den Sinn gekommen. Oder vielleicht hatte er sich derlei Gedanken auch einfach nicht erlaubt. »Das heißt, all ihre gute Laune, ihr Lachen und Scherzen, war nur gespielt?«, fragte er betroffen.

»Nein!«, beeilte sich Elisabeth zu sagen. »Nein, so dürfen Sie nicht von mir denken! Ich war wirklich glücklich während unseres Theaterbesuchs. Für ein paar Stunden konnte ich vergessen, was mich zu Hause erwarten würde. Erst als wir vor der Pforte meines Elternhauses standen und Sie mich um ein weiteres Treffen baten, fiel mir ein, dass ich nicht mehr die Freiheit besaß, darüber alleine zu entscheiden. Es tut mir so leid.« Sie blickte zur Seite und schwieg kurz, bevor sie mit leichter Verbitterung in der Stimme fortfuhr: »Es tut mir vor allem leid, weil ich François nicht liebe. Er ist die Wahl meines Vaters, nicht die meine. Die Familie Delacroix hat großen Einfluss in der Pariser Gesellschaft. François ist zweifellos eine gute Partie. Doch er bedeutet mir nichts.« Eine Träne rollte ihr über die Wange, und sie tupfte sie rasch mit einem Taschentuch ab. »Bitte verzeihen Sie meinen unangemessenen Ausbruch.«

»Aber da gibt es nichts zu verzeihen, Elisabeth.« Jonathan nahm ihre Hand und drückte sie kurz. »Lassen Sie mich mit Ihrem Vater sprechen. Ich mag nicht aus einer adligen oder vermögenden Familie stammen, aber ich bin bereit, all meine Kräfte darauf zu verwenden, damit nicht nur Sie, sondern auch Ihr Vater stolz auf mich sein können. Ich werde nicht immer Redakteur beim *Strand Magazine* bleiben. Ich stehe noch am Anfang meiner Karriere.«

Elisabeth lächelte matt. »Wie gerne würde ich glauben, dass es Ihnen gelingen könnte, meinen Vater umzustimmen.«

»Mit Ihrer Einwilligung will ich nicht eher ruhen, bis ich seine Gunst errungen habe.« Jonathan legte alle Entschlossenheit, die er in sich finden konnte, in die Worte – auch um sich selbst vom Gelingen dieses Unterfangens zu überzeugen.

»Diese Einwilligung haben Sie, Jonathan.« Das Lächeln Elisabeths wirkte schon etwas zuversichtlicher, ein Anblick, der es Jonathan warm ums Herz werden ließ.

»Dann will ich sofort damit beginnen.« Er ließ ihre Hand los, die sich so wundervoll in die seine geschmiegt hatte. »Wir sehen uns später, Elisabeth. Reservieren Sie mir noch einen Tanz, bevor der Abend vorüber ist.«

»Das will ich gerne tun. Bis später, Jonathan.«

Er eilte in den Saal zurück, um den Abgeordneten Holbrook zu suchen. Es dauerte eine Weile, bis er ihn im Rauchsalon gefunden hatte. Holbrook war gerade in ein Gespräch mit dem französischen Botschafter vertieft, sodass Jonathan sich gezwungen sah, sich in Geduld zu üben.

Als der Botschafter sich nach quälend langen Minuten seinem nächsten Gast zuwandte, wollte Jonathan sogleich auf Holbrook zugehen, doch plötzlich legte sich ein Arm von hinten auf seine Schulter. Überrascht schaute er sich um und erblickte Randolph, der ihn mit besorgter Miene ansah. »Sie müssen ihn aufhalten«, raunte der Kutscher. »Er ist drauf und dran, einen womöglich gefährlichen Fehler zu begehen.«

»Was?« In Gedanken bereits bei seinem Gespräch mit dem Abgeordneten, hatte Jonathan nicht die geringste Ahnung, wovon sein Gegenüber sprach.

»Holmes«, sagte Randolph drängend. »Er glaubt, dass Delacroix der Franzose ist, und will ihm eine Falle stellen.«

Randolphs Worte hatten auf Jonathan in etwa die Wirkung

eines Eimers mit eiskaltem Wasser. »Was genau heißt das?«, fragte er alarmiert.

»Ich weiß es nicht«, antwortete Randolph. »Kommen Sie! Schnell! Vielleicht können Sie ihn ja davon abhalten, hier auf dem Empfang irgendeine Dummheit zu machen. Mir ist es nicht gelungen.« Er griff Jonathan am Ärmel und zog ihn hinter sich her durch den Saal.

»Und ist Delacroix wirklich der Franzose?«, fragte dieser.

»Auch das weiß ich nicht«, knurrte der Kutscher mit einem kurzen Blick über die Schulter. »Ich habe seine Fadenaura überprüft und kein Anzeichen dafür gefunden, dass er magisch begabt ist. Aber das will nichts heißen. Der Franzose ist laut Holmes ein Meister der Tarnung. Verdächtig macht Delacroix in jedem Fall, dass er genau im passenden Moment in London eingetroffen ist, und das auch noch in sogenannter geheimer Mission. Und erinnern Sie sich an die Buchstaben, die ich neben Crowleys Leiche gefunden habe? D L X? Es könnte statt eines X auch ein Kreuz gewesen sein. De-La-Croix. Verstehen Sie? Crowley kannte die Identität des Franzosen und wollte uns damit einen Hinweis geben.«

Jonathan fluchte innerlich. Ausgerechnet hier. Ausgerechnet jetzt. Kaum dass er seiner Angebeteten das Versprechen gegeben hatte, bei ihrem Vater einen guten Eindruck zu erarbeiten, passierte so etwas. Er betete, dass er nicht zu spät kam, um Holmes vor einer Dummheit zu bewahren, die ihm zweifellos ein vom Alkohol bestärkter Verfolgungswahn eingeflüstert hatte.

Ein spitzer Frauenschrei aus dem Flur, der vom Ballsaal zu den Toiletten führte, ließ dieses Gebet hinfällig werden. Er rannte los, Randolph hart auf den Fersen.

Auf dem Gang direkt vor den Herrentoiletten bot sich ihm ein Bild des Grauens. Die Tür dorthin stand sperrangelweit offen und schien auch ein wenig schief in den Angeln zu hängen. An der gegenüberliegenden Korridorwand, direkt neben einem umgekippten Palmgewächs rang Jupiter Holmes mit abstehenden

Haaren und aufgerissenem Hemdkragen mit François Delacroix. Für Jonathan war auf den ersten Blick klar, dass es sich bei Delacroix nicht um den gesuchten Franzosen handeln konnte, denn er wehrte sich verzweifelt mit Händen und Füßen, setzte aber keine Magie ein. Im Gegensatz zu Holmes, der seinen Gegner soeben an den Aufschlägen seiner ramponierten Uniformjacke packte und ihn mit einer Kraft, die seiner dandyhaften Statur Hohn sprach, quer über den Flur und gegen die Toilettentür schleuderte. »Sie Mistkerl haben Dunholm getötet! Sie elender Hund!«, schrie er und warf sich ein weiteres Mal auf den anderen Mann, ohne sich auch nur im Geringsten darüber zu wundern, dass sich Delacroix nicht besser gegen seine magischen Angriffe zu wehren wusste.

»Holmes!«, rief Jonathan. »Hören Sie sofort auf!« Er drängte sich an einer fülligen Dame mittleren Alters vorbei, die, eine Hand entsetzt vor den Mund geschlagen, an der Wand lehnte und mit bleichem Gesicht auf die Kämpfenden starrte. »Holmes! Er ist es nicht!«

Eine Wolke von Alkohol wehte ihm entgegen, als er, ohne zu zögern, den Magier an den Schultern packte und versuchte, ihn von seinem Gegner wegzureißen. Randolph stürzte hinzu und griff ebenfalls ein. Zu zweit rangen sie darum, die Kämpfenden zu trennen.

»Jonathan!«, rief eine weibliche Stimme, die ihm leider allzu bekannt war, voller Entsetzen aus.

Er wandte den Kopf und sah Elisabeth, die mit einigen anderen Gästen, darunter auch ihrem Vater, von dem Tumult angelockt, im Gang aufgetaucht war. »Was geht hier vor?«, rief die junge Frau fassungslos.

»Ich kann es erklären!«, rief Jonathan zurück, während er zu verhindern versuchte, dass Holmes sich losriss und wieder auf Delacroix losging. »Ich …«

»Bleiben Sie, wie Sie sind!« Der Fotograf mit seinem Stativ drängte sich durch die Gäste. Er stellte es ab und hob die Lampe mit dem Blitzlichtpulver.

»Nein, warten Sie!«, rief Jonathan und hob abwehrend die Hand.

»Und nun bitte recht freundlich.«

»Das ist wirklich nicht …«

Es gab eine dumpfe Verpuffung, und für einen Sekundenbruchteil erhellte ein weißes Gleißen den Flur. Nachbilder des Blitzes tanzten vor Jonathans Augen, als es wieder dunkel wurde.

»Was ist denn hier für ein Auflauf?«, fragte eine herrische Stimme von der Tür zum Ballsaal aus. Die Schaulustigen traten zur Seite, und César Ritz kam zum Vorschein, begleitet von dem Saaldiener, den sich Holmes bereits bei ihrem Eintreffen zum Freund gemacht hatte. »Meine Herren, das ist ein Skandal! Schämen Sie sich nicht, sich in der Öffentlichkeit derartig gehen zu lassen?«

»Ich bin unschuldig«, wehrte sich Delacroix schwer atmend. »Dieser Wahnsinnige hat mich überfallen.«

»Er ist der Teufel«, erklärte Holmes den Anwesenden mit schwerer Zunge. »Er verbirgt es nur gut.« Er schwankte und musste sich an Jonathan abstützen.

»Lassen Sie es gut sein, Holmes«, raunte dieser. »Es ist schon schlimm genug, was Sie angestellt haben.«

Der Hoteldirektor wandte sich an den Saaldiener. »Mister Stevens, entfernen Sie diese Störenfriede aus meinem Hotel. Ich will sie hier nie wieder sehen!«

»Jawohl.« Der Portier verbeugte sich, klatschte in die Hände und rief damit einige Kellner zu sich. Dann sah er Jonathan, Randolph und ganz besonders Holmes auffordernd und mit nicht geringer Befriedigung in der Miene an. »Darf ich bitten, oder müssen wir nachhelfen?«

»Nein, nicht nötig. Wir gehen«, sagte Jonathan, und an die Anwesenden gewandt, fügte er hinzu: »Bitte verzeihen Sie alle diesen … Zwischenfall. Mein Begleiter scheint … nicht ganz bei sich zu sein.« Er musste sich zusammenreißen, damit ihm nicht einige unfreundlichere Worte über Holmes herausrutschten, die ihm so durch den Kopf gingen.

»Mister Kentham, ich weiß nicht, was ich darüber denken soll.« Der Vorwurf in Elisabeths Augen war schlimmer als alle Schmach, die ihm Holmes' Ausbruch vor der versammelten Londoner Gesellschaft ansonsten zugefügt hatte. Die plötzliche Kühle in ihrer Stimme versetzte ihm einen Stich in der Brust.

»Bitte denken Sie nichts Schlimmes von mir, Miss Holbrook«, bat er verlegen. »Warten Sie bis morgen. Ich werde Ihnen alles erklären.«

»Das werde ich zu verhindern wissen«, mischte sich Elisabeths Vater ein und stellte sich mit empörter Miene vor seine Tochter.

»Kommen Sie endlich!«, drängte der Saaldiener.

Holmes warf ihm einen trüben Blick zu. »Clarimonde«, lallte er. »Clarimonde.«

Schneller als gedacht fanden sich Jonathan, Holmes und Randolph auf der Straße vor dem Hotel wieder. Während Randolph Holmes festhielt, damit dieser nicht zum Eingang des Savoy zurückspazierte, schlug Jonathan fassungslos die Hände vors Gesicht. »Es ist alles aus«, murmelte er tonlos. »Ich wollte doch nur einen netten Abend mit Elisabeth verbringen. Vielleicht ein wenig tanzen. Ihren Vater kennenlernen. Stattdessen gerate ich in eine Schlägerei und bekomme Hausverbot im Savoy. Und dabei habe ich mir gar nichts zuschulden kommen lassen. Ich bin das Opfer eines Komplotts.« Er drehte sich zu Holmes um, und auf einmal schrie er: »Eines Komplotts von Ihnen, mein Leben zu ruinieren! Sie wussten, was mir dieser Empfang bedeutet! Ich habe Sie mitgenommen, obwohl Sie überhaupt nicht eingeladen waren! Und Sie haben alles kaputtgemacht!« Am liebsten hätte er Holmes eine schallende Ohrfeige verpasst, aber er beherrschte sich.

Der Magier starrte ihn mit gerötetem Gesicht an. Für einen Moment herrschte angespanntes Schweigen. Holmes blinzelte, dann räusperte er sich. »Ja, sehr peinlich – selbst für meine

Verhältnisse«, gestand er ungewöhnlich kleinlaut. »Ich war mir so sicher, in Delacroix den Franzosen erkannt zu haben. Diese anmaßende Art, das selbstsichere Lächeln, all die Geheimnistuerei.«

»Aber wieso mussten Sie ihn unbedingt innerhalb des Hotels angreifen?«

»Ich wollte nicht, dass er mir entwischt.«

»Und nachdem Sie ihm den ersten Schlag verpasst haben und er sich nicht magisch wehrte … Kam Ihnen das nicht verdächtig vor? Warum haben Sie bloß weiter auf ihn eingeschlagen?«

Betreten schaute Holmes zu Boden. »Ich gestehe, ich weiß auch nicht, was über mich gekommen ist.«

»Aber ich weiß es«, eröffnete ihm Jonathan zornig. »Sie sind frustriert, weil all unsere bisherigen Nachforschungen zu dem mysteriösen Tod von Dunholm und Crowley absolut nichts erbracht haben. Wir sind dem echten Franzosen und seinen Schergen keinen Schritt näher als gestern um diese Zeit. Er könnte sich überall in London aufhalten und vielleicht schon seinem nächsten Opfer auflauern. Ich finde diese Vorstellung genauso grauenvoll wie Sie, aber es ist keine Lösung, sich zu betrinken und dann einen unbescholtenen Menschen anzugreifen, nur weil Ihnen seine herablassende Art nicht gefällt.« Er sah Holmes herausfordernd an. »Sagen Sie irgendetwas!«, forderte er ihn auf.

»Es tut mir leid«, sagte der Magier. Dann bekam er einen Schluckauf. Jonathan schüttelte nur den Kopf. Wie er so zusammengesunken an Randolphs Schulter lehnte, sah er aus wie ein zerzaustes Häufchen Elend.

»Was machen wir jetzt?«, meldete sich Randolph gedämpft zu Wort.

Jonathan rieb sich mit zwei Fingern über die Nasenwurzel. Was geschehen war, war geschehen. Daran ließ sich jetzt nichts mehr ändern, so ärgerlich es auch sein mochte. Auf einmal fühlte er sich müde. »Vielleicht sollten wir alle einfach nach Hause gehen und uns ausschlafen. Es war ein langer und alles in allem nicht sonderlich erfreulicher Tag. Morgen, noch vor der Arbeit, werde ich Elisabeth einen Brief schreiben und versuchen, Ihr das Ganze als höchst bedauerliches Missverständnis zu schildern. Und nachmittags, wenn ich Feierabend habe, treffen wir uns bei Holmes wieder und schmieden neue Pläne.«

Sie handelten, wie Jonathan es vorgeschlagen hatte. Als Erstes brachten sie Holmes nach Hause, und anschließend fuhr Randolph Jonathan zum Finsbury Square. Jonathan begab sich auf sein Zimmer, schloss die Tür ab und ließ sich noch vollständig bekleidet auf sein Bett fallen. Er hob die Hand mit dem Finger, an dem Dunholms magischer Ring steckte. Schweigend betrachtete er ihn, und ihm drängte sich die Frage auf, wie sein Leben nur dermaßen aus den Fugen hatte geraten können.

KAPITEL 12:

DER STURM BRICHT LOS

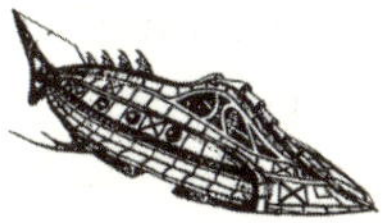

»London. Am gestrigen Abend kam es während eines Empfangs des französischen Botschafters im Savoy Hotel zu einem Eklat, als drei nicht geladene Gäste, die sich unter noch ungeklärten Umständen Zugang zu der geschlossenen Gesellschaft erschleichen konnten, über einen französischen Militärattaché herfielen und diesen in eine Schlägerei verwickelten. Die Übeltäter wurden sofort ergriffen und des Hauses verwiesen. Der anwesende britische Abgeordnete James Thomas Holbrook sprach eine formelle Entschuldigung aus.«

– The Daily Telegraph, 21. April 1897

21. April 1897, 8:40 Uhr GMT
England, Carlisle, Bahnhof

»Kendra, mein Kind, ich habe eine gute und eine schlechte Nachricht«, sagte Giles McKellen, als er in das Zimmer der kleinen Pension trat, in der sie sich am gestrigen Abend eingemietet hatten, nachdem sie spät, aber wohlbehalten in Carlisle eingetroffen waren.

Kendra sah ihn mit fragendem Blick an. Sie war gerade damit beschäftigt gewesen, ihre Haare in einer Schüssel zu waschen, die auf einer Kommode stand, und als sie den Kopf hob, rann ihr kaltes Wasser übers Gesicht und den Hals hinunter in den Ausschnitt ihres Untergewands. Rasch nahm sie sich das bereitliegende Handtuch. »Was ist los?«, wollte sie wissen, während sie ihre Haare trocken rieb.

Ihr Großvater ging zu dem kleinen Tisch, der neben dem einzigen Fenster des Zimmers stand, und setzte sich. »Ich will dir zuerst die gute Nachricht sagen: Wir haben einen Zug nach London. Er fährt in ungefähr einer halben Stunde ab. Die schlechte ist, dass es sich um einen Güterzug handelt und wir mit den Notsitzen auf dem Tender vorliebnehmen müssen.«

»Wieso fahren wir mit einem Güterzug?«, fragte Kendra verwundert.

»Ganz einfach«, erwiderte ihr Großvater. »Weil unsere Barschaft bedauerlicherweise zu einer sehr überschaubaren Summe zusammengeschmolzen ist. Ich hatte bei unserer Abreise nicht damit gerechnet, dass wir gezwungen sein würden, eine Kutsche zu kaufen, dann am Loch Lomond zu übernachten, eine Kutschfahrt nach Carlisle zu bezahlen und dort eine weitere Nacht Quartier zu beziehen. Ich habe am Fahrkartenschalter der Bahn unser Billett vorgezeigt und mich darüber aufgeregt, dass wir bis London bezahlt haben, aber nur bis Beattock gekommen sind, aber der Mann dort murmelte nur etwas von höherer Gewalt und gab mir eine Adresse in Crewe, wo wohl die Verwaltung der *London and North Western Railway* sitzt. Dorthin soll ich meine Beschwerde bitte schriftlich richten.« Giles schüttelte den Kopf. »Wenn die Lage nicht so ernst wäre, würde ich laut lachen. Die Welt balanciert auf einem Bein am Rande eines Abgrunds, in dessen Tiefen das Chaos tost, und mir erzählt so ein kleinlicher Schalterangestellter, dass ich einen Brief irgendwo ins hintere Nordwestengland schicken müsse, wenn ich das Geld für eine ausgefallene Fahrt zurückerhalten möchte.«

»Gräm dich nicht, Großvater«, tröstete ihn Kendra und legte ihm eine Hand auf die Schulter. »Wenn wir einen Güterzug nehmen müssen, um nach London zu gelangen, dann nehmen wir eben einen Güterzug. Immerhin laufen wir auf diese Weise nicht Gefahr, dass sich wieder ein Spion zu uns in den Zug schleicht. Und schlimmer als diese Kutsche des Gastwirts aus Bridge of Orchy kann es kaum werden.«

Ihr Großvater lächelte und tätschelte ihr die Hand. »Du hast natürlich recht, Kendra.«

Sie packten ihre Sachen und bezahlten am Empfang das Zimmer. Anschließend gingen sie durch die Straßen der Stadt, die durch ihre günstige Lage zwischen Glasgow und Edinburgh im Norden und Manchester, York und London im Süden ein geschäftiger Eisenbahnknotenpunkt war und Händler aus dem ganzen Umland anzog. Doch das Geld blieb entweder nicht in Carlisle, oder es wurde in die Tuchfabriken oder Maschinenwerke gesteckt, die hier angesiedelt waren. Sie und die geradezu festungsartige Bauweise vieler Gebäude, die aus Carlisles umkämpfter Vergangenheit herrührte, sorgten dafür, dass die Stadt einen noch bedrückenderen und trostloseren Eindruck auf Kendra machte als Glasgow.

Am Bahnhof angekommen, führte Giles Kendra zu einem abseits liegenden Gleis, auf dem ein Zug mit ungefähr zwanzig Waggons stand. Die eine Hälfte bestand aus geschlossenen Güterwagen aus festen, vernagelten Holzbohlen, die andere aus offenen Wagen, auf denen Kohle und Baumstämme transportiert wurden. An der Spitze des Zuges stand eine schwarz lackierte Dampflokomotive, auf deren Kessel und Führerhausverkleidung weiße und rote Linien zur Verzierung gemalt worden waren. Auf einer roten Plakette am Führerhaus prangte in goldenen Lettern die Zahl 115. Hinter der Lok hing ein etwa halb so langer Tender mit Wasser und Kohle.

Zwei Männer in schmutziger Eisenbahnerkleidung standen neben der Lokomotive und rauchten. Einer der beiden war lang und dürr, der andere klein und von ziemlich kräftiger Statur. Wie sie so beisammenstanden, wirkten sie wie Karikaturen aus den Illustrierten, die Kendra an den Zeitungsständen von Glasgow gesehen hatte. Als die beiden Kendras Großvater erblickten, hoben sie die Arme und winkten. »Hallo!«, rief der Größere. »Auf die Minute pünktlich. Das lob ich mir. Dann können wir ja sofort abfahren.«

Er nahm die Mütze ab und deutete eine Verbeugung in Kendras Richtung an. »Sehr erfreut, Sie kennenzulernen, Miss McKellen. Mein Name ist Willie Brisling, das ist mein Heizer Gordon Bagley. Gordon!« Er gab seinem Kompagnon einen Ellbogenstoß in die Seite, woraufhin dieser, der Kendra bis dahin nur mit großen Augen angestarrt hatte, ebenfalls seine Mütze vom Kopf riss.

»Ich freue mich ebenfalls«, sagte Kendra und hielt beiden Männern die Hand hin, die diese verdutzt schüttelten. »Und danke, dass Sie uns mitnehmen. Es ist dieser Tage nicht so leicht, einen Zug zu finden, der einen auch tatsächlich ans Ziel bringt.«

»Oh, da machen Sie sich mal keine Gedanken, Miss McKellen. Die gute, alte Cauliflower hat uns noch überallhin gebracht, nicht wahr, Bagley?«

»Überallhin«, bestätigte dieser nickend. »Die Strecke, die uns davon abhält, unsere Güter pünktlich abzuliefern, muss erst noch gebaut werden.«

»Das freut uns zu hören, meine Herren«, mischte sich Kendras Großvater ein. »Dann sollten wir besser keine Zeit mehr verlieren.«

»Absolut richtig, Sir, absolut richtig.« Brisling setzte seine Mütze wieder auf und deutete auf die metallenen Trittstufen, die zu einer schmalen Lücke zwischen Lok und Tender führten. »Nach Ihnen.«

Kendra und ihr Großvater kletterten auf den Tender und machten es sich in einer Ecke bequem, in der sie die beiden Männer während der Fahrt nicht stören würden. Brisling und

Bagley folgten ihnen, und während Brisling sich den Fahrplan vornahm, fing Bagley an, die Maschine zu feuern, die bislang gemächlich vor sich hin gedampft hatte.

»Halten Sie Ihre Hüte fest, Ladies and Gentlemen!«, rief Brisling scherzend über das Schnaufen der Dampflokomotive hinweg, während sie langsam Fahrt aufnahmen. »Wir verlassen Carlisle in Richtung London mit Zwischenhalt in Manchester und Birmingham. Nächster Halt: Manchester. Ich wiederhole: nächster Halt: Manchester.«

21. April 1897, 10:02 Uhr GMT
England, London, geheime Hallen des Ordens des Silbernen Kreises

Randolph brummte der Schädel, als hätte sich dort ein ganzer Schwarm Hornissen eingenistet. Verfluchte Fruchtbowle! Man trank und trank sie, ohne den Alkohol überhaupt zu bemerken, und auf einmal war es, als bekäme man einen regelrechten Kinnhaken und kippte vom Stuhl. Unwillig knurrend massierte er sich die Schläfen, während er zur Bibliothek marschierte, in der Hoffnung, an Crowleys Arbeitsstätte wenn schon nicht eine neue Spur des Franzosen und seiner Schergen zu finden, so doch wenigstens einen Anhaltspunkt, warum der Archivar ermordet worden war.

Nach dem Eklat bei dem Empfang am gestrigen Abend war ihm der Gedanke gekommen, dass Crowley mit der seltsamen, in Blut verfassten Botschaft vielleicht doch keinen Hinweis auf seinen Mörder hatte geben wollen, sondern auf irgendeine Erkenntnis, die er kurz vor seinem Ableben gewonnen hatte. Und nun, da er Nevermore einmal mehr als fliegendes Auge hinaus in die Straßen von London geschickt und zudem dafür gesorgt hatte, dass Old Man und ein paar andere aufmerksame Bekannte die Augen nicht mehr nur nach einem unheimlichen Fremden offen hielten, sondern auch nach Whitby, blieb ihm ein wenig Zeit für Nachforschungen in der Bibliothek des Ordens.

Auf dem Korridor kam ihm Grigori entgegen, der ihn angrinste und grüßend nickte.

»Guten Morgen, Grigori!«, knurrte Randolph. »Frag nicht, wie es mir geht. Furchtbar.«

»Sedgewick«, sagte Grigori mit schwerem Akzent.

Randolph runzelte die Stirn und bereute es sogleich, weil sich dadurch das Brummen in seinem Kopf nur noch verstärkte. »Was ist mit ihm?«

»Er sucht dich.«

»Schön. Sag ihm, er soll in die Bibliothek kommen, wenn er etwas von mir will.«

Der hünenhafte Russe nickte und tappte weiter.

Zu Randolphs Überraschung wurde er offensichtlich nicht nur von Sedgewick sehnlich erwartet, sondern auch von Cutler, der in der Bibliothek über einigen Büchern saß und aufgeregt von seinem Stuhl sprang, als der Kutscher den Raum betrat. »Randolph. Endlich sind Sie wieder da. Sedgewick und ich haben Sie gestern schon den halben Tag lang gesucht. Wollten Sie mich nicht abends in der Bibliothek treffen?«

»Hoppla!«, sagte Randolph. »Das hatte ich vollkommen vergessen. Es war ziemlich viel los gestern. Der Tod von Crowley und so … Sie wissen ja. Leider hat alles Herumgerenne nicht sonderlich viel ergeben«, fügte er mit einem Seufzen hinzu.

»Wir haben derweil umso mehr in Erfahrung bringen können«, sprudelte es aus Cutler hervor. Er sah sich verstohlen um. Außer ihnen befand sich nur noch Mister Winterbottom im Raum, ein distinguierter älterer Herr, dessen Steckenpferd die Geschichte der Magie rund um den Globus war und der als aussichtsreicher Anwärter auf den frei gewordenen Posten des Archivars gehandelt wurde – wenn auch nicht auf den des Geheimnisträgers des Ordens.

»Kommen Sie, wir sprechen in Crowleys Büro weiter«, sagte der Sekretär des Ersten Lordmagiers leise.

Sie hatten kaum die Tür hinter sich geschlossen, als sich auch

Sedgewick zu ihnen gesellte. Der Magispector wirkte leicht außer Atem, und Randolph fragte sich, ob er den Weg hierher tatsächlich gerannt war.

Mit verschränkten Armen lehnte der Kutscher sich an Crowleys Schreibtisch. »Also, dann erzählen Sie mal«, forderte er die beiden Männer auf, die wie zwei verstörte Soldaten wirkten, die ihrem General eine Entdeckung von kriegsentscheidender Tragweite zu melden hatten.

»Bitte, es ist im Wesentlichen Ihr Verdienst«, ließ Cutler Sedgewick den Vortritt.

Dieser räusperte sich und begann dann atemlos: »Wir haben Grund zu der Annahme, dass ein Mann, der als der Franzose bezeichnet wird, den Mord sowohl an Dunholm als auch an Crowley verübt hat.«

Randolph nickte. »Das sehe ich auch so.«

»Wirklich?« Sedgewick blickte ihn erstaunt an.

»Ganz untätig war ich in den letzten zwei Tagen schließlich auch nicht«, brummte Randolph. »Ich habe mit Jupiter Holmes und einem Journalisten namens Jonathan Kentham die Spur des Mörders verfolgt.«

»Holmes?«, entfuhr es Sedgewick bestürzt.

»Kentham?«, fragte Cutler etwas ruhiger.

»Der Junge ist in Ordnung«, sagte Randolph. »Kentham ist vor drei Nächten als Erster, wenn auch zufällig, dort vorbeigekommen, wo Dunholm tödlich verwundet wurde. Der Erste Lordmagier muss noch ein paar Worte mit ihm gesprochen haben. Außerdem übergab er ihm seinen Ring. Seitdem ist Jonathan einer von uns, auch wenn er noch so unerfahren ist wie ein neugeborenes Fohlen.« Er schüttelte den Kopf. »Aber das ist jetzt nicht so wichtig. Berichten Sie erst einmal weiter.«

Der Magispector nestelte nervös an seinem Hemdkragen herum. »Ja, gut. Wir haben weiterhin erfahren, dass höchstwahrscheinlich Lordmagier Wellington die Morde angeordnet hat – zumindest den Mord an Dunholm. Er plant einen Umsturz, sobald er von seiner Geschäftsreise zurück ist. So zumindest klang es in einer Besprechung zwischen Mary-Ann McGowan und John Carlyle, die ich heimlich belauscht habe.«

»Ich wusste es«, grollte Randolph. »Der Neue Morgen holt zum Schlag aus, und Cheltenham ist dieser Entwicklung gegenüber genauso blind, wie es der Alte Mann in seiner Gutmütigkeit gewesen ist.«

»Es kommt noch besser«, sagte Cutler. »Ohne zu wissen, dass Albert verstorben ist, hat sich wohl ein alter Freund von ihm gemeinsam mit einer jungen Begleiterin von Schottland aus hierher auf den Weg gemacht. Der Name ist McKellen, und sowohl er als auch die Frau scheinen starke Magier zu sein. McGowan hat nun diesen Franzosen beauftragt, die beiden abzufangen, bevor sie in London eintreffen und die ausgeklügelten Pläne der Umstürzler zunichtemachen können.«

Diese Neuigkeit weckte Randolphs Lebensgeister. Er ließ die Arme sinken und stieß sich vom Schreibtisch ab, um einen Schritt auf die anderen beiden zuzumachen. »Der Franzose hat London verlassen? Konnten Sie in Erfahrung bringen, wo er hingereist ist?«

»Ja«, sagte Sedgewick. »Einem Telegramm an Miss McGowan zufolge, das gestern am frühen Nachmittag eingetroffen ist, hat er einen geflügelten Aufklärer ausgesandt, um die Bahnstrecke nach Norden abzufliegen. Offenbar waren dieser McKellen und die Frau ihnen zwischenzeitlich entwischt. Er selbst beabsichtigt derweil, auf der Strecke zwischen Birmingham und London auf die beiden zu warten. Leider hat er keinen Ort genannt.«

»Das ist schon viel mehr, als ich erhofft hätte. Hervorragende Arbeit, Gentlemen«, rief Randolph mit blitzenden Augen und schlug dem Magispector mit der breiten Hand begeistert auf die schmalen Schultern.

Sedgewick hustete einmal trocken und verzog schmerzerfüllt das Gesicht, aber als er zu dem Kutscher aufblickte, lag ein unübersehbarer Stolz über das Lob auf seinen Zügen.

»Ich muss sofort los, um Jonathan und Holmes zu informieren. Die Jagd hat wieder begonnen.« Randolph schob sich an den beiden Männern vorbei und war schon halb zur Tür hinausgestürmt, als er sich noch einmal umwandte. »Ah, da fällt mir noch etwas ein. Sagt Ihnen die Buchstabenfolge D L X etwas? Das X könnte auch ein Kreuz sein. Crowley kritzelte diese Zeichen kurz vor seinem Tod auf den Boden des Hinterhofs.«

»Davon haben Sie mir gestern gar nichts erzählt!«, rief Cutler.

»Nichts für ungut, Cutler, aber Crowley wurde umgebracht, weil er seine Nase in die falschen Angelegenheiten gesteckt hat. Ich wollte Sie da eigentlich raushalten. Woher sollte ich wissen, dass Sie beide plötzlich eine Zweitlaufbahn als Magierspione einschlagen würden?«, gab Randolph zurück.

»Also, mir sagen diese Buchstaben nichts«, meinte Sedgewick mit einem Achselzucken.

»Mir im Augenblick leider auch nicht«, gestand Cutler.

»Ich wäre Ihnen verbunden, wenn Sie der Sache nachgehen könnten«, sagte der Kutscher. »Irgendeine Bedeutung muss sie ja haben. Ich selbst werde unterdessen loseilen, um gemeinsam mit Holmes und Jonathan diesen McKellen abzufangen, bevor ihn der Franzose erwischt. Wenn alles gut geht, sind wir heute Abend wieder hier.«

»Sie wissen, dass eine Ratsversammlung ansteht?«, fragte Cutler.

»Umso besser«, knurrte Randolph. »Es geht doch nichts über ein lautstarkes Finale vor der versammelten Ordensgemeinschaft des Silbernen Kreises.«

21. April 1897, 11:15 Uhr GMT
England, London, Redaktion des Strand Magazine
in der Southampton Street

»Kent*ham*!« Die Stimme aus Norman Greenhoughs Büro klang so, als wäre jemand nicht in der allerbesten Stimmung.

Alle Augen richteten sich auf Jonathan, der noch ein wenig verkatert an seinem Schreibtisch saß und versuchte, sich Gedanken zu dem Artikel über den Empfang am gestrigen Abend zu machen, ohne dabei an den peinlichen Ausgang desselben erinnert zu werden.

»Ich … ich glaube, Mister Greenhough hat nach Ihnen gerufen«, meldete sich Penny Newman zaghaft zu Wort.

»Ja, ich habe es gehört. Danke!« Jonathan stand auf, strich seine Weste glatt und ging zu der verschlossenen Tür hinüber. Er ahnte bereits, was ihn dahinter erwartete. Nachdem er noch einmal tief durchgeatmet hatte, drückte er die Klinke hinunter, öffnete die Tür und trat ein.

Mister Greenhough stand hinter seinem Schreibtisch, die Morgenausgabe des *Daily Telegraph* in der Hand. »Mister Kentham«, begrüßte er ihn freundlich. »Schön, Sie zu sehen! Wie geht es Ihren trauernden Bekannten?«

»Wie belieben, Sir?«, fragte Jonathan.

»Den trauernden Bekannten. Sie hatten doch gestern einen Todesfall im Bekanntenkreis.«

Verdammt! Jonathan spürte, wie ihm das Blut ins Gesicht stieg. Das hatte er vollkommen vergessen. »Ähm … Schon besser, danke der Nachfrage.«

»Das freut mich zu hören«, verkündete sein Chefredakteur. »Das freut mich wirklich sehr.« Er hob einen Zeigefinger, als sei ihm soeben etwas eingefallen. »Oh, wo Sie schon einmal hier sind … Ich frage mich, ob es Ihnen vielleicht möglich wäre, mir folgenden Sachverhalt zu erklären. Ich schlage soeben meine Zeitung auf, um mich über das Neuste vom Tage zu informieren, und auf Seite drei entdecke ich plötzlich dieses Foto.« Er faltete das Blatt und hielt Jonathan die besagte Seite entgegen.

Dieser stöhnte innerlich auf. Unter der Schlagzeile »Eklat bei Empfang des französischen Botschafters« prangte eine Schwarz-Weiß-Aufnahme von Randolph und ihm, wie sie versuchten, Holmes nach seinem übereilten Angriff von Delacroix wegzuziehen, wobei es auf dem Foto allerdings so aussah, als wären alle vier Männer in eine veritable Schlägerei verwickelt. Im Hintergrund standen Holbrook und Elisabeth zusammen mit einigen anderen Gästen und beobachteten das Spektakel mit weit aufgerissenen Augen und bestürzten Mienen. *Elisabeth* ... Jonathan verspürte einen Stich in der Brust.

»Ich ... äh ... Das ist ein bisschen komplizierter, als es aussieht«, stammelte er.

Greenhough deutete mit einer Hand auf die Sessel vor seinem Schreibtisch. »Oh, bitte setzen Sie sich! Nehmen Sie sich ein Minzplätzchen. Wir haben alle Zeit der Welt.« Unvermittelt schlug er die Zeitung auf die Tischplatte. »Sind Sie vollkommen dem Wahnsinn verfallen, Kentham?! Ich habe meinen guten Namen für Sie aufs Spiel gesetzt, indem ich nicht nur bei Miss Holbrook für Sie gebürgt habe, sondern Sie auch noch als meinen Vertreter auf diesen Empfang geschickt habe, auf den unser Magazin im Übrigen nur deshalb eingeladen wurde, weil ich ein Freund von César Ritz bin. Und wie haben Sie mir dieses in Sie gesetzte Vertrauen gedankt? Sie haben sich in eine Prügelei mit einem französischen Militärattaché hineinziehen lassen! Wie konnten Sie nur?«

»Das ist nicht ganz korrekt«, verteidigte sich Jonathan. »Ich habe vielmehr versucht, die Auseinandersetzung zu beenden.«

»Aber es stimmt doch, dass die beiden anderen Herren gemeinsam mit Ihnen auf den Empfang gegangen sind, nicht wahr? So jedenfalls hat es der Saaldiener dem *Telegraph* gegenüber angegeben. Wer sind dieser Offiziersdandy und dieser Hüne von einem Geistlichen überhaupt?«

Jonathan spürte, wie ihm der Schweiß auf die Stirn trat. Er wünschte, er könnte diesen Raum und das Redaktionsgebäude auf der Stelle verlassen und müsste niemals wieder hierher zurückkehren. »Es ... ähm ... handelt sich um Bekannte ... flüchtige Bekannte ... die ich bei meiner Recherche für einen Artikel kennengelernt habe. Und ich kann Ihnen nur versichern ...«

Er wurde der Notwendigkeit enthoben, Greenhough irgendwelche Zugeständnisse zu machen, die er später möglicherweise nicht einhalten konnte, als draußen Gepolter laut wurde, dann plötzlich die Tür aufflog – und Randolph hereinstürmte. Er trug wieder seine Schiebermütze und den bodenlangen Kutschermantel, und an seinem Arm hing eine verzweifelte Josephine Atkinson.

»Sie können hier nicht einfach so hineinplatzen, mein Herr. Warten Sie, bis …«

»Jonathan, wir müssen los! Wir wissen, wo der Franzose steckt«, sagte der Kutscher, ohne ein Wort der Einleitung und ohne sich darum zu kümmern, dass die beiden Männer ihn fassungslos anstarrten.

Einen kurzen Augenblick lang war es vollkommen still im Raum.

»Was?«, fragte Jonathan.

»Cutler und Sedgewick haben von McGowan erfahren, dass der Franzose einem Mann namens McKellen außerhalb von London an der Bahnstrecke nach Birmingham auflauert. Wir müssen los!« Randolph schüttelte Josephine Atkinson ab, trat vor und legte Jonathan mit ernster Miene die Hand auf die Schulter.

Hinter seinem Schreibtisch nahm Greenhough die Zeitung wieder hoch, und sein Blick zuckte zwischen der Fotografie und dem Mann, der gerade wie ein Unwetter über sein Büro hereingebrochen war, hin und her. Er räusperte sich und wandte sich an Jonathan. »Hätten Sie vielleicht die Güte, mir zu erklären, was das alles zu bedeuten hat?«, fragte er mit der Liebenswürdigkeit eines Mannes, dessen Inneres einem Fass voll Dynamit glich, an dem eine höchstens zwei Fingerbreit lange brennende Lunte steckte.

»Nein, tut mir leid«, erwiderte Randolph an Jonathans Stelle. »Dafür haben wir jetzt keine Zeit. Los, Jonathan! Kommen Sie. Holmes und ich brauchen Sie – und nicht nur wir.« Er sah Jonathan eindringlich an.

Dieser blinzelte, als erwache er soeben aus einem tiefen Traum. Er sah zu Greenhough hinüber, der ihn seinerseits, noch immer auf eine Erklärung wartend, auffordernd anstarrte. Dann glitt sein Blick zurück zu Randolph. Schließlich fasste er einen Entschluss. »In Ordnung, ich komme.«

»Ich warne Sie, Kentham«, knurrte Greenhough. »Wenn Sie jetzt diesen Raum verlassen, sind Sie gefeuert. Ich habe wirklich versucht, nachsichtig mit Ihnen zu sein, aber was zu viel ist, ist zu viel. Seit zwei Tagen sind Sie ein vollkommen anderer Mensch.«

»Sie haben recht, Mister Greenhough«, erwiderte Jonathan. »Ich bitte um Verzeihung. Auf Wiedersehen!«

Mit diesen Worten drehte er sich um, ging an der vollkommen sprachlosen Misses Atkinson vorbei, packte unter den betroffenen Blicken seiner Kollegen schweigend seine sieben Sachen zusammen und verließ danach gemeinsam mit Randolph die Büros des *Strand Magazine*. Als er mit einem grüßenden Nicken an Mister Higgins vorbei hinaus ins Freie trat, schwor er sich, niemals wieder leichtsinnig irgendeinen Wunsch zu äußern, solange Randolph und Holmes zu seinem Bekanntenkreis zählten.

»Ich kann mir vorstellen, wie schwer Ihnen das gefallen sein muss«, sagte Randolph leise, während sie zur Kutsche gingen, die am Eingang der Southampton Street parkte. Holmes saß bereits darin, und Nevermore hockte auf der Armlehne des Kutschbocks.

»Ich bin mir nicht sicher, ob Sie das können«, gab Jonathan mit unbewegter Miene zurück.

Der Kutscher grunzte. »Vielleicht nicht. Aber machen Sie sich keine Gedanken, Jonathan. Wenn Sie mal Geld brauchen oder ein Bett zum Schlafen, wenden Sie sich einfach an Holmes. Der hat von beidem – Geld und Betten – mehr als genug. Und notfalls können Sie auch bei mir unterkommen.«

Gegen seinen Willen fühlte Jonathan sich gerührt. »Nun ja«, sagte er. »Misses Fincher wird mich nicht gleich vor die Tür setzen, nur weil ich meine Arbeit aufgegeben habe, um die Welt zu retten – oder so ähnlich. Aber trotzdem, danke!« Er warf Randolph einen vielsagenden Seitenblick zu. »Es ist wirklich nicht leicht, ein Freund von Ihnen und Holmes zu sein, wissen Sie das, Randolph? Seit gestern ist mein Liebesleben ruiniert, seit gerade eben meine Karriere als Journalist. Auf was haben Sie es als Nächstes abgesehen?«

Randolph tat ihm nicht den Gefallen, zerknirscht zu wirken. Stattdessen sagte er ruhig: »Wir brauchen ein Fortbewegungsmittel, um den Franzosen und seine Leute zu erreichen, bevor McKellen vor Ort eintrifft. Es muss also schnell sein, schneller als meine Kutsche. Ich dachte an den Motorwagen, den Ihr Kollege gestern auf der Straße vorgeführt hat.«

»Das ist nicht Ihr Ernst ...«

»Doch, ist es.«

Mit einem Seufzen schüttelte Jonathan den Kopf. »Ich hätte nicht fragen sollen.«

21. April 1897, 11:45 Uhr GMT
England, London, Calthorpe Street (unweit des Postdepots)

»Das ist nicht dein Ernst, Jonathan!«

»Doch, Robert. Ich fürchte, das ist es.« Mit einem Ernst, der seine Verlegenheit nicht ganz zu verdecken vermochte, blickte Jonathan den Freund an. Gemeinsam mit Randolph und Holmes stand er in Roberts kleiner Wohnung im obersten Stockwerk eines viergeschossigen Mietshauses nahe des Londoner Postdepots, in der sein Freund hauste, als wäre er noch immer der mittellose Student, als den Jonathan ihn vor einigen Jahren in Cambridge kennengelernt hatte. Die Einrichtung bestand aus einem einfachen Bett, einem Tisch, zwei Stühlen und einem Kleiderschrank, ergänzt durch einen Waschtisch und eine Kochstelle sowie – als Konzession an den Gentleman, als den Robert sich gerne sah – zwei abgewetzte Polstersessel samt Beistelltisch und Zigarrenkiste. Durch ein einzelnes, schmutzgetrübtes

Fenster fiel graues Tageslicht in den Raum. Die Toilette befand sich draußen auf dem Gang.

Zu der schlichten Einrichtung kam eine gleichsam studentische Unordnung, die Robert, der an diesem Tag freihatte, hastig zu beheben versuchte, seit seine unerwarteten Gäste aufgetaucht waren. Ungewaschene Kleidung verschwand in einer Schublade des Schranks, ungespültes Geschirr wurde mit einem Handtuch abgedeckt. Während er einige Automobilillustrierte zusammenklaubte, die über den ganzen Raum verteilt lagen, schüttelte Robert den Kopf. »Jonathan, mein Freund, du weißt, dass ich immer für dich da bin, wenn du ein Problem hast. Und ich würde auch mit Freude meine bescheidene Behausung mit dir teilen, wenn es die Not gebieten würde. Aber ich kann dir und diesen Gentlemen unmöglich den Wagen von Mister Simms leihen. Dieses Fahrzeug kostet mehr, als wir in Jahren verdienen! Würde es irgendeinen Schaden nehmen, wäre nicht nur mein Ruf empfindlich geschädigt, sondern viel mehr noch meine Geldbörse.«

»Papperlapapp, so teuer kann eine Motorkutsche gar nicht sein«, mischte sich Holmes ein. »Sollte dem Gefährt etwas zustoßen, stehe ich gerne mit meinem Vermögen dafür gerade. Wäre Eile nicht unser oberstes Gebot, könnten wir uns ja auch selbst einen Wagen kaufen. Aber diesen Luxus haben wir leider nicht.«

Robert starrte den Magier an und schien sich zu fragen, ob dieser wirklich so wohlhabend war, wie er behauptete, oder einfach nur ein verrückter Aufschneider. »Es geht trotzdem nicht. Nehmen Sie es mir nicht übel, Mister …«

»Holmes, Jupiter Holmes.«

»… Mister Holmes, aber dieses Wagnis ist mir zu groß. Ich kenne Sie nicht, und Sie sind sich offenkundig nicht im Klaren darüber, wie viel ein modernes Automobil kostet.« Er wandte sich Jonathan zu. »Es tut mir leid, Jon, aber du kannst hier nicht einfach auftauchen und aus heiterem Himmel und ohne irgendeine Begründung ein Auto verlangen. Das musst du doch verstehen.«

»Das tue ich, Robert«, gab Jonathan zurück. »Und glaub mir,

wir würden dich auch überhaupt nicht behelligen, wenn es sich nicht um eine Angelegenheit von allergrößter Wichtigkeit handeln würde. Es geht buchstäblich um Leben und Tod.«

»Was soll das heißen: um Leben und Tod?«, wollte Robert wissen. »Verdammt, was ist los, Jonathan? Rede mit mir! Ganz nebenbei bemerkt: Wieso bist du eigentlich nicht in der Redaktion? Hast du Urlaub genommen wegen dieses Vorfalls in deinem Bekanntenkreis? Mein herzliches Beileid übrigens.«

»Beileid?«, erkundigte sich Holmes.

»Ich habe gestern, als Randolph mich beim *Strand* abgeholt hat, gesagt, es hätte einen Todesfall gegeben«, erklärte Jonathan. »Was ja bedauerlicherweise sogar der Wahrheit entspricht – auch wenn die Toten keine direkten Bekannten von mir sind.« Er wandte sich wieder an Robert. »Nein, ich habe keinen Urlaub genommen. Ich fürchte, mein Verhältnis zu Greenhough ist nicht nur deshalb etwas angespannt. Aber das ist eine längere Geschichte, die ich dir ein anderes Mal erzähle. Was die andere Sache angeht …?« Er warf Holmes einen fragenden Blick zu.

Dieser schüttelte den Kopf. »Wir sollten ihn da nicht mit hineinziehen. Es ist zu gefährlich.«

»Moment mal: *zu gefährlich*?«, echote Robert ungläubig. »Jonathan, ich bin es: Robert. Wenn einer von uns beiden der draufgängerische Abenteurer ist, dann bin das ja wohl ich!« Jetzt schien seine Neugierde erst recht geweckt. »Also, worum geht es? Hast du dich in irgendeine Spionagegeschichte verwickeln lassen? Müssen wir eine edle Dame in Not retten? Ich habe einen Vorschlag: Ich kann dir den Wagen zwar nicht leihen, aber wenn ich mit von der Partie wäre, könnte ich den Wagen sozusagen zur Verfügung stellen – unter der Bedingung, dass ich fahre und kein anderer!«

Jonathan stöhnte innerlich auf. Er hatte schon befürchtet, dass er mit seiner ungewöhnlichen Bitte nicht nur Roberts Argwohn, sondern auch seine Abenteuerlust wecken würde. »Vertrau mir, mein Freund! Das ist wirklich keine Sache, mit der du zu tun haben willst. Sie hat nichts Edles und nichts Romantisches an sich. Es geht ums nackte Überleben, und wenn ich könnte, wäre ich auch nicht hier, sondern säße gemütlich und zufrieden an meinem Schreibtisch im Büro. Aber ich stecke schon zu tief drin.«

»Hat es mit diesem Alten zu tun, den du neulich gefunden hast? Mit dem Ring?«, fragte Robert. »Wobei mir einfällt, dass wir deswegen heute Abend eine Verabredung mit Professor Billingsley im Club haben. Aber ich werde dieses Treffen wohl absagen müssen, wenn ich dich so sehe.«

Randolph sah Jonathan erstaunt und ein wenig vorwurfsvoll an. »Was haben Sie ihm erzählt?«

»Nur das, was ich wusste, bevor wir uns trafen. He, er ist immer noch mein Freund«, verteidigte sich Jonathan.

»Und als dein Freund ist es meine Pflicht, dir beizustehen!«, erklärte Robert kategorisch und verschränkte die Arme vor der Brust. »Meine Bedingungen stehen fest: Entweder ich fahre, oder es gibt kein Auto. Keine weitere Diskussion.«

»Nun gut«, sagte Holmes höflich und neigte den Kopf. »Dann verzeihen Sie bitte die Störung – und dies hier.« Er machte eine beiläufige Geste, und eine Pfanne segelte von ihrem Platz an der Wand neben dem Herd durch die Luft. Mit einem dumpfen Gong prallte sie gegen Roberts Hinterkopf. Jonathans Freund machte ein verwirrtes Gesicht, dann verdrehte er die Augen und sackte zu Boden.

»Holmes!«, rief Jonathan entsetzt. »Haben Sie den Verstand verloren?«

»Es tut mir leid«, erwiderte der Magier. »Aber uns läuft die Zeit davon. Er wird wieder zu sich kommen. Ich habe seinen Schädel nur sanft touchiert.«

Jonathan kniete sich hin und untersuchte Robert. Zumindest atmete er noch, und von einer Beule abgesehen, schien er keine ernste Verletzung davongetragen zu haben. So hoffte Jonathan zumindest. Aber Holmes wusste wohl, was er tat.

»Ich weiß, wo die Motorkutsche steht«, fuhr selbiger unterdessen fort. »Ich habe es in seinem Geist gesehen. Und die Anlasserkurbel liegt im Schrank in der Schublade. Brown, wären Sie so freundlich?«

Der Kutscher ging durch das Zimmer, öffnete die Schublade und durchwühlte sie. Tatsächlich fand er die Anlasserkurbel, nahm sie heraus und drückte sie Jonathan in die Hand.

»Was soll ich damit?«, fragte dieser.

»Ich bin nur ein altmodischer Rosskutscher, wie Holmes sich auszudrücken pflegt«, brummte Randolph. »Mit Automobilen habe ich nichts am Hut. Sie sind der Jüngste von uns dreien. Dieses technische Spielzeug überlasse ich Ihnen.«

»Na wundervoll!« Jonathan hatte nicht die geringste Ahnung, wie man einen Motorwagen steuerte. Stirnrunzelnd sah er die Kurbel an. »Das wird Robert mir nie verzeihen«, murmelte er, als sie die Wohnung verließen.

21. April 1897, 15:25 Uhr GMT
England, unweit von Weedon Bec, 70 Meilen nördlich von London

Wie die vier Reiter der Apokalypse saßen sie auf ihren schwarzen Pferden, und der Franzose war der Tod. Auf einem einsamen Hügel unweit der Bahntrasse warteten die vier vermummten Männer auf die Ankunft eines ganz bestimmten Zuges, während sich hinter und über ihnen ein finsteres Wolkengebirge am Himmel auftürmte und das Licht des Nachmittags verschluckte. Donner rollte über die weiten, leeren Wiesen und Felder, und grünlich blaues Wetterleuchten irrlichterte in den Tiefen des heranziehenden Unwetters. Die Luft knisterte wie elektrisiert, und die Pferde legten unruhig die Ohren an und stampften mit den Hufen.

»Das ist doch kein normales Wetter mehr«, murrte Whitby mit einem unbehaglichen Blick über die Schulter.

»Nein, ist es nicht«, sagte der Franzose mit tödlicher Ruhe. »Himmel und Erde bäumen sich auf unter dem Wirken der Magie.«

Whitby spürte, wie ihm ein Schauer über den Rücken lief. »Ich weiß nicht, aber irgendwie klingt das ganz anders als das, was Wellington damals behauptet hat. Er sagte, wir würden die Magie beherrschen, wir würden Macht haben. Von einem Aufbäumen der Erde war niemals die Rede. Sie sind sich auch wirklich sicher, dass Sie wissen, wovon Sie sprechen?«

Er erhielt nicht mehr als einen stummen Blick aus leblosen, spiegelnden Augen zur Antwort.

»Verdammt, warum machen wir das hier überhaupt?«

»Weil wir dafür bezahlt werden«, sagte der Franzose.

Aus dem dunklen Himmel stieß ein Jagdvogel auf sie herab. Der Franzose hob die behandschuhte Linke, und mit elegantem Flügelschlag landete der weiß-braune Wanderfalke direkt auf seiner Hand.

»Raconte, qu'as-tu vu, Richelieu?«, fragte er den Vogel mit einer erstaunlich sanften Stimme.

Der Falke drehte ihm den Kopf zu und starrte ihn aus gelben Raubvogelaugen an. Einen Moment lang herrschte Schweigen, während der Franzose sich stumm mit seinem geflügelten Spion verständigte.

»Très bien«, lobte er das Tier. »Und nun flieg wieder! Bring dich vor dem Sturm in Sicherheit!« Er warf den Arm hoch, und der Falke schwang sich mit kräftigen Flügelschlägen hinauf in die Finsternis. Der Magierjäger wandte sich seinen Gefährten zu. »Sie kommen. Sie reisen mit einem Güterzug. Er wird bald eintreffen. Reiten wir los!«

Als sie ihren Pferden die Sporen gaben, spaltete direkt über ihren Köpfen ein Blitz das Firmament, und ein krachender Donner begleitete sie hinunter auf die Ebene.

21. April 1897, 15:31 Uhr GMT
England, unweit von Weedon Bec, auf dem Weg von Carlisle nach London

»Allmächtiger, da braut sich ganz schön was zusammen!«, rief Brisling vom Führerstand der Lokomotive aus und deutete auf die gewaltige Gewitterfront, die ihnen, von Westen kommend, in atemberaubender Geschwindigkeit entgegenrollte. »Kommen Sie zu uns auf die Lok. Es wird zwar ein wenig eng, aber dann werden sie zumindest nicht nass.«

Kendra spürte, wie sich ihr beim Anblick des Unwetters die Nackenhärchen aufstellten, und auch Giles kniff grimmig die Augen zusammen. »Komm«, sagte er zu Kendra und zog sie hinter sich her zu Brisling und Bagley, die eifrig im Führerstand zugange waren.

»Stellen Sie sich dort an die Seite«, wies Brisling sie an.

Während Kendra gehorchte, beugte sich ihr Großvater zu den Männern hinüber. »Machen Sie dem Kessel mehr Dampf!«, befahl er über den Lärm der schnaufenden und ratternden Maschine hinweg. »Wir müssen so schnell wie möglich durch dieses Unwetter hindurchfahren.«

»Keine Angst«, beruhigte Brisling ihn. »So ein Gewitter kann uns nicht aus der Bahn werfen. Die gute, alte Cauliflower und wir haben schon das eine oder andere Donnerwetter überstanden.«

»Das hier ist anders«, beharrte Giles. »Es ist kein normales Unwetter.«

»Was wollen Sie damit sagen?«

»Ich bin …« Kendras Großvater stockte. »… Meteorologe von der Universität Glasgow. Meine Enkelin, die mit mir zusammenarbeitet, und ich sind auf dem Weg nach London, um uns dort mit englischen Naturwissenschaftlern zu treffen. Seit einigen Tagen werden höchst ungewöhnliche Wetterphänomene beobachtet, die gefährlicher sind als alles, was der Mensch bisher erlebt hat.«

»Davon habe ich noch nichts gehört«, stellte Brisling fest. »Du, Bagley?«

Der schüttelte den Kopf.

»Die Bevölkerung wurde noch nicht informiert«, erklärte Kendras Großvater, womit seine kleine Notlüge noch erstaunlich viel Wahrheit enthielt. »Aber bei Lockerbie kam es bereits zu einem schweren Zwischenfall, als ein Zug in eines dieser Wetterphänomene geriet.«

»He, Brisling. Dass in Lockerbie irgendwas passiert ist, habe ich auch gehört«, meldete sich Bagley zu Wort. »Da soll ein Zug einfach so verschwunden sein. Ich glaube, es war der Zehn-Zehner mit O'Brien und diesem neuen Heizer. Weiß den Namen nicht mehr. Irgendwas Spanisches. Armer O'Brien.«

»Verdammt, was sind denn das für Schauergeschichten!«, fluchte Brisling. Auf seiner Miene zeichnete sich nun doch eine gewisse Sorge ab, und er blickte wieder auf das Unwetter, das sie schon beinahe erreicht hatte. »Also schön, feuere die Maschine an, bis der Kessel glüht, Bagley. Ich habe keine Lust, wie O'Brien zu enden – wie auch immer das gewesen sein mag.«

Bagley stürzte nach hinten zum Tender, um frische Kohle zu holen.

Unterdessen drehte Brisling an einigen Reglern und streckte gleichzeitig den Oberkörper seitlich aus dem Führerstand hinaus, um einen Blick nach vorne auf die Strecke zu werfen. Als er sich umdrehte und sein Blick dabei nach hinten fiel, riss er überrascht die Augen auf. »Was ist das denn? Wir werden verfolgt! Da sind Reiter auf dem Weg, die uns …« Seine Worte verwandelten sich in einen Aufschrei des Entsetzens, als er urplötzlich aus dem fahrenden Zug gerissen wurde.

Kendras Großvater sprang vor und versuchte ihn festzuhalten, doch er kam zu spät. Ihr Lokführer war bereits in der aufziehenden Dunkelheit verschwunden.

»Brisling!«, brüllte Bagley. Er stürzte hinüber zum Bremshebel und wollte ihn herumreißen, aber Kendras Großvater wandte sich, für sein Alter erstaunlich schnell, zu ihm um und fiel ihm in den Arm.

»Nein! Sie dürfen nicht anhalten!«

»Aber wir haben Brisling verloren!«, schrie der Heizer. »Wir müssen ihn suchen.«

Giles McKellen schüttelte den Kopf. »Das ist zu gefährlich. Sie können nichts mehr für Brisling tun. Er ist tot. Und wenn wir langsamer werden, sind wir es auch. Diese Männer sind nicht gekommen, um Gefangene zu machen.«

»Wer sind die?«, fragte Kendra.

»Ich bin mir nicht ganz sicher. Ich hatte nur ganz kurz Gelegenheit, einen Blick auf ihre Auren zu werfen«, sagte ihr Großvater. »Mordlust lodert darin, und mindestens einer der Männer ist ein sehr starker Magier.«

»Die Auftraggeber des Verfolgers, den wir in Beattock abgeschüttelt haben?«, mutmaßte Kendra.

»Wahrscheinlich.«

»Aber wie haben die uns gefunden?«

Ihr Großvater zuckte mit den Schultern. »Da bin ich überfragt.«

»He!«, rief Bagley. »Was hat das alles zu bedeuten?«

»Das erkläre ich Ihnen später«, gab Giles zurück. »Jetzt heizen Sie den Kessel an, als wäre der Teufel persönlich hinter Ihnen her. Kendra, hilf ihm!«

»Was hast du vor?«, wollte sie wissen, als ihr Großvater sich anschickte, auf den Tender hinüberzuwechseln.

Er blickte sie grimmig an. »Ich werde versuchen, uns diese Burschen vom Leibe zu halten.«

»Lass mich dir helfen!«

»Nein, Kendra. Das kannst du nicht. Noch nicht. Du musst dafür sorgen, dass diese Lok auf keinen Fall zum Stillstand kommt.«

Während seine Enkelin sich missmutig seinen Anweisungen fügte und Bagley half, sie durch die Finsternis zu bringen, die

Großvater und Enkelin längst als magisch aufgeladenes Unwetter erkannt hatten, kletterte der alte Mann auf den Tender der Dampflokomotive hinüber.

Ein krachender Donnerschlag brachte den Himmel über ihren Köpfen zum Erbeben. Giles McKellen hatte nicht gelogen, als er vor der Gefährlichkeit dieses Gewitters gewarnt hatte. Er vermochte nicht zu sagen, was geschehen würde, wenn derart starke magische Energien, wie sie dort oben zwischen den Wolken wetterleuchteten, ihren Zug erwischten. Ihr Gleißen in der Wahrsicht war jedenfalls beinahe noch heller als für normale Augen.

Aber es half nichts, sich über das Gewitter Gedanken zu machen. Dagegen konnte er nichts ausrichten. Gegen die vier Männer, die ihnen auf den Fersen waren, allerdings durchaus. Giles McKellen mochte zwar kein junger Mann mehr sein, aber die Magie war ihm ein machtvoller Verbündeter.

Er streckte seinen linken Arm aus und schleuderte dem ersten Waggon hinter dem Tender ein Fadenbündel entgegen. Gleichzeitig stieß er sich mit einem zweiten Fadenbündel vom Tender ab und wechselte so mit einem übermenschlich kraftvollen Sprung auf das Dach des geschlossenen Güterwagens. Der Fahrtwind zerrte an seiner Kleidung und vor allem an seinem Hut, aber Giles hatte den treuen Filz bereits vor ihrer Abfahrt fest mit seiner eigenen Aura verknüpft.

Geduckt arbeitete er sich über das Dach des Waggons nach hinten vor, wobei er sich zusätzlich mit Fäden sicherte, um nicht vom Dach geweht zu werden. Als er das Ende erreicht hatte, riskierte er einen Blick nach unten, um herauszufinden, was ihre Verfolger trieben.

Sie befanden sich mittlerweile keine zwei Waggons mehr hinter ihm. In gestrecktem Galopp jagten die vier Reiter auf ihren schwarzen Pferden die neben der Bahntrasse verlaufende Kutschenstraße entlang, vermummte Gestalten, deren Fadenaura von grimmiger Entschlossenheit kündete.

Als Giles sich noch fragte, ob sie wohl beabsichtigten, den Zug zu entern und in ihre Gewalt zu bringen, setzte sich einer der Männer vor die anderen, streckte die Arme aus und feuerte zwei Fadenbündel auf die Räder der Lokomotive ab.

In letzter Sekunde gelang es Giles von oben, die Fäden abzulenken und sie ins Gestrüpp, das den flachen Bahndamm säumte, hineinpeitschen zu lassen. In einer Fontäne aus Erde und Steinen wurden die Büsche in die Luft gerissen, als die offensichtlich absichtsvoll überdehnten Fadenbündel gewaltsam wieder zurückschnellten.

Sie wollen den Zug nicht übernehmen, sie wollen ihn entgleisen lassen!, durchfuhr es Giles erschrocken. Sein erster Eindruck hatte nicht getrogen. Diese Männer waren auf Blut aus, und es hatte den Anschein, als wäre es ihnen vollkommen gleichgültig, wie viel Schaden sie dabei anrichteten.

»Wartet nur ab. Ein paar Tricks habe ich auch auf Lager«, knurrte der Magier leise. Mit einem Sprung setzte er auf das Dach des nächsten Waggons über und rannte gebückt bis zum anderen Ende. Dort sank er auf die Knie. Hoch über seinem Kopf spaltete eine gewaltige grünblaue Entladung die dunklen Wolken, gefolgt von einem krachenden Donner. Das Gewitter war jetzt direkt über ihnen.

Giles senkte den Kopf und konzentrierte sich auf den offenen Schüttgutwagen zu seinen Füßen. Fäden, die aus seinen Fingern hervorschossen, verbanden sich mit schweren Riegeln. Mit metallischem Knirschen ruckten die Verschlüsse am vorderen Ende der linken Seitenklappe zurück. Die hinteren vermochte Giles nicht zu sehen, aber es würde genügen.

Kraftvoll holte er mit den Armen aus, verstärkte die Fäden und ließ sie gegen die hölzerne Klappe hämmern. Knallend flogen die hinteren beiden Riegel aus ihren Halterungen. Gleich darauf krachte die Klappe nach unten, Giles vollführte eine weit ausholende schiebende Bewegung, und eine Lawine aus Steinkohle ergoss sich direkt vor den Reitern auf den Weg.

Wiehernd kamen die Pferde ins Straucheln, stürzten und verschwanden in einer Masse aus zuckenden schwarzen Leibern und einer Wolke aus Kohlenstaub. Kendras Großvater bedauerte, dass er den Tieren schaden musste, um ihre verbrecherischen Reiter zu treffen, aber es ließ sich nicht verhindern.

Obwohl er die Verfolger mit dem Manöver überrascht hatte, gab sich Giles nicht der Hoffnung hin, er könnte sie auf diese Weise ausgeschaltet haben. So leicht ließen sich Magieanwender nicht bezwingen. Und da er den vier Gegnern auf Dauer nicht gewachsen sein würde – dafür wirkten sie zu fähig –, war jetzt Schnelligkeit gefordert. *Wir müssen Ballast loswerden*, entschied Giles und richtete sein Augenmerk auf die Kupplung zwischen dem Wagen, auf dessen Dach er hockte, und dem Rest des Zuges.

Mit einem weiteren Blitz und einem ohrenbetäubenden Donnerschlag öffnete der Himmel unvermittelt seine Schleusen, und ein Regenguss setzte ein, der die ohnehin schon schlechte Sicht noch weiter verringerte. Immer häufiger musste Giles von der Wahrsicht in die Normalsicht wechseln, denn das magische Toben der Elemente, durch das ihr Zug stampfend und schlingernd dahinraste, war für seine übernatürlichen Sinne beinahe noch undurchdringlicher als die Finsternis und die Wasserschleier für seine gewöhnlichen.

Ernüchtert musste Giles feststellen, dass es leichter gesagt als getan war, die Schraubenkupplung eines schwer beladenen Zuges in voller Fahrt zu lösen. Sosehr er auch zog und zerrte, es gelang ihm nicht, den eisernen Bügel über den Zughaken zu heben. Er hätte entweder alle nachfolgenden Waggons mehr als eine Handbreit zu sich heranziehen oder eine drei Finger breite Eisenspindel durchbrechen müssen, um die Verbindung zwischen den Waggons zu lösen. Beides erwies sich als völlig unmöglich.

Ein leichtes Ziehen im Fadenwerk veranlasste Kendras Großvater, den Kopf zu heben. Entsetzt riss er die Augen auf und ließ sich, eine Hand fadenverstärkt am Rand des Waggondaches festgeklammert, nach vorne fallen. Nur einen winzigen Augenblick später wirbelte ein massiger kahler Baumstamm haarscharf über ihn hinweg. Polternd landete das brachiale Geschoss auf dem leicht abgeschrägten Dach, prallte ab und verschwand neben dem Zug in der Dunkelheit.

Giles stieß sich magisch von der Wagenwand ab, an der er hing, und schwang sich auf den halb entleerten Kohlewaggon hinüber. Auf dem Dach des folgenden Wagens erblickte er eine kauernde Gestalt. Sie hob beide Arme und zog sie in einer fließenden Bewegung von hinten über den Kopf hinweg nach vorne. Ein zweiter Baumstamm segelte durch die strömenden Wassermassen und zielte auf den zwischen niedrigen Kohlehügeln stehenden Magier. *Ich wusste doch, dass ich diese Kerle nicht so schnell loswerde*, durchfuhr es Giles.

Ächzend fing Kendras Großvater den Baum mit einer Hand ab, während er gleichzeitig in die Knie ging, seine zweite Hand in den Kohlen vergrub und diese magisch verstärkt seinem Feind entgegenschleuderte.

Der andere hob die Hände vors Gesicht, um sich zu schützen. Diesen kurzen Augenblick nutzte Giles, um sich des zweiten Baumstamms zu entledigen, bevor er beide Hände zu Fäusten ballte und sie mit einem kehligen Zornesschrei wuchtig nach vorne stieß. Die Schockwelle im Fadenwerk warf den Mann auf den Rücken und außer Sicht.

Ein schriller Aufschrei ließ Giles herumfahren. »Kendra!«, rief er, und obwohl die Gefahr in seinem Rücken sicher keineswegs gebannt war, hastete er zurück. Seine Enkelin war wichtiger. Die Magie trug ihn von Wagen zu Wagen und half ihm dabei, sich gegen den Fahrtwind in Richtung Lokomotive zu stemmen.

Als er den ersten Güterwaggon wieder erreicht hatte und auf den Tender und die Lok hinabblickte, entfuhr ihm ein Fluch. Ein zweiter Angreifer hatte den Absprung von seinem strauchelnden Pferd geschafft und sich, während sein Kumpan Giles beschäftigte, heimlich außen an den Wagen entlanggehangelt, um Kendra und Bagley zu überraschen. Der Bahner hing bereits schlaff und mit verrutschter Mütze über seinen Hebeln. Er schien ohnmächtig zu sein. Kendra wehrte sich unterdessen mit Händen und Füßen gegen einen bulligen Mann, der sich offenkundig lieber auf seine Körperkraft verließ als auf seine magische Begabung.

Giles richtete sich auf und sammelte seine Kräfte, um den Mann von Kendra fortzureißen und vom Zug zu schleudern.

In diesem Moment traf ihn etwas in die Schulter. Er keuchte auf, taumelte schmerzerfüllt nach vorne und verlor den Boden unter den Füßen.

»Schneller, Mister Kentham!«, schrie Holmes gegen das Toben des Unwetters an.

»Ich fahre ja schon, so schnell es geht!«, rief Jonathan zurück. Und damit bereits schneller, als er angesichts des schlechten Zustands der Kutschenstraße und der gegenwärtigen Witterungsbedingungen für klug oder gar sicher gehalten hätte – aber diesen Gedanken sprach er nicht laut aus.

In halsbrecherischem Tempo preschten Jonathan, Randolph und Holmes mit dem geliehenen – oder vielmehr gewaltsam angeeigneten – Panhard-Levassor durch die Dunkelheit. Jonathans Uhr zufolge war es ungefähr vier Uhr nachmittags. Es hätte aber genauso gut Mitternacht sein können. Pechschwarze Wolken bedeckten den Himmel, und wäre die Landschaft nicht unablässig von unruhig flackerndem Wetterleuchten erhellt worden, hätte man kaum die Hand vor Augen sehen können. Auch so war die Sicht aufgrund des dichten Regens alles andere als gut, und Jonathan hoffte inständig, dass auf der Straße nicht unvermittelt ein Schlagloch auftauchte, das von den schwachen Scheinwerfern des Motorwagens zu spät erfasst wurde. Ein Achsbruch würde ihrer wilden Jagd ein jähes Ende setzen. Er fragte sich, ob es Nevermore, den Holmes als Aufklärer vorausgeschickt hatte, wohl auch so viele Schwierigkeiten bereitete, den Franzosen und seine Handlanger oder aber den Zug, mit dem McKellen unterwegs war, auszumachen.

Die Antwort erhielt er bereits im nächsten Moment. Sie fuhren gerade eine kleine Steigung hinauf, die zu einer Brücke über die Bahntrasse führte, als der Rabe sich hektisch flatternd wieder zu ihnen gesellte.

»Hast du sie gefunden?«, fragte Randolph den Vogel.

Nevermore krächzte aufgeregt und schlug mit den schwarzen Flügeln. Sein Kopf nickte in Richtung der Bahnstrecke.

Jonathan kniff die Augen zusammen. »Ich glaube, da vorne kommt ein Zug!«, rief er.

»Das sind sie!« Seinen Deerstalker festhaltend, erhob sich Holmes halb aus dem Beifahrersitz. »Sehen Sie! Auf dem Zug wird gekämpft!«

Jonathan sah nichts dergleichen in der Finsternis, aber er nahm an, dass der Magier wusste, wovon er sprach. Vielleicht war er in die Wahrsicht gewechselt.

»Halten Sie an!«, befahl Holmes. »Brown, folgen Sie mir! Wir springen von der Brücke auf den Zug.«

Randolph stieß einen saftigen Fluch aus, aber er kletterte aus dem Wagen, als der Panhard-Levassor knirschend auf dem Weg zum Stehen kam. »Und was ist mit mir?«, fragte Jonathan.

»Wenden Sie die Motorkutsche, und bleiben Sie an uns dran«, erwiderte Holmes, während er, den Regenschirm kampfeslustig erhoben, mit wehendem Mantel und langen Schritten zur Mitte der Brücke eilte. »Oh, und sammeln Sie alle auf, die Ihnen vom Zug herunter vor die Füße fallen!«

»Na großartig!«, murmelte Jonathan, während er ins Lenkrad griff und zu kurbeln begann.

Kendra stieß einen hellen Schrei aus, als sie sah, dass ihr Großvater vom Dach des Güterwagens stürzte und hart auf den Kohletender aufprallte. Die Angst um ihn verdoppelte ihre Kräfte, und es gelang ihr, sich dem unbarmherzigen Griff ihres Peinigers zu entwinden, eines kräftigen Kerls mit grausig zerschnittenem Gesicht, der, wie aus dem Nichts kommend, neben Bagley und ihr aufgetaucht war. Den Heizer hatte er sofort ausgeschaltet, und obwohl Kendra sich nach Leibeskräften wehrte, war es ein ungleicher Kampf.

Doch dann verspürte sie endlich das vertraute Prickeln in ihren Armen. Es war ihr in dem Durcheinander unmöglich, in die Wahrsicht zu wechseln, also würde sie magisch blind angreifen müssen. Dennoch holte sie im festen Vertrauen auf ihre Gaben aus und rammte dem Mann wuchtig beide Fäuste gegen die Brust.

Zumindest hatte sie das vor. Aber ihr Gegner war schnell. Seine breiten Hände flogen nach oben und fingen ihre Fäuste ab. Ein Donnerschlag krachte über ihren Köpfen, und Kendra keuchte auf, als ihr der magisch verstärkte Zusammenprall schmerzhaft bis in die Schultern fuhr.

Das Narbengesicht grinste, was Kendra nur deshalb zu sehen vermochte, weil der Mann das Tuch, das er ursprünglich vor dem Gesicht getragen hatte, bei dem Gerangel verloren hatte. »Très bien«, lobte er. »Aber nicht gut genug.« Mit seinem kantigen Schädel versetzte er Kendra einen kraftvollen Hieb, der sie benommen rückwärts taumeln ließ. Heftiger Schmerz pochte hinter ihrer Stirn, und bunte Flecken tanzten vor ihren Augen.

Sie stieß gegen die hüfthohe Seitenverkleidung der Lokomotive und ruderte mit den Armen, um nicht das Gleichgewicht zu verlieren. Hinter ihr huschten Sträucher und vereinzelte Bäume vorbei, kaum mehr als dunkle Schemen vor der von Blitzen durchzuckten düsteren Landschaft. Der Zug jagte unter einer Brücke hindurch, und Kendra glaubte den kalten Luftzug des sie um Haaresbreite verfehlenden Steinfundaments zu spüren.

Der Mann trat zu ihr und packte sie an beiden Schultern. »Au revoir, ma petite!«, knurrte er und bog ihren Oberkörper gewaltsam nach hinten über das kalte, nasse Metall.

Kendra schlug mit den Fäusten nach ihm, aber ihre Hiebe waren ungezielt, und ihnen fehlte die Kraft der Magie. *Ich will nicht sterben!*, schoss es ihr durch den Kopf. *Ich will nicht!* »Großvater!«, schrie sie. »Hilf mir!«

Plötzlich gab es einen dumpf metallischen Schlag und dann noch einen, und auf einmal verdrehte ihr Gegner die Augen und fiel ihr schwer entgegen. Kendra drehte sich zur Seite weg, und der Mann kippte an ihr vorbei durch die Lücke zwischen Lokomotive und Tender.

Von einem Augenblick zum anderen war er fort. Stattdessen stand Bagley vor Kendra. Eine blutende Platzwunde verunzierte seine Stirn, und er schwankte leicht, doch auf seiner Miene lag ein Ausdruck grimmigen Triumphs, als er seine Kohleschaufel senkte. »Das war für Brisling!«, brüllte er ihrem Peiniger nach, der nun irgendwo hinter ihnen auf dem Schotter der Bahntrasse lag – tot, wie Kendra zu ihrem eigenen Erschrecken hoffte.

Sie schenkte dem Heizer ein gequältes, aber aufrichtiges und dankbares Lächeln und schob sich an ihm vorbei, um auf den Tender hinüberzuwechseln, wo ihr Großvater lag.

»Großvater!«, rief sie, während sie neben ihm auf die Knie sank und seinen schweren, auf dem Bauch liegenden Körper umdrehte.

Seine Augen waren offen, und obschon sein Atem keuchend ging, verzog sich sein bärtiges Gesicht zu einem angestrengten Lächeln. »Keine Angst, Kendra ... Ich lebe noch. Und ich gebe mir Mühe, dass das auch so bleibt ...«

Mit einem dumpfen Knirschen landete Randolph auf einem flachen Berg aus Kohlen, der sich in einem offenen Waggon im hinteren Drittel des Zuges erhob. Er rollte sich ab und ging in die Hocke, wobei er mit der Rechten mehrere Fäden in den rutschigen Untergrund trieb, um sich zu sichern. Holmes tauchte ein paar Schritte neben ihm auf, federte im Gegensatz zu dem Kutscher allerdings nur kurz in den Knien und richtete sich elegant auf. Das Bild, das er bot, hatte aus Randolphs Perspektive etwas ungewollt Komisches: Auf dem nass glänzenden Berg aus Kohlen, inmitten des prasselnden Regens und unter einem von Blitzen erhellten Himmel stehend, erweckte Holmes den Eindruck eines antiken Heroen. Hut, Mantel und Regenschirm wollten dazu allerdings ganz und gar nicht passen. Gäbe es ein Handbuch, das britischen Gentlemen beibringt, wie man würdevollen Hauptes in die Apokalypse schreitet, so hätte Holmes mit dieser Pose dessen Umschlag zieren können.

Der Magier drehte sich zu ihm um. »Aufstehen, Brown! Keine Müdigkeit vorschützen! Wir müssen nach vorne zur Lok!«, rief er und machte sich daran, zum Rand des Waggons zu klettern.

»Machen Sie sich um mich keine Sorgen. Halten Sie nur selbst Schritt«, erwiderte der Kutscher, schleuderte ein Fadenbündel zum Dach des nächsten Wagens und zog sich daran in die Höhe.

Holmes tat es ihm gleich.

Lautlos kniete sich der Franzose an den Rand des Waggondaches. Mit mitleidlosen Augen betrachtete er die beiden Gestalten zu seinen Füßen auf dem Tender. Es waren der Alte und das Mädchen – seine Zielpersonen. *Jetzt ist das Spiel aus*, dachte er und lächelte selbstzufrieden, während er das Gewehr anlegte, mit dem er dem Alten vorhin bereits aus sicherer Entfernung eine Kugel in den Rücken verpasst hatte. Er war dem Getroffenen so schnell wie möglich nachgeeilt, um sich des Abschusses zu versichern. Und wie es schien, hatte er recht daran getan, denn der Alte bewegte sich noch. *Ein zäher Brocken*, musste sich der Franzose wider Willen eingestehen.

Eigentlich wunderte es ihn nicht. McKellen hatte sich bislang als überraschend fähiger Kämpfer erwiesen. Das Ablenken der Fadenbündel und der Gegenangriff mit der Kohlelawine hatten von einer Reaktionsgabe und Kraft gezeugt, die der Franzose dem Alten nach den Berichten seiner Spione nicht zugetraut hätte. Blitzschnell hatten seine Männer und er von ihren Pferden abspringen und sich auf den fahrenden Zug retten müssen. Der glücklose Kenneth, der in den letzten Tagen schon viel hatte einstecken müssen, war dabei auf der Strecke geblieben. Und auch Géant, den der Franzose vorgeschickt hatte, um die Lok in seine Gewalt zu bringen, war auf einmal wie vom Erdboden verschluckt. Somit blieben nur noch Whitby, der rechts von ihm kauerte, und er selbst. *Aber es genügt*, dachte der Franzose. *McKellen und seine Enkelin sind wehrlos.*

In diesem Moment berührte Whitby ihn am Arm. »Wir haben Besuch bekommen«, knurrte er und deutete nach hinten in Richtung Zugende.

Der Franzose wandte den Kopf und erblickte im flackernden Licht eines Blitzes die Umrisse zweier Männer einige Waggons hinter ihnen. Innerlich fluchend fragte er sich, woher diese beiden Störenfriede auf einmal aufgetaucht waren. Die einzige Erklärung war, dass irgendjemand im Orden Wind von McGowans Taten bekommen hatte. Das war nicht gut – aber darüber würde er sich später Gedanken machen. »Kümmere dich um sie!«, befahl er seinem letzten verbliebenen Untergebenen. »Ich bereite dem hier ein Ende.«

Whitby nickte mit finsterer Miene und huschte geduckt davon. Der Franzose drehte sich wieder um und hob das Gewehr.

»Den übernehme ich«, grollte Randolph, als er sah, wie ein Mann, der seiner Fadenaura nach nur Whitby sein konnte, schreiend auf sie zugestürzt kam. »Halten Sie den Franzosen auf, Holmes!«

»Mit Vergnügen. Ich gehe dann innen durch«, erwiderte dieser, hakte den Griff seines Schirms in eine Metallsprosse am nächsten Waggon und schwang sich nach unten, um durch eine Tür am Wagenende zu verschwinden, während Randolph über das schwankende Dach seinem ehemaligen Trinkbruder entgegenstürmte.

»Brown? Was machst du denn hier?«, brüllte Whitby, als er erkannte, wer sich ihm da zum Kampf stellte.

»Das Gleiche könnte ich dich fragen, Whitby! Wie tief bist du gesunken, dass du Greise und Frauen zu töten versuchst?«, antwortete Randolph mit finsterer Miene, während er seine Schiebermütze vom Kopf nahm und in die Tasche seines Kutschermantels stopfte. Die harten, gewundenen Hörner auf seiner Stirn glänzten im Widerschein der Blitze.

»Du verstehst gar nichts!«, rief Whitby. »Wir dienen einer größeren Sache.«

»Ihr dient nur dem Größenwahn Wellingtons!«, hielt Randolph dagegen. »Und jetzt lass mich entweder vorbei, damit ich eurem Anführer eine blutige Nase verpassen kann, oder versuch mich aufzuhalten, wenn du es wagst.« Er ballte die Fäuste und hob sie demonstrativ vor sich in die Luft.

Whitby starrte ihn stumm an, dann zog er das Tuch vor seinem Gesicht herunter und hob ebenfalls die Fäuste. Magie hin oder her – sie beide kamen aus einfachen Verhältnissen, wo man unter richtigen Männern seine Angelegenheiten auf direkte und unverstellte Weise regelte.

Randolph hatte gehofft, Whitby von Holmes ablenken zu können, indem er ihn herausforderte. Und er freute sich gleich doppelt darüber, dass es funktionierte, denn in seinem Inneren hatte sich mittlerweile so viel Zorn aufgestaut, dass er eine zünftige Prügelei ebenso dringend nötig hatte wie der Himmel über ihren Köpfen das reinigende Unwetter, das um sie herum tobte.

Grimmig trat der Kutscher näher. Wasser lief ihm über das Gesicht. »Na los!«, feuerte er Whitby an und schlug die Fäuste zusammen. »Greif mich an! Schlag zu, bevor uns hier oben noch der Blitz erschlägt!«

Whitby ließ sich nicht lange bitten.

»Komm, ich helfe dir aufzustehen. Ich bringe dich zur Lok. Dort kannst du dich hinsetzen«, sagte Kendra und beugte sich über ihren Großvater, um ihm unter die Arme zu greifen.

»Danke!« Mühsam kam Giles McKellen auf die Beine. »Wir müssen Bagley sagen, dass er unbedingt die Lok abkoppeln muss«, presste er hervor. »Es sind … einfach zu viele. Ich kann sie nicht alle aufhalten.« Zitternd holte er Luft und verzog dabei das Gesicht. Seine Hand tastete unter seine Jacke, und als er sie wieder hervorzog, war sie feucht und rot.

»Du blutest!«, entfuhr es Kendra.

»Ja«, erwiderte ihr Großvater düster. »Ist aber nicht so schlimm, glaube ich. Ein Schuss in die Schulter. Unangenehm ... aber nicht tödlich. Ich muss nur ...« Seine Augen weiteten sich, als er etwas hinter Kendra zu entdecken schien. »In Deckung!«, keuchte er, packte Kendra am Arm und warf sie zu Boden.

Im nächsten Augenblick versteifte er sich, und er schrie auf. Entsetzt sah Kendra, wie irgendetwas seine Brust durchschlug und mit einem hellen Klingen am brünierten Stahl des Tenders abprallte. Ihr Blick huschte nach oben, und sie entdeckte auf dem Dach des nächsten Waggons die kauernde Silhouette eines schwarzen Mannes mit vermummtem Gesicht, einem breitkrempigen Hut auf dem Kopf und einem seltsamen Gewehr in den Händen. Während Kendras Großvater erneut zu Boden sank, richteten sich die dunkel spiegelnden Augen des Fremden auf Kendra, und mit albtraumhafter Ruhe zog er den Gewehrlauf nach.

Erbarmungslos nahm der Franzose die junge Frau ins Visier. Es war sein Auftrag, den alten Mann und seine Enkelin zu töten, und er würde diesen Auftrag erfüllen, wie alle anderen zuvor auch.

Sein Finger krümmte sich um den Abzug, als ihn plötzlich jemand auf die Schulter tippte. »Schauen Sie mal, was ich in dem Waggon dort drüben Kurioses gefunden habe«, sagte eine Stimme in seinem Rücken im Plauderton.

Whitby hat versagt, durchfuhr es den Franzosen. Ohne zu zögern, fuhr er herum und riss sein Gewehr in die Höhe, um den unerwarteten Gegner gebührend zu begrüßen. Er starrte direkt auf einen leuchtend roten Ritterschild, auf den eine groteske Clownsmaske gemalt war. Bevor er sich von der Überraschung erholen konnte, wurde der Schild herumgerissen und schlug den Gewehrlauf zur Seite. Hinter dem Schild kam ein Mann mit einem karierten Invernessmantel und einem Deerstalker auf dem Kopf zum Vorschein. Er wirkte genauso fehl am Platz wie der Clown auf dem Schild.

»Erinnern Sie sich noch an mich?«, fragte der Fremde, während er den Schild zurückriss und den Franzosen damit an der Schläfe traf. Zu dessen Glück fing die breite Krempe seines Huts die Wucht des Hiebes ab. Dennoch blinzelte er einen Moment lang benommen. »Mein Name ist Holmes, Jupiter Holmes.« Er hob den Schild und ließ ihn von oben direkt auf den Schädel des Franzosen heruntersausen. Wieder bewahrte allein seine Kopfbedeckung ihn davor, dass er ernsthaft Schaden nahm, aber seine Sonnenbrille rutschte ihm vor bis auf die Nasenspitze. Holmes legte den Kopf schief. »Sieh einer an: Es steckt wirklich ein Mensch hinter der Maske. Wer hätte das gedacht! Wenn ich Euch steche, blutet Ihr gar?«

»Sie hören gerne Ihre eigene Stimme, kann das sein?«, knurrte der Franzose, während er seinen unerwarteten Gegner anfunkelte und die Brille an ihren Platz zurückschob. »Jetzt ist Schluss damit.« Er ließ sein Gewehr fallen und fuhr eine unterarmlange Klinge aus dem rechten Ärmel seines Mantels aus.

»Oh, ein Fechtduell bei Unwetter auf einem Dachfirst«, kommentierte Holmes sarkastisch. »Das ist genau nach meinem Geschmack.« Er warf den Schild von sich und nahm den Schirm, den er bis dahin in der Armbeuge getragen hatte, in die Hand. Ein rascher Zug, und er hatte einen silbern glänzenden Stockdegen in der Hand. Die Hülle ließ er achtlos zur Seite fallen. In seinen Augen glitzerte es gefährlich. »Auf diesen Augenblick habe ich seit Jahren gewartet. Mal sehen, wozu Sie imstande sind, wenn Sie nicht aus dem Hinterhalt angreifen können, wie es nur ein wahrer Feigling tut.«

Der Franzose kniff die Augen zusammen. »Ich erinnere mich«, sagte er. »Sie waren der Lakai von Dunholm, damals in Paris. Ich glaube, es steckt noch eine Kugel mit meinem Namen in Ihrer Schulter.«

»Sie liegt mittlerweile in meinem Nachttisch«, erwiderte Holmes. »Und sie war es auch, die mich auf Ihre Spur geführt hat, wenn Sie es genau wissen wollen.«

»Und wenn schon. Ich habe Sie einmal besiegt, Engländer. Ich besiege Sie auch ein zweites Mal.« Mit diesen Worten ließ er eine zweite Klinge aus seinem linken Ärmel schießen und griff sofort an.

Klirrend trafen ihre Waffen aufeinander.

»Das ist aber nicht die feine Art«, rief Holmes empört, während er den Oberkörper nach hinten bog, um dem Hieb der zweiten Klinge auszuweichen.

»Der Sieg rechtfertigt jedes Mittel«, gab der Franzose kalt zurück und drang mit einer Angriffskombination aus wirbelnden Klingen auf den britischen Magier ein.

Holmes verteidigte sich tapfer, wurde aber dennoch Schritt für Schritt über das Waggondach zurückgedrängt. »Ich ahnte, dass Sie so etwas sagen würden«, keuchte er. »Aber wissen Sie was?« Mit einer blitzschnellen Bewegung hatte er sich des Invernessmantels entledigt und schleuderte ihn dem Franzosen entgegen.

Dieser hieb das Kleidungsstück mit seinen beiden Kurzschwertern zur Seite, doch der Augenblick der Ablenkung genügte Holmes, um sich mit einem kraftvollen Sprung auf den nächsten Waggon abzusetzen. Er hob seinen Stockdegen und richtete die Spitze auf das Gesicht des Franzosen. Eine bis dahin verborgene Gewehrmündung wurde sichtbar. »Unfeine Methoden beherrsche ich auch.«

Dann drückte er ab.

In diesem Augenblick schlug der Blitz in die Lok ein.

Randolph hätte es niemals offen eingestanden, aber die Entfesselung von körperlicher Gewalt hatte für ihn manchmal etwas unglaublich Befreiendes – so auch jetzt. Schlag um Schlag tauschte er mit Whitby aus, als wären sie zwei wütende Boxkämpfer in einer illegalen Hinterhofarena in Limehouse. Endlich konnte er Dampf ablassen und all der ohnmächtigen Wut, die er seit dem Tod Dunholms in seinem Inneren verspürte, in Whitby ein Ventil geben. Whitby, der dabei gewesen war, als der Franzose den Ersten Lordmagier erschossen hatte … Whitby, der vielleicht sogar selbst Hand angelegt hatte an Randolphs väterlichen Freund und Mentor … Whitby, der einst sein Kamerad gewesen war und der ihn nun so schändlich verraten hatte … Wieder und wieder schlug er auf den anderen Mann ein, und das Toben der Elemente um sie herum spiegelte den Aufruhr in seinem Inneren wider.

Der Blitz holte den Kutscher aus seinem Blutrausch in die Wirklichkeit zurück. Unvermittelt gleißte es vor ihnen an der Spitze des Zuges taghell auf, und es gab einen Schlag, als habe der Hammer Gottes den Zug getroffen.

Für Randolph schien sich die Zeit ins Unendliche zu dehnen. Mit übernatürlicher Schärfe und Klarheit sah er im Nachschein der gewaltigen magischen Entladung, wie sich der Zug drei Waggons vor ihnen gewaltsam aufbäumte und gleich einer Flutwelle aus Holz und Metall gen Himmel strebte. Mit metallischem Kreischen sprangen Räder aus ihrem Gleisbett, und tonnenschwere Waggons verkeilten sich in voller Fahrt ineinander. Holz platzte auf, und Stahl verbog sich, während die Wagen unter ihrer eigenen Trägheit förmlich zerrissen wurden. Seltsam entrückt beobachtete Randolph, wie Kisten und Fässer in alle Richtungen davonflogen, als zerreiße eine Reihe gewaltiger Explosionen die Wagen von innen heraus.

Whitby taumelte nach hinten, die Augen vor Schreck geweitet und das Gesicht vor Entsetzen verzerrt. Auch Randolph öffnete den Mund, um zu schreien, aber er hätte in all dem Getöse nicht zu sagen vermocht, ob überhaupt ein Laut über seine Lippen drang.

Im nächsten Augenblick war der seltsame Effekt vorüber, und die Zeit kehrte in ihren normalen Lauf zurück. Mit einem heftigen Ruck hob sich das Waggondach unter seinen Füßen, und

Randolph spürte, wie er hoch in die Luft geschleudert wurde. Er verlor Whitby aus den Augen, der in die andere Richtung im Regen und in der Finsternis verschwand. Irgendetwas sehr Großes flog taumelnd über ihn hinweg, und Kohle prasselte wie dicke Regentropfen auf ihn ein.

Das ist das Ende, fuhr es ihm durch den Sinn.

Umgeben von einem furchtbaren Bersten und Krachen, landete er im Wipfel eines Baumes. Er ächzte, als der Aufprall ihm die Luft aus den Lungen trieb, und schleuderte instinktiv zwei Fadenbündel nach links und rechts ins Geäst. Sein Sturz abwärts wurde mit einem harten Ruck aufgefangen, eines der Fadenbündel löste sich, Randolph schwang ungewollt herum, knallte gegen den Baumstamm, verlor die Konzentration und damit auch seine zweite Sicherungsleine und landete unsanft im Gestrüpp am Fuß des Baumes.

»Aua!«, brummte er. Dann wurde er bewusstlos.

KAPITEL 13:
FÜR DIE KRONE

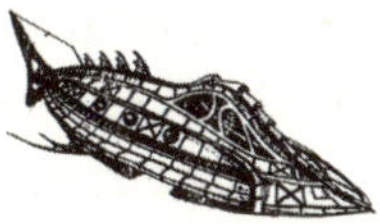

»Die Queen in Nizza. Gestern Abend besuchten Queen Victoria, die Prinzessinnen und ihr Gefolge eine Feuerwerksvorstellung, deren Höhepunkt die Porträts Queen Victorias und des Prince of Wales waren. Unter Anwesenheit zahlreicher Gäste sang die Chorakademie von Nizza eine Hymne, und die Gärten waren festlich beleuchtet. Die Queen und die Prinzessinnen zeigten sich höchst angetan von der Vorstellung. Das Wetter war klar, aber kühl.«

– London Times, 21. April 1897

21. April 1897, 16:22 Uhr GMT
England, irgendwo zwischen Birmingham und London

Robert bringt mich um …

Robert bringt mich um …

Robert bringt mich um …

Wieder und wieder ging der Gedanke Jonathan durch den Kopf, während er klatschnass und blutend über dem Lenkrad des Panhard-Levassor kauerte, der verbeult und mit zersplittertem Mittelscheinwerfer im Graben neben der Kutschenstraße steckte.

Es dauerte eine ganze Weile, bis ihm klar wurde, dass er einen Schock erlitten haben musste und dass es Dinge in seinem Rücken gab, denen er viel dringender seine Aufmerksamkeit widmen sollte als dem geliehenen Motorwagen seines Freundes.

Er verzog das Gesicht, wischte sich die nassen Haare aus der Stirn und versuchte, sich aus dem Wagen zu zwängen. Zu seinem Erstaunen gelang es ihm ohne größere Schmerzen. Unsicher stellte er einen Fuß neben den anderen in den Morast. Seine Knie gaben nach, und er krallte eine Hand in die Lehne des Fahrersitzes. *Ganz ruhig. Tief durchatmen. Es geht dir gut. Du warst nicht an Bord des Zuges.* Er hob den Blick und starrte hinter sich auf die Bahnstrecke. Das Gewitter war nach Westen gezogen, und der Regen fiel zwar noch immer unablässig, aber nicht mehr in Sturzbächen aus den schweren grauen Wolken, die nach wie vor den Himmel verhängten. Immerhin war es wieder etwas heller geworden, und Jonathan erkannte, dass die Szenerie, die allmählich vom grauen Zwielicht des trüben Nachmittags enthüllt wurde, einem Albtraum glich.

Über eine Viertelmeile hinweg erstreckte sich das Trümmerfeld aus entgleisten, umgekippten und aufgerissenen Waggons, aus zerfetzten Büschen und entwurzelten Bäumen. Überall lagen Kisten, Fässer, Kohlehaufen und Baumstämme herum. Schwarzer Staub hing in der Luft, der sich mit den Regentropfen zu einem schlammigen Brei vermengte und Schienen, Waggons und alles darum herum mit schmutzigen dunklen Flecken überzog. Die Lokomotive und ihre Führer waren verschwunden, und angesichts der Tatsache, dass Spuren querfeldein in Richtung des östlich liegenden Northampton wiesen, wollte Jonathan auch gar nicht so genau wissen, was mit dem Fahrzeug und seinen Insassen geschehen war.

Schwankend näherte sich Jonathan dem Trümmerfeld. Je genauer er das grauenvolle Ausmaß der Verwüstung sah, desto härter wurde der Knoten in seiner Magengrube, denn er musste daran denken, dass Randolph und Holmes zum Zeitpunkt des Unglücks an Bord gewesen waren. »Holmes!«, rief er. »Randolph! Wo sind Sie?«

Erst mit leichter Verspätung fiel ihm ein, dass nicht nur seine Gefährten, sondern auch der Franzose und dessen Schergen unter den Trümmern liegen mochten. Auch wenn sich sein benommener Verstand kaum vorzustellen vermochte, dass irgendjemand diese Katastrophe überlebt haben könnte, hielt eine leise innere Stimme – teils hoffnungsvoll, teils furchtsam – beharrlich dagegen, dass Magieanwender alles andere als *irgendjemand* waren. Wenn Magie im Spiel war, durfte man nichts für unmöglich halten. So viel hatte er schon gelernt. Daher hieß es, vorsichtig zu sein, denn es wäre wohl eine bittere Ironie des Schicksals, wenn er ein Zugunglück überlebte, nur um anschließend von einem verrückten Auftragsmörder erschossen zu werden.

Er senkte die Stimme und sah sich unbehaglich um. »Holmes? Randolph?« *Gott, was mache ich nur, wenn sie tot sind? Oder schwer verletzt? Oder wenn der Franzose auf einmal vor mir steht?*

Doch als er die erste reglose Gestalt entdeckte, die halb unter zwei ineinander verkeilten Waggons lag, war es weder der Magier noch der Kutscher oder der Killer. Es war eine junge Frau mit rotem Haar.

Als Kendra erwachte, erlebte sie zwei Überraschungen zugleich. Zum einen verblüffte es sie, dass sie dem Tod noch einmal entkommen war. Der Blitz war so unmittelbar neben ihr eingeschlagen, dass sie während des kurzen Augenblicks, als sie orientierungslos durch die Finsternis gewirbelt war, nichts anderes hatte denken können, als dass ihr Leben nun vorbei sei. Umso erfreuter war sie festzustellen, dass sie sich diesbezüglich getäuscht hatte.

Die zweite Überraschung bestand darin, dass ein ihr unbekannter junger Mann neben ihr kniete und sie aus braunen Augen besorgt anblickte. Seine Kleidung war sicher einmal gut gewesen, bevor Schmutz und Regen ihre Spuren darauf hinterlassen hatten, und sein markantes Gesicht hätte zweifellos etwas Beruhigendes ausgestrahlt, wären seine Wangen nicht so bleich und der Ausdruck auf seinen Zügen nicht so angespannt gewesen.

Kendra zwinkerte die Regentropfen aus ihren Augen und richtete sich halb auf. »Wer sind Sie?«, brachte sie undeutlich hervor. Ein metallischer Geschmack füllte ihren Mund, so als habe sie sich bei ihrem Sturz auf die Zunge gebissen.

»Mein Name ist Jonathan Kentham, ich bin …« Er zögerte. »Eigentlich bin ich mit einigen Freunden gekommen, um Sie und Ihren Begleiter Giles McKellen zu retten. Natürlich sollte das alles nicht so enden.«

»Giles McKellen?« Kendra wurde hellhörig. Für eine Sekunde fragte sie sich, ob Kentham zu ihren Verfolgern gehörte? Aber irgendwie glaubte sie das nicht. Schließlich hatten jene versucht, sie umzubringen, und er sprach vom genauen Gegenteil. »Das ist mein Großvater. Hat Dunholm Sie geschickt?«

Wieder zögerte der Mann und schüttelte dann den Kopf. »Nicht direkt. Aber wir sind Gefolgsleute von ihm und Feinde der Männer, die Sie gejagt haben, Miss …«

»Kendra McKellen. Aber bitte nennen Sie mich Kendra. Niemand nennt mich Miss. Das klingt ja furchtbar förmlich.« Kendra schnitt eine Grimasse.

Ein Schmunzeln hellte die Züge Kenthams auf. Das stand ihm viel besser als diese düstere Miene, wie Kendra fand. »In Ordnung, Kendra«, sagte er. »Dann müssen Sie mich aber Jonathan nennen. Und auch wenn es in unserer gegenwärtigen Lage gänzlich unpassend klingt: Es freut mich, Sie kennenzulernen.« Er bot ihr eine Hand an. »Kommen Sie, ich helfe Ihnen auf.«

»Danke! Ich bin auch froh, endlich mal jemandem zu begegnen, der Großvater und mir nichts Böses will.« Stöhnend erhob sie sich, wobei sie zu ihrer Erleichterung feststellte, dass ihr zwar alle Knochen im Leib wehtaten, sie sich aber offensichtlich wie durch ein Wunder keine schlimmeren Verletzungen zugezogen hatte. Sofort blickte sie sich um. »Wo ist Großvater? Haben Sie ihn gesehen? Er ist schwer verwundet!«

Jonathan zuckte mit den Schultern. »Sie sind die erste Person, die ich gefunden habe, seit …«

Ein Knirschen und Knacken zu ihrer Linken ließ ihn abrupt verstummen. Er warf Kendra einen gehetzten Blick zu und bedeutete ihr, wieder hinter den zwei umgestürzten Waggons in Deckung zu gehen, neben denen er sie gefunden hatte.

Während die junge Frau sich duckte, schob sich Jonathan vorsichtig zum Rand der Waggons und spähte um die Ecke, um nach der Quelle des Geräuschs Ausschau zu halten. Zu seiner großen Erleichterung handelte es sich um Holmes, der ohne Hut, Mantel und Schirm, dafür aber mit zerrauften Haaren und zerrissener Jacke aus einem Gebüsch auftauchte. Von seiner rechten Schläfe bis zum Kragen zog sich eine helle Blutspur, und er hatte Mühe, sich auf den Beinen zu halten. »Grundgütiger!«, murmelte er. »Das war extrem – selbst für meine Verhältnisse.«

»Holmes!«, schrie Jonathan. »Sie leben! Was für ein Glück!« Er lief auf den Magier zu und schlug ihm freudig auf die Schulter.

Holmes gab ein leises Keuchen von sich. »Glück?«, echote er dann pikiert. »Mitnichten. Schierer Überlebenswille und der eine oder andere rasch gesponnene Faden haben mich gerettet.« Er hob das Kinn und ließ seinen Blick über die verkeilten Waggons und die überall verstreut herumliegenden Transportgüter gleiten. Eine leichte Blässe schlich sich auf seine Züge. »Nun gut. Vielleicht war doch ein kleines Fünkchen Glück mit im Spiel.«

»Holmes, kommen Sie«, sagte Jonathan und zog den Magier am Ärmel hinter sich her. »Ich möchte Ihnen Kendra McKellen vorstellen, die Enkelin des Bekannten von Dunholm. Kendra, Sie können herauskommen! Es ist ein Freund.«

Die junge Frau tauchte hinter den Waggons auf und kam ihnen einige Schritte entgegen.

Eilig strich Holmes seine Haare glatt. »Bitte verzeihen Sie

meinen Aufzug, Miss McKellen. Ich fürchte, die Katastrophe, die sich hier ereignet hat, ist auch an mir nicht ganz spurlos vorübergegangen. Mein Name ist Holmes, Jupiter Holmes.« Er ergriff Kendras rechte Hand und deutete einen Handkuss an.

»Sehr erfreut«, erwiderte Kendra etwas verlegen. Rasch entzog sie Holmes die Hand und barg sie in der anderen, bevor sie sich umsah. »Jetzt müssen wir aber endlich meinen Großvater suchen. Er wurde angeschossen, und es ging ihm gar nicht gut.«

»Und wir sollten auch nach Randolph und dem Franzosen Ausschau halten«, fügte Jonathan hinzu.

Gemeinsam machten sie sich daran, das Trümmerfeld abzugehen. Als Erstes fanden sie Whitby. Er schien gerade erst das Bewusstsein zurückerlangt zu haben und mühte sich ab, seine unter zwei Baumstämmen eingeklemmten Beine freizubekommen. Holmes überzeugte ihn höflich, aber bestimmt davon, dass es besser für ihn wäre, keinen Widerstand zu leisten. Erst dann befreiten sie ihn, banden ihn jedoch umgehend an einer Waggonverstrebung fest.

Als Nächstes entdeckten sie Randolph, der kopfüber besinnungslos in einem Gestrüpp unter einem Baum unweit der Bahntrasse hing. Sie zerrten ihn daraus hervor, und nachdem Jonathan ihm ein paar sanfte Ohrfeigen verpasst hatte, schlug er unvermittelt die Augen auf und verlangte einen Schnaps. Jonathan griff in die Innentasche des Kutschermantels und brachte den silbernen Flachmann Randolphs zum Vorschein, den dieser sogleich an sich nahm, um einige kräftige Schlucke zu trinken. Anschließend gab er einen kehligen Laut irgendwo zwischen Abscheu und Genuss von sich, spuckte herzhaft auf den Boden und erklärte, er sei wieder einsatzbereit.

Auf Kendras Großvater stießen sie erst, als sie unter einen umgekippten Schüttgutwaggon blickten. Erstaunt stellten sie fest, dass der alte Mann vollkommen unverletzt zu sein schien. Große Blutflecken auf seinem Hemd zeugten von den Gewehrschüssen des Franzosen, doch seine Haut war frei von Wunden, und sie schimmerte leicht, als sei sie von phosphoreszierendem Staub bedeckt. Außerdem schlief er tief und fest und ließ sich auch nicht aufwecken.

»Seine Fadenaura ist seltsam«, stellte Holmes fest, als er den Zustand des alten Mannes in der Wahrsicht überprüfte. »Es sieht so aus, als habe er sich vollständig in einen Fadenkokon eingesponnen. Ich kann nicht sagen, was darunter geschieht.«

»Ach, was macht das schon!«, rief Kendra glücklich und umarmte den alten Mann. »Er lebt! Nur darauf kommt es an.«

Während die junge Frau zusammen mit Randolph bei ihrem Großvater blieb, suchten Jonathan und Holmes die restlichen Waggons ab. Sie mussten aber feststellen, dass der Franzose verschwunden war. Einzig die zersplitterte Brille mit den getönten Gläsern fanden sie im Gras. Ansonsten gab es keinerlei Spur von dem Magierjäger. Offensichtlich hatte er das Weite gesucht, um seine Wunden zu lecken.

Nachdem sie sich wieder zu den anderen gesellt hatten, blickte Holmes gedankenvoll auf die am Boden neben ihrem Großvater kauernde Kendra hinunter und wandte sich dann an Jonathan und Randolph. »Nun ja«, sagte er. »Alles in allem nicht unbedingt ein Glanzstück britischen Heldentums, aber immerhin haben wir unser Ziel erreicht, die McKellens vor dem Zugriff von Wellingtons Häschern zu bewahren. Ich schlage vor, wir laden die beiden und Whitby in die Motorkutsche und fahren nach London zurück. Die Sache ist noch nicht ausgestanden.«

21. April 1897, 19:12 Uhr GMT
Ärmelkanal, unmittelbar vor der Küste von Dover

Der Himmel war trüb, und die See war grau. Ein kalter Wind pfiff von Westen, vom Atlantik kommend, in den Ärmelkanal hinein, und irgendwo in der Ferne über dem Festland grollte leiser Donner.

Mit gleichmäßigen, bedächtigen Bewegungen holte Ned sein

Fischernetz ein und begutachtete mürrisch den kargen Fang, den er in den letzten Stunden gemacht hatte. Irgendetwas stimmte seit ein paar Tagen ganz und gar nicht. Man konnte den Eindruck gewinnen, die Fische würden sich in tieferen Gewässern verbergen, weil sie Angst vor dem hatten, was in und um die Inseln geschah. Ned konnte dieses Gefühl nicht begründen, aber seine alte Walfangverletzung schmerzte, und das bedeutete für gewöhnlich nichts Gutes.

Leise vor sich hin brummend, leerte er die Netze in die dafür vorgesehenen Auffangbehälter seines kleinen Fischerboots und fing an, die geknüpften Fanginstrumente zusammenzulegen. Für heute hatte er genug. Er sehnte sich nur noch danach, zur Küste zurückzukehren und im *Admiral Benbow* ein oder zwei Pints zu heben.

Als er sich umdrehte und die Netze verstauen wollte, fiel ihm auf, dass, von Südwesten kommend, eine dichte Nebelbank über das Wasser auf ihn zuglitt.

»Teufel, auch das noch!«, brummte er.

Ned klappte die Holzkiste im Heck des Schiffes zu und machte sich am Mast zu schaffen, um das Segel zu setzen. Seenebel konnte er weiß Gott nicht brauchen. Die Küste war zwar nicht weit entfernt, aber es gab ein paar unangenehme Stellen im Meer vor den Klippen von Dover, in die man allzu leicht geraten konnte, wenn man nicht mehr genau wusste, wohin man fuhr.

Ein dumpfes Heulen veranlasste ihn, sich erneut zu der Nebelbank umzudrehen. Unsicherheit zeichnete sich auf seinem Gesicht ab. Was war das gewesen? Das Nebelhorn eines Frachtklippers? *Unmöglich!*, dachte Ned. Er wusste, wie ein Nebelhorn klang. So jedenfalls nicht.

Breitbeinig arbeitete er sich zum Bug vor, wo in einer Seekiste sein Fernrohr lag, ein altes, aber verlässliches Messinginstrument, das schon sein Vater mit auf See genommen hatte. Er zog es aus und blickte hindurch, um den Nebel nach der Quelle für das unheimliche Geräusch abzusuchen.

Das Heulen wiederholte sich nicht, aber er sah, dass der Nebel selbst irgendwie seltsam war. An seinen Rändern wallte und brodelte es, als würde er nicht vom Wind übers Meer in Richtung Küste geweht, sondern an Ort und Stelle aus den grauen Wellen herausdampfen. Dabei bewegte er sich mit einer solch unnatürlichen Geschwindigkeit, dass Ned ein kalter Schauer über den Rücken lief.

»Was für ein unheiliger Spuk ist das?«, fragte er sich murmelnd. Geschichten von Geisterschiffen und Seeungeheuern kamen ihm auf einmal in den Sinn – Geschichten, über die er im *Admiral* immer gelacht hatte, wenn der alte Bones sie zum Besten gegeben hatte. Jetzt wünschte er sich, er hätte sie niemals gehört.

Ohne sich weiter um das Segel zu kümmern, zerrte Ned die zwei langen Riemen hervor, die er für Notfälle, etwa eine abendliche Flaute, immer dabei hatte, und fing an, wie besessen auf die Küste zuzurudern. Natürlich wusste er, wie sinnlos dieses Unterfangen war. Er würde dem Nebel auf diese Weise niemals entrinnen.

Dunstige Ausläufer, den Fangarmen eines monströsen Kraken gleich, vorausschickend, holte ihn die weiße Wand ein und verschluckte sein Boot. Auf einmal war die Welt kalt und still. Nein, nicht ganz, wie er feststellte. Ein eigentümliches Rauschen drang aus den Schwaden im Heck seines Boots, als würde ein Schiff von hinten zu ihm aufschließen. Möglicherweise war das Heulen doch ein Nebelhorn gewesen?

»Hallo?«, rief Ned in den Dunst hinein, der seine Worte seltsam dumpf klingen ließ. »Ist da jemand? Hallo?«

Er bekam keine Antwort, aber das Rauschen verdrängten Wassers wurde immer lauter. Wenn dort ein Schiff kam, müsste er es doch mittlerweile sehen können … Was zur Hölle ging da vor sich? Warum war dort nichts?

»Heda! Hört mich niemand?« Ned hatte das Rudern mittlerweile eingestellt und starrte wie gebannt in den Nebel. Was immer sich ihm dort näherte, es musste beträchtliche Ausmaße haben. Konnte es vielleicht ein Wal sein? Manchmal verirrten sich die riesigen Meeressäuger auf ihrem Weg vom Atlantik ins Nördliche Eismeer in den Ärmelkanal. Ein Buckelwal vielleicht? Buckelwale gaben doch so komische Gesänge von sich …

Das unirdische Heulen, das beinahe unmittelbar hinter seinem Boot aus dem Nebel drang, kurierte Ned von dem Gedanken, es könne sich um ein Schiff oder einen Wal handeln. Nichts auf Gottes guter Erde machte so ein Geräusch! Panisch fing er wieder an zu rudern, als plötzlich ein riesenhafter dunkler Schatten direkt neben seinem Boot wortwörtlich auftauchte. Mit weit aufgerissenen Augen starrte Ned auf den Giganten, der keine zehn Schritt neben seinem Fischerkahn die Fluten teilte, rauschend vorüberzog und dann einige Bootslängen vor dem Bug schnaubend wieder unter der Wasseroberfläche verschwand.

Das kleine Boot wurde von den Wellen, die der Koloss aufgeworfen hatte, hin- und hergeschaukelt, aber das bemerkte Ned gar nicht. Fassungslos blickte er auf die Stelle des Meeres, wo das Ungetüm versunken war, und er betete zu allen Heiligen, dass es nicht zurückkehren möge.

21. April 1897, 20:30 Uhr GMT
England, London, geheime Hallen des Ordens des Silbernen Kreises

Die Große Ratskammer des Ordens, ein runder Raum, in dem sich, ähnlich wie in einem römischen Amphitheater, vier hölzerne Sitzreihen in einem Dreiviertelrund an den Wänden entlangzogen, war so voll wie schon seit Monaten nicht mehr. Sedgewick zwinkerte und nestelte unruhig an seinem Krawattenknoten, als er die fast einhundert Magier erblickte, die aus ganz London und dem Umland hergekommen waren. Große Menschenmengen machten ihn immer nervös. Und dass es sich dabei auch noch um Magieanwender handelte, unter denen sich mehrere befanden, die just in diesem Augenblick Teil einer Verschwörung zum Sturz der alten Ordnung waren, machte ihn noch nervöser. Er sah

McGowan gemeinsam mit Carlyle in der ersten Reihe sitzen und wandte rasch den Blick ab, in der Hoffnung, sie würden nicht weiter auf ihn achten, wenn er sie nicht anstarrte.

Unweit des Eingangs gab es noch einige freie Plätze. Sedgewick drängte sich nach hinten in die dritte Reihe und nahm neben einem asketisch wirkenden Mann Platz, der seinem Äußeren nach indischer Abstammung war. Er kam, wenn Sedgewick sich recht entsann, aus einem der Vororte im Süden Londons, beehrte nur selten die Untere Guildhall, und sein Name war so lang und kompliziert, dass er ihn sich nie gemerkt hatte. Der Magispector nickte dem Inder stumm zu, und dieser erwiderte den Gruß.

Unten im Raum kam es zu Bewegung, als Lord Cheltenham, der amtierende Erste Lordmagier des Ordens des Silbernen Kreises, durch die großen Flügeltüren des Hauptportals eintrat. Zu seiner Rechten flankierte ihn der hünenhafte Drummond, zu seiner Linken begleiteten ihn Cutler als offizieller Sekretär des Ersten Lordmagiers und Miss Potts, Cheltenhams persönliche Assistentin. Während Drummond sich zu McGowan, Carlyle und den anderen Mitgliedern des Inneren Zirkels gesellte, setzten sich Cutler und Potts unweit von Cheltenhams Rednerpult in die erste Reihe. Ihnen würde die Aufgabe zufallen, das Protokoll zu führen.

Cheltenham selbst trat unterdessen an das Pult. Der amtierende Erste Lordmagier läutete mit einer kleinen Glocke und rief damit die Versammlung zur Ordnung. Nachdem auch das letzte Gespräch verstummt war, ließ er die Stille im Raum noch einen Moment lang wirken, bevor er zu sprechen begann.

»Ladies and Gentlemen, hochverehrter Rat des Ordens des Silbernen Kreises. Ich möchte, bevor ich beginne, zunächst einmal all jene unter Ihnen um Verzeihung und Nachsicht bitten, für die diese kurzfristig anberaumte Zusammenkunft größere Unannehmlichkeiten zur Folge hatte. Ich versichere Ihnen allen, dass der Ernst der gegenwärtigen Lage dieses rasche Handeln notwendig machte.« Cheltenham legte seine Hände links und rechts auf das Pult und beugte sich ein wenig vor, um seinen Worten mehr Gewicht zu verleihen. »Ich stehe heute vor Ihnen in einer der dunkelsten Stunden des Ordens. Der Umstand, dass *ich* vor Ihnen stehe und nicht Lordmagier Albert Dunholm ist einer der leidvollen Gründe für die tiefe Krise, in welcher der Orden steckt. Viele von Ihnen werden bereits Gerüchte über das Ableben des Ersten Lordmagiers gehört haben. Manches davon entspricht der Wahrheit, vieles aber nicht. Um all die Spekulationen zu beenden und auch, weil die Lage seit jenem furchtbaren Abend vor drei Tagen sogar noch schlimmer geworden ist, habe ich mich dazu entschlossen, nicht nur Sie alle über den augenblicklichen Stand unserer Ermittlungen in Kenntnis zu setzen, sondern zugleich eine Warnung vor weiteren Gefahren auszusprechen, die diesem Orden drohen und die es dringender denn je nötig machen, dass die Mitglieder des Silbernen Kreises zusammenrücken und sich Schulter an Schulter stellen, um jener Gefahr, von der ich noch sprechen werde, die Stirn zu bieten.«

Sedgewick spürte, wie seine Gedanken abzuschweifen begannen. Im Grunde hielt er Lord Cheltenham für eine kundige Führungspersönlichkeit, doch wie alle Politiker neigte er zu großen Gesten und weitschweifigen Reden. Und da der Magispector über die Umstände von Dunholms und Crowleys Tod wahrscheinlich mehr wusste als die meisten hier im Saal, erlaubte er sich, seinen Blick über die Reihen gleiten zu lassen, während der amtierende Erste Lordmagier zu einem wortreichen, aber inhaltlich nicht sonderlich ergiebigen Abriss der Ereignisse der letzten Tage ansetzte.

Es überraschte ihn nicht, weder Randolph Brown noch diesen Neuling Kentham oder den Exzentriker Holmes in der Ratskammer zu sehen. Während hier nur geredet wurde, schritt dieses ungleiche Trio aus Außenseitern längst mutig zur Tat. Sedgewick wünschte sich, mehr zum Kampf gegen den Franzosen beitragen zu können, aber sosehr Cutler und er sich auch in den letzten Stunden die Köpfe zerbrochen hatten, es war Ihnen einfach nicht eingefallen, was es speziell mit der Buchstabenfolge D L X auf sich haben könnte. Cutler hatte die Vermutung geäußert, dass es sich um die Zahl 560, geschrieben in lateinischen Ziffern, handeln könnte, aber auch das hatte sie zu keinem sinnvollen Ergebnis geführt.

Auf der anderen Seite der Ratskammer gewahrte Sedgewick Miss Spellman, die Cheltenham auch nur mit halbem Ohr zuzuhören schien. Stattdessen schaute sie zu ihm herüber, und als sich ihre Blicke kreuzten, winkte sie verstohlen. Lautlos seufzend nickte der Magispector ihr zu. Die ungewollte und unerwiderte Zuneigung dieser Dame machte ihm zu schaffen. Er wünschte sich, sie würde sich ein anderes Opfer aussuchen.

Neben Spellman saß Theodore Winterbottom, eine Akademikerseele, wie Sedgewick keine zweite in den Reihen des Ordens kannte. Es war unglaublich, mit welcher Begeisterung der ältere Herr seine Nase in noch ältere Bücher steckte. Sedgewick hätte schwören können, ihn noch niemals ohne ein Buch in der Hand angetroffen zu haben – ganz gleich zu welchem Anlass. Selbst jetzt hatte dieser sich einen Folianten mitgebracht, in dem er mit konzentrierter Miene und ohne auf seine Umgebung zu achten las. Sedgewicks Blick blieb an der auffälligen Markierung am Buchrücken hängen: C IV X. Es handelte sich folglich um ein Buch aus der Bibliothek des Ordens. Wäre Crowley noch am Leben gewesen, hätte er Winterbottom niemals erlaubt, einen seiner Schätze von dort mitzunehmen.

Halb missbilligend, halb betrübt schüttelte Sedgewick den Kopf. Plötzlich hielt er mitten in der Bewegung inne. *C IV X …* Ganz ohne sein Zutun begann er einmal mehr ein Muster zu sehen. *C IV X … D L X …*

Grundgütiger!, durchfuhr es ihn, und er zuckte auf seinem Platz zusammen. *Es ist eine Signatur der Ordensbibliothek!* Natürlich, das musste es sein. »Verzeihung«, sagte er zu dem Inder, als er aufstand und sich durch die Reihe drängte. Möglichst unauffällig ging er die Stufen hinunter in Richtung Ausgang. Als er

Cutlers fragenden Blick auffing, trat er jedoch rasch zu ihm und flüsterte: »Ich habe die Lösung gefunden. D L X. Eine Signatur der Bibliothek.«

Cutler warf einen Blick auf Cheltenham, der soeben die Untersuchungsergebnisse von Doktor Westinghouse referierte, und wandte sich dann an Miss Potts. »Bitte übernehmen Sie kurz das Protokoll für mich. Eine dringende Angelegenheit erfordert meine Aufmerksamkeit.«

Potts warf ihm einen verwunderten Blick zu, nickte aber. »Selbstverständlich, Mister Cutler.«

Möglichst unauffällig schoben die beiden Männer sich auf einen der Seitenausgänge der Ratskammer zu. Glücklicherweise waren alle Augen auf Cheltenham gerichtet, der in dramatischen Worten vor der Gefahr warnte, die angeblich von ausländischen Aggressoren ausging. Lautlos öffneten sie die Tür und schlüpften nach draußen auf den Gang. Doch als Sedgewick sich ein letztes Mal umdrehte, sah er, dass einer Anwesenden durchaus nicht entgangen war, wer soeben die Versammlung verlassen hatte. McGowans prüfend scharfer Blick traf auf den seinen und durchbohrte ihn regelrecht. Der Magispector schluckte, zog rasch den Kopf zurück und schloss die Tür.

21. April 1897, 20:51 Uhr GMT
England, London, Queenhithe Dock

Leise fluchend wankte Porter Jackson die Gasse hinunter. Der Tag war überhaupt nicht so verlaufen, wie er sich das vorgestellt hatte. Zunächst war er von seinem Bruder Isaac wegen eines unseligen Streits aus der gemeinsamen Wohnung geworfen und auf die Straße gesetzt worden. Wenig später hatte er feststellen müssen, dass irgendein Straßenjunge in Whitechapel ihm mit flinken Fingern fast sein ganzes Bargeld stibitzt hatte. Aber vielleicht waren die wenigen Pence, die Porter noch in seiner Hosentasche gefunden hatte, als er in den Spirituosenladen gegangen war, ja auch alles, was er noch besaß. So genau hatte er das nicht mehr zu sagen vermocht.

Er hatte die letzten Münzen jedenfalls für eine große Flasche billigen, aber hochprozentigen Fusel ausgegeben, und die hatte er dann im Laufe des Tages nach und nach geleert. Seine Stimmung war dadurch leider nicht besser geworden. Dafür konnte er mittlerweile, da nicht mehr als ein fingerbreiter Rest am Boden der Flasche übrig geblieben war, kaum noch stehen, geschweige denn klar denken. Nur die zwei ähnlich starken Bedürfnisse, sich irgendwo zum Schlafen hinzulegen und die Blase zu entleeren, waren in seinem umnebelten Geist verblieben.

»Eins nach dem anderen«, entschied Porter lallend.

Er wusste nicht so ganz genau, wo er sich im Augenblick eigentlich befand – neben dem Alkohol trübte auch der allgegenwärtige Londoner Nebel, der an diesem Abend schon ungewöhnlich früh aufgezogen war, seine Sinne. Doch wenn er sich nicht ganz und gar täuschte, war irgendwo vor ihm das leise Schmatzen von Wasser zu hören, das an einer Kaimauer leckte. Die Themse musste also in der Nähe sein.

»Asche zu Asche, Staub zu Staub, Wasser zu Wasser«, zitierte Porter recht frei aus der Bibel und stieß sich von der aus braunen Backsteinen gemauerten Hauswand ab, an der er sich bislang nicht nur orientiert, sondern auch festgehalten hatte.

Mutig wankte er in den weißen Dunst hinein. Die schlechte Sicht ließ ihn über das unebene Pflaster stolpern, und es trieb ihn mehrere unsichere Schritte ins Leere, bevor er sich zu fangen vermochte – gerade noch rechtzeitig, wie er feststellte, denn die Straße endete sowohl direkt vor ihm als auch zur Rechten in einer niedrigen Kaimauer. Knapp eine Manneslänge unter seinen Füßen schwappte das brackige Wasser der Themse an die moosig glänzenden Steine. »Glück gehabt«, murmelte Porter.

Mit zusammengekniffenen Augen blickte er angestrengt in den Nebel hinein und glaubte einige hölzerne Pfähle zu erkennen, die aus dem Wasser ragten. »Muss unten an einem der Schiffsanlegeplätze sein«, murmelte er. Wahrscheinlich handelte es sich um das Queenhithe Dock. Das war die einzige Stelle zwischen Waterloo und Tower Bridge, an der die Uferbegrenzung einen so deutlichen Einschnitt aufwies. Damit war er auf seiner ziellosen Wanderung viel weiter nach Westen geraten, als er eigentlich vorgehabt hatte.

Ergeben zuckte Porter mit den Schultern und beschloss, die Gunst des Augenblicks zu nutzen und seine drückende Blase zu leeren, um zumindest eine seiner beiden Sorgen los zu sein. Vorsichtig stellte er die Flasche neben sich auf die Kaimauer und öffnete mühsam und umständlich seine Hose. Dabei schwankte er gefährlich hin und her und wäre beinahe ein weiteres Mal über den Rand gekippt. Schließlich war das Unterfangen geglückt, und unter seligem Seufzen erleichterte er sich. Das helle Plätschern im Wasser der Themse war das einzige Geräusch in der unmittelbaren Umgebung.

Das änderte sich, als sich zu dem Plätschern auf einmal ein dumpfes Rauschen gesellte. Diesem Rauschen folgte ein Gurgeln und Blubbern, und unvermittelt fing die Themse direkt vor Porters Augen an zu sprudeln, als würde sie kochen. Verwirrt machte er einen Schritt zur Seite, wobei er die Flasche umstieß. Klirrend zerbrach sie auf dem Kopfsteinpflaster.

Porter Jackson hatte allerdings keine Zeit, sich darüber zu ärgern, denn in diesem Augenblick schoss unmittelbar vor ihm eine Wand aus Stahl und nass glänzendem grauem Fleisch in die Höhe. Ein riesenhaftes Ungetüm tauchte aus dem Wasser auf, erhob sich schnaubend und fauchend wie ein den Legenden entstiegener Seedrache in die nebelgeschwängerte Abendluft und kam schließlich keine zwei Schritt vom Kai entfernt zur Ruhe. Wasser rann in Strömen über die dunkle Haut, die von Panzerplatten geschützt und mit schwarzgrauen Metalldornen gespickt war. Ein riesenhaftes gelb leuchtendes Auge glotzte Porter, ohne zu blinzeln, aus der Dunkelheit an.

»Heilige Mutter Gottes!«, hauchte dieser fassungslos, während er mit heruntergelassenen Hosen den Koloss anstarrte, der eine widernatürliche Mischung aus Lebewesen und Maschine zu sein schien.

Ein dumpfes metallisches Stöhnen durchlief den Leib des Monstrums. Plötzlich öffnete sich eine Art Luke in dessen Flanke, und ein Mann erschien dort. Wäre Porter ihm tagsüber auf der Straße begegnet, hätte er ihn möglicherweise für einen aristokratisch wirkenden, aber nichtsdestoweniger völlig normalen älteren Gentleman gehalten. Dieser Eindruck hätte ihm in diesem Moment nicht ferner liegen können. Und er wurde auch keineswegs besser, als der Mann lautlos die breite Gangway herunterschwebte, die wie von selbst aus dem Bauch des Ungeheuers hervorgewachsen war, während fischartige Zweibeiner mit speerähnlichen Waffen hinter ihm herkamen.

»Das ist ein Albtraum«, flüsterte Porter. »Ein Albtraum. Gott im Himmel, was sind das für Ungeheuer?« Seine Stimme wurde immer lauter und ein Hauch von Wahnsinn schlich sich hinein. Die Worte gingen in ein unartikuliertes Schreien über, als hinter den Fischmenschen mit stampfenden Schritten ein silbern glänzender Eisengolem auftauchte. Auf den kantigen Schädel der Dämonenbrut, die, wie das Walboot auch, halb Mensch halb Maschine zu sein schien, war das Antlitz eines jungen Mannes genietet, in dessen Augen das Feuer der Hölle zu lodern schien.

»Duncan, wären Sie so freundlich, diesen Schreihals zum Schweigen zu bringen?«, fragte der aristokratisch wirkende Mann höflich.

»Mit Vergnügen, Meister«, grollte der Golem. Er wandte sich Porter zu und hob einen klauenbewehrten Arm.

»Nein!«, schrie dieser, und endlich kam Bewegung in seine zuvor gelähmten Gliedmaßen. Er fuhr herum, und seine Hose mit beiden Händen festhaltend, rannte er in den Nebel hinein, fort von diesem Ort des Grauens.

Ein Schlag, wie von der Faust eines Titanen ausgeführt, traf ihn in den Rücken. Porter wurde emporgehoben und durch die

Luft gewirbelt, über die Kaimauer hinweg und hinein ins eisige Wasser der Themse. Prustend und strampelnd ging er unter. Er konnte nicht schwimmen – müde und betrunken, wie er war, schon gar nicht.

Voller Panik versuchte er, die Wasseroberfläche wiederzufinden, aber er hatte keinen Erfolg. Um ihn herum waren nur Schwärze und Kälte, die auch nicht wichen, als ihm langsam, aber sicher die Luft ausging. Verzweifelt sammelte er noch einmal all seine Kräfte, aber es war, als würde ihn eine unsichtbare, unbezwingbare Kraft unter Wasser festhalten. Seine Lungen brannten wie Feuer und lechzten danach, süße, frische Luft zu schnappen. Schließlich konnte er nicht mehr verhindern, dass sein Mund sich öffnete. Brackiges, stinkendes Wasser füllte seine Kehle. Er hustete, würgte, kämpfte um sein Leben – aber umsonst. Es war beinahe eine Gnade, als sein Bewusstsein in der Finsternis versank.

21. April 1897, 20:58 Uhr GMT
England, London, geheime Hallen des Ordens des Silbernen Kreises

»D steht für Magiegeschichte! A sind Enzyklopädien, B Atlanten, C ist Weltgeschichte und D Magiegeschichte. L ist das fünfzigste Regalbrett, und X die Signatur für das zehnte Buch. D L X!« Sedgewick schüttelte den Kopf. »Ich hätte schon viel früher darauf kommen müssen. Wir haben in der Bibliothek gesessen und uns über dieses Rätsel den Kopf zerbrochen, dabei waren wir umgeben von Hinweisen auf die Lösung.«

»Grämen Sie sich nicht«, tröstete ihn Cutler. »Mir ist der Gedanke ebenso wenig gekommen.«

»Ich bin gespannt, was für ein Buch hinter dieser Signatur steckt«, meinte der Magispector, während sie durch die Gänge der Unteren Guildhall auf die Bibliothek zueilten. »Was war es, das Crowley vor seinem Tod so sehr beschäftigt hat, dass er uns einen Hinweis darauf hinterlassen hat?«

»Wir werden es gleich wissen«, sagte Cutler.

Gemeinsam betraten sie das Reich des verstorbenen Obersten Archivars und Geheimnisträgers des Ordens, das zu dieser Stunde menschenleer war. Atemlos eilten sie an den Regalreihen voller Bücher vorbei, bis sie die Abteilung D erreicht hatten, in der Hunderte von Werken zur Geschichte der Magie auf der ganzen Welt gesammelt waren, von den Reisebeobachtungen frühmittelalterlicher Missionare über Inquisitionsschriften des 15. Jahrhunderts bis hin zu umfangreichen Abhandlungen zeitgenössischer Magiekundiger.

»Dreißig, vierzig, fünfzig«, zählte Sedgewick, während er an den Regalen entlangging und die Kennzeichnungen an den Regalbrettern überprüfte. »Da wären wir. Fünf, acht, zehn! Das muss es sein!« Er zog ein schmales, in braunes Leinen gebundenes Buch mit goldener Prägung aus dem Regal.

»*Atlantis – Mythos und Wahrheit*«, las Cutler aufgeregt vor. »Von Professor Petas Marazor.« Er griff Sedgewick am Arm. »Kommen Sie, setzen wir uns und schauen nach, ob Crowley irgendwelche Vermerke hinterlassen hat.«

»In dem Buch?«, fragte der Magispector entrüstet. »Sie sind wohl verrückt! So etwas hätte Crowley niemals getan. Aber vielleicht finden wir auch so heraus, warum er so sehr an Atlantis interessiert war.«

Sie begaben sich zu einem der Tische in der Bibliothek, setzten sich und schlugen das offensichtlich wissenschaftliche Werk auf. Wie sie beim raschen Querlesen erkannten, enthielt es zunächst eine Erörterung gängiger Überlieferungen zum Atlantis-Mythos, dann folgte eine Betrachtung aus magiehistorischer Sicht. Sedgewicks Augen flogen über die Zeilen und wurden dabei immer größer. »Die Wahre Quelle der Magie …«, murmelte er. »Ist es möglich, Cutler? Kann irgendjemand Atlantis gefunden und die sagenumwobene Quelle geöffnet haben?«

»Das klingt zu fantastisch, um wahr zu sein«, erwiderte dieser, schien sich seiner Worte allerdings alles andere als sicher.

»Aber es würde alles erklären«, fuhr Sedgewick fort, und auf seinem Gesicht bildeten sich vor Aufregung rote Flecken. »Das Ansteigen des Magieniveaus, die seltsam diffuse Art der rohen Magie, ihre weiträumige und gleichförmige Verteilung … Ich dachte, das alles wäre auf einen Riss am Himmel über London zurückzuführen. Aber tatsächlich ist es der Niederschlag einer gewaltigen Fontäne, die aus der Wahren Quelle irgendwo im Atlantik schießt.« Er hielt inne und blinzelte hektisch.

Cutler war bleich geworden. »Sedgewick, ist Ihnen klar, was Sie damit sagen? Das würde bedeuten, dass …«

»… nicht nur London oder England, sondern die ganze Welt davon betroffen wäre«, beendete der schmächtige Magispector den Satz. Er schlug die Hand vor den Mund. »Mein Gott, Cutler! Das ist – also rein objektiv gesehen – eine Katastrophe. Die Welt wird im Chaos versinken. Wie konnte so etwas geschehen?«

»Nun, von allein ist die Quelle jedenfalls nicht aufgebrochen«, sagte der Sekretär des Ersten Lordmagiers. »Hier steht etwas von einem ziemlich starken Schutzsiegel. Das heißt, irgendjemand muss sie absichtlich und unter Einsatz enormer Kräfte geöffnet haben.«

Mittlerweile hasste er es beinahe, aber Sedgewick sah auf einmal schon wieder ein Muster. *Crandon, McGowan, Carlyle …* »Wellington«, hauchte er. »Es war Lordmagier Wellington.«

»Ich gratuliere«, meldete sich eine weibliche Stimme von der Tür her zu Wort. »Sie haben es tatsächlich herausgefunden. Wer hätte das gedacht!«

Sedgewick und Cutler fuhren herum. Im Eingang der Bibliothek stand Mary-Ann McGowan, und der eisige Ausdruck auf ihrem Gesicht stand in erschreckendem Widerspruch zu ihrem liebreizenden Äußeren. Unsicher erhoben sich die beiden Männer.

»Miss McGowan, was machen Sie denn hier?«, entfuhr es Cutler.

»Das Gleiche wie Sie, wie mir scheint«, erwiderte diese. »Ich versuche dafür zu sorgen, dass die Dinge *den* Lauf nehmen, den sie nehmen sollten.« Langsam kam sie näher. Ihre Augen nahmen einen gelblichen Glanz an, der davon zeugte, dass sie in die Wahrsicht gewechselt war. »Und wie mir scheint, sind Sie beide auf dem besten Wege, meine Vorstellung vom rechten Lauf der Dinge in Gefahr zu bringen. Das kann ich nicht zulassen.«

»Tun Sie nichts Unvernünftiges!«, rief Sedgewick und hob abwehrend die Hände. »Wenn Sie uns hier in den Räumen des Ordens angreifen, wird man Sie sofort festsetzen.«

»Möglich«, gab McGowan zu. »Aber immer noch besser, als wenn Sie mit Ihrem Wissen in die Ratsversammlung platzen. Wir brauchen nur noch ein wenig Zeit. Dann spielt es ohnehin keine Rolle mehr, ob ein einfältiger Magispector und ein alternder Sekretär mehr oder weniger auf dem Weg zu unserer Machtergreifung auf der Strecke blieben.« Sie vollführte eine rasche Handbewegung, und ein schwerer Tisch schob sich kreischend über den blanken Steinfußboden, sodass er den beiden Männern den Fluchtweg versperrte.

Nicht gut, nicht gut, dachte Sedgewick hektisch. Weder Cutler noch er waren McGowan magisch gewachsen. Sie waren Verwaltungsmenschen, kleine, nützliche Rädchen im Getriebe des Ordens. Die Magie im Kampf einzusetzen hatte keiner von ihnen gelernt.

Cutler hob die rechte Hand. Vielleicht beabsichtigte er, McGowan mit einem Fadenbündel durch die Tür zu stoßen, um sie danach zu versperren.

Aber die Magierin schlug seinen Arm magisch zur Seite, machte drei rasche Bewegungen, und im Nu waren sie auf allen Seiten von schweren Tischen eingekeilt. Bevor Sedgewick oder Cutler auch nur reagieren konnten, warf sie ihnen zwei schwere Bücher aus einem nahen Regal entgegen. Sedgewick versuchte noch, den Kopf zur Seite zu drehen und die Wucht des Aufpralls durch eigene Fadenmanipulation abzumildern, trotzdem zuckte ein heller Blitz des Schmerzes durch seinen Schädel, als der Foliant ihn an der Schläfe traf. Sterne tanzten vor seinen Augen.

Cutler stöhnte leise.

»Sie Witzfiguren!«, zischte McGowan. »War Ihnen denn nicht klar, mit wem Sie sich anlegen, wenn Sie Ihre Nase in unsere Angelegenheiten stecken?«

Voller Entsetzen beobachtete Sedgewick, wie sie mit weit ausholender Geste ein ganzes Regal mit Atlanten leerte und die Bücher einer Wolke gleich über Cutler und Sedgewick zur Decke schweben ließ. So musste sich Damokles gefühlt haben, als das Schwert an einem Rosshaar über seinem Kopf hing. Nur war dies hier kein Schwert, sondern eine ganze Waffenkammer.

»Damit werden Sie niemals durchkommen«, brachte Cutler gepresst hervor.

»Das sehe ich anders«, erwiderte die Magierin. »Wer soll mich aufhalten? Sie?«

»Nein, ich!«, knurrte auf einmal eine Stimme in McGowans Rücken. Eine düstere Gestalt tauchte im Türrahmen auf, packte die Magierin an der Schulter und riss sie zu sich herum. Es gab einen dumpfen Schlag, und im nächsten Moment sackte McGowan lautlos zu Boden, wie eine Marionette, der man die Fäden durchgeschnitten hat. Sich die rechte Faust reibend, trat Randolph über die bewusstlose Magierin hinweg und blickte Cutler und Sedgewick zufrieden an. »Ich sage es doch immer: Wenn es hart auf hart kommt, kräftig mit der Faust ins Gesicht hauen. Wirkt auch bei Magiern.«

Hinter ihm tauchte Holmes im Türrahmen auf, beide Hände wie beschwörend erhoben, und Sedgewick erkannte, dass sie es ihm zu verdanken hatten, dass die Buchlawine nicht auf sie beide herabgedonnert war. »Weg damit!«, sagte der Magier, vollführte eine wischende Geste, und die Atlanten stürzten jenseits der Tische polternd zu Boden.

»Sie kommen gerade zur rechten Zeit.« Cutler seufzte erleichtert. »Es ist schön, Sie wiederzusehen, Mister Holmes.«

»Das Vergnügen ist ganz meinerseits, Mister Cutler«, gab dieser mit einem Nicken zurück. »Allerdings könnten die Umstände erfreulicher sein.«

Hinter den beiden Männern betrat eine junge Frau, die einen leblos wirkenden Greis stützte, den Raum, gefolgt von einem gefesselten, geknebelten und mit einer Augenbinde versehenen Whitby, der wiederum von einem entschlossen wirkenden jungen Mann vorwärtsgestoßen wurde. Alle waren mit Dreck und Blut beschmiert, und Whitby verzog jedes Mal, wenn er mit seinem linken Fuß den Boden berührte, schmerzerfüllt das Gesicht.

»Ich sehe, dass Ihre Rettung Erfolg hatte«, stellte Cutler fest.

»Nicht gänzlich, aber doch hinreichend«, erwiderte Holmes, dann machte er Cutler und Sedgewick mit Jonathan Kentham und Kendra McKellen bekannt. Deren bewusstlosen Großvater legten sie einstweilen auf einen der Tische, den Kopf auf eines der herumliegenden Bücher gebettet.

»Wieso ist Whitby gefesselt?«, fragte Sedgewick.

»Er gehört zu den Verschwörern, die Dunholms Tod zu verantworten haben«, antwortete Randolph grimmig. »Dafür wird er Cheltenham und Drummond Rede und Antwort stehen müssen.«

»Die befinden sich beide in der Versammlung, die gerade anlässlich der Krise in der Großen Ratskammer stattfindet«, teilte ihm Sedgewick mit.

»Prächtig. Ich liebe es, Versammlungen zu sprengen!«, knurrte der Kutscher.

»Vielleicht sollten Sie das Miss McKellen, Mister Kentham und mir überlassen«, wandte Holmes ein.

»Das soll wohl ein Witz sein!«, beschwerte sich Randolph.

»Keineswegs. Irgendjemand muss auf McGowan aufpassen, und wie Sie gesehen haben, eignen sich weder Mister Cutler noch Mister Sedgewick dafür.«

»Außerdem muss mindestens einer von uns Sie begleiten!«, rief Sedgewick. »Wir haben dem Rat aufsehenerregende Neuigkeiten zu berichten.«

»Ich werde das übernehmen, wenn es recht ist«, sagte Cutler an den Magispector gewandt. »Bleiben Sie derweil bei Randolph.«

Sedgewick nickte.

Randolph ließ seinen Blick von einem zum anderen wandern und gab dann mit einem missmutigen Brummen ebenfalls sein Einverständnis zu dem Plan.

»Passen Sie bitte auch auf meinen Großvater auf. Wenn sich sein Zustand irgendwie verändert, rufen Sie mich sofort«, bat Kendra den Kutscher.

»Keine Sorge. Dem passiert schon nichts«, beruhigte er sie.

»Also los!«, drängte Kentham. »Holmes, führen Sie uns! Wir folgen Ihnen. Bewegung, mein Freund!« Er packte Whitby am Arm, der nur ein unverständliches Murmeln von sich gab.

Während die Gruppe den Gang hinab verschwand, blieben Sedgewick und Randolph mit dem schlafenden McKellen und der bewusstlosen McGowan zurück. Schweigend sahen sie sich an. Schließlich zog Randolph magisch einen Stuhl heran, setzte sich und streckte mit einem Seufzer die Beine aus. »Aufsehenerregende Neuigkeiten, hm?«, wandte er sich an den Magispector. »Na, dann erzählen Sie mal!«

21. April 1897, 21:18 Uhr GMT
England, London, geheime Hallen des Ordens des Silbernen Kreises

»... und darum ersuche ich Sie alle noch einmal eindringlich um Zusammenhalt in diesen schwierigen Tagen, um Einigkeit im Wirken und im Denken«, sagte ein Mann, der nur Lord Cheltenham sein konnte, gerade mit beschwörenden Worten zu der versammelten Magierschaft, als Holmes vor Jonathan die Seitentür zur Ratskammer aufstieß und, gefolgt von den anderen, mit selbstbewusstem Schritt in die Versammlungshalle spazierte.

»Bitte verzeihen Sie die Störung, Ladies and Gentlemen, aber an dieser Stelle würden wir gerne ein paar Kleinigkeiten zur Erhellung der gegenwärtigen Lage beitragen«, rief der Magier, der wie Jonathan auch sein Äußeres zumindest notdürftig in einen präsentablen Zustand gebracht hatte.

Überraschtes Gemurmel setzte auf den Rängen ein, und Jonathan bemerkte, dass mehr als ein Teilnehmer abfällig oder gar feindselig auf Holmes herunterblickte. Offenkundig war der Ruf des exzentrischen Magieanwenders in Ordenskreisen in der Tat umstritten.

»Jupiter Holmes!«, dröhnte ein rothaariger, bärtiger Hüne. »Wurde Ihnen nicht von Lordmagier Dunholm verboten, das Ordensgelände jemals wieder zu betreten?«

»Ja, möglicherweise. Ich erinnere mich nicht mehr so genau. Es ist schon zu lange her«, erwiderte Holmes, während er den Einwand mit einem Wedeln der Hand abtat. »Abgesehen davon ist Dunholm tot, was uns zu dem Grund für diese unerwartete Störung Ihres Teekränzchens bringt, für die ich nochmals in aller Form um Entschuldigung bitte.« Er wandte sich dem amtierenden Ersten Lordmagier zu. »Lord Cheltenham, bei allem Respekt: Sie liegen mit praktisch allem, was Sie dieser Versammlung bislang präsentiert haben, falsch – und das vermag ich zu sagen, ohne auch nur ein einziges Wort davon gehört zu haben. Die Wahrheit hinter dem Mord an Albert Dunholm ist nicht nur um ein Vielfaches schändlicher, sie dürfte den Orden zudem vor eine Zerreißprobe stellen, wie er sie noch nicht erlebt hat.«

Das Gemurmel in den Sitzreihen wurde lauter, und Cheltenham, der bei Holmes' Worten rot vor Zorn geworden war, sah sich gezwungen, die Versammlung zur Ordnung zu rufen, indem er seine Glocke läutete. »Mister Holmes, das ist eine bodenlose Unverschämtheit«, empörte er sich, sobald wieder ein wenig Ruhe eingekehrt war. »Sie können nicht einfach mir nichts, dir nichts in eine Versammlung des Ordens des Silbernen Kreises einbrechen und derlei Albernheiten von sich geben. Und warum in Gottes Namen führen Sie Mister Whitby hier vor, als wäre er Ihr Gefangener?«

»Sir, von Albernheiten kann keine Rede sein«, meldete sich

nun Jonathan zu Wort. »Ich habe keine Kenntnis darüber, was Ihnen und Ihren Leuten über die Hintergründe des Mordes an Mister Dunholm bekannt ist, aber ich versichere Ihnen, dass Mister Holmes die Wahrheit spricht, wenn er behauptet, dass wir das Rätsel just in diesen Minuten wohl vollends gelöst haben. Sie sollten sich anhören, was er ... was wir ...« Er machte eine ausladende Geste, die auch Cutler, Kendra und Whitby mit einschloss. »... zu sagen haben.«

»Und wer sind Sie, wenn ich fragen darf?«, wollte Cheltenham, noch immer leicht ungehalten, wissen.

»Mein Name ist Jonathan Kentham. Ich fand Lord Dunholm vor drei Nächten auf dem Heimweg oben am Smithfield, und war wahrscheinlich der letzte Mensch, der vor seinem Tod mit ihm gesprochen hat.«

Er sah, wie Kendra neben ihm die Lippen zusammenpresste. Jonathan hatte ihr schon auf der Rückfahrt mit dem trotz einiger Karosserieschäden erfreulicherweise noch funktionstauglichen Motorwagen vom Schicksal des Ersten Lordmagiers erzählt. Die Enttäuschung darüber, dass sie und ihr Großvater den weiten Weg von Schottland nach Süden womöglich umsonst gemacht hatten, steckte ihr noch immer in den Knochen.

Cheltenham musterte Jonathan einen Moment lang schweigend und mit einem verräterischen gelblichen Widerschein in den Augen und runzelte dann die Stirn. »Sie sind ein Magieanwender, aber keiner von uns.«

»Beides ist richtig«, sagte Jonathan. Er überlegte kurz, ob er Dunholms Ring erwähnen sollte, entschied sich aber sicherheitshalber dagegen. »Ihre Welt hat sich mir erst vor Kurzem erschlossen, aber ich denke, das ist im Augenblick nicht von Belang.«

»Ich bin da gänzlich anderer Meinung«, mischte sich ein Mann mit strenger Miene und durchdringendem Blick ein.

»John Grayson Carlyle, der Leiter für äußere Angelegenheiten«, raunte Holmes Jonathan zu. »Ein unangenehmer Zeitgenosse.«

»Mister Whitby ist ein ehrenwertes Mitglied dieses Ordens, Sie Übrigen dagegen entweder offiziell Verbannte oder uns Unbekannte. Ich weiß nicht, welche Rolle Sie in diesem Spiel einnehmen, aber ich für meinen Teil sehe nicht ein, weshalb man Ihrer Stimme in dieser Halle überhaupt irgendein Gewicht einräumen sollte. Ich stimme dafür, dass diese Störenfriede umgehend aus dem Saal entfernt werden.«

»Das käme Ihnen wohl gelegen, Mister Carlyle«, platzte es unvermittelt aus Cutler hervor. Der Sekretär trat einen Schritt vor und stach anklagend mit dem rechten Zeigefinger in Carlyles Richtung. »Sie sprechen von Ehre und Werten, aber hinter unser aller Rücken haben Sie gemeinsam mit Miss McGowan und anderen Verschwörern die Spaltung des Ordens geplant!«

Unruhe machte sich im Saal breit.

Drummond sprang von seinem Sitz. »Was sagen Sie da?«

»Was für eine Verleumdung!«, donnerte Carlyle.

»Wo ist McGowan eigentlich?«, fragte sein Sitznachbar.

»Lasst sie reden!«, schrien die einen.

»Bringt sie zum Schweigen!«, forderten die anderen.

»Sie haben Dunholm durch einen gemeinen Auftragsmörder umbringen lassen! Und Crowley auch!«, rief Cutler erregt und ohne sich an ihre Absprache zu halten, Holmes das Wort führen zu lassen, über den Tumult hinweg. »Und wo ist Lordmagier Wellington? Ist er wirklich in Übersee auf Geschäftsreise? Oder hat er nicht vielmehr nach Atlantis gesucht, nach der Wahren Quelle der Magie?«

»Ruhe!«, brüllte Cheltenham und hob erneut seine Glocke. »Ruhe im Saal!«

Auf einmal wurde das Hauptportal hinter dem Rednerpult buchstäblich aus den Angeln gerissen. Holzsplitter und Metallbeschläge flogen in den Raum hinein, während die beiden schweren Türflügel krachend gegen die Steinwand schlugen. Ein ebenso hünenhaftes wie bizarres Monstrum, dem Anschein nach halb Mensch, halb Maschine, stampfte schnaufend durch die Trümmer, und hinter ihm schwärmten albtraumhafte Fischwesen mit bleichen Augen und silbrig schwarzer Schuppenhaut harpunenbewehrt in den Raum.

»Duncan Hyde-White?!«, rief Cheltenham, und seine Augen drohten vor Unglauben aus den Höhlen zu treten. Drummond riss unterdessen blitzschnell die Arme hoch, und obwohl Jonathan nicht in der Wahrsicht war, erkannte er an dem leichten Flirren in der Luft, dass der Schotte den Eindringlingen druckvolle Fadenstränge entgegenschleuderte. Drei weitere Männer, die hinter dem rothaarigen Hünen gesessen hatten, taten es ihm gleich.

Zwei der Fischwesen wurden durch den Angriff gegen die Wand geschleudert und brachen betäubt zusammen. Der Golem namens Hyde-White dagegen wankte nicht einmal nennenswert, als er einen in eine Metallklaue auslaufenden Arm hob und die Stöße abfing.

Von einem Moment zum anderen brach um sie herum ein Tumult los. Überall sprangen Männer und Frauen von ihren Sitzen. Manche schrien empört auf, andere warfen sich entsetzt hinter die Sitzreihen in Deckung oder versuchten, die Flucht durch einen Seitenausgang anzutreten. Eine ganze Reihe überwiegend jüngerer Magier schlug plötzlich und unerwartet gegen ihre Sitznachbarn los. Irgendjemand schrie: »Es lebe der Neue Morgen!«

»Runter, Kentham!«, zischte Holmes und drückte Jonathan hinter die erste Sitzreihe. Dieser zog Kendra hinter sich her. Auch Cutler brachte sich in Sicherheit.

»Was ist denn jetzt los?«, wollte Kendra wissen.

»Ich habe keine Ahnung«, gestand Jonathan. »Offenbar sind wir in ein Tollhaus geraten.«

»Vielmehr in einen Putschversuch. Das ist gar nicht gut«, raunte Holmes.

Cheltenham läutete wie besessen mit seiner Glocke und verlangte nach Ordnung, aber niemand achtete auf ihn.

Plötzlich gab es einen Schlag, und eine gewaltige Feuersäule fauchte durch die Tür in den Raum hinein, als habe ein leibhaftiger Drache auf dem Gang vor der Großen Ratskammer Stellung bezogen. Mit einem Tosen erfasste sie den amtierenden Ersten Lordmagier und hüllte ihn vollkommen ein. Cheltenham stieß einen grauenvollen Schrei aus, der jedoch bereits nach einer Sekunde verstummte, als sein Körper in rasender Schnelle von den gleißend hellen Flammen verzehrt wurde. Fettiger Qualm stieg zur Decke auf und verbreitete den Gestank von verbranntem Fleisch im ganzen Saal.

Jonathan spürte, wie sich sein Magen verkrampfte, und er war Kendra beinahe dankbar dafür, dass sie ihm ihre Finger schmerzhaft fest in den Oberarm grub. Cutler, der neben ihm hockte, gab ein Würgen von sich.

Der Tumult kam so abrupt zum Erliegen, wie er begonnen hatte, und alle starrten auf den Eingang. Dort tauchte ein Mann auf. Mit einer Nonchalance, als wäre dieser Akt der Grausamkeit nur eine Fingerübung für ihn, schwebte er in den Saal.

»Wellington!«, grollte Drummond und hob angriffslustig die Arme.

Der Angesprochene hob wie beiläufig die Hand, und eine tödliche Feuerblume erblühte zwischen ihnen. »Denken Sie nicht einmal daran, Drummond!«, sagte Wellington mit schneidender Stimme. Er drehte sich in der Luft und ließ seinen Blick über die Anwesenden gleiten. Es lag nichts Menschliches in den golden glühenden Pupillen seiner Augen.

»Faszinierend«, murmelte Holmes. »Die dritte Sphäre der Magie … Er beherrscht sie. Wie, bei allen Göttern und Dämonen, ist ihm das nur gelungen?«

»Seine Aura«, flüsterte Kendra ängstlich. »Was ist mit seiner Aura? Sie brennt …«

Jonathan verfluchte insgeheim, dass er nicht wie die anderen in die Wahrsicht wechseln konnte. Hier ging etwas vor sich, das seinen beschränkten menschlichen Sinnen verschlossen blieb. Dem würde er abhelfen müssen, und zwar schnell.

»Niemand von Ihnen«, fuhr Wellington derweil in scharfem Ton fort, »sollte auch nur daran denken, Widerstand zu leisten. Es wäre zwecklos. Ich will Sie nicht töten. Aber ich werde es tun, wenn es sein muss. Wer also glaubt, er wäre mir gewachsen, darf gerne vortreten und mir zur Unterhaltung sowie seinen Freunden zur eindringlichen Warnung dienen.« Er schwieg und sah sich erwartungsvoll um. Die Mienen der Männer und Frauen auf den Rängen wirkten teils finster, teils angstvoll, teils waren sie von einer regelrecht fanatischen Hingabe erfüllt. Eine leicht rundliche Frau schluchzte leise. Niemand nahm Wellingtons Angebot an.

Auf dem Gesicht des Magiers breitete sich ein Lächeln aus. »Gut so«, sagte er mit einem Nicken. Er schwebte ein Stück weiter in den Raum hinein und landete genau hinter dem Rednerpult, direkt neben der verkrümmt daliegenden, noch immer qualmenden Leiche Cheltenhams. Ohne sie zu beachten, wandte er sich an sein unfreiwilliges Publikum.

»Wir stehen an der Schwelle eines neuen Zeitalters. Überall auf der Welt rüsten sich die großen Reiche für den Kampf – für den Kampf um nichts Geringeres als die Vorherrschaft über unseren Erdball. Dieser Kampf wird auf vielen Ebenen ausgetragen werden: auf dem politischen Parkett, auf den Schlachtfeldern und in der Magie. Waren wir bereit dafür? Ich sage: Nein! Die Vorsichtigen und die Zauderer, an deren Spitze Albert Dunholm stand, beherrschten unseren Orden und verhinderten, dass wir, die mächtigste Vereinigung von Magieanwendern in ganz Großbritannien, ja wahrscheinlich in ganz Europa, aufstehen und unseren Platz in diesem Kampf an der Seite unserer Landsleute einnehmen konnten.«

Es war jetzt totenstill im Saal geworden. Entsetzen und Begeisterung angesichts dieser Worte, dieses flammenden Bekenntnisses zum Umsturz alles Bestehenden, spiegelten sich in gleichem Maße auf den Gesichtern der Anwesenden.

»Damit ist es jetzt vorbei!«, rief Wellington. »Jahrelang habe ich – wie einige wenige von Ihnen bereits wissen – insgeheim nach der sagenhaften Wahren Quelle der Magie gesucht. Vor drei Tagen habe ich sie endlich gefunden. Ich habe das Siegel gebrochen und die Quelle geöffnet. Die Welt, wie wir sie bislang kannten, existiert nicht mehr. Ein neuer Morgen der Magie bricht an, und wir, die Magier des Ordens des Silbernen Kreises, werden die machtvollste Waffe der Welt in unseren Händen halten, wenn wir die Quelle, die im Augenblick noch zügellos sprudelt, eingedämmt und gänzlich unter unsere Kontrolle gebracht haben. Bereits während ich hier stehe und vor Ihnen spreche, sind die Vorbereitungen hierzu im Gange. Sie bedürfen auch meiner Aufmerksamkeit, weshalb ich in Kürze dorthin zurückkehren werde. Ich kam nur deshalb nach London, um mir zuvor die eine Frage beantworten zu lassen, von der alles Kommende abhängt: Wer von Ihnen tritt – neben jenen, die mir bereits ihre Treue geschworen haben – an meine Seite? Wer wird Teil unserer großen Zukunft sein? Und wer will sich unserer Mission verweigern und, von der Geschichte ungehört, im Vergessen versinken?« Wieder ließ Wellington seinen glühenden Blick über die Versammlung schweifen. »Ich erwarte jetzt Ihre Entscheidung.«

»Was geschieht mit denen, die sich Ihrer Sache nicht anschließen wollen?«, fragte Drummond laut.

Wellington musterte ihn wie ein lästiges Insekt, das er in seinem Essen gefunden hatte. »Sie werden eingesperrt, bis die Quelle vollkommen in unserer Hand ist. Danach können sie gehen und in irgendeinem Keller weiterhin ihre konspirativen Zusammenkünfte abhalten. Was sie dann tun werden, wird nicht mehr von Belang sein. Daher ist es mir gleichgültig.«

Cutler schüttelte den Kopf. »Das ist Wahnsinn«, murmelte er. »Er ist vollkommen wahnsinnig geworden.«

»Dem stimme ich zu«, raunte Holmes. »Aber das ist wohl der falsche Zeitpunkt, ihn darauf hinzuweisen.«

»Was sollen wir jetzt machen?«, fragte Jonathan. »Diesem Kerl muss man doch Einhalt gebieten.«

»Alles zu seiner Zeit«, erwiderte Holmes. »Ich fürchte, einstweilen wird uns nichts anderes übrig bleiben, als uns einsperren zu lassen. Pläne zu schmieden ist dann der zweite Schritt. Halten Sie sich auf jeden Fall bedeckt. Es ist nicht nötig, dass Wellington von dem Ring erfährt, den Dunholm Ihnen gab. Ihre erwachenden magischen Kräfte mögen uns beizeiten ein nützliches Überraschungsmoment bieten.«

Jonathan nickte stumm.

»Was wird aus Großvater und den anderen?«, wollte Kendra leise wissen.

Holmes zuckte mit den Schultern. »Brown ist ein Überlebenskünstler. Wenn wir Glück haben, konnte er entkommen – und die anderen mit ihm. Wir wollen es hoffen …«

Währenddessen war Carlyle aufgestanden und hatte sich an Wellingtons Seite gestellt. »Ich begrüße freudig den Neuen Morgen der Magie«, intonierte er.

Crandon folgte ihm zum Rednerpult. »Ich begrüße freudig den Neuen Morgen der Magie«, bekannte auch er.

Weitere Männer und Frauen gesellten sich zu ihnen und wiederholten den Schwur. Die übrigen, immerhin noch zwei Drittel des Ordens, scharten sich um Drummond, der wie ein Fels in der Brandung aufragte und Wellington in ohnmächtigem Zorn anstarrte. Jonathan, Holmes, Kendra und Cutler schlossen sich ihnen an. Leises Gemurmel erfüllte diesen Teil des Raumes, und unsichere Blicke wurden ausgetauscht. Der Aufstand war rasch und – von Cheltenham und vielleicht zwei, drei anderen Unglücklichen abgesehen – unblutig über die Bühne gegangen. Doch der Schock stand den meisten Magiern, die sich in Erwartung einer friedlichen Versammlung hier eingefunden hatten, deutlich ins Gesicht geschrieben.

»Waren das alle?«, fragte Wellington laut, als der Strom seiner Anhänger abgeebbt war. Er schien weder enttäuscht noch zufrieden, dass sich ungeachtet seiner Machtdemonstration und der eindringlichen Worte so viele standhaft weigerten, seinen Vorstellungen einer schönen neuen Welt zu folgen. Dennoch verhärtete sich seine Miene, bevor er weitersprach: »Na schön! Führt die Widerständler ab!«

Die Fischmenschen schwärmten aus. Einige der Anhänger Wellingtons schlossen sich ihnen an. Hyde-White näherte sich mit donnernden Schritten und hob bedrohlich die beiden Klauenarme. Sein Antlitz war eine verzerrte Maske düsteren Triumphs.

»Warum?«, schluchzte die Frau, die Jonathan schon vorher aufgefallen war und die jetzt gemeinsam mit einem älteren Gentleman am Rand ihrer Gruppe stand. Sie hob das Gesicht und blickte Wellington aus tränennassen Augen erschüttert an. »Warum tun Sie das alles?«

»Ob Sie es glauben oder nicht, Miss Spellman: Ich tue es zu unser aller Besten«, erwiderte der selbst ernannte neue Erste Lordmagier beinahe mitfühlend. »Ich tue es für den Fortbestand unserer Heimat, für England, für die Krone.«

Fortsetzung folgt …

DANKSAGUNG

Es ist nie ganz leicht, etwas völlig Neues zu beginnen, und nach drei Bänden in der Fantasy-Welt von »Tarean« erwies sich mein Aufbruch ins viktorianische England als zwar berauschendes, anfangs aber auch recht mühevolles Unterfangen. Es galt nicht nur, ein ganzes Ensemble neuer Figuren kennenzulernen und einer Geschichte Herr zu werden, die ohne Unterbrechung über drei Romane hinweg erzählt werden will, sondern auch und insbesondere ein Verständnis für eine Epoche zu entwickeln, die mit Mittelalter-Fantasy praktisch gar nichts gemein hat.

Dafür, dass sie mir geholfen haben, mich ins London des ausgehenden 19. Jahrhunderts hineinzufinden, möchte ich insbesondere Lee Jackson (für seine interessante Materialsammlung auf www.victorianage.org), Thom Eberhardt (für die wundervolle Krimikomödie »Genie und Schnauze«) und der Map and Plan Collection Online (für eine staunenswert detaillierte Londonkarte aus dem Jahr 1897) danken. Eva Schmitz und Jörg C. Kachel boten mir zeitgenössischen Lesestoff und aufschlussreiche Sekundärliteratur. Als extrem hilfreich bei der Recherche selbst kleinster Details erwiesen sich zudem Google Street View und Wikipedia. Es mag zwar seltsam anmuten, dass ein Autor Internetdiensten dankt, aber ich finde, sie haben es mal verdient!

Unstrittig gebührt eine dankbare Verbeugung Olivia Just, Christian Humberg, Andrea Bottlinger und Yvonne Staller, Testlesern und Freunden, die sich unermüdlich durch mein Manuskript gearbeitet und es durch ihre klugen Anmerkungen feingeschliffen haben. Darüber hinaus waren mir die anregenden Telefonate, kurzweiligen Businesslunches (ähm) und gemütlichen Filmabende stets ein Vergnügen, und sie haben fraglos dazu beigetragen, dass ich mich nicht irgendwo auf halbem Weg zwischen Picadilly Circus, Regent's Park, Strand und Smithfield verloren habe.

Weiterhin möchte ich meinen Agentinnen Natalja Schmidt und Julia Abrahams danken sowie allen Beteiligten bei EGMONT LYX, dass sie mir diese magische Zeitreise ermöglicht haben. Und – last but not least – geht ein »Dankeschön« an alle Leser dort draußen, deren anhaltende Unterstützung mir das Gefühl gibt, meine Zeit mit Tarean und Jonathan, Auril und Holmes (und, nein, das ist keine Parallele, sondern nur eine Aufzählung!) nicht verschwendet zu haben.

Dramatis Personae

Jonathan Kentham, ein Journalist des *Strand Magazine*
Robert Pennington, sein Freund
Elisabeth Holbrook, Jonathans Angebetete
Sarah Harker, deren Freundin
Misses Fincher, Jonathans Vermieterin
James Thomas Holbrook, Elisabeths Vater

Albert Dunholm, Erster Lordmagier des Ordens des Silbernen Kreises
Cutler, dessen Sekretär und Freund
Randolph Brown, Dunholms Protegé und Kutscher
Nevermore, sein Rabe
Jupiter Holmes, ein exzentrischer Magier
Watson, seine Geisterkatze
Joseph, Holmes' Butler

Giles McKellen, ein schottischer Magier
Kendra McKellen, seine Enkelin
John Callum McInnes, Kendras Vormund

Victor Mordred Wellington, Lordmagier des Ordens des Silbernen Kreises
Duncan Hyde-White, sein Adlatus
Melissa Esperson, Wellingtons Gespielin
Charles Gordon Bennett, ein Industrieller und Multimillionär

William Cardiff, ein ehemaliger Commander der Royal Navy und 1. Offizier der *Nautilus*

Der Franzose, ein Magierjäger
Richelieu, sein Falke
Whitby, ein Scherge des Franzosen
Géant, ein Scherge des Franzosen
Kenneth, ein Scherge des Franzosen

Lord Cheltenham, der Stellvertretende Erste Lordmagier
Angus Drummond, der Leiter der Magieabwehr
John Grayson Carlyle, der Leiter für Äußere Angelegenheiten
Thomas Crowley, der Oberste Archivar und Geheimnisträger des Ordens
Mary-Ann McGowan, eine intrigante Magierin
Theodore Winterbottom, ein Magier und Buchliebhaber
Charles Harold Porter, ein junger Magier
Miss Spellman, eine Magierin
Arthur Sedgewick, ein Magispector des Ordens
Timothy Crandon, ein Magispector des Ordens
Grigori, ein russischer Magier und Kutscher des Ordens
Doktor Westinghouse, der Arzt des Ordens

Norman Greenhough, Chefredakteur des *Strand Magazine*
Josephine Atkinson, seine Sekretärin
Herbert Schooling jr., Mitarbeiter des *Strand Magazine*
Charles Reed, Mitarbeiter des *Strand Magazine*
Alan Perkins, Mitarbeiter des *Strand Magazine*
Penny Newman, Mitarbeiterin des *Strand Magazine*
Clarissa Younger, Mitarbeiterin des *Strand Magazine*
Mister Shaw, der Archivar
Mister Higgins, der Portier